感谢中山大学学科建设经费对本书出版的资助

中山大学中文系（珠海）
学　术　丛　书

论《朝花夕拾》及其周边

朱崇科
著

上海三联书店

中山大学中文系（珠海）学术丛书　出版前言

简称为“中文系”的“中国语言文学系”的称谓与实质到了新的世纪，尤其是21世纪以来，似乎也有了新的指涉，如果我们不能及时更新中文系的更宏阔边界与崭新内涵认知，似乎也就变成了冬烘。这里的“中国”显然已经不是单纯的政治、地理限宥，而更该是文化涵容；而语言显然也不是单纯靠纯粹性作为唯一的指标，正如中国性（Chineseness）的载体与呈现不单纯是中文一样，我们既关注普通话、方言，同时也关涉可能的混杂及其历史语境中的文化演绎；而“文学”的边界也在日益拓展，从传统的文体研读到经典的流行歌词介入，从对文字书写的文本细读到图文并茂的视觉转向，其间的变异令人耳目一新，也呼唤新的解读与研究。

创建于2015年10月的中文系（珠海），其现实依据是因应中山大学建设世界一流大学的战略目标，珠海市提升其城市“软实力”、参与“一带一路”倡议实施的需要；而从学理上看，“中文系”的当代包含日益扩大，也日新月异，因此一个国际化、现代化、特色化、跨学科的中文系也势在必行：我们既要建设一个传统意义上完整丰厚的中文系，同时又要特色鲜明引领可能的新传统。

我们朝气蓬勃却又秉承丰厚传统，我们锐意创新却也兼容并蓄，我们“迈步从头越”却也互补融合、错位承接。我们努力打造中山大学珠海校区的人文旗舰系，假以时日必然特色明显、教研俱佳，我们持之以恒开拓奋斗，期冀无愧于中山大学的光荣历史，也助益学校的辉煌未来！

不必多说，我们必须从方方面面建设好我们的新平台，而学术发展与学科建设自然是题中应有之义，中文系（珠海）学术丛书就是基于此目的应运而生，我们期冀经由此道，一方面可以助益我们（年青）同事的学术成长，另一方面也可以向社会汇报我们的逐步壮大和感恩各种各样的关爱。

朱崇科

2018 年盛夏

黄子平序

本雅明说，一部伟大的作品，总是消解了某一旧的文类，又同时创立了某一新的文类。人们熟知的例子是《堂吉诃德》，塞万提斯摧毁了西班牙的“骑士小说”，开欧洲现代小说之先河。鲁迅，作为中国现代文学最激进的文体试验家，以《呐喊》《彷徨》消解了古代笔记，创建了现代中国短篇小说（严家炎：中国现代短篇小说在他笔下开启，又在他手中成熟）；又以《野草》这种史无前例的“散文诗”一扫千年诗国的陈辞滥调；《故事新编》则动摇了古今中外所有“历史小说”定义，无以名之，只好老老实实，说它是一种“新编的故事”（夏志清以此作为鲁迅“创造力衰退”的征兆）。

《朝花夕拾》的低调出场，不像上述几部那般“激烈”，平静得很，却也埋下了若干后世纷争不已的阐释学陷阱。在我看来，这部作品，要作为“用白话写美文”的伟大文体试验的“实绩”来读解，其要点，或可用“驳杂”一词来概括（崇科兄用的是“繁复”）。心境的芜杂（“目前是这么离奇，心里是这么芜杂”），文体的杂乱（“文体大概很杂乱，因为是或作或辍，经了九个月之多”），写作环境的流离（“前两篇写于北京寓所的东壁下；中三篇是流离中所作，地方是医院和木匠房；后五篇却在厦门大学的图书馆的楼上，已经是被学者们挤出集团之后了”）。《小引》提示了这些多重的驳杂、混杂、斑驳，使这部作品的“里里外外”，都与后世已经大大纯净化的“回忆散文”规范格格不入。

幸乎不幸乎，因了若干篇章编入中小学教材，这种非纯净的驳杂，给后世的语文教学和学术阐释，都带来不小的困惑。首当其冲的是大量的“儿童不宜”（“美女蛇”“小长毛”和“光着身子打架”）；民间宗教的迷信内容（“黑白无常”和“五猖会”）；对中医的偏见和不宽容（“药引”和“陈莲河”），等等。鲁迅执笔为文之际，何曾设想到大地上一个无菌的阅读环境，设想到身后一代代心灵易碎的无瑕读者。

意识内容的纯净化要求可以搁置不议，文体的驳杂才是需要文学史学术阐释的“文学形态学”命题。《狗·猫·鼠》绕大弯子东拉西扯（可爱的隐鼠回忆出场很晚），先由《自然史底国民童话》考察猫狗成仇的“动机”，扯到了德国的一张铜板画和弗洛伊德的精神分析学说（顺便说到章士钊译作“心解”虽然简古却实在“难解”），又扯到“去年海昌蒋氏拜来拜去十足拜了三天”的婚礼，然后才是大桂树下听祖母摇着芭蕉扇讲猫虎师徒故事……然而通篇夹杂着跟“正人君子”辩论的明枪暗箭，只好说成是“杂文”向“散文”过渡的痕迹，到《阿长和山海经》，就没有这些冷嘲热讽了，你读到的是令人动容的抒情文字：“仁厚黑暗的地母呵，愿在你怀里永安她的魂灵!”不料《二十四孝图》一开篇，便是“跳到半天空”，愤怒至极的一段文字，说要寻找“一种最黑，最黑，最黑的咒文，先来诅咒一切反对白话，妨害白话者”，即使因此而堕入地狱也不改悔。——与“绅士们”的笔战又回来了。乃至《无常》一篇，讨论为何在赛会中见到活无常出场，乡人就无端“都有些紧张，而且高兴起来”，仍要明讽“公理维持会”，说“活的‘正人君子’们只能骗鸟，若问愚民，他就可以不假思索地回答你：公正的裁判是在阴间!”

写目连戏里无常的出场是《朝花夕拾》里最精彩的文字：“他出来了，服饰比画上还简单，不拿铁索，也不带算盘，就是雪白的一条莽汉，粉面朱唇，眉黑如漆，蹙着，不知道是在笑还是在哭。但他一出台就须打一百零八个嚏，同时也放一百零八个屁，这才自述他的履历。”方言唱词加上注释，“我至今还确凿记得，在故乡时候，和‘下等人’一同，常常这样高兴地正视过这鬼而人，理而情，可怖而可爱的无常；而且欣赏他脸上的哭或笑，口头的硬语与谐谈……”接着又是对各地不同“无常”详尽考察，又借着“下等人”对“正人君子”明嘲暗讽。问题在于，这些斑驳的文字是如何组织起来，自洽自如地构建了一种全新的文体的呢?

回忆性文字根本的文学魅力，在于其中的双重视觉：叙述者（当下的“我”）和被叙述者（往昔的“我”），平行交错，岁月的流逝化入叙事主体的成长或衰退，最是引人入胜。同时也给“纪实”文体闪出了必不可少的（“星星点点的”）虚构的缝隙（“这十篇就是从记忆中抄出来的，与实际容或有些不同，然而我现在只记得是这样”）。父亲临终时迅哥儿的大喊，知堂说并无其事。那又怎样?“我现在还听到那时的自己的这声音，每听到时，就觉得这却是我对于父亲的最大的错处。”这就是“情感结构”中最真实的幽微情愫，不为别的纪实互文所撼动。

从文体的驳杂，到记忆与遗忘的政治学，再到纪实与虚构的辩证，都还只是现代散文生成命题中的荦荦大者。《朝花夕拾》薄薄的一本小册子，细读起来，关联到植物学和动物传说，关联到清末民初的蒙学和新式学堂，关联到近代中医西医的诊疗博弈，关联到本雅明所说的“讲故事的人”，关联到清国留日学生的活动与人生命运，关联到民间祭祀的民俗学，关联到“孝”的观念史和表达史，关联到古籍的绣像插图史，关联到地方戏曲和方言……文本的知识容量、知识存储，实在令人惊叹。

在我看来，《朝花夕拾》呈现的这种不纯净性，这种驳杂之美，开启了现代散文写作广阔的可能性，也给研究者的多角度持续解读，开出很大的阐释空间。

面对文本内外层层叠叠的驳杂（“思想的繁复和情感的繁复”），崇科兄运用“情感结构”这一理论工具来解读。所谓“情感结构”，英国学者雷蒙德·威廉斯说：“它就像‘结构’所表明的那样是牢固的、明确的，但是它是在我们活动当中最微妙、最难以触知的部分发挥作用的。某种意义上，这种情感结构就是一个时期的文化：它是全部组织中所有要素的特定现实结果。”从这简略的定义里，可知威廉斯是用它来代指特定时期的“文化”，把现实结构的诸要素的作用投射到人类活动中微妙而难触知的部分来分析。这一文化唯物主义的概念着眼于阶级、集体和长时段（稳定和积淀），如何将之运用于一种立足未稳的新兴文类、一部个体心灵的回忆文本，势必需要多作校正、拓展和补充。崇科兄意识到了其中的难度，更多地侧重于“情感结构”的动态、发展、多层次的幽微方面，来展开论述，其间的理论腾挪和学术成就，不容小觑。

出于对二元对立模式的疑惧，崇科兄对三元组合情有独钟。他说：“鲁迅先生在《朝花夕拾》中呈现出有效的诗学结构，其中最典型的则是‘三’的辩证，包括三个鲁迅的复活以及多重角色身份的内部流转等等，令人叹为观止：《朝花夕拾》成型于三度空间：北京、厦门与广州；而此间的鲁迅也具有三个身份：官员、学者与文人；而从时间的经营角度看，作品中往往包含了历史时间、现实介入以及叙述时间；而该散文集也具有三个境界：追忆/再现、抚慰与升华（包含情感大爱与哲思等）。”一生二，二生三，三生万物，生生不已。

崇科兄从《故事新编》入手，研究鲁迅经年，孜孜矻矻，已出版鲁研专著四册，论及《呐喊》《彷徨》《野草》以及“在广州的鲁迅”，本书是第五本，讨论“表面简单易懂研究起来难度很大”的《朝花夕拾》，或可视为当代学人的“情感结构”拼图，又添结实而斑斓的一块。

是为序。

2022 年 8 月　珠海唐家湾

目录

下编：话语形构与文本互涉

绪论

一、生产场域

《朝花夕拾》最初以“旧事重提”为总题目陆续发表于《莽原》半月刊上。1927 年，人在广州的鲁迅重新加以编订，并添写《小引》（5 月 1 日）和《后记》（7 月 11 日），后更名“朝花夕拾”，于 1928 年 9 月由北京未名社初版，1929 年 2 月再版。1932 年 9 月第三版改由上海北新书局重排出版。封面由陶元庆绘制。

《朝花夕拾》作为鲁迅先生最重要的散文创作之一自有其独特性。我们有理由相信，这是鲁迅先生时间相对充裕背景之下的精心炮制之作：不仅内容指向有其系统性、层次性和历时性安排，而且在诗学追求上也别具一格。其中篇章最早写于 1926 年 2 月的北京，最晚写于 1927 年 7 月 11 日的广州。而在篇幅分配和时空对应上也耐人寻味：前五篇生产在兵荒马乱、郁闷压抑的北京（其中前两篇写于居处，后三篇则在避难的颠沛流离中完成），后五篇诞生于温暖但也无聊的厦门（“直到 1926 年的秋天，一个人住在厦门的石屋里，对着大海，翻着古书，四近无生人气，心里空空洞洞。”“这时我不愿想到目前，于是回忆在心中出土了”）[①]，而《小引》《后记》则撰写于令人五味杂陈的广

① 鲁迅《故事新编 · 序言》，《鲁迅全集》第 2 卷（人民文学出版社，2005），页 354。

鲁迅
朝花夕拾

州[1]（“这回便轮到陆续载在《莽原》上的《旧事重提》，我还替他改了一个名称：《朝花夕拾》。带露折花，色香自然要好得多，但是我不能够。便是现在心目中的离奇和芜杂，我也还不能使他即刻幻化，转成离奇和芜杂的文章。或者，他日仰看流云时，会在我的眼前一闪烁罢。”[2]）不难看出，《朝花夕拾》自有其独特雅致的美学追求和相对丰富的功能设定，比如即使从章节的结构安排上也有对称性、对比性特征。

篇名	创作时间	地点	备注
小引	1927年5月1日	广州	“四·一五”事件之后，心境颓唐
狗·猫·鼠	1926年2月19日	北京	与“正人君子”们论战
阿长与山海经	1926年3月10日	北京	
二十四孝图	1926年5月10日	北京	“三·一八”事件及其发酵，“中三篇是流离中所作，地方是医院和木匠房”
五猖会	1926年5月25日	北京	
无常	1926年6月23日	北京	
从百草园到三味书屋	1926年9月18日	厦门	8月26日离开北京，9月4日到厦门大学
父亲的病	1926年10月7日	厦门	
琐记	1926年10月8日	厦门	
藤野先生	1926年10月12日	厦门	10月在编1926年生产的《华盖集续编》
范爱农	1926年11月18日	厦门	11日作《写在〈坟〉后面》，“今夜周围是这么寂静，屋后面的山脚下腾起野烧的微光；南普陀寺还在做牵丝傀儡戏，时时传来锣鼓声，每一间隔中，就更加显得寂静”

---

① 有关广州及部分厦门场域的鲁迅存在可参拙著《广州鲁迅》（北京：中国社会科学出版社，2014）。

② 鲁迅《朝花夕拾·小引》，《鲁迅全集》第2卷，页235。本书中所引《朝花夕拾》出自第2卷，如无特别注明皆是此版，文本引用只注页码。

续　表

篇名	创作时间	地点	备注
后记	1927 年 7 月 11 日	广州	《野草》由北新书局出版；鲁迅作演讲《读书杂谈》《魏晋风度及文章与药及酒之关系》

需要提醒的是，《朝花夕拾》正文 10 篇写于 1926 年 2—11 月，但考虑到成书的时间段，我们其实该把时间最少拓展到 1925—1928 年（至少是 1927 年），并且必须明了此时段可能和鲁迅息息相关的现实重大事件：

1925 年，鲁迅在北京女子师范大学担任大学兼职讲师，因支持爱国学生的运动而受到当时所谓“正人君子”们的口诛笔伐（如陈源之流）和现实排挤（如曾被教育总长章士钊非法免掉佥事）。

1926 年 3 月，北洋军阀政府下令枪杀游行的进步学生，制造震惊中外的“三・一八”惨案。鲁迅写下了势大力沉的《记念刘和珍君》等一系列文章，满腔悲愤而又热心支持学生的正义斗争，控诉北洋军阀政府的残暴，结果遭到当局的通缉（据说上了 50 人黑名单）而不得不远走厦门避难（当然他去厦门的原因不止于此，还包括原本想苦干两年赚钱好好安置他和许广平的现实爱情）。

1927 年在广州时，鲁迅又经历了黑暗无比的“四・一五”大捕杀以及做出辞去中山大学一切职务的决定，心境复杂，终于在 9 月底坐船离穗赴沪。当然，与此时段相伴的还有他和许广平的爱情，在北京共患难时生根发芽，离开北京各奔前程分赴厦门、广州后煎熬思念，《朝花夕拾》的部分文字也是对上述事件的曲折反映。除了作品中涉及的作者本人的直接经历/事件，“兄弟失和”事件[①]及其赓续也是他后半生中不容忽略的精神纠缠。

---

① 有关描述和分析可参荣挺进《〈晨报副镌〉上有关周氏兄弟失和的几则材料》，《鲁迅研究月刊》2002 年第 11 期；林分份《“权威”的陷落与“自我”的确立——对周氏兄弟失和的另一种探讨》，《中国现代文学研究丛刊》2009 年第 4 期；朱崇科、陈沁《鲁迅作品中的“兄弟失和”纠结及其超克——以〈伤逝〉为中心》，《文艺争鸣》2015 年第 11 期等。

二、文献综述

作为鲁迅自认求工的五部经典（《呐喊》《彷徨》《故事新编》《朝花夕拾》《野草》）之一，《朝花夕拾》的研究也算得上五彩缤纷，甚至汗牛充栋，尽管表面上看来，作为散文文体研究，有关争议相对少一些。相当精彩的研究在不同时代都有令人印象深刻的表现，专门研究方面，比如文学史家王瑶先生（1914—1989）势大力沉迄今生命力强劲的《论鲁迅的〈朝花夕拾〉》（《北京大学学报（哲学社会科学版）》1984 年第 1 期），杨义《〈朝花夕拾〉的生命解读》（《海南师范大学学报（社会科学版）》2014 年第 1 期），刘彬《“腊叶”的回眸——重读鲁迅〈朝花夕拾〉》（《文艺研究》2020 年第 1 期），吴俊《〈朝花夕拾〉——文学的个人史》（《写作》2021 年第 2—5 期），李音《作为民族之声的文学——鲁迅、赫尔德与〈朝花夕拾〉》（《中国现代文学研究丛刊》2021 年第 12 期）等；专著方面则有：王吉鹏、王鹤舒著《鲁迅〈朝花夕拾〉论稿》（中国窗口出版社，2008），赖建珍、郑家建著《仰看流云：重读〈朝花夕拾〉》（海峡文艺出版社，2011），魏洪丘著《鲁迅〈朝花夕拾〉研究》（中国言实出版社，2014），吴俊著《文学的个人史——鲁迅传述和〈朝花夕拾〉》（华东师范大学出版社，2022），丁文著《文学空间的重叠与蔓生：“百草园”研究》（中国社会科学出版社，2022），廖久明著《鲁迅〈藤野先生〉探疑》（商务印书馆，2021）；等等，都有所开拓。特别值得一提的是，鲁迅的二弟周作人（1885—1967）新中国成立后出版的有关散文集有三部：《鲁迅的故家》《鲁迅小说里的人物》和《鲁迅的青年时代》，虽然周作人并未撰写关于《朝花夕拾》的研究专著，但他的鲁迅回忆（研究）却自成一家，尤其是他的少年和青年时代与鲁迅颇多交叉，值得认真参考。其他论述则散居在各种著述中，比如曹禧修著《鲁迅与语文教学》（浙江大学出版社，2016）一书中第 2—4 章就论述了 4 篇《朝花夕拾》，等等。

如果从整体的角度进行历时性考察，《朝花夕拾》的有关研究从散文集诞生开始便陆陆续续展开了，而在不同时期也有不同的整体表现，有论者在《〈朝花夕拾〉研究述评》（《鲁迅研究月刊》2019 年第 2 期）一文中将之划分成几个阶段：一、开创期（1927—1949），“新中国成立前的《朝花夕拾》研究，数量不多且文字简陋，大多只是读后感悟，阐释较为肤浅，却也有少数触及了主要问题”。二、深入期（1949—1966），“这一时期的研究呈现出整体化、系统化、学术化和综合分析的趋势”。三、停顿期（1966—1976），由于“文化大革命”和极左思潮的影响，有关研究成了传声筒。四、发展期（1976—1989），拨乱反正后的初步繁荣时期。五、转向期（1990—2018），后劲不足情况下的努力转型，新方法新话语等等出现。难能可贵的是，论者也基于自己的观察指出了未来方向，“由于散文相较于小说而言，更多指向作家主体，使研究者难以获得整体性的把握。从研究推进的角度来说，要把《朝花夕拾》写作时的包括日记、书信、翻译等文本都勾联起来，考察它们相互间的影响关系。研究除了向前延伸，寻找思想资源外，其实还需向后延伸，研究《朝花夕拾》与鲁迅最后十年的思想与写作的关系”。①

平心而论，虽然也有不少同行辛勤耕耘，但相较于五书中其他四本文集的丰硕研究，《朝花夕拾》有关研究的推进和创新在今天已经显得步履沉重、规模偏小且略显青黄不接，原因自然是复杂的，从文体角度看，无论是普通读者还是专业读者在缺乏深入和崭新理论体系的指导下，对散文（含《朝花夕拾》）实践的研究是相对薄弱的，在此基础之上也可认为有关文本意义的解读争议较小、可持续挖掘的潜力不大。而同时，更多研究往往会陷入单篇阅读、就事论事的陷阱，而忽略了文本阅读的整体性、互文性，当然也就缺乏对不同

① 任辰凯《〈朝花夕拾〉研究述评》，《鲁迅研究月刊》2019 年第 2 期，页 57。

文类，含小说、杂文、散文诗（《野草》）、日记、书信多管齐下进行观照和以鲁解鲁的意识。同时，反过来，有些过度宏大叙事又容易忽视了《朝花夕拾》自身的主体性，让它变成了作者观点的脚注。

而在处理《朝花夕拾》涉及对作者鲁迅进行集中研究时，容易对作者思想的动态发展性和时段连缀性轻视乃至失察，因此也就比较难于游刃有余地处理二者的关系而往往关注了单一的阶段性。而另外的问题在于，在关注作者本人的情感或思想时缺乏对鲁迅象征性和文化代表性的关联式思考，往往只是关联现实情感或带入自我一己的情感，因此可能矮化了鲁迅的情感与思想高度。而同时，绝对不容忽略的是，鲁迅思想的繁复性和情感的复杂性需要我们认真辨析，比如《朝花夕拾》中对故乡的态度，有论者认为这是一种精神还乡，“故‘旧事重提’的《朝花夕拾》，不仅写出了鲁迅难得一见的思乡之情，同时更是生动地展示了一个真实鲁迅的精神世界”。① 而周作人则认为实际上鲁迅对其故乡并无好感，“著者对于他的故乡一向没有表示过深的怀念，这不但在小说上，就是《朝花夕拾》上也是如此。大抵对于乡下的人士最有反感，除了一般封建的士大夫以外，特殊的是师爷和钱店伙计（乡下叫作‘钱店官’）这两类，气味都有点恶劣。但是对于地方气候和风物也不无留恋之意”。② 看似观点针锋相对，如何处理？

但我们不能忘记的是，小说家鲁迅和散文家鲁迅对于故乡的态度是有丰富张力的——他在用小说书写故乡时往往是个漂泊的过客，而且充满了对老中国的愤怒和尖锐的启蒙意识；而中年鲁迅则更有着丰富而整合的自我，他在相对富有余裕和平和心境回望旧事时已经有了别样的视角和提炼，可以理解或显而易见的结果是，《朝花夕拾》中的故乡塑造明显比小说中的形象要可爱得多，

① 宋剑华《无地彷徨与精神还乡：〈朝花夕拾〉的重新解读》，《鲁迅研究月刊》2014 年第 2 期，页 23。
② 周作人《故乡风物》，周作人《鲁迅小说里的人物》（南京：江苏人民出版社，2018），页 213。

如人所论，“更加整合的自我变得可以体验罪疚感与责任感，这些是在婴儿时期无法面对的。客体合成产生了，经由爱缓和了恨，而作为破坏冲动必然结果的贪婪和嫉羡也失去了力量”。[①]

三、问题意识

《朝花夕拾》对于鲁迅的功能显然也是繁复的，呈现出鲁迅先生非常丰富而独特的情感结构，这种结构既属于鲁迅先生自身，同时也具有时代特征——象征了一代知识分子的奋斗与努力。从意义指向角度考察，它指向了破与立的辩证：既大力批判国民劣根性及其生成机制与背后传统，又借父亲形象进行宏观、微观结合处理；既强调“立人”，同时也指向“立国”；而在关于自我的纠缠中，它既有幽微自责，也有自我安抚，彰显出某种救赎感。类似地，鲁迅先生在《朝花夕拾》中也呈现出有效的诗学结构，其中最典型的则是“三”的辩证，包括三个鲁迅的复活以及多重角色身份的内部流转等等，令人叹为观止：《朝花夕拾》成形于三度空间：北京、厦门与广州；而此间的鲁迅也具有三个身份：官员、学者与文人；而从时间的经营角度看，作品中往往包含了历史时间、现实介入以及叙述时间；而该散文集也具有三个境界：追忆/再现、抚慰与升华（包含情感大爱与哲思等），而从更宏阔的视角看，我们不要忘记《朝花夕拾》在鲁迅作品中的独特风格乃至位置：它不同于全面释放、活力十足的杂文批判，也不同于晦涩抑郁的《野草》纠葛，它是温暖治愈的《朝花夕拾》。

当然，鲁迅先生的所有作品都具有公益性和开放性，也自有其高度、关怀、指向与文化政治性，他的《朝花夕拾》也不例外，他其实也借此梳理以情感启蒙心目中的主要理想读者——青年人，如李怡教授所言，“一个显而易见

---

①【英】梅兰妮·克莱因著，段文静等译《嫉羡与感恩》（北京：九州出版社，2017），页259。

的事实就是，鲁迅为自己选择的‘隐含读者’应该是当时的青年人。当然，是那些愿意接近鲁迅，愿意与鲁迅交流的青年人。鲁迅努力在与青年一代的沟通与对话中交流人生的观感与思考，寻觅自己的知音与同道”。[①]

本书则希望另辟蹊径，探讨这部诗学经典和书写主体之间的“情感结构”（structure of feelings，或译“感觉结构”）关系。颇有意味的是，彼时（尤其是厦门时期和广州某段时期）的鲁迅有充分的时间梳理并调试和建构自己的“情感结构”。这当然有其合法性，如人所论，“运用感觉结构这个概念，人们可以把个人独特的感觉、独特的经验、独特的写作形式和风格与社会联系起来，把内容与形式统一起来，创造新的语言形象”。[②]

英国文化学者威廉斯（Raymond Williams）在《长期革命》如此定义“感觉结构”，“它就像‘结构’所表明的那样是牢固的、明确的，但是它是在我们活动当中最微妙、最难以触知的部分发挥作用的。某种意义上，这种感觉结构就是一个时期的文化：它是全部组织中所有要素的特定现实结果”。[③] 威廉斯对此概念并未做系统、完整和清晰的论述，而是散落在其多部论述中，主要包括《文化与社会》（高晓灵译，吉林出版集团有限公司，2011），《漫长的革命》（倪伟译，上海人民出版社，2013），《马克思主义与文学》（王尔勃译，河南大学出版社，2008）。而此概念的确也是发展着的，有其延展性。大致而言，在威廉斯看来，“情感结构”有其系统性、共同性、代际性（也包含团体和个体的差异性），而不同的文化，如主导文化、残余文化以及新兴文化都有自己的“情感结构”，之间颇有张力，“通过‘感觉结构’的变化，我们可以感受到阶

---

① 李怡《〈朝花夕拾〉：鲁迅的“休息”与“沟通”》，《首都师范大学学报（社会科学版）》2009 年第 1 期，页 108。

② 付德根《“感觉结构”概说——雷蒙德·威廉斯的文化唯物主义的一个概念》，《马克思主义美学研究》2006 年第 2 期，页 96。

③ Raymond Williams, *The Long Revolution* (London: Pelican Books, 1976), p. 64. 引文翻译参考自【英】雷蒙德·威廉斯著，樊柯、王卫芬译《政治与文学》（开封：河南大学出版社，2010），页 145。

级关系的变化，因此，努力表现无产阶级的‘感觉结构’，有助于提升工人阶级的阶级意识，提高工人阶级的形象从而成为无产阶级斗争的手段”。[①] 当然，个体的成长受制于一个时代，而他在一个时代的“情感结构”建构中自有其能动性。

威廉斯相当有力地指出，情感结构是一种把艺术和文学中的形式和惯例定义为社会物质过程之不可分割的因素的方法：并非作为一种特殊的社会结构。此社会结构可以反过来被看作是各种情感结构的表达（常常是唯一充分有效的表达），作为活生生的过程，情感结构得到更为充分的体验。[②] 易言之，文学与时代的情感结构形成了独特的表述与被表述关系，或者说是一种同构关系，不同的情感结构可以采用不同的艺术形式和表现手法，而新环境、新体验、新感受往往也呼唤新的文学样式与策略。

当然，威廉斯也可能有他自身的盲点或不足，需要语言呈现出的某些新兴情感结构容易被忽略，因为它们尚未成熟或定型，如人所论，“感觉或情感不仅仅是在超越自身的某些领域中与语言相矛盾（结构主义分析将拥有它），而是只有惯例和种类会将自身映射到语言中去。毫无疑问，在面对这种混合状态时，威廉斯对于艺术和文学的某些社会和文化媒介形式是持保留意见的，因为他们最接近这种新兴的感觉结构。现在将所谓的情感翻译为语言或其他意义的表达对威廉斯来说并不简单的是一个不可避免的损失”。[③] 这就意味着我们在借鉴此理论时也要注意幽微的部分。

从宏阔的意义上说，《朝花夕拾》中的“情感结构”既是鲁迅本人与个体

① 付德根《“感觉结构”概说——雷蒙德·威廉斯的文化唯物主义的一个概念》，《马克思主义美学研究》2006 年第 2 期，页 97。

② Raymond Williams, *Marxism and Literature* (Oxford: Oxford University Press, 1977), p. 133.

③【美】雅各布·索尔（Jacob Soule）著，王冰冰译《从“感觉结构”到“情感结构”》，《马克思主义美学研究》2016 年第 1 期，页 35。

的，同时其虚构性、象征性又使之成为一代知识分子的时代情感诗化与呈现。而且，这种“情感结构”的经营也体现在《朝花夕拾》的诗学建构上，它不只是单纯的怀旧式二元并存、跨文体写作，甚至架构了更立体的角色与身份空间流动，当然也因此指向繁复。

如人所论，“雷蒙·威廉斯强调的情感结构是一种实践而非凝固的意识，是一种在历史过程中不断发展、变化的有机物，始终处在塑造和再塑造的复杂过程之中，既是对当下的真切体验，又有着相对稳定的结构，同时蕴含着一定的超越现实之可能”。① 因此，本书对“情感结构”的使用因应了威廉斯此概念的发展性、动态性特征，更多是灵活借鉴，但理路上兼顾个体与时代、阶级关系变化、文化政治变动等要素。而同样地《朝花夕拾》中鲁迅的情感结构也并非固定的，也可以从不同角度、层面彰显其延展深度与其他可能性，关键的是，不同时代的读者对于鲁迅的理解也是发展和有代际差异的，因此，也要尊重其各种可能性。

本书的可能新意在于：

1. 方法上灵活使用 1925—1927 年期间鲁迅创制的多种文类——小说、杂文、散文、日记等，力图凸显《朝花夕拾》情感观照和意义指向的立体性、侧重点与互文性；

2. 以关键词“情感结构”为切入点，凸显鲁迅个人人生经历、思想的梳理、抚慰、剖析与中华民族或国民（劣根）性的繁复关联，既注重个体的私人性，又升华了其应有的建设性；

3. 强调单篇重读的创新性与系统关联的整体性密切结合，借此可以尊重文本的完整性与发散性；

---

① 刘春《光影中国的情感结构：中国大陆电影（1978 年以来）》（上海：上海社会科学院出版社，2017），页 6。

4. 以代表性主题提纲挈领，彰显不同文体的交叉关注、诗学创新，从而从周边角度继续拱卫《朝花夕拾》，以期众星拱月之效。

值得一提的是，威廉斯的 structure of feelings 使用的英文字眼是“feeling”而非“experience”，正是为了强调“情感”结构是进行时的、不断发展的，并非彻底成形的已经是过去时的“经验”和感受，因而它显得微妙且捉摸不定，这一特性也吻合了鲁迅先生一贯复杂、微妙和深邃的情感再现，从此角度看，情感结构和《朝花夕拾》的再解读之间有一种心神相通的契合性。李音指出：“《朝花夕拾》的写作对于中期鲁迅思想转型的确具有重要意义，鲁迅不仅重新定位了自己的身份，从天才型的‘摩罗诗人’转向了作为大众一员，而且就‘民族’表达而言，《朝花夕拾》开始散发出新的政治意识，更明显地寄希望于‘民众’，将之想象和锻造为新的民族主体。”[①] 这的确说明《朝花夕拾》之于鲁迅还有更丰富的意义或功能，它其实和“立人”“立国”与打造新中华民族有着密切的关联，值得我们持续探勘和深入研究。

---

① 李音《作为民族之声的文学——鲁迅、赫尔德与〈朝花夕拾〉》，《中国现代文学研究丛刊》2021 年第 12 期，页 154。

上编：单篇细读与以鲁解鲁

第一章：今与古

如前所述，《朝花夕拾》其实难免现实事件的冲击，作为鲁迅先生精心炮制的散文集，它也有其过渡性，或者把事件或现实加以情感化处理。《狗·猫·鼠》作为《朝花夕拾》的首篇，呈现出过渡性和转型性的特征。其中的交互性令人叹服：在文体上，它是杂文化的散文，利用封套结构与互文策略结构全篇，辐射内外；内容划分上，既有攻击现实，又加自我疗治，浑然合体；价值取向上，既有人兽之辨，同时又呈现出对人道主义的去与取辩证，这的确是一篇佳作。

需要指出的是，鲁迅在《朝花夕拾》中浓墨重彩的女性不是母亲鲁瑞，而是长妈妈。《朝花夕拾》中的阿长形象（尤其是以《阿长与〈山海经〉》为代表）其实寄寓了鲁迅相当复杂的情感结构，其中至少包含了三个不同的鲁迅视域：①少爷视域，既有少爷身份的真切感受，又有少儿的天性使然；②中年心态，既彰显出长妈妈的可怜人角色又褒扬了其真诚与尽责；③调试的启蒙者，其中既有少年视角的俯视，又有拥抱民间的思想实践与尝试。

《二十四孝图》是一个主题繁复、形式杂糅的散文文本。在主题上，它立足于鲁迅自我的童年经验，在批判之余也指向了鲁迅对中国新儿童的生成期冀；同时，该文中也呈现出较强的现实介入与情绪反弹，主要就白话文、流言等议题进行解剖，而最终鲁迅还是相对克制，又回归了《朝花夕拾》散文的本体创设和情感结构梳理的整体基调。在《二十四孝图》中鲁迅也呈现出其悖论性：一方面置身传统又挖祖坟批判传统同时又不得不（无意识）践行传统，而另一方面，他也更因此期待又部分实践文化革新。

1　论《狗·猫·鼠》中的交互性

1926 年 2 月 19 日人在北京的鲁迅完成了《狗·猫·鼠》一文。作为《朝花夕拾》（前身为《旧事重提》）的首篇，此文彰显出不同于集内其他各篇的过渡性，其中的特征之一就是对现实生活的高度关注乃至缠绕，即使在涉及到情感抒发时也会加入杂文式的评论，剑指现实人物与事件，如王瑶先生所言，“其中个别篇章确实也有较浓重的杂文色彩。如第一篇《狗·猫·鼠》就是专门回击‘现代评论派’的诬蔑的。文章的开头和结尾都用了大段的议论，用辛辣的笔调讽刺了‘现代评论派’文人的‘媚态的猫’式的嘴脸。其中作者追忆了自己童年‘仇猫’的经过和心理，但也紧扣着对‘猫态’的揭露和讥讽。这篇文章有明确的针对性，论战性很浓，是受了现实斗争的‘刺激’而写的”。①除此以外，此文在杂文性和叙事性上也有较高浓度，不同于《朝花夕拾》的其他篇章，往往更具有强烈的抒情性。

某种意义上说，我们对《狗·猫·鼠》一文的研究几近饱和，剩余讨论创新性空间狭小，而王瑶先生的宏文《论鲁迅的〈朝花夕拾〉》可谓体大精深，代表了目前有关研究的最高水准；而有关专著，如赖建珍、郑家建著《仰看流云：重读〈朝花夕拾〉》（海峡文艺出版社，2011），魏洪丘著《鲁迅〈朝花夕拾〉研究》（中国言实出版社，2014）等等皆有所推进，至少各抒己见、成一家之言。但这并不意味着此文的研究可以盖棺论定或停滞不前。王瑶先生曾经

① 王瑶《论鲁迅的〈朝花夕拾〉》，《北京大学学报（哲学社会科学版）》1984 年第 1 期，页 3。

特别强调要注意研究《朝花夕拾》的整体性，实际上即使研究单篇散文亦当如此，这样才能探究鲁迅先生其中情感结构的关联性和角色分配，展现出部分与整体关系的巧妙搭配。比如，在《狗·猫·鼠》一文中鲁迅先生其实呈现出狗猫角色的某类同质性，如人所论，“作品中关于‘狗’的部分虽然篇幅不大，却是‘猫’的部分的必须……‘猫’的部分虽然是文章的重头，却是‘狗’的部分的继续”。①

《狗·猫·鼠》一文自有其特殊性，它如前所述具有更强的现实关怀与缠绕，但又不止于此：它既有少年鲁迅与中年鲁迅的双重视角，同时在文体上却也有更强的杂文性风格，更令人关注的是，鲁迅在其中呈现出很强的纠结性与悖论性。在我看来，以上种种呈现出一种复杂的交互性，而这种交互性让别具风格的《狗·猫·鼠》张扬了一种对抗、复合又统一的美感。

一、文体交叉：杂文化散文

作为举世闻名的文体家（Stylist），鲁迅先生不只是长于实验新文体，而且也工于文体交叉实验，包括淡化小说情节、强化抒情性介入，其中有些变成了一种狂欢，比如《故事新编》小说集中的戏剧体《起死》，甚至是更复杂的小说性（novelness）填充与混杂；《野草》中的戏剧体书写——《过客》，诗歌体《我的失恋》等等都耐人寻味。②《狗·猫·鼠》恰恰也是一篇具有实验性、过渡性地兼顾现实与回忆的散文。

（一）封套结构

《狗·猫·鼠》的整体结构其实是封套式的，有关现实的部分成为一个硕大的遮阳飞檐，占了全文篇幅的 2/5 强，文中自然也有明晰的转折段落标志：

---

① 魏洪丘《鲁迅〈朝花夕拾〉研究》（北京：中国言实出版社，2014），页 50。

② 有关论述可参拙著《论〈故事新编〉小说中的主体介入》（台北：秀威资讯，2018）和拙著《〈野草〉文本心诠》（北京：人民出版社，2016）。

“但是，这都是近时的话。再一回忆，我的仇猫却远在能够说出这些理由之前，也许是还在十岁上下的时候了。至今还分明记得，那原因是极其简单的：只因为它吃老鼠，——吃了我饲养着的可爱的小小的隐鼠。”[①] 而结尾时却又回到现实，谋划关于如何对付猫的稳妥之计，而且还借助官兵剿匪的悖论或套路，很多时候其实也是官匪一家：“我想，如果能将这方法推广应用，我大概也总可望成为所谓‘指导青年’的‘前辈’的罢，但现下也还未决心实践，正在研究而且推敲。”（页 246，卷 2）开头从现实说法起笔，结尾又回到令人纠结或厌烦的人间，包括和“正人君子”、学者/教授之流的笔战与纠缠。

需要指出的是，即使是涉及现实/现代的叙述，鲁迅先生也自有其风格，整体上有其从容不迫之处，这恰恰可以显出《朝花夕拾》首篇散文的张扬与内敛张力，如人所论，“鲁迅的《朝花夕拾》中的作品虽然都是回忆性的散文，但其中所涉及的对现实斗争的内容无不显示出鲁迅的深刻的个性及其在对敌斗争中的从容不迫”。[②] 实际上不只是涉及现实斗争，他还有关于猫狗之间结仇的西方（童话）文化梳理，而在缕述自己仇猫的理由时，特别/一再提及它的扰民，影响阅读或睡眠，“要说得可靠一点，或者倒不如说不过因为它们配合时候的嗥叫，手续竟有这么繁重，闹得别人心烦，尤其是夜间要看书，睡觉的时候。当这些时候，我便要用长竹竿去攻击它们”（页 240）。但笔锋一转，却又批评现实中某些人的铺张浪费与大肆宣扬婚配事宜（无非是类似禽兽但有文化的交配）。同时也毫不客气地表明态度，“人们的各种礼式，局外人可以不见不闻，我就满不管，但如果当我正要看书或睡觉的时候，有人来勒令朗诵情书，奉陪作揖，那是为自卫起见，还要用长竹竿来抵御的”（页 241）。不希望自己被逼迫或是被打扰。

---

① 《鲁迅全集》第 2 卷，页 241。

② 魏洪丘《鲁迅〈朝花夕拾〉研究》，页 31。

相当耐人寻味的是，鲁迅其实非常清醒于自己的角色设置、身份上升及其可能招致的批评（包括污蔑）、利用以及独特的文化价值，他在给许广平的信中写道："有些青年之于我，见可利用则尽情利用，倘觉不能利用了，便想一棒打杀，所以很有些悲愤之言。不过这种心情，现在早已过去了。我时时觉得自己很渺小；但看他们的著作，竟没有一个如我，敢自说是戴着假面和承认'同党伐异'的，他们说到底总必以'公平'或'中立'自居。因此，我又觉得我或者不渺小。现在拚命要蔑视我和骂倒我的人们的眼前，终于黑的恶鬼似的站着'鲁迅'这两个字者，恐怕就为此。"① 其中彰显出他作为启蒙者、文学家、梯子等多重角色的认知与自我珍视，这也会让他在有意识整体创制《朝花夕拾》的走向时注意保持该有的风格乃至风范，克制批判性（复仇性）、杀伤力，而走向更丰富与提纯之后的"情感结构"，从而显得更温情脉脉一些。

（二）互文（intertext）

毫无疑问，和《狗·猫·鼠》互文最为明显且集中的是小说《兔和猫》。在这篇小说中，鲁迅的仇猫情结显而易见，也容易落下口实。在此文中，兔、狗、猫同框出现过。命名为S（联想起鲁迅常用的S城指涉）的小狗温驯且听话，它并未成为猎兔的凶手，因为三太太告诫过它："还有一匹小狗名叫S的也跑来，闯过去一嗅，打了一个喷嚏，退了几步。三太太吆喝道，'S，听着，不准你咬他！'于是在他头上打了一拳，S便退开了，从此并不咬。"（页577，卷1）而猫在一开始就是至恶（潜在凶手），"三太太说，鸦鹊到不打紧，至多也不过抢吃一点食料，可恶的是一匹大黑猫，常在矮墙上恶狠狠的看，这却要防的，幸而S和猫是对头，或者还不至于有什么罢"（页577，卷1）。而在这篇小说中，"我"偏偏（被）塑造成害猫、仇猫的形象，理由也是如前所述，

① 鲁迅《两地书·九三》，《鲁迅全集》第11卷，页245。

猫在交配时会扰民："而我在全家的口碑上，却的确算一个猫敌。我曾经害过猫，平时也常打猫，尤其是在他们配合的时候。但我之所以打的原因并非因为他们配合，是因为他们嚷，嚷到使我睡不着，我以为配合是不必这样大嚷而特嚷的。"（页 581，卷 1）

在《狗·猫·鼠》中的仇猫及其理由显然有交叉叠合，虽然鲁迅有所辩解，更多是出于其吵嚷喧嚣，如人所论，"通过这种明确的互文，《兔和猫》与《狗·猫·鼠》在故事之外就有了借题发挥的效应；鲁迅把'仇猫''复仇'与对这类人的批评结构在一起的意思也才能不言而喻。也正是因为如此强调复仇，鲁迅为自己塑造了一个'睚眦必报'的典型性格。考虑到鲁迅深受文人笔墨围剿的情形，这种形象塑造在当时还是很有战略意义的，既起到了对青年们进行精神鼓舞的作用，也起到了自我防御的作用"。[①] 但实际上，通读原文，我们更要看出鲁迅在《兔和猫》中的复杂立场，既批评造物主造得太滥，听凭弱肉强食规律发挥作用，但为人的鲁迅却又坚持某种同情弱者的人道主义，这自然会产生矛盾，但这也部分解释了为什么作为强权象征的猫（相较于可爱的小兔）会受到勇于反叛、好打抱不平的鲁迅的仇视。

同时需要说明的是，检索《狗·猫·鼠》同时期的创作，鲁迅亦在其他文本中呈现出娴熟而丰富的互文技巧和指涉。写于 1926 年 1 月 3 日的《杂论管闲事·做学问·灰色等》就提及，"管到'邻猫生子'，很有人以为笑谈，其实却正与自己大有相关。譬如我的院子里，现在就有四匹邻猫常常吵架了，倘使这些太太们之一又诞育四匹，则三四月后，我就得常听到八匹猫们常常吵闹，比现在加倍地心烦"。[②] 其实是重复了猫们扰民的观点。《不是信》（1926 年 2 月 1 日）中则提到了狗，但这里的狗其实更多是文化意义铺陈，鲁迅先生批判

---

① 管丽峥《〈黑猫〉与〈兔和猫〉〈狗·猫·鼠〉新解》，《鲁迅研究月刊》2018 年第 8 期，页 31。

②《鲁迅全集》第 3 卷，页 198。

了狗性与人的比附性，“照此看来，这一回的说‘叭儿狗’（《莽原半月刊》第一期），怕又有人猜想我是指着他自己，在那里‘悻悻’了。其实我不过是泛论，说社会上有神似这个东西的人，因此多说些它的主人：阔人，太监，太太，小姐。本以为这足见我是泛论了，名人们现在那里还有肯跟太监的呢，但是有些人怕仍要忽略了这一层，各个认定了其中的主人之一，而以‘叭儿狗’自命”。[①] 除了批判有关人士的奴性以外，又批判其疑神疑鬼的阿Q特征。

此时段的鲁迅先生在文本中也批评了“现代评论派”，在其《无花的蔷薇》（1926年2月27日）中就有涉及：“‘带住！’又要‘构陷人家的罪状’了。只是这一点，就已经够使人‘即使看也等于白看’，或者‘看过了就放进了应该去的地方’了。”[②] 显然文中不是单一的互文，还指向了徐志摩、陈西滢等人，且以其文还治其身。简单而言，经由互文，鲁迅在《狗·猫·鼠》中的文化蕴涵显得更丰富，批判性更含蓄而饱满，视野更开阔，而同时又节省了篇幅。

二、现实与回忆：攻与受

不必多说，《狗·猫·鼠》中呈现出鲁迅立足现实、回首过往的双重实践，而这二者之间又有着复杂的交错关系，如人所论，“这篇散文正是在现实的种种言论和处境的刺激下起笔的，因此，在叙述之中必然潜存着一个现实性的召唤结构与意义指向，这样就使得文本的叙述视角不得不频繁地往返于‘过去’与‘现实’之间。‘童年的经验’也就在视角的不断过渡与转换之中，渐渐地成长、成熟”。[③] 当然，在这之间还交织着鲁迅先生现实因应的暴烈和回忆既往的温柔风格，甚至是攻与受的复杂辩证。

---

① 《鲁迅全集》第3卷，页239。

② 《鲁迅全集》第3卷，页275。

③ 郑家建、赖建玲《〈朝花夕拾〉：“回忆”的叙述学分析》，《中国现代文学研究丛刊》2012年第9期，页94—95。

（一）攻击现实

我们必须还原鲁迅书写此文时候的历史现场，然后才能更好地理解撰写此文的鲁迅为何呈现出如此胶着的现实关怀，即使到了调试或净化其情感结构的《朝花夕拾》初期亦难免现实批判与犀利杀伤力。其中特别重要的就是绵延良久（1924—1926）且对鲁迅影响深远的北京女子师范大学事件（包含“三·一八惨案”），不只是和“现代评论派”的笔墨不断，还经历了被教育总长章士钊不当免职的冤枉（当然鲁迅后来向平政院申诉得直）。而在你来我往的文字论争中，无论是“某籍某系”还是“流言”等各种说法都未曾停歇。鲁迅在1926年2月15日写的《华盖集·后记》中提及，他曾经评价过现在的大学生“太驯良了”，而在论战中的饱受伤害堪称日新月异，鲁迅感慨道：“我因此又写了《忽然想到》第七篇……我的对于女师大风潮说话，这是第一回，过了十天，就‘碰壁’；又过了十天，陈源教授就在《现代评论》上发表‘流言’，过了半年，据《晨报副刊》（十五年一月三十日）所发表的陈源教授给徐志摩‘诗哲’的信，则‘捏造事实传布流言’的倒是我了。”① 批判转换速度之快的确是令人目瞪口呆。

而在1926年2月27日写的《无花的蔷薇》中，鲁迅先生甚至摘抄了徐志摩《关于下面一束通讯告读者们》及陈西滢《致志摩》（皆发表于1926年1月30日的《晨报副刊》）中批评自己的观点，并点评说：“虽然抄得麻烦，但我总算已经被中国现在‘有根’的‘学者’和‘尤其’的思想家及文人协力踏倒了。”② 这其实也摆出了自己作为围殴靶子的事实，表明自己回应批判的合理性。

可以理解的是，《狗·猫·鼠》开篇伊始，鲁迅就将矛头指向了统称的名

---

①《鲁迅全集》第3卷，页190。

②《鲁迅全集》第3卷，页274。

人、名学者、绅士：“我是常不免于弄弄笔墨的，写了下来，印了出去，对于有些人似乎总是搔着痒处的时候少，碰着痛处的时候多。万一不谨，甚而至于得罪了名人或名教授，或者更甚而至于得罪了‘负有指导青年责任的前辈’之流，可就危险已极。”（页238）甚至在缕述仇猫理由时将曾经伤害过他的章士钊直接送上了城墙头当箭垛：“听说章士钊先生是译作‘心解’的，虽然简古，可是实在难解得很——以来，我们的名人名教授也颇有隐隐约约，检来应用的了，这些事便不免又要归宿到性欲上去。打狗的事我不管，至于我的打猫，却只因为它们嚷嚷，此外并无恶意，我自信我的嫉妒心还没有这么博大，当现下‘动辄获咎’之秋，这是不可不预先声明的。”（页240—241）文中后半部分转到了打狗打猫的议题上来，既为自己辩护，同时也指出了对手们的好斗性。

除此以外，鲁迅先生也借助如何处理猫的策略上反思人的问题，借此批判现实中依然存在的坏习惯——没原则的老好人：“经验既多，一旦大悟，知道猫的偷鱼肉，拖小鸡，深夜大叫，人们自然十之九是憎恶的，而这憎恶是在猫身上。假如我出而为人们驱除这憎恶，打伤或杀害了它，它便立刻变为可怜，那憎恶倒移在我身上了。”（页245）经由此多方面呈现，鲁迅先生其实也想借此引起更加深入而全面的批判，甚至可以延伸到革新/革命不太彻底的中华民国社会层面上来，如王瑶先生所言，“更重要的原因，是鲁迅觉得把这些自己感受最深的经历写出来，不仅是个人的事情，而且对青年人有重大的现实意义。他感到虽然‘民国’已经有了十五年的历史，但社会上的思想、习俗，以及人与人之间的关系，并没有发生甚么实质性的变化，仍然是‘乌烟瘴气’；因此他说‘我觉得什么都要重新做过’”。[①] 这的确是对鲁迅先生批判深度、广度与层次的清醒确认。

---

① 王瑶《论鲁迅的〈朝花夕拾〉》，《北京大学学报（哲学社会科学版）》1984年第1期，页5。

（二）自我治疗

《朝花夕拾》自有其疗治和抚慰书写者的功能，同时也因在创作中变换了曾经的历史时间而变得更具有主体介入的诗学气质，如人所论，“历史时间中的《朝花夕拾》刻录了鲁迅从童年到青年时期的心路历程和生存感受，呈示了清末民初的家乡生活面貌以及记忆主体对故土风物的深切怀恋之情。但在潜文本层面，历史时间转换为主体性时间，记忆中的内容已不再是对过去的简单复现，而是通过鲁迅的心灵度量和主体判断之后，以现实的视角和对记忆进行重新审视和组合，把历史与现实、过去与现在统一在当下的情感与意义构认场域”。[1] 开篇之作的《狗·猫·鼠》亦然。

进入回忆少年时段，鲁迅在作品中呈现出对两类事物的温馨回忆与衷心赞美。其中之一是写猫的传说/故事，经由祖母的夏夜讲述。少年鲁迅呈现出对猫的关心与爱护：“我躺在一株大桂树下的小板桌上乘凉，祖母摇着芭蕉扇坐在桌旁，给我猜谜，讲故事。忽然，桂树上沙沙地有趾爪的爬搔声，一对闪闪的眼睛在暗中随声而下，使我吃惊，也将祖母讲着的话打断，另讲猫的故事了——”明显是一个经由童年中的祖母慈爱安抚成长的灵魂的常规片段。耐人寻味的是，故事中，猫原本是老虎求学的先生，而学艺到手的老虎却想猎杀师傅猫以成就霸业，幸而猫留了一手，可以上树逃避，“这是侥幸的，我想，幸而老虎很性急，否则从桂树上就会爬下一匹老虎来。然而究竟很怕人，我要进屋子里睡觉去了”（页 242）。少年鲁迅呈现出的是他的蓬勃同情心与人道主义关怀——他并非仇猫的惯犯，而是具有恻隐之心的少年。当然祖母在处理这个故事上也彰显了其情节对抗的张力和大（学生）与小（师傅）的辩证。而在我们另一种文化的比喻上，明显是老虎占据优势，所谓的“画虎不成反类猫”，但这种逻辑已经遵循了弱肉强食的丛林法则，会迷惑乃至伤害少年鲁迅的

---

① 魏庆培《论〈朝花夕拾〉的时间与空间》，《鲁迅研究月刊》2018 年第 5 期，页 26。

仁心。

第二类事物则是隐鼠——可爱的弱势群体。可以分成两种：一种是可爱的想象中的小老鼠，鲁迅甚至还引入了富有民间活力的“老鼠成亲”想象，少年的他还想亲自践行观赏，结果自然是无缘亲见，这毕竟是文化描述的存在：“正月十四的夜，是我不肯轻易便睡，等候它们的仪仗从床下出来的夜。然而仍然只看见几个光着身子的隐鼠在地面游行，不像正在办着喜事。直到我熬不住了，怏怏睡去，一睁眼却已经天明，到了灯节了。也许鼠族的婚仪，不但不分请帖，来收罗贺礼，虽是真的‘观礼’，也绝对不欢迎的罢，我想，这是它们向来的习惯，无法抗议的。”（页 243）显然作者找到了自我安抚的理由——鼠族不欢迎人类的围观，这个“失败”的心理投射文化想象无法在现实中落地的故事却反证了少年鲁迅的可爱、单纯与强烈求知欲。

另一种则是他的近似墨猴的宠物隐鼠，是少年鲁迅救治了和蛇搏斗之后奄奄一息的小东西，所谓“大难不死，必有后福”，它终于健康成长了，“我就极愿意有这样的一个墨猴，可是得不到；问那里有，那里买的呢，谁也不知道。‘慰情聊胜无’，这隐鼠总可以算是我的墨猴了罢，虽然它舔吃墨汁，并不一定肯等到我写完字”（页 244）。但终于这个隐鼠还是消失了，据长妈妈说是被猫吃了，引发了“我”仇猫、打猫、战猫的行动，乃至日后的习惯。虽然最后证明结果是长妈妈不小心踏死了隐鼠，但似乎“我”的仇猫已成为习惯，“这确是先前所没有料想到的。现在我已经记不清当时是怎样一个感想，但和猫的感情却终于没有融和；到了北京，还因为它伤害了兔的儿女们，便旧隙夹新嫌，使出更辣的辣手”（页 245）。当然仇猫习惯的延续也有不同现实机缘的促发。

某种意义上说，通过对上述两类事物的情感经历描述，鲁迅彰显出其有爱的人道主义的一面，同时也有嫉恶如仇、误伤他者的自我反省，他跟猫的复杂纠葛恰恰表征了他的坦荡本性与自我涤荡实践。面对现实的强烈批判与积极回应和对过去温馨回忆的再现形成一种对话的张力，都是对鲁迅的安抚，这可以彰显出少年鲁迅与中年鲁迅的变与不变，也可以兼具攻与受的复杂情感/思想路径。

三、人与兽的超越感

表面上看，《狗·猫·鼠》是在书写动物们，这在回忆的部分尤其如此，但实际上此文却同样指向了（现实）人类批判，而在现实书写部分尤其明显。易言之，该文中有一个相当明晰的人兽之辨。

（一）人兽之分

有论者指出："《狗·猫·鼠》中作者从自己的仇猫说起，谈了人们的婚礼，黑猫、猫婆和猫鬼，猫与虎的师徒关系，老鼠成亲的花纸，蛇和'老鼠数铜钱'，隐鼠和墨猴等许多传说、掌故和现实的小故事，波浪起伏，好像漫不经心地闲聊天，但实际都是以勾画'媚态的猫'为中心的。"[1] 这当然是对此篇散文中猫的中心地位的强调，但同时背后却也是对隐喻的人类的劣根性的嘲讽乃至批判。

开篇伊始，鲁迅先生就批评了有关学者的悖谬逻辑——因为"狗仇猫"；鲁迅仇猫，所以鲁迅是狗，"做一封信登在报纸上，广告道：'看哪！狗不是仇猫的么？鲁迅先生却自己承认是仇猫的，而他还说要打"落水狗"！'这'逻辑'的奥义，即在用我的话，来证明我倒是狗，于是而凡有言说，全都根本推翻"（页238）。将人比作狗貌似具有反讽效果，但是其对手的逻辑推演却是荒谬的。

实际上，在此文中鲁迅对人兽之分相对清晰：动物类别自有其弱肉强食或遵循丛林法则，但并不添加欲盖弥彰的口实或虚假宣扬，因此残酷之余也显得自然，毕竟，貌似弱小的动物在自然界中也有存活的法宝和功能，比如繁衍快

---

① 王瑶《论鲁迅的〈朝花夕拾〉》，页10。

速，逃跑手段丰富等等，鲁迅写道："它们适性任情，对就对，错就错，不说一句分辩话。虫蛆也许是不干净的，但它们并没有自命清高；鸷禽猛兽以较弱的动物为饵，不妨说是凶残的罢，但它们从来就没有竖过'公理''正义'的旗子，使牺牲者直到被吃的时候为止，还是一味佩服赞叹它们。"（页 239）而人类的进化也有其高明之处，比如制造工具，使用火、语言，可以及时沟通与协作，等等，但人类也有其缺点，比如撒谎、尔虞我诈等等，鲁迅写道："然而也就堕落，因为那时也开始了说空话。说空话尚无不可，甚至于连自己也不知道说着违心之论，则对于只能嗥叫的动物，实在免不得'颜厚有忸怩'。"（页 239）同时鲁迅也对人类驯化的动物身上的多余聪明不置可否。

鲁迅指出仇猫的原因在于其扰民（尤其是交配时的嗥叫），但同样他也借此批判人类合法交配前的繁琐礼仪（当然平心而论，其中也有婚恋的浪漫、温馨与千曲百折之后修成正果的感佩，不能一概而论。而男女之间的结合从资源角度看也得有竞争性和合法理由，至少一方要打动另一方才可以，否则就是动物界的弱肉强食了），"例如人们当配合之前，也很有些手续，新的是写情书，少则一束，多则一捆；旧的是什么'问名''纳采'，磕头作揖，去年海昌蒋氏在北京举行婚礼，拜来拜去，就十足拜了三天，还印有一本红面子的《婚礼节文》"。甚至推而广之，对于相对陌生的人更不必拘礼，尤其是某些帖子明显是为了彩礼/红包，这自然令人厌恶，"平素不大交往的人，忽而寄给我一个红帖子，上面印着'为舍妹出阁'，'小儿完姻'，'敬请观礼'或'阖第光临'这些含有'阴险的暗示'的句子，使我不花钱便总觉得有些过意不去的，我也不十分高兴"（页 241）。易言之，鲁迅先生对人类的虚伪礼节及冗繁礼仪相当不满，自然会大力批判。

论者指出，鲁迅批判的老辣堪称千回百折，现实与回忆、人与兽、为文痛与痒的效果之中都可以随手挪用、巧妙贯通，"鲁迅式的老辣，不是以平面镜直照童年回忆，却从当下文化界的乌烟瘴气，从自己的文章'对于有些人似乎总是搔着痒处的时候少，碰着痛处的时候多’，惹得‘正人君子’挑剔‘仇猫便是狗’，却又提倡‘打落水狗’等等非议中入手，也就是说穿透了当下文网的哈哈镜，才回到纯真的童年。并且拿出动物道德……反讽人类文化在技术上的进步，却挽回不了道德上的堕落”[①]。在鲁迅的视野中，人兽之分自有其界限，人类从进化论角度看自有其优势，但从其堕落程度看，某些角度与层面远比动物伪善和卑劣，因为动物并不需要过多的幌子掩饰弱肉强食，同时人类的文明/发明中亦有钳制人类自身的糟粕，也是需要警惕的。

（二）人道主义的去与取

相当悖论的是，《狗·猫·鼠》中呈现出相当强烈的对现实及人类隐喻的批判，如人所论，“鲁迅对猫这种动物的痛恨，他是将其当作虚伪‘智识者’的象征来看待的。猫意象正是鲁迅为那些虚伪的‘智识者’所制作的一个活标本”[②]。易言之，在该文中鲁迅对猫的批判或仇猫，除了其误认为杀害了自己的隐鼠原因以外，相当重要的原因就是——它更靠近人类的伪善、叫嚣与“媚态”。

但同时鲁迅在文章中却又彰显了相当强烈的人道主义，比如他对濒临死亡的隐鼠的救治，且为它的被害找寻真相与报仇雪恨，甚至在文末明了真相的他在处理猫时亦有发展的态度：“目下的办法，是凡遇猫们捣乱，至于有人讨厌时，我便站出去，在门口大声叱曰：‘嘘！滚！’小小平静，即回书房，这样，就长保着御侮保家的资格。”（页245）既批判人性的丑恶之处，同时又葆有人道主义关怀，这是复杂、矛盾鲁迅的可爱之处。而他所举例的方法亦有对人类狡猾性的潜在批评（比如官兵剿匪的猫捉老鼠游戏），却又是对与恶共存/共谋的现状或经验总结的尴尬借鉴。

---

① 杨义《〈朝花夕拾〉的生命解读》，《海南师范大学学报（社会科学版）》2014年第1期，页2。

② 靳新来、杨红燕《虚伪“智识者”的活标本——解析鲁迅笔下的猫意象》，《上海鲁迅研究》2010年第2期，页131。

实际上，书写《朝花夕拾》时期的鲁迅呈现出更强的包容性与体恤心，他的有意克制与情感提纯让人感动，尤其是他对青年甚至有着更大的宽容度与慈父胸怀，如他给许广平的信中写道：“有青年攻击或讥笑我，我向来不去还手的，他们还脆弱，还是我比较的经得起践踏。”① 当然，反过来，青年也可以成为他的粉丝读者、精神事业延续和新的动力源泉，而到了1926—1927年和廖立峨的密切又奇葩交往中恰恰可以更真切地反映出鲁迅先生的青年观和道德高度，其中既包含了典型性，又有个案性，甚至反映出鲁迅先生自身过于热爱青年导致的盲点和自食其果。② 反过来，从此角度看，鲁迅先生的矛盾性/悖论性更是澄明可见——他以人兽之辨批判人类的劣根性隐喻，却又高扬人道主义的大纛，热切关怀弱势群体，既含动物，又有青年。

结语：《狗·猫·鼠》作为《朝花夕拾》的首篇，呈现出过渡性和转型性的特征。其中的交互性令人叹服。在文体上，它是杂文化的散文，利用封套结构与互文结构全篇，辐射内外；内容划分上，既有攻击现实，又含自我疗治，浑然合体；价值取向上，既有人兽之辨，同时又呈现出对人道主义的去与取辩证，这的确是一篇佳作。

2　《阿长与〈山海经〉》中的三个鲁迅

引言

阿长这个人物角色在鲁迅的作品中颇具代表性，哪怕是《朝花夕拾》单个集子就多次出现过，比如最集中的名篇《阿长与〈山海经〉》创作于1926年3月10日，发表于是年3月25日《莽原》第1卷第6期；《狗·猫·鼠》（作于

① 鲁迅《两地书·九七》，《鲁迅全集》第11卷，页216。

② 具体可参拙文《鲁迅“义子”廖立峨：作为广东青年的“这一个”》，《鲁迅研究月刊》2014年第1期。

1926年2月19日）提及了作者关注/喜欢的实际上惨遭长妈妈不小心踏杀的隐鼠事件，《从百草园到三味书屋》（1926年9月18日作）则有长妈妈讲故事的场景。当然如果拓展可能的关联性，《怀旧》（1911年冬作）则涉及了“长毛”的故事与对话，可以视为用女体对付大炮的拓展。而在《谈皇帝》（1926年2月17日作）一文中鲁迅则提及，“往昔的我家，曾有一个老仆妇，告诉过我她所知道，而且相信的对付皇帝的方法”。① 这里的“老仆妇”按照逻辑推论，应该是长妈妈。

易言之，从绍兴到北京，再到厦门，长妈妈都是鲁迅笔下的涉及，某种程度上说，也可谓鲁迅感情空间内部的一个情结（complex）。相当耐人寻味的是，《朝花夕拾》中并没有专节叙及现实中和鲁迅相依为命、让鲁迅爱恨交加的角色——坚韧但也给鲁迅造成伤害的母亲鲁瑞（1858—1943），而是浓墨重彩描绘了来自民间底层让鲁迅既可能轻视又转而尊敬和一直亲近的长妈妈的形象。从此角度看，这对鲁迅拥抱民间同时又批判底层劣根性的理性思考是一个情感补偿。

相较而言，《阿长与〈山海经〉》看起来并不晦涩，相关研究的焦点往往就是阿长与《山海经》，当然背后的焦点则是鲁迅。不必多说，鲁迅之于《山海经》，既有喜欢乃至渴望，又对之有专门的研究，比如在《中国小说史略》有关《山海经》的论述中指出：“所载祠神之物多用糈，与巫术合，盖古之巫书也，然秦汉人亦有增益。”② 而孙昌熙的《鲁迅与〈山海经〉》（《吉林师大学报》1979年第1期）一文有关此议题的研究达到了一个新高度：不仅梳理了鲁迅如何研究《山海经》，更详细探讨了鲁迅如何利用其中的素材进行再创作，包括《故事新编》中的神话传说（尤其是《补天》《奔月》《理水》），旧体诗

① 鲁迅《谈皇帝》，《鲁迅全集》第3卷，页268。

② 鲁迅《中国小说史略》（北京：北京大学出版社，2009），页9。

词、杂文书写等等。当然，也有论者论及鲁迅此篇文本的诗学技艺，尤其是作为散文写作名篇的“形散而神不散”，“这里的材料，虽然丰富纷繁，但始终是为人物的塑造这个中心的。乡风民俗和民间传说的叙述是为了刻画长妈妈的性格，隐鼠是为了表现作家对长妈妈的情感的波折的，《山海经》是为了展示长妈妈对孩子的关爱以及在作家人生道路上的重要，其他书籍是为了衬托《山海经》的重要而记的。表面上似乎很散，似乎有些漫不经心，其实是精心编织，有条不紊的”。[①] 其中也有值得继续反思的地方，简单而言，鲁迅的叙事散文情节有曲折，有些小说却又去情节化而更多是横截面或情感抒发，这呈现出 20 世纪 20 年代鲁迅创作的文体越界问题。

也有论者看出了《阿长与〈山海经〉》中有两个鲁迅，而且之间呈现出引人注目的张力，“简单来说，《阿长与〈山海经〉》是一篇充满张力的文本，而张力之产生则源于两个鲁迅的纠葛。所谓两个鲁迅，一是面对底层人民时作为启蒙者的鲁迅，一是对底层人民充满无以言说的温爱的鲁迅。不管在其他文章中如何，至少在《阿长与〈山海经〉》中，后者时时刻意要压倒前者”。[②] 实际上此论点还可扩充，在我看来，《阿长与〈山海经〉》中至少包含了三个鲁迅，其中有少爷视域、中年心态与启蒙（者）的调试。作为一个回忆性文本，里面既有过去，又有现在，同时也有对未来之路的反思。从此角度看，阿长已不是一个简单的符号，而是立体鲁迅的情感出口、精神载体与未来调整凭借。

一、少爷视域

在《呐喊·自序》中，鲁迅颇有感触地写道，“有谁从小康人家而坠入困顿的么，我以为在这途路中，大概可以看见世人的真面目”[③]。言下之意，他亦

① 魏洪丘《鲁迅〈朝花夕拾〉研究》，页 71。

② 朱金烽《两个鲁迅的纠葛——读〈阿长与《山海经》〉》，《语文知识》2016 年第 15 期，页 30。

③ 鲁迅《呐喊·自序》，《鲁迅全集》第 1 卷，页 437。

有自己少年时的身份荣光和众星拱月之感，而其被残忍剥夺后却又同时感受到巨大落差之下的世态炎凉，这对鲁迅是毕生的创伤与感念，尽管有时会以开玩笑的方式重提。

（一）少爷身份

在有关长妈妈的书写中，鲁迅多次强调或至少凸显出其出身——少爷身份。在《狗·猫·鼠》一文中，他就写道，“长妈妈，一个一向带领着我的女工”（页244）。而到了《阿长与〈山海经〉》这里更是清晰可见且有所推进，“长妈妈，已经说过，是一个一向带领着我的女工，说得阔气一点，就是我的保姆。我的母亲和许多别的人都这样称呼她，似乎略带些客气的意思。只有祖母叫她阿长。我平时叫她‘阿妈’，连‘长’字也不带；但到憎恶她的时候，——例如知道了谋死我那隐鼠的却是她的时候，就叫她阿长”（页250）。尽管文本中不乏戏谑的成分，但实际上这身份相当重要——这其实就是在鲁迅创作中彰显其身份认同主动或被动转换的基点之一。

1. 地盘感。无论鲁迅有怎样浓重的人道主义关怀，或者是彬彬有礼的称谓，或者是一种自嘲，但有一个不容忽略的事实是，长妈妈都是他的保姆。为此作品中常常可见的是从少爷视角生发的掩藏不住的优越感，就长妈妈名字的来历来说亦然，“先前的先前，我家有一个女工，身材生得很高大，这就是真阿长。后来她回去了，我那什么姑娘才来补她的缺，然而大家因为叫惯了，没有再改口，于是她从此也就成为长妈妈了”。可以理解的是，被雇主挪借他人名称而命名的她也就成了服侍“我”的保姆，而即使年幼的“我”自然也有身份的比照感，“虽然背地里说人长短不是好事情，但倘使要我说句真心话，我可只得说：我实在不大佩服她”（页250）。对仆妇/下人的应有尊重度在年幼的孩子那里如果不是靠文化涵养克制或大人从旁提醒的话，往往是有限的。而反过来，孩童的一举一动却又可以映照出他执行被规训的待人接物礼仪的真实态度。

按照儿童心理学或人类的一般文化传统逻辑，正在形成的未成熟自我或有身份的人对自己的空间感相对敏感，所以彼时的小少爷鲁迅对陪伴他作息的长妈妈成“大”字的睡姿，尤其是把他逼到一隅的做法，的确相当不满，这其中既有对空间压迫感的反抗，又有对身份僭越的不满，他甚至找母亲诉苦，做过问询和提醒但也无效，“母亲听到我多回诉苦之后，曾经这样地问过她。我也知道这意思是要她多给我一些空席。她不开口。但到夜里，我热得醒来的时候，却仍然看见满床摆着一个‘大’字，一条臂膊还搁在我的颈子上。我想，这实在是无法可想了”（页 251）。即使提醒过自己的长妈妈却还是无法改变现实，或者说她的身体还是顺应现实的考验而压迫了“我”的空间，上述文字描述中的主体苦闷显而易见。

但鲁迅显然又添加了其间的张力，貌似地位低下却占据更大空间的长妈妈讲述了自己面对长毛来犯时的巨大乃至神奇功能，而这种力量产生了很大冲击力，足以让“我”的地盘感暂时得到控制，“从此对于她就有了特别的敬意，似乎实在深不可测；夜间的伸开手脚，占领全床，那当然是情有可原的了，倒应该我退让”。但又有新的变化，因为“我”知道实际上她又是杀死隐鼠的凶手（虽然不是故意的），却又因此对她充满了童稚式的不满：“那时就极严重地诘问，而且当面叫她阿长。我想我又不真做小长毛，不去攻城，也不放炮，更不怕炮炸，我惧惮她什么呢！”（页 253）反正她的伟大功能对于“我”本人没有直接影响。

2. 读闲书。《山海经》进入少爷鲁迅的视野不是偶然的，一方面是失去隐鼠之后的兴趣转移，而另一方面则是远房叔祖的介绍：“他说给我听，曾经有过一部绘图的《山海经》，画着人面的兽，九头的蛇，三脚的鸟，生着翅膀的人，没有头而以两乳当作眼睛的怪物，……可惜现在不知道放在那里了。”（页 254）当然，这也是不得不读书“学而优则仕”使命和责任之下的机动选择——跟科举应试训练的枯燥书单相比，更有趣的书还是可以读点并用作调剂。

《山海经》之于少爷鲁迅当然有着相当繁复的功能，我们可以从宏阔层面进行升华，此书提供了一个非常新鲜而有幻想性体系的神话世界，“这个《山海经》对鲁迅来说之所以如此心爱与重要，图像本身是一方面，更重要的是图像所荷载的文化精神，在这部粗陋的书里，鲁迅看到了相柳、夔、帝江、孰湖等从来没有看到过的神异世界，而每一个神兽都有一个传说，都是中国先民的文化记忆与集体认知”。[①] 但之于少年鲁迅来说，《山海经》意味着和现实迥异的、具有丰富想象力和再造性的崭新世界，这本身既是对儿童天生的好奇心的满足，同时也是对现实世界的逃离、理解与返回、再确认的过程，因此“我”对此书的获取就变成了一种执念，“玩的时候倒是没有什么的，但一坐下，我就记得绘图的《山海经》”。

某种意义上说，之于少爷鲁迅来说，他不仅不需要像农民出身的人稍微长大一点就要干力所能及的农活补贴生计，而且还可以安心读书，当然显而易见读书也是一种（文化）身份，书因此也成为大字不识的人尊重的物质载体：“大概是太过于念念不忘了，连阿长也来问《山海经》是怎么一回事。这是我向来没有和她说过的，我知道她并非学者，说了也无益；但既然来问，也就都对她说了。”（页 254）这才是令人感慨的地方，始作俑者的远房叔祖过于疏懒、不便劳烦，而“我”本人因为读书过于忙碌而没有机会购买，恰恰是大字不识甚至把《山海经》误作音译“三哼经”的底层妇女——长妈妈办到了，这让少爷“我”更会大吃一惊且特别感动。

（二）少儿本性

需要明了的是，彼时的鲁迅毕竟是一个儿童，他更多呈现出儿童的心理特

① 许徐《从“山海经”到“幻灯片”：鲁迅图像观的发生学考察——兼及“左翼图像学”的创构》，《文艺理论研究》2016 年第 2 期，页 198。

征、生活取向与价值关怀。因此，长妈妈作为其姆妈，无论如何兼具了多种功能。

1. 被呵护。作为长子长孙、少儿的鲁迅彼时恰恰是被呵护的对象。某种意义上说，长妈妈部分承担了琐碎的母亲的角色：除了生活细节叮嘱，还有许多朴素而琐碎的地方民间规矩要立，“但是她懂得许多规矩；这些规矩，也大概是我所不耐烦的。一年中最高兴的时节，自然要数除夕了。辞岁之后，从长辈得到压岁钱，红纸包着，放在枕边，只要过一宵，便可以随意使用。睡在枕上，看着红包，想到明天买来的小鼓、刀枪、泥人、糖菩萨……。然而她进来，又将一个福橘放在床头了”（页 251）。在上述诸多文化寓意规定中，所谓元旦的福橘仪式其实更多是对新年伊始祝福的寓意和象征，的确也给“我”留下了深刻印象：“此外，现在大抵忘却了，只有元旦的古怪仪式记得最清楚。”（页 252）

论者指出，“爱和奉献的能力（首先是对母亲）以很多方式发展成为对感觉为好的、有价值的不同事业的奉献。这意味着婴儿在过去因为感觉到爱和被爱而体验到的享受，在后来的生命中，不仅转移到了与他人的关系上（这非常重要），也转移到他的工作和所有他觉得值得奋斗的事情上。这也意味着一种人格的丰富和享受工作的能力，从而开启了各种满足的来源”①。易言之，爱的传递无论是对于成长个体还是对于社会和谐都至关重要。无论如何，长妈妈将自己的爱无私地献给了自己的监护对象——少爷鲁迅，尤其是她其实也相当尊重被管理/服务对象的合理的主体意志，比如买他梦牵魂萦的《山海经》：“这又使我发生新的敬意了，别人不肯做，或不能做的事，她却能够做成功。她确有伟大的神力。谋害隐鼠的怨恨，从此完全消灭了。”（页 254—255）

2. 反束缚。不必多说，小朋友最喜欢的事情莫过于玩耍了，前述元旦福

---

①【英】梅兰妮·克莱因著，段文静等译《嫉羡与感恩》（北京：九州出版社，2017），页 283。

橘仪式中，鲁迅写道，在“我”完成长妈妈预期的有关规定仪式后，“‘恭喜恭喜！大家恭喜！真聪明！恭喜恭喜！’她于是十分欢喜似的，笑将起来，同时将一点冰冷的东西，塞在我的嘴里。我大吃一惊之后，也就忽而记得，这就是所谓福橘，元旦辟头的磨难，总算已经受完，可以下床玩耍去了”（页251—252）。两代人近乎完全对立的反应模式，不管这些仪式对于长妈妈所在成人世界及其文化传统意味着什么，此类文化程式之于少年儿童来说却是令人压抑的，“总之：都是些烦琐之至，至今想起来还觉得非常麻烦的事情”（页252）。

《狗·猫·鼠》中记录了有关隐鼠及其死亡的书写：“我”救下了一只隐鼠，它非常可爱，既有传说中的文人墨客需要的墨猴功能，又相当惹人喜爱，但最后不幸被长妈妈不小心用脚踏死。少年鲁迅对隐鼠的喜爱还反映出少儿对宠物的类比式宠萌，一方面是有善意和恻隐之心的惺惺相惜，另一方面却又呈现出控制和保护（更弱者）之下的自我成长。

论者指出：“理论上，未来是一个自由王国，所有事情都可能在这里发生，因此未来不同于过去，过去是一个永恒的、不可改变的必然王国，所有可能发生的事情都已经发生。未来往往是柔性可变的，过去则是固定坚实的，一经固定永不改变。相反，记忆政治的做法，常常是使未来与过去互换性态，至少人们是这样对待它们的。在记忆政治中，过去变得柔韧，可随意操控，极易被塑造和重塑，并且这些都是记忆政治的基本特征。”① 不难看出，鲁迅有关长妈妈书写中凸显出的少爷视域可以部分彰显出鲁迅的“记忆政治”，他部分还原了少年鲁迅与长妈妈之间的张力与对比关系，借此既可以褒扬、感激长妈妈，又可以清理过去给他带来的不安感或愤怒累积。

二、中年心态

1927年5月1日于广州白云楼寓所书写的《朝花夕拾·小引》中，鲁迅先

① 【英】齐格蒙特·鲍曼著，姚伟等译《怀旧的乌托邦》（北京：中国人民大学出版社，2018），页87。

生写道："看看绿叶，编编旧稿，总算也在做一点事。做着这等事，真是虽生之日，犹死之年，很可以驱除炎热的。"（页 235，卷 2）其中呈现出很强的落寞感，甚至暮年心态。在 1926 年 3 月 10 日北京时期的鲁迅其实亦有难以遏抑的悲愤与无力感，此时"三·一八"事件尚未爆发，但已是"山雨欲来风满楼"。而《阿长与〈山海经〉》中亦有轻微的中年心态，其中既有无奈、彷徨，也有回望中的自我反省，是的，即使长妈妈有不少缺点，那么她的真情与全力付出该受到批判吗？鲁迅的批判精神该指向何处？如人所论，"合理的解释只有一个，那就是：鲁迅因为没有像阿长爱自己一样关爱她，充满了内疚与自责。这就是鲁迅许多作品中的深刻反省精神"①。

（一）可怜人

鲁迅先生对自我的定位有所谓的"中间物"意识，"一切事物，在转变中，是总有多少中间物的。动植之间，无脊椎和脊椎动物之间，都有中间物；或者简直可以说，在进化的链子上，一切都是中间物"。② 而对阿长来说，她的身份、命运从头到尾更是可怜至极的"中间物"。

从她的头——名字开始。"我们那里没有姓长的；她生得黄胖而矮，'长'也不是形容词。又不是她的名字，记得她自己说过，她的名字是叫作什么姑娘的。什么姑娘，我现在已经忘却了，总之不是长姑娘；也终于不知道她姓什么。"（页 250）"名不正，则言不顺"，阿长其实被"套牌"使用了不合身份（甚至是对应身体特征描述）的他人命名，却也只能如此，这可以反衬出她原本就是无关紧要的无名小卒。

从躯干——身心来说，她的矮胖身体除了"欺负"儿童以外，可资利用的价值不大，只是在自编或迷信传承的野史话语中有一席之地——女体（女阴）

① 刘思萌、任强《从〈阿长与《山海经》〉看鲁迅的自省精神》，《湖北经济学院学报（人文社会科学版）》2016 年第 6 期，页 99。

② 鲁迅《写在〈坟〉后面》，《鲁迅全集》第 1 卷，页 301—302。

成为对付敌军大炮的降伏物，这当然也是迷信的功能性描述："我们就没有用么？我们也要被掳去。城外有兵来攻的时候，长毛就叫我们脱下裤子，一排一排地站在城墙上，外面的大炮就放不出来；再要放，就炸了！"（页 253）而在精神上，她不过是繁冗礼节、诸多禁忌的传承载体——传声筒，当然也是卑之无甚高论，如"她教给我的道理还很多，例如说人死了，不该说死掉，必须说'老掉了'；死了人，生了孩子的屋子里，不应该走进去；饭粒落在地上，必须拣起来，最好是吃下去；晒裤子用的竹竿底下，是万不可钻过去的……"（页 252）

从"中间物"的末端来说，阿长的接班人也是青黄不接——鲁迅写道："我的保姆，长妈妈即阿长，辞了这人世，大概也有了三十年了罢。我终于不知道她的姓名，她的经历，仅知道有一个过继的儿子，她大约是青年守寡的孤孀。"（页 255）周作人在《鲁迅的故家》中提及，阿长死于光绪已亥，即 1899 年，"夫家姓余，过继的儿子名五九，是做裁缝的，家住东浦大门溇"。[①] 可谓出身、死亡和继承的后续都令人唏嘘。

在《阿长与〈山海经〉》中，关于阿长费力买到的《山海经》的下落也令人感慨，"我"当然在后来也拥有了更多更好的版本，"木刻的却已经记不清是什么时候失掉了"。论者指出，"在应该卒章显志的地方写'失掉'，不仅是借物写人，凸显对阿长的怀念，同时也更加拉开儿时与如今的距离，掺入了成人的'我'对生命、时光的模糊与流逝感，而这恰恰是鲁迅写作《朝花夕拾》的真实心态之一"。[②] 而从长妈妈的立场与角度来看，她的确是可以随同木刻版《山海经》一样失掉或消失的物化存在——"中间物"，因为实际上她也更多是缺乏个性的朦胧的社会性存在。

① 周作人《鲁迅的故家》（南京：江苏人民出版社，2018），页 96。

② 李宪瑜《记人与怀旧——读鲁迅〈阿长与《山海经》〉》，《语文建设》2002 年第 11 期，页 18。

（二）诚与爱

出身底层的长妈妈，其实很好地履行了自己的职责，比如她对“我”的监护，“又不许我走动，拔一株草，翻一块石头，就说我顽皮，要告诉我的母亲去了”（页 250）。尽管她未必真正懂得相关礼节的来源、功能和可能缺陷，但她却真诚信奉，且让“我”认真遵守，以便享福免灾。

而她也会关心人，尤其是自己的小主人。听闻“我”特别喜欢《山海经》，即使告假回家休养生息也要抽空帮忙处理好，谁知道没有文化的她是如何克服困难买对这本书的呢？“过了十多天，或者一个月罢，我还记得，是她告假回家以后的四五天，她穿着新的蓝布衫回来了，一见面，就将一包书递给我，高兴地说道：‘哥儿，有画儿的‘三哼经’，我给你买来了！’”（页 254）从以上角度看，长妈妈其实是以自己的全部或至少尽可能多精力关爱“我”，如人所论，“全文将以世俗礼数为中心的压抑和蒙蔽人性的世界，和以‘有画儿的“三哼经”’为中心的可以开发精神自由的世界，进行对比性的对接和并置。没有文化的粗人具有二重性，她既是民间文化的载体，又是人性不泯的见证”。[①] 当然需要提醒的是，此处的民间文化也有其劣根性，只是经过时间淘洗之后的回忆视域下，变得不那么凸显，尤其是和鲁迅的小说和杂文的犀利批判性类比。

中年鲁迅回望儿童时期的经历与情感资源时，他既复原了正常认识框架下儿童的感受，同时又倾注了中年心态，其中既有无奈、自省的成分，同时又有状描底层人的苦难、粗糙及挖掘其拙朴性格的另一面。这对彷徨时期的鲁迅无疑也是一种反拨、安慰、激励乃至疗治——那个童年时期的关爱与暖意一直到世态炎凉的中年时期依然闪耀着人性的光辉。

---

① 杨义《〈朝花夕拾〉的生命解读》，《海南师范大学学报（社会科学版）》2014 年第 1 期，页 4。

三、启蒙的调试

1926年的北京鲁迅依然是一个启蒙主义者（如其所言："我仍抱着十多年前的'启蒙主义'，以为必须是'为人生'，而且要改良这人生。"《我怎么做起小说来》，1933年3月5日作，卷4，页526），而在践行启蒙主义的过程中，也会因为个人际遇、情感梳理与启蒙对象的各种变化而带来新的调试。而《阿长与〈山海经〉》则是承载了这种调试的文本之一。

（一）俯视姿态

如果按照启蒙者—被启蒙者之间的力量流动，当然可能是互动或对流的，但若从势能角度看，启蒙者对后者往往是俯视的，《阿长与〈山海经〉》就有这样的常规视角。

有论者指出，"从这里可以看出鲁迅作为一个伟大的人道主义者，他的广博的胸怀，即使对一个有这么多毛病和缺点的、麻木的、愚蠢的小人物，哪怕她只做了一件可能是微不足道的好事，鲁迅也把它看得很重要，要用诗一样的语言来歌颂"。① 此观点过分贬低了成年人长妈妈的角色之于少年鲁迅的巨大影响，而有意凸显了鲁迅的人道主义胸怀，但实际上在具体操作时，鲁迅采取的策略更为复杂。那就是前述的少爷视域。

一方面，借助少年视角，鲁迅凸显了现代性新质（尤其是儿童的游戏天性和追求自由）之于陈旧传统的俯视观照，而作为传统（礼节）的载体的长妈妈则显然是其对立面，她有粗糙、守旧和缺乏独立思考能力的一面。当然，她亦有作为监护人进行反拨的另一面。但整体而言，少年的俯视呈现出启蒙者以新胜旧的决心与追求。

另一面，鲁迅又巧妙地利用了少爷身份，把启蒙者不太成熟的部分（比如

---

① 孙绍振《名作细读——微观分析个案研究》（上海：上海教育出版社，2009），页196。

傲慢）乃至缺点与少爷的脾气/习性结合起来，这样就彰显了启蒙的可能自反(self-reflective) 能力，而其中的中年心态却又同时再现了底层的苦难与温暖，添加了“了解之同情”。

相当有意味的是，鲁迅多次对儿童与成人世界的对立进行了类似的描述。在他早期的文言小说《怀旧》中，对于“长毛”也有和《阿长与〈山海经〉》近乎雷同的书写，《怀旧》中如此书写长毛砍了门房赵五叔的头然后丢给老妈子李媪，“少顷少顷，突有数十长毛入厨下，持刀牵吴妪出，语格磔不甚可辨，似曰：‘老妇！尔主人安在？趣将钱来！’吴妪拜曰：‘大王，主人逃矣。老妇饿已数日，且乞大王食我，安有钱奉大王。’一长毛笑曰：‘若欲食耶？当食汝。’斗以一圆物掷吴妪怀中，血模糊不可视，则赵五叔头也……”（页229—230，卷7）而《阿长与〈山海经〉》则描述道，“长毛笑道：‘那么，这东西就给你吃了罢！’将一个圆圆的东西掷了过来，还带着一条小辫子，正是那门房的头。煮饭老妈子从此就骇破了胆，后来一提起，还是立刻面如土色”（页252，卷2)。不难看出，鲁迅在创作时对某些记忆资源的习惯性挪用，而之间细微的差异却又可以反衬出后出文本《阿长与〈山海经〉》的成熟性与现代性，加上“小辫子”的细节描述无疑可以彰显出留辫与剪辫的复杂话语形构(discursive formation) ——政治的、时代的、种族的以及文化的差异性。

不必多说，长妈妈此类的角色和身份无法理解“长毛”，它是指所有的土匪强盗和可能的闹事者（也包括革命，如果当时有的话)。从此角度看，可谓好坏不分。而《怀旧》中的儿童话语从整体上看，“儿童视角的采用使得《怀旧》活力四射，不仅仅激活了整篇小说，而且也让鲁迅超越了当时小说的诸多弊病而呈现出一种现代的因素来”。[①] 但从对“长毛”的理解等议题来看，也是

① 拙文《论鲁迅小说中的儿童话语及其认知转化》，《西南民族大学学报（人文社科版）》2008年第1期，页182。

良莠不分、懵懂无知的，虽然也有不少童趣，“余思长毛来而秃先生去，长毛盖好人，王翁善我，必长毛耳”（页231，卷7）。但到了《阿长与〈山海经〉》时，这里的少年则有了现代新质，作为具有部分启蒙精神的他已经可以傲视老妪了。这从中也可以看出鲁迅自身思想的演进。

（二）拥抱民间

论者指出：“‘呐喊’时期，鲁迅更多地集中在对礼教和时政等外在影响的启蒙，而此时期，他已经反思了此前启蒙的遮蔽之处，更多且更深地思考启蒙与人的关系了。对长妈妈身上这种母性关爱的描述，是他对人性认识更进了一步的体现。长妈妈身上有那么多此前鲁迅批判且想要启蒙的东西，却都不及她自身善良淳朴的个性品质重要。”① 恰恰是在重审自己的情感结构时，鲁迅也进行了启蒙的调试工作，《阿长与〈山海经〉》也在其中，最终他还是选择拥抱民间。

如前所述，长妈妈身上有着底层人士的脊梁气质——尽责、诚爱等等，这些都可以成为改造国民劣根性的基础品格。而她对《山海经》文本的成功购得也反映出她对知识权力的尊重和爱戴，而这种态度恰恰也可以成为新知识传播的基础。不容忽略的是，《山海经》中的插图，图文并茂，其实也是新旧并存的存在——图可以审视文，而文又可以深化图，更关键的是，图画作为和后来“幻灯片”之于留学生鲁迅的震撼性功能具有神似之处，它具有直接的冲击力、杀伤力和直抵灵魂深处的拷问视觉效果。

鲁迅曾经在《破恶声论》中深刻地指出，“伪士当去，迷信可存”。这相当辩证地呈现出鲁迅的双重否定思维：他既批判传统文化糟粕及其劣根性传承，同时他也能解剖伪现代性及其欺诈的品性。而长妈妈对文化的传承既有其束缚儿童天性的礼节与限制，但也有对规矩仪式的确立意义，当然她也尊重儿童想

① 唐敏《在存在与经验中探寻人的自由》，《绍兴文理学院学报》2018年第4期，页22。

象力的开发与规律，《从百草园到三味书屋》中的长妈妈则变成了民间传说或鬼怪故事的讲述者，而这一角色，往往是祖母或母亲的职责所在。从此视角看，长妈妈其实就是启蒙者的母爱根源所在：“仁厚黑暗的地母呵，愿在你怀里永安她的魂灵!”（页 255）鲁迅发愿地母拥抱长妈妈，其实又何尝不是启蒙者对诚挚的爱的呼唤呢？

结语：《朝花夕拾》中的阿长形象（尤其是以《阿长与〈山海经〉》为代表）其实寄寓了鲁迅相当复杂的情感结构，其中至少包含了三个不同的鲁迅视域：1. 少爷视域，既有少爷身份的真切感受，又有少儿的天性使然；2. 中年心态，既彰显出长妈妈的可怜人角色又褒扬了其真诚与尽责；3. 调试的启蒙者，其中既有少年视角的俯视，又有拥抱民间的思想实践与尝试。论者指出，“不论从创作方面看还是从现实生活方面看，‘诚与爱’都是鲁迅强调的‘最理想的人性’的核心。《朝花夕拾》是鲁迅回忆自己过去生活的散文，既有浓浓的苦涩，也有丝丝的甜美，其中的一部分正面形象，融入了鲁迅对‘最理想的人性’形象的塑造”。[①] 毫无疑问，长妈妈是鲁迅内心深处最柔软而温暖的（底层）人物之一，她填补了鲁迅情感结构中对慈祥与有活力的底层中年女性角色的尊重、爱慕与温暖感，也部分超越了惯常的批判性理路。

3　《二十四孝图》与鲁迅的情感结构

《二十四孝图》写于 1926 年 5 月 10 日，和之前的同集作品《阿长与〈山海经〉》（3 月 10 日完成）风格似乎迥然不同。间隔了两个月的《朝花夕拾》创作，产生如此大的落差令人关注：从外在社会语境角度看，最重要的影响则是当年举国震惊的“三・一八惨案”，而且 4 月 26 日清晨，进步报人邵飘萍

① 崔绍怀《〈朝花夕拾〉与鲁迅“最理想的人性”思想》，《文艺争鸣》2017 年第 7 期，页 176。

(1886—1926）又被军阀张作霖残忍杀害，这一切都令人惊悚。根据鲁迅日记，为安全起见，鲁迅曾于该月 26 日“夜往法国医院”[①] 避难，4 月 30 日夜晚才返家。可以理解的是，上接《阿长与〈山海经〉》，后启《五猖会》(5 月 25 日作）的《二十四孝图》呈现出一种略显突兀的现实性、激烈性与繁复性文体杂糅，而实际上《朝花夕拾》整体上作为鲁迅精心创制的文本，无论是在情感控制上还是在个体（事务）限定上都有相当的克制性，而《二十四孝图》则是个罕见的例外。

相较而言，《二十四孝图》的意义指向相对清晰，虽然从儿童读物或教育的私我经历入手，但焦点尤其聚集在对虚伪而冷酷的传统道德的批判上，如人所论，“基本内容依然是对以‘文言’为承载的朽旧虚伪、残忍肉麻道德的批判。可以说，正是上述种种原因，《二十四孝图》才会出现与《阿长与〈山海经〉》文风、内容迥异的状况”。[②]

需要指出的是，威廉斯的情感结构概念（structure of feeling）自有其意义指向和特点。在《漫长的革命》一书中，他区分了它与“社会性格”（social character，主要是指一种理想价值观）的差异，作为对真实的再现，它既呼应主流社会性格，处理公众理想（public ideals），同时也处理其遗漏和后果。[③] 同时值得反思的是，如果从“情感结构”（文化分析）的角度去重读《二十四孝图》，我们反倒可以发现更多突兀或悖论的合理性与可能的“新兴性”（“即往往是与处于支配性地位的社会性格相冲突的新兴因素”）[④] 特征，鲁迅的情感层次安排、沉淀与再现恰恰应了现实冲击而临时偏执/偏至，但终究又回到主

---

① 鲁迅《日记十五》，《鲁迅全集》第 15 卷，页 618。

② 龙永干《纷扰语境中“记忆”呈现的形态及意义：也论〈朝花夕拾〉》，《鲁迅研究月刊》2015 年第 6 期，页 6。

③ Raymond Williams，《漫长的革命》（北京：外语教学与研究出版社，2019），页 85。

④ 具体可参雷磊、王萍《雷蒙·威廉斯“情感结构”理论探源》，《中国社科学报》2018 年 6 月 26 日第 7 版。

线上来；而同时，鲁迅先生的自我个案分析与整体文化观照相映成趣、传统反刍与现实关怀并驾齐驱，彰显出繁复的情感、意义与话语张力。毕竟，《朝花夕拾》的整体风格还是相对完整和独特的，如人所论，“‘朝花夕拾’这个名字，则让人感到这似乎是一个饱经世间辛苦的人，在激烈的战斗与内心的悲怆之后，在暮色苍茫的时候，来回头看看自己的过去生涯，夕拾朝花，不免有一种明日黄花的凄艳之美……从‘旧事重提’到‘朝花夕拾’，反映了鲁迅对时间、人生、生命等根本问题的情感性追问，但他的这种追问，不是大喊大叫式的，而是沉甸甸地交织在他这十篇回忆性的散文里”。① 而《二十四孝图》的某些情感性追问则显得激烈而颇富张力——屡受现实刺激的鲁迅却也将根子指向了影响力深远的文化传统糟粕。

一、自我童年与中国新儿童的生成

尽管《二十四孝图》指向繁复、文体混杂，但其作为鲁迅先生清算/梳理自己早期人生阅历的系列散文之一，其自我经历的呈现却往往是全文的主体部分或成为不容忽略的底色。而其中的直接载体则是自我童年的书写，但同时颇有意味的是，由于鲁迅关注视野的宏阔性以及反思问题的锐利性，这种自我童年的状摹与反思往往又是有其超越性的。

（一）自我体验

《二十四孝图》中设置了儿童读物的几重境界，一开始则是慨叹中国儿童读物相较于发达国家同类文化产品显得“粗拙”。首先是赞扬更符合儿童天性或成长阶段的图文并茂追求，尤其是图像的吸引力，“看那题着‘文星高照’四个字的恶鬼一般的魁星像，来满足他幼稚的爱美的天性。昨天看这个，今天也看这个，然而他们的眼睛里还闪出苏醒和欢喜的光辉来”（页259，卷2）。

① 彭斌柏《重读〈朝花夕拾〉》，《鲁迅研究月刊》1991年第4期，页30。

对于从文字到图像转换的大脑机制尚不成熟的儿童来说，图像的直观当然更容易单刀直入，而其形态也会引起儿童们的继续幻想。

其次是书塾外的阅读，所谓课外读物，也是难以满足此类要求，鲁迅呈现出其个性阅读的经验——虽然有图，但往往都是因果报应或顺应统治阶层理念的产品，更多是为实现全民教化而无需分级的囫囵操作，“我能在大众面前，冠冕堂皇地阅看的，是《文昌帝君阴骘文图说》和《玉历钞传》，都画着冥冥之中赏善罚恶的故事，雷公电母站在云中，牛头马面布满地下，不但‘跳到半天空’是触犯天条的，即使半语不合，一念偶差，也都得受相当的报应”（页259）。其中亦不难看出适龄儿童读物的匮乏，而更多是成人社会道德说教的顺便波及。

第三个层面，则是由家藏转移到私人藏书的层面，说明自己私藏《二十四孝图》的由来，这听起来像是某种进步，毕竟拥有了私人财产，可以肆意阅读，但实际上鲁迅对该书荒唐内容的大力批判却又和这份物质收获形成了丰富张力，“我于高兴之余，接着就是扫兴，因为我请人讲完了二十四个故事之后，才知道‘孝’有如此之难，对于先前痴心妄想，想做孝子的计划，完全绝望了”（页260—261）。

接下来鲁迅又以“老莱娱亲”“郭巨埋子”的故事为例加以批判，而为了增强批判效果，他还添加了《二十四孝图》的版本，“那时的《二十四孝图》，早已不知去向了，目下所有的只是一本日本小田海僊所画的本子”。中年鲁迅的介入又强化了有关故事说教的虚伪性，“然而在较古的书上一查，却还不至于如此虚伪”（页262）。而在批判郭巨埋子时作者又采用刘向的《孝子传》进行对比，总之借此彰显出有关说教的非人性，自然也不可能吻合儿童的整体心理与特征，而且还采取了引人入胜的有效叙述策略，如人所论，“强调‘我’在童年时阅读《二十四孝图》的整体感受，叙述立场控制在童年的‘我’经验感受上。为了使这种叙述立场更加明确，作者进而集中选择了自己阅读‘老莱娱亲'与'郭巨埋儿'两幅图时的经验与体会，就把叙述立场从整体性向个体化聚焦。其中尤为典型的是，作者运用了'佯谬法'，即表面上是故作不解，实际上是一目了然"。[①]

（二）中国新儿童指向

毫无疑问，作为忧国忧民的"民族魂"，鲁迅先生自我的儿童体验显然也有更宏阔的指向，他的自我再现不过是提供了一个他卒章显志的个案，而其文本实践也因此有着翻转腾挪的花样翻新，如人所论，"《朝花夕拾》的文本形式是有意味的，它披着回忆的外衣，指涉着现实的世相，隐含着的却是沉重的反思，时空的腾挪与个人的情绪因为互文而统一于理性的思考中，对个人生命经历的微观反顾延伸到对历史、文化的宏观考察。一方面它试图在片断的连缀中建构着一个完整的生活轨迹，另一方面，它又因视角的不断转换和'他写文本'的经常插入而消解着原有的构想"。[②] 鲁迅先生在《朝花夕拾》的书写中的确闪耀着诗学创制的光芒。

《二十四孝图》的开篇就指出当今中国文化对儿童教育的严重滞后，在书籍层面的呈现就是缺乏美感，让孩子们难以卒读，"自从所谓'文学革命'以来，供给孩子的书籍，和欧，美，日本的一比较，虽然很可怜，但总算有图有说，只要能读下去，就可以懂得的了。可是一班别有心肠的人们，便竭力来阻遏它，要使孩子的世界中，没有一丝乐趣"（页 258）。同时在叙述中也不断强调中国儿童的可怜，"每看见小学生欢天喜地地看着一本粗拙的《儿童世界》之类，另想到别国的儿童用书的精美，自然要觉得中国儿童的可怜"（页 259）。同时更进一步，也彰显出鲁迅先生对中国未来的忧思。

---

① 郑家建、赖建玲《〈朝花夕拾〉："回忆"的叙述学分析》，《中国现代文学研究丛刊》2012 年第 9 期，页 95。

② 贵志浩《记忆遮蔽下的文化反思——〈朝花夕拾〉的互文性解读》，《鲁迅研究月刊》2011 年第 4 期，页 27。

同样鲁迅先生在进行此类批判时，也秉持了对儿童的整体文化关怀和性格标准的尊重，而这在批判“老莱娱亲”时尤其明显，不要弄虚作假，“无论忤逆，无论孝顺，小孩子多不愿意‘诈’作，听故事也不喜欢是谣言，这是凡有稍稍留心儿童心理的都知道的”（页 262）。又言，“正如将‘肉麻当作有趣’一般，以不情为伦纪，诬蔑了古人，教坏了后人。老莱子即是一例，道学先生以为他白璧无瑕时，他却已在孩子的心中死掉了”（页 262）。鲁迅恰恰经由此标杆反衬出自以为是的成人道德说教的伪善特征与无效性。

耐人寻味的是，鲁迅还对这种欺骗进行了消解，以时代的进步和个人阅历增长溶蚀对儿童的可能洗脑，“何况现在早长大了，看过几部古书，买过几本新书，什么《太平御览》咧，《古孝子传》咧，《人口问题》咧，《节制生育》咧，《二十世纪是儿童的世界》咧，可以抵抗被埋的理由多得很”（页 263）。不难看出，个体的成长与成熟、社会读物的增多、科学（知识）的进步，都可以抵挡粗糙读物洗脑的简单粗暴。

简单而言，《二十四孝图》以鲁迅自身的儿童体验为基础，呈现出他对中国儿童的关切与爱护，通过比照，他看到了中国儿童读物与发达国家之间的差距，同时更釜底抽薪，指出表面上图文并茂的《二十四孝图》的内在虚伪与非人道，“图”不过是为了更好地传布伪善道德，也包括朝向幼小的儿童阶层。而在这种批判和痛心背后，毋宁更体现出鲁迅对中国新儿童的寄望，毕竟破与立是事物的一体两面，教育儿童时能够遵循儿童的天性与成长规律，培养儿童时能够建立“诚与爱”的人际社会可能才是长久解决之道，而批判愚孝的强大与落伍传统也是题中应有之义。

二、现实介入与文学平复

如前所述，《二十四孝图》具有强烈的现实介入性，彰显出与《朝花夕拾》的情感结构整体风格不同的溢出性，但最终又相对圆融地楔入整体，这就呈现出鲁迅先生对现实的高明的消化与再现能力。

（一）杂文品性

相当令人惊讶的是，《二十四孝图》从一开始就展现出强烈的情绪宣泄，甚至是诅咒式风格，其中的关键词之一就是“白话文”，开篇伊始气势如虹，而且层层递进——“我总要上下四方寻求，得到一种最黑，最黑，最黑的咒文，先来诅咒一切反对白话，妨害白话者。即使人死了真有灵魂，因这最恶的心，应该堕入地狱，也将决不改悔，总要先来诅咒一切反对白话，妨害白话者”（页258）。而令人印象深刻的是，他还以重复/排比的句式加以强调：“只要对于白话来加以谋害者，都应该灭亡！”（页258、259各一次）不必多说，这种话语风格呈现出不可遏抑的现实性、批判性与战斗性，符合鲁迅先生对“生存的小品文”的认知与界定——杀出血路的匕首投枪角色，“生存的小品文，必须是匕首，是投枪，能和读者一同杀出一条生存的血路的东西；但自然，它也能给人愉快和休息，然而这并不是‘小摆设’，更不是抚慰和麻痹，它给人的愉快和休息是休养，是劳作和战斗之前的准备”。[1] 某种意义上说，《二十四孝图》中间弥漫着杂文品格，不是小打小闹式的沾沾自喜、自娱自乐，因此其中的批判性也就具有刚烈直接的战斗风格。

需要指出的是，鲁迅先生对“白话文”的强势捍卫其实不只是一种简单的语言更新/替换立场表明，背后更是一种“立人”的崭新范式或框架确认，一方面是必须打破传统文化/古典语言对国人的束缚乃至桎梏，并严防其反弹，而另一方面他更着眼于“新”儿童的生成，所以他更强调以白话文和图文并茂的形式/内容吸引并培养新儿童，既符合国际惯例，又符合儿童成长规律，而“新”儿童则更是中华民族的未来，也是中国能够和其他强国一起傲立于世界民族之林的生力军。

---

① 鲁迅《小品文的危机》，《鲁迅全集》第4卷，页592—593。

《二十四孝图》中现实介入的另一焦点元素则是困扰心神的“流言”，尤其是和绅士/教授们捆绑在一起的混淆视听和污蔑。如果上溯其不远的外在影响，那么“三·一八惨案”、北京女子师范大学事件甚至是更早的与《现代评论》派的论争痕迹历历可见，而实际上，在写于1926年5月6日（《二十四孝图》创作4天前）的《无花的蔷薇之三》中鲁迅对流言/谣言自有其展览并批判的态度，“谣言这东西，却确是造谣者本心所希望的事实，我们可以借此来看看一部分人的思想和行为”。①

表面上看，我们很容易把《二十四孝图》中鲁迅对教授们的批判归结为小家子气或私人恩怨或心胸狭隘，因为这种批评中难免顺手一击，“虽然人间世本来千奇百怪，教授们中也有‘不尊敬’作者的人格而不能‘不说他的小说好’的特别种族”（页258—259）。甚至说，“无所谓‘绅士’，也没有‘流言’”。（页260）实际上，我们要在表面的枝蔓之外看到鲁迅社会与文化批判的超越性与宏阔性，也即：某些教授们恰恰是白话文和新文化运动的反对者/对立面，或者是通过制造流言/造谣变成了凶残虐杀的既得利益者的帮凶角色。鲁迅先生甚至借助阿尔志跋绥夫的经历来说明流言的杀伤力，堪称是谋杀，“其实这论法就是谋杀，他就这样地在他的人生中寻出欢喜来”（页260）。

（二）回归本体

论者指出《朝花夕拾》也彰显了鲁迅先生身为战士、作家与思考者的多重本色，“鲁迅是铁骨铮铮的战士，《朝花夕拾》就可以见出横扫腐恶的战士英姿；鲁迅是深邃的思想家，往事的回忆中便投射着现代理性的目光；鲁迅是富于喜剧才华的杂文家，散文里也不时闪射出杂文的讽刺锋芒”。②《二十四孝图》中亦呈现出类似的多元包容性特征，而更大的整体表现是，在《二十四孝图》

---

① 鲁迅《无花的蔷薇之三》，《鲁迅全集》第3卷，页305。

② 秦弓《〈朝花夕拾〉解读》，《西北师大学报（社会科学版）》1998年第6期，页28。

书写的推进中，鲁迅慢慢克制了自己的情绪溢出与批判力度，而尤其是涉及儿童心理与情感结构时，他的笔触或内心会变得柔软，甚至偶尔会有幽默感，比如二十四孝实施的难度和层次性显然不同，“其中自然也有可以勉力仿效的，如‘子路负米’‘黄香扇枕’之类。‘陆绩怀橘’也并不难，只要有阔人请我吃饭。‘鲁迅先生作宾客而怀橘乎？’我便跪答云，‘吾母性之所爱，欲归以遗母。’阔人大佩服，于是孝子就做稳了，也非常省事。‘哭竹生笋’就可疑，怕我的精诚未必会这样感动天地。但是哭不出笋来，还不过抛脸而已，一到‘卧冰求鲤’，可就有性命之虞了”（页 261）。孝道践行中，简单的请客吃饭记得父母尽孝可以模仿或实施，到了类似“王祥卧鱼”故事必须以身体感动天地或神仙的操作其实就难以普及了，极其罕见的个人偶然性如何变成每个个体统一践行的必然性规定，搞不好真要搭上孝子贤孙的人命。

而在消解《二十四孝图》中愚孝的腐蚀功能时，鲁迅除了借鉴文献与其他资料进行辨伪以外，也从儿童心理学的角度加以把脉与蚕食，甚至以时代整体认知氛围的更新将之边缘化和进行内容置换，到了结尾，缺乏人性甚至是害人的尽孝在推行时可能会起到反效果，因为我们总不能以牺牲（自己的）现有去成就（长辈的）过去，甚至去殉葬，鲁迅写道：“我想，事情虽然未必实现，但我从此总怕听到我的父母愁穷，怕看见我的白发的祖母，总觉得她是和我不两立，至少，也是一个和我的生命有些妨碍的人。后来这印象日见其淡了，但总有一些留遗，一直到她去世——这大概是送给《二十四孝图》的儒者所万料不到的罢。”（页 263—264）《二十四孝图》尚且如此，某些自然的人伦情感与道德规范在合乎人性的情况下会得到延续和传递，而不合理的成分在加以批判后也会因为过时而被逐步淘汰，而那些暖人心的情感再现与反刍更是会平复心境，因此整本的《朝花夕拾》的整体基调也就具备了“安魂曲”的风格：“在这个意义上，我们可以说，《朝花夕拾》是鲁迅的‘安魂曲’。许多人在《朝花夕拾》里所感受到的是在鲁迅其他作品中不容易见到的温馨、慈爱，或者像我曾经说过的，是鲁迅心灵最柔和的一面的显示，恐怕都是缘于这样的心理动因。”①

三、置身传统与文化革命

论者犀利指出，我们必须解决好童年的羞耻问题，尤其是父母形象的负面性：“我们如果童年时期曾遭到严重的羞辱，可能会将这种羞耻感带入成年以后的生活。这就好比我们内心深处依然潜藏着自己父母的形象……我们需要解决好‘陈旧的’父母的形象给我们带来的羞耻问题，然后才能完全地拥抱全新的父母的形象。”② 类似的，文化上的童年（伤痕）和父母传统之间的关系结构亦值得我们深切反思。

《二十四孝图》立足于鲁迅自己的童年阅历，深觉有关儿童成长阅读读物和生长环境的枯燥、刻板乃至伤害性，鲁迅在文本中自然有其更高的精神追求与文化关怀，而不容忽略的是，书写此文的鲁迅恰恰也有自己设身处地的现实语境与超克实践之间的悖论/张力，而似乎也恰恰因为此悖论与尴尬，也让他更确定了文化启蒙与革命的决心与操作。

（一）传统的恶与韧

论者指出《二十四孝图》和鲁迅同时期的其他文本形成一种有意味的互文关系，“在创作《二十四孝图》时，鲁迅也写作了《古书与白话》《再来一次》，它们构成互文关系，散文与杂文都指向文言白话之争的新老旧账，以及背后的章士钊和陈西滢们”。③ 更深切地说，鲁迅的批判矛头指向了文化传统中的糟粕

---

① 钱理群《文本阅读：从〈朝花夕拾〉到〈野草〉》，《江苏社会科学》2003 年第 4 期，页 104。

② 【美】罗纳德·波特-埃夫隆、帕特丽夏·波特-埃夫隆著，王正林译《羞耻感》（北京：机械工业出版社，2018），页 147。

③ 王本朝《旧事何以重提：〈朝花夕拾〉的杂感笔法》，《福建论坛（人文社会科学版）》2017 年第 9 期，页 109。

部分。有时甚至采取了文化象征的策略，比如吃人文化的深远性远超个体的残暴范围，而单个个体的害人能力（范围、强度与持久性）远比不上文化制度与道德糟粕，鲁迅写道，“无论他是甚么人，他的吃小孩究竟也还有限，不过尽他的一生。妨害白话者的流毒却甚于洪水猛兽，非常广大，也非常长久，能使全中国化成一个麻胡，凡有孩子都死在他肚子里”(页258)。而在此文中，鲁迅也彰显出他一贯的文字入木三分的杀伤力，存在于中国委实不易，“在中国的天地间，不但做人，便是做鬼，也艰难极了”(页259)。同时，这种人鬼皆苦的处境却也反证传统的罪恶、强大与无处不在。

更令人难堪的是，即便是要求全民实行孝道，亦难以真正推广，在“我”拿到长辈赠送的图文版《二十四孝图》后，才知道实施难度远超想象，“自从得了这一本孝子的教科书以后，才知道并不然，而且还要难到几十几百倍”(页261)。这是说明孝道的实施难度问题。同时加以批判的是其科学性与实际效能问题。《二十四孝图》所涉及的其他文献一方面可以更正、修订或减轻《二十四孝图》的负面影响，而另一方面却也反证了其不合理性，而实际上《二十四孝图》的劝谕功能也很有限，尤其是到了现代社会，不可能再回到原初、刻板使用旧的方法、器具尽孝，“现在想起来，实在很觉得傻气。这是因为现在已经知道了这些老玩意，本来谁也不实行。整饬伦纪的文电是常有的，却很少见绅士赤条条地躺在冰上面，将军跳下汽车去负米”(页263)。

某种意义上说，《二十四孝图》彰显出书写主体内心的痛苦与焦灼，这也可以部分解释他为什么具有那么强烈的现实批判性和呐喊风格，但整体而言，虽有溢出，但大致上也符合《朝花夕拾》的整体风格特征，如果是介入现实，形成文字时已经经过多重的洗涤与淬炼，而变得文学化，同时在意义指向上也变得具有超前性和部分哲思风格，如人所论，“它既不是那种起因于心境老化的单纯的怀旧，更不是减轻创作疲劳的消遣。它反映了一种复杂得多的思想状态，一种深刻得多的内心痛苦。它是鲁迅身陷彷徨，却又不甘彷徨时的寄托，是他淘取来冲刷自己受伤心灵的净水。他现时的情绪，必然会异常有力地控制回忆画面的组合和文字描写的气氛，甚至径直登上回忆的前台，不仅以自己深沉的蕴蓄创造出新的意境，而且和往昔的生活背景形成强烈而富于特色的对比。这应该说是《朝花夕拾》最主要的特点”。[①] 这的确也彰显出现实存在、文学再现、情感调试与收放辩证等诸多层面的巧妙融合。

而令人警醒的是，少年鲁迅在淘气时也曾在曾祖母面前假装跌倒，虽然在《二十四孝图》中他猛烈批判“老莱娱亲”的虚假性，他写道，“大约旧本也差不多，而招我反感的便是‘诈跌’”（页 262）。根据有关鲁迅的传记或回忆录，他少年时也有恶作剧的淘气表现，“终日无语的老闲人像一尊威严的菩萨，端端正正，从早到晚笔挺地坐在房门东首的紫檀椅上，一动也不动。鲁迅兄弟觉得有趣，偏要拿她老人家开心。哥儿俩便走到她的身旁，扑的一声假装跌倒，躺在地上，老菩萨终于心疼而不能沉默了，连忙叫唤着：‘阿呀，阿宝，这地上很脏呢。’老菩萨一开口，这对恶作剧的小闲人，快活得一下子从地上蹦跳起来，跑掉了”。[②] 刘再复先生将此细节故事归结为儿童时期周氏兄弟借此发泄多余的精力，这种解释中规中矩，但其间或许也可以反映出文化传统的韧性与复杂性，周氏兄弟的诈跌实际上也有“老莱娱亲”的影子，或至少是一种暗合。而实际上某些孝道的设置很可能在一开始也有人性，更是为了规范人类合理表现倾诉人类情感欲望的存在，但一旦随着时间推移，不符合时代潮流而偏偏要求众人成圣，或强行实施，悖论就油然而生了。

（二）刨祖坟与“正革新”

某种意义上说，《二十四孝图》呈现出鲁迅先生相当清晰与立体的文化革命理路。其中一个方向是指向儿童，而儿童题材既是鲁迅自身成长阶段的体

---

① 王晓明《伟大人格的投影——读〈朝花夕拾〉》，《名作欣赏》1982 年第 6 期，页 19。

② 刘再复《鲁迅传》（北京：人民日报出版社，2009），页 7。

验，同时又将自己摆进去进行反思与清理，以期生成新儿童的目标，如人所论，鲁迅先生把自己摆进了有关语境中，则显得更具感染性，“在《二十四孝图》这一文本中，原本处于旁观者地位的叙述人突然通过一种‘扮演行为’登上了文本舞台中心：他将自己化身到了所要批判的情景中，希望以身临其境的表演表达愚孝之不理、不情、不伦的荒谬性，作者的目的在于塑造一个自小便反叛封建旧道德的启蒙者形象。但是恰恰是这种‘扮演行为’无意间打开了读者记忆的闸门”。[①] 可以理解的是，为了打造“新”儿童，其中所采取的文化革命策略之一就是“刨祖坟”，因为妨碍儿童成长的恰恰是既得利益者与他们赖以生存的传统糟粕——文化（尤其是封建孝道）吃人的杀伤力与影响力更加深远与残酷。

剖析《二十四孝图》中强烈的批判性与革新欲望，其实也和鲁迅的内在性格息息相关，或许就是一种反抗绝望的坚韧与积极，貌似悲观绝望，但实际上也有一种置之于死地而后生的绝处逢生理路，这种辩证的确需要有更多阅历和思考的人才能够理解，有学者敏锐地指出，“在鲁迅深邃的情感世界中始终存在着一个鲜为人知的情感角落，那就是他对黑暗世界的凝视甚至眷恋……在鲁迅的作品即使是明亮的文本之中，读者总能看到一种黑暗底色，总能感觉到一种阴暗的影子在飘忽。或许正是不断对黑暗的凝视，使鲁迅磨砺了尖锐的目光，使他能清醒地看到现实的另一面，并让自己从紧张的压抑的现实沉沦之中解放出来”。[②] 所以，《二十四孝图》既是对鲁迅个人情感结构的梳理，同时又是对新国人目标的呼唤，和鲁迅一贯的“立人”思想一脉相承。

结语：王瑶先生指出，“《朝花夕拾》在平静朴素的叙述中渗透了作者真挚的感情，在简洁洗练的文笔中有深长的韵味，虽为个人回忆，但有丰富深刻的

---

① 陈建芳《回忆的诗学：重读〈朝花夕拾〉》，《福建师范大学学报（哲学社会科学版）》2011 年第 6 期，页 72。

② 郑家建、赖建玲《悲欣交集——〈朝花夕拾〉的情感结构》，《东南学术》2011 年第 6 期，页 250。

社会内容。在为数众多的现代散文创作中，它的艺术成就是创造性的，并且具有一定的典范意义”。[①]《二十四孝图》亦然，虽不无文体的分裂性，但它也具有相当的经典性特征，兼具个人性与代表性。

《二十四孝图》是一个主题繁复、形式杂糅的文本。在主题上，它立足于鲁迅自我的童年经验，其实在批判之余也指向了中国“新”儿童的生成期冀；同时，该文中也呈现出较强的现实介入与情绪反弹，主要就白话文、流言等议题进行解剖，而最终鲁迅还是相对克制，又回归了《朝花夕拾》散文的本体创设和情感结构梳理的整体基调。在《二十四孝图》中鲁迅也呈现出其悖论性：一方面置身传统又挖祖坟批判传统同时又不得不（无意识）践行传统，而另一方面，他也更因此期待又部分实践文化革新。

---

① 王瑶《论鲁迅的〈朝花夕拾〉》，《北京大学学报（哲学社会科学版）》1984 年第 1 期，页 13。

第二章：男与女

作为“中间物”知识分子和力图除旧布新的文化人，如何从情感、学理与文化上审视父亲，这永远是鲁迅及其同时代知识分子不得不直面而又颇为艰难痛苦的选择。《朝花夕拾》中的父亲再现其实彰显出鲁迅相当复杂的情感结构，一方面他再现出痛苦而又不甘的人性父亲，凸显出理解之同情，而同时却又批判吃人的传统（包含如何折磨及异化父亲）及问题重重的现实，另一方面他又通过个体的忏悔来进行自我疗治，借此他既再现父亲、实现与父亲的精神和解，同时又批判国民劣根性生成的文化土壤，而为自己的文化事业生产奠定了扎实的情感基础。

如前所述，即便是在《朝花夕拾》中鲁迅也很难完全脱离现实躲在文字的象牙塔中自娱自乐，而《无常》则具有显而易见的现实批判性。《无常》作为一篇精致的散文创作，有其混杂的文体特征，即杂文性与叙事性涵容其间。而在意义指涉上也有其独特而又繁复的指向，最少有三重：其一是民间视野下的阴间设置，而连接点则是“活无常”；其二是这篇写于 1926 年“三·一八惨案”三个多月之后的文章极具批判性，一方面指向了对残暴专制的批判，另一方面又对其帮闲——“正人君子”进行多面嘲讽；其三，此文还有对人生哲学的反思，包括强调人性提升、“公理”诉求以及对“立人”新发展之后的“立国”关怀。

不必多说，厦门鲁迅自有其与北京鲁迅不同的精神状态和心情境遇，比如常见的“温暖”“无聊”。《从百草园到三味书屋》作为人在厦门的中年鲁迅5篇佳作中的开篇之作，是他回望少年时期求学经历的散文创制，既是他彼时“情感结构”的再现梳理，同时又是他人生重要阶段的再反思，从宏阔的层面看，其中的褒扬暗合了其借助美好童年“立人”的思考，而其中的悲剧感却又折射了其冷暖自知的中年意绪与心境。需要指出的是，其间张力十足，主要是因为文本中包含了多重转换，包括童年内部的角色转换，从顽童到书生；其心境的转换，中年心态作为封套，包裹了少年乐园及情结，同时文本中亦有理解视域的转换，如何从文化精英角度审视儿童时期的精神资源及找寻支撑。

《朝花夕拾》中的另一位特殊女性则是衍太太，她是鲁迅心中的隐秘知己与痛苦根源之一。衍太太显然有其复杂性：她身具双重性格，对于少年鲁迅和中年鲁迅也具有不同的情感维系和清理功能。而同样鲁迅观察衍太太也有其双重视角，既有少年时期复杂的情结和欲望投射，又有中年时期的自我修复与可能超克。而在对衍太太进行批判时，鲁迅也采取了双向批判的策略，既指向了国民性，又指向了自我。

1　再现父亲与《朝花夕拾》中鲁迅的情感结构

毫无疑问，少年丧父之于鲁迅是人生中至关重要的事件，甚至堪称是不可忘怀的重大创伤经验，其影响无论是对鲁迅的（早期）生活（长子长孙担当）、就业选择（立志做医生救治父亲一样的病人）还是文学再现（弃医从文，批判国民劣根性拯救其精神）都显而易见。简而言之，这是鲁迅心中的痛，因为他的创伤感、选择从医（“幻灯片”事件），甚至弃医从文、小说中的寡妇意象/话语、杂文《我们现在怎样做父亲》的类似观点都与此息息相关。而在其中年处于人生的转捩点时创制《朝花夕拾》、认真清理其“情感结构”，父亲再现依然是不折不扣的焦点之一，这尤其体现在《父亲的病》(1926 年 10 月 7 日作)，《五猖会》(1926 年 5 月 25 日作) 中。

相当耐人寻味的是，在对这两篇散文的阅读和研究中，论者往往更集中讨论《父亲的病》。早在 1935 年李长之就在其《鲁迅批判》中涉及："第七篇《父亲的病》，是如他其他的反中国的医药文字一样，但形容那些骗人的医生却更活现。此外，则是说到中国旧的风俗习惯中，其不近人情的残酷。人死了，也不让平静。"① 而此后的研究观点也往往如此，批判中医，包括周作人亦然，他在论述《明天》中的医生时指出："明了的显出不学无术，草菅人命的神气。医生何小仙的姓名也显示与为鲁迅父亲医病的何廉臣（《朝花夕拾》中称作陈莲河）有联带的关系。"② 而实际上，结合《五猖会》才更能完整看出鲁迅塑造的生病的父亲形象及其文化象征。

当然，对于如何以及何时批判中医，也有一些辩证与反思，有论者指出，"鲁迅在十九世纪末、二十世纪初以至于晚年对中医的评价，在其前期带有浓重的思想革命色彩，以对中医医疗思想的针砭和解剖图解的匡谬构成批判性评价，但存在着将局限于个人经历的正确抽象作全体概括的偏颇；在其后期着眼于中医巨大的历史贡献，充分肯定了中医'丰富的宝藏'及其巨大潜力，对中医历久的丰富经验的评价达到了辩证唯物论的认识论的高度"。③ 表面上看，这是一种结合历时性发展的变通性考察，但其中也难免时代限制（工农兵优先思路，如赤脚医生④等）和先入为主的思考——为中医（国粹）张目，其实鲁迅先生的批判更多是指向了传统糟粕，他对中医及其文化机制的批判才是核心，

---

① 李长之《鲁迅批判》(增订版)(北京：新世界出版社，2017)，页 140—141。

② 周作人《何小仙》，周作人《鲁迅小说里的人物》(南京：江苏人民出版社，2018)，页 34。

③ 黄舜《〈父亲的病〉与鲁迅的中医观》，《许昌师专学报（社会科学版)》1985 年第 2 期，页 15。

④ 有关赤脚医生的精彩论述可参 Xiaoping Fang（方小平），*Barefoot Doctors and Western Medicine in China* (Rochester, NY: University of Rochester Press, 2012)。

好比他对于西医及其背后科学精神的推崇。

李长之在整体论述《朝花夕拾》时曾经非常犀利地指出鲁迅的回忆性文章中的情感克制以及选择性抒发："我们虽然可以颇带消闲的意味的来欣赏这些好的散文，但在当时的作者却是十分难过，这是可以想见的。这也是常见的一种例子了，大凡在某一方面情感极盛，又不得宣泄时，那故作平静，也用以安定了自己的，就是回返到自己的世界里逃躲，这便是回忆。"[①]《朝花夕拾》中的两篇再现父亲的作品，一篇写于 1926 年 5 月的北京，彼时血淋淋的"三·一八"惨案造成的个体与集体的创伤后遗症依然在发酵，整体社会环境令人郁闷、压抑（传言仗义执言的鲁迅因此还上了段祺瑞政府的 50 人通缉黑名单），而同时爱情却又在冒头让人心地柔软且挂牵——鲁迅和许广平的恋爱刚刚萌蘖，而《父亲的病》则写于相对温暖而无聊的厦门时期，他与许广平的两地遥望让他煎熬却又有充分时间清理自己的"情感结构"，这个结构的主题板块就是生理与文化的父亲，当然也有回望与记忆的生产。而其中既有个体的体验，同时又可能彰显了晚清民初一代知识分子的繁复经历与精神历练——他们如何是"中间物"，而父亲一辈如何既是源头，又是阻力，又值得同情。

一、不甘的病父：再现与省思

中年鲁迅回望少年时的病父及重温/共品纸面上建构的丧父之痛可能比以前更多了些痛定之后的冷静，也多了几分清醒和反思，这有利于他破解心结与可能的弑父或恋父情结（complex），从此角度看，父亲再现首先是对故往文本中苍白父亲形象的丰富化，同时也是对自我形塑与情感交汇中困惑的反思，在描述之余亦可能加入了虚构、浓缩或拼贴等艺术手法。

---

① 李长之《鲁迅批判（增订版）》（北京：新世界出版社，2017），页 138。

（一）《五猖会》：不甘的父亲

这篇散文有着强烈的欲扬先抑、顾左右而言他的张力十足风格。《五猖会》顾名思义其关键词则是“五猖会”，实际上大半的篇幅的确在如此推演，表面上看和父亲似乎关系不大，实则不然。文本中的五猖会书写其实至少呈现出鲁迅的两种价值取向：一方面，它是孩子们的欢乐节日：“孩子们所盼望的，过年过节之外，大概要数迎神赛会的时候了。”“我常存着这样的一个希望：这一次所见的赛会，比前一次繁盛些。”（页 269，卷 2）但结果往往难以尽兴，或者因为所居之处偏僻，或者结果雷同，买一纪念品了事。另一方面，则是状描相对非主流的民间节日。这其中既有对不同朝代的比照，如根据明代《陶庵梦忆》的记载，回忆其曾经的盛况，其中也有暗讽满清的意味。而同时五猖会的供奉却又和主流价值观（礼教）不尽相符，而东关的梅姑庙与五猖庙都是“殊与‘礼教’相妨”。但可以理解的是，有关盛会却也更得民众喜欢，因为既突破禁忌，又接地气。

上述两种倾向的交叉点就是少年鲁迅企图参与庙会/赛会的冲动感，但总是无缘参与：“然而记得有一回，也亲见过较盛的赛会……我那时觉得这些都是有光荣的事业，与闻其事的即全是大有运气的人，——大概羡慕他们的出风头罢。我想，我为什么不生一场重病，使我的母亲也好到庙里去许下一个‘扮犯人’的心愿的呢？”（页 270）而正是这种铺垫造成了渴欲盛会与背诵《鉴略》之间的巨大张力，何况“我”的身上还背负着全家其他人的出游玩耍的可能性。而在文本中的确呈现出“万事俱备、只欠东风”的状态——大家都在等着大少爷考核过关，然后去参与民间比较流行的节日庙会：“应用的物件已经搬完，家中由忙乱转成静肃了。朝阳照着西墙，天气很清朗。母亲、工人、长妈妈即阿长，都无法营救，只默默地静候着我读熟，而且背出来。在百静中，我似乎头里要伸出许多铁钳，将什么‘生于太荒’之流夹住；也听到自己急急诵读的声音发着抖，仿佛深秋的蟋蟀，在夜中鸣叫似的。”（页 272）鲁迅用了很多诗意的文字来描述当时的紧张感、对比性和不理解——既包括对所背诵的诘屈聱牙的内容不够理解，也包括对执行背诵检查这项大煞风景操作的父亲的不理解。

考察文中关于“检察官”父亲的描写：“父亲就站在我背后。”“他慢慢地说。”“他说完，便站起来，走进房里去了。”“父亲点着头，说。”（页271）整个背书事件中呈现出的几乎都是面无表情的行动描写，动作缓慢，但坚决有威权性，同时也令人压抑和备受冷落，尤其是和大家雀跃地等待出游的欢快心情形成了强烈对比，尽管“我”最后背书成功了，大家仿若解放一般，但“我”却并不开心，因为这种人为阻挡带来的压抑乃至创伤具有延宕性：“开船以后，水路中的风景，盒子里的点心，以及到了东关的五猖会的热闹，对于我似乎都没有什么大意思。”尤其耐人寻味的是，这种不解和伤害还绵延至今，作者百般不解地写道：“直到现在，别的完全忘却，不留一点痕迹了，只有背诵《鉴略》这一段，却还分明如昨日事。我至今一想起，还诧异我的父亲何以要在那时候叫我来背书。”（页272—273）

周作人在回忆背书事件时指出：“背书这一节是事实，但即此未可断定伯宜公教读得严格。他平时对于功课监督得并不紧，这一回只是例外，虽然他的意思未能明了。”[①] 而在其他文章中，他也有类似的表述，甚至借此说明伯宜公的开明洒脱：“至于读夜书，那是特别热心科举的人家才有，伯宜公自己不曾看见在读八股，所以并不督率小孩，放学回来就让他们玩去好了。”[②] 可以理解的是，作为长期被呵护和减免责任担当的次子，周作人未必能够真正理解和真切感受到作为长子长孙的大哥——鲁迅方方面面的压力、内敛和待人接物得体、处世做事的高度敏感之间的痛苦摆荡。

---

① 周作人《东关》，周作人《鲁迅小说里的人物》（南京：江苏人民出版社，2018），页259。

② 周作人《抄书》，周作人《鲁迅的故家》（南京：江苏人民出版社，2018），页109。

依照周作人的回忆，我们可以相信并理解周伯宜常见的包容与开通，因为父亲多病，同时因为周福清科场行贿罪导致的家庭败落后果让手无缚鸡之力、坐吃山空的书生周伯宜相对抑郁，虽然他们父子交往不太多，但他大致算不上乖戾与暴虐的父亲。但同时不能忘记，周伯宜却又是一个身心俱病的父亲：身体上他有严重肺病，并最终于 36 周岁去世；而精神上因为科举相对不顺，且亦有抽鸦片习惯，一个年纪尚轻、壮志未酬的父亲即使在身心俱疲的情况下亦会心有不甘，所以他才会在平素开通的情况下萌生检查长子学习进度的突然袭击之举，且思想貌似相当主流/传统（毕竟大家兴冲冲要去东关参加五猖会），这其中其实是对鲁迅寄予了自身尚未完成的光宗耀祖的志愿的幽微强调——自己这一辈已经玩完，但下一代必须延续使命，这对于彼时想打破主流礼教、自由玩耍与成长、反抗科举应试教育的少年鲁迅不啻是当头一棒，所以很难理解。

（二）《父亲的病》：痛苦的父亲

鲁迅父亲周伯宜得的应该是肺病，但中医对其疗治可谓毫无效果，某名医屡次尝试无能为力后推荐了陈莲河，让他继续“死马当活马医”。《父亲的病》中的父亲形象往往是被动的或相对模糊的，但对于陈在治疗无效后的两次建议却立场坚定、坚决拒绝。鲁迅重复描述了两次：“我父亲沉思了一会，摇摇头。”“我的父亲沉思了一会，摇摇头。”（页 297，卷 2）前一次是针对用点舌头的丹丸治水肿的做法，一次是建议去看“冤愆”（所谓鬼魂作祟）。尽管身心俱疲，身上和生活习惯中也难免封建色彩和习气，但周伯宜也曾经是个具有家国情怀的男人——我们不该忘记周伯宜在面对国家积贫积弱时也是有理想和志向的人，至少希望自己的儿子一辈可以壮大周家与国家，据周作人回忆：“他又说过，现在有四个儿子，将来可以派一个往西洋去，一个往东洋去做学问，……那时读书人只知道重科名，变法的空气还一点没有，他的这种意见总是很难得的了。”[1]

然而鲁迅的父亲周伯宜临死前却是相当痛苦的，他的疾病日益严重，根据周作人的回忆，最早的病象是狂吐血：“随后脚背浮肿，渐至小腿，乃又作水肿医治，反正也只是吃‘败鼓皮丸’。终于肿到胸腹之间，他常诉说有如被一匹小布束紧着，其难受是可想而知的了。”[2] 各种治疗无能为力时，只能静候其亡，而更令人痛苦的是，不明真相的少年鲁迅却要在衍太太的文化教唆下而不让垂死的父亲静静赴死，走完最后一程，在文中“我”一直持续不断地呼叫父亲：“‘什么呢？……不要嚷。……不……。’他低低地说，又较急地喘着气，好一会，这才复了原状，平静下去了。”（页 299）这是在接受少年鲁迅狂叫垂死父亲之后的勉强痛苦回应。在《五猖会》中生病的身体尚有控制力时，父亲还有威严，对长子鲁迅有所寄托乃至苛求，希望可以赓续传统与光宗耀祖的梦想，而《父亲的病》中被病痛百般折磨到了弥留之际的父亲却更愿意速死，不想被打扰，然而也很难实现。

《朝花夕拾》中的父亲形象既有相对模糊（集中描绘相对较少）、因病痛苦的一面，但也有不甘心与反抗（包括迷信文化和可能宿命）的一面，这其中又可以呈现出父亲的睿智（如对中医）与精神痛苦（自己一事无成），又对少年鲁迅传递了另样的伤害，使其焦虑与困惑，但借此中年鲁迅却又可以更好地理解彼时感受复杂的父亲并与之在文字上言和，从情感结构角度思考，前文《五猖会》是疑惑居多，后文《父亲的病》是忏悔居多，相对平衡。

二、批判传统及现实

父亲形象的再现之于鲁迅的情感结构而言，既有个体成分，同时又有时代

---

① 周作人《伯宜公》，周作人《鲁迅的故家》（南京：江苏人民出版社，2018），页 64。

② 周作人《病》，周作人《鲁迅的故家》（南京：江苏人民出版社，2018），页 128。

性表征，父亲的苦痛与悲剧性指向了对传统文化糟粕及现实中国的反思与批判。

（一）吃人的传统

父亲的病与死当然令人心痛，但痛定思痛，更令人反思的则是背后的原因之一——扼杀人的传统文化糟粕。

1. 巫化中医。毫无疑问，对中医有着切肤之痛的鲁迅将之称为“有意无意的骗子”，为他父亲治病的名医不只是出诊花钱多，而且治病的药引奇特：“我虽然并不了然，但也十分佩服，知道凡有灵药，一定是很不容易得到的，求仙的人，甚至于还要拼了性命，跑进深山里去采呢。”尽管如此，即便是遵嘱上下搜寻屡经折腾，对于父亲的病体调理也无济于事：“父亲的水肿是逐日利害，将要不能起床；我对于经霜三年的甘蔗之流也逐渐失了信仰，采办药引似乎再没有先前一般踊跃了。”（页295）更令人愤怒的是，经过同行名医推荐的著名中医医师陈莲河更是个骗子，不仅花费不菲且无效，还得遵从医嘱把父亲死马当活马医，最终结果可想而知：“单吃了一百多天的‘败鼓皮丸’有什么用呢？依然打不破水肿，父亲终于躺在床上喘气了。还请一回陈莲河先生，这回是特拔，大洋十元。他仍旧泰然地开了一张方，但已停止败鼓皮丸不用，药引也不很神妙了，所以只消半天，药就煎好，灌下去，却从口角上回了出来。”（页297—298）甚至到了最后，无计可施的医生建议父亲是否考虑拜一下神神鬼鬼，这样或许药到病除。这就一下子暴露了无法精准判断、对症下药、匮乏科学精神的中医的直接短板。

不难看出，中医从一开始的巫术和行医结合一直到后来的发展过程中也还是部分保留了类似特征，它的含混性、整体性以及身心合体的治疗方法对于长于把控剂量和有针对性的高手医生可能可以发挥神奇效应，但对于能力有限者其实就变成了望闻问切走过场的大忽悠、跳大神，或至少近乎拖延时间等病自愈或无能为力乃至变成慢性杀人的行当实践。

2. 变态丧孝文化。相当犀利的是，鲁迅还将矛头指向了传统文化中变态的孝道伦理与丧葬文化，原本是颇具人性让人适当抒发喜怒哀乐人伦情感的礼节/仪式变成了束缚、强迫和桎梏，如人所论："至少是在理性的层面，他超越了封建的忠孝伦常观念。一旦他看清了过去父子关系中被温情掩盖着的虚伪而血腥的一面，他将不再掩饰自己的憎恶。"① 这在鲁迅的《二十四孝图》中论述更集中，普通人做孝子尽孝道也绝非易事。

《父亲的病》就不乏此类批评，尤其是中西医如何对待垂死的痛苦病人，中医或国人更喜欢临死前的过度抢救，借此减轻罪责或博得孝子贤孙的美名，鲁迅写道："中西的思想确乎有一点不同。听说中国的孝子们，一到将要'罪孽深重祸延父母'的时候，就买几斤人参，煎汤灌下去，希望父母多喘几天气，即使半天也好。我的一位教医学的先生却教给我医生的职务道：可医的应该给他医治，不可医的应该给他死得没有痛苦。——但这先生自然是西医。"（页 298）这种为自己的孝名而折磨病重的父母的文化令人发指，而实际上我们更应该考虑到病人的承受能力，让他们临终之际少点痛苦，平静辞世，而且死得有尊严（更前沿的包括医疗上的"安乐死"制度）。类似的，在弥留之际的叫魂做法也令人不解，明明垂死者已是痛苦不堪，却要让人不尽快死去解脱："'叫呀，你父亲要断气了。快叫呀！'衍太太说。"（页 298）

3. "中间物"父亲及传统。《五猖会》中的父亲形象是相当耐人寻味的，在此文中鲁迅把批判的矛头指向了僵化、刻板的主流礼教，而借用鲜活、有个性的民间宗教加以反拨："其一便是五猖庙了，名目就奇特。据有考据癖的人说：这就是五通神。然而也并无确据。神像是五个男人，也不见有什么猖獗之状；后面列坐着五位太太，却并不'分坐'，远不及北京戏园里界限之谨严。"

① 张向东《"救救孩子"还是"救救父亲"？——从鲁迅小说中"孩子"命运看其对启蒙和自我启蒙的思考》，《中南大学学报（社会科学版）》2009 年第 4 期，页 566。

（页 271）

需要指出的是，相对开明的鲁迅的父亲从文化象征角度审视其实也是封建传统文化的一部分，至少他身上也有传统主流价值观在作祟，他对少年鲁迅的临时拷问——背书，其实也投射了对自己无力追求功名的不满和对未来的焦虑感以及对现状难耐的心态，但这对少年鲁迅却是不小的伤害。我们可以说，鲁迅在《朝花夕拾》中有两个父亲：人性的父亲和父权制的父亲，而且也有一种悲喜交加的元素贯穿其间："问题是鲁迅创作中的许多悲剧性因素，常常是在人性的父亲，而不是作为父权制特征代表的父亲，或者说在他们已被父权制所抛弃的意义上，即作为父权制文化特征的受害者的情况下获得的……相反，喜剧性因素却常常是在他们典型地体现着父权制文化特征时出现的……在爱和憎、悲和喜的具体构成中，我们仍然可以找到直接的或隐蔽的鲁迅情感心理中的父亲情结。"①《五猖会》中的父亲恰恰是暗含了两种角色：既有人性，也有传统习惯烙印。

（二）现实依旧

1926 年 5 月 25 日鲁迅除了书写《五猖会》以外，还在当天完成了另一篇文章《为半农题记〈何典〉后，作》。鲁迅不无心痛地提及："我并非将半农比附'乱党'，——现在的中华民国虽由革命造成，但许多中华民国国民，都仍以那时的革命者为乱党，是明明白白的，——不过说，在此时，使我回忆从前，念及几个朋友，并感到自己的依然无力而已。"② 显而易见，一度精神飞扬的革命者们到了中华民国 15 年的现实中却慢慢变成了落魄者和不被理解的存在，这可以反衬出这个时代的陈旧、顽固与反动，当然从情感上也令人忧伤和失望。

---

① 张建生《鲁迅情感心理中的父亲情结》，《西北师大学报（社会科学版）》2003 年第 5 期，页 95。

② 鲁迅《为半农题记〈何典〉后，作》，《鲁迅全集》第 3 卷，页 322—323。

《五猖会》中亦有类似书写，包括诸多限制、禁止与反动："赛会虽然不像现在上海的旗袍，北京的谈国事，为当局所禁止，然而妇孺们是不许看的，读书人即所谓士子，也大抵不肯赶去看。只有游手好闲的闲人，这才跑到庙前或衙门前去看热闹；我关于赛会的知识，多半是从他们的叙述上得来的，并非考据家所贵重的'眼学'。"（页 270）鲁迅这里的书写其实指向了官方伦理教化及有关政府官员的僵化、保守、歧视与反动，新制度建立了 15 年依然怪事连连。《父亲的病》中对父亲的病症束手无策却赚得盆满钵满的中医陈莲河在现实中依然风生水起："只在街上有时看见他坐在三名轿夫的快轿里飞一般抬过；听说他现在还康健，一面行医，一面还做中医什么学报，正在和只长于外科的西医奋斗哩。"（页 298）这绝对是极大的讽刺，不能对症下药的名医依然可以凭借名声捞取巨大利益，这象征着旧文化传统的顽固性、欺骗性以及颇有民族主义市场的广泛性。

某种意义上说，父亲的病与死其实也是一种隐喻，象征了国人乃至中华民族从传统文化的视角把脉其实已经病入膏肓，鲁迅反思父亲（生病、治病与死亡）的过程，也是省察背后的土壤（过去及现在）的板结、崩坏与毒化过程，同时企图引起更多人的注意。但很遗憾，我们很多解读者只看到单一的层面，就事论事而缺乏深沉的思考。

三、自我清理与疗治

论者在论述鲁迅小说时指出，鲁迅对父亲缺失的处理和其背后的情感矛盾息息相关，"'父亲缺失'是鲁迅特有的一种文学现象，它包含着鲁迅对于父亲情感的矛盾。他没有父亲又需要父亲，他需要父亲最终又抛弃父亲；他爱父亲是因为自然的血缘关系，他恨父亲却是深沉的文化因素。然而，作为儿子的鲁迅，对于父亲的恨与反抗是不被社会原则与道德原则允许的，于是这种情感或愿望就被压抑至潜意识。然而鲁迅找到了小说创作的方式，让被压抑的愿望通过改装以另一种方式释放出来”。[1] 不只是小说创作，《朝花夕拾》中的父亲书写亦有着对个体“情感结构”及内容进行再梳理的功能。

（一）忏悔

《朝花夕拾》中鲁迅对父亲倾注了相当复杂的情感，钱理群先生曾经将这种情感归纳为爱与恨的纠葛：“我们在鲁迅的《五猖会》里感受着父与子之间的刻骨铭心的隔膜的悲哀，我们又在鲁迅的《父亲的病》里感受着刻骨铭心的失父的恐惧和负疚的悔恨。现在，我们终于明白：这都源于刻骨铭心的爱！”[2] 其实在我看来，除此以外还有一种“浓得化不开”的忏悔。

1. 理解父亲。如前所述，鲁迅在《朝花夕拾》中塑造了一个面目模糊、无能为力却又心有不甘的痛苦父亲形象，这种对病父的确立与理解可以呈现出鲁迅的忏悔之情，同时他把造成父亲惨状的矛头往往指向了传统文化糟粕，恰恰是遵从文化指引，才让父亲在弥留之际难觅安宁、不得好死。

但父亲在生前对少年鲁迅是有寄托的，他让 7 岁的“我”背书时亦然：“他使我同坐在堂中央的桌子前，教我一句一句地读下去。我担着心，一句一句地读下去。”（页 271）某种意义上说，这是尚未病重的父亲对长子的寄望，也是履行父亲的教导职责，虽然是节奏紧急、以父亲淫威的方式铺陈开来。

2. 反省自己。我们不该忽略的是，这是中年鲁迅回望/回忆过去的父亲再造。父亲角色一度作为留日的自己青年时期学医的动力，却又成为弃医从文的基础之一（不只是疗治国民的身体病痛，更要启蒙集体/个体精神的愚昧与困苦），但无论采取怎样的方式，他都无力拯救病入膏肓的父亲，甚至力图以文学启蒙或疗治国人的事业亦相当不顺，这种不时转换自己却难以圆梦的无奈与挫败感让他在文字上重新面对父亲时有了更强烈的忏悔意识。

---

① 吴铜虎《鲁迅小说“父亲缺失”现象的精神分析》，《学术交流》2015 年第 6 期，页 208。

② 钱理群《且说父亲和儿子（上）》，《名作欣赏》2010 年第 19 期，页 69。

回到《父亲的病》文本中来，我们不难发现，鲁迅对于自己成为传统文化习惯下的执行人折磨赴死的父亲一事极其不满而且内疚：“我现在还听到那时的自己的这声音，每听到时，就觉得这确是我对于父亲的最大的错处。”其实这个忏悔最少是三重的：①当时长子鲁迅的打扰性错误；②学医未竟的挫败；③弃医从文后的文化救人救国收效甚微。中年鲁迅把这后发的多种忏悔意识合并到少年鲁迅的肩头和心上了。

（二）疗伤

不必多说，父亲的病与死给鲁迅造成了不小的伤害，包括和寡居的母亲承担更多家庭负担，也要体味从小康堕入困顿后的世态炎凉，而且为了不让母亲太为难，少年鲁迅尽量独自承担各种压力，这就造成多种甚至绵延一生的性格建构，他的多疑、自虐、不安全感或某种程度上的攻击性特征，如人所论：“首先是构成鲁迅个性气质的疑惧倾向。鲁迅的童年跟父亲的病密切联系在一起，他是在父亲的病中逐渐生发了对周围世界的怀疑和恐惧……还有一点很明显的气质特征，便是鲁迅内心深处的受虐与自虐倾向。”①

如前所论，鲁迅首先再现了父亲形象，其次是彰显出自己的忏悔意识，这有种灵魂涤荡的功能，这二者结合起来，其实就实现了父子二人的精神和解（至少对鲁迅而言）。而同时，鲁迅在反思这种伤害时，矛头是多重指向的，传统文化糟粕、现实指涉，甚至把少年鲁迅干扰父亲赴死时，也是用了听从衍太太指令的方式。但无论如何，经由此重写，鲁迅达到了自我疗伤的目的与后果。

结语：《朝花夕拾》中的父亲再现其实彰显出鲁迅相当复杂的情感结构，一方面他再现出痛苦而又不甘的人性父亲，凸显出理解之同情，而同时却又批判吃人的传统（包含如何折磨及异化父亲）及问题重重的现实，另一方面他又

---

① 姜伟《鲁迅〈父亲的病〉的文本解读》，《文学教育》（上）2016年第8期，页42。

通过个体的忏悔来进行自我疗治。借此他既再现父亲、实现与父亲的精神和解，同时又批判国民劣根性生成的文化土壤，而为自己的文化事业生产奠定了扎实的情感基础，从而可以继续韧性向前。

2 论《无常》中的三重指涉

1926 年 3 月 18 日，约 5000 名群众在李大钊同志带领下在北京天安门集会抗议，要求拒绝英、美、法、意、荷、比、西、日八大帝国 3 月 16 日根据《辛丑和约》海口不得设防之条款向北京政府外交部提出 44 小时限期的“最后通牒”，而彼时八国公使团向北京当局提出必须拆除大沽口国防设施，否则会通过武力解决，同时上述各国派军舰云集大沽口，进行武力胁迫。当游行队伍到北京铁狮子胡同执政府和国务院门前请愿时，执政府卫队在不加任何警告的情况下向人群实弹射击，造成 200 多人死伤，李大钊、陈乔年等均在斗争中负伤，死者包括鲁迅先生彼时正在执教的女子师范大学学生杨德群、刘和珍等人，这就是震惊中外的“三・一八惨案”。[①] 事后段祺瑞及北京国务院通电谓本日惨案乃中俄大学校长徐谦等鼓动所致，下令通缉徐谦、李大钊、李石曾、易培基、顾孟余五人，而朱家骅、蒋梦麟、鲁迅等几十人也上了所谓的通缉黑名单。鲁迅为此非常愤怒，不仅寝食难安，满腔愤懑，称之为“民国以来最黑暗的一天”，而且举起如椽大笔进行猛烈批判，写下多篇力作，包括脍炙人口、势大力沉的《记念刘和珍君》等等。[②]

---

① 《世界画报》1926 年 3 月 21 日与 26 日出版了“三一八惨案特刊”，对此有详细说明，谢其章恰恰幸运得到并认真研究了此特刊，谢其章《〈三一八惨案特刊〉：还原历史细节》，《鲁迅研究月刊》2007 年第 8 期。

② 有关分析可参拙文《周氏兄弟有关“3・18 事件”的文本比较研究》，《广东鲁迅研究》1999 年第 3 期。后收入拙著《鲁迅小说中的话语形构：“实人生”的枭鸣》（北京：人民出版社，2011）。

回到《朝花夕拾》集子中来，“北京鲁迅”[①] 在“三·一八惨案”以后共创制了三篇作品：《二十四孝图》(5 月 10 日)、《五猖会》(5 月 25 日)、《无常》(6 月 23 日)。无独有偶，这三篇散文却无一例外地具有较强的（现实）批判性，包括：强烈挞伐传统及可能阻碍新文化运动的反对力量、以父亲为首的封建教育及监控和民间鬼魂资源探讨等等。将《无常》置于这样的历史语境中，并非要窄化其可能的丰富内涵，而是为其历史定位找寻一个引线或切入点。实际上，《无常》一文蕴含了相当繁复的意义指涉，远比单纯强调现实批判与人情味灌输复杂得多。而且，值得注意的是，《无常》从文体创新角度看亦有其特色，它涵容了散文、小说及杂文的多种元素，具有跨文体的特征，如人所论，《无常》是一篇优秀散文，但文体风格鲜明且独特，它将小说典型化的因素与散文有机结合，同时也不妨将它看成优秀杂文。文中添加了许多杂文式的精彩议论，恰如异峰突起、发人深省。[②]

一、民间视域下的阴间设置

1926 年 7 月 29 日鲁迅在致许广平的信函中曾经提及：治理中国时候的处罚应当老人老办法、新人新办法：“我常想：治中国应该有两种方法，对新的用新法，对旧的仍用旧法。例如‘遗老’有罪，即该用清朝法律：打屁股。因为这是他所佩服的。”[③] 或许是愤怒于统治阶层的残暴专制，或许是不满官方的霸道蛮横，或许是惯有的人道主义情怀在面对惨案条件反射般泛起，或许是一直贯穿的英雄主义复仇情结浮现，《无常》中鲁迅先生采用了以民间文化（复仇）的方式彰显对抗心态的文字实践，尤其令人瞩目。

---

① 有关鲁迅在北京的整体情况可参萧振鸣《鲁迅和他的北京》(北京：燕山出版社，2015)。

② 有关论述可参张效民主编《鲁迅作品赏析大辞典》(成都：四川辞书出版社，1992)，页 285—288。

③《鲁迅全集》第 11 卷，页 104。

（一）阴间对应

不难看出，《无常》确立了相对清晰的地府统治架构，从东岳大帝到阎王到判官再到鬼物们：“凡是神，在中国仿佛都有些随意杀人的权柄似的，倒不如说是职掌人民的生死大事的罢，就如城隍和东岳大帝之类。那么，他的卤簿中间就另有一群特别的角色：鬼卒、鬼王，还有活无常。”（页276，卷2）鲁迅也参考了《玉历钞传》等书，在涉及无常时提及其瓜皮小帽上的四个字，有的是“一见有喜”：“有一种本子上，却写的是‘你也来了’。这四个字，是有时也见于包公殿的扁额上的，至于他的帽上是何人所写，他自己还是阎罗王，我可没有研究出。”（页277）此中已经有把地府人物性格和历史人物（包拯）结合起来的实践，其中寄寓了尊崇刚正不阿、铁面无私的价值取向。

而鲁迅在处理地府人物时并没有论资排辈，而是把焦点安放在最底层的鬼物们身上，但其中又有高低之分，而划分标准则是扮演他们的人民大众的喜好，比如鬼族和鬼王的装扮就并非等级森严、差异明显，毕竟后者还是乡下人出身：“鬼卒拿着钢叉，叉环振得琅琅地响，鬼王拿的是一块小小的虎头牌。据传说，鬼王是只用一只脚走路的；但他究竟是乡下人，虽然脸上已经画上些鱼鳞或者别的什么鳞，却仍然只得用了两只脚走路。所以看客对于他们不很敬畏，也不大留心，除了念佛老妪和她的孙子们为面面圆到起见，也照例给他们一个‘不胜屏营待命之至’的仪节。”（页276）鲁迅在此通过细节刻画也凸显出一般看客和更虔诚信徒的差异，后者会给鬼王更高的级别待遇。

而在其中，民间认为地位最高的是“活无常”，浑身雪白且鹤立鸡群（戴上白纸高帽更显而易见）：“他不但活泼而诙谐，单是那浑身雪白这一点，在红红绿绿中就有‘鹤立鸡群’之概。只要望见一顶白纸的高帽子和他手里的破芭蕉扇的影子，大家就都有些紧张，而且高兴起来了。”（页276）为了烘托或对称“活无常”，鲁迅还写了与之对应的“死有分”，但的确很晦气，烧香的人们需要及时摆脱，“这在迎神时候也有的，但名称却讹作死无常了，黑脸、黑衣，谁也不爱看。在‘阴死间’里也有的，胸口靠着墙壁，阴森森地站着；那才真真是‘碰壁’。凡有进去烧香的人们，必须摩一摩他的脊梁，据说可以摆脱了晦气”（页277—278）。需要指出的是，鲁迅写出的鬼物们往往有不同的版本，比如书上、“阴司间”和绍兴迎神时候的装扮与要求往往有差，这样可以更好地互相参照、多元并存、为我所用。

对于阴间世界的设立或隆重再现固然不全是鲁迅自己创设的功劳，但鲁迅的实践却又呈现出某种民间的集体期许：即使不那么尽责和有效的完美阴间，一样可能审判既有的罪恶，甚至不论你出身为何，如人所论，鲁迅的鬼故事其实和丰富的民间血肉相连：“我们也终于读出了、读懂了鲁迅所讲的鬼故事背后的人情，那就是构成鲁迅生命底蕴的童年故乡记忆和民间记忆。而这两大记忆的核心则有二，一是和‘乡下人’即底层民众的精神共鸣，一是和民间艺术（特别是民间戏剧）的血肉联系。”①

（二）“活无常”：沟通阴阳

需要指出的是，“活无常”的真正角色却又是沟通阴阳的串联者。一方面，作为民众熟悉而又显得相对亲密的鬼物，他是地狱等级制度各司其责连续运行的齿轮之一，他必须听命于阎王，并完成自身的职责/使命，比如勾魂：“譬如城隍庙或东岳庙中，大殿后面就有一间暗室，叫作‘阴司间’，在才可辨色的昏暗中，塑着各种鬼：吊死鬼、跌死鬼、虎伤鬼、科场鬼，……而一进门口所看见的长而白的东西就是他。我虽然也曾瞻仰过一回这‘阴司间’，但那时胆子小，没有看明白。听说他一手还拿着铁索，因为他是勾摄生魂的使者。”（页277）而在民间戏曲目连戏中亦然，他也会担任自己该做的勾魂使者角色：“全本里一定有一个恶人，次日的将近天明便是这恶人的收场的时候，‘恶贯满盈’，阎王出票来勾摄了，于是乎这活的活无常便在戏台上出现。”（页279—

① 钱理群《鲁迅笔下的鬼——读〈无常〉和〈女吊〉（二）》，《语文建设》2010年第12期，页41。

280）当然，因为和人间互通有无，基于人性或民众诉求，他和领导阎王之间的关系亦有张力，因为对民间有同情心而抗命，当然自己也会遭受惩罚，而这个做法的确是符合民众期待的——位置不高、态度良好、沟通上下、葆有气节，其实也是民众对自己（上升之后）角色的定位，如“活无常”自己所言：

“我道 nga 阿嫂哭得悲伤，暂放他还阳半刻。

大王道我是得钱买放，就将我捆打四十！”（页 280）

而另一面他是人民喜闻乐见的鬼物，个中原因当然相当复杂：其中包括了他的反抗性，而更多是因为他具有连绵不绝的人性，比如戏台上的出场，打喷嚏放屁上下漏风，并非一本正经、冠冕堂皇，也不是面目狰狞、惊悚丑陋：“他出来了，服饰比画上还简单，不拿铁索，也不带算盘，就是雪白的一条莽汉，粉面朱唇，眉黑如漆，蹙着，不知道是在笑还是在哭。但他一出台就须打一百零八个嚏，同时也放一百零八个屁，这才自述他的履历。”（页 280）迎神时候的无常，则更是接地气，甚至如人一般，还有家眷安排，美丽的无常嫂以及无常少爷：“一个是漂亮的女人，只是很有些村妇样，大家都称她无常嫂；这样看来，无常是和我们平辈的，无怪他不摆教授先生的架子。一个是小孩子，小高帽，小白衣；虽然小，两肩却已经耸起了，眉目的外梢也向下。这分明是无常少爷了，大家却叫他阿领，对于他似乎都不很表敬意；猜起来，仿佛是无常嫂的前夫之子似的。但不知何以相貌又和无常有这么象？吁！鬼神之事，难言之矣，只得姑且置之弗论。”（页 282）言辞之中，鲁迅先生也会对教授们随手一击，因为“活无常”家庭就毫无架子，仿若我们身边的模范邻居家庭。而在“送无常”一幕中，一般要用酒饭恭送他，毕竟他是地狱使者，但他的平易近人更让人觉得真实，甚至大家还可以开他的玩笑：“因为他是勾魂使者，所以民间凡有一个人死掉之后，就得用酒饭恭送他。至于不给他吃，那是赛会时候的开玩笑，实际上并不然。但是，和无常开玩笑，是大家都有此意的，因为他爽直，爱发议论，有人情，——要寻真实的朋友，倒还是他妥当。”（页 282）

上述种种，都可以彰显出他是民间呼声颇高的鬼物，这当然也凸显出鲁迅对人性的强调，无论这种存在物是神是鬼，这种操作其实也彰显了鲁迅的创造力，如人所论："他既是'鬼'，讲鬼'理'，有鬼的'可怖'，但他更有'人'的一面，讲人'情'，像真正的人一样'可爱'。也就是说，这里讲的人是理想的人，他是体现了鲁迅对理想的人性的追求的：通过鬼的描写来谈理想的人性，这本身就是一个独特的创造。"① 神、鬼原本是人的主观创造物，借此期待在另一个世界的可能良好秩序中延续今生，却又比今世更具人性和理性主义。

二、现实关怀

《无常》创作于作者被传言"通缉"中的1926年6月23日，"三·一八惨案"过去了3个月，此文最初发表于1926年7月10日的《莽原》半月刊第一卷第13期。面对反动派的血腥暴行和开枪屠杀爱国群众，"出离愤怒"的鲁迅"只觉得所住的并非人间"。而在此时，"现代评论派"之流（尤其是以陈西滢为代表）还散布流言说活跃的青年们是"受人利用""自蹈死地"，上述行径的确令人寒心（毕竟此时批判卖国的专制、尊重爱国者的合法行动远比人与人个体之间的矛盾乃至私人恩怨优先）。毋庸讳言，《无常》中时不时彰显出其难以遏抑的现实关怀和深切批判，虽然表面上看鲁迅更多是讨论阴间的鬼物，但其实明眼人都可读出其间的声东击西。如人所论："他把迷信传说中的'无常'这种鬼魅作为自己作品的中心内容，并非为了研究佛经和解读封建迷信传说，而是在于回顾故乡绍兴风习，再现浙东世态人情，并针砭社会现实痼弊。"②

（一）反抗专制暴政

某种意义上说，鲁迅对现实暴政专制，尤其是结合现实中的段祺瑞政府等

---

① 钱理群《鲁迅笔下的鬼——读〈无常〉和〈女吊〉（一）》，《语文建设》2010年第11期，页56。

② 魏洪丘《鲁迅〈朝花夕拾〉研究》，页101。

存在更多是采取隐形的精神批判和生成机制解剖策略，当然也采取暗暗的反抗或革命举措。也即，他反抗所有的跨越时空的不合理、暴虐等等。从宽泛的意义上说，“活无常”对于阎王的口头批判、忤逆上司本身就是下对上的反抗：“他口里的阎罗天子仿佛也不大高明，竟会误解他的人格，——不，鬼格。但连‘还阳半刻’都知道，究竟还不失其‘聪明正直之谓神’。不过这惩罚，却给了我们的活无常以不可磨灭的冤苦的印象，一提起，就使他更加蹙紧双眉，捏定破芭蕉扇，脸向着地，鸭子浮水似的跳舞起来。”（页 281）同时，鲁迅笔下的“活无常”对于民间疾苦常常富有同情心，也因此时常愁容满面。从此角度看，“活无常”就是穿梭阴阳、可以了解民意并部分代表民意，甚至斗胆可以和上级商榷的代言人，也是一个“中间物”。鲁迅复活了“活无常”的丰富性，其实本身就是一种自下而上的反抗姿态。

从统治结构来说，法律及相关制度原本就是更多为了维护统治阶层的利益而设置的，底层民众受奴役、受惩罚的可能性更大，所谓“官官相护”，因此“活无常”的台词无论是文本中的“那怕你，铜墙铁壁！那怕你，皇亲国戚！”（页 281）还是绍兴地方戏《跳无常》的台词，高潮重复部分——“一旦无常到，看你再逍遥，人死难把臭名消”[①] 都有所寄托——其中更朴素地表达了底层民众（寄望于“活无常”主持公道）反对特权、强权、捍卫法制神圣性、公平性的志趣，一种是平权，一种是捍卫名声。虽然从深处思考，这往往很难实现，甚至更进一步，这种操作不过是和统治阶层与虎谋皮，或至少也是部分巩固其统治——增强其警惕性并丰富统治策略与实行铁腕化治理。

① 章贵《我所知的鲁迅作品中的绍兴戏和“无常”》，《渭南师专学报（社会科学版）》1993 年第 2 期，页 33。

（二）批判“正人君子”

可以理解的是，《无常》中的杂文笔法更多指向了（现实）专制统治者的帮凶或帮闲——“正人君子”。而他们往往拥有着和统治阶层合谋的话语霸权：“对‘无刀无笔的弱者’实行精神的压迫，而这种精神压迫又最终将导致政治的压迫，使得他们‘不得喘息’。”① 我们不妨实际论证一下：

1. 以民众/底层朴素理念消解“公理”。若从更早的女子师范大学事件谈起，鲁迅和“现代评论派”的论争涵盖广泛，当然包括对“某籍某系”乃至出身的影射、嘲讽与应对，《无常》中自然也有对“模范县”（陈西滢自谓其家乡）及“绍兴师爷”（陈批判绍兴产物之一）的含沙射影回应，但更多指向了“下等人”，在鲁迅看来，这些苦难深重的乡民早就对现实社会中的政府和官方失望透顶，反而更加信任阴间，也部分吻合了“善有善报、恶有恶报”的因果报应之地狱版：“他们——敝同乡‘下等人’——的许多，活着，苦着，被流言，被反噬，因了积久的经验，知道阳间维持‘公理’的只有一个会，而且这会的本身就是‘遥遥茫茫’，于是乎势不得不发生对于阴间的神往。人是大抵自以为衔些冤抑的；活的‘正人君子’们只能骗鸟，若问愚民，他就可以不假思索地回答你：公正的裁判是在阴间！”（页 278—279）从此角度看，这种批评本身就呈现出民间朴素的智慧坚持以及作者鲁迅对现实的强烈不满。

2. 赞扬“活无常”的情理兼顾。鲁迅认为，在人世间把持“公理”的角色都是靠不住的（他们往往还是兼差，而且玩弄文字），还不如向阴司讨一些私情，让铁面无私的他们酌情处理，鲁迅写道，“对付别人要滴水不羼的公理，对自己总还不如虽在阴司里也还能够寻到一点私情……当还未做鬼之前，有时先不欺心的人们，遥想着将来，就又不能不想在整块的公理中，来寻一点情面

---

① 钱理群《与鲁迅相遇：北大演讲录之二》（第 2 版。北京：生活・读书・新知三联书店，2018），页 251。

的末屑”。（页 279）其中既批判有身份的人（其实就是学者、教授、文豪们）的架子，借文章作护身符，也可以说明底层人可以从无常处寻些脸面过活。从此角度看，鲁迅还是赞扬了“活无常”的居间的仁心而鄙视“正人君子”打着“公理”旗号的冷酷、残忍与急功近利。当然，如果更进一步，这也可理解为鲁迅先生的身份感觉与人生际遇和底层民众心神相通。

3. 痛击“谣言”。鲁迅在提及迎神时“活无常”的子嗣问题时明显指桑骂槐，这个问题原本是很难解释的，毕竟这属于民间信仰里的传统习俗，未必完全合乎人间规律和逻辑，但在掺入现实批判之后就迎刃而解了，鲁迅写道：“至于无常何以没有亲儿女，到今年可很容易解释了；鬼神能前知，他怕儿女一多，爱说闲话的就要旁敲侧击地锻成他拿卢布，所以不但研究，还早已实行了‘节育’了。”辛辣的笔触其实指向了“现代评论派”陈源、梁实秋们污蔑鲁迅拿卢布写作[①]的用心险恶与谣言四起，还有“另外还加添了两名角色，就是‘正人君子’之所谓‘老婆儿女’”（页 282）也是顺手一击。某种角度上看，鲁迅的杂文往往一针见血入木三分，即使旁敲侧击，也是剑锋犀利，无常此时成了鲁迅攻击“正人君子”们的凭借。

除了批判“正人君子”以外，鲁迅偶尔也批判俗世间的鬼气重重，而这里的鬼气则是贬义词，反过来冥间的真鬼似乎更有人气，这种反常也呈现了鲁迅辛辣的批判性，所谓人鬼颠倒：“我还记得住在离我家不远的小屋子里的一个男人，便自称是‘走无常’，门外常常燃着香烛。但我看他脸上的鬼气反而多。莫非入冥做了鬼，倒会增加人气的么？吁！鬼神之事，难言之矣，这也只得姑

---

① 根据杨奎松的研究：“中共自成立之初就不能不依靠共产国际（实际上主要是从苏联）定期提供的经费援助开展活动，这种情况一直延续到 30 年代初中共建立起南方根据地，中共中央由上海迁往中央苏区，才有了根本性的转变。”（具体可参杨奎松《共产国际为中共提供财政援助考察》，《社会科学论坛》2004 年第 4 期，页 4）。需要指出的是，1930 年代左翼时期的上海鲁迅和共产主义息息相关，但稿费、版税收入较高，无需领卢布，而 1920 年代“语丝”时期的鲁迅写作显然更和此类经费毫无关联。

且置之弗论了。”（页 282—283）文字间的人鬼流通思辨令人慨叹，此时的人何尝比鬼更坏或不堪呢？这也可见鲁迅在散文中掺入杂文笔法的杀伤力，既回应了现实专制与黑暗，同时又委婉曲折、富有诗意，如人所论：“而在散文中融入杂文的笔法是《无常》超越一般抒情性散文之处，这样的杂糅创作手法为《无常》及这个鬼物形象带来了耐人咀嚼的韵味，形成了寓抒情、议论、叙述于一体的独特艺术效果。”①

三、人生哲思

《无常》在重绘阴间、现实批判以外自有其更高追求，也就是对人生哲学的追问与反思，而这是其主题指向的第三重境界。这重境界更可看出鲁迅先生的创造力与思想造诣。

（一）人生升华

“无常”一词，作为佛教用语，自有其艰深解释与限定。鲁迅并没有纠缠太多，更多关注到中国的民间命名“活无常”时对这个繁复来源的简化使用，但其间对于命途多舛、个体渺小、人生无奈的感悟总是共通的，无论你出身、阶级、性别、际遇如何，都可能会经历这种类似的感受，鲁迅写道：“我也没有研究过小乘佛教的经典，但据耳食之谈，则在印度的佛经里，焰摩天是有的，牛首阿旁也有的，都在地狱里做主任。至于勾摄生魂的使者的这无常先生，却似乎于古无征，耳所习闻的只有什么‘人生无常’之类的话。大概这意思传到中国之后，人们便将他具体化了。这实在是我们中国人的创作。”（页 278）这段话其实讲出了“无常”的要义之一，正是因为对天命、世事变幻等缺乏安全感，同时在现实世界中往往遭遇不如意、挫败和各色羞辱，（底层）民众才会更期待来生或另外世界（含阴间）中有更好的可能性，而其中改变的

① 万余《解读鲁迅笔下的无常》，《名作欣赏》2017 年第 30 期，页 7。

途径之一就是要增添合理的人性、祛除恶与鬼气，“活无常”的命名本身就呈现出这种期冀，更进一步，还把这个人物理想化，成为底层权益与理想的代言者。写鬼的目的是为了造人，乃至“立人”，如人所论：“他所做的不仅仅是来描写这些可爱的鬼的形象，更是蕴含着深意。通过描写这些可爱的鬼的形象，从鬼影中看出人性，用自己的写作以期摇醒那些沉睡者，除掉他们身上的‘鬼性’，获得真正的新生。”①

（二）公正/公平

值得注意的是，无论是经由民间传统或鬼魂世界，还是批判现实，鲁迅在《无常》中其实更追求一种真正的公平/公正，而所用的关键词之一就是“公理”。

“公理”的含义实则有两重：一个是负面的“正人君子”所强调的“公理”，某种类似于上层阶级的普世价值的东西，而话语权垄断在教授、学者、文豪们手里，底层民众“知道阳间维持‘公理’的只有一个会，而且这会的本身就是‘遥遥茫茫’，于是乎势不得不发生对于阴间的神往”（页 278—279）。当然，这种追求的背后其实也是民间立场，如钱理群所言：“鲁迅的回归民间，自然也包括了从地方文化传统中寻求精神的支撑。”②

而另一重则是法理、公平与正义，是大众的最大公约数的朴素认知和权益平衡之下的共享，所以他们希望阴间的鬼王们主持公道，“然而那又究竟是阴间，阎罗天子、牛首阿旁，还有中国人自己想出来的马面，都是并不兼差，真正主持公理的脚色”（页 279），明显呈现出对“公理”内在意涵的渴求与坚持，因为阳间难觅底层民众需要的“公理”，所以不惜向黑暗的阴间求助，而民众也恰恰为自己设置了一个堪称维持真正“公理”的世界，“活无常”就是

---

① 李安宁《鬼背后的人情味》，《安阳师范学院学报》2012 年第 3 期，页 84。

② 钱理群《与鲁迅相遇：北大演讲录之二》（第 2 版。北京：生活・读书・新知三联书店，2018），页 272。

这个“公理”的代言人或载体。如人所论：“鲁迅在《无常》中展现的不仅是那个为人们所爱的‘鬼而人，理而情，可怖而可爱的无常’的表面的积极力量，更反映出人们在黑暗现实中真正绝望的挣扎。人们为了逃避死亡的可怕以及现实的不公，在迎神赛会、目连戏中与象征死亡的无常开玩笑、获得公理。”①

（三）发展进化

某种角度上说，《无常》的角色形塑可能更喻示了一种新的可能性，人的生存与发展趋势。鲁迅曾经以回忆的口吻写道：“我至今还确凿记得，在故乡时候，和‘下等人’一同，常常这样高兴地正视过这鬼而人，理而情，可怖而可爱的无常；而且欣赏他脸上的哭或笑，口头的硬语与谐谈……。”（页 281）从更深层的角度看，鲁迅毋宁更是借“活无常”角色创造出一种更美好的新人，即有情有义、有同情心有同理心。这样的个体才是更加强大而亲切的存在，而这类人组成的国家才是“人国”。这恰恰是鲁迅往往为人所忽略更具价值的建设性层面。如杨义先生所言：“在审美人类学的戏拟、嘲弄和逆向颠覆中，鲁迅写鬼，鬼后却有人焉，鬼类与人类相互映照，复调地折射了一种以谐趣消解黑暗秩序，以丑怪消解神圣的虚伪，以自己的高帽子拱翻了冠冕堂皇，因而也可以说是独特形态的‘美伟强力’的人。”②

结语：《无常》作为一篇精致的散文创作，有其混杂的文体特征，即杂文性与叙事性涵容其间。而在意义指涉上也有其独特而又繁复的指向，最少有三重：其一是民间视野下的阴间设置，而连接点则是“活无常”；其二是这篇写于 1926 年“三·一八惨案”三个多月之后的文章极具批判性，一方面指向了对残暴专制的批判，另一方面又对其帮闲——“正人君子”进行多面嘲讽；其

① 刘恋《无常的负面形象分析》，《齐齐哈尔师范高等专科学校学报》2018 年第 3 期，页 25。

② 杨义《〈朝花夕拾〉的生命解读》，《海南师范大学学报（社会科学版）》2014 年第 1 期，页 7—8。

三，此文还有对人生哲学的反思，包括强调人性提升、“公理”诉求以及对“立人”新发展之后的“立国”关怀。

3 论《从百草园到三味书屋》中的多重转换

1926年9月18日，人在厦门的鲁迅完成了日后家喻户晓的散文名篇《从百草园到三味书屋》，并且发表于1926年10月10日《莽原》半月刊第1卷第19期。如果我们从整体的角度阅读《朝花夕拾》，我们不难发现鲁迅在其中贯注了相当多的暖色，而这种精神升华与情感流露不只是一种自我抚慰，而且也可能是一种极具代表性的关于中华民族的文化隐喻。当然对于鲁迅来说，最直接的首先是一种自我安抚，如人所论：“在这个意义上，我们可以说，《朝花夕拾》是鲁迅的‘安魂曲’。许多人在《朝花夕拾》里所感受到的是在鲁迅其他作品中不容易见到的温馨、慈爱，或者像我曾经说过的，是鲁迅心灵最柔和的一面的显示，恐怕都是源于这样的心理动因。”[①] 整体而言，《从百草园到三味书屋》也具有良好的精神抚慰功能，虽然不无批评和清理操作。

回到《从百草园到三味书屋》的具体分析上来，由于其涉及童年与私塾两个相连的阶段，且呈现出相当明朗的情景再现与诗性魅力，迄今为止它依然被纳入中小学语文教材。可以理解的是，在数十年（尤其是最近40年）的有关研究中，和教学相关的主题思辨与教案设计占据了大部分比重，如谢守成、刘丹泠在其大作《〈从百草园到三味书屋〉研究综述和教学建议》[②] 中就对相关主题探究（1. 批判说；2. 成长说；3. 遗憾说；4. 追忆说等）、人物形象、叙述角度、有特色的教学设计等层面加以详细评述，基本上也梳理了有关教学研究

① 钱理群《文本阅读：从〈朝花夕拾〉到〈野草〉》，《江苏社会科学》2003年第4期，页104。

② 谢守成、刘丹泠《〈从百草园到三味书屋〉研究综述和教学建议》，《中学语文教学》2015年第4期。

的向度与水准。

耐人寻味的是，即便是相对朴素、指向清晰的散文写作成果，作者一旦变为鲁迅，似乎往往亦有申论的空间，而《从百草园到三味书屋》也不例外。其中的焦点就包括：此文的情感取向到底是悲剧还是喜剧？作者对寿镜吾老先生的态度如何？美女蛇的形象到底意味着什么？这是否是一篇反封建教育或文化的力作？等等，可谓众说纷纭、不一而足。

在我看来，上述论述固然精彩地呈现并丰富了我们对鲁迅散文名篇的理解，但同时也可能简单化了《朝花夕拾》的主题辩证：一方面，它有其整体性，它是鲁迅“情感结构”的精彩再现与丰富集萃，从此角度看，每一篇散文既指向其整体关怀又指向其自身的独特性；另一方面，回到《从百草园到三味书屋》上来，这篇文章作为鲁迅先生开蒙的记录与深切反思，往往寄寓了立体而又繁复的个人际遇总结与幽微的情感诉求，因此这篇貌似适合青少年阅读的佳作中其实涵容了角色的多重转换，我们不能为了授课的焦点明晰性而牺牲了其原本的繁复性。从此角度看，这才是争议的源头或要因之一，尽管鲁迅先生的文章素来蕴含隽永、匠心独具。

一、内部角色转换：从顽童到书生

毋庸讳言，《从百草园到三味书屋》的主体部分其实就是缕述鲁迅先生少年时期入塾前后的转换问题，这既是两个空间（家庭与学校）的事务梳理，又是两种身份（顽童与学子）的明显转换，也即从相对自由自在的顽童到限制增多的小小读书郎的跨越。这显然不只是年龄递增的变化，于敏感聪明、历经坎坷正处于人生转折期的 45 周岁的中年鲁迅来说，回望其童年与开蒙意义重大，因为他的人生经历在此时段从中国近代史的角度考察堪称波诡云谲，这就包括晚清新政图强、公车上书、甲午海战、戊戌变法及其失败，等等，这些文本不只具有史料意义，更是呈现出敏感而优秀的个体如何应对重大历史事件，或反过来形成个体国族意识（nationalism）的逐步建构，如人所论：“《朝花夕拾》虽然以散文笔法写就，但提供了从鲁迅 1887 年读《鉴略》到 1910 年回绍兴任教以前的全部受教育过程、成长过程，以及伴随着这一切的时代风云和历史变迁。对《朝花夕拾》的倾心与关注，对其文献价值和文本价值的发现和挖掘，将使鲁迅研究结构更加整体化，并有助于鲁迅成长之谜的个性原因的分析逐步深入。”①

（一）顽童：多元与自由

不必多言，鲁迅在《从百草园到三味书屋》中打造出一个相当令人羡慕的乐园或美好世界，尤其令人向往的则是学前儿童的人间乐土——百草园。某种意义上说，百草园承担了梦幻童年践行的使命，并与之相互契合。

首先，百草园必须是一个“物产丰富”的美丽花园，既能够赏心悦目，又可以满足孩子们的好奇心或求知欲，这里既有可以食用、药用、使用的某些大小植物，也有可以观赏的花草，当然也有与民同乐的小动物们，它们和好玩的小朋友们组成了和谐美好的新世界，鲁迅热情洋溢地写道：“不必说碧绿的菜畦，光滑的石井栏，高大的皂荚树，紫红的桑椹；也不必说鸣蝉在树叶里长吟，肥胖的黄蜂伏在菜花上，轻捷的叫天子（云雀）忽然从草间直窜向云霄里去了。单是周围的短短的泥墙根一带，就有无限趣味。油蛉在这里低唱，蟋蟀们在这里弹琴。翻开断砖来，有时会遇见蜈蚣；还有斑蝥，倘若用手指按住它的脊梁，便会啪的一声，从后窍喷出一阵烟雾。何首乌藤和木莲藤缠络着，木莲有莲房一般的果实，何首乌有臃肿的根。”（页 287，卷 2）当然这些景象也会添加人类的主体介入，因此也会呈现出儿童们多动、好吃、探索，甚至是顽皮的一面，他们积极探索，当然也可能不断有意无意破坏，甚至也时不时进行比较：“有人说，何首乌根是有像人形的，吃了便可以成仙，我于是常常拔它

① 王吉鹏、秦岭《〈朝花夕拾〉的文献价值》，《鲁迅研究月刊》1996 年第 4 期，页 54。

起来，牵连不断地拔起来，也曾因此弄坏了泥墙，却从来没有见过有一块根像人样。如果不怕刺，还可以摘到覆盆子，像小珊瑚珠攒成的小球，又酸又甜，色味都比桑椹要好得远。”（页 287）以上文字明显呈现了一个真正参与者的自得其乐和事后追忆的嘴角带笑赞许。

其次，百草园必须有相对丰富的民间文化故事传承。这就是长妈妈讲述的和百草园内的赤练蛇有关的美女蛇的故事，甚至还有类似动物寓言的人生哲理灌输以及事后的检验对应，长于幻想的儿童们在汲取各色知识后会形成一种杂拌儿，他们当然也会展开思考、代入式幻想或伺机进行检验，这本身也是学习的方式之一：“这故事很使我觉得做人之险，夏夜乘凉，往往有些担心，不敢去看墙上，而且极想得到一盒老和尚那样的飞蜈蚣。走到百草园的草丛旁边时，也常常这样想。但直到现在，总还没有得到，但也没有遇见过赤练蛇和美女蛇。叫我名字的陌生声音自然是常有的，然而都不是美女蛇。”（页 288）此中呈现出虚构故事、民间传统解释自然现象和时代的脱节，而孩子们却是认真记忆并加以检验的。

第三，百草园有季节转换，它也和人间烟火，尤其是和生计（谋生计巧）息息相关，但同时作为（少爷）儿童却又不必那么着急或被殷切寄望负担个体或家族存活的苦难。于是就有了一些相对新奇的体验，其中就包括冬天雪地“装弶”捕鸟的经历和地主阶层罕见的人生体验（也和《故乡》文本互涉），但是“我”往往做不到，对应了读书人的“四体不勤”：“这是闰土的父亲所传授的方法，我却不大能用。明明见它们进去了，拉了绳，跑去一看，却什么都没有，费了半天力，捉住的不过三四只。闰土的父亲是小半天便能捕获几十只，装在叉袋里叫着撞着的。我曾经问他得失的缘由，他只静静地笑道：你太性急，来不及等它走到中间去。”（页 289）当然其中除了技术不够熟练之外，还包括个体成长的完善与反思，比如儿童时期的他的急性子无力包容小鸟们面对诱惑的忍耐力试探。

从儿童爱玩的天性来说，百草园作为“我”好玩的现实应对，乃至满足了有关想象，从此角度看，百草园就是儿童的伊甸园，它有自然，有人性，有民间风俗传说，也有生存技巧，在幼小的“我”看来，这是多元的，乃至自由的。但若从更大的文化汲取、传递与创造谱系来看，这些显然又是不够的，“我”必须接受教育，学习数千年传承下来的中华文化传统，从这个角度来看，他近乎是只随天性生长、上蹿下跳的顽童：“也许是因为拔何首乌毁了泥墙罢，也许是因为将砖头抛到间壁的梁家去了罢，也许是因为站在石井栏上跳了下来罢……都无从知道。总而言之：我将不能常到百草园了。Ade，我的蟋蟀们！Ade，我的覆盆子们和木莲们！……”（页 289）实际上我们皆明白，无论他有无上述缕述的恶作剧实施，到了适读年龄的他都必须接受文化教育，而且这也是他少爷的身份使然。

（二）书生：规训与自主

论者指出：“无论哪一种主题观念，其立足点都建立在对‘百草园’和‘三味书屋’这两个具有对比意义的人物活动舞台的分析认知上。事实上，这两个舞台所代表的两种文化——儿童文化与学校文化及其冲突，才是更值得思考的一个具有现实意义的命题。”① 某种意义上说，论者夸大了两种文化之间的矛盾对立性，而从文化传承角度看，二者之间是有内在关联的。

儿童时期（鲁迅的三味书屋时空）的读书生活首先强调的是规范，毕竟之前他们的生长过程（百草园时期）相对偏野性，而学习必须先学做人，这就是“礼”。尤其是做人规矩，要行两次礼，第一次算是拜孔子，第二次拜老师，“第二次行礼时，先生便和蔼地在一旁答礼。他是一个高而瘦的老人，须发都花白了，还戴着大眼镜。我对他很恭敬”（页 289）。某种意义上说，老师是学生的再生父母，从文化教育与传递的角度看的确如此。

---

① 徐华江《〈从百草园到三味书屋〉的文化反思》，《湖北教育学院学报》2006 年第 6 期，页 24。

其次就是专心读书，养成学习的好习惯。“我”曾经问先生关于东方朔“怪哉”的问题碰壁，之后就用志不纷，而且循序渐进：“我就只读书，正午习字，晚上对课。先生最初这几天对我很严厉，后来却好起来了，不过给我读的书渐渐加多，对课也渐渐地加上字去，从三言到五言，终于到七言。”（页290）这当然是一条学习的阳光大道——入门要正、专心致志，养成好习惯而后才能顺其自然良性循环。

当然初期学习中也不乏儿童天性与读书习惯养成之间的冲突，孩子们好玩，而且总想回到百草园时期的所谓自由自在探索或淘气中去，但此类集体行动总容易被老师发觉，“三味书屋后面也有一个园，虽然小，但在那里也可以爬上花坛去折腊梅花，在地上或桂花树上寻蝉蜕。最好的工作是捉了苍蝇喂蚂蚁，静悄悄地没有声音。然而同窗们到园里的太多，太久，可就不行了，先生在书房里便大叫起来”，于是同学们只得回到学习的正轨，从园子里抽身：“便一个一个陆续走回去；一同回去，也不行的。他有一条戒尺，但是不常用，也有罚跪的规则，但也不常用，普通总不过瞪几眼，大声道：‘读书！’”（页290）三味书屋作为当时绍兴最好的私塾之一自然也不乏惩罚机制，老先生虽然方正严厉，但从未真正使用严格惩戒手段，比如打板子等等。同时，老先生更有正面示范，自己热烈读书、沉浸其中：“我疑心这是极好的文章，因为读到这里，他总是微笑起来，而且将头仰起，摇着，向后面拗过去，拗过去。”（页291）毫无疑问，虽然俗话说“书中自有黄金屋，书中自有颜如玉，书中自有千钟粟”，这呈现出古代读书人的功利取径，但实际上乐于读书才是读书的最高境界。生活简朴、安贫乐道的老先生其实作了很好的行为示范。

作为读书“场域”的三味书屋，其实亦有可爱之处：可以共同玩耍的小伙伴（含小园子），可以共同分享读书、对对子、背诵的乐趣，甚至偶尔也可以聊发少年狂，包括画画或用纸盔甲做戏，偶尔多管闲事、抱打不平，而在这一游乐层面，三味书屋延续（虽然窄缩）了百草园的部分传统内容，而作为学生要充实自己的精神世界也是题中应有之义。

即便是相当精彩的儿童内部世界，也难脱成人世界经验的介入，比如咨询“怪哉”问题之后的反思，有时沉默原本就是一种回答或人生态度：“我才知道做学生是不应该问这些事的，只要读书，因为他是渊博的宿儒，决不至于不知道，所谓不知道者，乃是不愿意说。年纪比我大的人，往往如此，我遇见过好几回了。”（页 290）如人所论，这些书写也彰显出成人现实世界和儿童世界的差异与前者对后者的涉入，也显示了不同的文字风格：“作者毕竟处身在一个依然‘纷扰’的现实世界中，自身经历又是如此‘离奇’，要想使自己笔下的两个童话世界中保持纯金色彩又是做不到的，特别是当这些回忆性文字中采用了成年人视点的叙事，这就难免把现实世界‘芜杂’带入这两个童话世界中，讽刺的文字也就是这样自然而然地流入了笔端。不过，这讽刺并不辛辣，相反很绵软，很温柔，这讽刺很接近幽默。”① 但不管怎样，儿童鲁迅在从百草园到三味书屋这两个世界的转换中，有小挫折，但毕竟是顺畅的、开心的，同时生活亦是丰富多彩的，堪称儿童生活时段的“乐园”，我们不该过分夸大二者之间的对立性。

二、心境转换：当下中年与儿童情结

细读《从百草园到三味书屋》，我们不难察觉到其间心境的转换与融合，其中既有现实的中年男人的认知介入，又有少年口吻的叙述视角、思路与细节描绘，二者有机融合，呈现出一种独特的离合关系与效果，尤其值得关注的是，文中对某些情感的克制或理性的释放都彰显出相对自如平淡的风格，如人所论：“少年的纯真与中年的芜杂的交织，使得这些散文出入于前尘与今事之间，表现了与‘带露折花’不同的艺术格调，其间有对故土因缘和精神家园的

① 曹禧修《论〈从百草园到三味书屋〉复合型视角叙事》，《鲁迅研究月刊》2015 年第 7 期，页 31。

反思，包括民间传说、民俗表演、自然情趣和人间亲情；又有对自己早年人生道路的重审，包括家庭破落，以及在异乡异邦求学交友。中年意识与童年体验碰撞，撞出了美好的、淡淡的忧愁，也撞出了犀利的、深深的反思。”①

（一）中年意绪

和中学教材有意地掐头去尾节选不同，《从百草园到三味书屋》在全文的结构上其实更像是CD封套的模式，而这个封套恰恰密布了鲁迅先生的中年意绪，比如开头书写百草园时平淡中不乏悲哀，其实凸显了家道败落不得不卖房的事实：“我家的后面有一个很大的园，相传叫作百草园。现在是早已并屋子一起卖给朱文公的子孙了，连那最末次的相见也已经隔了七八年，其中似乎确凿只有一些野草；但那时却是我的乐园。”（页287）某种意义上说，正是因为失去才懂得加倍珍惜，而时隔多年的回忆往往更是把惨痛或悲哀过滤成美好的既往再现。

结尾却更彰显出从童年步入成人世界的世态炎凉，把自己童年时期精心制作的绣像画因为缺钱不得不卖给有钱的同窗，但也可能因为他地位上升不会珍惜这个东西而让它消失了，中间浸润了浓郁的敝帚自珍情怀，也是对童年时期的美好付出进行缅怀：“我是画画儿，用一种叫作‘荆川纸’的，蒙在小说的绣像上一个个描下来，像习字时候的影写一样。读的书多起来，画的画也多起来；书没有读成，画的成绩却不少了，最成片段的是《荡寇志》和《西游记》的绣像，都有一大本。后来，为要钱用，卖给了一个有钱的同窗了。他的父亲是开锡箔店的；听说现在自己已经做了店主，而且快要升到绅士的地位了。这东西早已没有了吧。”（页291）前半段尚可呈现出儿童读书闲暇时的“杰作”与快乐，最终不得不卖掉而可能下落不明则令人慨叹和感伤，敝帚尚且自珍，何况少年时的心血凝聚？

---

① 杨义《〈朝花夕拾〉的生命解读》，《海南师范大学学报（社会科学版）》2014年第1期，页1。

教材当然可以节选，但完全忽略掉书写此文时已经45周岁的鲁迅中年心境则是偏颇的，即便是梳理儿童时期的幸福既往，备尝世态炎凉的他其实也深切地感悟到人为的黄金世界的不可得、悲剧感和冷酷真相，所以他笔下的两个乐园都是不完满的，虽然回望时颇多欢乐。

（二）回望少年

如人所论，回忆性散文中的主要内容往往都是当事人主体愿意回忆的美好记忆："解读回忆性散文，清楚回忆的心理机制十分重要。回忆作为一种特殊的心理活动，是对过去存储过的信息进行再次检索的过程。能够回忆起来怎样的信息内容主要由两方面决定：一是当初储存的信息是否清晰地编码，进行清晰编码的内容保持的时间长也容易被提取；二是唤起愉快体验的内容容易被检索提取，也就是说能够回忆起来的往往是回忆者自己愿意记住并能再次唤起他愉快体验的信息内容。"① 照此理解，我们不应该忽略掉文本中"我"的小少爷身份或曾经的小王子感受：比如作为周家新台门的长子长孙，童年的鲁迅享受了众星拱月的尊崇待遇，当然需要指出的是，除了他自身快乐的童年生活以外，还有内外的"他者"进行比照。

比如讲故事的长妈妈在《从百草园到三味书屋》一文中并未表明身份，实际上她是"我"的保姆，而在《阿长与〈山海经〉》中她就变成了主角，甚至也成为鲁迅彰显多元角色的特别载体；② 同时，她也是民间文化（口述故事）传播的角色之一。而在冬天百草园的雪地里捕鸟，方法传授者则是小伙伴闰土的父亲，而没有透露的信息是：他是"我"家的长工，这在小说《故乡》中化成了主角的身份。在《从百草园到三味书屋》中，鲁迅不经意间就张扬了其小少爷身份，这是回望儿童生活美好的重要组成部分。即使是看起来各种束缚繁

---

① 马志英《"Ade"一词不能承受如此之重》，《中学语文教学》2012年第8期，页31。

② 具体可参本书中《〈阿长与《山海经》〉中的三个鲁迅》一文。

杂、学习内容枯燥艰深的私塾生活（远比不上百草园的自由自在），其实也是家境优渥人士才有的权利，毕竟不是每一个孩子都有在全城最好的私塾学校——三味书屋接受教育的机会与能力。

而从此角度看，中年心境恰恰照亮了童年美好中的强化点，也即儿童情结的彰显恰恰是应了中年心境的映衬，无论是其老辣、颓唐或是悲剧感，但鲁迅救赎或自解的方式却又是聚焦于儿童乐园，不管是百草园还是三味书屋，从此角度看，这和鲁迅对“诚与爱”的一贯提倡殊途同归，如人所论：“不论从创作方面看还是从现实生活方面看，‘诚与爱’都是鲁迅强调的‘最理想的人性’的核心。《朝花夕拾》是鲁迅回忆自己过去生活的散文，既有浓浓的苦涩，也有丝丝的甜美，其中的一部分正面形象，融入了鲁迅对‘最理想的人性’形象的塑造。”①

三、视域转换：文化精英与“立人”张力

不管是配合不同时期时政运动或潮流判断的先入为主，还是立足于一元论对鲁迅文本展开的思考或理解，最终结论往往都可能是褊狭的，往往无法摆脱盲人摸象各执一端的尴尬。某种意义上说，我们必须采用更繁复的视域转换才能提出有问题意识的深刻问题，即便是有过度阐释的嫌疑，但至少也是有价值的误读。论者指出，《朝花夕拾》中呈现出一种鲁迅式的富有对比性的深切内在痛苦：“它既不是那种起因于心境老化的单纯的怀旧，更不是减轻创作疲劳的消遣。它反映了一种复杂得多的思想状态，一种深刻得多的内心痛苦。它是鲁迅身陷彷徨，却又不甘彷徨时的寄托，是他淘取来冲刷自己受伤心灵的净水。”② 我们不妨细致探究一下。

---

① 崔绍怀《〈朝花夕拾〉与鲁迅“最理想的人性”思想》，《文艺争鸣》2017 年第 7 期，页 176。

② 王晓明《伟大人格的投影》，《名作欣赏》1982 年第 6 期，页 19。

（一）文化精英

需要指出的是，书写《从百草园到三味书屋》的鲁迅恰恰是文化精英，他对自己儿童时期从顽童到书生的转换更多是肯定的，毕竟知识（含优秀传统文化）的累积、传承（和在此基础之上的可能发展）是文化人的使命，我们不能因为反封建的理由而罔顾教育的必要性，而他在三味书屋接受寿先生的教诲恰恰更多是必要的、值得肯定的。

其中涉及到东方朔所言的“怪哉”虫子事件。好学/好奇的“我”恰恰是因为保姆长妈妈——民间文化传声筒不懂自己的疑惑才专门请教老先生的：“我很想详细地知道这故事，但阿长是不知道的，因为她毕竟不渊博。现在得到机会了，可以问先生。”但“我”却碰了钉子，“‘不知道！’他似乎很不高兴，脸上还有怒色了。”（页 290）老先生的态度似乎很不符合“诲人不倦”的良师形象。有论者认为老先生迂腐或封建，这样的回应乃至教育方法伤害了少年的求知欲，甚至扣上了更大的帽子加以批判：“不顾对象的死记硬背的教育方式，严厉地束缚人的个性的管理方法，除了让学生读死书、死读书而成为书呆子，缺乏创造性，不可能有更大的成就。”[1] 而实际上“我”对老先生评价甚高：“他是本城中极方正，质朴，博学的人。”老先生之所以不愿回答“我”的“怪哉”问题恰恰是想让“我”养成读书的好习惯——用志不纷，勿走“歪门邪道”，而实际上此后一旦步入正轨，他对“我”“好起来了”。

毋庸讳言，老先生的教育并不落伍，读书学习的好习惯要从一开始养成，尽量不要剑走偏锋。如果非要批判的话，可能这种好读书不求甚解、死记硬背的私塾教育方式有值得批判之处，但不该被划为封建序列，论者指出：“《从百草园到三味书屋》既有针对现实的反封建的呐喊，又有来自内心的生命的呼唤。二者完美地融合在一起，造成了一种极具穿透力的思想光芒和深厚的艺术

① 魏洪丘《鲁迅〈朝花夕拾〉研究》，页 118。

韵味。”[①] 对鲁迅的揄扬自不必说，但如何反封建却要仔细辨析，毕竟封建时代的产物并不意味着必须遗弃。

（二）儿童支撑

读者/论者不难看出《从百草园到三味书屋》文本中无论是百草园还是三味书屋中儿童乐园的示范意义，从宏观视角看，鲁迅想借此彰显出从儿童开始“立人”的正面意义及可能性，这也是鲁迅清理其儿童阶段经历的理念升华，显而易见超越了自我抚慰的功能。

而“立人”思想的来源在文本中也有多种呈现，包括：一方面尊重儿童的热爱自由、求知欲强的本性，另一方面却也要“玩中学、学中玩”，呈现出对现代性视域下传统文化的传承与发展思考。当然也可以灌输新思想，但那要等到《琐记》后半部分（求学南京新学堂）和《藤野先生》（留日反思）中才有更集中、深刻而厚重的呈现。

相当耐人寻味的是鲁迅对于民间思想/文化的态度。《从百草园到三味书屋》中曾涉及百草园中的美女蛇传说——读书人古庙里巧遇美女蛇，并在老和尚的帮助下（送了他小盒子）破除其诱引与伤害的故事：“到半夜，果然来了，沙沙沙！门外像是风雨声。他正抖作一团时，却听得豁的一声，一道金光从枕边飞出，外面便什么声音也没有了，那金光也就飞回来，敛在盒子里。后来呢？后来，老和尚说，这是飞蜈蚣，它能吸蛇的脑髓，美女蛇就被它治死了。”（页288）这个传说对于儿童鲁迅也有感染力，至少他和传说中的读书人角色吻合。有论者指出：“把充满妖气、阴森可怖的美女蛇故事，穿插记叙在诗趣盎然、一片欢乐的百草园文字中间，气氛很不协调，这是鲁迅的苦心经营之处，鲁迅正是通过这种不协调，有力地控诉封建教育对孩子们进行精神虐杀的

---

① 聂国心《反封建意识与生命意识的完美融合》，《广州大学学报（社会科学版）》2003年第8期，页15。

罪恶。”[①] 其实这是一种先入为主的误读，并非是张力十足的反衬，借此控诉落后的封建文化教育。

在我看来，美女蛇的故事自有其魅力，代表了民间传统文化的一部分，对于开拓儿童的想象力大有裨益（和它形象有交叉还包括人类始祖女娲娘娘的蛇形象），如果他日后接受更丰富的教育，自然会加以正误辨析；当然其中亦有不合理成分——它可能隐喻了对于女性歧视或妖魔化的成分/弊端：男人/士人对于致命诱惑或女人的处理方式，要么是（道德层面）妖魔化，要么是夸大其伤害（包括“女人是老虎”的话语），这样的逻辑对于处理男女和谐关系不太友善。从更宏阔的角度看，美女蛇作为民间传统自有其活力和独特价值[②]，符合鲁迅先生倡导的“伪士当去，迷信可存”。实际上，此文中的美女蛇和《阿长与〈山海经〉》略有交叉，后者中提及“九头的蛇”，可见有关蛇文化源远流长，这其中当然也包括妇孺皆知的《白蛇传》，而鲁迅先生的宏文《论雷峰塔的倒掉》和此息息相关。当然或许我们不该忘记，出生于 1881 年的鲁迅先生恰好生肖属蛇。

某种意义上说，我们在理解《从百草园到三味书屋》时既要关注鲁迅思想和《朝花夕拾》的整体性、连续性，但更要关注其阶段性特殊的“情感结构”与思绪指向——这是鲁迅清理童年时期美好的代表篇章：其中既有“立人”的繁复性来源荟萃，又有温馨回忆性视角下批判性弱化、中年心境虚浮的张力，而对于其中的价值判断，更要采取更立体多元的视角，并结合具体的历史时空语境展开，从此视角看，这一文本是经典繁复的，也是立体的、多元的。

结语：《从百草园到三味书屋》作为人在厦门的中年鲁迅回望少年时期的

---

① 涂元济《读〈从百草园到三味书屋〉札记两则》，《福建师大学报（哲学社会科学版）》1980 年第 2 期，页 59。

② 有关简单论述，可参潘瑞新、许泽红、潘建容《蛇文化传奇》（广州：新世纪出版社，2004）。

散文创制，既是他彼时“情感结构”的梳理，自我疗治和充电的文本，同时又是对他人生重要阶段的再反思，从宏阔的层面看，其中的褒扬暗合了其借助美好童年“立人”的思考，而其中的悲剧感却又折射了其冷暖自知的中年意绪与复杂心境。需要指出的是，其间张力十足，主要是因为文本中包含了多重转换，包括童年内部的角色转换，从顽童到书生；其心境的转换，中年心态作为封套，包裹了少年乐园及欢乐情结，同时文本中亦有理解视域的转换，如何从文化精英角度审视儿童时期的精神资源及支撑。从此角度看，《从百草园到三味书屋》是鲁迅颇具匠心的经典创制，值得一再认真探勘。

4　衍太太与《朝花夕拾》中的情感结构

1926 年 10 月 7 日，身处厦门大学的鲁迅完成了《父亲的病》，而第二天他又完成了《琐记》，按照他和韦素园的约定，两篇文章先后发表于 1926 年 11 月 10 日和 25 日的《莽原》半月刊第 1 卷第 21 和 22 期。相当耐人寻味的是，《朝花夕拾》作为鲁迅先生精心炮制并支持《莽原》刊物的阶段性系列文学精品①，其间无疑呈现出其文学生产的主体关怀、精神向度与可能的超越性。而《父亲的病》与《琐记》却以不小的篇幅指向了同一个人——衍太太。

衍太太（1852—1921），本家姓陈，小名阿凤，结合其性格表现人们往往谐音转称为“阿疯”。17 岁时嫁给鲁迅叔祖周子传（1852—1893）做太太，生子周凤岐（鸣山、小名方，1878—1919）。遗憾的是，其夫周子传体弱多病且吸食鸦片，40 岁出头即去世。衍太太在丈夫死后和同族的寄食于周家“诚”房的小名五十的周衍生（1854—1902，没有血缘关系，但衍太太长一辈）私

① 在《261007 致韦素园》的信中，鲁迅写道：“《旧事重提》我还想做四篇，尽今年登完，但能否如愿，也殊难说，因为在此琐事仍然多。”可参《鲁迅全集》第 11 卷，页 567。

通，被儿子发现并以死相要挟，她不仅没有收敛，而且干脆公开结合同居。鲁迅在其作品中称之为衍太太也有调侃、嘲讽之意，按照文化习惯她本该被称为遵循首任丈夫周子传命名的子传太太。

晚年的衍太太可谓晚景凄凉，据考证，她命途多舛——不仅同居的男人、自己独子先死，亲侄儿接着去世，而且在她的生命历程尾端长孙也先她而去，在男权社会中的依靠丧失殆尽，只能够和儿媳妇相依为命，最后自己也病故，如人所言："辛亥革命以后，衍太太已60多岁了，她的独生儿子周凤岐死了，生活缺乏给养来源，家庭完全陷入绝望境地（1902年，周衍生病逝，50岁又再度守寡）。她走投无路，就卖掉新台门的全部房产，搬进老台门居住。不久，她的亲侄儿凤桐沿门乞讨，倒在绍兴塔子桥下的雪地里，也死了，只剩下她和一个儿媳妇翠姑奶奶及两个孙子（小的为翠姑奶奶所生），以后长孙阿维也投井死了。1921年9月，她和翠姑奶奶相继病故，死时不到70岁，均埋葬在绍兴城外的周家祖坟。这就是封建社会末期一个普通妇女的命运。"① 这当然是封建传统伦理笼罩下的男权社会里普通家庭妇女不断失去（男丁）依靠的一曲可以想到的悲歌。

相较汗牛充栋的"鲁学"议题，有关衍太太的研究很少（可以理解的是，作为无法表述自我的底层妇女，有关她的可借助资料相对有限），一方面是关于其生平梳理，包括有关人士的回忆录等等，而另一方面则是对其之于鲁迅的角色功能的分析，如张显凤就指出，她兼具"代理的母亲"与"准情人"的双重角色，"这更清楚地说明了与母亲年龄相仿的衍太太对于少年鲁迅的双重意义：她既是一个代理的母亲——耐心倾听着一个少年成长中的烦恼，又是一个准情人——如果她之于少年鲁迅具有的只是母性的魅力，其在当时离经叛道的行为无疑会使鲁迅敬而远之。但是衍太太骨子里的庸俗注定要给少年鲁迅以沉

① 段国超《关于衍太太》，《九江师专学报（哲学社会科学版）》1990年第1期，页99。

重一击———她不仅是‘教唆犯’，而且是流言制造者”。[1] 此文的某些观点对于正统或主流的鲁迅研究来说有些出位，当然引发了争议，于是有论者撰文反驳——王国杰《衍太太是少年鲁迅的“梦中情人”吗？——与张显凤商榷》（《社会科学论坛》2014 年第 3 期），可惜的是，张未曾回应，因此失去了继续深化论述或至少是重申自己观点独特性的机会。

即使从争议中也可部分看出，衍太太的角色之于鲁迅的意义/功能自有其复杂性，尤其是厦门时期书写这两篇散文的鲁迅收入丰厚而与爱人许广平分居两地，生活上显得相对“温暖、无聊”。[2] 因此，彼时的他有充分的时间梳理自己的“情感结构”。从宏阔的意义上说，《朝花夕拾》中的“情感结构”既属于带有自我经历和记忆的鲁迅本人与个体的，同时其虚构性、象征性又使之成为当时的一代知识分子的时代情感诗化与呈现。

在我看来，衍太太显然有其不容忽略的复杂性：她的身上有双重性格，兼具母性与“女儿性”，而对于少年鲁迅和中年鲁迅显然也具有不同的情感维系和清理洗涤功能。而同样鲁迅观察衍太太时也有其双重视角，既有少年时期复杂的情结和欲望投射，又有中年时期的自我修复与可能超克。尤其可以对照的是，《朝花夕拾》中并未专章叙述鲁迅自己相互依赖且最敬爱的母亲鲁瑞，如果说之前的长妈妈承担的是照顾性乳母的角色，那么衍太太则是“别人的母亲”的温馨而可能亲密的角色定位，值得仔细探勘。

一、衍太太的双重角色：包容与伤害

毫无疑问，我们不能单纯以鲁迅的是非为是非，评价其笔下的人物时亦

---

① 张显凤《母亲的缺席与隐秘的伤痛——重读〈朝花夕拾〉》，《鲁迅研究月刊》2013 年第 3 期，页 66。

② 朱水涌《厦门时期的鲁迅：温暖、无聊、寻路》，《厦门大学学报（哲学社会科学版）》2006 年第 6 期。

然。单纯凭借和追随鲁迅《朝花夕拾》中对衍太太彰显出的厌恶感（或负面评价）而彻底否定她是简单粗暴的行为，也是一种思维惰性，也必将错过其间可能隐藏的学术创新和丰富面向。

（一）包容与魅惑

平心而论，既有的资料表明衍太太自有其优点：她相对热心、耐心、平易近人，具有不错的亲和力，当然偶尔也有助人为乐的气质和品性。

而在现实生活中，根据现有资料复原，衍太太与鲁迅一家相处很不错。比如为了力保触犯科场行贿罪而被判“斩监候”的鲁迅祖父周福清不死，衍太太嘱咐丈夫周子传多次到衙门奔走上下打点。后来，鲁迅的祖父死了，父亲也病故了，衍太太还殷勤地去鲁迅家百般劝慰心情郁闷的鲁迅的祖母和母亲，借聊天以减轻鲁迅亲人们的痛苦。[①] 可见其有富有同情心、精明能干、乐于助人的一面。而和衍太太同居的周衍生虽然是一个家族寄食者，算不上能干，但也有易于交往的好脾气（虽然也可能阴险），据周作人回忆，“五十（周衍生）平常无论对什么人都是笑嘻嘻的，就是对于年幼的弟侄辈也无不如此，你同他说话，不管是什么他总表示赞同，连说‘是呀是呀’……因为这个缘故，大家对于他的一般的印象都很好，多和他去接交”。[②] 这就可以解释为什么当时的孩子们愿意到衍太太家里玩耍，因为她营造的周围的环境相对和谐轻松。

与鲁迅相关的部分在于，衍太太同时也是深谙儿童心理学的成年人。大人们管理孩子的方式有很多种，可以理解的是，一般家长们的选择往往从严，也是一种俭省方式，既节约时间，又可以防微杜渐相对安全；当然也可以采用外松内紧或放羊的方式让孩子们自由自在地成长。但从孩子们的角度出发，多数孩子，尤其是男孩子往往更渴望自由，至少期待是包容式爱护，而非刻板说教

---

① 段国超《关于衍太太》，《九江师专学报（哲学社会科学版）》1990 年第 1 期，页 97。

② 周作人《鲁迅的故家》（石家庄：河北教育出版社，2002），页 140。

或严管限制自由。而衍太太自然有深得孩子们喜欢的特点：1、包容而体贴，“她对自己的儿子虽然狠，对别家的孩子却好的，无论闹出什么乱子来，也决不去告诉各人的父母”(页301)。2、收拾残局收买人心，既不埋怨又不告状：“假如头上碰得肿了一大块的时候，去寻母亲去罢，好的是骂一通，再给擦一点药；坏的是没有药擦，还添几个栗凿和一通骂。衍太太却决不埋怨，立刻给你用烧酒调了水粉，搽在疙瘩上，说这不但止痛，将来还没有瘢痕。”（页302）

相较而言，作为鲁迅母亲的鲁瑞往往呈现出她近乎男性的更高明/决绝的危机应对和善后处理方式，她和长子鲁迅相依为命，由于面对繁多的家庭/家族事务，她更多彰显出略显刚性的一面，生活上也有此类表现，喜欢看社会、政治新闻，据周作人回忆，母亲“晚年爱看报章，订上好几种，看所登的社会新闻，往往和小说差不多，同时却也爱看政治新闻。我去看她时，辄谈段祺瑞吴佩孚和张作霖怎么样，虽然所根据的不外报上的记载，但是好恶得当，所得议论都是得要领的”①。居住绍兴时期她的生活细节上也有刚强的一面，比如响应号召较早放大脚，面对别人的冷嘲热讽（想再嫁洋鬼子）时也会将计就计、反唇相讥（“可不是么，那倒真是很难说的呀”）。② 同样，作为长兄的鲁迅在对待弟弟们时既有爱护的一面，同时又有严苛的一面，甚至不乏家长制作风(所谓长兄如父)，当然也有他更多担当、牺牲和隐忍负重的另一面。但耐人寻味的是，衍太太身上的热情、包容又让人觉得温暖，同时她对孩子们展示出的包容与潜在纵容之间的转换或界限模糊却恰恰形成了一种亦正亦邪的魅惑——孩子们可以根据天性自由玩耍，同时又有通情达理乃至包庇的大人殿后收拾残局。

---

① 周作人《周作人文选——自传·知堂回想录》(北京：群众出版社，1999)，页532。

② 周作人《鲁老太太》，周作人《鲁迅的故家》(南京：江苏人民出版社，2018)，页225—226。

（二）戏弄与伤害

令人遗憾的是，衍太太自有其幽微的缺陷，而她的双重人格特征与可能阴暗心理却又让天真而热情的少年鲁迅备受伤害。

如果从更早历史开始推演，不难发现衍太太已有其劣根性传统——身为子传太太时，她已经是双面人，比如劝诱身心痛苦的病人周伯宜吸鸦片。据周作人回忆，这个劝诱父亲周伯宜吸食鸦片的本家便是叔祖周子传夫妇，而且由于父亲养成吸食鸦片习惯却不会自已煮，还要请子传夫妇帮忙，被他们揩油，吸食鸦片也成为鲁迅家庭经济的主要负担之一。[①] 不必多说，这种诱引他人饮鸩止渴或变坏并从中牟利的做法是阴损的，虽然表面上看是助人为乐。

实际上，在和周衍生同居后，衍太太也不可能不受到这个男人的影响，而寄食者周衍生脾气温顺，素来喜欢探听消息、传播流言，和他成为“事实婚姻”伴侣的衍太太和衍生可谓沆瀣一气、臭味相投。

对于孩子们来说，衍太太有包容和热情的一面，但也难免游走于放纵与宽容之间而可能走向邪恶的一面，简单的就是戏弄，比如一方面怂恿（教唆和诱引）孩子们冬天吃水缸里的冰、连续打旋子等等，另一方面，一旦被大人发现，却又推卸责任，假装遵从旧有的儿童管理规则。比如打旋子事件：“正在旋着的阿祥，忽然跌倒了，阿祥的婶母也恰恰走进来。她便接着说道，‘你看，不是跌了么？不听我的话。我叫你不要旋，不要旋……’”（页302）这就是人前一副鼓励包容的脸孔，人后又一副幸灾乐祸的捉弄，但她本人在看完好戏后选择及时甩锅，绝不负责。

而她对鲁迅的伤害分成两个不同的阶段，之前是以猥亵和淫秽读物戏弄和毒害幼小的少年，不仅不进行及时解惑，而根本就是促狭的捉弄与戏耍，这其实非常不利于成长中少年对身体发育的科学理解以及日后的男女关系认知：

---

① 周作人《烟与酒》，周作人《鲁迅的故家》（南京：江苏人民出版社，2018），页55。

“一回是很早的时候了，我还很小，偶然走进她家去，她正在和她的男人看书。我走近去，一回是我已她便将书塞在我的眼前道，‘你看，你知道这是什么？’我看那书上画着房屋，有两个人光着身子仿佛在打架，但又不很像。正迟疑间，他们便大笑起来了。这使我很不高兴，似乎受了一个极大的侮辱，不到那里去大约有十多天。”（页 301）而后的阶段却是更严重的伤害，一方面怂恿教唆少年鲁迅偷盗母亲的首饰，另一方面却是出卖少年鲁迅的信任制造流言离间母子情感：“大约此后不到一月，就听到一种流言，说我已经偷了家里的东西去变卖了，这实在使我觉得有如掉在冷水里。”（302）这已经是非常卑劣的两面人行径了，自然也会影响少年鲁迅对（卑劣和复杂）人性的认知与判断。

衍太太的族人对她的整体评价也是颇有争议的，比如长袖善舞、蛊惑人心、两面三刀。如人所论：“衍太太不是孤立的人，在某种程度上说，她是当时绍兴封建落后势力的某种代表人物。鲁迅族叔周冠五在《回忆鲁迅房族和社会环境三十五年间（1902—1936）的演变》一书中，说她‘善狐媚，工挑拨，手法两面，殷勤一弄’；‘和她交接，无不被其迷惑’。”[①] 某种意义上说，衍太太对少年鲁迅的戏弄或伤害只是她所体验的多姿多彩生活中的一种形态、点缀和组成元素，但对成长中的鲁迅来说却很可能是成人世界带给他的终生难忘的情感创伤，也可能成为后来鲁迅批判性强的理由之一，这也可以理解为什么在《朝花夕拾》中清理意绪、创伤和搭建自己“情感结构”的鲁迅如此重视衍太太。

二、鲁迅的双重视角：哥儿与鲁迅

不应被忽略的是，聚焦衍太太的鲁迅其实也具有双重视角，恰恰是因此，需要注意的是，他也呈现出对衍太太的双重标准，部分“冤枉”了衍太太；反

① 段国超《关于衍太太》，《九江师专学报（哲学社会科学版）》1990 年第 1 期，页 98。

过来，却又论证了衍太太对他的诱引与伤害之深。

（一）童年及少年：哥儿的隐秘与背叛

如前所述，衍太太是具有魅惑力的女人，无论是身为母亲，包容和善，喜欢热闹，发散着母性的光辉，还是彼时身为 40 岁上下的成熟女人，她身上同时闪烁着调皮和活泼的“女儿性”——在不被大人发现的情况下和玩耍的小伙伴们达成攻守同盟。我们当然不能把她坐实为鲁迅代拟的母亲和情人的双重角色，但她的确是少年鲁迅喜欢靠近的心中欲望指向和堪称忘年交的红颜知己。

1. 柔媚母亲。某种意义上说，衍太太恰恰具有“别人的母亲”的素质，气质引人、相对包容、亦母亦友，而且耐心细致，从此角度看，她对于淘气和渴望真爱的男童极具吸引力。有论者认为，《朝花夕拾》中母亲角色比重较少是因为鲁迅痛恨母亲或至少对其不满，也有学者进行反驳，认为母爱滋润和篇幅并无必然联系：“《朝花夕拾》并不是中规中矩的回忆录，不仅是母亲，祖父、祖母、弟弟及很多同族人都没在其中出现，所以它的主要目的绝不是为了复述鲁迅前半生的经历，它仅仅是一部具有自传色彩的散文集，因此不能以人物的出现频率作为关系密切与否的标准。母亲在鲁迅心中的分量，没有体现在篇幅上，而是体现在细节上，或隐藏在故事背后。”① 但不必多说，鲁迅花了大力气描述的有个性的女性对象值得我们认真分析应当不在话下。

此处引入阳具女人（phallic woman）的概念，当然不同的思想家对此界定不同，而弗洛伊德（Sigmund Freud）则看到了阳具女人的被阉割性，借此可以压抑男性旁观者被阉割的恐惧，并以美杜莎的头为例加以分析：“看到美杜莎的头颅，会让旁观者因为恐惧而僵硬从而变成石头。我们在此观察到了同样的阉割情结的起源和同样的情感转换！因为，变得僵硬意味着勃起。因此，它在原初的情景中为旁观者带来了安慰：他仍然拥有一个阴茎，而且，变硬消除了

① 王国杰《衍太太是少年鲁迅的梦中“情人”吗?》,《社会科学论坛》2014 年第 3 期，页 118。

他对事实的恐惧。”① 简单而言，“阳具女人”其实更是男权社会意识和要求在女性身上的落实和具化。不必多说，鲁迅的母亲鲁瑞是一个做事干脆利索的女强人，尤其是在其丈夫周伯宜生病、赴死前后，她更彰显出阳刚气质，挑起了家庭的大梁。但这样的角色可以让人遵从尊敬，可以并肩战斗，却很难真正亲近。衍太太的柔软、包容与妩媚则与之反差强烈。

2. 致命女人（Femme fatale）。论者指出，致命女人之于男人的功能建构层次丰富，它是男人们投射出来的“基本幻象”（fundamental fantasy，齐泽克 Žižek 语），具有满足男人的受虐快感、充实男人的存在感、秘密支撑父权同一性等多种作用。② 而作为致命女人或有类似特征的衍太太对不同时期的鲁迅也有不同功能。

衍太太当然是一个母亲，她的儿子只比鲁迅大三岁，她和鲁迅相差 29 岁。除了母性气质以外，她还有邪恶的诱惑力和令人遐想的空间。比如她自身以戏弄的方式性启蒙童年鲁迅，虽然让其尴尬，但也是诱引之一：她不只是和丈夫子传在一起时戏弄鲁迅，还在子传死后和周衍生率性同居引起社会上的轩然大波，并反抗其子周鸣山的强烈抗议与反对，其率性与出格姿态既有反封建伦理的示范性，又让人想亲近乃至模仿，无疑又极具杀伤力。而从童年步入少年的鲁迅（其实应该叫“哥儿”，按照长妈妈的称呼）对她的信任度更是今非昔比，他不和同龄人玩耍，而更喜欢找衍太太（或衍生）诉衷情：“父亲故去之后，我也还常到她家里去，不过已不是和孩子们玩耍了，却是和衍太太或她的男人谈闲天。我其实觉得很有许多东西要买，看的和吃的，只是没有钱。”（页302）此时的鲁迅已经是情窦初开的少年，他以相对成年人的姿态和盘托出自

① Sigmund Freud, “Medusa's Head”, *Sexuality and The Psychology of Love* (New York: Touchstone, 1997), p. 202.

② 蒋兴仪、魏建国《从致命女人到“女人不存在”：纪杰克解析女人及其对性别教育之启发》，台湾《政治与社会哲学评论》总第 42 期，2012 年 9 月，页 122—125。

己的困惑和需求，是因为他视衍太太为可以倾诉和请教的红颜长者，借此也强化了少年鲁迅的男人特质。

回到书写此文时中年鲁迅的状态，他正和许广平日益强化已经确定的恋爱，柔情蜜意绵延不绝，却同时不得不因为谋生而分居厦门、广州两地，在他给许广平的一封书信可以部分看出其当时的情感状态："至于作文，我怎样鼓舞、引导呢？我说：大胆做来，先寄给我！不够么？好否我先看，即使不好，现在太远，不能打手心，只得记账了，这就已可以放胆写来，无须畏缩了。称人'嫩弟'之罪，亦一并记在账上。"① 那种恋人之间无聊时候隔空的打情骂俏或心神相通显而易见。而在再现衍太太的文字中，少年时成熟女人的性感或情感启蒙和他中年时与相对年青的许广平（年龄差 17 周岁）的爱恋在这一文字世界中隐秘交集，从这个角度看，衍太太自有其诱惑力，她是少年鲁迅心中柔软的欲望空间寄存以及现实载体。但她最终却（不经意）背叛了他，流言对鲁迅造成的伤害是极其惨痛的，甚至是终生难忘的，而鲁迅一生中也特别憎恨流言蜚语，这在他的小说中有非常精彩和深刻的表现。② 中年鲁迅在文字中对衍太太（包括命名）的讨伐却也在无意之中部分呈现出他对男权同一性的固化，这恰恰是立足于衍太太并没有真正成为他理想中的精神和欲望导师，而她本身的确也令人失望。

（二）鲁迅：自我修复与攻击性

某种意义上说，《朝花夕拾》中的衍太太被聚焦、审视可以反衬出鲁迅对少年时遭遇创伤的自我修复，其笔下的勾勒和现实中衍太太的差异性可以彰显出鲁迅艺术加工的痕迹及其主体精神，但同时反过来也可看出这个伤害相当之大，折射出少年鲁迅真诚托付情感与精神而被辜负之后的碎片化状态。

---

① 鲁迅《261004 致许广平》，《鲁迅全集》第 11 卷，页 564。

② 具体可参拙文《论鲁迅小说中的流言话语》，《中山大学学报（社会科学版）》2011 年第 2 期。

严格说来，鲁迅笔下《朝花夕拾》中对衍太太的道德刻画与判断更多是厦门鲁迅对曾经伤害过他的衍太太的文字清算。《琐记》的开头写道：“衍太太现在是早已经做了祖母，也许竟做了曾祖母了；那时却还年青，只有一个儿子比我大三四岁。”（页 301）实际上此时衍太太已经亡故 5 年了，鲁迅不可能一无所知。类似的，鲁迅对衍太太往往有虚构和再加工的实践。

《父亲的病》中对衍太太的刻画严格说来是移花接木，严重点说可算文字栽赃，如人所论：“鲁迅文中所涉及的这些事，有的并不是真切的。例如，他父亲周伯宜的死，衍太太并不在场。他描写父亲临死的情形大致是对的，确有人催促他大声呼叫父亲。据鲁迅二弟周作人和三弟周建人的回忆，这催促者是鲁迅平生敬爱的保姆长妈妈，并非衍太太。”① 而实际上如果不是依靠回忆录，而从鲁迅自身的创作寻找答案，结论是类似的。鲁迅 1919 年 8 月 8 日创作的《自言自语·我的父亲》里提及是乳母所作所为，“啊！我的老乳母，你并无恶意，却教我犯了大错，扰乱我父亲的死亡”。② 从对传统道德继承和坚守的程度看，老乳母长妈妈教导小鲁迅如此应对弥留之际的父亲则更符合逻辑，尤其是结合鲁迅的《阿长与〈山海经〉》一文判断更是如此。耐人寻味的是，中年鲁迅终于把这种执行不人道的文化约束而让父亲不得好死的内疚转移到衍太太身上，这种“栽赃”呈现出其可以理解的攻击性，这貌似也是创伤后遗症（PTSD）的一种。

《琐记》中的衍太太老于世故、两面三刀甚至水性杨花气质被加以呈现与批判，鲁迅的艺术加工其实抹去（至少淡化）了她的某些优点，比如乐于助人，勇于担当（曾经让丈夫子传为落难的周福清上下打点，子传甚至为此伤了腰），敢于追求（自己的幸福/性福）的精神气质，后来的研究者往往以成年鲁

① 段国超《关于衍太太》，《九江师专学报（哲学社会科学版）》1990 年第 1 期，页 97—98。

② 鲁迅《自言自语》，《鲁迅全集》第 8 卷，页 119。

迅的是非为是非，其实部分忽略了少年鲁迅对衍太太的依恋乃至迷恋，其中包含了曲折细腻的欲望投射。

三、双向批判

有论者指出："如果说主要篇章完成于 1925 年间的《野草》在文学和哲学层面回答了'我是谁?'和'我要到哪里去?'的问题，那么《朝花夕拾》则是从现实和情感层面上回答了'我从哪里来?'的问题，这是鲁迅大病初愈后的一种本能回望，也是他受到'敌人'攻击和爱情鼓励时的一种自我释放。"[①] 这个论断显得笼统和过于简单化，正如作为自我之书的《野草》中也有批判国民劣根性指向和可能的"立人"思辨[②]，而《朝花夕拾》中的衍太太书写其实也有更复杂的意义——双向批判。

（一）批判国民劣根性

前述鲁迅的双重视角有其创伤后攻击性发作的论述，实际上这只是问题的一面，而鲁迅的胸怀与格局高度其实更让他的批判指向了国民劣根性，否则鲁迅就成了睚眦必报、心胸狭隘的"键盘侠"。

《父亲的病》中的批判指向了繁冗礼节让人不得好死的糟粕传统，这是礼节丧失人性的僵尸化再现：一方面是不要浪费等待人死亡间隙的时间："她是一个精通礼节的妇人，说我们不应该空等着。于是给他换衣服；又将纸锭和一种什么《高王经》烧成灰，用纸包了给他捏在拳头里……。"（页 298）另一方面则是让垂死者难以安详赴死，不断呼叫他，结果"他已经平静下去的脸，忽然紧张了，将眼微微一睁，仿佛有一些苦痛"（页 298—299）。本来就该让他

---

① 张显凤《母亲的缺席与隐秘的伤痛——重读〈朝花夕拾〉》，《鲁迅研究月刊》2013 年第 3 期，页 65。

② 具体可参拙文《〈野草〉中的"立人"维度及其诗学》，《学术研究》2015 年第 5 期，或者拙著《〈野草〉文本心诠》（北京：人民出版社，2016）。

平静地睡去且走向另一个可能的世界。

《琐记》中批判的部分一方面指向了传统文化对待儿童的严苛、简单粗暴与非科学化的猥琐（尤其是正常性科学教育或分类的缺席），而另一方面则指向了缺乏“诚与爱”的成人文化：这其中既有衍太太做人做事的两面三刀，有些时候是纵容孩子们犯错，比如冬天吃冰既不卫生可能又会肚痛：“假如她看见我们吃冰，一定和蔼地笑着说，‘好，再吃一块。我记着，看谁吃的多。’”（页 301）

同时又包含了同一阶层人之间的互相残害，比如面对欺诈和流言，希望寻求真相，但也会因为自己的年少懦弱而无所适从：“这些话我听去似乎很异样，便又不到她那里去了，但有时又真想去打开大厨，细细地寻一寻。流言的来源，我是明白的，倘是现在，只要有地方发表，我总要骂出流言家的狐狸尾巴来，但那时太年轻，一遇流言，便连自己也仿佛觉得真是犯了罪，怕遇见人们的眼睛，怕受到母亲的爱抚。”（页 302）如人所论：“衍太太的形象，实质上与封建礼教无异：满嘴‘仁义道德’，骨子里却是‘吃人’。”① 此论从对衍太太的整体判断上虽然显得专断，但从国民劣根性批判角度看，也不乏可取之处——衍太太身上的确也背负了传统糟粕，这恰恰是需要大力批判的中国社会成人世界文化的组成部分。鲁迅对这种伤害可谓有切肤之痛。

（二）自我批判

有关衍太太的书写中，其实也包含了鲁迅对自我的批判。毕竟，他是一个不吝自我解剖的人。而清算衍太太的同时其实也可以清理自我的缺陷。

1. 轻信与峻急。许广平在 1926 年 11 月 16 日写给鲁迅的信中一针见血指出其待人接物的性格缺憾——过于敏感热情：“你的弊病，是对一些人太过深恶痛绝，简直不愿同在一地呼吸，而对一些人又期望太殷，于是不惜赴汤蹈

① 魏洪丘《鲁迅〈朝花夕拾〉研究》，页 139。

火……这原因，是由于你太敏感太热情，其实世界上你所深恶的和期望的，走到十字街头，还不是一样吗？"[①] 这是许对鲁迅某一性格特点（缺点）的洞察，而在有关衍太太的书写中，我们不难读出鲁迅在大力批判衍太太时的自我批判与解剖，而某些缺点是互相连缀的。

《父亲的病》中在忏悔无门的懊恼中其实也指向了自我的盲从缺陷（当然也因年纪小缺乏主见），而《琐记》中他被衍太太的诱惑和杀伤力所吸引，而当他心灵上坦诚相见时，却被她洞穿后加以戏弄、羞辱和伤害（这也是她存在的乐趣之一），但其中也包含了对自己轻信的批判。但同时，鲁迅对衍太太的批判中也包含了他峻急的风格，呈现出可能走极端的不太包容的一面，而实际上衍太太的身上却也承载了一些可能的新特质，无论是善待儿童，还是追求自我的幸福，至少是有限的可能独立。

2. 排解无聊。厦门鲁迅屡屡写信告诉爱人/友人彼时自己的无聊与生活单调，比如在《261010 致许广平》的信中提及："此地的生活也实在无聊，外省的教员，几乎无一人做长久之计。"[②] 数日后，《261015 致韦素园》中写道，"这里虽然不欠薪，然而如在深山中，竟没有什么作文之意。因为太单调，而小琐事却仍有的"。[③] 而他在连续两天（10 月 7—8 日）高效完成两篇收入《朝花夕拾》的散文却又是这种心态下的积极文学生产，但同时他的有关心境却有可能涂抹在这两篇文章中。

这两篇作品都有重复策略的使用，《父亲的病》中文末出现了三种形态的父亲，"父亲""父亲！""父亲！！！"分别代表了普通称谓、低声呼唤和大声呼喊的程度差异，但却是对垂死父亲的递进式伤害。《琐记》中写衍太太让孩子们打旋子时也采用了重复策略："她就从旁计着数，说道，'好，八十二个了！

① 鲁迅《两地书·原信》（北京：中国青年出版社，2005），页 202。

② 鲁迅《261010 致许广平》，《鲁迅全集》第 11 卷，页 570。

③ 鲁迅《261015 致韦素园》，《鲁迅全集》第 11 卷，页 571。

再旋一个，八十三！好，八十四！……’”（页302）而重复策略除了起到强化、凸显功用之外，也可部分折射出鲁迅内心的无聊。无独有偶，鲁迅在《野草·秋夜》中的开头创设也令人惊叹：“在我的后园，可以看见墙外有两株树，一株是枣树，还有一株也是枣树。”这里的重复功能也很复杂①，但对于焦点——枣树的强调却是题中应有之义。

同样，在有关文本中也呈现出相当明显的负面情绪。《父亲的病》文末写道：“我现在还听到那时的自己的这声音，每听到时，就觉得这却是我对于父亲的最大的错处。”（页299）其中弥漫着忏悔却无法实现的压抑氛围与情感；《琐记》中散发着丧家之狗的逃离或疏离感，首先是离开故乡前往中西学堂，“S城人的脸早经看熟，如此而已，连心肝也似乎有些了然。总得寻别一类人们去，去寻为S城人所诟病的人们，无论其为畜生或魔鬼。那时为全城所笑骂的是一个开得不久的学校，叫作中西学堂，汉文之外，又教些洋文和算学。然而已经成为众矢之的了”（页303）。明显是不得不离开故乡走异路、做异端，而后来则继续逃离，准备逃往日本，吊诡的是，所谓去过的前辈的经验却被证明完全是过时的，其中也部分说明了有关前辈的不学无术或欺诈性：“后来，要穿制服和皮鞋，中国袜完全无用；一元的银圆日本早已废置不用了，又赔钱换了半元的银圆和纸票。”（页307）这短短的文字中呈现出鲁迅对传统和伪现代的双重不信任，也就是他双重否定思维的呈现。

结语：论者指出：“当我们理解了成年期焦虑、抑郁等症状的童年根源且个体自己也理解的时候，治疗往往是最有效的，人们才最有可能在生活中发生有利的变化。有时，创伤是不可能治疗的，尤其是发生在前语言期的创伤。最有效的治疗或许是支持性疗法，可以帮助病人接纳焦虑、减轻抑郁并对其人格

---

① 具体可参拙文《〈秋夜〉中的三重意蕴》，《鲁迅研究月刊》2015年第2期，页17。

问题做出调整。”[①] 这种论断对于作为普通人的鲁迅有其合理性，但对于他的优秀作家身份来说则可能不得不进行调整。

作为文学天才的鲁迅其实相当锐利而又敏感，《朝花夕拾》中的衍太太书写自然有其个体情感结构重建的标的之一的意义，对她的再现是一种清算，也是涤荡，既借之批判国民劣根性，又自我疗治呈现出攻击性或片面性的道德评价，鲁迅的这种双重视角可能影响了我们对原本就是双面角色的复杂衍太太的真切判断，而耐人寻味的是，有关书写却又呈现出双向批判，既指向了自我，又指向了衍太太们所代表的国民劣根性。

① 【英】亨利·马西、内森·塞恩伯格著；武怡堃、陈昉、韩丹译《情感依附》（北京：世界图书出版公司北京公司，2018），页 221。

第三章：破与立

《朝花夕拾》中的文本各具特色，有些是专写一件事情，有些则是主题繁复。作为一个承上启下的文本，《琐记》呈现出鲁迅先生回望“立人”的繁复思考，其中既有对中华文化传统的猛烈批评，又有对各色现代性的深入与精彩反思，但他最终的目的还是指向“立人”以及之后的可能“立国”。

入选了中日两国中学语文教材的《藤野先生》在不同的语境中意义解读、文体认可似乎都有差异。既有的研究往往把它看作是中日两国友谊的伟大象征，这自然并无差错，但如果从更新的角度思考，在我看来，《藤野先生》中恰恰是密布了“立人”思想，它的立体践行有三种策略：一、破与立的统一，既批判了劣根性，又强调了“立人”；二、表与里的缠绕：既有中日师生情谊的状描，又要塑造“新国人”；三、小与大的辩证，既有对小我的确认与抚慰，又有对中日两国文化情感互通进行挖掘。

鲁迅先生这个人非常敏感细腻、情感丰富、嫉恶如仇、正直幽默，他的记人散文也是风格独具，之前描述长妈妈、衍太太、父亲以及藤野先生等等就可见一斑。《范爱农》作为鲁迅写人的精品之一，彰显出鲁迅相当丰富而有张力的情感结构，其中既有对素心志士的悼念，又有对可能理想人性的弘扬，既批判了现实中的新旧合流，又直指积习造成的新惯习横行，同样其中亦有责己与慰己的辩证，作为对称的自我批评以及引为同道的内在砥砺一体两面，文本中有很繁复的鲁迅、周树人转换，而亦有范爱农与周树人革命同志之间的殊途同归、惺惺相惜。

1　再思“立人”：（反）现代的追求
——以《琐记》为中心

1926年10月8日，鲁迅完成了《琐记》一文，相较而言，作为《朝花夕拾》集子里指涉明晰的一篇回忆性散文，此文的主题解读似乎争议不大，但同时却又可能具有重要的潜在价值，论者指出：“这篇名为‘琐记’的散文，虽曰‘琐’，其实线条清晰，是鲁迅离乡外出到南京读书的人生历程的写实……这些都并非生活琐事，. 而是鲁迅思想发展的重要材料，是他人生道路的重要经历。”[①] 如果我们视《朝花夕拾》为鲁迅剖析自我“情感结构”的创制，其中的小我与大我连缀自然引人注目；同时，如果充分尊重《朝花夕拾》的整体性，《琐记》（在其间）的地位则更加彰显。

《琐记》上接《父亲的病》（10月7日作），下启《藤野先生》（10月12日作），从内容上看，恰恰也是截取鲁迅人生与思想历程中中国传统与日本现代之间对立的时间段，它相当清晰地锚定了青年鲁迅离开绍兴前往南京求学而后又赴日留学的中间点；而若从鲁迅个体思想的发展历程来看，此一时段恰恰是鲁迅由传统向现代飞跃同时又双重否定的转捩期。同时耐人寻味的是，这篇文章恰恰是45周岁的鲁迅回望自己青年时期的反思性产物，易言之，青年鲁迅是如何从“土鳖”周豫才睁眼看世界并顺利过渡成具有现代思想的周树人的，而这一时空主要集中在绍兴与南京。从此角度看，《琐记》的地位至关重要，意义涵容丰富。

---

① 魏洪丘《鲁迅〈朝花夕拾〉研究》（北京：中国言实出版社，2014），页141。

相较而言，从鲁迅思想的整体性角度观察，《琐记》相当清晰地呈现出鲁迅出走——不断“走异路”的内在动因：从不得不到主动追求，同时，其中又彰显了鲁迅思路的复杂性，也即，从中我们可以看出一种独特的思维方式——双重否定思维的生成、运作与诗学呈现。

一、批判传统及孺慕现代

某种意义上说，批判中国文化传统的劣根性、探讨其对个体与民族的戕害生成机制一直是鲁迅先生不遗余力实践的事务，而人在厦门大学国学研究院担任教授的鲁迅同样也是如此，只是彼时的厦大校长林文庆先生（1869—1957）未必了然于心，洞悉鲁迅思想的革命性，于是很多美丽的误会由此产生。[①] 当然，《朝花夕拾》中对于传统糟粕的批判也有相当集中的表现，《琐记》自然位列其中。而结合鲁迅在此文本中的具体实践，我们不难发现，他一方面把矛头自然指向了身边颇为熟悉的故乡人/事及其文化象征，而另一方面则是解剖缠绕现代性西学东渐的如水流淌的传统流毒。

（一）批判故乡

《琐记》在结构上其实可分成两个部分，仿若诗词的上下阕。相对较短的貌似蜚短流长的前半部分更多是和非常复杂的衍太太密切相关。某种角度看，衍太太其实就是隐喻了彼时令人爱恨交加的故乡（在鲁迅心中）的形象。

一方面，貌似和蔼可亲的她颇具吸引力。比如待人相对包容，而且似乎无形中和孩子们达成了攻防协议（实际上当然不是，一旦发生事故，她还是会轻易出卖当事人），但相对无知的孩子们容易被其魅惑而很喜欢她，而且，在孩子们遇到问题（小麻烦）后，她总是耐心帮助善后，而非批评责骂：“假如头

① 有关鲁迅和林文庆之间的张力，可参拙文《林文庆与鲁迅的多重纠葛及原因》，《四川大学学报（哲学社会科学版）》2013 年第 2 期。

上碰得肿了一大块的时候……衍太太却决不埋怨，立刻给你用烧酒调了水粉，搽在疙瘩上，说这不但止痛，将来还没有瘢痕。”（页 302）当然孩子们无法理解的真相是——亲生的父母对自己孩子的淘气或受伤也会相对更加严厉，其实背后也往往是因为怜爱更多，抽身事外的衍太太在不少小事上自然可以更洒脱，而且一旦真出了问题她也不必负责兜底。

另一方面，她又相对邪恶，喜欢把自己的快乐建立在别人的窘迫之上。其中包括教唆小朋友做坏事，比如冬天吃冰（可能闹肚子），连续“打旋子”（可能摔倒），明知道这样做的后果偏要小朋友这样做，被发现后却又推卸责任，甚至以成人性的猥琐来让未成年人“我”尴尬。当然更令人觉得伤害和背叛的是：她一方面表面上协助解决问题实则唆使小孩子干坏事（偷母亲首饰变卖），另一方面却又揭穿底牌、挖坑埋人，让人知道真相后痛苦不堪（有苦难言），而且还可能因为年纪与阅历的限制而无法自辩。当然，衍太太身上可能投射了鲁迅先生少年时期更复杂的“情感结构”与欲望投射。①

在前一天完成的《父亲的病》中，鲁迅呈现出更复杂的情感抒发面向：一方面是对自己亲生父亲的相当复杂情感取向——愧疚、同情，同时也有少量的不满，其中有小部分是对父辈文化传统的腹诽或批判，但另一方面，却是对谋财害命的中医（文化）的大力挞伐，比如缺乏对于垂危病人的人道主义关怀而往往是为了减轻子女的罪恶感尽孝心博取孝名而过度治疗从而让病人更痛苦，甚至因此不得好死，鲁迅写道：“中西的思想确乎有一点不同。听说中国的孝子们，一到将要‘罪孽深重祸延父母’的时候，就买几斤人参，煎汤灌下去，希望父母多喘几天气，即使半天也好。我的一位教医学的先生却教给我医生的职务道：可医的应该给他医治，不可医的应该给他死得没有痛苦。——但这先生自然是西医。”（页 298）而在此文中，衍太太也被鲁迅有意设置成为一个尴

① 具体可参本书《衍太太与〈朝花夕拾〉中的情感结构》一节。

尬的存在，她既是有关仪式的热心主持者（实际上应该是长妈妈坚持的礼节仪式），同时又是“我”的痛苦的部分根源与见证人。从此角度看，衍太太其实就是少年鲁迅痛苦与快乐情感历程的见证者，乃至是参与者。当然，此文中对于中西医的态度其实更是彰显出鲁迅对背后不同文化特征及科学精神的理解/批判或坚持。①

（二）流毒及其修正

无独有偶，鲁迅在1935年4月29日完成的《在现代中国的孔夫子》（用日文写的，最初发表于1935年6月号日本《改造》月刊）一文中，写到了在日本弘文学院读书（1902—1904）时被要求拜孔子的诡异遭遇，觉得相当不可理解："学监大久保先生集合起大家来，说：因为你们都是孔子之徒，今天到御茶之水的孔庙里去行礼罢！我大吃了一惊。现在还记得那时心里想，正因为绝望于孔夫子和他的之徒，所以到日本来的，然而又是拜么？一时觉得很奇怪。而且发生这样感觉的，我想决不止我一个人。"从六朝古都南京千里迢迢跑到日本来留学，原本想向西方现代性学习的优等生——日本学习先进文化，结果却还要重温之前认为的需要大力批判才能吸收的孔夫子及其思想衍义。

但如果抽离社会语境解读这种做法，往往又可以自大成中华文化无远弗届的例证之一，这是保守主义者和封建卫道士可以洋洋得意之处，实际上这恰恰是令人痛心的地方，鲁迅先生的深刻之处在于：他深刻地揭露了曾经在春秋战国时期一如丧家之犬的孔子及其学说如何在日后日益演化成统治阶层的御用思想奴化工具的，而它在被挪用到日本时空后也发生了巨大演变，它既可以成为日本见贤思齐的精神资源，而在日本现代化前后又可以成为辅助天皇统治的精神工具，甚至成为侵略中国前夕有效教导乃至奴化中国留学生的方式之一。毫

① 在小说中这种态度非常明显，具体可参拙文《论鲁迅小说中的医学话语》，《福建论坛（人文社科学版）》2010年第5期。

无疑问，鲁迅对以上文化传统的流毒是颇为提防的，也是他一以贯之的对中国传统文化糟粕批判的延续。

即使回到南京时空（1898—1902），有关流毒依然根深蒂固，比如江南水师学堂中官老爷做派的头二班学生，貌似是洋学生，其实未脱中国传统中读书升官发财的旧理路，甚至在某些做事姿态上都具有相似性，比如螃蟹般占据空间资源："便是空着手，也一定将肘弯撑开，像一只螃蟹，低一班的在后面总不能走出他之前。这一种螃蟹式的名公巨卿，现在都阔别得很久了，前四五年，竟在教育部的破脚躺椅上，发现了这姿势，然而这位老爷却并非雷电学堂出身的，可见螃蟹态度，在中国也颇普遍。"（页 304）对于水师培养原本相当重要的游泳课，或者说应该是必修课却从缺，原因竟是游泳池淹死过两个年幼的学生而被填平，同时建上了一座关帝庙坐镇，甚至每年还要请和尚念经平息可能的怨气，这不只是因噎废食，还掺杂了现代性作法推广的对立面——封建迷信依然肆无忌惮："只可惜那两个淹死鬼失了池子，难讨替代，总在左近徘徊，虽然已有'伏魔大帝关圣帝君'镇压着。办学的人大概是好心肠的，所以每年七月十五，总请一群和尚到雨天操场来放焰口，一个红鼻而胖的大和尚戴上毗卢帽，捏诀，念咒：'回资罗，普弥耶吽，唵耶吽！唵！耶！吽!!!'"（页 304—305）这种中外合谋的封建迷信可见一斑，貌似中西合璧，完全是急功近利毫无特操，如人所论："反映在《琐记》里既有儿时的记忆，也有成年之后的过滤净化，但贯穿始终一成不变的是对时局的关注，对小人、伪君子的打击，一颗七窍玲珑心片片都为了中国这片热土。即使曾经失望和彷徨过，对改造国民性矢志不渝。"[①] 这也部分指出了设在中国的洋学堂骨子里如果坚持着"中体西用"，或依然做着中国文化高过西方、虽然器具不如对方的弥天大梦，

① 牛亚博《呼应的文字，牵肠挂肚的心——〈朝花夕拾·琐记〉辨析》，《唐山师范学院学报》2016 年第 1 期，页 70。

那么所谓的洋学堂更多只是徒有虚名、挂羊头卖狗肉的拙劣模仿。

可以理解的是，《琐记》中描述完前半段故乡人物（文化隐喻为中华文化传统）令人无语且失望后，作者提出了解决方案："那么，走罢！"逃离旧的糟粕伤心地，而扑向新的光明，这种光明便是"现代性"。

二、反思现代

《琐记》的下半阕更多是呈现出"洋务运动"后带有中国特色的各种现代性成果展览，值得关注的是，强烈批判中国传统（糟粕）的鲁迅对于各色现代性也进行了深切的反思，其中既有对"伪"现代的批判和揭露，又有对日式或西方现代性的独特反省。

（一）嘲讽"伪"现代

不难理解，鲁迅对中国风格的各类"伪现代"颇多嘲讽，如李长之所言，"他那种特别清晰的记忆，是和处处并发的讽刺，组而为一了"。[①]

首先是对S城（往往指涉绍兴）不中不西的中西学堂的轻微批判。因为涉及"西"，它已经成为当地保守分子和传统卫道士们的众矢之的，而实际上"我"对之亦有不满，恰恰因为它不够"西"，没有完全呈现出和现代洋学堂对应的全方位课程更新："因为那里面只教汉文、算学、英文和法文。功课较为别致的，还有杭州的求是书院，然而学费贵。"（页303）于是"我"就去了南京，力图在性价比基础之上追寻更丰富的现代性。

其次，然而南京的水师学堂，同样不堪大用。一方面是汉文教育的封闭性和传统性，另一方面则是西学演练的皮毛和肤浅特征。所谓水师学堂就成了无伤大雅的爬爬桅杆，甚至旧有的游泳池都因为淹死过人而被夷为平地，缺乏真正的涉水训练，难免名不副实。归根结底，此处的中国学生学习西方现代性其

① 李长之《鲁迅批判（增订本）》（北京：新世界出版社，2017），页142。

实变成了完全割裂的两张皮，而中体西用指导思想的盛行恰恰变成了助纣为虐，连洋学堂的主事者都要照顾到传统的感受和杀伤力，所以这种做法在实际效果上表现为逐步扼杀了现代性的生存空间，遑论扩张。

第三则是同样在南京的路矿学堂。它已有部分现代的新质，如课程设置和命题作文（“考汉文也自己出题目，和教员出的很不同。有一次是《华盛顿论》”）就可见一斑，比如新的课程内容：“此外还有所谓格致、地学、金石学、……都非常新鲜。但是还得声明：后两项，就是现在之所谓地质学和矿物学，并非讲舆地和钟鼎碑版的。”（页305）如果说“实践是检验真理的唯一标准”，那么现实实践证明路矿学堂在总体上是让人失望的，因为挖矿的技术水准相对低下，入不敷出，仅可聊胜于无：“到第三年我们下矿洞去看的时候，情形实在颇凄凉，抽水机当然还在转动，矿洞里积水却有半尺深，上面也点滴而下，几个矿工便在这里面鬼一般工作着。”（页307）所谓中体西用的结局不过是让西方现代性变成了可有可无，当然不可能真正拯救病入膏肓的“中”。

第四则是留学日本前的小插曲。言听计从于游学日本前辈的忠告，以为曾经的游学者会更靠近原汁原味的现代性，其实不过是过时的鸡毛蒜皮经验传授，他们的游学更多是走马观花：“我是将钱都在上海换了日本的银元，还带了十双中国袜——白袜。后来呢？后来，要穿制服和皮鞋，中国袜完全无用；一元的银圆日本早已废置不用了，又赔钱换了半元的银圆和纸票。”（页307）这个令人啼笑皆非的场面恰恰可以反证出浮皮潦草的中国制造的“伪现代性”的近乎彻底溃败——如果不是放下身段和祛除无谓的面子作祟，虚心承认自己的全方位不足，心悦诚服、认真严谨地向先进（国家）文化取经，补足短板，激活求知欲，增强创造力，那么在一艘近乎沉入海底的大破船上小打小闹修修补补根本无济于事，中国自然也不可能触底反弹转变成真正强大的现代化国家。

（二）反思现代性

《琐记》对现代性的向往和珍视是显而易见的，比如对于《天演论》启蒙冲击性效果的再现，可谓是近乎石破天惊、帮“铁屋子”开天窗似的震撼人心，而新鲜事物——报纸的存在又帮助读者形塑可能共通的国/族意识(nationalism)①：“哦，原来世界上竟还有一个赫胥黎坐在书房里那么想，而且想得那么新鲜？一口气读下去，‘物竞’‘天择’也出来了，苏格拉底、柏拉图也出来了，斯多葛也出来了。学堂里又设立了一个阅报处，《时务报》不待言，还有《译学汇编》，那书面上的张廉卿一流的四个字，就蓝得很可爱。”（页306）去南京上新式学堂至少为求知欲旺盛、忧国忧民的青年鲁迅开了一扇窗，这是最起码的收获，而这种“文化震撼”（cultural shock）感鼓励他以后在力所能及的范围内可以去更大的世界翱翔，比如明治维新之后日益强大的日本。从《朝花夕拾》集子里找寻人生历程与思想接续的话，那应该是家喻户晓的《藤野先生》。

从此角度看，《藤野先生》的书写时段焦点在于青年鲁迅留日时期的刻骨铭心经历和身份转换，它相当典型地呈现出鲁迅对曾经师从中国、后来痛击师傅的新崛起力量——野心勃勃极具侵略性的新兴日本帝国的复杂情感与独特认知。从该文对主人公藤野先生的聚焦书写来看，他不只是鲁迅纪念师生真挚情分的载体，甚至也可视日后相当落魄的藤野先生为鲁迅为改造国民劣根性所汲取的重要资源，比如认真、真诚、博爱、好学，等等，鲁迅甚至不无夸张地升华了藤野先生之于鲁迅个人以及提振中华民族精气神的重要意义，如人所论：“正是这一现代文化的价值赋予，使鲁迅把藤野先生的普通的行为整合到了自己的文化体系中，并获得了升华，成为鲁迅所认同的理想人性和现代人格的感

① 具体可参【美】本尼迪克特·安德森著，吴叡人译《想象的共同体——民族主义的起源与散布（增订版）》（上海：上海人民出版社，2016）。

性显现，成为‘真的人’楷模。”①

但同时不容忽略的是，《藤野先生》亦不乏强烈的批判意味，包括对中日两国人身上劣根性的批判，和本文论述相关的还包含对于日本风格的西式现代性的深切反思、可能批判乃至部分否定，这当然也闪耀着鲁迅双重否定思维的独特气质和逼人光芒。比如幻灯片事件不是一个单纯的中国人反思个案，不同的中国人更多是原子化个体，他们为了私利不惜出卖国家和民族利益，当然更可悲的是他们甚至根本就没有国家意识；幻灯片事件同样昭示了更丰富的指向——在国家、民族宏大叙事下某种兽性爱国和无国家概念的精神与身体的冲撞，而中国人在此方面是严重不合格的，而日本的军国主义也埋下了二战对外扩张侵略的伏笔。

同样在学生考试泄题事件中，也不只是单纯的中国、日本学生之间的争斗或后者对前者的歧视，而是在对过分强调民族主义（军国主义）及成王败寇意念指导下必然走向的群体预演，甚至这种情绪、理念也部分影响了鲁迅与藤野先生的关系延续。尽管藤野先生对于鲁迅非常负责与尊重，但复杂的彼时日本语境对于青年鲁迅还是不乏负面影响，甚至这种感情与伤害在以后的岁月中得以延续，如人所论：“藤野先生对于青年鲁迅的尊重，体现了明治时代以来的良好教养；相对地，包括日俄、日清战争等事件引发日本学生对清朝的蔑视，自然也是彼时同样并存的事实。”②

三、指向“立人”

如前所述，《琐记》所涉及的内容和鲁迅的思想历程横断面具有承上启下

---

① 李宗刚《鲁迅文化视野中的藤野先生》，《扬州大学学报（人文社会科学版）》2005 年第 2 期，页 65。

② 陈建忠《东亚的知识交流与民族情结：重论鲁迅〈藤野先生〉与赖和〈高木友枝先生〉中的日本教师》，《中国比较文学》2014 年第 1 期，页 126。

的功能，而《琐记》书写的真正指向其实是鲁迅先生念兹在兹的“立人”，毕竟国民劣根性及其生产机制批判、对故乡及其文化喻示的复杂情感其实往往最终演化成“取今复古、别立新宗”的凝练，而1926年厦门鲁迅回望晚清余晖下的青年自己时也是别有韵味。

（一）再造个人

无论是在《父亲的病》还是《琐记》中鲁迅都呈现出对个人劣根性的同情式批判，他也在寻求解决之道：恰恰是看到洋务运动发展过程中所谓中体西用或过分重视物质器具更新的屡屡失败，他更多将矛头指向了诛心的再造个人；当然不容忽略的是，赴日留学后的青年鲁迅也深受尼采的影响，① 强调个性解放和英雄主义，也批判群体民主（比如少数服从多数）的可能缺憾（集体专制），从而彰显出与先富国强兵、后个性解放不同的理路。

如果回到《琐记》文本上来，深受“天演论”刺激的他不难理解，赫胥黎启蒙了中国无数水深火热中探寻出路的知识分子，这其实意味着，追寻现代性（此时以“进化论”为主）是势不可挡的历史潮流，从个体角度看，走马观花的游历或蜻蜓点水的速成班是不够的：“日本是同中国很两样的，我们应该如何准备呢？有一个前辈同学在，比我们早一年毕业，曾经游历过日本，应该知道些情形。”（页307）结果当然是令人啼笑皆非，从此角度看，《琐记》更多是负面批判，但也是新的起点，必须直面现实、主攻正面战场，如人所论：“以进化论思想为基础，鲁迅后来从启蒙主义、个性主义出发去从事文艺运动，他要启发中国人民的觉悟，要张扬人的个性，反对封建礼教和封建专制制度。”②

《藤野先生》则有另外的面向，暂时撇开日本对鲁迅的刺激，而为人师表

---

① 具体可参张钊贻《鲁迅：中国“温和”的尼采》（北京：北京大学出版社，2011）。

② 魏洪丘《鲁迅〈朝花夕拾〉研究》，页138。

的藤野先生恰恰是个体生命重塑的重要示范：他既保留了日本传统，却又对外来思想（早期的中国，后来的西方）充满尊重，同时却又不卑不亢，企图把自身的强大包容传递给学生鲁迅，但鲁迅却又选择了更复杂方式的继承与发展，他必须“别立新宗”，并在因缘际会之下最终弃医从文，当然客观上也背弃了老师藤野先生的正面期待，颇有“得鱼忘筌”的意味，如人所论：“藉由《藤野先生》里张扬藤野老师尊重个人与生命的精神，但却是以离开仙台医专作为彻底接受其教养的表现，这看似吊诡的情况，也正是不断为国族与自己寻找出路的鲁迅，一种实践藤野老师精神的‘另类’表现。唯有彻底斩断对医学救国的妄想，甚至是对老师的情感依赖，真正地独立自主，才能为旧中国找到一条全新的精神道路。”[①]

同时，鲁迅也看到发达国家日本国民个体的部分劣根性，比如同班的留级生，他们并不尊重师长以及背后的文化传统，也不够认真勤奋：“那坐在后面发笑的是上学年不及格的留级学生，在校已经一年，掌故颇为熟悉的了。他们便给新生讲演每个教授的历史。”（页 314）甚至鲁迅也展开了自我批评：“可惜我那时太不用功，有时也很任性。”（页 315）而这背后是对日本大和民族优良品性的反衬与强调，其集中承载者就是令人尊重的藤野先生。

（二）“立国”情怀

正如忧国忧民的鲁迅对“立人”的强调其实同时也指向了“立国”，在《琐记》中鲁迅的某些反思其实同样具有国族寓意。《父亲的病》中指向的是以中医为代表的文化糟粕“不精确、骗钱以及缺乏科学精神”[②]；衍太太身上却密布了貌似无关痛痒其实组合起来杀伤力惊人的“平庸的恶”，而她的无聊、琐

---

① 陈建忠《东亚的知识交流与民族情结：重论鲁迅〈藤野先生〉与赖和〈高木友枝先生〉中的日本教师》，《中国比较文学》2014 年第 1 期，页 126。页 129。

② 小说中亦有此类书写，具体可参拙文《论鲁迅小说中的医学话语》，《福建论坛（人文社会科学版）》2010 年第 5 期。

屑、不善其实亦有丰厚的文化土壤——物质上困苦的个体往往缺乏个性形塑、民主权利与精神关怀之后的被侏儒化和逆向淘汰。

更令人深切关注的是鲁迅在《藤野先生》中对日本作为一个现代国家的反思。不必多说，鲁迅先生更多是赞扬了藤野先生的朴实与伟大，但其背后亦不乏对国家/民族主义的担忧与反思：泄题事件与幻灯片事件从此角度看不是个人事件，依据文中的表述：“中国是弱国，所以中国人当然是低能儿，分数在六十分以上，便不是自己的能力了：也无怪他们疑惑。”（页317）这当然反映出鲁迅复杂而多面向的内心折射，日益强大的日本依然有颇多问题：弱肉强食的国家价值取向、军国主义的急功近利、人种优劣论的错误认知，等等，同时他也看到日本作为现代化国家的诸多优点，包括文学在国民启蒙转换中的重要作用。如人所论：“鲁迅当年在仙台医专中途退学，放弃医学而转向文学，不会只是因为观看片刻幻灯片，便突发奇想。其中必定有许多相互交织纠缠的因素，也有一个逐渐累积变化的过程，比如鲁迅所身处的崇尚国民精神的明治时代环境、重视文学的社会文化气氛、对仙台医专留学生活的厌倦不满、文坛流行等等，而‘幻灯事件’只不过是一个变化的契机。”①

某种意义上说，鲁迅的反思极具前瞻性和穿透力，成为强国子民以后，如果缺乏世界主义精神、人道主义关怀和自我反省，很容易变成兽性爱国主义思想影响下的牺牲品或执行者，丛林法则横行于世并非世界人民的福利，而第二次世界大战中的集中营和大屠杀已经论证了此反思的前卫和超越性，从此视角思考，鲁迅先生既看到了中华文化传统的弊端，又真切地批判西方现代性（军国主义优先）的可能误区与陷阱。这或许是对国民中存在的另一类“平庸的恶”的反省——一种是消极的无能为力，一种则是积极的助纣为虐，最终造成

① 潘世圣《事实·虚构·叙述——〈藤野先生〉阅读与日本的文化观念》，《华东师范大学学报（哲学社会科学版）》2011年第1期，页118。

的恶果都令人触目惊心。

结语：作为一个承上启下的文本，《琐记》呈现出鲁迅先生回望"立人"的繁复思考，其中既有对中华文化传统的猛烈批评，又有对各色现代性的深入与精彩反思，但他最终的目的还是指向"立人"以及之后的可能"立国"。在解读《琐记》时我们要牢记要从《朝花夕拾》的整体性角度进行反思，同时又要尊重个别文本的丰富性与独特性，毕竟，这是一个实现了从绍兴到南京再到日本的跨越性再现文本。

2　"立人"的立体践行：《藤野先生》新论

1926年10月12日人在厦门的鲁迅完成了《藤野先生》，而日后它就变成了中国中学语文教材中的常客，直到今天。毫无疑问，作为家喻户晓的篇章，有关它的研究可谓历史悠久、汗牛充栋。简而言之，焦点一是其主题指向，到底是聚焦藤野先生还是"我"？焦点二则是集中于如何设计教学教案。可以理解的是，社会主义中国成立后，不同时代的解读此文的主题指向从整体上俯瞰亦有发展性差别："1949年，受政治形势和教育思潮变化的影响，中学语文教科书的编者采用了不同的视角对《藤野先生》的主题作出不同的阐释：1949—1973年，采用单一视角，强调爱国之志；1974—1979年，采用双重视角，突出中日交往；1980—2016年，采用多元视角，关注师生情谊。"[①] 这种变化其实也和中国不同时段的整体文化气候（包括中日关系）密切相关。

由于是列入中学语文教材的著名焦点文本，《藤野先生》拥有极高的关注度，而在有关事件/人物的发生国——中国、日本却亦有令人惊讶的主题诠释

① 张若朴《1949年以来中学语文教科书中〈藤野先生〉主题阐释的嬗变》，《名作欣赏》2017年第35期，页90。

和文体界定差异。一般而言，中国学界往往把此文当成是纪实性散文，而日本学界则视之为虚构性小说/散文，尽管大家都不否认这是一篇回忆性创制。长于考据、相当认真的日本学者关注的几个焦点是：幻灯片事件（到底有无那张围观同胞被砍头的幻灯片），讲义/笔记泄题事件（是否鲁迅过度敏感）等等。举例而言，比如日本学界质疑讲义系列事件的声音就有："笔记事件是否可以说是鲁迅为了批判狭隘的爱国主义思想而巧妙地作出的虚构呢？这事是很值得怀疑的。笔记事件和紧接着的'幻灯事件'被认为是鲁迅离开仙台的原因，读者也理解为这两个事件促成鲁迅从仙台医专中途退学，从医学转为文学，我认为是值得商榷的。"① 在我看来，简而言之，上述事件更多是鲁迅弃医从文的导火索而非决定因素，众所周知，日本明治维新以来的国民启蒙载体中文学（尤其是小说）亦功不可没，而实际上鲁迅从少年起就有卓越的文学天赋与兴趣，恰恰在此时因缘际会实现真正的转换而已。

就在写完《藤野先生》的当夜，鲁迅在给许广平的书信中写道："少吸烟卷，可不知道是怎么一回事，大约因为编讲义，只要调查，无须思索之故罢。但近几天可又多吸了一点，因为我连做了四篇《旧事重提》。这东西还有两篇便完，拟下月再做。"② 不难看出，《朝花夕拾》是鲁迅先生在时间相对充裕的厦门真正预谋好的按部就班创制，而每一篇也自有其功能/要求，完成《藤野先生》时他同样也有压力或焦虑感，表征是抽烟多了。

毫无疑问，《藤野先生》中不乏作者后天的虚构或记忆修订，比如"日暮里"车站在 1904 年鲁迅前往仙台时尚未落成启用，虽然 1926 年书写此文时已

① 【日】新岛淳良作，郭兴工节译、冷梅校《〈藤野先生〉及鲁迅早期思想新探》，《上海鲁迅研究》1990 年第 3 期，页 148。

② 鲁迅《两地书·五四》，《鲁迅全集》第 11 卷，页 154。

经成熟运行，但该站1905年4月才开业。[①] 而该文中肯定亦有更多类似的文学加工，这势必会造成中日两国学者不同的解读，反过来又可以部分反证出两国学者的学风差异乃至民族根性，如人所论："围绕鲁迅的传记事实，中日两国的研究既有一致，也有不同。不同之中有两个因素最为重要：一是推理逻辑，二是文学文化意识。差异启示和提醒我们，对个别细节的考察如何介入对整体真实或性质的判断，需要慎重；至少对于《藤野先生》来说，叙述方式和技巧带来的'虚构'限于对事实的有限磨耗，它不同于小说的虚构本质和虚构原则，是隶属于一切叙述的天然性质。而中日小说观念和文化意识的差异更有决定性的意义，围绕这一方向的探索具有很大的'生产性'前景。"[②] 通过对《藤野先生》这个经典文本的研究也可以探勘中日学界的某些风格差异与思维特征。

尽管相关研究已经浩如烟海，但并不意味着对此文的解读已经尘埃落定。在我看来，之前的主题辨析固然开人眼界，但亦有就事论事的缺憾，尤其是《藤野先生》中也有鲁迅先生对书写此文意义的部分解码，临近结尾时有一段相当耐人寻味的由小变大的情感、格局升华，鲁迅先生拔高了藤野先生的专业期望和跨国别文化意义，这和鲁迅一贯的自谦形成强烈反差："有时我常常想：他的对于我的热心的希望，不倦的教诲，小而言之，是为中国，就是希望中国有新的医学；大而言之，是为学术，就是希望新的医学传到中国去。"（页318）我们应当看到鲁迅自身的超越性，而这里的"超越"如果升华的话，按照杜赞奇的界定，"它并不是关于我们认知的过程，而是关于一种认知的方式，

① 【日】葛谷登作，景慧译《〈藤野先生〉的"日暮里"》，《鲁迅研究月刊》2010年第11期，页33—34。

② 潘世圣《事实·虚构·叙述——〈藤野先生〉阅读与日本的文化观念》，《华东师范大学学报（哲学社会科学版）》2011年第1期，页118。

而这种方式是在现实世界影响下构成的。”[①] 因此我认为，《藤野先生》其实更想彰显的主题并非中学教案的指向，而更该是鲁迅一再强调的“立人”思想。

一、破与立的统一

长期以来，被列入教科书的《藤野先生》在被解读时往往会被强调其间的比较，即使是中学语文教案亦然：“作者写‘清国留学生’刻意修饰、巧于打扮和荒废学业，衬托出藤野先生的质朴、踏实及其对科学事业的专注、刻苦；写部分日本学生的狭隘民族偏见，更映照出藤野先生的正直无私，不惜以自己的学识帮助中国人民的崇高品质。一褒一贬，对比强烈，表现了作者分明的爱憎感情。”[②]

这种观点当然部分正确，但尚有可升华和圆满之处，也即，在“立人”思想的框架下，这恰恰是有关理想建构的一体两面——破与立的统一，而最终目的是为了更好的“立国”。

（一）批判劣根性

某种意义上说，鲁迅对于（人类）劣根性的批判可谓贯穿全文始终，而且涵盖了中日两国及其子民。

1. 中国批判。此类批判中当然包含了对清国留学生的功利性及贪图享受、腐化堕落的抨击，换言之，日本的明治维新学习西方是认真笃敬、神形俱备，而中国人（当然包含洋务运动）则往往马马虎虎，反倒是过分注重外表，只落得表面功夫彰显浮浅效果：“上野的樱花烂熳的时节，望去确也象绯红的轻云，但花下也缺不了成群结队的‘清国留学生’的速成班，头顶上盘着大辫子，顶

---

① 【美】杜赞奇著，黄彦杰译《全球现代性的危机——亚洲传统和可持续的未来》（北京：商务印书馆，2018），页 9。

② 张扬综述《鲁迅作品在中学教材的阐释》，陈漱渝主编《教材中的鲁迅》（福州：福建教育出版社，2013），页 330。

得学生制帽的顶上高高耸起，形成一座富士山。也有解散辫子，盘得平的，除下帽来，油光可鉴，宛如小姑娘的发髻一般，还要将脖子扭几扭。实在标致极了。”（页 313）真可谓“中体西用”思维指导下的中西合璧，既要学习西方（或日本）的现代卫生习惯，又要保留中国传统的长辫，所以只好再次挪用老祖宗的“中庸”策略。

作为汉族出身，鲁迅也呈现出部分的民族主义精神与姿态，他批判了当时仍被满清统治着的中国人的健忘，如通过客死日本的明遗民朱舜水来表达对满清的不满：“不知怎地，我到现在还记得这名目。其次却只记得水户了，这是明的遗民朱舜水先生客死的地方。”（页 313）当然不是想反清复明，而是要重振国民精气神，所以他对于客死他乡的精神气节坚守者葆有崇高敬意。

当中也有对荼毒国人精神、戕害国人身体的部分中国传统文化的批判，比如通过藤野先生的视角批判鬼神当道的迷信思想与强迫女人裹小脚的恶习：“但他也偶有使我很为难的时候。他听说中国的女人是裹脚的，但不知道详细，所以要问我怎么裹法，足骨变成怎样的畸形，还叹息道，‘总要看一看才知道。究竟是怎么一回事呢？’”（页 316）结合鲁迅自身的现实语境，即使彼时的现实中国亦然，总有一些现实事务让英雄气短或扼腕叹息：“每当夜间疲倦，正想偷懒时，仰面在灯光中瞥见他黑瘦的面貌，似乎正要说出抑扬顿挫的话来，便使我忽又良心发现，而且增加勇气了，于是点上一枝烟，再继续写些为‘正人君子’之流所深恶痛疾的文字。”（页 319）人在厦门的鲁迅在北京时期就和“现代评论”派多次鏖战，而到了厦门又不得不继续面对日益成气候的“正人君子”之流的布局与刁难，所谓现代评论派色彩弥漫厦大，而这种阴险细密的学术政治甚至让鲁迅气短。①

---

① 具体可参拙文《林文庆与鲁迅的多重纠葛及原因》，《四川大学学报（哲学社会科学版）》2013 年第 2 期。

有论者指出，我们也要警惕鲁迅“自我神秘化”的误区：“在弃医从文问题的探讨上，从鲁迅的‘被传说化’到鲁迅的‘自我传说化’，日本学者可谓单刀直入鲁迅的心理暗区，这个暗区是以自我解剖最严厉著称的鲁迅本人也在有意无意间所竭力遮蔽的暗区，固然也是中国学者很少触碰到的心理暗区。中国鲁学界自改革开放30多年来，一直致力于‘人间鲁迅’的深度还原，但是所还原的是‘被神化’的鲁迅，很少触及到‘自我神化’的鲁迅。”① 此论有其深刻之处，但也有对鲁迅不公平的地方，更严格说来，我们对鲁迅的复杂性和超越性认知往往不够，容易按照自己的段位和精神阅历理解鲁迅。需要指出的是，幻灯片事件中，我们应该对鲁迅的多重角色的兼容性和承担感继续审慎思考：鲁迅在此事件中慷慨承担了所有弱国子民的各种角色的复杂体验——体验了两个帝国——日俄战争发生在第三国——中国大地之上荼毒千万国人的耻辱，所谓天朝制度下的“国民”（更该是臣民）无论是做俄奸、日奸还是汉奸从中牟利、毫无家国观念的悲哀，看客的麻木以及仙台医专阶梯课室现场两厢对比之下的异类感和挫败感，从此角度看，鲁迅何尝是自我神化？更该是自我-民族担当才对。

2. 日本批判。此类批判首先指向了日本强大以后军国主义思潮的崛起时的兽性逻辑与歧视心态。考试漏题事件自然是鲁迅的民族意识之于此倾向的呈现与折射：“其次的话，大略是说上年解剖学试验的题目，是藤野先生讲义上做了记号，我预先知道的，所以能有这样的成绩。末尾是匿名。”（页316）当然后面文中还有对著名的幻灯片事件产生歧视、羞辱等操作的点拨与升华，鲁迅巧妙地还原了现场感，而且非常鲜明地呈现了自己精神压抑的实况：“中国是弱国，所以中国人当然是低能儿，分数在六十分以上，便不是自己的能力了：也无怪他们疑惑。但我接着便有参观枪毙中国人的命运了。第二年添教霉

---

① 曹禧修《从〈藤野先生〉的学术场域看日本鲁迅研究的特质》，《文学评论》2015年第6期，页149。

菌学，细菌的形状是全用电影来显示的，一段落已完而还没有到下课的时候，便影几片时事的片子，自然都是日本战胜俄国的情形。但偏有中国人夹在里边：给俄国人做侦探，被日本军捕获，要枪毙了，围着看的也是一群中国人；在讲堂里的还有一个我。”（页317）从笔记事件到幻灯片迷雾，可以反衬出日本对哪怕是曾经的自己师傅的中国的子民的蔑视，这虽然是通过其落后学生的视角呈现出来，但恰恰也是新崛起的日本帝国集体劣根性和扩张心理的预演，而第二次世界大战中它的大肆侵略、疯狂屠戮与残忍掠夺亦非偶然，这是一种“丛林法则”的现实版，也是兽性爱国主义，是需要认真反思的现代主义，好比集中营与种族灭绝大屠杀。

（二）“立人”

论者指出《朝花夕拾》书写的亮色分布，尤其点明了《藤野先生》的罕见正面话语褒扬，“《朝花夕拾》的情感线索大体上可以说前六篇中多涉及各种趣事，多有‘亮’色，但亦夹以多处明暗不一的议论、抒情，以及看似客观，其实内涵作者意图的白描式场景，中间的两篇格调最是肃穆、低沉，到《琐记》的后面才渐渐又有点‘亮’起来。末两篇中，《藤野先生》给出的某种坚韧亮色可以说是最明丽的，其言说藤野先生的正面话语即使在鲁迅的全部文本中也是颇少见的，但这却是发生在日本的事”。[①] 可以理解的是，在《藤野先生》中鲁迅寄予了他毕生坚守的“立人”的思想，这其中可以分成两个层面：

1. 以藤野先生为代表的日本优秀文化。这其中包括藤野先生作为医学教师的严格要求、认真对待，他很善良的关心“独在异乡为异客”的“我”的生活，且主动要求校正“我”的讲义，而且具有持续性，包含了他任教的各门课程：“我交出所抄的讲义去，他收下了，第二三天便还我，并且说，此后每一

① 彭小燕《往昔之“光”的自觉点亮——鲁迅·朝花夕拾·藤野先生》，《中国现代文学论丛》2012年第2期，页55。

星期要送给他看一回。我拿下来打开看时，很吃了一惊，同时也感到一种不安和感激。原来我的讲义已经从头到末，都用红笔添改过了，不但增加了许多脱漏的地方，连文法的错误，也都一一订正。这样一直继续到教完了他所担任的功课：骨学、血管学、神经学。”（页 315）因为严谨的藤野先生考虑到鲁迅如果回国教书，这些讲义很可能变成教科书，它们必须尽可能减少错误、准确科学。

其次是尊重体贴、虚心请教，包括如何面对和看待鬼、请教中国女人的裹小脚等等。再次也包括日本民间社会的某些厚道质朴风气：“我到仙台也颇受了这样的优待，不但学校不收学费，几个职员还为我的食宿操心。”（页 313—314）这诸多表现可以反证出日本文化的优秀之处，也成为鲁迅先生建构新人性的资源，当然也可能是“得鱼忘筌”的一种实践，如人所论：“《藤野先生》一文，不只是鲁迅怀人，更是被召唤来对抗‘大人先生’的文本。人格高尚、献身学术的精神，不只是藤野先生之所以‘伟大’的原因，更是中国知识分子乃至群众足资学习的对象。鲁迅藉由散文中日本教师形象所要强调的精神，让我们看到东亚知识分子可以相濡以沫的知识与感情基础所在。然而，以永别日本老师的方式来表达坚定地献身国族精神改造的工程，恐怕是鲁迅无心却必然要实践的思考。”① 个体、民族和国家应当长于从比自己优秀的贤者身上学习，但也要努力超越对方，因为最终目的是为了让自己更强大更具创造力而不是机械克隆对方。

2. 反拨与自立。吊诡的是，学习日本和受日本压制是困扰日本鲁迅的一体两面的问题。但无论如何，最终结果表明，他的“立人”确立需要建立在对日本进行反拨和自立的基础之上。

---

① 陈建忠《东亚的知识交流与民族情结：重论鲁迅〈藤野先生〉与赖和〈高木友枝先生〉中的日本教师》，《中国比较文学》2014 年第 1 期，页 131。

一方面是来自藤野先生的值得肯定的兼容并蓄示范。日本之所以成功，原因之一是善于学习，包括一开始的向中国学习，和后来的学习西方（包括荷兰、德国等等）——脱亚入欧。从之前的论述中可以看出鲁迅非常独特的双重否定思维，他不是中庸调和论调的反面，而是既犀利批判国人又清醒批判日本，但也有对自我精华的坚守，所以提倡“取今复古，别立新宗”，而藤野先生是此类榜样，比如在向学生说明解剖学的历史时就客观真诚、不卑不亢：“他接着便讲述解剖学在日本发达的历史，那些大大小小的书，便是从最初到现今关于这一门学问的著作。起初有几本是线装的；还有翻刻中国译本的，他们的翻译和研究新的医学，并不比中国早。”（页 314）他的实事求是以及并不以现在的日本强大否定过去的老师——中国的辉煌让鲁迅看到汲取传统文化精神的必要性。

但另一方面，即使包括藤野在内，强势崛起咄咄逼人的日本对鲁迅又造成了压制和压力感。某些不良同学的歧视自是不必说，藤野先生的过度严苛其实也部分挫伤了鲁迅学医的积极性，或许不无巧合的是，鲁迅选择了弃医从文而且最后更多强调通过文艺救国并借此改造中国的国民精神：我们从鲁迅所画血管图遭藤野先生矫正后的他的心态描述中窥得一丝端倪：“但是我还不服气，口头答应着，心里却想道：—‘图还是我画的不错；至于实在的情形，我心里自然记得的。’”（页 315）鲁迅的文青气质（包含绘画设计[①]）与日本明治维新主潮中以文艺改造国民精神的理路不谋而合，但却又是另一种反拨，无论对当时野心勃勃的日本社会主潮还是依旧愚昧落后的沉寂中国。

二、表与里的缠绕

《藤野先生》在主题指涉上还有一种表与里的缠绕：表面上看，这是鲁迅

① 有关鲁迅和美术的关系可参陈丹青《笑谈大先生》（桂林：广西师范大学出版社，2011）相关章节。

的回忆性日本留学自传与师生情谊的缕述，而实际上背后更是鲁迅对可能的“新国人”塑造的超越性追求，他必须找到新的资源借鉴。

（一）表：日中师生情谊

某种意义上说，《藤野先生》的书写内容相对清晰，主要有两方面，有关他的留日回忆自传，而另一方面则是缅怀师生交往，而后一点则是表面的重点/中心。鲁迅在其中至少是制造了两种张力：1.“我”和其他清国留学生的张力，正是因为躲避乌烟瘴气、群魔乱舞的国人，他才去了仙台医专。2.藤野先生与其他日本人之间的张力。

首先是留级生和藤野之间的张力。鲁迅写道：“那坐在后面发笑的是上学年不及格的留级学生，在校已经一年，掌故颇为熟悉的了。他们便给新生讲演每个教授的历史。这藤野先生，据说是穿衣服太模胡了，有时竟会忘记带领结；冬天是一件旧外套，寒颤颤的，有一回上火车去，致使管车的疑心他是扒手，叫车里的客人大家小心些。”（页 314）工作态度认真严谨的藤野先生生活朴素，不注重物质享受，不太注意细节，甚至显得寒酸；而仙台医专的留级生们则注重外表、琐屑八卦、精神肤浅，也可以反证他们因何被留级。

其次是尊重文化的藤野和歧视鲁迅的人之间的张力。藤野先生认真热情、富有同情心，也有真情实感，比如鲁迅告知他要离开之时的反应——克制之后的伤感：“到第二学年的终结，我便去寻藤野先生，告诉他我将不学医学，并且离开这仙台。他的脸色仿佛有些悲哀，似乎想说话，但竟没有说。”（页317）之后便有借物睹人、维系情感的操作，赠予我个人照片：“将走的前几天，他叫我到他家里去，交给我一张照相，后面写着两个字道：‘惜别’，还说希望将我的也送他。但我这时适值没有照相了；他便叮嘱我将来照了寄给他，并且时时通信告诉他此后的状况。”（页 318）当然这一切反过来也可以证明鲁迅对曾经令人温暖的师生友谊的珍视，不只是尊重老师，而且也要彰显美好并使之长存，如人所论：“鲁迅为了感谢在学生时代为自己认真修改笔记的藤野老师，在历经了20年的岁月沧桑之后，写下了这篇献给藤野老师的文章。其中饱含的鲁迅对于藤野老师的深厚感激之情无需赘述；同时，鲁迅似乎也旨在教诲读者，无论在何等情况下都要善于发现高尚的人和事，并勇于表达对其赞美之情。”①

（二）里：塑造“新国人”

我们当然要看到鲁迅在《藤野先生》之中呈现出的可能超越性。我们可以先从其标题修改说起，据说鲁迅一开始的题目是“吾师藤野先生”，后来涂掉前四个字再改为《藤野先生》，有论者指出：“在日语中，‘吾师’与‘先生’都表示‘老师’之意，在汉语中也是如此，二者都表示对老师的尊称。但在中文语境中进一步分析比较，‘先生’含有‘敬有余而亲不足’之意；‘吾师’则比‘先生’更强调师生间的密切情谊。鲁迅当年写下题目‘吾师藤野先生’后，又细致抹去前四字，改定为‘藤野先生’，他的这番斟酌，是否因多年前那个59.3分造成的微妙心理在隐隐作祟，也是值得玩味的。”② 但实际上这种对题目修改的原因揣度是显得小气的，鲁迅固然强调复仇，甚至也有不宽恕的不好名声，但对于恩人、至亲以及青年往往是包容的，有些甚至可谓纵容。“吾师”作定语固然亲切，但显得格局小了，正因为如此，在放眼国民素质提升的鲁迅心中，“藤野先生”不只是自己的先生，更该是中国人民的先生，鲁迅恰恰想以之为模板，塑造出一种“新国人”。

藤野先生不只是于“我”个人有鞭策和激励作用，“每当夜间疲倦，正想偷懒时，仰面在灯光中瞥见他黑瘦的面貌，似乎正要说出抑扬顿挫的话来，便使我忽又良心发现，而且增加勇气了”（页319）。而且在鲁迅看来，平凡的他身上蕴含了可资借鉴的伟大人格：“他的性格，在我的眼里和心里是伟大的，

---

①【日】城谷妙子《〈藤野先生〉体现的文化观》，《华夏文化论坛》2014年第1期，页107。

② 郑鹏飞《鲁迅为何修改〈藤野先生〉原标题》，《鲁迅研究月刊》2017年第6期，页64。

虽然他的姓名并不为许多人所知道。”（页318）更关键的是，藤野先生具有的人格既有中国人民族根性中所匮乏的，也有继承自中国文化传统的部分，比如他的抱朴守拙、认真苦干和大禹、墨子有相似之处，而他的科学精神则明显来自明治维新之后的西方文明（或日本化），吊诡的是，仙台医专升格后，藤野先生恰恰因为学历不够（只有爱知医学校的学历，没有留洋镀金）而被辞退，进而回到家乡行医，这反过来部分说明他的西化还不够，而被鲁迅有意忽略的敷波重次郎（1872—1965）——德国留学教授却一路畅通，收入也高，上课时全程使用流利德语，互动性强，人生也一帆风顺，令人感慨。[①] 另外，藤野先生秉持平等、仁爱、求知欲强等优良品性，都可能是现代化之后的日本在文化层面中西合璧的表征，这恰恰是对彼时中国国民劣根性的最佳超克，如人所论，“《朝花夕拾》在《藤野先生》之前的诸篇中以各种方式出场的精神正题：爱、诚、平等、战士气韵等都在《藤野先生》之中出现了。尤其是鲁迅同时把一种有所别择的近代性的主体态度，以及执着、一以贯之的信仰者气质与爱、诚、平等、战士气韵等元素融合在藤野先生的身心之中，乃至身气之旁了。此两点，已经足显《藤野先生》在整个《朝花夕拾》中的独到而且高远的位置”。[②]

作为一个具有双重否定思维的优秀作家，鲁迅的“火眼金睛”当然也具有高度辨别力与批判性，无论是清国留学生们的肤浅享受，还是日本学生（尤其是留级生）的放任自流与卑劣自大都可以反衬出中日两国国民在西方现代性汲取中的误区与缺憾，以上恰恰是拨乱反正的对象。

值得一提的是，鲁迅为了呈现出藤野先生的伟大正直、有情有义，不惜以自己作为陪衬对象，而某些说法甚至带有自贬的虚构性：“我离开仙台之后，

① 具体可参吴真《被鲁迅记忆抹去的敷波先生》，《读书》2017年第11期。

② 彭小燕《往昔之“光”的自觉点亮——鲁迅·朝花夕拾·藤野先生》，《中国现代文学论丛》2012年第2期，页68。

就多年没有照过相，又因为状况也无聊，说起来无非使他失望，便连信也怕敢写了。经过的年月一多，话更无从说起，所以虽然有时想写信，却又难以下笔，这样的一直到现在，竟没有寄过一封信和一张照片。从他那一面看起来，是一去之后，杳无消息了。”（页 318）其实这段话有不真之处，比如关于照相[①]等等，而且鲁迅的性格与行事风格中不乏日本人的优秀品质，如诚与爱、认真严谨，这跟留学密切相关。不容忽略的是，鲁迅的《藤野先生》的创制本身也是感恩精神的体现，这恰恰也是“新国人”的内涵之一，对美好事物和他人（包含师者）的帮助要有合理的回应，从此角度看，《藤野先生》从正反两面指明了“新国人”塑造的方向、层次与可能性。

三、小与大的辩证

有论者指出：“联系鲁迅这一时期的精神变化，我们会发现，此时的鲁迅，正是借助怀念藤野先生的视角，对自己当年精神创痛作深情抚慰。”[②] 但显然，《藤野先生》不只是呈现出小我的情感结构，其中亦有更大的关怀，我们不妨探查一下其间的辩证。

（一）小我的确认与抚慰

《藤野先生》如果从小我的角度或主线思考，它其实梳理的是“我”的日本留学经历、所见所闻，不过是藤野先生占据了相当大的篇幅。按照《朝花夕拾》书写的时间段划分，这是留日总结，至少是小传，同时更是其“情感结构”中的教师板块梳理，而藤野先生无疑是最浓墨重彩的华章。当然，借此也是对自己的梳理、总结与再度反省。如人所论：“鲁迅满怀深情地回忆先生，

---

① 有关论述可参黄乔生《“开麦拉”之前的鲁迅——鲁迅照片面面观》，《鲁迅研究月刊》2009 年第 12 期。

② 张学义《弃医从文精神创痛的深情抚慰——〈藤野先生〉研究》，《鲁迅研究月刊》2007 年第 1 期，页 49。

同时也在回顾自己的人生道路，他是把理性的认识化作形象的感受，侧面表露自己的心态。因此，这篇文章看似写人，实际却是鲁迅整理赴日留学的全过程，其中包括决定他一生命运的弃医从文的举动；看似写藤野先生，实际却是记述鲁迅自己思想和行为的变迁轨迹。”① 此论可谓一语中的，鲁迅和藤野先生在《藤野先生》中的再现有一种互文关系，“我”和他密不可分，有些性格和事件甚至是一体两面。

但同时不容忽略的是，身处厦门的鲁迅此时过得并不顺心：与爱人许广平两地分居，现代评论派正要“弥漫厦大”，生活（饮食起居）上亦有不便，上课相对轻车熟路且远离文化中心而感觉无聊，新文化运动至此似乎陷入了平淡的瓶颈期，等等，从此角度看，《藤野先生》的出现也是鲁迅对自我的一种抚慰，如人所论：“作者在撰写本文的时候，他的内心是焦灼的、焦虑的、痛苦的、不安的。这种内心的矛盾如果能外化为具体的文章，便可以使内心的这种矛盾得到化解，从而完成审美置换。这种审美置换不仅仅表达了作者内心的矛盾的缓解，使躁动不安的心理稍稍平静，从另一个角度来俯瞰人生——不是从社会发展的角度，不是从疗救国家、民族的角度，而是从社会道德的角度，从美好人性的角度，从人际和谐的角度来切入，这样一来，文章的艺术魅力就愈加朴素、淳厚、蕴藉和深邃。”② 上述观点看到了小的一面，部分涉及了“以小见大”，但轻易放过了大的层次才是重点，显得相对狭隘，下文述及大的层次。

梳理一下《藤野先生》的青年鲁迅身份，他不是混天聊日的物质男，亦非学习现代皮毛的小混混，他是具有民族情绪的反清志士（如纪念朱舜水）、他是基本上认真学习的好学生，也是具有同理心的弟子（“‘我想去学生物学，先生教给我的学问，也还有用的。’其实我并没有决意要学生物学，因为看得他

① 金红《写他人与写自己——〈藤野先生〉主题倾向辨》，《名作欣赏》2007 年第 14 期，页 40。

② 程锦《思想发展历程关键时刻的情感记录》，《名作欣赏》2007 年第 14 期，页 43。

有些凄然，便说了一个慰安他的谎话”）（页 318）。当然最终也化为以笔为旗为国分忧的战士，这都是对自我的再确认，中年鲁迅从对少年鲁迅的经历再现与反思中也找到了继续前行的动力。

（二）大：中日两国的情感互通

毫无疑问，《藤野先生》在鲁迅先生的视野中会有更广阔的关怀和价值借鉴，那就是将师生的友谊升华为两国文化情感的互通。

有论者指出：“《藤野先生》这一文章，作为鲁迅对于藤野先生的知遇之恩的回报，的确赋予了藤野先生的人生以新的意义和价值：因为和鲁迅的这层关系，藤野先生不仅从一个不为人所知的普通医学教授而变为中日两国人民友好的象征，而且还作为一种精神资源而进入到了中国现代文学最具有创造力的创作主体鲁迅的精神世界中，成为支持其进行创作的一个精神动力，从而作为一个符号而存活于世界文化中。”[①] 这是以后顾的眼光将鲁迅置于文学大师的平台上看待的结果，而实际上无论是当时的学生周树人还是后来名声满天下的作家鲁迅对藤野先生都是发自内心的仰视与尊敬的，因为藤野先生的身上兼具中日两国优秀文化传统的指涉，尊重他其实也就是部分弘扬两国优秀文化品质并实现真正的互通。而令人欣慰的是，鲁迅的身上亦兼具中日文化传统的优秀元素，这也可部分视为是继承藤野老师优秀品格的结果。

当然，我们还是要注意青年鲁迅和中年鲁迅对日心态的差异。置身日本语境的青年鲁迅对于现实的日本亦有诸多反抗，包括对恶意歧视、卑劣的指责/污蔑，甚至包括藤野先生的过分认真亦有反抗，有论者指出：“虽然藤野先生是日本人，但我们丝毫感觉不到他与我们中国人有何不同。在他的身上，没有国别、没有种族的不同，有的是国际主义精神，有的是做人的良心和人性，有

---

① 李宗刚《从知遇之恩到精神资源》，《鲁迅研究月刊》2005 年第 7 期，页 24。

的是‘传道、授业、解惑’的师德师品，有的是人格和学问的长者的风范。”[①] 这种观点显然忽略了留日的青年鲁迅彼时内部的差异性，藤野先生无论是和他本国人（比如留级生和同事敷波教授）还是和中国人（中国留学生）差异明显，而论者此处更多强调了两国友谊观照视角之下的一团和气。

如前所述，中年鲁迅却选择将藤野先生化成了“新国人”形塑的品性基础，也是“立人”思想最重要的载体之一，从此角度看，藤野先生具有更高的价值取向：可能不只是中日两国友谊的象征，而且还是鲁迅心中强大的新人的雏形，具有更大的超越性。

结语：《藤野先生》的主题指向论述繁复，但论者往往就事论事，既有的论争往往缺乏对鲁迅在其中寄予的思想的超越性的认知，在我看来，其中恰恰是密布了“立人”思想，它的立体践行有三种策略：一、破与立的统一，既批判了劣根性，又强调了“立人”；二、表与里的缠绕：既有中日师生情谊的状描，又要塑造“新国人”；三、小与大的辩证，既有对小我的确认与抚慰，又有对中日两国文化情感互通进行挖掘，当然最终的指向都是“立人”。

3　当鲁迅回望周树人们：论《范爱农》中的情感结构

1926 年 11 月 20 日鲁迅在《致韦素园》的信中写道：“《旧事重提》又做了一篇，今寄上。这书是完结了。”[②] 作为《朝花夕拾》中鲁迅“钦定”的最后一篇正文书写，《范爱农》可谓地位独特、意义非凡。毫无疑问，作为怀旧风格浓烈的《朝花夕拾》散文集中的一篇，《范爱农》涉及的历史时段是鲁迅留日时期及返回故乡绍兴时期就业又离开故乡的复杂回忆，值得注意的是，该文自

---

① 魏洪丘《鲁迅〈朝花夕拾〉研究》，页 155。

②《鲁迅全集》第 11 卷，页 623。

有其穿透力：在描述个体发展状况的同时，也涵容了辛亥革命的区域发展样本。整体格调略显悲观的该文收入中国大陆新时期（1977—2000）中学语文教材，尤其是高中语文中。根据有关教案阐释，这篇散文的主题是："本文以辛亥革命为历史背景，以作者与范爱农的交往和友谊为线索，写出了范爱农正直、不肯与旧势力同流合污、有志变革但又对旧势力的顽固性和变革的艰巨性认识不足的性格特点。这种性格特点，在当时的青年知识分子中带有相当的代表性。"① 这大致上可以反映出主流学界和中学语文教育界的基本观点。

可以理解的是，有关《范爱农》的研究也是相当丰富，除了关于此文的教科书式解读（如友情、辛亥革命的不彻底性、性格论等等）以外，其中还有另外的焦点——不少文章探究和考证范爱农（1883—1912）的死法——到底是自杀还是他杀？有人认为，范爱农应该是死于反动分子的谋杀："其实，范爱农之死，是辛亥革命以后，继光复会副会长陶成章被刺后的又一起凶杀案，是封建复辟势力对辛亥革命志士的一连串暗杀活动中的一环，决不应孤立看待，更不应无根据地说他自杀或失足致死。"② 当然也有商榷性文章，祝肖因在《〈范爱农之死考〉质疑》《上海鲁迅研究》1996 年）中就认为，该文"无视《民兴日报》是马可兴为主创办，是马可兴亲自主持；是马可兴主动邀请范爱农进报社共事，其社论是经马可兴首肯或共同研究的这一系列无可争辩的史实，竟然笔锋一转，作出了'于是马可兴等人借看戏为名，设下暗谋之圈套，行残害革命志士之实'的结论，实在令人难以理解"③。当然，也有进一步的推演，认为是无地彷徨的范爱农选择了自杀，论者指出："我同意鲁迅先生的看法，爱农是自杀；无论从个人还是从社会的角度，他都没有再活下去的理由。我们已经说过，鲁迅先生本无意考证爱农之死因，他是在借'疑'来抒'愤'，借'释

---

① 陈漱渝主编《教材中的鲁迅》（福州：福建教育出版社，2013），页 376。
② 汪国泰《范爱农之死考》，《上海鲁迅研究》1988 年第一辑，页 85。
③ 祝肖因《〈范爱农之死考〉质疑》，《上海鲁迅研究》1996 年，页 144。

疑’来说理，进而表达对爱农的怀念，对辛亥革命的深思。”① 此种观点应该更靠近鲁迅先生对好友的预设。

考虑到《朝花夕拾》的文体设计和整体性操作，《范爱农》一文中显然倾注了鲁迅相当丰富的“情感结构”，结合鲁迅整部散文集的情感架构内容，《范爱农》更多关注的是志同道合的同志友情与共同成长的悲欢，大致可简化为友情板块。具体来说，其中既有其个体从晚清到日本再到民国绍兴的人生经历与情感反思，又有对彼时一代人精神探寻与情感形构的反思，从此角度看，《范爱农》就是作家鲁迅对青年周树人的深情/深沉回望。

一、悼念与弘扬

众所周知，《范爱农》是鲁迅《朝花夕拾》中写人的佳作之一，1926 年 11 月 18 日在厦门写成，最初发表于同年 12 月 25 日《莽原》第一卷第二十四期。耐人寻味的是，1926 年 11 月 18 日夜里人在厦门的鲁迅在致人在广州的许广平的信中写道：“你大概早知道我有两种矛盾思想，一是要给社会上做点事，一是要自己玩玩。所以议论即如此灰色。折中起来，是为社会上做点事而于自己也无害，但我自己就不能实行，这四五年来毁损身心不少。”② 此时的鲁迅人在厦门大学，作为名满天下的作家他对自己的性格与思想历程有着相当清晰的描述和坦诚的剖析——积极做事和玩玩的心态并存，当然这也和彼时的厦大实际有密切的关系，包括他和校长林文庆等的复杂纠葛③，所以此一时段的鲁迅显得“无聊”“温暖”而其实又想做些实事，然而限制又不少，诸多层面实际上往往很难调和，而于 11 月 18 日同日完成的《范爱农》可能沉浸着类似的多

---

① 涂洁、贾小林《鲁迅为何疑心范爱农是自杀》，《语文月刊》2013 年第 2 期，总第 393 期，页 67。

②《鲁迅全集》第 15 卷，页 617。

③ 具体可参拙文《林文庆与鲁迅的多重纠葛及原因》，《四川大学学报（哲学社会科学版）》2013 年第 2 期。

元情愫与理性辩证。而当他集中精力去反思与他有交集的落难好友范爱农时(尤其是当年仍在教育部工作的他无法提供援手)，彼时的周树人与范爱农的事件再现其实反映了鲁迅的情感结构张力，其中就有悼念与弘扬。

(一) 悼念素心志士

在《范爱农》中鲁迅特别塑造了一个相对特立独行的素心志士的范爱农形象，甚至是采用了对比性强烈的欲扬先抑（未必完全符合史实）的手法呈现出其为人单纯善良、刚烈热忱等等。

比如在其老师徐锡麟刺杀恩铭遇难后在日本的同志们辩论是否要打电报时，他坚决反对："杀的杀掉了，死的死掉了，还发什么屁电报呢。"（页321，卷2）而集体讨论决定发后，他又建议主张发电报的人拟电文而推掉了他自己需要担任的可能更适合的角色，这给"我"留下了恶感："从此我总觉得这范爱农离奇，而且很可恶。天下可恶的人，当初以为是满人，这时才知道还在其次；第一倒是范爱农。中国不革命则已，要革命，首先就必须将范爱农除去。"（页322）反思上述态度，其实可以看出范爱农的决绝与纯粹——与反动统治阶层拒绝妥协，做事要有担当感，同时骨子里超级重视人与人之间的纯真感情(他对老师是衷心敬重的，极力捍卫师德)。而实际上横滨接同乡并帮师母带绣花鞋一事就可反衬出其骨子里坚守的尊师重道与担当感。

作为早期留日学生，范爱农和鲁迅对现代性（modernity）的拥护是发自肺腑的（留日时期认真学习、忧国忧民），对于中国的富强与质变也是颇为期待的，尽管经济拮据，面对新纪元的产生（中华民国建立），回国后的范爱农还是兴趣满满的，呈现出对新气象的欢迎："'老迅，我们今天不喝酒了。我要去看看光复的绍兴。我们同去。'我们便到街上去走了一通，满眼是白旗。"（页324）

而在工作态度上也显得主动投入，在被任命为学校监学后，范爱农积极工作，不辞辛苦："还是那件布袍子，但不大喝酒了，也很少有工夫谈闲天。他办事，兼教书，实在勤快得可以。”（页 325）显而易见，热情满怀、励精图治的范是校长周树人的同道与得力助手。据周作人回忆，他们在绍兴师范学校时成为好友，范爱农“新年前后常常头戴农夫的毡帽，钉鞋雨伞雪夜去访鲁迅，吃老酒谈天到二三更时候”。[①] 从此角度看，鲁迅悼念的不只是他和范爱农的深情厚谊（范爱农的洒脱做派不乏鲁迅非常欣赏的“魏晋风度”），也包含了曾经勠力携手共建的事业、理想与人生经历。

光复初期，百废待兴，旧的依然很有势力，新的可谓根基未稳，夹在中间的范爱农注定是新旧两派鄙视链和淘汰机制下的牺牲品。比如在新派以《越铎日报》监督新政府的过程中，这种舆论监督与启蒙大众的新事物很容易被旧派及其思维方式理解为勒索和敲诈，于是变质的“新”政府用钱来收买和分化，而报社内部人士则坦然收下，也继续批评对方，这种骑墙的庸俗实践最终惹怒了执政当局，导致报社被捣毁，而在周树人离开绍兴后，范也就失业了。相当失意的范其实落魄不堪，自己固然是无力支撑，而更年轻的新人却也嫌他老迈或过时了：“爱农先是什么事也没得做，因为大家讨厌他。他很困难，但还喝酒，是朋友请他的。他已经很少和人们来往，常见的只剩下几个后来认识的较为年青的人了，然而他们似乎也不愿意多听他的牢骚，以为不如讲笑话有趣。”（页 327—328）更令人心寒的是，他的可能略带牢骚式的新式理想就变成了祥林嫂式的喃喃自语，居然连不肯虚心请教的青年人都觉得革命前辈厌烦，旧的势力和普通人的趋利避害、趋易避难惯性一拍即合。而这一切却可以反证出哪怕是异常困窘的范爱农至死对素心的坚守，更可以凸显其自杀的可能性。

（二）弘扬理想人性

根据鲁迅挚友许寿裳的回忆：“鲁迅在弘文学院的时候，常常和我讨论下列三个相关的大问题：

---

① 周作人《鲁迅的故家》（南京：江苏人民出版社，2017），页 242。

一、怎样才是最理想的人性？

二、中国国民性中最缺乏的是什么？

三、它的病根何在？

他对这三大问题的研究，毕生孜孜不懈，后来所以毅然决然放弃学医而从事于文艺运动，其目标之一，就是想解决这些问题，他知道即使不能骤然得到全部解决，也求于逐渐解决上有所贡献。"[①] 人在东京的周树人其实就不乏对国民劣根性寻求疗治之药从而塑造理想的国民性与人性，留日时期的几篇文言文创作（尤其是《文化偏至论》《摩罗诗力说》《科学史教篇》）就彰显出他毕生坚守的"立人"思想的建设性以及犀利的批判性，而厦门时期创作的《范爱农》一文更是相当精彩地呈现出这方面的思考。

首先是范爱农身上有着为葆有理想不低头不变节不折堕的纯粹性。即使困窘不堪，依然坚守理想，他对物质的欲望不高，而对自己的理想和精神追求却相当执着。

其次是认真工作，不忘初心。相对应的恰恰是逐步变质并最终丧命的留日同学、都督王金发："王金发带兵从杭州进来了，但即使不嚷或者也会来。他进来以后，也就被许多闲汉和新进的革命党所包围，大做王都督。在衙门里的人物，穿布衣来的，不上十天也大概换上皮袍子了，天气还并不冷。"（页325）当然，王金发的最后悲剧却又反证了鲁迅主张"痛打落水狗"的必要性、坚定性和血的惨痛教训，专心致志蝇营狗苟的既得利益者在玩弄权力上显然更阴损、诡谲与擅长，或许现代的制度化建设和民主策略才能抵挡。

陈方竞教授对《范爱农》一文有着精彩的论述，尤其是认为此文是了解鲁迅和光复会关系的经典文本："认识鲁迅与光复会关系，《范爱农》是最为重要的一篇作品。以第一人称叙述写'我'在日本横滨、东京和中国绍兴与范爱农

---

① 许寿裳《生存，并不是苟活：鲁迅传》（北京：新星出版社，2017），页25。

的三次接触，无论是‘我’还是‘我’眼中的范爱农，是鲁迅自身精神、性格和心理真实的写照，他与辛亥革命的关系，是通过范爱农代表的已经与他同体共存的光复会中人建立起来的，对光复会中人的追忆与感怀，贯穿了他‘五四’后1925—1926年的创作，这与他和现代评论派的论战直接相关。作品结末部分，扑面而来的是‘幸存者的负疚感’。”① 由此深入下去，鲁迅的《范爱农》其实更彰显出对同道和自我献身理想实践及其悲剧性的揄扬，鲁迅对范爱农的无论悼念还是赞扬其实也是对志同道合者及坚守理想的再确认。

二、现实与惯习

论者指出：“这篇作品所写的范爱农的人生悲剧，其根源不是他留学时的贫穷，也不是他的无能和自暴自弃；而是社会的逼迫、辛亥革命时代的封建守旧势力的打压。”② 这就指出了个体奋斗过程中的制度钳制问题。在我看来，《范爱农》中鲁迅书写了范爱农的悲剧人生际遇，其中的批判对象是复杂的、多指向的，从整体性层面来看，既有现实批判，又有惯习（habitus，布尔迪厄意义上的）反思；既有对新旧制度的省察，又有对国民集体与个体劣根性的观照。

（一）现实谋生

关于范爱农的记忆与悼念，鲁迅用过最少两种文体：一种是五言律诗《哀范君三章》，写于1912年，相当耐人寻味的是，诗中的不少表述情绪强烈，不仅对于人物性格，而且对于现实也颇多评价，如范爱农本人的“白眼看鸡虫”、现实世界中的变幻无常——“狐狸方去穴，桃偶已登场”等等。不难看出，鲁迅先生在评述友人范爱农时倾注了对现实的强烈不满。

---

① 陈方竟《鲁迅与光复会——〈范爱农〉解读》，《名作欣赏》2010年第10期，页4。

② 魏洪丘《鲁迅〈朝花夕拾〉研究》，页166。

某种意义上说，鲁迅在旧体诗中接续了北京周树人与绍兴范爱农的精神缘分与际遇情感互通，一方面是范被旧物环绕得郁郁不得志，另一方面则是身居北京教育部的周树人周边的沉渣泛起，二者互相交融，仿若循环立体声令人抑郁，如人所论："当是时，北洋政府的教育部简直成了前清学部的翻版，大部分起用旧官僚，在复辟帝制的紧锣密鼓声中，大演尊孔闹剧。在这样的历史背景下，鲁迅自然会把这两桩事件联系起来思考，忧民于水火，忧国于兴衰。于是，在参加蔡元培饯别会当日归来，于漆黑的暴风雨的夜晚，鲁迅抚今追昔，感时伤怀，由悲而愤，由愤而歌，奋笔疾书，终于写就《哀范君三章》这部感人肺腑、催人泪下的悲壮诗篇。"① 甚至我们可以说，鲁迅借哀悼范爱农其实是"浇胸中块垒"，借怀旧来鉴照现实黑暗。

写于 1926 年的散文《范爱农》与三首旧体诗相比，体裁虽然不同，但内容风格上后者更多了些冷静审视的反思性，其中同样批判了现实的诸多层面。宏大背景是辛亥革命不彻底、依然换汤不换药的鱼龙混杂的中国社会，不管是军政府，还是王都督，往往都变成了新旧势力的合谋。可以理解的是，新兴事物——媒体监督也极易遭误解，执政者认为是一种文化勒索，而报馆的人却也想借此牟利，以"股本"的名义拿封口的钱然后继续骂人，这的确是自欺欺人，而且把世俗的人精们当成了傻子，鲁迅写道："我就不再说下去了，这一点世故是早已知道的，倘我再说出连累我们的话来，他就会面斥我太爱惜不值钱的生命，不肯为社会牺牲，或者明天在报上就可以看见我怎样怕死发抖的记载。"（页 326）易言之，游戏规则应该有边界，不可以为了私利通杀新旧——你采取新方式建设新社会就要有原则坚守，在别人误读时要坚持自我或耐心解释差异何在，不能打着新的旗号通盘全杀而不愿正视或承担后果。

---

① 李绍华、魏正书《鲁迅悼范爱农诗考释》，《锦州师范学院学报（哲学社会科学版）》1996 年第 3 期，页 89。

而在周树人准备离开绍兴的烂摊子而前往当时设在南京的教育部工作时，范爱农凄凉地支持说："这里又是那样，住不得。你快去罢……"（页 326）易言之，绍兴又回到光复前的老路上了，新旧已经合流，坚守新的范爱农自然无地容身。

（二）惯习横行

王景山先生在《不合时宜的范爱农》指出："范爱农其人其事，鲁迅是放在现代史的大背景中来描述的。因此本文不但写出了范爱农，同时也带出了那一段历史。"① 这就指出了文中的主人公彼时也浸润了复杂的现代史：范爱农在绍兴光复后的挫败和周树人北京时期的郁闷恰恰可以反衬出，彼时的中国大地虽然改号称"中华民国"，却依旧惯习横行。

一种是旧有的传统依然根深蒂固，比如新都督王金发的堕落可谓事出有因：一方面是被旧派人物所同化、围猎、捧杀，而另一方面共谋的部分则是新的日益堕落变成了另一种守旧的新传统，如报馆案的发生，一群兵们捣毁了报馆，因为他们收了钱后继续批判政府："德清适值在城里，大腿上被刺了一尖刀。他大怒了。自然，这是很有些痛的，怪他不得。他大怒之后，脱下衣服，照了一张照片，以显示一寸来宽的刀伤，并且做一篇文章叙述情形，向各处分送，宣传军政府的横暴。"（页 326—327）同样，范爱农的失业却也是因为守旧势力的卷土重来，他自然被革职了："我从南京移到北京的时候，爱农的学监也被孔教会会长的校长设法去掉了。他又成了革命前的爱农。"（页 327）可以理解的是，这种套路更像是改朝换代或政治反复之后的实践，"一朝天子一朝臣"，走马灯般换自己人。

更让人值得警惕的是，新派人物对某些做法（无论是可能的对立面还是自己这一派）往往不加反省，而大多从有利于自己的角度解读和处理，这实际上

---

① 王景山《鲁迅五书心读》（北京：首都师范大学出版社，2013），页 404。

与惯习往往不谋而合，最后造成悲剧其实也在意料之中：“不过爱农得到了一种新消息，却使我很为难。原来所谓‘诈取’者，并非指学校经费而言，是指另有送给报馆的一笔款。报纸上骂了几天之后，王金发便叫人送去了五百元。于是乎我们的少年们便开起会议来，第一个问题是：收不收？决议曰：收。第二个问题是：收了之后骂不骂？决议曰：骂。理由是：收钱之后，他是股东；股东不好，自然要骂。”（页 326）这帮新派人物把地方官的赞助费/封口费解读为“股本”而罔顾其父母官身份和压力施加，这种“左右逢源”的曲解让他们既可以心安理得收钱，又可以继续以监督名义批判，成了掩耳盗铃式的人物：对旧的复杂性缺乏起码认知，对新的深入不够又无力坚守和及时启蒙传播新知，当然会遭受挫败，而且很可能演变成新的肤浅惯习，如和范爱农交往的较为年轻的人就更喜欢听笑话，而在周树人《哀范君三章》中范爱农显然别具一格：“把酒论天下，先生小酒人。”正可谓既道出范爱农身上的丰富悖论，又慨叹其生不逢时。如人所论：“鲁迅对范爱农不幸命运的追述，绝不是单纯的思友之情，而是通过范爱农的遭遇，探求产生这一悲剧的社会因素，反映一定时代的历史真实，寻出历史发展的某些规律性的东西，从而推动社会前进。”[1] 而这种追求才更好的凸显和实践了鲁迅先生的“立人”理念和原则，要“有特操”。

三、责己与慰己

钱理群先生在分析《范爱农》和《孤独者》时指出：“我们在分析《范爱农》时已经谈到了鲁迅自我形象在范爱农形象中的渗入，现在，我们可以说，在小说《孤独者》里，鲁迅与范爱农已经合二为一了。”[2] 这可谓的论，但周树人（鲁迅）与范爱农的身份互文关系似乎可以继续申论，因为其间有更繁复的

---

① 陈漱渝主编《教材中的鲁迅》（福州：福建教育出版社，2013），页 378。

② 钱理群《“白眼看鸡虫”：鲁迅笔下的“畸人”范爱农》，《语文建设》2010 年第 2 期，页 47。

角色转换。而相当耐人寻味的是，这种身份转换中也掺杂了鲁迅相当辩证的情感需求——责己与慰己。

（一）作为对称

《范爱农》中鲁迅多次呈现出对自我的批评、简化乃至是有意矮化，目的却是为了凸显挚友范爱农的纯粹、高大与道德坚守。

比如在徐锡麟刺杀行动以身殉职后有关是否发电报的争执中，周树人的实际立场和思考深度显然与《范爱农》文中的说法之间颇有张力，文中写道，“照例还有一个同乡会，吊烈士，骂满洲；此后便有人主张打电报到北京，痛斥满政府的无人道。会众即刻分成两派：一派要发电，一派不要发。我是主张发电的”（页321）。在此处，鲁迅简单化了自己的立场而成为了范爱农的对立面。而根据周作人的回忆，他在《鲁迅的故家》之《二二　蒋观云》中写道：“当时绍兴属的留学生开了一次会议，本来没有什么善后办法，大抵只是愤慨罢了，不料蒋观云已与梁任公组织‘政闻社’，主张君主立宪了，会中便主张发电报给清廷，要求不再滥杀党人，主张排满的青年们大为反对。蒋辩说猪被杀也要叫几声，又以狗叫为例，鲁迅答说，猪才只好叫叫，人不能只是这样便罢。”[①] 其中鲁迅的实际立场显然相当复杂，既有相对保守的君主立宪派的撒娇式抗议，又有鲁迅本人更长远的规划与可能革命/反抗，简而言之，鲁迅对发电报是持保留态度的。从此角度看，鲁迅在散文创作《范爱农》中其实采用了文学手法——为了凸显他对范爱农的聚焦而不惜把自己简化并置于内部对手立场。

同样，在横滨接人事件中鲁迅亦有责己的表现，比如这群来自中国的读书人在日本的火车上的互相揖让（采用中国礼节），火车一开动时跌倒了三四个，令人感觉颇迂腐，于是：“我那时也很不满，暗地里想：连火车上的坐位，他

① 周作人《鲁迅的故家》（南京：江苏人民出版社，2017），页239。

们也要分出尊卑来……。自己不注意，也许又摇了摇头。”（页 323）但一转眼，作为作者的鲁迅却继续责备彼时的留日学生周树人，在对他们细节责备的同时并未意识到日后他们都成为为国捐躯的烈士：“然而那群雍容揖让的人物中就有范爱农，却直到这一天才想到。岂但他呢，说起来也惭愧，这一群里，还有后来在安徽战死的陈伯平烈士，被害的马宗汉烈士；被囚在黑狱里，到革命后才见天日而身上永带着匪刑的伤痕的也还有一两人。而我都茫无所知，摇着头将他们一并运上东京了。”（页 324）在鲁迅的后顾反思和怀念中，这帮人其实有更高的革命实践，他们往往为理想牺牲了自己，之前在日本语境中的保持中国古礼其实也恰恰和鲁迅所主张的“取今复古，别立新宗”相吻合。

鲁迅回望周树人的自责还包括现实办事能力——未能帮日益困顿的范爱农找到一份适合的差事，因此导致他面对生活的考验与打击时束手无策走投无路，终至于沉水死掉，而且对其妻小无力顾及：“他死后一无所有，遗下一个幼女和他的夫人……现在不知他唯一的女儿景况如何？倘在上学，中学已该毕业了罢。”（页 328）文字中的自责显而易见，践行与坚守理想的同道们皆付出良多——有些是为革命牺牲自我，有的吃尽苦头、坐穿牢底，有的是可能无奈自沉，而“我”却苟活，却又无力救助其家眷与后代。应当指出的是，鲁迅的这种自责自有其高度和升华，也就是对新的少数者的（再度）肯定，从而在此基础上可能实现更高的追求/理想，保持革命事业的延续性与纯洁度，如人所论：“这篇革命纪事不仅有着幸存者的愧疚，在更深层次的对历史的认识上，有着对于自居少数者的反省和愧悔。只有由于少数者不断的反省带来的多数和少数的不断换位，多数与少数在价值上的区分才真正有效，‘信史’不是凝固的，也不是一劳永逸就能达到的，而是在不断的反省和推求中才能实现。”[①] 从

① 陕庆《作为“信史”的文学——重读〈范爱农〉》，《宁波大学学报（人文科学版）》2018 年第 4 期，页 27。

中我们也不难看出鲁迅的关于革命事业层面的情感洁癖和对未来的未雨绸缪思考。

（二）作为同道

李长之在评价鲁迅时指出："他在情感上病态是病态了，人格上全然无缺的。"① 这的确是一针见血的评论，尤其是对于鲁迅的人格认知相当深刻而独到。在做人的某些本质性格上，鲁迅与范爱农是一类人，他们的人格品行与爱国情操、特立独行皆有不少交集："他又告诉我现在爱喝酒，于是我们便喝酒。从此他每一进城，必定来访我，非常相熟了。我们醉后常谈些愚不可及的疯话，连母亲偶然听到了也发笑。"（页 323）这种性格在不同时段的人生经历中都有交叉和强化。

其中之一便是硬气。相较而言，《范爱农》中"我"的形象更显世故与圆通一些，比如在帮就义的徐锡麟写电稿事件上，"我"的主张是"这一篇悲壮的文章必须深知烈士生平的人做，因为他比别人关系更密切，心里更悲愤，做出来就一定更动人"（页 322）。但结果是他们都不做。某种意义上说，正是由此可以反衬出范爱农的硬气、真挚与率性。即使生活困窘也葆有理想，周树人和范爱农在绍兴光复前一年交往甚殷、惺惺相惜，共同感慨时光的流逝、面对现实的压迫寻求同道的勉励："不知怎地我们便都笑了起来，是互相的嘲笑和悲哀。他眼睛还是那样，然而奇怪，只这几年，头上却有了白发了，但也许本来就有，我先前没有留心到。他穿着很旧的布马褂，破布鞋，显得很寒素。谈起自己的经历来，他说他后来没有了学费，不能再留学，便回来了。回到故乡之后，又受着轻蔑，排斥，迫害，几乎无地可容。现在是躲在乡下，教着几个小学生糊口。但因为有时觉得很气闷，所以也乘了航船进城来。"（页 323）落魄后范爱农也曾寻求同声气者而非随波逐流，甚至连死亦然："第二天打捞尸

① 李长之《鲁迅批判（增订本）》（北京：新世界出版社，2017），页 180。

体，是在菱荡里找到的，直立着。”（页 328）鲁迅的文字细描或部分诗化有意彰显出范爱农引为同道的生死观——无惧又倔强。

鲁迅撰写的《范爱农》一文彰显出丰富的作者期待：一、要呈现同道的坚守，以悼念作为铭记和激励；二、要以其悲剧为由头，反省重大现代事件，如辛亥革命的问题，告诫“革命尚未成功，同志仍需努力”，比如“有几个人想集一点钱作他女孩将来的学费的基金，因为一经提议，即有族人来争这笔款的保管权——其实还没有这笔款，大家觉得无聊，便无形消散了”（页 328）。面对世俗的围困，他们连革命志士的后代都无法保全和慰问。三是一种自我安慰与鞭策，因为范爱农的悲剧其实也可被视为困在绍兴无计可施而未出走京城施展抱负的周树人（们）的人生历程。

结语：《范爱农》作为鲁迅写人的精品之一，彰显出鲁迅相当丰富而有张力的情感结构，其中既有对素心志士的悼念，又有对可能理想人性的弘扬，既批判了现实中的新旧合流，又直指积习造成的新惯习横行，同样其中亦有责己与慰己的辩证，作为对称的自我批评以及引为同道的内在砥砺一体两面，文本中有很繁复的鲁迅、周树人转换，而亦有范爱农与周树人之间的殊途同归、惺惺相惜，此文蕴含丰硕，值得仔细阅读。

下编：话语形构与文本互涉

第四章：周边关涉

《朝花夕拾》中的母亲角色再现相对是边缘的、刻板的，尤其是考虑到鲁迅与母亲鲁瑞的幽深感情，鲁迅原本该呈现出更浓烈的专篇书写，但实际上并非如此，称之为母亲缺席的确有点夸张但亦有合理性。但理解鲁迅必须注重系统性、整体性与互文性。《朝花夕拾》中最重要的两个女性角色书写——长妈妈与衍太太部分分担了（理想）母亲的角色，比如坚韧、勤恳、刚强，但也有所差别，比如包容、妩媚气质。值得关注的是，鲁迅在《朝花夕拾》以外的文本中对寡母的书写其实更显示了他对母亲的复杂倾诉与独特厚描，既有同情、理解甘苦与共，又有文化批评和一丝怨恨，这在其小说中甚至发展成为了寡母话语。

在鲁迅生活中历时 22 年的《小约翰》中译本终于面世，但这部一直萦绕在侧的杰作对于鲁迅的影响显然有更多面向。相较而言，鲁迅此时期的《野草》《朝花夕拾》和部分《故事新编》和它有直接的关联，不管是书写风格、主题关涉，还是场景再现与想象力。但需要指出的是，鲁迅与《小约翰》整体成就上看又各擅胜场，而鲁迅更是有自己的后发特色，彰显出“民族魂”的思想高度与诗学魅力。

鲁迅的乡土小说实践貌似和《朝花夕拾》没什么关系，其实不然，前者的建设性恰恰可以帮助我们思考《朝花夕拾》的主题关涉和诗学创造力。其乡土小说自有其建设性，坚持自然主义或现实主义的学者/作家极易从进化论的角度得出鲁迅过时的整体判断，或者是批评其书写的相对粗线条，乃至不真切，但其实鲁迅迄今为止仍有乡土文学书写者值得大力借鉴的高妙优点，其中包括再现的同理心、厚实的批判力、绵密的文化性与深远的脊梁精神提倡，唯其如此，鲁迅的乡土文学书写才可称得上是源头与集大成者。

1　论《朝花夕拾》中的母亲缺席及其另设

通读或精读过鲁迅作品（尤其是他自己欣赏的“五书”[①]——《呐喊》《彷徨》《朝花夕拾》《野草》《故事新编》）的人往往会产生各种各样的联想、问题和反思。比如：①作为小说家的鲁迅终其一生为什么没有产出长篇，甚至这还成为1990年代以来亵渎鲁迅人士的理由之一？②他和同时代优秀作家为何勇于文体实验和跨文体（trans genre）实践？③围绕写了13年《故事新编》小说集的争议为何如此之多？④鲁迅用文言文撰写《中国小说史略》却是“中国现代小说之父”，鲁迅熟谙的中国小说传统元素如何融入现代创制？等等。结合具体集子，还可能会提问，⑤为什么《朝花夕拾》中之于鲁迅平生不可替代的优秀母亲鲁瑞反倒缺席了？我们当然不可能对上述问题作出全部圆满解答，那就不妨先处理《朝花夕拾》的问题。

众所周知，作为鲁迅代表作的散文集《朝花夕拾》不止是家喻户晓，而且是别具匠心地再现了鲁迅先生从儿童时期到日本留学回国初期工作这一时段的人生与思想历程。综观这十篇散文，主题涉猎林林总总，包括动物（《狗·猫·鼠》），传统文化习俗（《二十四孝图》、《五猖会》、《无常》），写人的包括父亲（《父亲的病》），衍太太（《琐记》），阿长（《阿长与〈山海经〉》），

---

① 目前相对集中的研究可参王景山《鲁迅五书心读》（北京：首都师范大学出版社，2013）。

授业恩师（寿镜吾老先生、藤野先生），同道/同志（《范爱农》），甚至也包括自我的烂漫童年与私塾生活（《从百草园到三味书屋》），上述文章主题上偶有交叉，也有的一篇文章涵容多个议题。但和浓墨重彩的其他写人文章相比，对鲁迅一生影响深远的母亲鲁瑞似乎有“缺席”的嫌疑——居然缺乏专文细描。1937年冯雪峰在《鲁迅先生计划而未完成的著作》一文中曾提及先生在完成《女吊》之后曾经想再写一部类似《朝花夕拾》的集子，已有腹稿的两篇有一篇是关于“母爱”（另一篇是关于“穷”）[①]，可惜随着先生的去世而成了泡影。

对此学界也有专门论文进行处理——《母亲的缺席与隐秘的伤痛》，并且从此视角重读《朝花夕拾》，论者颇有意味地指出：“母亲在鲁迅童年生活中的‘缺席’，一方面使得他将恋母的情感不自觉地移向衍太太——对方温柔可亲和轻佻活泼的个性使她具备了代理母亲与准情人的双重特征，从而成为少年鲁迅隐秘的移情对象，并最终对其人生产生了巨大影响；另一方面，也为日后有所隔膜的母子关系埋下了伏笔，并经由包办的不幸婚姻而使得鲁迅对母亲怀有爱怨纠结、复杂难辨的感情。”[②] 言外之意是，正是母亲在鲁迅童年的“缺席”才让鲁迅暗恋上了与母迥异的衍太太，而反过来又影响了日后鲁迅的母子关系。不难看出，论者其实混淆了文学创作中作者、隐含作者、当事人以及后顾者等复杂角色对人物再现的缠绕。

尽管有专文论述，但实际上这个相当复杂的问题并未真正解决。值得质疑的是，母亲鲁瑞在《朝花夕拾》中如何被呈现或“缺席”？我们如何理解并安放其间的其他浓墨重彩的女性形象？为什么鲁迅在此散文集中对母亲缺乏焦点性论述？而解决方法前辈大家其实也有点拨，如王瑶先生就指出：“研究《朝

---

① 冯雪峰《一九二八至一九三六年的鲁迅·冯雪峰回忆鲁迅全编》（上海：上海文化出版社，2009），页188。

② 张显凤《母亲的缺席与隐秘的伤痛——重读〈朝花夕拾〉》，《鲁迅研究月刊》2013年第3期，页68。

花夕拾》，不能只把它看作是片断的回忆录，也不能满足于只就各篇作细致的分析，还要注意把全书作为一个统一的机体来考察，了解作者写这一组文章的总的意图和心境，从总体上把握此书的意义、价值和特色，认识它在中国现代散文创作和鲁迅作品中的地位。”[①] 这就提醒我们一定要注意《朝花夕拾》的整体性（而非就事论事）以及鲁迅作品叙述的主题或文体关联性实践。

这个问题的复杂性部分源自《朝花夕拾》的独特性，它非常精彩地彰显了鲁迅先生在平和时期（尤其是厦门时期、广州前期）梳理出来的复杂的“情感结构”。从宏阔的意义上说，《朝花夕拾》中的“情感结构”既是鲁迅本人与个体的，同时其虚构性、象征性又使之成为一代知识分子的时代情感诗化与呈现。而且，这种“情感结构”的经营也体现在《朝花夕拾》的诗学建构上，它不只是单纯的怀旧式二元并存、跨文体写作，而且架构了更立体的角色与身份空间流动，当然也因此指向繁复。但从最基本的角度上看，《朝花夕拾》作为鲁迅先生的精彩创制，的确包含了对自己的高度精神抚慰与回环立体声平复，在鲁迅的系列作品集中彰显出不同往常的祥和、静谧与温馨。

一、《朝花夕拾》里的侧攻：母亲是谁？母亲在哪？

毫无疑问，母亲鲁瑞[②]是鲁迅一生中爱恨交加的存在：她既是丈夫周伯宜逝世之后的伟大养育者，含辛茹苦、相依为命，又是坚忍不拔、追求新知的言传身教者，同时也是鲁迅先生痛苦婚姻的直接源头，这种繁复性给长子长孙的鲁迅带来了不少五味杂陈的深切感受，理论上说，作为梳理自我“情感结构”的产物之一——《朝花夕拾》肯定绕不过母亲鲁瑞，毕竟，这是他自童年到少年甚至终生的挂牵与家庭港湾，如人所论：“在儿童的成长历程中，家庭的重

---

① 王瑶《论鲁迅的〈朝花夕拾〉》，《北京大学学报（哲学社会科学版）》1984 年第 1 期，页 2。

② 有关鲁瑞的简单介绍可参段国超《鲁迅家世》（北京：教育科学出版社，1991），页 140—179。

要性贯穿始终……对家庭的理解显示了儿童的自我概念，也同样展现了与他们一起生活的人。通过思考自己的童年，我们一定程度上能够明了在家庭中孩子是怎样理解自己的，但是普通的记忆或许不能解释那些，特别是在生命早期那些不断涌现的困惑、斗争、恐惧、胜利及情感活动的强度。”① 道理上说，经由再现和阐释母亲鲁瑞，鲁迅应该可以获得更多，不只是强化自我认同，而且还可以放下包袱、更好前进。

但实际上则不然。从写人角度出发，鲁迅写得举世闻名的则是其两位老师，三味书屋里的寿镜吾（1849—1930）老先生自是不必赘言，尤其是借助《藤野先生》一文鲁迅展现出更高的人生追求，不只是从藤野（严九郎）先生（1874—1945）身上汲取力量，纪念两国人民友谊，而且还对新的人性/国民性形塑找到了重要奠基性元素——《藤野先生》中恰恰是密布了“立人”思想，它的立体践行有三种策略：一、破与立的统一，既批判了劣根性，又强调了“立人”；二、表与里的缠绕：既有中日师生情谊的状描，又要塑造“新国人”；三、小与大的辩证，既有对小我的确认与抚慰，又有对中日两国文化情感互通进行挖掘。

而若从幽微的血脉情感角度考察，父亲角色则是令人印象深刻抑或纠结难堪——《朝花夕拾》中的父亲再现其实彰显出鲁迅相当复杂的情感结构，一方面他再现出痛苦而又不甘的人性父亲（经历了科场行贿事件、身体多病却又时不时记得梦想等等），凸显出理解之同情，而同时却又批判吃人的传统（包含如何折磨及异化父亲）及问题重重的现实，另一方面他又通过个体的忏悔来进行自我疗治。借此他既再现父亲、实现与父亲的精神和解，同时又批判国民劣根性生成的文化土壤，而为自己的文化事业生产奠定了扎实的情感基础。不必多说，《朝花夕拾》中写人的佳作还包括鲁迅的同志《范爱农》，其中既有对一

① 【英】亨利·马西、内森·塞恩伯格著，武怡堃、陈昉、韩丹译《情感依附》，页 203。

帮素心志士的悼念，又有对可能理想人性的弘扬，既批判了现实中的新旧合流，又直指积习赓续造成的新惯习横行，同样其中亦有责己与慰己的辩证，作为对称的自我批评以及引为同道的内在砥砺一体两面，文本中有很繁复的鲁迅、周树人转换，而亦有范爱农与周树人之间的殊途同归、惺惺相惜。以上是男性主角再现，鲁迅对他们有着堪称同病相怜的角色感悟和呼应，无论是同学同道，还是为人师、为人父，鲁迅都有着敏锐而复杂的直接/间接体验混杂。

（一）母亲摆设

某种意义上说，现实生活中鲁迅和母亲鲁瑞的关系、感情纠缠和前述男性人物相比理当更加复杂或刻骨铭心，也更值得敏锐细腻的鲁迅大书特书，但很遗憾，在《朝花夕拾》中，鲁迅的母亲鲁瑞的角色相对不那么重要，不仅没有专节描绘，而且往往都是群演台词，总体上甚至堪称可有可无。《朝花夕拾》中涉及母亲的文字不太多，主要如下表所示：

篇名出处	直接涉及到母亲的原文内容	点评
《阿长与〈山海经〉》	“长妈妈生得那么胖，一定很怕热吧？晚上的睡相，怕不见得很好吧？……” 母亲听到我多回诉苦之后，曾经这样地问过她。我也知道这意思是要她多给我一些空席。她不开口。	“我”投诉阿长睡觉占床太多，主母问情况，表面顺从，实则我行我素，与下文的表现形成张力
《二十四孝图》	“陆绩怀橘”也并不难，只要有阔人请我吃饭。“鲁迅先生作宾客而怀橘乎？”我便跪答云，“吾母性之所爱，欲归以遗母。”阔人十分佩服，于是孝子就做稳了，也非常省事。	父母（含母亲）只是鲁迅尝试孝顺的符号，并不具体可感
《五猖会》	母亲、工人、长妈妈即阿长，都无法营救，只默默地静候着我读熟，而且背出来。	父亲要求“我”背诵《鉴略》，等候的母亲只是普通一员

续 表

篇名出处	直接涉及到母亲的原文内容	点评
《琐记》	我说母亲没有钱，她就说可以拿首饰去变卖；我说没有首饰，她却道，“也许你没有留心。到大厨的抽屉里，角角落落去寻去，总可以寻出一点珠子这类东西……。”	衍太太教唆“我”偷母亲首饰，我并没做，却成为流言的牺牲品，母亲此处成为“我”不敢辜负的存在
《范爱农》	1. 从此他每一进城，必定来访我，非常相熟了。我们醉后常谈些愚不可及的疯话，连母亲偶然听到了也发笑。 2. 这样地骂了十多天，就有一种消息传到我的家里来，说都督因为你们诈取了他的钱，还骂他，要派人用手枪来打死你们了。别人倒还不打紧，第一个着急的是我的母亲，叮嘱我不要再出去。	1. 母亲成为见证爽快、放浪而又真诚的范爱农的明事理长辈； 2. 毕竟天下父母心，母亲特别担心我的安危

综上所述，《朝花夕拾》中的母亲更多是一个符号，从正面的意义来说，她是一个可以信赖的存在，但相对面目模糊、也并不亲切可人，当然更算不上富有张力的救世主或港湾角色。《朝花夕拾》作为“情感结构”营造繁复的经典文本，母亲（或子宫隐喻）原本可以是鲁迅非常值得依赖和缠绵的对象，因为我们知道，身份角色繁复、寄望甚殷的中年男性的工作日益繁重无聊，而普通个体往往又无足够资源完成这样的工作任务：“在流动的现代性世界中‘不可抗拒的驱使’行动者日渐远离未来的风暴，使原本受到抑制的关于子宫的记忆，以及关于安乐乡的模糊幻想，又从短暂的休眠中苏醒过来。我们很容易就可以猜测到，这些个体将会从哪里逃离，并开释这种冲动的所有罪过。”① 从此角度说，一度相依为命的母亲原本该成为回望既往汲取资源的鲁迅先生相当倚赖的精神源泉。

---

①【英】齐格蒙特·鲍曼著，姚伟等译《怀旧的乌托邦》（北京：中国人民大学出版社，2018），页 204。

（二）分割母亲

换一个角度思考，鲁迅在《朝花夕拾》集子中并没有真正放弃母亲，或者让母亲“缺席”，而是巧妙地分割了他心目中的母性包含，让其他女性加以部分承担。简单而言，这主要体现在两个角色中：

1. 人间地母长妈妈。《朝花夕拾》中的阿长形象（尤其是以《阿长与〈山海经〉》为代表）其实寄寓了鲁迅相当复杂的“情感结构”，其中至少包含了三个不同的鲁迅视域：

① 少爷视域，既有少爷身份的真切感受，又有少儿的天性使然；

② 中年心态，既彰显出长妈妈的可怜人角色又褒扬了其真诚与尽责；

③ 调试的启蒙者，其中既有少年视角的俯视，又有拥抱民间的思想实践与尝试。

但在作品中，大字不识的长妈妈的角色堪称经典：她既可以和小鲁迅朝夕相伴讲故事、传授民间文化（包括诸多节日规矩要遵守），同时也令人印象深刻，爱恨交加以爱为主——她相对肥胖的身体占据了“我”的床上地盘，她是不小心踩死“我”的可爱宠物隐鼠的凶手，但她也是可以对抗令人谈虎色变的长毛的独特存在，她更是尊重文化帮“我”完成夙愿（买来《山海经》）的休假却也不忘帮助别人的可爱亲人。

结合鲁迅母亲鲁瑞的形象进行分担思考，长妈妈其实承担了母亲琐碎而温暖的那部分功能，生活起居、习惯培养等等，再比如饭后睡前的讲故事——她尊重儿童想象力的开发与规律，《从百草园到三味书屋》中的长妈妈则变成了民间传说或鬼怪故事的讲述者，而这一角色，往往是祖母或母亲的职责所在。从此视角看，长妈妈其实就是启蒙者的母爱根源所在：“仁厚黑暗的地母呵，愿在你怀里永安她的魂灵！”鲁迅发愿地母拥抱长妈妈，其实又何尝不是启蒙者对诚挚的爱的呼唤呢？

但相较而言，长妈妈显然不能完全满足鲁迅对母亲的想象，何况长妈妈自有其问题：她是一个女佣/长工，她不能拥有自己完整的意志，很多命令也是来自于女主人，从此角度看，她对“小少爷”鲁迅的生活角色亲切感有余，而作为现实母亲的权威感则缺乏。

2. “别人的妈妈”衍太太。《朝花夕拾》中特别重要的女性角色还有衍太太。从情感角度思考，《朝花夕拾》中的衍太太显然有其复杂性：她的身上有双重性格，而对于少年鲁迅和中年鲁迅也具有不同的情感维系和清理功能。而同样鲁迅观察衍太太时也有其双重视角，既有少年时期复杂的情结和欲望投射，又有中年时期的自我修复与可能超克。而在对衍太太进行批判时，鲁迅也采取了双向批判的策略，既指向了国民性，又指向了自我。①

从母亲角色来看，命途多舛的衍太太恰恰是备受孩子欢迎的“别人家的妈妈”，她包容体贴，喜欢别人的孩子到她家玩耍，对别人的孩子有耐心，不会向大人们主动告状，而且发生事情后还往往能够帮助善后。这和现实中一贯相对刚硬、坚韧的鲁瑞形成了对比。衍太太还有致命女人诱惑性的一面——长袖善舞的她勇于追求自己的幸福，在那个时代丈夫死后以寡妇身份敢于和辈分不合的族人同居，甚至不顾独子的强烈反对。而且她也好戏弄挑拨、玩心炽烈，甚至不惜以男女之欢捉弄少年鲁迅，也对少年鲁迅造成了严重伤害，但她的确是有杀伤力的，这也是鲁瑞没有的性格特征。如人所论：“鲁迅族叔周冠五在《回忆鲁迅房族和社会环境三十五年间（1902—1936）的演变》一书中，说她‘善狐媚，工挑拨，手法两面，殷勤一弄’；‘和她交接，无不被其迷惑’。”②从此角度说，少年鲁迅在衍太太身上投射了对中年魅力女性的幻想，但反过来中年鲁迅却又对衍太太进行了大力挞伐和乃至虚构式移花接木的强化批判。

上述两种角色部分分担了母亲鲁瑞的形象，比如勤劳、坚韧以及为母则刚

---

① 具体可参本书中《衍太太与〈朝花夕拾〉中的情感结构》一节。

② 段国超《关于衍太太》，《九江师专学报（哲学社会科学版）》1990 年第 1 期，页 98。

的一面，但也有鲁瑞没有的性格包含。毫无疑问，鲁瑞的性格整体上看远比以上丰富，但往往也会给当事人鲁迅造成更大的冲击，如果鲁迅直接书写“念兹在兹，无日或忘”的母亲，则可能相当纠结痛苦，甚至部分改变了《朝花夕拾》的现有克制与温馨风格。更关键的是，北京时期的鲁迅时不时向母亲请安朝夕相处，厦门广州时期则鸿雁往来，缺乏写作需要的应有审视距离感，而且母亲的健在与威严也难让鲁迅真正表达出心中的婉转情愫，毕竟，写给健在的当事人母亲看还是有心理压力的。

二、作品中的角色主攻：寡母话语形构

鲁迅毕竟是举世闻名的文学家，他作品生成的很多书写资源就是来源于他直接或间接的生活体验与总结。《朝花夕拾》对母亲的书写更多是旁敲侧击，而在其他作品中则是近乎正面主攻，而且因为往往是虚构或泛化，不必对号入座，我们可以更好地观察鲁迅内心的幽微思考，这就是他作品中的一再出现的寡母形象，并最终形成了寡母话语。①

鲁迅对于寡妇母亲的书写在各种文体中都有所呈现，直抒胸臆的包括《呐喊·自序》，“我要到N进K学堂去了，仿佛是想走异路，逃异地，去寻求别样的人们。我的母亲没有法，办了八元的川资，说是由我的自便；然而伊哭了，这正是情理中的事”（页437，卷1），可以看出同甘共苦之后的母子情深，这的确也是与现实关怀重叠。散文《颓败线的颤动》曾经写到那个不得已以卖身救女的寡母遭人嫌弃的凄惨，甚至连第三代人都会举起树叶模样的东西声色俱厉、喊打喊杀，于是“那垂老的女人口角正在痉挛，登时一怔，接着便都平静，不多时候，她冷静地，骨立的石像似的站起来了。她开开板门，迈步在深

① 有关鲁迅小说中的话语性构论述可参拙著《鲁迅小说中的话语形构》（广州：中山大学出版社，2017）。

夜中走出，遗弃了背后一切的冷骂和毒笑”（页 210，卷 2）。不必多说，这已不只是书写寡母，鲁迅借此也呈现出对先驱者遇挫的自我悲凉的抒发，同时也倡导一种包容浩瀚的“新母性”特征。[1] 当然，鲁迅在杂文中也不乏对寡妇（含寡母）的精彩论述，如《寡妇主义》（1925），《我之节烈观》（1918）等等。

而在小说中更是比比皆是，关联程度不一，意义指涉不同，比如《祝福》（祥林嫂），《明天》（单四嫂子），《铸剑》、《药》（夏瑜母亲），《狂人日记》、《风波》（九斤老太）等等。以上寡母角色的呈现，情节分寸与寄托程度有别，类型有差，值得认真探究。

（一）男权肆虐：不在场的在场

寡母，顾名思义，有形的肉身的父亲往往是不在场的，但由于男权思想根深蒂固，在鲁迅先生的笔下父亲（或父权）又是不在场的在场。在《狂人日记》中，父亲并不在场，但如父的长兄变成了传统文化糟粕中“吃人”本质的执行者，至少是帮凶。母亲的出现在该文中近乎昙花一现，却值得深挖：“我捏起筷子，便想起我大哥；晓得妹子死掉的缘故，也全在他。那时我妹子才五岁，可爱可怜的样子，还在眼前。母亲哭个不住，他却劝母亲不要哭；大约因为自己吃了，哭起来不免有点过意不去。如果还能过意不去，……妹子是被大哥吃了，母亲知道没有，我可不得而知。”（页 453—454，卷 1）这段话说明了“我”对母亲是否是帮凶的身份并不明晰，而下一段一旦安放在传统糟粕的宏大历史语境中，结论就显而易见了：“母亲想也知道……母亲也没有说不行。一片吃得，整个的自然也吃得。但是那天的哭法，现在想起来，实在还教人伤心，这真是奇极的事！”（页 454，卷 1）原本是慈祥、善良的母亲角色设置到了吃人机制中就不得不含泪成了帮凶。

鲁迅先生的深刻之处在于，通过母亲虽不太情愿却不得不凄惨地参与妹子

---

① 具体可参拙著《〈野草〉文本心诠》（北京：人民出版社，2016），页 236。

被吃事件，他又反过来说明，父权/传统的强大却也可以是不在场的在场。即使貌似父亲不在场，但他的变体、余波或另类载体始终存在，吃人的本质却可以代代相传，从此角度看，鲁迅心里和小说实践中充斥了很强的绝望感："创作主体的绝望意识在其小说文本的母亲意象中是很显著的。人世间最大的圣洁的母爱参与了'食人'（'狂人'之母），大绝望里又交织了大恐惧。神圣的母爱在'文明'的传统文化规范中遭到损害和毁灭（单四嫂子、祥林嫂），在现实中母爱又无法摆脱蒙昧（华大妈），甚至在虚伪野蛮的伦理道德掩盖下，母爱被抛弃和占有利用（女娲）。这一系列母亲意象都渗透了创作主体的大绝望意识。"①

可以理解的是，诸多寡妇就成了牺牲品。比如《祝福》中的祥林嫂死于集体谋杀，中间还历经剥削与买卖，而其中父权赫然在列，最搞笑的是"茹素"的同阶层柳妈传播流言破坏了祥林嫂的精神结构稳定；《明天》中单四嫂子千方百计拯救的独子——宝儿已死，身处男权社会里的她其实已经没有了明天，当然更进一步，即使宝儿健康成长她也是延宕的牺牲品；甚至连《阿Q正传》里面的小角色寡妇——吴妈也一方面成了"寡妇门前是非多"的文化符号载体，另一方面间接或直接造成了阿Q的落魄与死亡；类似的，《药》中的夏瑜母亲依然固守传统旧道德，她无法理解儿子的革命和叛乱本质差在哪里，甚至会觉得儿子的被砍头横死耻于"穷人的丛冢"："小路上又来了一个女人，也是半白头发，褴褛的衣裙；提一个破旧的朱漆圆篮，外挂一串纸锭，三步一歇的走。忽然见华大妈坐在地上看她，便有些踌躇，惨白的脸上，现出些羞愧的颜色；但终于硬着头皮，走到左边的一坐坟前，放下了篮子。"（页470，卷1）这从反面也可以论证出，很多时候朴素的人性和血缘关系无法理解文化差异与革命观念更新——夏瑜的失败是注定的，他甚至无法感动自己的母亲并让她骄

---

① 李建东《论鲁迅小说中的母亲意象》，《华侨大学学报（哲学社会科学版）》2003年第1期，页103。

傲于革命事业。

从此角度看，鲁迅其实写出了男权社会及其运行模式下孤儿寡母的极度不易：身份上稍有不慎，就会被打入底层乃至贱民①，而在思想上往往也是男权社会的所有物与牺牲品。这其中自然也浸润了鲁迅对母亲的尊敬、理解与对同甘共苦的铭记。

（二）检母：悲喜交加的旅程

需要说明的是，鲁迅作品中对寡母的书写也并非全无温暖，比如《明天》中稚嫩的宝儿对母亲的承诺："妈！爹卖馄饨，我大了也卖馄饨，卖许多许多钱，——我都给你。"（页 478，卷 1）这是子承父业落实到回馈母亲身上的体贴与动人话语。

《铸剑》则呈现出另一种寡妇抚孤的不易与坚守。某种意义上说，眉间尺的母亲肩负着双重责任：一方面让他健康成长，而另一方面则是要帮助他明确自己的使命——为父报仇。面对他的淘气，她叹息，先是引起儿子好奇，而后是复述丈夫去世的过程，以情动人、以爱感人、以理服人，渐渐催熟了眉间尺，最终还要一锤定音总结："你从此要改变你的优柔的性情，用这剑报仇去！"眉间尺回应道："我已经改变了我的优柔的性情，要用这剑报仇去！"（页 436—437，卷 2）复仇的过程是坎坷的，母亲角色并没有彻底消失：碰到了干瘪脸羞辱事故解脱后，母爱也是一种激励："他走出城外，坐在一株大桑树下，取出两个馒头来充了饥；吃着的时候忽然记起母亲来，不觉眼鼻一酸，然而此后倒也没有什么。"（页 439，卷 2）其实此处可视为对《呐喊 · 自序》中的呼应，寄托了鲁迅自身离开母亲艰难追求理想的亲身感受。除此以外，眉间尺在和黑色人对话时，他也提及"你同情于我们孤儿寡妇？……"（页 440，卷 1）又一次展现对自我身份的确认。

---

① 具体可参拙文《论鲁迅小说中的贱民话语》，《中国文学研究》2011 年第 1 期。

寡母也可以彰显“妻性”。比如命运最为凄惨的祥林嫂在寡妇二嫁初期，她和贺老六其实也有一段不易为人觉察的短暂幸福：当八卦的柳妈调侃她为何不努力一把一头撞死守节而最后从了的原因时，她说他力气大，柳妈表示不相信，祥林嫂回答说：“‘阿阿，你……你倒自己试试看。’她笑了。柳妈的打皱的脸也笑起来，使她蹙缩得像一个核桃，干枯的小眼睛一看祥林嫂的额角，又盯住她的眼。祥林嫂似很局促了，立刻敛了笑容，旋转眼光，自去看雪花。”（页 19，卷 2）鲁迅传神的写出了祥林嫂内心深处潜伏的温暖，当柳妈进一步拷问时，她又恢复了道德伦理的束缚感，而实际上据说生了阿毛之后的状况是：“母亲也胖，儿子也胖。”（页 14，卷 2）明显是努力顺应被安排世界的样子。

但毫无疑问，鲁迅在寡母话语中也呈现出潜在的批判精神。仔细梳理鲁迅作品中的寡母书写，我们不难感觉到其间强烈的批判性，其中一方面指向了有关道德、伦理及其机制的罪恶性、杀伤力，而另一方面却又指向了浮沉其间的寡母们的牺牲品角色及其携带的病毒性。易言之，她们中的无奈顺应或某些主动性也可能强化了这种罪恶传统，被动规训后，某些人也成了卫道者。《风波》中的九斤老太就成了没有思想内涵也不会更新但却是牢骚满腹、扼杀新质的传统象征——偏偏她活够了，却又老不死。

可以理解的是，鲁迅的这种批判性一方面可能来自于耳闻目睹其母亲在周氏大家庭上下操持的不易[①]，而另一方面，他本人也是母亲做主传统（“父母之命、媒妁之言”）的牺牲品，至少也是背负者之一，迄今为止，他对朱安的处理近乎一个死结，也成为对手们批判打压他的一个借口，为此他的“情感结构”中亦有怨气、不满以及不得不加以调和控制的和思想互化的情感元素，甚至是无法彻底根除的阴暗面。这自然加强了其书写的批判性，但反过来却又让

① 具体可参周建人口述，周晔整理《鲁迅故家的败落》（福州：福建教育出版社，2017）。

他的作品显得更富悖论与张力：鲁迅在寡母书写中，有关形象往往是多元的，即使是大力表扬中也有调侃乃至腹诽，而批判中也有偶尔的一丝人性的光辉或温情脉脉，但在男权社会中摸爬滚打的女人却往往带上了被同化的特征或习气，但同时却又不乏另类的活力。

不得不说，鲁迅在《朝花夕拾》中未曾深描的母亲形象在其小说的寡母话语中加以呈现，从超越性的视角来看，她们都是中国母亲，各种年龄段、各种经历以及各种性格，但角色背后都彰显出父权传统糟粕的生产机制及其蔓延，也指出其各色挣扎之后的悲剧性，在批判母亲这件事情上，鲁迅把它升华处理了，而且巧妙顾及了母亲的脸面以及不让自己尴尬面对繁琐无比的“家务事”与感情。显而易见，这种长子长孙鲁迅擅长的迂回曲折、漫天撒网、隔山打牛实践远比硬性聚焦、仔细品评法相庄严的鲁老太后更方便操作。荆有麟在1941年写作的《母亲的影响》一文中回忆鲁迅先生抱怨家事里老太太的顽固时曾进行批评，对此荆还进行了辩解：“如此感慨的先生，虽然对母亲有此不满之词，但这是对封建势力的反抗和憎恶，并不是违反了人性，对母亲有何不敬。”① 和书写已故的父亲不同，鲁迅对父亲的描述除了进行理解、同情与升华之外，还借此从文字上实现了与父亲的和好。

结语：《朝花夕拾》中的母亲角色相对是边缘的、刻板的，尤其是考虑到鲁迅与母亲鲁瑞的幽深感情，鲁迅原本该呈现出更浓烈的专篇书写，但实际上没有，称之为母亲缺席的确有点夸张但亦有合理性。《朝花夕拾》中最重要的两个女性书写——长妈妈与衍太太部分分担了母亲的角色，比如坚韧、勤恳、刚强，但也有所差别。鲁迅在其他文本中对寡母的书写其实更掩藏了他对母亲的复杂倾诉/情愫，既有同情理解甘苦与共，又有批评和一丝怨恨，这在其小说中甚至成为了寡母话语。

---

① 荆有麟《鲁迅回忆》（北京：中国文史出版社，2019），页5。

2 《小约翰》与“准中期”鲁迅的形成

简单缕述一下《小约翰》和鲁迅的事实关联：荷兰作家蔼覃（Frederik van Eeden）在1887年发表了一部童话小说《小约翰》。1906年留学日本的鲁迅，在一家德文杂志《文学的反响》（1899年8月第1卷第21期）上读到这本童话的部分章节以及波勒·兑·蒙德做的作者评传，就被吸引了。后来他通过东京丸善书店从德国订购了《小约翰》的德文本，颇为喜爱，想译却因为力有不逮而未成功，将之一直保留在身边，直到1926年7月，他才和友人齐寿山开始正式动笔对译，将其译成中文。[①] 是年8月13日，初稿大致成形。《小约翰》的中译本出版于1928年1月，由未名社推出。

某种意义上说，《小约翰》之于鲁迅的意义超出了我们对它们的认知。从其翻译过程来看，从1906年东京首次遇见到鲁迅的中译本最终面世，历经20余年，可谓有始有终；而从鲁迅先生对其褒扬来看，可谓不遗余力，翻译和修订过程中即是如此，比如1927年9月25日鲁迅在致台静农的信中言及自己不够格申请诺贝尔文学奖，对理由的思考加以说明时写道：“世界上比我好的作家何限，他们得不到。你看我译的那本《小约翰》，我那里做得出来，然而这作者就没有得到。”[②] 而到了晚年时亦然，比如1936年2月19日鲁迅致信夏传经说：“凡编译的，惟《引玉集》《小约翰》《死魂灵》三种尚佳，别的皆较旧，失了时效，或不足观，其实是不必看的。”[③] 鲁迅常作谦虚之语，对自己有所贬抑，但其褒扬之词更须注意。由此值得关注的是，《小约翰》对鲁迅到底造成了怎样的影响？潜移默化的部分或许难以描述，笔走龙蛇中的草蛇灰线与直接

---

① 具体描述可参鲁迅《马上支日记》，《鲁迅全集》第3卷，页353。

② 鲁迅《270925致台静农》，《鲁迅全集》第12卷，第73页。

③ 鲁迅《360219致夏传经》，《鲁迅全集》第14卷，第33页。

影响似乎更期待有心人揣摩。

前人对二者之间的影响关系不乏敏锐洞察，比如王瑶先生就指出："他一贯注意儿童教育和儿童读物，还翻译介绍了《小约翰》、《表》等著名外国儿童文学作品，这当然也与他的童年经历有关。总之，对于鲁迅生平传记中的许多重要问题，都可以从《朝花夕拾》中找到渊源或解答。"① 但其侧重点却是在《朝花夕拾》。孙郁先生亦有洞见："《小约翰》对鲁迅的影响，是潜在的。这一本书，直接催生出他的《朝花夕拾》。我甚至觉得，那篇《从百草园到三味书屋》，便是译过《小约翰》后的一种自我追忆。其中一些名词、意象，和望·蔼覃的小说颇为相近，比如对读书的厌倦，对草虫的喜爱，以及神异的传说，等等。1926 年的鲁迅，笔下常出现孩提时代的鬼怪，像'无常'、'美女蛇'、'二十四孝图'。倘若将《小约翰》与《朝花夕拾》对照起来，西方文人对东方文人的心灵碰撞，是可看到一二的。鲁迅是个很会吸收别人营养的人，他并不掩饰自己的精神来源，并将一本感动过自己的书，译介过来，那境界是很高远的。"② 其中对有关影响篇目进行了细化，引人深思。不少论者一再指出《小约翰》与鲁迅的创作密切关系，比如它与《野草》的复杂关联：贺琴认为《小约翰》与鲁迅的散文诗集《野草》有诸多相通之处："《野草》所蕴含的鲁迅的哲学思考，如梦、存在、希望、对人类的爱与恨等，在《小约翰》中也有着相近似的体现。"③ 杨炀认为《小约翰》与"过客"有相通之处，后者的人物有前者的影子。④ 郭梦莹则认为："在《秋夜》里，鲁迅借用童话之笔向读者展示了自己内心深处的精神气质和人生价值观。此文在童话色彩创作手法的观照下，阐

① 王瑶《论鲁迅的〈朝花夕拾〉》，《北京大学学报（哲学社会科学版）》1984 年第 1 期，页 13。

② 孙郁《鲁迅的暗功夫》，《文艺争鸣》2015 年第 5 期，页 63。

③ 贺琴《论鲁迅创作与翻译的互动关系》，《理论界》2019 年第 10 期，页 94。

④ 杨炀《"过客"来时的路》，《海南师范大学学报（社会科学版）》2018 年第 5 期，页 25。

释《秋夜》中别具一格的灵动与睿智。”[①] 而张芬则考察了《小约翰》对鲁迅小说《铸剑》的部分影响。[②] 毋庸讳言，上述研究一方面开拓了我们的认知和思考视野，另一方面相较而言，还是相对窄化了《小约翰》与鲁迅文学创作的繁复关系，尤其是前者对于后者的更大范围的直接、深刻和全面的影响。

在我看来，《小约翰》对“准中期”鲁迅有相当重要的影响，鲁迅的某些文学生产和它有高度的关联性乃至契合性。这里的“准中期”相对于中期鲁迅（1918—1927）[③] 而言，主要是指鲁迅开始创作《野草》的 1924 年北京时期至 1928 年 1 月《小约翰》出版的时间段：跨越了北京、厦门鲁迅、广州鲁迅[④]以及上海鲁迅初期：鲁迅在 1927 年 5 月 30 日书写的《译者序》中对在北京、厦门和广州时期的翻译情况有所描述：“译得头昏眼花时，便看看小窗外的日光和绿荫，心绪渐静，慢慢地听到高树上的蝉鸣，这样地约有一个月。不久我便带着草稿到厦门大学，想在那里抽空整理，然而没有工夫；也就住不下去了，那里也有‘学者’。于是又带到广州的中山大学，想在那里抽空整理，然而又没有工夫；而且也就住不下去了，那里又来了‘学者’。结果是带着逃进自己的寓所——刚刚租定不到一月的，很阔，然而很热的房子——白云楼。”[⑤]

相当耐人寻味的是，此一时段恰恰包含了鲁迅相对珍重的五书中的《野草》《朝花夕拾》和部分《故事新编》，它们也正是鲁迅诗学最为浓烈与集中的文本，值得认真探勘。接下来我们不妨集中讨论它们文本内外彼此最为契合的层面。

---

① 郭梦莹《从童话色彩看〈秋夜〉的生命哲思》，《绍兴文理学院学报》2012 年第 6 期，页 21。

② 具体可参张芬《“直到他在自身中看见神”——唐传奇、〈小约翰〉与〈铸剑〉之生成》，《现代中文学刊》2011 年第 2 期。

③ 相关使用可参徐麟《鲁迅中期思想研究》（长沙：湖南师范大学出版社，1997）。

④ 具体可参拙著《鲁迅的广州转换》（上海：上海三联书店，2019）。

⑤ 鲁迅《译者序》，【荷兰】拂来特力克·望·蔼覃著，鲁迅译《小约翰》（南京：译林出版社，2016），页 132—133。

一、童话风格及其转换

尽管《小约翰》指涉丰富、涵容宽泛，但首先它依然是一部童话小说（虽然不无成人意味），而且是令人眼界大开的童话。从主人公小约翰的视角来看，至少包含了三种世界：一个是与旋儿有关的美好自然世界，其中既有动物们的伊甸园，也有动物视角反观人类的缺陷与残暴；一个则是将知/穿凿们的半知识化的世界，经由探寻自然会得到更多知识收获，但也会失去“妖精性”而变得不再梦幻与童话；最后一个则是人间（含阴间）的悲惨世界，生活在其间的人们不自知，也是号码博士研究的对象世界。

（一）童话风格

《小约翰》中呈现出相当繁复的童话话语形构，其中既有美丽的自然风景、动植物世界，又有根据动植物成长科学原理推演的拟人化再现（当然更是让人类靠近自然的方式展开），同时又有人兽对照与冲突。而这些也往往影响着鲁迅，也为论者所洞见：“其中，人与兽（‘妖精’）对话、人不如兽的思想，很接近《狗的驳诘》《失掉的好地狱》。‘小约翰’每每醒来都不敢相信梦中那些神奇经历是真的，也仿佛《好的故事》。甚至一些修辞上的细节，比如‘大欢喜’‘奇怪而高的天空’这样特殊用语也为《野草》和《小约翰》的鲁迅译本所共有。”①

1. 和美自然再现。《小约翰》中书写动植物都有相当令人着迷的风格，如柳树相当优雅：“柳树沿着岸站立成行。它们不动地将那狭的、白色的叶子伸在空气里。这垂着，由暗色的后面的衬托，如同华美的浅绿的花边。”② 这样书写小飞虫旋儿，宛如电影镜头特写：“指环只是增大起来，它的翅子又抖得这

---

① 郜元宝《破〈野草〉之“特异”》，《鲁迅研究月刊》2019 年第 4 期，页 13。

②【荷兰】拂来特力克·望·蔼覃著，鲁迅译《小约翰》（南京：译林出版社，2016），页 6。下引只注页码。

样快，至使约翰只能看见一片雾。而且慢慢地觉得它，仿佛从雾中亮出两个漆黑的眼睛来，并且一个娇小的，苗条的身躯，穿着浅蓝的衣裳，坐在大蜻蜓的处所。白的旋花的冠戴在金黄的头发上，肩旁还垂着透明的翅子，肥皂泡似的千色地发光。”（页 6）类似的，这种美好在鲁迅的文学创制中不乏借鉴。如《从百草园到三味书屋》中关于百草园的植物书写，气势酣畅淋漓、动植物和谐并存怡然自得；《秋夜》中的小青虫自有一种固执的勇猛，而《好的故事》中富有层次的和美故乡状描，完全可以理解为现实中讨厌故乡的鲁迅的精神原乡和回归母体。[①] 如果往前推演，《社戏》（1922）中亦不乏此类追求，鲁迅企图借力于被物质、伦理与成人文化（糟粕）荼毒之前的赤子之心与自然状态加以反拨。

2. 造物的规律/尴尬。《小约翰》中人兽之间的对比耐人寻味，而在动物眼中，人类显然低人一等，比如通话中提及了蟋蟀学校的动物学知识传授："动物被区分为跳的、飞的和爬的。蟋蟀能够跳和飞，就站在最高位；其次是虾蟆。鸟类被它们用了种种愤激的表示，说成最大的祸害和危险。最末也讲到人类。那是一种大的，无用而有害的动物，是站在进化的很低的阶级上的，因为这既不能跳，也不能飞，但幸而还少见。一个小蟋蟀还没有见过一个人，误将人类数在无害的动物里面了，就得了草秆子的三下责打。”（页 10）火萤们也对人类表示出类似的态度："只有一种动物，是一切中最低级的那个，搜寻我们，还捉了我们去。那就是人，是造物的最蛮横的出产。”（页 16）在此作品中，人类成为快乐动物世界的最低等却又是最大的威胁。

"准中期"鲁迅的创作中，鲁迅对《小约翰》既有借鉴，又有翻转。《兔和猫》中恰恰呈现出造物主的滥造，而弱肉强食自有其合理性（为了维持种族的合理存在结构），但却是人类保护弱小（不管兔子们是否超生）打击强权（黑

---

① 具体可参拙文《原乡的春梦：〈好的故事〉之一种解读》，《山东社会科学》2014 年第 11 期。

猫?）的爱心泛滥，和《小约翰》中人类的自私残忍形成张力；《鸭的喜剧》亦然，这是纪念盲诗人爱罗先珂的作品，人类尊重自然的美好和谐，却没有料到动物自然规律的残酷性——长大后的鸭子吃掉了蛤蟆的儿子蝌蚪们，听不见预想中的万籁齐鸣的美声了。

（二）丰富涵容与鲁迅转换

《小约翰》毕竟是以人的视角用梦幻的方式进入别有洞天的自然世界，而其美好也屡遭威胁，尤其是来自于人类。而反观自然世界，不同动物在无知有畏、天真烂漫之余也有自己的主体性和偏执，它们往往以自我种族为最优等，但显然鲁迅先生对此有其人文关怀和功能（尤其是启蒙）指向："由此推断，《小约翰》之所以能够吸引鲁迅，显然不在于它是一篇写给儿童看的童话，而在于他深受辛亥革命前期政治文化思潮的影响，致力以'新文艺'来改革国民的精神，实现'新政治'的目的。"[①] 北京鲁迅就职于教育部的经历让他对中华民国早期政治的波诡云谲深有体会，也从满怀希望到日益失望。

《小约翰》中的美好童话世界中彰显出动物们相对合理而又和谐的新秩序，比如："白头鸟这时飞上了最高的枝梢，用着简短的、亲密的音节，为落日歌唱——仿佛它要试一试，怎样的歌，才适宜于这严肃的晚静，和为下堕的水珠作温柔的同伴。"（页 39）同时也部分反衬出人类存在的破坏性，相当经典的一幕则是来自于小约翰与小鬼菌的对话："你们俩是毒的。""你大概是人类罢?"肥胖者讥笑地唠叨着（页 44）。

《狗的驳诘》中可以彰显出人兽之辨，尤其是涉及到急功近利、人类世俗（文化）等指向，最终人类"我"落荒而逃，该文是对奴化和物质化丑恶文明的双重反讽，其中一重指向了制度反讽，而另一重则是对自我的解剖。其中，

---

① 李玮《在东/西之间"发明儿童"——论民族政治与鲁迅的儿童观》，《鲁迅研究月刊》2018 年第 11 期，页 42。

“我”的身份的犹疑性和作为“中间物”的劣根性也是一种值得警醒的存在。①而《失掉的好地狱》中又借了鬼王批判人类：“朋友，你在猜疑我了。是的，你是人！我且去寻野兽和恶鬼……。”（页205，卷2）和《小约翰》如出一辙，它们都对人类充满了不信任和嘲讽：魔鬼去追寻“野兽和恶鬼”，是进行身份的区隔，并非赞扬人类，言外之意是——和人类相比，魔鬼和野兽才更是他的同类，远比“人”好。

值得注意的是，“准中期”鲁迅的创作还有更多与《小约翰》的契合之处，比如创作手法和文字风格等等，其中包括梦幻手法的使用，创作《野草》的鲁迅其实也是被《小约翰》萦绕着，诗性气质亦然，而“准中期”鲁迅的诗学抒情性则是鲁迅毕生中最为浓烈和集中的，尤其是在字句的雕琢、斟酌上更是如此。但无论怎样，对于《小约翰》的翻译和借重其实本身也体现了鲁迅先生对“真善美”的勠力追求，乃至是“最佳体现”。②

二、阴暗人间及其回归

毫无疑问，鲁迅对《小约翰》的喜爱是发自内心、贯穿始终的，甚至他违背了自己的原则向他人不吝推荐，如其所言：“我也不愿意别人劝我去吃他所爱吃的东西，然而我所爱吃的，却往往不自觉地劝人吃。看的东西也一样，《小约翰》即是其一，是自己爱看，也愿意别人也看的书，于是不知不觉，遂有了翻成中文的意思。这意思的发生，大约是很早的，因为我久已觉得仿佛对于作者和读者，负着一宗很大的债了。”③ 显而易见，该书中富含了鲁迅所欣赏的理念与文学样式，而从内容上看，这个作品中涵容了自然、妖精、人类、鬼

① 具体可参拙著《〈野草〉文本心诠》（北京：人民出版社，2016），页199。

② 骆贤凤《鲁迅的翻译伦理思想研究》（北京：商务印书馆，2020），页89。

③ 鲁迅《译者序》，【荷兰】拂来特力克·望·蔼覃著，鲁迅译《小约翰》（南京：译林出版社，2016），页132。

怪等不同层次的世界，它们有交叉、有对照，也有从小约翰视角呈现出的重要的抉择与担当。

（一）晦暗人间

《小约翰》中的主人公小约翰有非常丰富的人生经历，如果用幽暗意识作为关键词贯穿的话，他有相当繁复的精神阅历。

1. 鬼世界。小约翰在穿凿的带领下穿过蚯蚓的孔洞而看到了人的腐烂尸体："他面前就出现两个深的黑洞，是陷下的眼睛，那淡蓝的光还照出瘦削的鼻子和那灰色的、因了怖人的僵硬的死笑而张开的唇吻。"（页 99）而且还特别展开了某些人类生前华美、优雅与死后猥琐的比照"来了一个不成样子的脸带着狞视的圆眼，膨胀的黑的嘴唇和面庞。"（页 101）更关键的是，穿凿还带领约翰挖土穿越连蚯蚓都不愿继续深入的墓穴/地狱，并最终冲破了有形无形的限制。

某种意义上说，鲁迅采取多种方式在多个层面回应鬼世界：有趣的欢快的层面来自于《从百草园到三味书屋》，其中的美女蛇显然不是常见的毒如蛇蝎的形象，而是令人有所期待的部分美好；其他还包括《阿长与〈山海经〉》里的书写，其充沛的想象力、战斗力往往令人叹为观止。鬼世界也有惊悚的一面，也包含了自我解剖，如《墓碣文》的青出于蓝而胜于蓝，不只是恐怖，还包括对自我的惨烈挖掘。《死后》则是另类书写，鲁迅想象了人类劣根性对死人的骚扰，认为死后的世界并非人类所预设的清静/情境。

鲁迅对小约翰的鬼世界也有发展之处：《无常》中的鬼物让人们喜闻乐见，因其在有限范围内追求公正，从更深层的角度看，鲁迅毋宁更是借无常角色创造出一种更美好的新人，即有情有义、有同情心有同理心。而《五猖会》则借非主流的神进行释放与民间建构：无论是抢别人男人的梅姑，还是看起来不守男尊女卑规矩的他者神祇。

2. 真人间。在现实中过得并不如意，经由梦境小约翰进入了天真烂漫五彩缤纷的自然世界，但不满足的他也萌生求知之意，终究回归人间，自然也经历/遍览了人间的苦闷、忧愁与各色痛苦。穿凿先生向他灌输了做人的原则：“你应该，现在你在我的守护之下了，你须和我一同工作并思想。”（页 82）而科学博士也告诫他要大气和坚强：“科学的人”“高于一切此外的人们。然而他也就应该将平常人的小感触，为了那大事业、科学，作为牺牲。”（页 90）而小约翰也看见了普通人的痛苦：“人们在那里蠢动着，他们互相挨挤，叫喊，喧笑，有时也还唱歌。房屋里是小屋子，这样小，这样黑暗而且昏沉，至使约翰不大敢呼吸。他看见赤地上爬着的相打的孩子，蓬着头发给消瘦的乳儿哼着小曲的年青姑娘。他听到争闹和呵斥，凡在他周围的一切面目，也显得疲乏，鲁钝，或漠不相关。”（页 92）当然，更大的人间震撼来自于穿凿和博士带他去看垂死的父亲，并最终目睹自己父亲无奈的死亡。以上种种，不止给小约翰，也带给鲁迅不少冲击，如人所论：“将鲁迅创作与其童话译著进行创造性对话研究，可以发现它们在思想上存在深层次的关联性。在对物质文明和自然科学的批评性省思，对自然美的书写和生态遭受毁坏的忧思，以及对世间万物的同情与关爱等问题上，鲁迅在自己的文学创作与他翻译的童话作品之间找到了深切的共鸣点，并在对话中发展了自己的哲思。”①

鲁迅对《小约翰》中人间的书写报以高度的同情，从动物角度出发，人类侵占其利益、干扰了它们的清净乃至幸福生活自有可恨之处，但人类的痛苦需要安抚、精神需要启蒙、科学求知势在必行、大无畏的牺牲精神也可圈可点且值得弘扬。鲁迅散文《父亲的病》中的场景如果从小约翰角度比照阅读的话，则更易打动人心，而鲁迅文中的忏悔精神也与小约翰的离开又归来却无能为力感受殊途同归，但鲁迅的情感显然更强烈，尤其是对于“父亲”的多次刻意强

① 王家平、吴正阳《鲁迅创作与童话译著对话研究》，《首都师范大学学报（社会科学版）》2016 年第 1 期，页 89。

调与内心打扰溢于言表。当然把眼界放得更开阔一点，我们也不能过分夸大《小约翰》的单独影响：《父亲的病》也可能有更多外来影响，比如格非就认为：“‘父亲之死’这一情节，与《金瓶梅》中李瓶儿临终之前的病急乱投医，实在是遥相仿佛。在《金瓶梅》的写作年代，虽然还没有西医一说，但对中医批判之决绝、嘲讽之刻薄，《金瓶梅》相较于《父亲的病》亦不遑多让。”①

（二）回归人间承担

论者指出小约翰终于在两种抉择中选择了人间，也实现了其勇于担当的使命：“《小约翰》则不然，在这其中，它展开了人类的痛苦。这种痛苦来自于两个方面，一个方面来自大自然的诅咒；另一方面则来自于人自身，人自身的局限性所带来的困顿。到了最后，小约翰在面临着天堂般的永恒世界和充满痛苦的人间时候选择了后者。”② 《小约翰》中主人公最终选择了人间，作者写道：“于是约翰慢慢地将眼睛从旋儿的招着的形相上移开。并且向那严正的人伸出手去。并且和他的同伴，他逆着凛烈的夜风，上了走向那大而黑暗的都市，即人性和他们的悲痛之所在的艰难的路。”（页 128）当然，这条路实际上也是体验更丰富阅历的痛苦和救赎之路。

某种意义上说，《小约翰》可以理解为一部成长小说，作为人类之一的小约翰终于回归了有缺陷、有大爱、有知识的人类中来，不乏担当意识。《铸剑》（原名《眉间尺》）中的眉间尺亦有此类追求，16 岁的他原本无聊而好玩，后在母亲提醒下走上了为父报仇之路，历经奚落、欺诈，但终于勇敢献身牺牲自我，并在黑色人帮助下替父报仇成功。而《这样的战士》则更彰显了其坚定性，不管旗帜与干扰为何，“那些头上有各种旗帜，绣出各样好名称：慈善家，学者，文士，长者，青年，雅人，君子……头下有各样外套，绣出各式好花

---

① 格非《雪隐鹭鸶——〈金瓶梅〉的声色与虚无》（南京：译林出版社，2014），页 284。

② 张芬《“直到他在自身中看见神”——唐传奇、〈小约翰〉与〈铸剑〉之生成》，《现代中文学刊》2011 年第 2 期，页 62。

样：学问，道德，国粹，民意，逻辑，公义，东方文明……”。(页219，卷2)

而更耐人寻味的是《过客》。一方面，过客积极回应冥冥之中声音的呼唤，不辞辛苦，为了目标勠力向前，而不能停滞成止步不前的老者——从身份执著角度看，正是通过主客身份的流动与置换，鲁迅既强调要警惕堕落，又暗涉了“立人”乃至立国的可能路径。同样，在反抗绝望的补充与路向层面上，过客又呈现出迎拒的暧昧，而“西”未必就不包含了修正过的西方现代性。[①] 另一方面，过客也彰显出决绝与担当感，对无法回报的爱加以婉拒，让小姑娘继续葆有美好的善意与幻想。

三、神之凝视与反省

关于《小约翰》的理解也自有其多元关怀和哲学理路：“《小约翰》也如哲学底童话一般，有许多隐藏的自传。这小小寓言里面的人物：旋儿、将知、荣儿、穿凿，我们对于自然的诗，有着不自识的感觉，这些便是从这感觉中拔萃出来的被发见的人格化，而又是不可抵抗的求知欲，最初的可爱的梦，或是那真实的辛辣的反话，且以它们的使人丧气的回答，来对一切我们的问题：怎么样，是什么，为什么？”[②] 我们不妨从其中神的角色略加分析，同时也可参照鲁迅先生的有关文本实践。

（一）人神对照

《小约翰》中出现过上首——妖的王：“围绕着一小群妖精的侍从，有几个轻蔑地俯视着周围。王本身是照着王模样，出格地和蔼，并且和各种来客亲睦地交谈。他是从东方旅行来的，穿一件奇特的衣服，用美观的，各色的花叶制成。这里并不生长这样的花，约翰想。他头上戴一个深蓝的花托，散出新鲜的

---

① 具体可参拙文《执著与暧昧：〈过客〉重读》，《鲁迅研究月刊》2012年第7期，页37。

② 【荷兰】波勒·兑·蒙德著，鲁迅译《拂来特力克·望·蔼覃》，见【荷兰】拂来特力克·望·蔼覃著，鲁迅译《小约翰》(南京：译林出版社，2016)，页145—146。

香气，像新折一般。在手里他拿着莲花的一条花须，当作御杖。”（页13）也提到过人类的上帝崇拜及其排他性，旋儿反过来对人类亦然，他对约翰说，“那你就应该将人类忘却。生在人类里，是一个恶劣的开端，然而你还幼小——你必须将在你记忆上的先前的人间生活，一一除去；这些都会使你迷惑和错乱，纷争，零落”（页39）。而小约翰一开始并不信仰人类普遍信仰的上帝，“我对于上帝没有敬畏。上帝是一盏大煤油灯，由此成千的迷误了，毁灭了”（页73），而最终经历父亲死痛的约翰终于选择了追随神——真正的上帝/耶稣，神指着黑暗的东方说道：“那地方是人性和他们的悲痛，那地方是我的路。并非你所熄灭了的迷光，倒是我将和你为伴。看哪，那么你就明白了。就选择罢！”（页128）

某种意义上说，鲁迅作品中对神的敬畏并不虔诚，《铸剑》中帮助眉间尺复仇的黑色人发出的回应与《小约翰》如出一辙，黑色人回应眉间尺道：“仗义，同情，那些东西，先前曾经干净过，现在却都成了放鬼债的资本。我的心里全没有你所谓的那些。我只不过要给你报仇！”（页440，卷2）而神回应小约翰关于上帝与耶稣的尊敬称呼：“先前，它们是纯洁而神圣如教士的法衣，贵重如养人的粒食，然而它们变作傻子的呆衣饰了。不要称道它们，因为它们的意义成为迷惑，它的崇奉成为嘲笑。谁希望认识我，他从自己抛掉那名字，而且听着自己。”（页128）

《野草》中的书写则是另样境遇，《复仇（其二）》中的耶稣则是被他欲救赎的人间出卖和羞辱的对象，“他在手足的痛楚中，玩味着可悯的人们的钉杀神之子的悲哀和可咒诅的人们要钉杀神之子，而神之子就要被钉杀了的欢喜。突然间，碎骨的大痛楚透到心髓了，他即沉酣于大欢喜和大悲悯中”（页179，卷2）；《颓败线的颤动》中被羞辱的老妇人发出无词的言语，却有神的巨大召唤力：“她于是抬起眼睛向着天空，并无词的言语也沉默尽绝，惟有颤动，辐射若太阳光，使空中的波涛立刻回旋，如遭飓风，汹涌奔腾于无边的荒野。”

（页 211，卷 2）而在《失掉的好地狱》中既批判了散发着神性光辉的具有欺骗性的魔鬼，却又同时批判了人类的等而下之。①

相较而言，鲁迅更喜欢具有反抗精神的神鬼，而不太喜欢神或神化的先贤。《补天》中的女娲因无聊而造人终究被自己所造小人闯下的补天大祸而压垮赴死，而死后却依然遭他们利用，其中也不乏对女神自作自受的批判，虽然主要矛头指向的是人类。《起死》中鲁迅自然批判了庄子的无事生非，非要让司命大神帮忙复活了 500 年前的汉子骷髅，但鲁迅对人类的缺乏超越性、过分执着于物质性与具体性的短视也顺手一击。

（二）超越神鬼：鲁迅的开宗立派

论者指出《从百草园到三味书屋》是对《小约翰》进行中国化的实践："鲁迅的文字，背后总有些怪异的东西，好似受到了西洋版画的影响，有着明暗对比中的张力，意绪是深广的。像《从百草园到三味书屋》，看似忆旧，其实乃翻译了《小约翰》时的副产品，文章的深处，就留有荷兰作家望·蔼覃的影子。倘不是译了《小约翰》，鲁迅不会写了如此美妙的散文，那文章的意境、手法，都染有望·蔼覃的色彩，虽然先生将这一色彩中国化了。"② 其实岂止是《从百草园到三味书屋》？鲁迅和《小约翰》有关联的其他文学创制也打上了鲁迅自己的烙印，可谓"别立新宗"。

相较而言，鲁迅的有关书写和《小约翰》相比发生了如下变化：

1. 鲁迅在创作中把发生场景往往置换成中国语境，并形成了对中国国民劣根性的批判与"立人"的期许。除少数作品外，如《复仇（其二）》《失掉的好地狱》等等，鲁迅绝大多数书写的场景，都已换成中国境遇，这是和被称为"民族魂"的鲁迅先生的文学创作主题关涉一脉相承的。略举一例，在杂文中

---

① 具体可参拙文《家国同构中的个体突围：〈颓败线的颤动〉重读》，《平顶山学院学报》2016 年第 3 期。

② 哈尔克《谈〈朝花夕拾〉》，《鲁迅研究月刊》2002 年第 11 期，页 80。

鲁迅先生也有所展开，比如《略论中国人的脸》中就借给中国人画像（人＋家畜性＝某一种人）加以批判："人不过是人，不再夹杂着别的东西，当然是再好没有了。倘不得已，我以为还不如带些兽性。"① 此中可能包含了《小约翰》中的人兽对比，但鲁迅的落脚点还是中国。

2. 鲁迅强化了对自我的批判，和对鬼与死的集中描述。某种意义上说，这部分构成了鲁迅幽暗意识或阴暗面（darkness）。② 和鲁迅一直以来的悲剧意识、批判意识、自剖意识不谋而合。《野草》尤其是集大成之作，《朝花夕拾》中不乏认真清理"情感结构"的实践操作，包括对父亲、衍太太、阿长、藤野先生、范爱农、孝道、无常等等，而以上人物往往既是个案，又是文化类型象征。

3. 鲁迅赞许《小约翰》的重要原因之一在于它卓越的想象力与推进策略，鲁迅对此有所借鉴，但终究无法媲美，主要原因在于除了"准中期"以外，之后的鲁迅几乎缺乏类似的现实生存语境——晚年身处半殖民地上海的鲁迅多灾多病、群狼环伺，主要的文体变成了杂文，甚至《故事新编》都有很强的"油滑"与杂文化特征③，此中既有生存需要，又是战斗所需，也是自己精神气质的反映。

综上所论，我们既要看到"准中期"鲁迅生成的多元性、立体性和复杂性，更要看到鲁迅先生的独特性。

结语：郜元宝指出："《野草》并没有单独完成鲁迅的'哲学'，《野草》只是较多将这些哲学和宗教神学话题引入鲁迅一如既往的文学性思索，尤其是以

---

① 鲁迅《略论中国人的脸》，《鲁迅全集》第 3 卷，页 133。

② 有关论述可参夏济安著、万芷均、陈琦等译《黑暗的闸门：中国左翼文学运动研究》（香港：香港中文大学出版社，2016）以及齐宏伟《鲁迅：幽暗意识与光明追求》（南昌：江西人民出版社，2010）等论述。

③ 具体可参拙著《论故事新编小说中的主体介入》（台北：秀威资讯，2018）中编。

更加精致的散文诗形式加以表达，因此容易被识别，而在杂文和通信中联系更加具体的散文化语境道出，就不那么显目罢了。”① 他看到了鲁迅思想脉络的贯穿性和阶段侧重性特征，这对于“准中期”鲁迅亦然。在鲁迅生活中历时 22 年的《小约翰》中译本终于面世，但这部一直萦绕在侧的杰作对于鲁迅的影响显然不止于此。相较而言，鲁迅此时期的《野草》《朝花夕拾》和部分《故事新编》有直接的关联，不管是书写风格、主题关涉，还是场景再现与想象力。但需要指出的是，鲁迅与《小约翰》又各擅胜场，而鲁迅更是有自己的后发特色，彰显出“民族魂”的思想高度与诗学魅力。

3　论鲁迅乡土小说的建设性

杨义先生颇有洞察力地指出，“鲁迅是我国现代文学中把平凡而真实的农民，连同他们的褴褛的衣着、悲哀的面容和痛苦的灵魂一道请进高贵的文学殿堂的第一人”。② 这从整体高度上高屋建瓴地指出了鲁迅乡土（农民）书写的开创性与独特地位。毫无疑问，随着鲁迅的有关书写，如《故乡》《祝福》等经典文本进入中学语文教材，有关鲁迅乡土小说的研究可谓汗牛充栋，甚至随着农民地位和角色的攀升而有所起伏，比如强调文学为工农兵服务的时段，这种指引性思潮导致在分析鲁迅对农民阶层劣根性的批判时也减了活力/火力，转而更强调鲁迅广博的同情心或否认其笔下人物的农民身份。不必多说，这是有悖于鲁迅先生的本意的。因此，有论者对鲁迅关于农民起义/战争的持中看法引人关注，如沈庆利指出：“总起来看，鲁迅对农民战争和农民起义的正面评价相对较少，而是更多地看到了它的负面影响与负面作用。鲁迅更多地从文化

---

① 郜元宝《破〈野草〉之“特异”》，《鲁迅研究月刊》2019 年第 4 期，页 14。

② 杨义《中国现代小说史》（第一卷）（北京：人民文学出版社，1986），页 171。

心理学的角度，把农民战争和农民起义作为特定的历史文化现象，加以独到而深邃的剖析和批判……鲁迅集中批判了农民战争的野蛮性和残忍性，以及与原始宗教的密切联系。”①

同样，其他有关研究倾向也值得注意，比如比较鲁迅与其他中国乡土书写者（包括后继者）的关系，如沈从文、莫言、贾平凹等等，尤其是高晓声，论述尤多。当然，也有将之与外国作家进行比较论述的，如和托尔斯泰、赛珍珠等，论者指出：“鲁迅和赛珍珠是对中国农民心怀大爱的作家。在关注农民的政治态度、宗教意识、家族观念、现实苦难以及农村妇女所遭受的悲剧命运方面，他们的视角有许多相似之处。但由于二人在切入文学的机缘、观察社会的视角、关注现实的焦点等方面存在差异，他们的农村题材小说又呈现出截然不同的艺术风貌。”②

相当耐人寻味的是，随着百年乡土文学（尤其是小说）书写农民范式的更新与递进③，也有论者开始质疑鲁迅乡土小说书写的诸多可能缺陷，比如描述的隔膜，相对粗放，无法及时更新并细描农民的时代变迁，各种命运与可能性，鲁迅的乡土小说实践在他们眼中似乎已是落伍的冬烘生产。另一面，也有论者会批评鲁迅乡土小说书写的抽象论或理念强加性，比如《祝福》中的底层妇女祥林嫂何以生发近乎终极关怀的疑问？（“一个人死了之后，究竟有没有魂灵的？”“那么，也就有地狱了？”“那么，死掉的一家的人，都能见面的？”）（页7，卷2）

实际上，以上观点或多或少呈现出对鲁迅乡土小说的误读，尤其是在此类书写中鲁迅彰显出的难以替代的建设性/超越感，而这种建设性部分超出了某

---

① 沈庆利《黑暗时代的双刃剑——试论鲁迅的农民战争观》，《鲁迅研究月刊》2001年第6期，页24。

② 张春蕾《鲁迅与赛珍珠笔下的中国农民形象》，《江苏大学学报》（社会科学版）2013年第3期，页42。

③ 有关研究可参丁帆《中国乡土小说史》（北京：北京大学出版社，2007）。

些论者的理解力。简单而言，作者鲁迅与其乡土文学书写对象之间有种复杂的张力，而这个张力中的繁复逻辑亦可称为“乡土哲学”。一方面，鲁迅对乡土（农民）经由知识分子理路/中介往往具有深切的认知、同情与理解，而这种同理心（小说中往往是对其破落户身份的再现）与关怀往往超出了自然主义的书写或现实主义的细描；而另一方面，鲁迅对农民却有着审视（热切而理性的高度）乃至批判。相较而言，鲁迅之于乡土（农民）因此显得半人半神，既有了解之同情，又有高度的省察。

一、再现的同理心

论者指出：“鲁迅的思想世界是多元的、立体的，而不是单极的、片面极端的。在鲁迅的灵魂深处，尤其是童年的生命体验中，传统中国和中国国民在偏僻的农村呈现为一种‘桃源乐土’和‘纯朴农民’认知图景。这种与‘病中国’之‘中国病人’截然相反的思维模式，在《社戏》、《故乡》等作品中得到不同程度的显现。这种源于中国本土的‘桃源乐土’之‘纯朴农民’认知图景。恰与体现西方‘他者’现代性思想的‘病中国’之‘中国病人’认知图景构成了对立的两极，共同呈现在鲁迅的文学形象世界之中。”① 或许鲁迅关于乡土世界的描述远比二元对立（淳朴与病人）复杂，但不容忽略的是，鲁迅在他的小说实践中的的确确更呈现出一种再现的同理心。

（一）《故乡》：回不去的故乡

《故乡》中的乡土其实是一个相对复杂的场域：以农为中心，但亦有“士”（“我”）与“商”（杨二嫂为代表）存在，但更令人悲哀的是“农”居于底层。杨二嫂的物质和人品（“人设”）败落其实已经隐喻了与“农”密切相关的乡

---

① 张丽军《鲁迅想象农民的两极审美认知图景》，《山东师范大学学报（人文社会科学版）》2007 年第 4 期，页 44。

村商贩的生计艰难。之前，作为“豆腐西施”——女神的她可以从容度日：“我孩子时候，在斜对门的豆腐店里确乎终日坐着一个杨二嫂，人都叫伊‘豆腐西施’……那时人说：因为伊，这豆腐店的买卖非常好。”（页 505，卷 1）后来的杨二嫂势利、小气、功利，甚至借诋毁他人（闰土）来谋取蝇头小利，（“杨二嫂发见了这件事，自己很以为功，便拿了那狗气杀飞也似的跑了”）（页 509，卷 1）。

当然，《故乡》中真正的农民主角则是闰土，鲁迅通过两种方法呈现出闰土的内在精神理路变迁或下降。一个是将少年闰土与中老年闰土进行对照，可以强烈彰显出农民生存环境的艰难与不易，外表变成了老年人，对话时候的表情是：“他只是摇头；脸上虽然刻着许多皱纹，却全然不动，仿佛石像一般。他大约只是觉得苦，却又形容不出，沉默了片时，便拿起烟管来默默的吸烟了。”而导致此前后变化发生的外在理由是：“母亲和我都叹息他的景况：多子，饥荒，苛税，兵，匪，官，绅，都苦得他像一个木偶人了。”（页 508，卷 1）

而另一个层面则是将中年的“我”与中老年闰土比较。某种意义上说，少年时代“我”与少年闰土的交往更多是城乡互补视域下的互相欣赏，因为是儿童，自然往往强调玩耍游戏交朋友层面而超越了世俗礼教与传统规范的拘泥，进而可能显得亲密无间；而中年时候的比较则成了世俗化成人世界的清醒直面。鲁迅也并没有放过借此彰显同理心的机会，中年的“我”更想借助儿时的美好回忆来修补成人见面的尴尬，而中老年闰土则是呈现出遭现实暴击后的服输与麻木，但更令人关注的是鲁迅的自我反省，如小说文末所言：“闰土要香炉和烛台的时候，我还暗地里笑他，以为他总是崇拜偶像，什么时候都不忘却。现在我所谓希望，不也是我自己手制的偶像么？只是他的愿望切近，我的愿望茫远罢了。”（页 510，卷 1）这段话呈现出对自我的深切反省，当然亦有对闰土的苦难有理解式同情。当然也可以把这种关系理解为启蒙者与被启蒙者之间的平视姿态：摸索的启蒙者那渺远的希望（其实等于绝望）和闰土的自我麻醉与解脱并无本质差异。[①]

（二）《药》：痛苦与愚昧

对于底层民众，鲁迅在再现时呈现出相当复杂的情感取向，一方面对其生存艰难颇多理解，而另一方面又对其可能的愚昧加以反拨乃至批判，但这背后往往夹杂了脉脉温情与缕缕关怀。

《药》中当然书写了底层民众的不易。华老栓需要深夜早起买人血馒头，虽然是付出较高价钱（一包珍贵的“硬硬的”洋钱）却还是满怀希望：“老栓倒觉爽快，仿佛一旦变了少年，得了神通，有给人生命的本领似的，跨步格外高远。而且路也愈走愈分明，天也愈走愈亮了。”（页463—464，卷1）但其实维持生计终究是辛苦的，何况年纪已很不轻，但肺痨患者华小栓依然病逝，即使他吃了革命烈士夏瑜的人血做成的馒头。

鲁迅以相当悖论的笔触描写了两位丧子的母亲痛苦相通（一个是病逝、一个被砍头，皆非好死）：一开始儿子被斩首的夏大妈感觉“羞愧”，但看到夏瑜坟上的花环却又在欣慰之余心生迷信。在文中鲁迅既展示了他“听将令”的革命人道主义和集体主义精神宣扬，但同时又坚守科学性的原则与现代性启蒙的底线，所以，他不会满足夏大妈廉价的精神需求：“他们走不上二三十步远，忽听得背后‘哑——’的一声大叫；两个人都竦然的回过头，只见那乌鸦张开两翅，一挫身，直向着远处的天空，箭也似的飞去了。”（页472，卷1）作为小说家的鲁迅自有其独特性，他既批判夏瑜革命事业的脱离群众（包括母亲）以及底层的愚昧，但同时又同情底层的苦难以及革命孤独语境中的高贵性。

---

① 具体可参拙文《认同形塑及其“陌生化”诗学——论鲁迅小说中的启蒙姿态与“自反”策略》，《福建论坛（人文社科版）》2008年第1期。

二、厚实的批判力

鲁迅给人最深的印象之一就是他厚实的无所不在的批判力，这一点在其小说书写中亦有精彩表现，如前所述，他一方面有再现的同理心，另一方面却是建基于其国民劣根性批判伟业上的尖锐挞伐，有论者指出："鲁迅写农民起义军的破坏性、奴隶性和皇权主义，这三者奴隶性根源，是核心，其他二者都是从这条根上生发出来的。奴性，农民阶级有，封建地主阶级包括皇帝在内也都有，所以说它是封建社会国民性中劣根性的核心。鲁迅用了毕生的精力挖这条根，目的是将其拔掉。"① 可谓是的论，结合鲁迅小说，又可分论之。

（一）奴性及其生产机制批判

这是鲁迅所有文类都会涉及的命题，也是鲁迅毕生关怀并践行批判的议题之一。而在其小说实践中，这也是贯穿始终的主题关怀。

1.《风波》：超稳定结构下的困窘。这篇经典文本当然可以有多种解读或主题蕴含，但从奴性视角考量，它其实相当传神地揭示了长期以来奴性是如何生成并有效惯性运行的。村民们固然相当愚昧，他们无法理解中华民国成立之后的允许剪辫和之前封建王朝清朝强制留辫的关系，自然也无力批判复辟的辫子军张勋的倒行逆施与反动性，他们更习惯表面的和谐与稳定，哪怕是被盘剥和噤声。

相当耐人寻味的是，治理基层的赵七爷却也只是借助略知一点皮毛的《三国演义》，他的知识结构依然是反动和没落的：张大帅是燕人张翼德的后代，如果赵子龙在世世界就太平了，甚至将所有的变化解释为辫子事件后还假公济私企图打击报复一度对他不敬的村民七斤。而更令人悲哀的是，底层农民的统治结构和互掐悲剧却一再得以延续，六斤依然成为奴性制度的牺牲品，即使在中华民国成立多年后还是被裹了小脚。当然九斤老太、七斤、七斤嫂、六斤家

---

① 王春来《鲁迅笔下的农民起义军》，《鲁迅研究月刊》1995 年第 2 期，页 8。

庭内部之间的复杂张力也令人感叹。[①]

2.《理水》：共谋与迎合。文化山上的闹剧可谓既旧又新，旧是因为这是固有的大禹治水神话（所谓庄严的工作）的另一面存在，新则是其中灌输了鲁迅的强烈主体介入，而新编其实是有现实指向的。

考察大员们的工作程序中有需要下民代表回话的环节，但下民代表难寻。由于长期的隔离和等级分化统治，下民们往往怕官，不愿做代表，包括“头有疙瘩的那一个”，在威逼利诱（尤其是前者）和众人义正词严的围攻声讨下，“他渴睡得要命，心想与其逼死在木排上，还不如冒险去做公益的牺牲，便下了绝大的决心，到第四天，答应了。”（页391，卷2）结果他从战战兢兢的小民变成了瞒和骗传统的捍卫者，不仅颠倒黑白、苦中作乐，而且把这种困境加以美化变成了自力更生、喜气洋洋的榜样示范：“‘吃得来的。我们是什么都弄惯了的，吃得来的。只有些小畜生还要嚷，人心在坏下去哩，妈的，我们就揍他。’大人们笑起来了，有一个对别一个说道：‘这家伙倒老实。’”（页392，卷2）不仅如此，他还拉虎皮做大旗，发动集体造假且媚上。某种意义上说，上述操作相当完整的呈现出奴性生成机制运行中的复杂逻辑，既有思想上的钳制和单一灌输（帮闲的知识分子助纣为虐），又有自上而下的威逼利诱，同时更有底层在因应这种操作中的共谋与媚上。

（二）功利与物化取向批判

简单而言，奴性统治为了满足特权（者）需求，势必加重了底层原本相对匮乏的物质需求，这既降低了底层对政治、民主等重大事件的关注，以及对精神解放的追求，又让他们更长于满足基本的生理追求，而变得更功利与物化。但鲁迅对此主题的处理却又是辩证的，一方面他承认物质之于生存的重要性，有唯物主义的一面，另一方面，他又大力批判物化。

---

① 具体可参拙文《茶杯里的波澜：〈风波〉重读》，《鲁迅研究月刊》2017年第5期。

《奔月》中的夷羿力图让厌倦了乌鸦炸酱面而欲望强烈的少妇嫦娥换换口味，早起跑了更远的路打猎，却误将老妇人的老母鸡当成鹁鸪猎杀，这个老太太在精神上呈现出荒芜而轻信的特征，比如指责夷羿抢了逢蒙的功劳："哈哈，骗子！那是逢蒙老爷和别人合伙射死的。也许有你在内罢；但你倒说是你自己了，好不识羞！"同时她却对自己老母鸡的折价相当清醒且干脆利索："赔。这是我家最好的母鸡，天天生蛋。你得赔我两柄锄头，三个纺锤。"（页 375，卷 2）而且兑现前还要以箭作抵押。同时，鲁迅也借此反映出神仙夷羿的尴尬：他也并未超越物质的羁绊，同时也可以反证他的英雄迟暮——他已经不适应这个时代了。

同样值得关注的物化哲学篇目则是《采薇》。伯夷叔齐颇有气节，然而终究却是死于物质、精神的双重打击：一方面是日益恶化的物质饮食和身体状况，最后只能吃难以下咽的薇；另一方面则是捍卫气节的虚妄与伪善，这被鹦鹉学舌的下女阿金展开了致命一击。相当耐人寻味的是，下女阿金却又彰显出对物质精神流动的多重辩证：她的主人小丙君原本是趋炎附势的贰臣，不仅毫无气节，还颠倒黑白，诋毁并间接杀死了不食周粟的伯夷叔齐，而且阿金还继续以流言话语①伤害死去的二老，编排他们贪心——气节一度感动上天，以鹿奶饲之，却因想吃鹿肉而被神鹿抛弃从而被活活饿死，这个谣言恰恰可以看出其卑劣的（农民）本性——狭隘、物化、缺乏格局与追求。

三、绵密的文化性

如前所述，鲁迅的乡土小说中自有一种超越感和哲学关怀，这其实可以部分彰显出其背后铺排的绵密的文化性。当然可以理解的是，这也是鲁迅屡遭误解的原因之一。

① 具体可参拙文《论鲁迅小说中的流言话语》，《中山大学学报（社会科学版）》2011 年第 2 期。

（一）《祝福》：何以终极关怀

我们自然可以从多个角度解读《祝福》，比如政权、族权、神权、父权共同绞杀了祥林嫂；或者祥林嫂死于“集体谋杀”，小说中的所有人物都是凶手，等等。但从文化角度看，祥林嫂却是死于不同文化冲突之中的无法安放。

无知的祥林嫂是被人生命运推着走或随波逐流的下层妇女，她勤劳朴实却命途多舛，更多时候她只是想做一个安分守己的农村妇女，守着自己的小幸福即可，但却无法满足。比如被逼二嫁，她起初不从，后却认命干活并相夫教子，她一生中最好的时光有两段：一是嫁给贺老六生阿毛发生变故前的时光：“母亲也胖，儿子也胖；上头又没有婆婆，男人所有的是力气，会做活；房子是自家的。——唉唉，她真是交了好运了。”（页 14，卷 2）二是二嫁前来鲁四老爷帮工的阶段：“人们都说鲁四老爷家里雇着了女工，实在比勤快的男人还勤快。到年底，扫尘，洗地，杀鸡，宰鹅，彻夜的煮福礼，全是一人担当，竟没有添短工。然而她反满足，口角边渐渐的有了笑影，脸上也白胖了。”（页 11，卷 2）这不是简单的劳动让人快乐和美丽的翻版，这是暂时摆脱礼教束缚之后的自食其力和任劳任怨的踏实和满足感。

但罪恶的文化冲突或者准确地说，是不同人物对待不同文化的不同标准态度将之逼上了绝路。一个民间来源是同阶层的柳妈的八卦——事二夫到阴间要被分身，她只好捐门槛找替代消灾，却被雇主——四婶的“官方”加以残忍否定，于是她身心俱疲，失魂落魄，日益变成行尸走肉，临死前她才更关注“终极关怀”。丸尾常喜犀利地指出：“参与祭祀的准备，给她一种实感，表明在这个共同体所规约的幸福的末端，确切无疑地将她也连在了一起。虽说是帮忙，但只要能与祭祀相关，就一定意味着她还是这个由祭祀、受祭祀的关系构成的强固的单位集合体社会的一员。”①

① 丸尾常喜著，秦弓译《“人”与“鬼”的纠葛：鲁迅小说论析》（北京：人民文学出版社，2006），页 194。

易言之，安放肉身的文化尴尬与亲子阿毛的血浓于水让她无所适从，所以才会发问，但最终也没得到圆满解决，而在万众祝福的节日孤单惨死。这不是鲁迅有意让其学理化、文化化，而是她无力摆脱宿命和文化压迫，想寻求一种解决之道。

（二）《离婚》：文化围剿的反思

此篇小说的女主人公爱姑可以被视为家境殷实、相对泼辣的农村妇女形象，她当然有她的性格悲剧："爱姑性格的悲剧在于，她对压迫她的封建统治和封建礼教并没有本质的认识，而却又幻想用个人的力量去反抗压迫，这反抗本身就注定了必然失败的结局。但是，爱姑的形象，毕竟预示了一个新时代的成长转换已经开始。"① 问题在于，我们更应该看到小说中更绵密的文化批判——其对立面如何以繁复文化围剿这个捍卫权益的泼辣少妇。

其中最强势的层面就是官威（官本位）。等级化，并制造奴性氛围，比如慰老爷等众人仰慕的人对七大人众星拱月，而且七大人面对爱姑可能使用的女性撒泼手段早有准备和对策，黑色人垂手以待，随时可以诉诸暴力，当爱姑企图使用女人的策略时，七大人一声"来——兮"："立刻进来一个蓝袍子黑背心的男人，对七大人站定，垂手挺腰，像一根木棍。"（页 156，卷 2）爱姑的气势立刻瘪了下去。

其次就是以文化打压爱姑。比如当众把玩封建没落的"屁塞""水银浸"，用满口的专业术语来给爱姑下马威，这是古典知识（国粹）的围剿。同时又借助西化代表——尖下巴少爷进行理论逻辑恫吓（收服），面对爱姑要继续上诉的宣言，七大人不慌不忙早有对策："莫说府里，就是上海北京，就是外洋，都这样。你要不信，他就是刚从北京洋学堂里回来的，自己问他去。"（页 154，卷 2）爱姑最后也感慨万分，承认失败。从此角度看，爱姑的失败在所

① 李希凡《深深地培植在被压迫农民的沃土里》，《中国现代文学研究丛刊》1980 年第 1 期，页 121。

难免。

（三）《阿Q正传》：乡土社会的寓言性

论者指出："阿Q这个典型形象是非常复杂的。作为一个农民的受害者，他不但有不觉悟、落后的一面，也有勤劳、质朴的一面，不但有不进行正面抗争、用精神胜利法自我慰藉的一面，也有向往革命、敢于革命的一面。我们分析阿Q性格是不可以忽视任何一面的。鲁迅所鞭笞的，是农民的落后，而不是落后的农民。"① 阿Q形象的复杂性似乎远非普通农民形象可以概括。

首先他具有一定的身份流动性，不是简单和土地捆绑的传统农民，面朝黄土背朝天。他实际上是打短工的流民，甚至偶尔也可以流窜到城里去。

其次，他的性格因此显得驳杂，"农"外有"商"，又因为流动开了些眼界，头脑又相对活泛，于是愤懑且不平，当然亦有游手好闲、好吃懒做的缺点。

第三，他无论如何又是个底层民众，因此在遭受了侮辱和损害时总有自己的疗治/应对方式——精神胜利法。

在我看来，鲁迅的伟大之处在于，他苦心孤诣深入挖掘底层人士不得不的精神追求与关怀，不是由外向内的强加，而是内外对流，结合有关人士的身份、际遇凸显出其对应的劣根性、正当性诉求，乃至最后升华为可能的第三世界国家文学实践的"国族寓言"。

四、幽微的超越感

有论者指出："高晓声的批判是基于对农民的同情理解，而鲁迅的批判则更多是内心的焦虑和愤慨，这样就使高晓声的作品缺少鲁迅的深刻，无法触及灵魂的深处，更难以达到鲁迅所具有的普遍性，不仅是农民的心路历程，也是

① 刘梦溪《论鲁迅对农民问题的探索》，《北京师范大学学报（社会科学版）》1979年第3期，页41。

国民的灵魂开掘，从文学和农村的角度思考，鲁迅的意义是永恒的……而鲁迅的作品正如他当时所看到的那样，由于他的主题的深邃，用心的深长以及客观条件的局限，他的作品只是局限在知识分子的狭小圈子里，而难以深入到广大农民之中。”[①] 从某些层面看，上述判断不乏误读，鲁迅的乡土小说实践中有不少幽微的超越感，超出了后人对其进行的各色限定，而这种超越感又分成几种类型：

(一)《明天》：真情跨过丧礼

作为农村寡妇的单四嫂子呈现出与其周围世界的繁复张力，虽然她被多次描述为“粗笨女人”。患病的宝儿最终未被救活，但单四嫂子的行为及其中间洋溢的真情却令人印象深刻。在疗救宝儿的过程中，我们看到了周围世界的冷漠：中医何医生的贻误时机与敷衍塞责，蓝皮阿五的猥琐无聊等等。

而在宝儿去世后，在各种丧葬仪式与程序进行得有条不紊、甚至近乎无可挑剔时，我们依然可以读出她内心的空虚——于她，宝儿意味着双重内涵，一方面是怀胎十月并含辛茹苦抚养的宝贝儿子，而这种倾力付出也有好报，宝儿的感恩与小小梦想（“妈！爹卖馄饨，我大了也卖馄饨，卖许多许多钱，——我都给你”）（页 478，卷 1)。另一方面，作为男权社会的寡妇，她的明天(未来）就在宝儿身上。宝儿去世办丧事的场景中也可看出单四嫂子的真诚，尤其是和周围人完成任务的机械刻板相比，甚至鲁迅都忍不住让她顿觉空虚寂寞，还给她留下了做梦的安抚空间：“于是合上眼，想赶快睡去，会他的宝儿，苦苦的呼吸通过了静和大和空虚，自己听得明白。”(页 479，卷 1)

(二)《社戏》：超越乡村伦理

此文中呈现出鲁迅对中国戏曲的取舍和价值判断，文章伊始即呈现出对中国戏的厌烦与反思，并借日本人的论述表达观感：“中国戏是大敲，大叫，大

---

① 王吉鹏、赵月霞《鲁迅、高晓声对农民心路探寻的比较》,《北方论丛》2003 年第 2 期，页 73。

跳，使看客头昏脑眩，很不适于剧场，但若在野外散漫的所在，远远的看起来，也自有他的风致。”（页 589，卷 1）而故乡的社戏作为对照恰恰展现出其可读性与独特性。

梁漱溟指出：“中国所有文化，多半是从乡村而来，又为乡村而设，法制、礼俗、工商业莫不如此。”[①] 而疗治中国国民的劣根性大抵也要多管齐下，而从广袤的乡村抓起势在必行。在我看来，鲁迅在《社戏》中更是以回忆的视角描述了少年时期看戏的美好经历，或许戏本身并不最吸引人，而是一帮少年自力更生摆脱束缚、集体划船、远观表演而后返回途中宵夜的美好体验令人记忆犹新，其中既有对乡间朴实自由风格对传统长幼次序伦理的跨越，又有损己利人的利他精神传递（比如阿发希望采自己家的好蚕豆煮来吃），这一切都是鲁迅“立人”理想的重要民间精神资源之一，可谓是一种对症下药。

（三）《一件小事》：担当与脊梁

严格意义上说，小说中的车夫和老女人都未被明确说是农民，但作为农业大国，底层人士的身份往往与农民息息相关：“跌倒的是一个女人，花白头发，衣服都很破烂。伊从马路上突然向车前横截过来；车夫已经让开道，但伊的破棉背心没有上扣，微风吹着，向外展开，所以终于兜着车把。”（页 481，卷 1）相当令人感动的是，车夫却自有其担当感：“扶着那老女人，便正是向那大门走去。”（页 482，卷 1）

而在文末，鲁迅还呈现出文化教育与小事的对照性：“几年来的文治武力，在我早如幼小时候所读过的‘子曰诗云’一般，背不上半句了。独有这一件小事，却总是浮在我眼前，有时反更分明，教我惭愧，催我自新，并且增长我的勇气和希望。”（页 483，卷 1）从此视角看，鲁迅呈现出对践行和脊梁精神的高度重视与嘉许，而这些恰恰是另一种内在的超越感，我们应该不分职业贵

---

① 梁漱溟《乡村建设理论》，《梁漱溟全集》（第二卷）（济南：山东人民出版社，2005），页 150。

贱、阶层性别等等把这些精神都注入到民众的血液中去，更好的改造自己与奔向美好的未来。

结语：鲁迅的乡土小说实践自有其建设性，坚持自然主义或现实主义的学者/作家极易从进化论的角度得出鲁迅过时的整体判断，或者是批评其书写的相对粗线条，乃至不真切，但其实鲁迅迄今为止仍有乡土文学书写者值得大力借鉴的高妙优点，其中包括再现的同理心、厚实的批判力、绵密的文化性与深远的脊梁精神提倡，唯其如此，鲁迅的乡土文学书写才可称得上是源头与集大成者，如人所论："尽管他对中国农民走向觉悟表现了更多的悲观倾向，但他却以更清醒、更深刻、更彻底的现实主义精神，在他的乡土小说创作中表现了真实的中国农民的心灵世界，从而也让世人看到了带有极强的农民性的中国民众的精神本质。他从启蒙主义立场出发，在他的小说创作中以中国最底层的农民为视点，看到了文艺最应关注的群体，同时也就看到了中国走向世界最大的问题所在。同时，他的小说创作也为后来的作家关注农村、描写农民树立了光辉的典范。"① 鲁迅的超越性实在值得我们仔细探勘与认真借鉴。

---

① 江卫社、叶峻《中国农民：鲁迅乡土小说文化批判的视点与指向》，《太原师范学院学报（社会科学版）》2004 年第 2 期，页 102。

第五章：话语荟萃

鲁迅的作品往往有他自己切身的体会，尤其是很多“暗功夫”的哲思，缠绕了自我的经历、身份，有时甚至是主动刀刃向内。比如革命，这是先生一辈子念兹在兹却又非常独特清醒坚守、总结与表述的核心话语之一，小说再现亦然；比如老人及其文化象征，他曾经被骂作“世故老人”，但先生对老人政治却有着不能自已的感悟与批判；再比如他做了 14 年公务员的公务思考，其总结、批判和反思皆切中肯綮。而通过对牧领话语的思考，我们既可以反思有关话语和论述的不见，也可以总结鲁迅先生的实践与挣扎。

鲁迅小说中的革命话语自有其特色和关怀，在书写层次上，他强调并呈现出思想革命的重要性，并从制度到文化层面进行了批判，同时他更侧重深入个体灵魂的自我革命，并以知识分子与游民为典型进行剖析。鲁迅先生还考察了革命话语的后果，呈现了其悲剧机制，指出其中可能的形态与原因，同时也有主题性书写，比如辫子和现代革命的纠葛。

鲁迅作品中的老人话语实践寄托了鲁迅对诸多层面的总结与反思：常见的是对其中老人政治主体层面及运行机制的批判，当然也有对弹性文化资本的处理，而其中的老师书写、文化权力状描令人印象深刻，而即使是文化元典，也为信奉“取今复古、别立新宗”的鲁迅重新审视。作为老人又是“老”孩子的鲁迅如何自我理解也耐人寻味：他以对照的方式，对自我进行了认真的理解式解剖，而通过反思老人的复杂性以及他者的鉴照，鲁迅也部分实现了对进化论的反拨与辩证思考。

鲁迅小说中的公务镜像颇耐人寻味，作为一个做过 14 年公务员、深谙官场习俗的小说家，他的作品对此主题关注甚多。毫无疑问，他刻画出了官本位思想的悖谬：一方面言及其传统根深蒂固，另一方面却又呈现出新旧社会转型中的尴尬。相当犀利的是，他也再现了官场中的败德，如伪善阴损、无聊刻板等。而在鲁迅的个人经历与公务镜像呈现中亦有一种风格的关联与变换：北京时期呈现出多元的写实主义，而厦门广州上海时期则显得“虚浮不实”走向狂欢。

作为灵魂的拯救者本身必须要经历过深沉而痛苦的精神挣扎，作为 20 世纪最苦的灵魂之一，鲁迅的牧领人角色独特性值得关注：他的启蒙意义和基督教意义上的牧领话语到底有何瓜葛？它们之间如何契合，又存在怎样的逸出？同样我们又如何警惕（反）牧领和它的限制？

1 鲁迅小说中的革命话语

顶着三大家（文学家、思想家、革命家）高帽的鲁迅先生最容易被确认的身份是文学家，思想家和革命家的头衔往往引人质疑，当然也有不少解释和辩护。而实际上鲁迅自己对“革命”二字有着清晰而深刻的认知，同时从某种角度看鲁迅先生并不认可一般人所界定的“革命者”内涵，根据许广平的回忆，弃医从文后的鲁迅颇有自知之明：“革命者叫你去做，你只得遵命，不许问的。我却要问，要估量这事的价值，所以我不能够做革命者。”[①] 耐人寻味的是，鲁

① 景宋（许广平）《民元前的鲁迅先生》，鲁迅博物馆等编选《鲁迅回忆录（专著）》（上册）（北京：北京出版社，1999），页 97。

迅所言的革命和普通认知的狭义革命（如抛头颅、洒热血、搞刺杀、上战场冲锋陷阵等）有较大差别，比如其中相当重要的面向就是思想革命，这也可以看出鲁迅的独特性和深刻性，如王富仁先生指出，鲁迅在他的《呐喊》《彷徨》等作品中所试图证明的是：中国需要一次深刻的、广泛的思想革命，政治革命若不伴随着深刻的思想革命，必将与辛亥革命一样半途夭折。①

所谓“革命话语”显然不是指源自《易经》的所谓“汤武革命，顺乎天而应乎人”的说法，往往指向了政治意义上的改朝换代，而更是指添加了西方名词 revolution 内涵的现代称谓，革命往往变成了自然界、社会界或思想界发生的重大变革，它当然包含了诸多思想大家的经典论述，包括马克思的阶级论观点。而即使是缩小范围，到了 20 世纪中国语境内，亦有各种发展理路和繁复论述。②

让鲁迅小说遭遇革命话语可以部分克服以意识形态定论解剖的刻板与先入为主，从而可以部分激活鲁迅先生固有的复杂性，尤其是，他以笔为旗为剑既战斗又韧性的丰富张力。毫无疑问，他在杂文书写（包括演讲中）屡屡提及文学与革命的关系，更大一点言之，也有文学与政治的关系，但以小说作为大家耳熟能详的文体进行观照，却亦有其独特进路与孔道。我们不妨从两大层面展开论述，一是革命的层次，二是革命的后果。

一、革命的层次

不必多说，鲁迅是经历过多种革命存在的样式的，比如晚清诗学革命以及梁启超的影响，国学大师章太炎同时也是反清革命志士的言传身授，革命先驱孙中山先生的示范作用，甚至还包括留日同学的以死抗争（比如陈天华），捐

---

① 王富仁《中国反封建思想革命的一面镜子：〈呐喊〉〈彷徨〉综论》（北京：北京师范大学出版社，1992），页 32。

② 具体可参陈建华《“革命”的现代性：中国革命话语考》（上海：上海古籍出版社，2000）。

躯刺杀（比如徐锡麟、秋瑾等等）。鲁迅先生既有戎马书生的壮志和爱国激情，同时又有失败后痛定思痛的清醒与冷静，他选择了以自己的方式革命，也呈现出革命的丰厚层次，其中至少包括了思想革命与自我革命。而在书写时他也变成了听从将令的曲笔书写者，如其在《呐喊·自序》中所言："在《药》的瑜儿的坟上平空添上一个花环，在《明天》里也不叙单四嫂子竟没有做到看见儿子的梦，因为那时的主将是不主张消极的。至于自己，却也并不愿将自以为苦的寂寞，再来传染给也如我那年青时候似的正做着好梦的青年。"（页441—442，卷1）

（一）思想革命：从制度到文化

如人所论，鲁迅"他没有选择血的方式，而是选择了言说和输入精神食粮，这种对辛亥革命目标的独异呼应，贯穿一代。革命先觉者的鲜血当然也没有白流，至少换来了众声喧哗的舆论时代，才使得鲁迅这样的思想者成为时代的骄子"①。鲁迅先生在小说中对思想革命的思考又涉及如下几个层面：

1. 制度更新。鲁迅的第一篇小说《怀旧》虽然是用文言文写作，但毫无疑问亦有现代性元素的闪耀：比如其中的儿童视角，如何判断私塾与传统文化等等。而结合有关论题思考，它也涉及了制度更新的问题，但习惯了"超稳定结构"集体无意识的人们并不会/不能认真区分动乱/革命的本质差别，革命不是惯常的朝代更替，而可能更该是现代性制度的更新，但吊诡的是，由于新制度往往脱胎于旧制度，甚至不乏合流之处，的确存在着敷衍的色彩和举动，比如《头发的故事》中提及："我最佩服北京双十节的情形。早晨，警察到门，吩咐道'挂旗！''是，挂旗！'各家大半懒洋洋的踱出一个国民来，撅起一块斑驳陆离的洋布。这样一直到夜，——收了旗关门；几家偶然忘却的，便挂

---

① 姜异新《经历·书写·虚构——鲁迅的辛亥与国民性经验的审美生成》，《鲁迅研究月刊》2013年第10期，页7。

到第二天的上午。”（页 484，卷 1）

而真正涉猎民国理想事件的小说再现在《药》《头发的故事》《阿 Q 正传》中尤显突出，而其中也呈现出鲁迅对不同时段革命发展的思考与精神回望，如人所论：“在鲁迅精神史上，民国理想和‘民元记忆’是一个刻骨铭心的精神事件，也是鲁迅创作深层意识中难以抹除的历史烙印。鲁迅先后创作的《药》《头发的故事》《阿 Q 正传》三部与民元革命相关的小说中，分别塑造了的夏瑜、N 先生、假洋鬼子三个面貌各异革命党形象。这三个革命党形象出现在民国革命的不同阶段，体现出民国革命不同时期的革命观念和精神状况，成为鲁迅探讨民国理想失落和民国来源失传的形象表述。”①

2. 文化革命：从批判到拟想。从第一篇白话小说《狂人日记》开始，鲁迅先生在小说中就展开了对传统文化及其糟粕的猛烈批判，它不仅揭示了其吃人本质，而且也直接叙写这种传统根深蒂固且绵延至今：“从易牙的儿子，一直吃到徐锡林；从徐锡林，又一直吃到狼子村捉住的人。去年城里杀了犯人，还有一个生痨病的人，用馒头蘸血舐。”（页 452，卷 1）其中亦有和《药》情节焦点的互文——人血馒头，也有和《头发的故事》中的环环相扣。

从此视角看，《长明灯》就是一篇高度象征/隐喻的小说实践：被命名为疯子的他其实看到了长明灯的变异：“你看，三头六臂的蓝脸，三只眼睛，长帽，半个的头，牛头和猪牙齿，都应该吹熄……吹熄。吹熄，我们就不会有蝗虫，不会有猪嘴瘟……。”（页 62，卷 2）而且力主要“熄掉他”或“我放火”，这种策略本身就是一种铲除乃至同归于尽的革命理路。

当然，鲁迅先生也写到了力图革命的先驱或启蒙者面对强大传统文化的不幸挫败。《孤独者》中的魏连殳在很多理念上都具有革命元素，如丧葬礼仪中对真性情的弘扬（表面恭顺、事后狼嚎），对儿童尤其是青少年一代的平等与

① 朱献贞《“民元记忆”与鲁迅小说中的革命党形象》，《齐鲁学刊》2014 年第 1 期，页 134。

尊重（如果孩子们有变坏，也是环境使然，这就是进化论思想之一种）等等；而另一面则是传统礼教对他的强大收编、打压，这最终以物质生存的方式压倒了魏连殳。《在酒楼上》亦然，吕纬甫面对传统（包括温情）的围猎最终屈服，要么做无聊的无可无不可的事，要么顺应传统："你还以为教的是ABCD么？我先是两个学生，一个读《诗经》，一个读《孟子》。新近又添了一个，女的，读《女儿经》。连算学也不教，不是我不教，他们不要教。"（页33，卷2）这恰恰反衬出传统文化势力的依然强大。

相当有意味的是，鲁迅先生对新文化也有一些拟想。《幸福的家庭》就是一篇颇有张力的书写，在拟想中，他们夫妇该是自由恋爱婚姻："自由结婚的。他们订有四十多条条约，非常详细，所以非常平等，十分自由。而且受过高等教育，优美高尚……。东洋留学生已经不通行，——那么，假定为西洋留学生罢。主人始终穿洋服，硬领始终雪白；主妇是前头的头发始终烫得蓬蓬松松像一个麻雀窠，牙齿是始终雪白的露着，但衣服却是中国装，……"（页36，卷2）同时还要有宽敞的书房等等幻想，而另外一面则是冰冷的现实，缺钱少柴的羁绊、妻女琐事的纠葛等等，这彻底击碎了他的梦想/幻想。鲁迅设置了一个在现世或不平静的世界中的世外桃源：里面既有现代性元素，又有传统文化，大致可称为中体西用，但实际上鲁迅又打碎了这种可能性，尽管原本他对这种拟想就怀有强烈的讽刺感："和对话体的叙事结构相吻合，鲁迅在小说中更彰显出理想与现实的尖锐对立，借此来证明在彼时现实中幸福的不可得。"①

（二）自我革命

鲁迅对自我有着相当清晰的认知，在给许广平的信中说："凡做领导的人，一须勇猛，而我看事情太仔细，一仔细，即多疑虑，不易勇往直前，二须不惜用牺牲，而我最不愿使别人作牺牲（这其实还是革命以前的种种事情的刺激的

① 朱崇科、陈沁《反激的对流》，《中国文学研究》2014年第2期，页102。

结果），也就不能有大局面。”[①] 但在我看来，具有否定性思维的鲁迅反倒比一般人，甚至是同时代文化人更深邃的思考，那就是自我革命。

1. 解剖知识分子。知识分子主题是鲁迅先生小说书写的焦点和强项关怀，也恰恰从此类书写中呈现出鲁迅先生对自我革命思考的复杂性、独特性和深刻性。

《伤逝》当然可以有多重读法，比如其间的可能的兄弟失和元素[②]，但同样如果把它作为一篇爱情小说解读的话，又有相当有趣的向度和内涵：我们可以理解子君和涓生的勇敢，当他们一致对外时，他们无论是姿态还是口号都是振奋人心令人刮目相看的。毕竟，这指向了制度乃至伦理道德的革命，但最终走向了挫败，不少人把二人恋爱的悲剧归结为物质困窘，而实际上在我看来最大的精神缺陷却是来自于他们自我革命的乏力和失败：比如子君身上的虚荣心、肤浅琐碎，缺乏自我更新的能力；涓生身上的大男子主义、现代性伦理中强调自我真实的自私与过度务实乃至冷酷，前者的依赖性和后者的自私让他们难以持续各种打压之下的恋爱事业，也因此缺乏包容、相互支撑的爱的能力。

《端午节》中表面上看批判的是方玄绰的差不多主义，剖析人性的复杂性和劣根性，但实际上鲁迅在小说中有更丰富的剖析面向：一方面鲁迅揭示出方玄绰的无力自我革命，他只是理解和包容/纵容自己懦弱的劣根性，这是显性的一面，另一方面他却利用自己的文化资本来欺压没受过教育的太太：“他脸色一变，方太太料想他是在恼着伊的无教育，便赶紧退开，没有说完话。方玄绰也没有说完话，将腰一伸，咿咿呜呜的就念《尝试集》。”（页 567—568，卷1）这再一次论证了他不仅革自己的命难，而且还变本加厉，以现代知识为幌

① 鲁迅著《两地书・八》，《鲁迅全集》第 11 卷，第 33 页。

② 具体可参朱崇科、陈沁《鲁迅作品中的“兄弟失和”纠结及其超克——以〈伤逝〉为中心》，《文艺争鸣》2015 年第 11 期。

子去欺压而非启蒙自己的太太，从而遮蔽实情，则更彰显了自己的阴险与懦弱。

2. 流民革命的悖论。有论者指出："阿 Q 的所言所行，正是一个处于社会底层的人既受到欺压又想要保持自己作为人的尊严的自卫反应。我们面对如此一个弱者，不是同情他所遭受的不幸，反而对他的'精神胜利'喋喋不休，多少有些让人大跌眼镜。"① 我们至少可以从两个层面探讨作为流民的阿 Q 的革命问题：

其中一个层面就是其革命权利的问题。从此角度看，阿 Q 自己对革命是有需求的，虽然同时也懵懂，但是可以看出彼时的辛亥革命完全忽略了这一点，阿 Q 被排除在外，比如赵秀才"写了一封'黄伞格'的信，托假洋鬼子带上城，而且托他给自己绍介绍介，去进自由党。假洋鬼子回来时，向秀才讨还了四块洋钱，秀才便有一块银桃子挂在大襟上了；未庄人都惊服，说这是柿油党的顶子，抵得一个翰林；赵太爷因此也骤然大阔，远过于他儿子初隽秀才的时候，所以目空一切，见了阿 Q，也就很有些不放在眼里了"（页 544，卷 1）。阿 Q 不仅被剥夺了这种权利，而且最后成了新旧势力沆瀣一气的牺牲品，这一方面反映出革命者/启蒙者的孤高与傲慢，另一方面却又反衬出革命践行的浮浅、片面与潦草。毕竟，身居底层备受侮辱的阿 Q 本身也该有自己的权利，也该是被动员（如果不是被拯救）的对象。

另一个层面我们也要看到阿 Q 是没有能力进行自我革命的。他更多只有革命的冲动/欲望，同时他又挟裹了不少个体的劣根性。从此角度看，他所谓的革命和传统意义上的造反并无太大差别，无非是指向了物质、权力、女人，可以理解的是，阿 Q 的革命注定会失败，也了无新意。显而易见，从此角度看，他身上的劣根性和"精神胜利法"是中华民族的集体精神糟粕的凝练，他没有

① 魏巍《迷茫与反思：当前鲁迅小说几个误读的检讨》，《鲁迅研究月刊》2015 年第 8 期，页 29。

能力进行自我濯洗与革命，但同时他又有参与革命、提升自我的权利。

表面上看，从制度到文化的思想革命与自我革命相距甚远，而实际上在某些英雄形象身上又得到了巧妙融合，比如《理水》。治水的大禹力挽狂澜，实践出真知，以“导”的手法替代了传统的“湮”，这本身是卓有成效虽然阻力较大的思想革命，禹辩护道：“有人说我的爸爸变了黄熊，也有人说他变了三足鳖，也有人说我在求名，图利。说就是了。我要说的是我查了山泽的情形，征了百姓的意见，已经看透实情，打定主意，无论如何，非‘导’不可！这些同事，也都和我同意的。”（页397—398，卷2）但从自我革命的角度看，他的务实、能干、俭朴一度给当时的官场带来了冲击和清风，但最终他还是不得不腐化[①]，走向了同流合污：“幸而禹爷自从回京以后，态度也改变一点了：吃喝不考究，但做起祭祀和法事来，是阔绰的；衣服很随便，但上朝和拜客时候的穿著，是要漂亮的。所以市面仍旧不很受影响，不多久，商人们就又说禹爷的行为真该学，皋爷的新法令也很不错；终于太平到连百兽都会跳舞，凤凰也飞来凑热闹了。”（页400—401，卷2）禹的腐化/被同化却又再一次证明了自我革命远比制度更新困难。

二、革命的后果

无论是亲历辛亥革命，还是参与稍后的新文化运动，还是之后的起伏、逆流等等，鲁迅先生对有关革命（无论是政治还是文化层面）是有着深切历史现场感受的，所以他在《〈自选集〉自序》中说：“见过辛亥革命，见过二次革命，见过袁世凯称帝，张勋复辟，看来看去，就看得怀疑起来，于是失望，颓唐得很了……不过我却又怀疑于自己的失望，因为我所见过的人们，事件，是

---

① 具体可参拙著《张力的狂欢——论鲁迅及其来者之故事新编小说中的主体介入》（上海：上海三联书店，2006），页225。

有限得很的，这想头，就给了我提笔的力量。”（页468，卷4）但鲁迅的情感表述与其文学实践总有张力，“知其不可为而为之”的韧性坚守往往更是一种不必言说的实践常态，他对于革命显然有着更丰富的认知，尤其是，他也会以革命的结果来反思革命的成效、限制与更深层问题。

（一）话语的辩证：以辫子书写为中心

革命话语本身似乎天然地安放了现代性元素，但其从理念落地，尤其是变成了一种思想文化实践完成范式转换（paradigm shift）绝非轻而易举。比如辛亥革命之于鲁迅的重要性，他看到了它的划时代意义，心存感激与兴奋，力图以文字进行强化与巩固，但同时他也看到了其问题，政治革命相对容易，但涉及灵魂——精神转换时却举步维艰：“辛亥的确是鲁迅一生无法取代的重要时空坐标，当革命发生时，已是而立之年的他，有着自己独特的判断和立场，对后来一代是一个传说，对于鲁迅，却是用笔墨干预过的亲历和见证。而追求思想革命的辛亥使鲁迅找到了归属，真正理解了革命的内涵，才于之后奉献出一系列关于革命的真知灼见。”① 我们不妨以辫子为中心探究这种话语的辩证。

1. 顽固而狡猾的传统。无需多言，现代意义上的革命对于传统来说是颇具震撼力乃至翻天覆地的大事，但是由于后者往往一时难以理解革命的新颖性，它往往采取了熟悉的惯性模式进行应对，以为这就是另一次改朝换代，同时即使随着时间的推移，即使它能够部分理解革命、现代性，但由于思维的惰性或既得利益的惯性捍卫，它在整体取舍上依然是反革命的，无论是集体还是个体，无论是腹中空空还是满腹经纶。

《风波》如果从此视角看，恰恰是从两个层面展现出辛亥革命、张勋复辟之于“超稳定结构”底层单位的影响：一方面是他们如何从宏观上认知重大现

---

① 姜异新《经历·书写·虚构——鲁迅的辛亥与国民性经验的审美生成》，《鲁迅研究月刊》2013年第10期，页8。

代事件，无一例外的是，他们把辛亥革命简化为剪辫事件，好比当年满清入关时留辫、太平天国起义要求剪辫一样，而且顽固保守的赵七爷还习惯了留辫，把张勋理解为张翼德的后代加以美化，当然也是为了公报私仇曾经酒醉时骂他“贱胎”的七斤；另一个层面则是七斤内部家庭如何应对危机，其中呈现出平凡或无名的恶：无非是七斤夫妇互相指责或者把不满发泄到更年轻的弱者一辈身上，而文末可怜的儿童六斤又成了糟粕传统惯习的牺牲品——辛亥革命后数年她依然被残忍的裹了小脚，这一切都表现出传统的强大。

《肥皂》中鲁迅先生刻画出了另一个复杂的传统卫道者形象——四铭。在生理上，他是一个伪道学，明明对女丐有着流氓一样的欲望流动，却以买肥皂给太太用的方式进行转移力比多出口，在宣泄一度受阻后，恼羞成怒的他却一方面把火气洒向了在洋学堂就读的儿子学程，另一方面却又痛恨嘲笑和辱骂他old fool的（女）学生们：“秀儿她们也不必进什么学堂了。‘女孩子，念什么书？’九公公先前这样说，反对女学的时候，我还攻击他呢；可是现在看起来，究竟是老年人的话对。你想，女人一阵一阵的在街上走，已经很不雅观的了，她们却还要剪头发。我最恨的就是那些剪了头发的女学生，我简直说，军人土匪倒还情有可原，搅乱天下的就是她们，应该很严的办一办……。”（页48，卷2）某种意义上说，恰恰是因为女学生的现代知识框架严重超出了四铭的理解力，他才更会把这种无奈、恐惧与不满发泄到以剪辫为载体的女学生身上去，但他的发泄淫欲却又不得不借助现代化的产品——肥皂，的确是吊诡重重。①

相当耐人寻味的是，上述两篇小说呈现出鲁迅小说书写的精湛技艺，《风波》中彰显了传统集体/个体对现代事件的“大化小”特征，辛亥革命被矮化成一个辫子事件，而《肥皂》中的方法却是“小变大”套路，无能懦弱的四铭

---

① 具体可参拙文《“肥皂”隐喻的潜行与破解——鲁迅〈肥皂〉精读》，《名作欣赏》2008年第11期。

却将女学生的剪辫视为比土匪还要严重的挑衅和恶劣行径，但无论如何，这都呈现出传统的强大与顽固。

2. 暧昧而脆弱的现代。可以理解的是，革命话语的现代转换需要时间换空间，同时又要不断反省自身的限制乃至缺陷。在鲁迅的小说中，绝大多数革命者在呈现出革命性之余都或多或少彰显出一些劣根性，但同时却又反衬出革命现代性的暧昧与脆弱。

回到辫子书写上来，《头发的故事》从小说性（novelness）角度来看似乎颇为尴尬：它过于说理，近乎毫无情节，更多是言论表述的只言片语或者是片段经历拼贴，但其中却蕴含了丰富的革命话语描述。其一就是对健忘和敷衍的批判，比如N先生一再强调双十节的意义，其实就是变相为现代革命张目乃至文字立碑。从辫子惨痛的历史一直讲到民国元年，正是因为双十节剪辫才成为一种个人自由："只是元年冬天到北京，还被人骂过几次，后来骂我的人也被警察剪去了辫子，我就不再被人辱骂了；但我没有到乡间去。"（页487，卷1）

另外就是批判革命的简单与脆弱。即使回到剪辫事件中来亦然。让女人剪辫在社会包容度低、旧传统亦然强大之时无异于加重了她们的痛苦，毕竟简单而言，现实中的她们还要遭受传统与男权的多重压迫，从此角度看，革命也要讲求策略、手腕，更要保持清醒头脑韧性战斗，这样才有资格对抗强大的旧传统并建立新传统。某种意义上说，这种源自血的教训的谆谆教导与诚恳告诫必须坚决贯彻，这是鲁迅先生愿意让小说显得说教的核心原因。

（二）悲剧机制：败与死

可以理解的是，正是因为革命的对象相当强大、历史绵长且狡诈顽固，革命的后果往往也多以悲剧收场，甚至形成了一种悲剧机制，比如革命者的往往挫败乃至死亡，而这里的死亡要么是精神幻灭（如《在酒楼上》的吕纬甫），要么则是肉体被消亡（如《药》中的夏瑜），结合革命话语考察来看，也有几种形态和理由：

1. 妖魔化革命。统治阶层中的既得利益者及周边在对待革命时一方面可能是无法理解，另一方面则往往是出于剿灭心理而进行妖魔化处理，《药》中的夏瑜作为一条暗线主角其形象是被刽子手康大叔讲述出来的，而夏瑜的劝人革命就被表述为更容易理解的“造反”：“这小东西也真不成东西！关在牢里，还要劝牢头造反。”（页 468—469，卷 1）同时，面对牢头的侮辱，夏瑜却偏偏说出他的真实感觉——反革命们“可怜”。但无论如何，夏瑜还是英勇就义，并被消费为人血馒头，死后的经历也成为茶余饭后的谈资。

《阿 Q 正传》中则有两种妖魔化并存：一种是具有革命意愿的阿 Q 因为愚昧无知，共享了和统治阶层类似的关于现代革命的认知，毕竟阿 Q 的精神资源主要是来自于民间戏曲和统治阶层：“阿 Q 的耳朵里，本来早听到过革命党这一句话，今年又亲眼见过杀掉革命党。但他有一种不知从那里来的意见，以为革命党便是造反，造反便是与他为难，所以一向是‘深恶而痛绝之’的。殊不料这却使百里闻名的举人老爷有这样怕，于是他未免也有些‘神往’了，况且未庄的一群鸟男女的慌张的神情，也使阿 Q 更快意。”（页 538，卷 1）而另一种则是由于革命软弱性导致的新旧合流，而这最终导致阿 Q 成为牺牲品而被处死——他原本该是革命队伍中的一员的，如人所论，“国旗已经改变，民间没有改变；国号已经改变，上下阶层都没有改变。这就是鲁迅小说写给我们的辛亥后现实。辛亥前后平民的思想依旧，生活与地位依旧，仍然是被压迫、被奴役、被统治，因为革命既没有改变社会制度，又没有改变等级观念；既没有改变人际关系，也没有改变习惯与人情”。①

2. 突围寂寞与再突围。面对旧传统的强势围剿，革命作为新生事物往往显得脆弱而又节节败退。相较而言，革命者往往显得寂寞、孤独，具有较强的

---

① 张铁荣《在骨子“依旧”中上下求索——鲁迅小说中的辛亥革命言说》，《鲁迅研究月刊》2011 年第 9 期，页 24。

挫败感。

《鸭的喜剧》往往被解读为具有童心的小说，但实际上作为小说主人公的爱罗先珂（1890—1952）却也是一位革命志士，他是因为日本当局“宣传危险思想”罪的驱逐才来到北京入住八道湾 11 号的。表面上看，在这篇小说中呈现出的是爱罗先珂的关于声音的物质的寂寞，但实际上是精神的寂寞。因为他的理念颇具现代性，强调自食其力：“常说女人可以畜牧，男人就应该种田。所以遇到很熟的友人，他便要劝诱他就在院子里种白菜；也屡次对仲密夫人劝告，劝伊养蜂，养鸡，养猪，养牛，养骆驼。后来仲密家果然有了许多小鸡，满院飞跑，啄完了铺地锦的嫩叶，大约也许就是这劝告的结果了。”（页 584，卷 1）通篇小说洋溢着一种怀念而又淡淡忧伤的气氛，借此鲁迅其实也彰显了主体创作者自身的寂寞。

需要警醒的是，鲁迅小说中的革命话语也提及了伪革命的倾向。比如《离婚》中的爱姑，或许因为她是一个泼辣的农妇出身，有论者出于意识形态先行的研究导向把她夸大为婚姻革命的女先驱，实际上她远远不是：首先她的抗争其实更多是撒泼，七大人多管齐下遏制了其身体反抗和言语暴力；其次她反抗的依据思想却又是陈旧的传统伦理和婚姻道德，最后的离婚抗争变成了加多十元的闹剧。从这两个层面看，爱姑都算不上革命者。而其中特别引人注目的还有七大人，作为传统捍卫者和执行人的他是老奸巨猾的：他动用传统糟粕的神秘性作为文化资本以及打手作为震慑恐吓爱姑并不令人惊讶，但相当遗憾的是，他却收编了假洋鬼子/洋学堂读书人为其效劳，（北京洋学堂回来的）“尖下巴少爷赶忙挺直了身子，必恭必敬地低声说”（页 154—155，卷 2）。这其实已经证明了最可能进行思想革命的人士已被收编，新旧合流沆瀣一气彻底击溃了农村妇女爱姑。实际上，鲁迅先生对革命中间的悖论性乃至波诡云谲了若指掌，在《小杂感》中写道：“革命的被杀于反革命的。反革命的被杀于革命的。不革命的或当作革命的而被杀于反革命的，或当作反革命的而被杀于革命的，或并不当作什么而被杀于革命的或反革命的。”于是，中国的社会历史无非就是“革命，革革命，革革革命，革革……”①。

结语：鲁迅小说中的革命话语自有其特色和关怀，在书写层次上，他强调并呈现出思想革命的重要性，并从制度到文化层面进行了批判，同时他更侧重深入个体灵魂的自我革命，并以知识分子与游民为典型进行剖析。鲁迅先生还考察了革命话语的后果，呈现了其悲剧机制，指出其中可能的形态与原因，同时也有主题性书写，比如辫子和现代革命的纠葛。整体而言，小说作为一种文体，呈现出鲁迅的革命反思自有其特色和优势，其象征、隐喻、互文性、小说性等特质都让这种话语实践显得丰富而独特。

2　鲁迅作品中的老人话语

毫无疑问，作为长子长孙的鲁迅从个人际遇来说，他和老人是息息相关的。少年时期，父亲去世后他曾经面对家族中长辈的施压，要求压缩住房，但鲁迅坚持己见不肯屈服：“在日记中，他对族中长辈们，特别是对玉田公公表示了愤慨。同是一个家族，每一房还有利害冲突，在没有别的进益的时候，只好在族内互相挤轧。”② 而新文化运动前后，鲁迅更是猛烈批判传统糟粕，也曾写下《我们现在怎样做父亲》（1919 年），并提出从旧阵营出来的我们如何“自己背着因袭的重担，肩住了黑暗的闸门，放他们到宽阔光明的地方去；此后幸福的度日，合理的做人”（页 135，卷 1）。而在和鲁迅进行文字论战的人们当中，甚至到了晚年，也有人称鲁迅为“世故老人”，甚至鲁迅也不得不撰文《我的态度气量和年纪》（1928 年）进行直接回应。从此角度看，“老人”

① 鲁迅《小杂感》，《鲁迅全集》第 3 卷，页 556。
② 周建人口述、周晔整理《鲁迅故家的败落（增订本）》（福州：福建教育出版社，2017），页 112。

近乎陪伴鲁迅一生。

可以理解的是，敏感而又才华横溢的鲁迅对有关老人的丰富体验化成了相当精彩而繁复的文学创作，这在其各种文体都有所呈现。比如说在杂文中可谓星罗棋布，但最常见的是他对老人及其文化传统象征的猛烈批判，当然也可以成为鲁迅先生自我辩护的工具："所谓'鲁迅'也者，往往不过是充当了一种的材料。这种方法，便是'所走的方向不能算不对'的创造社也在所不免的。托罗兹基虽然已经'没落'，但他曾说，不含利害关系的文章，当在将来另一制度的社会里。我以为他这话却还是对的。"① 语句里面以退为进的思路隐约可辨。散文《朝花夕拾》中也有，比如《二十四孝图》对于老莱娱亲极其做作的批判，进而上升到制度批判的高度。而在小说中也是不乏此类实践，当然偶尔也会有所褒扬，比如《社戏》中的六一公公，相对朴实而且亦尊重文化（人）。甚至《野草》中亦有对老人的刻画，如《过客》中的老丈、《颓败线的颤动》中的老妪，《这样的战士》中也有对"长者"头衔的嘲讽和批判（"那些头上有各种旗帜，绣出各样好名称：慈善家，学者，文士，长者，青年，雅人，君子……"）（页 219，卷 2），这是目光如炬的战士以投枪洞穿的对象。

相较而言，和鲁迅相当茂盛的老人书写相比，有关研究显得相对稀少，直接关联的，如篇幅短小的《浅析鲁迅作品中的老者形象》其实更多是现象罗列："在鲁迅先生的作品中，有不少是以老者为题材的。有慷慨好客的六一公公，有严而不厉的寿镜吾老先生，有背负生活重担、忧郁的闰土，有怒其不争，哀其不幸的孔乙己……从这些老人身上更清楚地看到一个时代的历史，看到鲁迅先生对社会根源的探索。"② 实际上，鲁迅的老人书写远比这复杂。本文

---

① 鲁迅《我的态度气量和年纪》，《鲁迅全集》第 4 卷，页 113。

② 王亮《浅析鲁迅作品中的老者形象》，《文学教育》（上）2013 年第 10 期，页 50。

将之命名为老人话语。[①] 这一命名并非简单地偷换名目——换汤不换药，而是对有关书写及其背后运行机制的更丰富立体观照。在我看来，这里的老人既可以成为一种制度反思和文化传统批判的对象，同时也呈现出鲁迅对其中富含文化权力/资本的消解企图；值得注意的是，鲁迅从未将自己排除在外，他同时也无情地解剖乃至批判自己：置身于老的切身语境中，他既有理解之同情，同时也进行辨证反思与剖析，值得我们仔细探勘。本文所指的鲁迅作品主要以内涵丰富的小说为主，同时兼及散文及《野草》。

一、老人政治及批判

简单而言，在前现代时期（pre-modern times），非常常见的是，老人在部落或集体中往往具有相对强势的地位：其丰富的人生阅历累积成为处理族群内外重大事件的重要参考，而相对缓慢的社会转型与思想范式嬗变甚至将这种优势转化成一种老人政治。[②] 正如任何事物到了重大转型期或巅峰过后往往进入下降衰退通道，老人政治往往也成为打压青年人、维护私利、顽固保守的象征和堡垒。尤其是，进入现代社会后，一方面，旧有的文化传统如果不能（实际上也很难）发生“创造性转化”[③]，那么往往和现代知识生产断裂；而另一方面，对现代知识的掌握方法上也突飞猛进乃至日新月异，而年轻人在现代社会里更游刃有余，因此更容易凸显出老人政治的滞后乃至反动，如王德威所指出：“（老灵魂）是以背向——而非面向——未来。他们实在是脸朝过去，被名为进步的风暴，吹得一步步地‘退’向未来。”[④]

---

① 有关鲁迅小说中的话语界定及论述可参拙著《鲁迅小说中的话语形构》（广州：中山大学出版社，2017）。

② 简单分析可参王进《老人与政治》，《社会科学论坛》2014 年第 2 期。

③ 具体可参林毓生《中国传统的创造性转化》（北京：生活 · 读书 · 新知三联书店，2011）。

④ 王德威《当代小说二十家》（北京：生活 · 读书 · 新知三联书店，2000），页 88。

毋庸讳言，老人政治的弊端在鲁迅文学作品屡屡出现且层次丰富，毫无疑问，少年鲁迅对此就具有非常丰富与敏锐的体验，如周建人所言：“人们常常觉得少年人不懂事，好欺负，任意训斥叱责，却不知道少年人最敏感，他能体会一切善意，也能察觉一切恶意，人们既然因为他的困顿而露出赤裸裸的真面目，没有一点儿遮掩，他也就逐渐认识了这世界的丑恶和虚伪。”[①] 我们不妨以《朝花夕拾》为例进行初步分析鲁迅对老人政治的分层批判。按照批判程度的差异和可吸收对象等级，我们可以看到鲁迅先生在其中的良苦用心。其中批判最剧烈的莫过于《二十四孝图》，其中涉及到“老”的部分，如老莱娱亲，鲁迅认为这是羞辱真实的儿童心理/人性。当然鲁迅对这些老书的挞伐其实是为了现代性张目——白话文运动：“我总要上下四方寻求，得到一种最黑，最黑，最黑的咒文，先来诅咒一切反对白话，妨害白话者。即使人死了真有灵魂，因这最恶的心，应该堕入地狱，也将绝不改悔，总要先来诅咒一切反对白话，妨害白话者。”(页258，卷2)

折中程度的则是《五猖会》，在大家准备集体出游参加五猖会时，父亲却要求当时7岁的“我”背诵《鉴略》，这当然是对儿童合理人性的压抑，至少是一种延宕或阻碍，虽然最后背诵成功，大家深表赞许，但儿童自己却兴味索然。而程度最轻的则是《从百草园到三味书屋》，鲁迅在文中对本城极方正的寿老先生相当尊敬，但将相对枯燥的私塾学习和儿童爱玩的天性并置时，无疑后者占有更重的位置，因此鲁迅也以戏谑的口吻书写了老师。不难看出，经由对老人政治及其文化的批判，鲁迅先生同时也弘扬合理人性，哪怕是不那么成熟/完整的儿童天性，这也呈现出老VS少的张力。

（一）主动的绊脚石

在小说实践中，鲁迅先生结合历史与现实、传统与现代的对话，呈现出更

① 周建人口述、周晔整理《鲁迅故家的败落（增订本）》（福州：福建教育出版社，2017），页97。

生动与繁复的思考，甚至也部分彰显出新语境下的生成机制。从统治阶层的文化资源来看，鲁迅先生大力批判的首先是主动的绊脚石——文化糟粕的卫道士们。

《狂人日记》把批判目标之一指向了传统文化的吃人本质，但这种本质却需要各色载体，其中的老者角色值得剖析：他更大可能是刽子手假扮的，他低声对大哥说："赶紧吃罢!"一方面相当凶残，另一方面却又狡诈鬼祟；他的另一个可能角色或许是医生，但亦有煎服人肉的行当历史污点或罪感："假使那老头子不是刽子手扮的，真是医生，也仍然是吃人的人。"（页448，卷1）其实他也是老传统的继承者。无论如何，都是批判对象。

而更值得反思的则是《离婚》。其中既有老人们之间的对抗，如爱姑父亲庄木三（被人尊称"木公公"）和慰老爷、七大人（老人家）之间的角力，当然是貌似强大的前者面对权力时变成了软脚蟹；也有爱姑与"老畜生"（她公公）之间的角力：在泼辣的爱姑那里，她是赢者，但从传统文化标准看来，她则是输家，这是忤逆传统（长辈）。而最复杂和中心的对抗发生在爱姑和七大人之间：七大人动用了多重力量进行围攻，1. 垂死的少人知晓的传统文化资本，如有关屁塞的知识；2. 沉默但有力量的打手威吓；3. 洋学堂出身的光下巴少爷的点头哈腰附和；4. 与慰老爷狼狈为奸等等。从中不难看出，老传统及其代言人不惜一切代价（甚至"洋为中用"）捍卫一己或团伙私利。从更宏阔的视野来看，这既是一个乡镇，又是老中国；既有深层结构的传统，同时又有工具性挪用新知识。①

（二）被动绊脚石/牺牲品

老人传统及其文化政治并非铁板一块，其中还有更繁复的层面，其推广与

---

① 具体可参拙文《当知识化为权力——论鲁迅小说中的"知识型"话语》，《鲁迅研究月刊》2008年第2期。

运行也需要底层的配合、践行乃至支持，因此也就造就了不少被动的绊脚石乃至牺牲品角色。

《风波》中值得批判的首先是赵七爷：“赵七爷是邻村茂源酒店的主人，又是这三十里方圆以内的唯一的出色人物兼学问家；因为有学问，所以又有些遗老的臭味。”（页494，卷1）在中华民国的时空中，他居然可以借助似懂非懂误读《三国演义》来诠释现代政治事件——张勋复辟，同时又假公济私、欺骗恐吓骂他“贱胎”的七斤并幸灾乐祸，他原本就是可笑荒唐的存在。耐人寻味的是鲁迅对九斤老太的刻画。她的存在更多是抱怨，凝结为一句“一代不如一代”，同时又对自己所知的陈旧历史黄历进行细节性描述：“现在的长毛，只是剪人家的辫子，僧不僧，道不道的。从前的长毛，这样的么？我活到七十九岁了，活够了。从前的长毛是——整匹的红缎子裹头，拖下去，拖下去，一直拖到脚跟；王爷是黄缎子，拖下去，黄缎子；红缎子，黄缎子，——我活够了，七十九岁了。”（页495，卷1）而吊诡的是，她又长寿却同时是六斤悲剧的见证者：“九斤老太早已做过八十大寿，仍然不平而且康健。六斤的双丫角，已经变成一支大辫子了；伊虽然新近裹脚，却还能帮同七斤嫂做事，捧着十八个铜钉的饭碗，在土场上一瘸一拐的往来。”（页499，卷1）鲁迅这句结尾中有着丰富的嘲讽，九斤老太未必是主动的陈旧礼教的捍卫者，却也是潜在的支持者，貌似阅历丰富，实则脑袋空空如也。

《孤独者》中的老人家角色亦富有张力。魏连殳亲爱的养祖母去世，族人却又让悲痛莫名的他遵从陈旧丧葬传统，同时又借过继小孩力图驱逐旧屋里“那一个借住着的老女工”（她曾经侍奉过祖母且为其送终），而魏连殳、老女工都是牺牲品。更令人觉得反讽的是大良、二良的祖母，她自述道：“你可知道魏大人自从交运之后，人就和先前两样了，脸也抬高起来，气昂昂的。对人也不再先前那么迂。你知道，他先前不是像一个哑子，见我是叫老太太的么？后来就叫‘老家伙’。唉唉，真是有趣。人送他仙居术，他自己是不吃的，就摔在院子里，——就是这地方，——叫道，‘老家伙，你吃去罢。’”（页108，卷2）作为底层人奴性十足，她无法理解坚持理想时期的魏连殳的新派尊重（称之为“迂”）却只愿意接受乃至享受侮辱/损害式的表达/对待，这也可以反衬出老人政治附属奴性的强大与根深蒂固。

整体而言，鲁迅先生的小说多为短篇，但却具有极强的感染力和雄浑的指涉性，尤其是其强烈的互文性，描述出一个古老乡土中国面对现代转型时的破败、劣根性与深层结构。比如《孤独者》中，既有鲁迅自身的经历，又有S城空间的指涉；同时更可以继续升华为“老中国”的场域再现，如人所论：“鲁迅也就为‘老中国’的形象叙事，带来了一种极具象征寓意的叙事空间的扩展。尤其是它所具有的地域文化特征和姿态，不仅丰富了叙事空间的地域性特征，而且更是以其对越文化所具有的独特个人经验和心理感知，传达出了对特定空间和场域的固化、异化、衰败的深度解读。”① 相当难能可贵的是，鲁迅先生既呈现出其主要表征，又部分指出了老人政治的运行机制。

二、弹性文化资本及其消解

老人话语中“老”指向的绝不仅仅是年纪、资历，还有可能是一种弹性文化资本（cultural capital，布尔迪厄意义上的）。其中既有知识/权力转化的资本，又有某些文化惯习（habitus），如《药》的华老栓，可能是随年纪增长的称呼，和小栓是一种代际区隔。《故乡》中老年闰土对少时朋友恭称为“老爷”，更彰显出成人社会所尊奉的文化权力地位的隔膜与冷酷。或许更典型的是《阿Q正传》，宣称革命后的阿Q似乎意气风发、大权在握，周围人对他的称呼也发生了改变：赵太爷称之为“老Q”，赵白眼也惴惴不安地说，“阿……

① 黄健《“老中国”形象的空间与场域展示——越文化空间中的鲁迅小说“场域设置”》，《绍兴文理学院学报》2013年第5期，页5。

Q哥，像我们这样穷朋友是不要紧的……”。从当初被连打带骂叱责的“你怎么会姓赵！——你那里配姓赵”到拼命套近乎的“老Q”，这种称谓的变迁可以看出话语/权力之间的流通，鲁迅在作品中相当精彩地呈现出此类文化实践。但上述人物依然属于愚民统治的对象，有着相对落后的思维方式，如人所论，华老栓、阿Q们的思维结构有三个特征：1. 价值体系陈腐落后；2. 思维视野狭隘闭塞；3. 思维方法原始愚昧。或许“只有当现代工业的发展从根本上改变了一统天下的小农经济，新生的社会力量在日益壮大的过程中，建构起新型的政治、经济、思想、文化和伦理道德观念，才能变革华老栓、阿Q所代表的思维方式，中国才能走向现代社会”[①]。

（一）文化惯性与权力资本

将科举制度放回到历史语境中，客观地说，相当长一段时间内自有其典型性与制度优势，至少可以以才取胜、笼络一批人为朝廷服务[②]，但同样到了中华帝国晚期，其负面性显而易见，尤其是这种以命题知识与权/利交换的制度异化了大多数名落孙山的士子。

《孔乙己》中的主人公未必是真正的老人：“孔乙己是站着喝酒而穿长衫的唯一的人。他身材很高大；青白脸色，皱纹间时常夹些伤痕；一部乱蓬蓬的花白的胡子。穿的虽然是长衫，可是又脏又破，似乎十多年没有补，也没有洗。”（页458，卷1）但他始终未进学，或许可以称为“老童生”。孔乙己的最大悲剧是，他为应试知识所异化/规训，连日常生活表述都是刻板的“经典”话语，而实际上他原本是有人性的存在：比如喝酒从不拖欠（讲信用），与孩子们分享不多的茴香豆（善良大方），教小伙计识字（造福他人），甚至连他小偷小摸的缺点也显示出其部分活力（或所谓名士风度），但他却成了科举应试制度的

---

① 魏耕祥《论华老栓、阿Q的思维方式与辛亥革命》，《齐鲁学刊》1992年第5期，页102—105。引文见页105。

② 有关论述可参商衍鎏《清代科举考试述录及有关著作》（天津：百花文艺出版社，2004）。

异化物/怪胎，最终不明不白死去。类似的还有《白光》中的陈士成，作为五十多岁屡试不中的老人身份显而易见："凉风虽然拂拂的吹动他斑白的短发，初冬的太阳却还是很温和的来晒他。但他似乎被太阳晒得头晕了，脸色越加变成灰白，从劳乏的红肿的两眼里，发出古怪的闪光。"（页570，卷1）恍惚中他把目光指向了"书中自有黄金屋"的发财梦，于是为白光所魅惑，首先是挖掘自家房屋，不中后转向山里去，最终命丧万流湖。从这个角度看，孔乙己和陈士成都是在幻觉/声音的指引下被权力知识异化的产物，也是牺牲品，而传言中的丁举人可以因为偷窃打断同行孔乙己的腿，权力化知识的诱惑和冷酷性可见一斑。

另一种文化资本则是"老师"。比如《野草》中的《立论》，教小学生如何立论的就是老师，而此老师的角色和作者价值判断都是中性的——他是一个传道授业解惑者，但身上也难免一些成人世界累积的传统性格。① 负面的判断来自于小说《高老夫子》，他原本就是一个不学无术、坑蒙拐骗、守旧自私的投机分子，比如他的自以为是的更名："他的确改了名字了。然而黄三只会打牌，到现在还没有留心新学问，新艺术。他既不知道有一个俄国大文豪高尔基，又怎么说得通这改名的深远的意义呢？所以他只是高傲地一笑，并不答复他。"（页78，卷2）比如他去女校教书的目的其实是为了看女学生，再比如他和人打牌设局骗钱等等。而实际上他教课的失败也狠狠回应了他的猥琐，最终他还是回归牌桌："高老夫子的牌风并不坏，但他总还抱着什么不平。他本来是什么都容易忘记的，惟独这一回，却总以为世风有些可虑；虽然面前的筹马渐渐增加了，也还不很能够使他舒适，使他乐观。但时移俗易，世风也终究觉得好了起来；不过其时很晚，已经在打完第二圈，他快要凑成'清一色'的时候了。"（页85，卷2）不必多说，正面形象则是《藤野先生》，他认真细致、不

---

① 具体可参拙文《"言志"的吊诡：重读〈立论〉》，《临沂大学学报》2015年第6期。

歧视冒进、待人诚恳，同时又有个性和“近代科学精神”[①]，虽然也可能有其问题（如过于严厉等），但却成为现代语境中心中的良师益友，也成为一个典范人物。

（二）文化元典与现实困窘

某种意义上说，将鲁迅置于彻底的、激进的反传统主义者之列是相对简单乃至粗暴的，而将之贴上“反传统的传统主义者”有所推进，可谓更细致深入，但或许更准确的说法该是“反传统的新传统主义者”，这既符合鲁迅所言的“取今复古、别立新宗”追求，同时又从其实践中可以总结出类似的理念。杂文自不必说，批判国民劣根性不遗余力，而其《故事新编》中有一种言语、意义和文体结构的“张力的狂欢”[②]，其实也是对可资利用的文化元典现代性转换的重新审查与犀利批判。

《出关》中涉及了孔子、老子之争，相较而言，在此文中鲁迅对老子的批判多一些。它对于老子的老迈有所涉及，如牙齿掉光，加上方言口音重，演讲时别人听不懂；又提及他被逼书写《道德经》的不易：“那时眼镜还没有发明，他的老花眼睛细得好像一条线，很费力；除去喝白开水和吃饽饽的时间，写了整整一天半，也不过五千个大字。”（页 461，卷 2）鲁迅批判了老子思想中退守的缺陷，其实无关可出，也出不了关。同样，鲁迅对孔子一方面肯定的同时（“知其不可为而为之”），另一方面也有轻微的批评——老子的退缩恰恰可以反衬出积极进取的孔子可能的攻击性和功利性。

《起死》中批评的是庄子及其思想。毫无疑问，他已是个老年人，“黑瘦面皮，花白的络腮胡子”（页 485，卷 2），甚至连剧中的鬼魂也批评他：“庄周，你这糊涂虫！花白了胡子，还是想不通。”（页 486，卷 2）庄子的超越性的无

---

① 具体可参曹禧修《鲁迅与语文教学》（杭州：浙江大学出版社，2017），页 105—106。

② 具体可参拙著《张力的狂欢》（上海：上海三联书店，2006）。

是非的思想听起来头头是道，但一旦面对有历史记忆的具体个案，其无差别、罔顾历史的缺陷也就变成了难以摆脱与明晰的尴尬与纠缠。不难看出，鲁迅对文化元典传统也持有一种务实的态度："保存我们，的确是第一义。只要问他有无保存我们的力量，不管他是否国粹。"（《随感录　三十五》）一言以蔽之，历史记忆、身份认同和面向现代与未来的特性必须有机结合，才能另立新宗。

三、"老"孩子及自我理解

单纯把鲁迅贬低为"世故老人"是一件相当愚蠢的事情，毫无疑问，他洞察世事，对人情世故洞若观火，深谙传统、批判他人与社会入木三分，留给世人的最强烈印象是善于解构，但其解构也别有深意，如人所论："显然，对'老中国'形象的解构，也成为鲁迅借以探寻和展示中华民族精神意识和心理性格的一种独特方式。民族生存境况、国民的愚昧精神状态，国民奴性心理性格，乃至人的解放、个性解放、民族解放和社会解放，所有这一切都深深地蕴含在这种解构之中。"① 但同时，鲁迅又是一个老孩子，他和同龄人关系一般，和周边世界似乎剑拔弩张，但和青年们往往形同父子，不管是萧红的《回忆鲁迅先生》的精细传神描述，还是和廖立峨的传奇交往（所谓"义子事件"）② 都可以看出他极其重情且有赤子之心。更令人感慨的是，头顶着老人的帽子，鲁迅先生对自己也有更多理解和深切反思，这往往为人所忽略，而在其文本实践中却有所呈现。

（一）自我理解与解剖

相较而言，鲁迅先生老人话语书写中对自我的理解往往以对照的方式展

---

① 黄健、赖彩慧《鲁迅对"老中国"形象的解构》，《河北大学学报（哲学社会科学版）》2012 年第 6 期，页 6。

② 具体可参拙文《鲁迅"义子"廖立峨：作为广东青年的"这一个"》，《鲁迅研究月刊》2014 年第 1 期。

开，其中既有自我，又有他者，有时甚至合二为一。在《希望》一文中，鲁迅先生首先彰显的却是自己可能的衰老："我大概老了。我的头发已经苍白，不是很明白的事么？我的手颤抖着，不是很明白的事么？那么我的灵魂的手一定也颤抖着，头发也一定苍白了。"（页 181，卷 2）当然，此类书写是一种回流的自审，他看到了自己的问题，批评青年们的懈怠，同时又以自己的挣扎努力作为一种教训式示范。[①] 当然其中也呈现出鲁迅对青春的判断层次：以内在自我的青春肉搏暗夜，以身外的青春（"虽然是悲凉漂渺的青春罢，然而究竟是青春"）激励自我，借此来批判也激励青年们反抗绝望、挥洒青春。

同理，《过客》中的老丈当然是老人"约七十岁，白须发，黑长袍"。结合该文对话，他曾经拒绝过某种声音的呼唤："他也就是叫过几声，我不理他，他也就不叫了，我也就记不清楚了。"（页 197，卷 2）我们当然可以批判老翁的停滞不前，他可能贪图安逸，至少是想休息，从而放弃了艰苦的探索，但换一个思路思考，其实他也可能是曾经的过客——文中的老丈、过客、小女孩不过是过客不同时期的身份，鲁迅先生也能借此自我批判、清理或者至少是一种告诫，从此角度看，老翁的角色可谓倾注了理解式的批判，自我/他者可能是裂/合的。

《奔月》中的思路则有所区别，尤其是其中对迟暮羿的理解更耐人寻味。一种是他者眼中的羿：如老太婆口下责骂的母鸡/鹁鸪不分、冒领他人功劳的浑蛋，同时也是弟子逢蒙暗算与羞辱的对象，更是妻子嫦娥悄无声息抛弃的落拓老公形象，从这个角度来看，羿的迟暮老态与被误解、被背叛恰恰吻合了老人鲁迅被围剿的心酸现实际遇。另一种则是羿对自己的剖析，一方面是自我责备对当年鼎盛时期近乎滥杀的忏悔："谁料到现在竟至于精光的呢。想起来，真不知道将来怎么过日子。"（页 373，卷 2）另一方面却也反思自我是否真的

① 具体可参拙著《〈野草〉文本心诠》（北京：人民出版社，2016），页 109。

老朽堕落："她竟忍心撇了我独自飞升？莫非看得我老起来了？但她上月还说：并不算老，若以老人自居，是思想的堕落。""不过乌老鸦的炸酱面确也不好吃，难怪她忍不住……。"（页381，卷2）但实际上绝对不会甘休服老："我实在饿极了，还是赶快去做一盘辣子鸡，烙五斤饼来，给我吃了好睡觉。明天再去找那道士要一服仙药，吃了追上去罢。女庚，你去吩咐王升，叫他量四升白豆喂马！"（页381，卷2）廉颇老矣，尚能饭否？羿显然胃口不错，实际上，我们也知道他不会成功，但在这一波三折中，鲁迅先生更多呈现出对自我神性降低、通俗性增强的衰老趋势的深切反思。

（二）进化的反弹与辩证

不必多说，进化论在鲁迅的思想中占据一席之地①。即使在1927年"四一五"事件后鲁迅自言"轰毁"了进化论，但实际上并未根除。从此角度看，应该是这样的发展和认知趋势——年青人要远比老年人更有未来或占据思想优势，而实际情况远比这复杂。

《颓败线的颤动》中年轻时的老妪处境困窘不得不卖身养活女儿和自己，等到女儿一家枝繁叶茂后，她们全家一起鄙夷和谴责"一个垂老的女人"，不只是女儿女婿，还包括下一代："最小的一个正玩着一片干芦叶，这时便向空中一挥，仿佛一柄钢刀，大声说道：'杀！'"（页210，卷2）她赤身裸体走向荒野，两手向天，发出"无词的言语"，也带来巨大的颤动。文本中老妪的出现和举动不只是一种简单的道德辩护或反抗，而是借此反思不得不的历史的复杂性乃至某种伟大意义。值得一提的是，鲁迅其实并未放弃对他所同情的老妪的批判，某种意义上说，也是对自我的解剖。② 同时，这也是对进化论的某种反思乃至反拨。

---

① 有关分析可参 James Reeve Pusey, *Lu Xun and Evolution*（New York: State University of New York Press, 1998）。

② 具体可参拙著《〈野草〉文本心诠》（北京：人民出版社，2016），页238。

《采薇》中呈现出对立的两极以及鲁迅对老人伯夷叔齐的复杂观照。毋庸讳言，这其中有对不识时务者伯夷叔齐的批评乃至嘲讽，以至于二人终于在“不食周粟”认同被戳穿情况下的悲剧地走向死亡。但在小说中，鲁迅也呈现出对二人坚守气节的赞许，尤其是相较于姜太公的貌似忠厚实则老奸巨猾，山大王小穷奇的貌似儒雅实则粗鄙贪婪，贰臣小丙君的沽名钓誉两面三刀，二老是相对可爱而清高的。鲁迅另一批判的矛头指向了青年婢女阿金，正是她鹦鹉学舌，为二老的赴死添加了压死骆驼的最后一根稻草，而且还在死后以流言蜚语对二老的殉节进行编排与亵渎①：“听到这故事的人们，临末都深深的叹一口气，不知怎的，连自己的肩膀也觉得轻松不少了。即使有时还会想起伯夷叔齐来，但恍恍忽忽，好像看见他们蹲在石壁下，正在张开白胡子的大口，拚命的吃鹿肉。”（页 426—427，卷 2）写于 1935 年 12 月的《采薇》此文可以呈现出晚年鲁迅思考的繁复与深邃，从老人话语角度思考可以看出身为老人的鲁迅对有关人士的理解更多了几分同情、洞察力而显得炉火纯青，同时也把青春与衰老的辩证彰显出来。

结论： 鲁迅作品中的老人话语实践可谓数量繁盛质量上乘，其中寄托了鲁迅对诸多层面的总结与反思：常见的是对其中老人政治主体层面及运行机制的批判，当然也有对弹性文化资本的处理，而其中的老师书写、文化权力状描令人印象深刻，而即使是文化元典，也为“取今复古、别立新宗”的鲁迅重新审视。而相当引人注意的是，作为老人又是“老”孩子的鲁迅如何自我理解：他以对照的方式，对自我进行了认真的理解式解剖，而通过反思老人的复杂性以及他者（尤其是青年人）的鉴照，鲁迅也部分实现了对进化论的反拨与辩证思考。

---

① 有关论述可参拙文《女阿 Q 或错版异形？——鲁迅笔下阿金形象新论》，《山东师范大学学报（人文社会科学版）》2015 年第 1 期。

3　鲁迅小说中的公务话语

从人生经历或成长际遇来说，鲁迅先生也是一个相当繁复的存在，在作为文学家的大纛背后其实相当长一段时间内（1912—1926）隐藏着中华民国佥事的公务身份（期间亦有在北京高校的兼课讲师角色），在短暂一年成为专职教授（厦门大学、中山大学）以后，他却选择了自由撰稿人的身份角色，当然期间也牵涉到由官场到文坛的收入变化："鲁迅在北京的经济收入在1915年前后比较稳定，生活安定，1921年前后政府拖欠薪水显著，经常举债，为生计奔波。鲁迅经济收入在1924年是个转折点，出现业余收入高于工资收入，统计发现，讲课费、稿酬、版税占全年收入的59%。从经济上讲，鲁迅开始了由公务员向自由职业者身份的转变。"①

对于鲁迅14年担任教育部官员的历史，吴海勇曾用《时为公务员的鲁迅》（广西师范大学出版社，2005）一本书的篇幅进行了专门描述，相当清晰的梳理了鲁迅不同时间段的公务生涯、优胜劣汰记略、上司与同事、公余时间、气质契合与否，资料翔实，亦有一些论断切中肯綮，他曾经如此界定公务员："公务员，顾名思义，也就是服务于政府机关的公职人员。试用于民国时期的中国公务员制度，是西方现代政治体制的'舶来品'，而西方的公务员制度又转受中国科举取仕传统的启发，缘此公务员原本是中国士人的势力范围，具有天然的亲和力。鲁迅如何就不能做这个'官'？任职教育部十数年而最终离去，鲁迅实在是民国早期公务员制度的一个生动案例。"②

耐人寻味的是，作为文学家的鲁迅相当厚重地再现了这种经历乃至气质，

---

① 韩大强《鲁迅由北京官场转向上海文场的心路历程——基于鲁迅日记中关于经济收入记载的分析》，《鲁迅研究月刊》2015年第12期，页16。

② 吴海勇《时为公务员的鲁迅》（桂林：广西师范大学出版社，2005），页8。

其杂文具有相当凌厉的杀伤力，其中亦有一丝“绍兴师爷”气，可谓是旧传统与现代政治体制岗位的糅合。可以理解的是，他自身的气质个性鲜明，具有强烈的孤绝风格，对自己所从事的行当，不只是公务员，还有兼职/专职的大学教师/学者身份亦相当不满，因为时事政治、学院政治、经济纠纷、考核机制等如影相随，他最终弃绝了教授。①

当然，如果历数鲁迅公务员经历中特别令他印象深刻甚至伤脑筋的事情主要有：一、陈源对他绍兴师爷出身及文字风格的大力批判。鲁迅先生在《不是信》的正式回应里可以显示出在嬉笑怒骂之余他还是耿耿于怀的：“这几天，我的‘捏……言’罪案，仿佛只等于昙花一现了，《一束通信》的主要部分中，似乎也承情没有将我‘流’进去，不过在后屁股的《西滢致志摩》是附带的对我的专论，虽然并非一案，却因为亲属关系而灭族，或文字狱的株连一般。灭族呀，株连呀，又有点‘刑名师爷’口吻了，其实这是事实，法家不过给他起了一个名，所谓‘正人君子’是不肯说的，虽然不妨这样做。此外如甲对乙先用流言，后来却说乙制造流言这一类事，‘刑名师爷’的笔下就简括到只有两个字：‘反噬’。呜呼，这实在形容得痛快淋漓。然而古语说，‘察见渊鱼者不祥’，所以‘刑名师爷’总没有好结果，这是我早经知道的。”② 某种意义上说，陈源是鲁迅笔战的第一个真正对手，即使他们不属同一个重量级，但我们要认真对待陈源和鲁迅之间就此事展开的论辩，要认真探究并借此发现与辨析鲁迅和绍兴师爷行当有交叉但更多是貌似而神异的存在。③

二、鲁迅和当时教育总长章士钊之间的笔墨官司。尤其是在女师大事件中章士钊非法免去了他在教育部的职务，鲁迅撰写有理有据、笔锋老辣的诉状进行申诉，终究获胜：1926 年 1 月 16 日，新任教育总长易培基以此案乃前任章

---

① 具体可参拙文《论鲁迅对学院教授的弃绝》，《南京师范大学文学院学报》2012 年第 3 期。

② 鲁迅《不是信》，《鲁迅全集》第 3 卷，页 237。

③ 具体可参陈越《摆脱陈源的阴影：也谈鲁迅与“绍兴师爷”》，《鲁迅研究月刊》2004 年第 10 期。

总长办理为由取消了过去对鲁迅的免职处分，而平政院于 2 月 23 日开会做出裁决，判定鲁迅诉胜，正式取消章士钊对鲁迅的处分。不必多说，这些现实事件会对鲁迅造成可能深远的影响，尤其是在他有关公务的小说创作中会有或直接或曲折乃至另类的呈现和反思。

更令人兴趣盎然的是，作为“中国现代小说之父”的鲁迅如何在小说中展开整体批判时呈现公务？毕竟，小说作为一种独特的文体，和现实存在着繁复而迷人的对话关系，而鲁迅最精彩的小说创作《呐喊》《彷徨》都是在北京完成，争议不断的《故事新编》是一部写了 13 年的跨时空创制，但亦和公务息息相关，简而言之，鲁迅大约有 6 成小说涉及了公务。当然，这里的公务不只是现代语境里的指涉，由于鲁迅小说世界涵容广阔，尤其是其间既有古老帝国晚清时段的落日余晖，甚至亦有先秦诸子、历史神话传说的早期指涉，所以这里的公务亦包括貌似没有编制的民间乡绅系统及其类似模型。

相较而言，此类现实与虚构关系的精深研究并不多见，论者多关注鲁迅公务员相关身份的日常，或文学作品的文本分析，或者进行单篇小说分析时偶有涉及，不成系统。为此，本节从三个层面展开论述：一、官本位的悖谬；二、败德的镜像；三、际遇与再现的技艺，关注公务员生涯之于鲁迅创作风格的可能影响。

一、官本位的悖谬

毫无疑问，鲁迅先生小说书写的重要指向就是批判国民劣根性，而官本位却是中间相当重要的一环。作为历史的“中间物”，鲁迅既有祖父中翰林以后做知县的历史传承与群众期待，同时又有在新型体制中摸爬滚打的体验，他对官本位思想的实际感知与文本再现都是相当深邃而全面的。

（一）官本位传统根深蒂固

或许是由于过长的封建王朝统治，围绕官本位的理念与实践在中国人头脑中变成了代代相传的文化基因，这种认知让官本位高高在上，成为某种特权思想，甚至成为一种救赎。

《狂人日记》作为鲁迅先生第一篇白话小说，引人注目的是其“封套”结构（古文楔子 + 白话正文）展示的张力，令人心潮澎湃乃至振聋发聩的“吃人”真相的揭露和“救救孩子”的呼声其实已是过眼云烟，因为托名的男主人公“然已早愈，赴某地候补矣”。这个和鲁迅祖父周福清一度相似的候补经历相当吊诡地呈现出鲁迅背后的悲愤与无奈：被官方收编（或主动招安）和具有中西方文化思想元素的清醒狂人①居然是对立统一的存在。

《长明灯》当然具有丰富的隐喻。吉光屯及长明灯其实就是传统文化（糟粕）的象征，其间的人们为对付企图熄灭此灯的疯子可谓不遗余力、群策群力。其中愤怒的阔亭曾经想打死他：“这样的东西，打死也就完了，吓!”灰五婶否定这一做法：“那怎么行！他的祖父不是捏过印靶子的么?”（页 60，卷 2）于是众人难免面面相觑。相当有意味的是，这种情况甚至到了中华民国新时代似乎仍有余韵。《伤逝》中和子君冲破习俗的涓生其身份也是一个公务员：“我所豫期的打击果然到来。双十节的前一晚，我呆坐着，她在洗碗。听到打门声，我去开门时，是局里的信差，交给我一张油印的纸条。”（页 119，卷 2）正是因为被辞退，他们才失去了赖以支撑的经济来源，可见在鲁迅或者时人的心目中，公务员依然是不错的差事。《故乡》中亦然：一方面是“豆腐西施”杨二嫂对“我”的奉承，“你放了道台了”，而另一方面儿时的伙伴历经岁月摧残后中老年闰土见面后吐出的居然是“老爷”。

某种意义上说，对官本位的崇拜和奴性养成往往是一体两面，而奴性的形成机制却又可以繁复多样，或威逼利诱或狐假虎威或以苛律严令冷酷拷打逼他们就范，但也会形成一种令统治者不愿看到的效果：“酷的教育，使人们见酷

---

① 具体可参拙文《论鲁迅小说中的癫狂话语》，《中山大学学报（社会科学版）》2008 年第 4 期。

而不再觉其酷，……人民真被治得好像厚皮的，没有感觉的癞象一样了，但正因为成了癞皮，所以又会踏着残酷前进，这也是虎吏和暴君所不及料，而即使料及，也还是毫无办法的。”①

从此角度看，《孔乙己》中的孔乙己作为高不成低不就的科举应试失败者，仿若一个怪胎和卑贱物，成了底层人士的谈资和笑话而不自知，他也有自己的小毛病，如懒惰和小偷小摸，终于偷到丁举人家去了，结果相当悲惨：“‘他总仍旧是偷。这一回，是自己发昏，竟偷到丁举人家里去了。他家的东西，偷得的么？’‘后来怎么样？’‘怎么样？先写服辩，后来是打，打了大半夜，再打折了腿。’‘后来呢？’‘后来打折了腿了。’‘打折了怎样呢？’‘怎样？……谁晓得？许是死了。’”（页460，卷1）对同一阶层成功者的莫名崇拜和对失败者的冷酷践踏令人不寒而栗。类似的还有《白光》中的陈士成，作为一个官本位理念深重却又是生活中的失败者，连他自己的私塾小童都看不起他，最后他发了疯，追寻白光而死，鲁迅写道：“至于死因，那当然是没有问题的，剥取死尸的衣服本来是常有的事，够不上疑心到谋害去：而且仵作也证明是生前的落水，因为他确凿曾在水底里挣命，所以十个指甲里都满嵌着河底泥。”（页575，卷1）结尾这段话中恰恰反衬出普通人的生存艰难和成人世界的残酷，即使成了尸体，他也缺乏应有的被尊重。

（二）转换中的尴尬

鲁迅的深刻和伟大之处之一就体现在他对文化革命的深切认知上，政权的更替，甚至是政治体制的转换都可以在短时间内完成，但有关思想的更新和文化范式的转换却往往显得缓慢而沉重。吴海勇指出公务员系统的“办公室恶俗”：“同事惫懒、懈怠，只顾喋喋不休，那是流言、小道消息的滋生和散布之地，还有不得不打交道的势利小人。更可恨的是有人道德严重滑坡甚至作奸犯

① 鲁迅《偶成》，《鲁迅全集》第4卷，页600—601。

科，让人惭愧悔恨与其曾经共事。”[①] 从更切实的角度说，这更多是一种现象描述，而更深层的原因是官本位劣根性的跨时空表征及其新式发展。

1. 新的悖论。可以理解的是，《示众》中看客们的焦点：“一个是淡黄制服的挂刀的面黄肌瘦的巡警，手里牵着绳头，绳的那头就拴在别一个穿蓝布大衫上罩白背心的男人的臂膊上。”（页 70—71，卷 2）易言之，这里的现代公务成为愚昧无知看客们猎奇化、符号化的存在，类似的《一件小事》中的巡警成为一个中立的仲裁或执法者。而《起死》中的巡士的存在却是帮好事之徒庄子收拾残局的国家机器代表，甚至面对五百年前复生的固守彼时历史记忆的汉子也自顾不暇，鲁迅用这个故事狠狠的嘲弄了那些企图以古代中国传统文化拯救现代中国人的妄想和迷梦。

但更常见的往往是新的溃败。《孤独者》阐述了一个时代转换中“失败的成功、成功的失败”的悲剧故事。一开始葆有理想和激情的魏连殳要面对谋生的压力和逼迫，但此时却是失败的成功，因为信念还在；无奈之下，他转向自己革命的对象——杜师长做幕僚，貌似得意狂欢，最终却自戕而死，变成了“成功的失败”，因为他背叛了自己的理想和追求。而其中最大的反讽之一就是，启蒙者/革命者却倒向了旧式的官本位机制。

《药》中的夏瑜是一个被叙述的暗线，他的失败之处在于，作为一个被囚禁于牢狱的革命者，他却备受被启蒙者的嘲讽和命名（疯了），甚至被亲人出卖求荣获利：“你要晓得红眼睛阿义是去盘盘底细的，他却和他攀谈了。他说：这大清的天下是我们大家的。你想：这是人话么？红眼睛原知道他家里只有一个老娘，可是没有料到他竟会这么穷，榨不出一点油水，已经气破肚皮了。他还要老虎头上搔痒，便给他两个嘴巴！”（页 469，卷 1）这当然可以彰显出革命者夏瑜面对旧式公务系统的失败、悲剧性以及反讽意义。

① 吴海勇《时为公务员的鲁迅》（广西师范大学出版社，2005），页 220—221。

2. 旧的逆袭和新旧合流。《离婚》中的七大人作为地方乡绅的代表他对泼辣少妇爱姑的打压却是采用了多管齐下的方式：以旧文化糟粕（如墓里出土的古人屁塞）的神秘性进行文化资本炫耀，以打手进行人身威吓，以假洋鬼子的言辞进行堵截，最终逼迫爱姑以 90 元大洋离婚就范。其中耐人寻味的是，旧对新的收编（如对假洋鬼子的狐假虎威使用）。

而另一个值得反思的个案文本则是《阿 Q 正传》，具有革命意愿、基础和部分行动力的阿 Q 最终却被出卖：他先是被机关枪伺候，一群人（兵、团丁、警察、侦探们）一拥而上抓住的，他是被现代国家机器的执行者捕获的。接着是走程序的审判，审判者对阿 Q 奴性的蔑视，在"不要跪"的斥责中："阿 Q 虽然似乎懂得，但总觉得站不住，身不由己的蹲了下去，而且终于趁势改为跪下。"（页 548，卷 1）而过程其实也就是诱引就范的展开，阿 Q 被定了死罪，签字画押时，不识字的阿 Q 面对这种规矩却难免羞愧："阿 Q 要画圆圈了，那手捏着笔却只是抖。于是那人替他将纸铺在地上，阿 Q 伏下去，使尽了平生的力气画圆圈。他生怕被人笑话，立志要画得圆，但这可恶的笔不但很沉重，并且不听话，刚刚一抖一抖的几乎要合缝，却又向外一耸，画成瓜子模样了。"（页 549，卷 1）最终阿 Q 被枪毙了，但反思现代（新）的发展，不难发现，它更多是被旧传统逆袭后的新式装扮，骨子里依然是旧的，它是非不分，对底层依然是蔑视且缺乏起码的理解、认知的，并最终实现新旧合流，也呈现出辛亥革命的某些弊端。如果从法律角度考察，阿 Q 也是一个极佳的个案，如人所论："阿 Q 形象完全摆脱了道德训戒窠臼，在中国文学史上第一次极其深刻、广泛地形象地反映了中国法制缺乏把人当作人对待的法律传统的弊端，批判了辛亥革命后刑法的枉杀无辜的黑暗。"①

① 余宗其《〈阿 Q 正传〉的法律解读》，《鲁迅研究月刊》2000 年第 3 期，页 39。

二、败德的镜像

鲁迅在教育部的主要工作（所谓“做官课程表”）包括：1. 阅处公文；2. 开会；3. 办会；4. 外出调研；5. 部门交涉；6. 应酬与仪式；7. 其他领导交办之事。[①] 这些事务，多数都是相当琐碎而繁冗的，尤其是，这个巨大的行政机器运转中，个体往往是相对渺小无力的，而且往往被异化成螺丝钉或其他零件。但作为权力运行的齿轮之一，他们中间的某些分子深谙官本位中的权钱、权色交换之道，大肆谋取私利，即便如此，这种行当/职业也对个体人形成了性格镌刻，鲁迅小说中不乏对“败德”的描述。

（一）伪善阴损

一般而言，普通公务员具有较大压力，一方面他们需要面对上级领导，这关系到其升迁改派调动等命运，时间久了难免滋生奴性，而另一方面他们又要面对琐屑事务的煎熬，因此在处理下层或普通人事务时又可能要耍官腔，利用小权力折腾下人或宣泄压力，尤其是经过长时间锤炼，性格中难免有分裂阴损成分。鲁迅在小说中不乏此类书写。

《端午节》这篇小说叠合了鲁迅的现实身份——既是公务员又是兼职大学讲师，鲁迅亦有被欠薪的经历，茅盾指出：“我以为《端午节》的表面虽颇似作者借此发泄牢骚，但是内在的主要意义却还是剥露人性的弱点，而以‘差不多说’为表现手段。在这里，作者很巧妙地刻画出‘易地则皆然’的人类的自利心来；并且很坦白地告诉我们，他自己也不是怎样例外的圣人。”[②] 不必多说，鲁迅在小说中呈现出对人性的理解之同情——也即，屁股决定脑袋的合理性，但同时鲁迅也对其奉行“差不多主义”进行批判：从此角度看，他缺乏践

---

① 具体可参吴海勇《时为公务员的鲁迅》（广西师范大学出版社，2005），页 57—59。

② 茅盾《鲁迅论》，中国社会科学院文学研究所鲁迅研究室编《鲁迅研究学术论著资料汇编（1913—1983）》第 1 册（北京：中国文联出版公司，1985），页 291。

行的能力，大的事务方面，在教员们集体游行讨薪时：“他仍安坐在衙门中，照例的并不一同去讨债。”在家庭事务的微观层面，他无力面对无米下炊的现实，只会对妻子闹脾气耍横，让小厮赊酒自爽，甚至以知识的面具来躲避现实，也打压妻子的不满，而这种阴柔性格恰恰是老吏懦弱阴损而又自私的表现。

《弟兄》作为一篇不太容易理解的小说亦与公务员身份密切相关。小说开头在无聊八卦的公益局同事面前的沛君呈现出“瘸子里面选将军”的优越性，而在他弟弟靖甫出疹子诊断未出疑似猩红热时他也帮忙热心看病，在中西医先后确诊搞定病情后，他却梦到弟弟去世，自己却要照顾其一家人等大家人口操持的琐碎、粗暴，揭示出其内心怕承担责任的私心。幸好这只是梦，靖甫醒来后表示要译书挣钱，而他在推迟上班后，却积极处理关于无名男尸的公文：“沛君便十分安心似的沉静地走到自己的桌前，看着呈文，一面伸手去揭开了绿锈斑斓的墨盒盖。”（页146，卷2）如人所论：“作品写张沛君的这种思想变化的脉络，对于反映小公务员在那个社会里生活维艰之中的窘迫状况，展示出在这种状况下思想演变的轨迹，是异常真切的，是合情合理的。如果不问具体情由，不考虑人物所处的特定境遇，就把这种思想上的闪念称之为是人物本质上的‘伪善面目’的暴露，恐怕是于理不通的罢。”[①] 这当然揭露了常人可能有的缺点，但因为其公务员身份而显得更引人注目，而其伪善宛如精神分析般的呈现成为他不懈怠的理由——他远没有和他人对称彰显出来的那样伟大。

《采薇》中鲁迅亦表现出对公务系统的嘲讽，如贰臣小丙君毫无气节，既是害死伯夷叔齐的元凶（其婢女阿金鹦鹉学舌“普天之下、莫非王土”，击倒了二老的坚守），同时又在二老死后拒绝为其石碑题字，而其却享受现实的荣华富贵，颇为反讽。鲁迅相当精准的地方还有对正面人物的人性挖掘，小说中的姜子牙面对二老冲撞指责周王发时士兵要严惩他们时说道：“义士呢，放他

① 王嘉良《鲁迅小说〈弟兄〉主旨新探》，《求索》1985年第5期，页120。

们去罢!”结果是:“到得背后,甲士们便又恭敬的立正,放了手,用力在他们俩的脊梁上一推。两人只叫得一声‘阿呀’,跄跄踉踉的颠了周尺一丈路远近,这才扑通的倒在地面上。叔齐还好,用手支着,只印了一脸泥;伯夷究竟比较的有了年纪,脑袋又恰巧磕在石头上,便晕过去了。”(页 412,卷 2)毫无疑问,姜子牙是高效、睿智做事的人,但也精于公务,周王朝刚刚推翻纣王,需要收买人心,何况伯夷叔齐手无缚鸡之力老迈垂死必将自行灭亡,何苦他来承担凶手罪名呢?

(二)无聊刻板

不必多说,鲁迅对公务员行当无聊刻板有着相当清晰而深切的体验,毕竟他又是敏感多情而又清醒锐利的人。按照《鲁迅日记》,他 1912 年 5 月 5 日鲁迅抵达北京,6 日“坐骡车赴教育部,即归”。10 日,“晨九时至下午四时至教育部视事,枯坐终日,极无聊赖”。到了月末 29 日,日记中只有“无事”二字,而这天是星期三,教育部的工作日。自此开始,“无事”二字频繁地出现在鲁迅日记当中,似乎已成了一种常态。据刘克敌的统计:“1912 年自 5 月至年底,八个月的时间出现了 12 次,最多的一个月有 4 次。1913 年则大致与 1912 年相同,‘无事’之记载每月出现 1 到 2 次,全年为 20 次。1914 年为 22 次,1915 年为 20 次,1916 年为 19 次,1917 年为 35 次,1918 年为 40 次。”他认为:“被鲁迅以文字方式记录下来的这些有关个人日常生活的叙事绝不会令人兴奋,因为毫无惊险和刺激可言,它们只能给读者,也给鲁迅自己带来更多的无聊与空虚感受……即便像鲁迅这样的意志坚强者,如果不甘于被这种日常生活所控制和免于堕落的命运,就必然要寻求一些外力以获得支援力量,这也是我们从其日记中所看到的。”①

---

① 刘克敌《“无事可做”的“鲁迅”与“忙忙碌碌”的“周树人”——从日记看民国初年鲁迅的日常生活》,《中国现代文学研究丛刊》2011 年第 3 期,页 138。

《补天》中最令女娲感到讶异的是公务员身份的小东西："然而更异样了，累累坠坠的用什么布似的东西挂了一身，腰间又格外挂上十几条布，头上也罩着些不知什么，顶上是一块乌黑的小小的长方板，手里拿着一片物件，刺伊脚趾的便是这东西。"不仅如此，他还指斥自己的神圣母亲不合规矩："裸裎淫佚，失德蔑礼败度，禽兽行。国有常刑，惟禁！"而一旦不理会他，却还会哭，"方板底下的小眼睛里含着两粒比芥子还小的眼泪"（页363—364，卷2）。不难看出，鲁迅的"油滑"源自于对这些刻板而又虚伪的官员们的厌恶和愤怒。《出关》中则描述了关尹喜的伪善，表面上他对老子是尊敬的，其实不过是例行公事，并且剥削他在木札上刻出自己的演讲稿，但也不真尊重，最后不过是"提起两串木札来，放在堆着充公的盐，胡麻，布，大豆，饽饽等类的架子上"（页464，卷2）。同时他又以世俗人的精明看清楚走流沙的老子必然会折返来，从而洞穿了知识分子的弱点。

相当具有杀伤力的描述则是来自《理水》。鲁迅在其中对公务、官员、官场恶习的描写相当精彩。文化山上的学者们无聊琐碎、自以为是已经令人大开眼界，巡视的大员们之表现则更令人作呕：他们既颠倒黑白，又敷衍塞责："第二天，说是因为路上劳顿，不办公，也不见客；第三天是学者们公请在最高峰上赏偃盖古松，下半天又同往山背后钓黄鳝，一直玩到黄昏。第四天，说是因为考察劳顿了，不办公，也不见客；第五天的午后，就传见下民的代表。"（页391，卷2）而且，他们还谎报灾情弄虚作假，这一切都反衬出默默无闻、脚踏实地、无私奉献的禹的伟大（甚至禹太太无法见自己的老公也是一种侧面证明，当然也反衬出衙门的势利和偏见），但等到大禹治水成功上京后，情况也发生了变化，"吃喝不考究，但做起祭祀和法事来，是阔绰的；衣服很随便，但上朝和拜客时候的穿著，是要漂亮的。所以市面仍旧不很受影响，不多久，商人们就又说禹爷的行为真该学，皋爷的新法令也很不错"（页400，卷2）。

在我看来，这是浮华腐化的官场习气对大禹的同化与腐蚀。[1]

从更宏阔的视角看，公务系统的劣根性其实是中华民族劣根性的重要组成部分，其衍生的奴性、大染缸阴损、虚伪等败德特征，一直是鲁迅大力批判的对象，也可以理解鲁迅在其小说中对公务的书写往往是批判的、负面的。

三、际遇与再现的技艺

鲁迅的公务话语书写可谓其来有自，我们有必要探讨其人生现实的际遇与小说虚构的繁复关联，当然，这种书写并非直接对应，也可能是折射，甚至是一种创造性的凝练或臆想。

（一）北京时期：写实的多元

作为鲁迅担任公务员最为集中的时空，北京时期可谓格外引人注目。鲁迅出仕自然有他的多重原因，如人所论："是国家的革故鼎新激发了鲁迅的从政热情，遵循传统文化士官路径的余绪，在继承祖业、重振家风的实际需要和潜意识作用下，鲁迅出仕了。"[2] 但无论如何，公务员行当与鲁迅的核心气质并不吻合，因此加上欠薪、惫懒的制度等等对人的打击，再加上新文化运动风起云涌的推助，从周树人到鲁迅的转换也就势在必然。某种意义上说，鲁迅此时的书写既是一种自我排解，又是一种公开的使命（启蒙、为人生等）宣扬，同时恰恰是由于正在感同身受，其小说风格往往也是写实的。

这一时期的有关公务书写的创作主要收集在《呐喊》《彷徨》中，还有《不周山》（后更名《补天》收入《故事新编》）。不难看出，从整体风格上看，此时的鲁迅往往是相对沉郁的、悲凉的（早期是悲壮），或许是近距离勾画，书写时恰恰是置身其间，内容上现实关怀较重，所以鲁迅先生也显得恳切实

---

① 具体可参拙著《张力的狂欢——论鲁迅及其来者之故事新编小说中的主体介入》（上海：上海三联书店，2006），页 225。

② 吴海勇《时为公务员的鲁迅》（广西师范大学出版社，2005），页 26。

在。《风波》中的赵七爷，这个底层乡绅，靠其残缺的《三国演义》知识治理附近的村庄，在听说八一嫂提及“衙门里的大老爷没有告示后”变得怒气冲冲：“‘大兵是就要到的。你可知道，这回保驾的是张大帅，张大帅就是燕人张翼德的后代，他一支丈八蛇矛，就有万夫不当之勇，谁能抵挡他，’他两手同时捏起空拳，仿佛握着无形的蛇矛模样，向八一嫂抢进几步道，‘你能抵挡他么！’”（页 497，卷 1）表面上看颇有喜剧效果，但对于文化“超稳定结构”坚固的乡间却又自成一统，鲁迅写出了其间的波澜不惊与自身的逻辑。这恰恰也是《呐喊》的风格，指出问题所在，引起“疗救的注意”，让人努力前行。

鲁迅也写出了公务系统逻辑对人的圈限与伤害。比如《孤独者》中的魏连殳，他在做了杜师长幕僚之后的变化，前后对比鲜明：“他先前不是像一个哑子，见我是叫老太太的么？后来就叫‘老家伙’。唉唉，真是有趣。人送他仙居术，他自己是不吃的，就摔在院子里，——就是这地方，——叫道，‘老家伙，你吃去罢。’他交运之后，人来人往，我把正屋也让给他住了，自己便搬在这厢房里。他也真是一走红运，就与众不同，我们就常常这样说笑。要是你早来一个月，还赶得上看这里的热闹，三日两头的猜拳行令，说的说，笑的笑，唱的唱，做诗的做诗，打牌的打牌……。”（页 108，卷 2）通过遵从世俗的快意人生与及时行乐来排解痛苦、压力，而对大良、二良们的态度转变也呈现出他抛弃进化论而转向旧传统把小孩当作附属品/财物的观念。某种意义上说，鲁迅通过这种风格呈现出《彷徨》的整体格调，发自内心的挫败感、孤独悲凉及忧郁气质。

相当耐人寻味的是，在批判挞伐之余，鲁迅对公务员行当亦有着了解之同情，不管是在《孤独者》中的魏连殳身上投射了痛苦的自我，还是在《端午节》中对方玄绰也不乏理解：个体为谋生进入公务员系统之后的无奈乃至变异，我们不得不说，这其实是鲁迅的一种自我排解与抒怀，如人所论：“鲁迅花了大量的篇幅来描写方玄绰要秉持‘差不多’的精神使自己‘仍旧做官’，根本原因还在于鲁迅当时所面临的严峻问题，是必须努力摆脱由‘无事’而带来的绝望与空虚。但真正能给予方玄绰希望的，仍是文学者的道路。”①

（二）厦穗沪时期：“虚浮不实”

1926 年 8 月，鲁迅离开北京经上海奔赴厦门，在厦门大学他虽未担任行政职务，却也亲身感受到校园政治——新加坡华人校长林文庆与他的多重冲突②；1927 年 1 月，鲁迅到达中山大学，担任文学系主任、教务主任以及学校组织委员，忙得连轴转，作为大学里的学官，他也深切感受到复杂的学术政治、时事政治、人事纠纷的缠绕；1927 年 9 月底，他离穗赴沪，表面上看他未再担任行政职务，事实上从 1930—1936 年他就任左联盟主，成为了“两个左联”的精神领袖却没有实权而被另一群听从将令的左联小鬼们摆布得七窍生烟，从四条汉子到重病中答复徐懋庸的公开信等等，让他倍尝无形公务缠身之苦，甚至也加速了他死亡的进度。

上述种种，也就足以说明为何《故事新编》除了《奔月》以外遍涉公务，而无一例外的是，他对于其间的公务极尽嬉笑怒骂之能事。程度相对较轻的，如《非攻》中，楚王的角色只是一个不太聪明的见证人：“楚王和侍臣虽然莫明其妙，但看见公输般首先放下木片，脸上露出扫兴的神色，就知道他攻守两面，全都失败了。”（页 476，卷 2）而《铸剑》始作于厦门时期，广州时期的 4 月份才完稿，这个被称为相对严谨正面书写的小说中也有狂欢元素，比如歌谣中的猥亵小曲元素，但即使从对王的刻画角度来看，他也近乎是五毒俱全的：有权就任性，杀害了眉间尺的造剑名师父亲，他父亲描述到：“大王是向来善于猜疑，又极残忍的。这回我给他炼成了世间无二的剑，他一定要杀掉我，免得我再去给别人炼剑，来和他匹敌，或者超过他。”（页 435，卷 2）王貌似威

---

① 崔琦《从〈游戏〉到〈端午节〉——试论鲁迅翻译与创作之间的互文性》，《中国现代文学研究丛刊》2016 年第 3 期，页 114。

② 具体可参拙文《林文庆与鲁迅的多重纠葛及原因》，《四川大学学报（哲学社会科学版）》2013 年第 2 期。

严却又百无聊赖："游山并不能使国王觉得有趣；加上了路上将有刺客的密报，更使他扫兴而还。那夜他很生气，说是连第九个妃子的头发，也没有昨天那样的黑得好看了。幸而她撒娇坐在他的御膝上，特别扭了七十多回，这才使龙眉之间的皱纹渐渐地舒展。"（页 442，卷 2）当然围绕他的一切近乎是繁文缛节，在死后："当夜便开了一个王公大臣会议，想决定那一个是王的头，但结果还同白天一样。并且连须发也发生了问题。白的自然是王的，然而因为花白，所以黑的也很难处置。讨论了小半夜，只将几根红色的胡子选出；接着因为第九个王妃抗议，说她确曾看见王有几根通黄的胡子，现在怎么能知道决没有一根红的呢。于是也只好重行归并，作为疑案了。"（页 450，卷 2）

相较而言，此一时期的公务书写风格大多"虚浮不实"，题材上往往指向了诸子百家、远古历史乃至传说。可以理解的是，此一时段的鲁迅，尤其是上海时期，身体健康每况愈下，作为自由撰稿人，也面临谋生（天天码字）的巨大压力；同时作为努力扶持后进、甘心做梯子又胸怀天下的他来说，其实太多焦虑、紧张需要疏导。而在文化上亦有传统的可能反扑，更有对新传统的遗忘，如 1933 年和施蛰存关于《庄子》《文选》的论争等。这些生存周边都让鲁迅在处理公务议题时选择了另类的风格：一方面是自我纾解，以乐写悲更显其悲，同时也是借各种幽默/反讽解压，另一方面是继续刨"坏种们的祖坟"，借较古的议题批判复古的幻想与建议。

需要指出的是，鲁迅的公务书写对于阅读其小说来说只是一个层面或一个主题探究，他自然有他的整体性、超越性乃至客观性，这当然是服务于他的国民劣根性批判与"立人"追求的，就如他小说中的辛亥革命书写一样，也有其高度和独特形式，如人所论："正是因为爱在他的心灵中扎下了根，他才会在虚构和想象时，没有被自己个人的道德信念遮蔽住，而能成功听到另一个超个人智慧的声音。对于鲁迅而言，辛亥是激发他创造性和形成独特小说风格的重要资源。鲁迅的辛亥故事不是自传，不是史实记录，纯粹是鲁迅式的幻想，是特殊的鲁迅式晶体。”①

结语：鲁迅小说中的公务话语颇耐人寻味，作为一个做过14年公务员、深谙官场习俗的小说家，他的作品对此主题关注甚多。毫无疑问，他刻画出了官本位思想的悖谬：一方面言及其传统根深蒂固，另一方面却又呈现出新旧社会转型中的尴尬。相当犀利的是，他也再现了官场中的败德，如伪善阴损、无聊刻板等。而在鲁迅的个人经历与公务镜像呈现出亦有一种风格的关联与变换：北京时期呈现出多元的写实主义，而厦门广州上海时期则显得“虚浮不实”走向狂欢。当然公务话语形构只是上述小说的一个考察面向，我们不可忽略其整体性、超越性和立体性。

4 鲁迅作品中的牧领话语

从某种意义上说，我们无论如何强调鲁迅存在的丰富性和复杂性都不为过，尤其是，他的思想中混杂了古今中外诸多转型期的灵魂碰撞、抵牾、交融，而结合其丰富的人生阅历与晚清民国波诡云谲的现实转换，他的回应、创设乃至偏执都往往出人意表、沸沸扬扬。惟其如此，他也招致了当时和后来相当繁复而长久的人事非议和学术误读。②

毫无疑问，采取单一视角或坚持相对纯粹的思路来解说鲁迅当然也往往问题重重，若缩小范围，单单考察基督教与鲁迅的遭遇，持有此信仰的学者往往会对鲁迅加以评头论足，而某些观点仿佛是一种预设——鲁迅思想的不完满、以恶抗恶、缺乏形而上笃定救赎等等。有论者指出：“鲁迅精神正是他所批判

① 姜异新《经历·书写·虚构——鲁迅的辛亥与国民性经验的审美生成》，《鲁迅研究月刊》2013年第10期，页13。

② 简单的说明和例证可参房向东《鲁迅：最受污蔑的人》（上海：上海书店出版社，2000）和陈漱渝主编《一个都不宽恕：鲁迅和他的论敌》（北京：人民日报出版社，2010）等。

的国民性自身，不挪开它，中国精神就不会有光明的未来！……鲁迅思想在他所处特殊的时期，在政治层面的运用上，产生了一定的公义作用；但其思想本质，是绝不可以成为‘民族魂’的。”①

笔者以为，鲁迅的世界性包含是五彩缤纷的，易言之，作为具有国际影响力的20世纪最重要的灵魂人物之一，他和西方的思想文化，比如基督教的遭遇既是事实，同时又是（再）解读鲁迅的上佳进路。为此，这就要求我们视野开阔、心态平和，既要考虑到鲁迅的独特性，又要发掘新的可能性，即使回到鲁迅和基督教的关系层面，更应该深化剖析、另辟蹊径，而非单纯宏大叙事：“鲁迅对于基督教的两种倾向，一是赞成的倾向，我们称之为希望阶段，是对基督教中的一些合理思想的肯定、保留；二是否定的倾向，我们称之为绝望阶段，是对基督宗教的毫不留情的激烈抨击。”② 有些先入为主的观点甚至粗糙固化。

毋庸讳言，作为灵魂的拯救者和引领者本身必须要经历过深沉而痛苦的精神挣扎，作为20世纪最苦的灵魂之一，鲁迅牧领人角色的独特性和进路也值得认真关注。为此，本节力图考察牧领话语与鲁迅的复杂纠缠。

一、牧领话语：简述与剖析

毋庸讳言，本节中提及的牧领话语严格说来异常繁复，不仅历史源远流长，而且从空间构成上又可能混杂了东西方不同的文化源流，很难在一时之间廓清，为此，本节更多依据法国思想家福柯（Michel Foucault，1926—1984）在《安全、领土与人口》（上海人民出版社，2010，钱翰、陈晓径译。下引只标注页码）中的相关叙述为基础，进行简述和梳理，并略加分析。

---

①【加】区应毓等《中国文学名家与基督教》（北京：九州出版社，2010），页89。

② 周红《希望与绝望——论鲁迅的基督教观》，《哈尔滨职业技术学院学报》2007年第2期，页19。

在福柯的论述中，牧领其实更是被纳入到有关治理（gouvernement），尤其是“对人的治理”谱系中的重要阶段和不可替代的层面之一。有论者指出：“从基督教会对人的治理到现代政府的治理是一个连续体，从希伯来的东方传统到近现代的政府组织方式之间有某种根本的一致性。对人的治理不是希腊罗马的传统，而是希伯来的牧领制度进入欧洲教会之后逐渐在基督教会内部形成的。”[①] 而结合福柯的论述，我们可以把牧领话语简单分成两个层面：1. 牧领制度（侧重精神）；2. 牧领权力（更侧重组织管理）。二者之间当然互有交叉，此处更强调侧重的差异。

（一）牧领制度

如前所述，福柯是把牧领制度放在治理问题的谱系学上加以处理的，而在描述 16 世纪的治理问题时，他提到了牧领学说（pastorale）的“整个主题”——“灵魂和行为的治理问题”（页 75）。而依照福柯的推断，治理术恰恰是从古老的基督教牧领模式“出发诞生的”（页 93）。

耐人寻味的是，福柯没有固步自封，而同样将视野投向了东方寻找对人进行管理的源头。其中他对牧领制度有关良心灵魂指导的形式加以分析：1. 不同时空实践的多样性，如犹太王国中：“完满的正面的牧领关系，主要是神与人的关系。这是一种宗教关系，其来源、根基和完成都是在神对其人民的权力之中。”（页 108）2. 牧领的权力基本上是一种善意的权力；3. 牧领权力是一种个人化的权力，其中有一个著名的牧羊人的悖论：一方面，牧羊人应当看护全体，也要看护每一只羊，另一方面，为了整个羊群牺牲自己，为了每一只羊牺牲整个羊群，福柯认为：“这绝对是基督教的牧领问题的核心。”（页 111）

随着时间的推移，福柯认为，主要从 3 世纪开始构建并发展的基督教牧领制度开始发生质的变化，而不当被视作是希伯来或东方有关主题的移植或

① 钱翰《译者的话》，福柯《安全、领土与人口》（上海：上海人民出版社，2010），页 1—2。

延续。与之前的模式不同的是，基督教想使牧领主题更繁复，而同时变成了一个巨大的“制度性网络”，基督教牧领制度和之前的最大区别在于“创建了引导、指引、带领、率领、控制和操纵人的艺术……从古代社会的结束直到现代社会的开端，没有哪个文明，没有哪个社会比基督教社会更强调牧领”。（页 143）

接下来福柯更从“总的抽象的纯理论定义”来考察牧领制度，深入挖掘了与其相关的三个基本要素的独特而又深切的内涵。（一）拯救。福柯敏锐剖析了其间牧羊人与羊群之间的复杂关系：1. 这些关系并非总体性的，它们整合在一起而又奇怪的具有分配性；2. 分析责任原则；3. 完全即时的转移原则；4. 牺牲的倒转原则；5. 转换的对应原则。

除此以外就是（二）律法要素。所谓“纯粹的服从机制”，牧羊人是负责并治疗灵魂疾病的医生，这种服从的关系是：1. “个人对个人的服从”，2. “是没有目标的”。整体而言，牧领制度内，是一个普遍化的服从领域。（三）真理要素。包括，1. 教育指导的日常行为；2. 指导精神。基督教的精神指导亦有其特征：1. 不是自愿的；2. 不因具体情况而有，而是长期存在；3. 强调和固定对另一个人的依赖（页 155—158）。而在此强化和发展中：“基督教牧领的特殊性和本质在于它是通过功德和罪孽的经济学、绝对和全面的服从机制、隐秘的灵魂的真相之生产这些环节来运转的。福柯的结论是，牧领勾勒和构建了将于 16 世纪发展起来的治理术的前奏。”①

（二）牧领权力

从严格意义上说，牧领制度对精神方面的强调、指导、引领亦可视为一种（更为有效的）牧领权力方式。而实际上，牧领权力的角色合法性和强化确实

① 莫伟民《权力拯救灵魂？——福柯牧领权力思想探析》，《复旦学报（社会科学版）》2011 年第 5 期，页 44。

和牧领制度息息相关。

福柯通过文献分析指出了在古代希腊文学思想中以及古典政治文学中执政者≑牧羊人角色对应的复杂性、阶段性和争议性。而在福柯看来，牧领的真正历史，其作为对人们施加影响的“权力特殊类型，在西方世界中只是在基督教以后才开始”（页 128），而同时正是在基督教会中，牧羊人主题成为相对独立的主题，也在牧领制度中成为制度化的关系。虽然牧领权力和政治权力相对分开，但它们之间也有一系列的相互影响、支撑、接替和冲突。

耐人寻味的是，福柯也没有忽略牧领制度收到的反抗、冲击和相关危机。他特别进行了例证，如从军、秘密结社、医学异端等。福柯用“反引导”这个词进行界定，并指出凭借应对“反引导”，牧领制度实现了一系列转变，包括宗教性的权力。福柯也指出反牧师斗争【也是反牧领制度】的不同形式，如苦行、社团、神秘主义、圣经问题、末世信仰等等。当然，这些相对“边界性的元素”，也曾经被教会收编或利用过。正是在这样的相互反动中，宗教改革发生，相关革命亦进行，但不论怎样，牧领权力却是更全面的掌控个人及引导者的生活：“扩大虔诚的引导，增强精神控制，强化个人及其引导者的关系。牧领从来没有发挥过这么重要的作用，从来没有像现在这样掌控着物质生活、日常生活以及个人的世俗生活。牧领负责起一系列的问题，关乎物质生活、财产和儿童教育的问题，所以，这就是宗教牧领制度在精神层面和世俗生活上的强化。”（页 202）

毋庸讳言，更广泛的牧领话语远比上面的简述复杂，就连福柯本人也深切意识到这一点，但作为一个重新解读鲁迅的孔道，这样的切入点似乎又绰绰有余。当然，更直接而关键的问题是，鲁迅和牧领话语如何遭遇？我们如何借此突破瓶颈，继续深入探勘鲁迅。以下主要从两个层面展开论述，牧领话语与鲁迅的契合，以及相关话语的限制。

二、牧领与鲁迅的契合

和牧领有直接关系的文章是鲁迅的《一点比喻》："这样的山羊我只见过一回，确是走在一群胡羊的前面，脖子上还挂着一个小铃铎，作为智识阶级的徽章。通常，领的赶的却多是牧人，胡羊们便成了一长串，挨挨挤挤，浩浩荡荡，凝着柔顺有余的眼色，跟定他匆匆地竞奔它们的前程。"在这段著名的描述中，山羊的形象特别引人注目，虽然牧人的角色一闪而过，但在鲁迅的心中，打头的山羊却是知识分子的象征："人群中也很有这样的山羊，能领了群众稳妥平静地走去，直到他们应该走到的所在。"① 易言之，某种意义上说，山羊其实更是牧领人的角色。

从宏观层面思考，鲁迅的书写和牧领精神不乏契合之处，比如其拯救，更准确的说是启蒙功能，从精神层面说有其"善心"的追求。但同时毫无疑问，鲁迅与牧领制度更有不少差异，比如灵魂治理（或救赎）的原则性和具体实践操作远比不上基督教牧领制度复杂和精细。

（一）精神救赎：立人与国民性改造

在我看来，牧领与鲁迅书写的精神契合之处就是"对良心的指引"，同时牧领人却也为此付出了巨大牺牲。比如小说中屡屡对启蒙者/革命者的弘扬与再现，《药》中的夏瑜、《铸剑》中的黑色人、《非攻》中的墨子、《理水》中的大禹，无论如何，他们都是一群为公众谋福利、除天害、解忧愁的民族脊梁。

相较而言，置身于晚清民国时空的鲁迅身上难免打上中国的印迹，亦比相对理论化和空疏的牧领话语接续了更多中华"地气"。鲁迅终生是强调"立人"理念的，同时亦为改良国民性不遗余力。结合牧领话语，我们不难发现，鲁迅其实对牧领者的合法性与身份进行了深入思考——如果无法找到一个全能而神

---

① 鲁迅《一点比喻》，《鲁迅全集》第3卷，页232。

圣的基督（第一个牧人），那么实际上的牧领人作为先驱亦应该有各自的先锋性和所长。如人所论，和尼采和而不同的是，其实鲁迅更强调对后起的生命的尊重与扶持，“鲁迅是把生物进化论和尼采的生命哲学结合起来用于批判旧伦理的。既和尼采一样指出传统礼教危害个性生命，又和尼采不同而更重视‘后起的生命’，认为‘更有意义’”。①

《狂人日记》中的狂人其实更是介乎尼采所言的“超人”与“末人”中间的中西结合的先驱者形象，② 他指出了“吃人”文化的卑劣性并对灵魂救赎提出了自己的应对方法：“救救孩子！”《长明灯》中的疯子同样是清醒的咆哮者，《头发的故事》更强调对中华民国现代性新纪元的铭记与镌刻，《药》中除了颂扬夏瑜的牺牲精神以外，也灌注了“天下为公”的新理念，《采薇》中也侧面表达了对坚守气节的同情。

但同样需要指出的是，这些牧领人亦有自己的缺点，毕竟他们都是历史进化链条上的中间物而非无所不能的神或其代表者。比如在狂人和耶稣之间也还是有本质的差异的，有论者指出：“狂人救世的路是宽广的，可选择和有进退的，其救世的相对性、暂时性和投机性随时为他设立逃生之路，随时诱他放弃拯救。耶稣救世的门是窄的，那路是难走的。以世俗解放者的眼光看，实际上，狂人这样的脚走多条路的拯救者的有进有退正是耶稣那样的永恒拯救者没有退路的原因，狂人的苟活正是耶稣必死的原因。”③《起死》中其实更是鲁迅对灵魂救治者——庄子的戏谑式调侃，超越时代的凌空蹈虚思想有时无法应对或抹杀历史现实语境对人的镌刻。同样，《阿Q正传》中的男主角阿Q身上也

---

① 刘福勤《尼采的反基督对鲁迅伦理观的影响（上篇）》，《鲁迅研究月刊》1995年第5期，页17。

② 具体可参拙文《论鲁迅小说中的癫狂话语》，《中山大学学报（社会科学版）》2008年第4期，页41—47。

③ 刘青汉《人的救世与基督的救世》，《鲁迅研究月刊》2004年第4期，页86。更丰富的论述可参刘青汉《跨文化鲁迅论略》（北京：人民出版社，2008）。

可以折射出当时所谓革命的不彻底性、妥协性、排他性和软弱性。《风波》中的政治治理者其灵魂本身就是过时的意识形态凭借，可以理解，现代性的大事更替到了这里就变成了可有可无，甚至成为宵小打击报复异己的小风波了。[①]

毋庸讳言，正是因为把单一而无所不能的神或上帝置换成了集体而有缺憾的牧领人群体，那么可以想见，鲁迅“立人”的结果和预期亦与基督教牧领有所不同。如前所述，基督教牧领制度，灵魂治理与指引其实更是在羊只和牧人之间建立更全面的依赖关系，而鲁迅小说或作品中的精神救赎却更多是为了启蒙，让个体人觉醒并重塑自我，在此基础上建立相对理想的“人国”——更多是和而不同、众声喧哗、多元并存的组织机构。当然，考虑到牧领的效果，鲁迅更强调儿童、青年的重要性也是题中应有之义了。[②]

（二）反引导及其文体实践

牧领话语中有“反引导”的实践历史，在鲁迅创作中，也有类似的现象。但是，仔细说来，这里的反引导更多是一种守旧式抗拒。易言之，中国文化的超稳定结构[③]对于无论是被引导者还是引领人都是巨大的羁绊和束缚，这也是鲁迅会往往将创作中心偏向国民性改造问题并加以大力批判的要因。毫无疑问，这种批判至少指向了两个层面，被引导的庸众和引领人。

《阿Q正传》其实作为鲁迅的经典作品，简单而言，它更是鲁迅对庸众劣根性的集中展示和正面主攻，而颇难理解和争议不断的小说《伤逝》毋宁更是对生活在鼎革之际的新人逐步被现实吞没的悲剧式侧击。限于主题关联，我们更多考查引领者身上残存的反引导元素。

简单而言，牧领人身上的反引导元素主要有两个面向：1. 旧势力的根深蒂固；2. 新元素的稚嫩羸弱。《孔乙己》《白光》毋宁更呈现出政治管理阶层借

---

① 可参拙著《鲁迅小说中的话语形构：“实人生”的枭鸣》（北京：人民出版社，2011），页143。

② 拙著《鲁迅小说中的话语形构：“实人生”的枭鸣》（北京：人民出版社，2011），页65—87。

③ 具体可参孙隆基《中国文化的深层结构》（桂林：广西师范大学出版社，2011）。

用知识操控的悲剧性结果；《祝福》中的“我”是个懦弱的帮凶；《幸福的家庭》中更是耽于中国特色的新式幻想的空中楼阁；《肥皂》《高老夫子》更多是对伪善者的辛辣讽刺和批判。相对复杂些的是《离婚》，旧派的势力七大人和“新”势力——假洋鬼子沆瀣一气，成为击败本土反抗者爱姑的共谋者，而留洋者原本是为取经后做牧领人的；《端午节》中奉行“差不多主义”的羸弱方玄绰却借新文化的象征物——胡适的《尝试集》作为武器来对抗并压迫妻子。

鲁迅在《华盖集·这个与那个》一文中说：“孤独的精神的战士，虽然为民众战斗，却往往反为这‘所为’而灭亡”（页150，卷3）。值得反省的是，新元素的脆弱也显而易见。《孤独者》中最令人心痛的悲剧就是革命者向自己的革命对象低头并在其麾下乞食，《在酒楼上》道出了人生命定循环中的可悲挫败。简单而言，单单指责旧势力的强大是不客观的，我们亦应看到引领者作为出身于旧阵营的时代局限性印迹和新元素自身的单薄乃至不堪一击。《一件小事》自然有多种读法，此处我们其实更可视为鲁迅对引领者元素的补充式强调。

三、套不住的鲁迅：牧领话语及其限制

毫无疑问，鲁迅的复杂性远超一般人的估计，甚至是某些知名学者，如刘小枫教授等。刘教授对鲁迅的理解新颖独到，自有其引人注目之处，但往往也有剑走偏锋之嫌。他喜欢对鲁迅思想下断语：“据说鲁迅的思想特色是‘杂’，在我看其实是‘阴冷’。”[①] 而实际上，“阴冷”只是鲁迅的一面，内在的热切一如火鸦，这绝非一般读者可以轻易感知的。而从文本书写的表现形态看，鲁迅往往有所保留，不愿把内心的黑暗面，如鬼气和毒气轻易传染给年轻人，这个举动和考虑本身也是热的表现。简而言之，鲁迅自有其复杂性，无论是文本创新，还是思想驳杂，很难一语道尽。而牧领话语尽管是探勘的利器之一，但也

① 具体可参刘小枫《拯救与逍遥》（修订本）（上海：上海三联书店，2001），页332。

有其限制，毕竟，它也只是从一个层面观照鲁迅。

(一)“恶”的偏执

刘小枫曾经如此比较式评价陀思妥耶夫斯基和鲁迅各自的洞见：“陀思妥耶夫斯基的洞见是：启蒙理性没有消除神性与人性的紧张关系，他仍然有对上帝的绝望信念；鲁迅的洞见是：既然恶是生命世界的事实，必须且应该称颂恶，不可相信、祈告神圣的东西，除了人的生命权利，一切价值都是虚假的，它们帮助历史的恶扼杀生命。”① 正是因为站在基督教立场，刘小枫其实对陀氏与鲁迅的高下之分其实早见分晓，甚至有先入为主之感。②

除此以外，刘小枫也指责鲁迅思想救赎中的以恶抗恶：“肩起黑暗的闸门导致心灵的黑暗这一结果，已经包含在其前提之中：黑暗的闸门是由一颗黑暗的心肩负起来的……鲁迅说要救人，也许要救的是自己灵魂的阴冷。可是，除了鬼魂的自我刻画、冷嘲和热讽，鲁迅找不到别的东西来滋养灵魂。”③

针对上述两个论断，其实我们也可以提出两种质疑进行因应：1. 鲁迅的思想中是以偏执的以恶抗恶作为主流吗？2. 以恶抗恶的辩证：鲁迅如何回应基督精神？

无疑在很短的篇幅内缕述鲁迅思想中是否是以恶抗恶作为主流是艰难的，也是不可能的任务，我们只能撮要概述。从鲁迅的小说创作中我们不难发现鲁迅对民族脊梁与实干苦干精神的弘扬，如《故事新编》里面对女娲、大禹等人的不吝赞美，《一件小事》中对人力车夫的实干精神和敢于承担的宣扬，以及热心以各种方式为逝去的英雄立言和致敬，如秋瑾、徐锡麟等，这自然不是以

① 刘小枫《拯救与逍遥（修订本）》(上海：上海三联书店，2001)，页 328。

② 高旭东就指出：“刘小枫终于把谜底道破了，原来一个艺术家伟大不伟大，仅仅是看他相信不相信上帝。”具体可参高旭东《中西文学与哲学宗教：兼评刘小枫以基督教对中国人的归化》(北京：北京大学出版社，2004)，页 299。坦白说，高此书对刘的有关鲁迅论述的反驳并不特别深刻和具有说服力，意气成分不少，但有些观点却又是类似的偏执而一针见血的。

③ 刘小枫《拯救与逍遥（修订本）》(上海：上海三联书店，2001)，页 338。

恶抗恶。散文书写中，不管是《朝花夕拾》还是杂文中的抒情散文系列，都可呈现出鲁迅对故乡、对人性、对文化习俗等温情脉脉的叙述。[①] 即使是相对沉郁晦涩的《野草》，亦有反抗绝望的正能量，而其大量的杂文中亦不乏对专制、黑暗、现实和历史的有力挞伐，其驳杂似乎远非以恶抗恶可以概括。或者我们亦可以说，鲁迅直视自己的阴暗面，社会的专制、黑暗令人窒息时恰恰也部分清理乃至升华了这些恶，至少他以相当清醒和坚决的姿态走向不确定的希望、积极和未来，从此视角看，鲁迅在与恶的斗争中也提防、转化甚至升华了恶。

需要指出的是，鲁迅在牺牲精神和精神启蒙上有和上帝哲学契合的一面，但鲁迅的悲剧性在于，他却只能扎根民间，不能利用上帝式的神通脱离苦海，他深切感受到各色苦难，也因为其和广大民众感同身受而本身又是优秀作家的敏感反应却更让他痛苦不堪，这或许是他会呈现出负面情绪的内在原因："而对于鲁迅个人的悲剧来说，他奉行了上帝的哲学，然而却没有上帝的威权，尽管他摆脱了'奴'的位置，但他仍只是'人'而已，故而便会处处'碰壁'、绝望。"[②]

正如某些论者泛泛批评鲁迅的世故却看不到鲁迅的童真，即使在多疑精神中也包含了对人尤其是青年的高度信任和牺牲精神，即使青年们屡次伤害他甚至提出了不少非分要求（比如所谓的义子廖立峨）。在《我们现在怎样做父亲》一文中，鲁迅说，"所以觉醒的人，此后应将这天性的爱，更加扩张，更加醇化；用无我的爱，自己牺牲于后起新人"（页 140，卷 1）。

以恶抗恶观点总结的偏执恰恰是忽略了鲁迅内心深处的积极能量。其明知不可为而为之的勇猛，其不懈的韧性战斗，其反抗绝望的决绝姿态，其坚持对个体人性的尊重精神始终如一，这一切都远远超过了简单的以恶抗恶的概括。

---

① 具体可参赖建珍、郑家建《仰看流云：重读〈朝花夕拾〉》（福州：海峡文艺出版社，2011）。

② 白浩《基督品格的萌生——从鲁迅到巴金对中国文化人格革命的意义》，《现代中国文化与文学》2011 年第 2 期，页 124。

但同时毋庸讳言，鲁迅自有其深刻了解却又难以根除的阴暗面（darkness）①，这是鲁迅思想的不可或缺的组成部分之一，我们要客观面对，但这绝非主流和全部，不可片面夸大。

（二）恶的辩证

我们同样也可结合鲁迅有关代表性文本（如《铸剑》《复仇（其二）》等）继续深入分析鲁迅思想中恶的微妙辩证。

1.《铸剑》：复仇的阴冷与狂欢。对《铸剑》的解读，刘小枫明显有其片面性，他把黑色人说的愤激之词（“仗义、同情那些东西，先前曾经有过，现在却都成了放鬼债的资本，我心里没有你所谓的那些，我只不过要给你报仇！”）当成是鲁迅的世界观和思想倾向。而实际上，这个黑色人是一个非常复杂的形象。他实际上是复仇之神，他有心帮助眉间尺复仇、铲除暴力和强权，方法却与众不同，比如直接索要眉间尺的宝剑和人头，而眉间尺却又奇怪的高度信任他。黑色人的那番话其实是在眉间尺要感谢他时说出来的，其风格就是干净利索、个性独具，也不采用世俗的语汇来抒发内心情感。

这当然只是故事的一面。故事的另一面，是当眉间尺的头颅与王头在鏖战中因为经验不足而落了下风后，黑色人坚定的自刎加入，这种以自己的生命复公仇，这种决绝的无私的巨大牺牲难道是恶吗？更有趣的是，他们携“头”抗暴的狂欢性——既有暴力凶残的战斗，又有温情脉脉的互助合作，甚至或多或少带上了些许的性的意味（这在歌谣中有所呈现）。而整篇小说在风格上也因此带有一定的狂欢色彩②，这何以见得是以恶抗恶呢？

2.《复仇（其二）》：大痛苦与大牺牲。有论者犀利地指出，鲁迅对基督教

---

① 相当精彩的论述可参 Hsia Tsi-An 夏济安，*The Gate of Darkness：Studies on the Leftist Literary Movementin China*（Seattle and London：University of Washington Press，1971）。

② 具体可参拙著《张力的狂欢——论鲁迅及其来者之故事新编小说中的主体介入》（上海：上海三联书店，2006）中编。

呈现出和尼采不同的暧昧性："他也有内在的紧张，但紧张之因并非基督教文化及其道德伦理的氛围压力。对于基督教和尼采的反基督，他只作为西方文化现象来考察。他不像反中国礼教那样反基督，仍把耶稣作为'人之子'来看，在'趋无限绝对之至上'精神上面更与基督精神一致。他对于复杂多面的基督教文化史及其现状，反应也是复杂多面的。"① 在《复仇（其二）》这篇精致改写《新约》中耶稣钉死十字架故事后的文本里，鲁迅强调和添加了新的元素。在原文本中更多是叙写故事，并未深入细描耶稣面临羞辱和钉杀的心理状态，但很重要的是，这一改写背后亦承载了更加复杂的意义，有论者指出："取材于四福音书的《复仇（其二）》给了我们一个战士。这是因为如鲁迅所说，血管里流出的总是血，鲁迅是个革命者，所以他仰慕的是战士，而不是超人，对他所写的早期战士的某些'超人'气，他采取了分析的态度。"②

需要指出的是，耶稣所受到的屈辱、敌意和切切实实的钉杀是让读者通过鲁迅刻意铺染的文字都感到寒意逼人的，鲁迅也让耶稣真切感受到这种复杂的苦楚，一方面吻合基督教不同时期的以暴易暴（如犹太教里面著名的"以眼还眼"说法，旧约圣经里的《申命记》与《出埃及记》都曾提及）的历史传统和习惯说法的，作为神之子，又是连接人神的中介，他必然要赎罪，而人类的恶与罪越宏大，却又越显示出救赎的必要以及对他伤害深重的必然性；另一方面，这种复仇亦是作者指向以色列人的，鲁迅把神之子变成了人之子，虽然耶稣不能仇视，但同时这种作者介入的复仇态度却让读者感受到耶稣的伟大牺牲和灵魂高度，他才是真正的不可替代的牧领人，如李何林所言："鲁迅则增加了他的'悲天悯人'的精神的描写，一再重复地赞扬他的这种精神，塑造了在

---

① 刘福勤《尼采的反基督对鲁迅的影响及鲁迅有关的特殊性（下篇）》，《鲁迅研究月刊》1995 年第 6 期，页 27。

② 闵抗生《尼采的"超人"基督与鲁迅的"人之子"》，《徐州师范学院学报》1989 年第 3 期，页 57。

这一篇作品中耶稣的英雄形象。”[1]

结语：某种意义上说，以牧领话语再解读鲁迅更是一个尝试和开始，在两种相对丰富和驳杂的思想存在之间找寻一种深切关联并不容易，但它们之间既有契合，又有逸出和差异，还有更丰富的可能性。值得反思的还有，我们在直面复杂灵魂时的剖析态度、切入视角可以千变万化，平等对话和理解之同情却不可或缺，否则，以一种即使再高深却又可能偏执的理论硬套鲁迅却未必显得高明有效，后顾者必须回到历史语境才能让新意迭出站得住脚。

---

① 李何林《鲁迅〈野草〉注解》（西安：陕西人民出版社，1981年1月第3版），页59。

第六章：关键凝练

鲁迅先生作品中有一些非常重要的关键词，历经锤炼和反思，堪称精粹。比如“妻性”，如何把这些杂文中出现的词语和他的小说书写进行比照解读，则是一种激活文本意蕴的新理路；鲁迅先生是一个锐意创新、多管齐下的高手，“视听交融”在他的作品中成为一个引人注目的文学实践，也产生了上佳效果；而“兄弟失和”作为贯穿中晚期鲁迅的切身之痛事件，在鲁迅的作品中也有不少再现，当然也有独特功能；类似的，“造物主”话语也是值得探勘的鲁迅文学实践的关键词凝练之一。

以“妻性”和其中的力比多（libido）视角重新解读鲁迅的相关小说，不难发现鲁迅所言的“无妻性”的丰富内涵，其中既有灵光一闪而走向死灭的脆弱“妻性”，同时又有大多数中国妇女所仰视的“夫性”承载者的不堪、压抑、伪善、自私、老迈等缺陷，甚至在神性的混杂中，如果借助母性、妻性、女儿性视角，我们同样也可以读出另外的可能性与新意。

“视听交融”实践是鲁迅先生在其作品中的精彩尝试，它赓续了幻灯片事件中的深切反思。经由此道，鲁迅成功地实现了“视——听——心”多管齐下的反思方法与哲学，它主要有两大指向：1. 悲剧感，包含了对国民劣根性的批判、揭示挫败结局以及偶尔的拯救实验；2. 繁复意绪与自我，他以“梦”系列的方式实现了对“视”的变形与拓展，而声音诗学则是鲁迅先生对“听”的深入开掘。

不无争议、不乏叙事裂缝颇有主题狂欢风格的《伤逝》其实包含了“兄弟失和”的元素、要因（如经济、身体性等）与情感抒发（如孤独、忏悔、复仇等），但又有独特逸出，而这些若结合鲁迅的其他文本创作则更清晰可辨。通过探勘鲁迅的空间转换策略并考察期间的声音发展及其文化政治，我们不难发现《伤逝》里面更是散布了鲁迅的诸多意绪、人生感悟以及借此自我疗治的苦心。

考察“造物主”话语在鲁迅作品中的呈现，我们不难看到其间的变迁轨迹，也即：从高度个性主义层面对造物主的致敬，到结合惨痛现实对人化造物主的高度否定性乃至大力消解，再到一种自我反思性的个性强调。而不无巧合的是，这三种对应阶段的描述侧重点也恰恰是从动物到人化再到神贤。

1　鲁迅小说中的力比多再现

在《小杂感》（1927）一文中，鲁迅先生写道，“女人的天性中有母性，有女儿性，无妻性。妻性是逼成的，只是母性和女儿性的混合”。① 毋庸讳言，作为鲁迅长期关注和实践的社会批判、文明批评大视野下的妇女解放议题，不管是小说，还是杂文，鲁迅都可谓苦口婆心、犀利警醒，甚至亦不乏自己感同身受的复杂内在抒发与倾注（如他和朱安、许广平的无奈三人行②等等）。

颇耐人寻味的是，关键词之一的“妻性”如何厘定和解释？有论者从鲁迅所言的公式中推演出“妻性 = 母性 + 女儿性”的扭曲和异化，并从传统和男性

---

① 鲁迅《小杂感》，《鲁迅全集》第 3 卷，页 555。

② 具体可参曾智中《三人行：鲁迅与许广平、朱安》（北京：中国青年出版社，1990），倪墨炎《鲁迅与许广平》（上海：上海书店出版社，2001），乔丽华《我也是鲁迅的遗物：朱安传》（上海：上海社会科学院出版社，2009）等。

“夫性”的视角加以论述，指出“妻性”不过是历史长河中服从或归顺乃至奴化的代名词。① 也有论者从积极的层面加以论述：“即在男女平等基础上的、与夫性相对应的女性角色，对丈夫情感上具有强烈的依附性和排他本能的占有性；作为女儿性的延伸，尤其意味着人身和精神上的平等与独立。”② 在我看来，现代层面的“妻性”至少表现在两个层面的平等、活泼而又互相扶持上，一个是身体/物质，另一个则是精神。易言之，离开了“性”的“妻性”同样是残缺不全的。

考察相关研究，有不少面向和节点值得重新审视。在 1940 年 6 月《国文月刊》创刊号上施蛰存发表了《鲁迅的〈明天〉》一文就鲁迅的小说《明天》提出了自己的洞见，单四嫂子心中亦有蓝皮阿五的影子存在，并指出：“作者描写了单四嫂子的两种欲望：母爱和性爱。一个女人的生活力，就维系在这两种欲望或任何一种上。母爱是浮在单四嫂子的意识上的，所以作者描写得明白，性爱是伏在单四嫂子的下意识里的，所以作者写得隐约。”③ 此说当然引起了不少争议，罗荪发表了《关于鲁迅的〈明天〉》（1940. 12. 1《抗战文艺》第 6 卷第 4 期）、陈西滢撰写了《〈明天〉解说的商榷》（1941 年 1 月《国文月刊》第 5 期）进行讨论和批评，而施蛰存也撰文《关于〈明天〉》（1941. 12《国文月刊》第 11 期）加以回应。毋庸讳言，这种有益而有趣的论争其实涉及到一个问题——单四嫂子身上的“妻性”闪现问题。某种意义上说，施蛰存对鲁迅《明天》的分析或许不无私人情感投射（1933 年 10 月他和鲁迅有场关于

---

① 有关论述可参夏国美《女性、妻性、母性的角色错位和冲突——婚姻家庭中妇女地位变化与面临的挑战》，《社会科学》1999 年第 11 期；施津菊《夫性与妻性的缺如：传统家庭体制的一种社会分析》，《青海社会科学》2002 年第 5 期等。

② 汪贻菡《被遮蔽与自我遮蔽院无法逃脱的妻性悖论》，《安庆师范学院学报（社会科学版）》2013 年第 2 期，页 50。

③ 施蛰存《鲁迅的〈明天〉》，吴立昌编《精神分析狂潮——弗洛伊德在中国》（南昌：江西高校出版社，2009），页 227。

《庄子》《文选》的不愉快论争），但其锐利视角值得读者深入反思，如人所论："尽管作为学者的施蛰存尽力作出学术研究的态度，针对鲁迅现实主义小说（反映下层人的不幸）的人道主义精神来说，这种纯粹的、冰冷的、实验性的学术分析是带有某种嘲弄口吻的。但这一切都不能妨碍人们从任何角度来解读作品，当然也包括精神分析。"[①]

大致而言，有关鲁迅小说中的性描写/力比多（libido）再现研究主要可分成两个层面：（一）宏观方面的比较或整体论述。如黄忠来、杨迎平《性心理分析的不同话语——鲁迅与施蛰存心理分析小说的比较研究》（《济南大学学报》2001 年第 5 期），拙文《为了反抗与也是反抗——鲁迅和阿尔志跋绥夫人物性描写比较》（《鲁迅研究月刊》2000 年第 2 期），唐俟《鲁迅写作中的性》（《鲁迅研究月刊》2002 年第 6 期）和王国民《试论鲁迅小说性心理描写的社会内涵》（《平顶山师专学报》2000 年第 1 期）等等；（二）微观方面的认真探讨，如对《明天》《伤逝》《补天》等文本进行的具体分析，如前述施蛰存等人对《明天》的解读，刘勇《围绕鲁迅〈明天〉的一场心理批评论战》（《鲁迅研究月刊》2004 年第 5 期）还对此加以总结和强调，赵光亚《鲁迅"泛性论"之下的"游戏"书写》（《东岳论丛》2011 年第 11 期）对《补天》的解读等等。

客观而论，上述研究对于我们深入反省或强化对鲁迅的认知打下了良好的基础，但同样亦有再论述的空间。毋庸讳言，鲁迅先生对于性描写其实是相当克制、节俭而又洞若观火的。[②] 他的对心理挖掘的辛辣很多人可以感受到，他对"妻性"的或一闪而过，或拈花微笑式的描述未必每一个读者可以捕捉得到。在我看来，鲁迅小说中的"妻性"虽然脆弱，但却亦有闪现，而同时需要

---

① 周怡、王建周《精神分析理论与鲁迅的文学创作》（桂林：广西师范大学出版社，2005），页 178。

② 具体可参拙著《鲁迅小说中的话语形构："实人生"的枭鸣》（北京：人民出版社，2011），页 338—339。

明了的是，“妻性”的羸弱却又是因为问题重重的“夫性”——“妻性”仰视对象的不堪所摧折的结果。除此以外，对于神性的勾勒和再现，鲁迅亦有其独特的处理之道，值得仔细探勘。

一、“寡妇主义”：脆弱的“妻性”

鲁迅曾经在《寡妇主义》中犀利批评陈旧而迂腐的制度对人性的钳制与戕害：“至于因为不得已过着独身生活者，则无论男女，精神上不免发生变化，有着执拗猜疑阴险的性质者居多……生活既不合自然，心状也就大变，觉得世事都无味，人物都可憎，看见有些天真欢乐的人，便生恨恶。尤其是因为压抑性欲之故，所以于别人的性底事件就敏感、多疑；欣羡，因而妒嫉。其实这也是势所必至的事：为社会所迫，表面上因不能不装作纯洁，但内心却终于逃不掉本能之力的牵掣，不由自主地蠢动着缺憾之感的。”（页280—281，卷1）不必多说，在这样的语境中，正常而富有活力的“妻性”肯定无法养成。

整体而言，我们从鲁迅小说中看到了其实更多是脆弱、扭曲、蒙昧而压抑的人性，“妻性”自然也无法立足：“这些女性形象都缺乏起码的性意识，处在性的不觉醒状态，她们的性心理只能是在礼教压抑之下的变态性心理。她们不会也不可能主动选择自己的爱情与婚姻，于是也就不可避免地偏离‘性、爱、美’的理想人生之途。”①

（一）灵光一闪

耐人寻味的是，一向深沉而又富于洞察力的鲁迅其实在小说中偶尔也闪过对女人“妻性”的刻画，只是这刻画很多时候相当隐晦，不会淋漓尽致呈现出来，如施蛰存所言：“假如作者是一个浪漫派的小说家，他多半会给单四嫂子的性爱这方面得到一个成功。也许她再醮合阿五或别的人了。然而作者毕竟没

① 王国民《试论鲁迅小说性心理描写的社会内涵》，《平顶山师专学报》2000年第1期，页26。

有写下去，让单四嫂子的性爱的欲望在全篇中透露一下，立刻就隐下去，不再奔放出来。”① 当然，稍微说开去，目前这样的悲剧结局除了更符合鲁迅的风格和本意，其实也更具悲剧性的感染力。

细读《明天》这篇小说，对单四嫂子和宝儿有如下的描述：“一家便是间壁的单四嫂子，他自从前年守了寡，便须专靠着自己的一双手纺出绵纱来，养活他自己和他三岁的儿子，所以睡的也迟。”（页 473，卷 1）仔细推算单四嫂子的年纪，应该是 20—30 岁之间：如果她 16 岁成亲，宝儿三岁，年轻的话她只有 20 岁，若中间有波折，可能生育问题也会被推迟，但不管怎样，寡居两年的单四嫂子依旧相当年青，而身体里的欲望依旧蓬蓬勃勃、难以真正遏抑。

同时，另一方面，孤儿寡母一家的生计都落在单四嫂子坚持到深夜的纺纱维系上，鲁迅写道：“这几天，确凿没有纺纱的声音了。但夜深没有睡的既然只有两家，这单四嫂子家有声音，便自然只有老拱们听到，没有声音，也只有老拱们听到。”（页 473，卷 1）某种意义上说，这段话在内涵上其实呈现出单四嫂子与老拱们的互文关系——也即在夜深人静时两间晚睡的人们能够互相听见——老拱们的夜宵谈论、喧哗聒噪何尝不是熬夜的单四嫂子的生存内容和陪伴之一？易言之，蓝皮阿五们同样也是“粗笨”的单四嫂子无聊孤寂生活的一部分。

毫无疑问，出于生计压力、照顾小孩的核心任务以及有关妇道、传统伦理道德的束缚，单四嫂子无法在“妻性”中展现出性释放的合理一面，但年轻寡妇的性的欲求却始终是压抑不住的存在，尤其是她可能体验过性的美好。当蓝皮阿五在她支撑不住执意帮忙并借机揩油的时候：“所以推让了一会，终于得了许可了。他便伸开臂膊，从单四嫂子的乳房和孩子之间，直伸下去，抱去了孩子。单四嫂子便觉乳房上发了一条热，刹时间直热到脸上和耳根。”（页 475，卷 1）从此角度看，无论是蓝皮阿五在她精疲力竭之时的“热心”相助

① 施蛰存《鲁迅的〈明天〉》，吴立昌编《精神分析狂潮——弗洛伊德在中国》，页 227。

让她有了亏欠感，还是他骚扰了她，唤醒或勾引起其内心欲望，这些都一再表征和勾连了单四嫂子青春活力之下的力比多冲动。

靠近结尾时，鲁迅写到了孤单寂寞的单四嫂子又忆及宝儿的话语：“妈！爹卖馄饨，我大了也卖馄饨，卖许多许多钱，——我都给你。”（页 478，卷 1）这当然是对和睦家庭美好明天与可能未来的勾画与缅怀，但其中提到了已逝的卖馄饨的单四，其实也是单四嫂子对老公的怀念，和对“妻性”无法释放的莫名惆怅与虚空，甚至连叙述人都忍不住跳出来评价：“现在的事，单四嫂子却实在没有想到什么。——我早经说过：他是粗笨女人。他能想出什么呢？他单觉得这屋子太静，太大，太空罢了。”（页 478—479，卷 1）从此意义上说，我们要看到施蛰存的深刻性和洞察力，他的确是目光如炬的专业读者，如人所论：“施蛰存是擅长写心理小说的，他很大程度上是用自己创作心理小说的体验来感受《明天》，来揣摩鲁迅的创作意图和手法，在这一过程中间有没有被联想和想象夸大的因素和成分，这也是值得仔细辨析的。但无论怎么说，施蛰存打开了对鲁迅《明天》这篇小说的理解空间，他以心理批评方法丰富了这一作品的内涵。”①

《祝福》中的祥林嫂一直以来被视为是“政权、族权、神权、夫权”蹂躏下的牺牲品，是“集体谋杀”② 下的“想做稳奴隶而不得”的猎物，但她同时又是一个不幸的女人，尽管在被逼二嫁（卖出）的时候她抵死反抗，但最终还是成为“年纪青青”的贺老六的媳妇，在卫老婆子眼中，她运气不错：“她到年底就生了一个孩子，男的，新年就两岁了。我在娘家这几天，就有人到贺家坳去，回来说看见他们娘儿俩，母亲也胖，儿子也胖；上头又没有婆婆，男人所有的是力气，会做活；房子是自家的。——唉唉，她真是交了好运了。”（页

① 刘勇《围绕鲁迅〈明天〉的一场心理批评论战》，《鲁迅研究月刊》2004 年第 5 期，页 40。

② 具体可参拙著《鲁迅小说中的话语形构：“实人生”的枭鸣》，页 135—136。

14，卷 2）虽然她祸不单行，重新被命运播弄，阿毛被狼吃，贺老六得伤寒而死，但毫无疑问贺老六让她懵懂的“妻性”偶有复活：在面对柳妈不怀好意的质疑她没有拼死反抗而最终顺从时，鲁迅写道：“‘阿阿，你……你倒自己试试着。’她笑了。”（页 19，卷 2）这里的稍纵即逝的笑意味着祥林嫂那埋在心底、不便表达的小幸福。易言之，贺老六开发了她的“妻性”，又强化了其母性，让她成为阿毛的母亲。同样值得一提的还有《奔月》里对嫦娥的书写：“嫦娥已经喝完水，慢慢躺下，合上眼睛了。残膏的灯火照着残妆，粉有些褪了，眼圈显得微黄，眉毛的黛色也仿佛两边不一样。但嘴唇依然红得如火；虽然并不笑，颊上也还有浅浅的酒窝。”（页 373，卷 2）红艳的嘴唇一方面反衬出嫦娥的美丽姿彩和欲望的蓬勃繁盛，另一方面却又反衬出羿对英雄暮年的担忧，他其实何尝只是打不到可口的猎物，其实更隐喻了他已经无法满足娇妻嫦娥的欲望与身体。这其实也是“妻性”的内涵之一。

（二）死灭枯寂

令人遗憾的是，“妻性”的活力往往只是灵光一闪，在女人们昏黑空旷的世界里恍如一根火柴发出的微光，很快又陷入死灭枯寂。前述《明天》中的单四嫂子因宝儿的早殇也失去了存在感和精神支撑，在男权社会里缺乏男丁的身份标签与强化，她只能慢慢毁灭，而力比多冲动更是存活压力之下的非重点和可割舍之物，所谓“皮之不存，毛将焉附”?《奔月》中的嫦娥更是偷吃仙药独自成仙，成仙后的她独居天庭深宫，自然也隔绝了“妻性”，更强调不食人间烟火的神性。

如人所论：“在《明天》《祝福》《离婚》等小说文本中，鲁迅塑造了传统文化浸染下女性之‘母性’胜于‘妻性’和‘恋人性’的女性形象，剖析她们的被压抑的‘恋人性’以及因‘母性’与‘恋人性’的冲突而呈现的精神畸形。”① 在

① 隋清娥《论鲁迅与钱钟书小说对中国女人“无妻性”问题的思考》，《山东社会科学》2004 年第 2 期，页 97。

旧传统的历史长河中，传统女性往往备受摧残和压抑，“妻性”的被异化、转化、扭曲似乎变成了自然而然的结果/过程。《离婚》中的女主人公爱姑自然是焦点，鲁迅这样描绘她的坐船神态：“庄木三一面招呼，一面就坐，将长烟管倚在船边；爱姑便坐在他左边，将两只钩刀样的脚正对着八三摆成一个‘八’字。”（页148，卷2）其坐姿不雅可以反衬出她的泼辣、家教不好，但却又衬托出其可能的反抗性。“两只钩刀样的脚”，吴组缃先生把它解释为：“看来既不是小脚，也不是天足，而是一种放了又未全放的不大不小的脚……单提她的这种脚，想必有点明她的思想性格的特定时代意义的意思。”[①] 既显示出爱姑的不同于寻常村妇或爱好时髦，但同时也可看出其内心的不满足，她的“妻性”欲望似乎只剩下了面子/身份的维系，而身体上她却是饥渴而焦虑的，没得到满足。她的最终失败固然反映出七大人们各种权力/话语合谋下的强大绞杀力以及其自身捍卫权益的悖论性（以男人制定的游戏规则对抗男人，难免受制于人），即使从“妻性”视角来看，她其实过于彪悍，也缺乏应有的女人魅力（除非其老公有受虐狂）。

传统女子固然如此，新式女子似乎也难以避免。《伤逝》中的子君和涓生之间关系并不平等：“我也渐渐清醒地读遍了她的身体，她的灵魂，不过三星期，我似乎于她已经更加了解，揭去许多先前以为了解而现在看来却是隔膜，即所谓真的隔膜了。”（页117—118，卷2）在子君和涓生共同为爱情而对抗旧传统以及现实人生的某些恶势力的时候，她勇敢刚强：“我是我自己的，他们谁也没有干涉我的权利！”可谓掷地有声、激动人心。但是她的“妻性”并未发挥出应有的魔力，从其自身角度思考，在家庭内部，她是一个不能自我更新的女人，“妻性”丧失、女儿性中的爱慕虚荣，母性中的琐碎纠结终究造成了涓生的困窘、逃离和不爱。这也可以部分看出，女性解放远比社会解放要来得

---

① 吴组缃《说〈离婚〉》，《中国现代文学研究丛刊》1985年第1期，页97。

复杂，权力话语在彼时的家庭内部依旧甚嚣尘上，如人所论："而要取得完全的人身独立和自由就必须首先在经济上摆脱依附他人的地位，这对子君来说是不容易做到的。因为她没有独立的经济权，她与涓生就不可能是真正意义上的平等关系。她是属于涓生的，而不是像她声称的那样：'我是我自己的'。她表现出的只是一种强烈的'女儿性'而不是妻性。"①

二、不堪的男性：仰视的悖论

某种意义上说，"妻性"与"夫性"相对而言，若"妻性"相当脆弱，则"夫性"亦可能独木难支。从此意义上说，对合理"妻性"的限制与束缚原本是为了控制女性，但往往也可能反过来让此机制反作用于男性，所谓"搬起石头砸自己的脚"。

（一）性压抑与伪君子

鲁迅曾经在《小杂感》中犀利地写道："一见短袖子，立刻想到白臂膊，立刻想到全裸体，立刻想到生殖器，立刻想到性交，立刻想到杂交，立刻想到私生子。中国人的想像惟在这一层能够如此跃进。"（页 557，卷 3）这明显和性压抑密切相关。

《肥皂》中的四铭其实和光天化日之下意淫十八、九岁女乞丐的光棍们拥有同样的色欲和力比多冲动："两个光棍，竟肆无忌惮地说：'阿发，你不要看得这货色脏。你只要去买两块肥皂来，咯支咯支遍身洗一洗，好得很哩！'"但限于自己的身份（女丐是不可触摸的）和伪善习惯，他把淫欲转化为买肥皂（只买了一块），而因为过于挑三拣四还想打开包装检查而被学生们骂为"old fool"，回到家后他一方面送肥皂给太太实现淫欲的可能转移，却常常受阻，另一方面却因为力比多找不到宣泄出口而屡屡迁怒于儿子学程。四铭的伪善自私

---

① 何芬芳《论鲁迅作品中女性形象的无妻性》，《黄冈师专学报》1995 年第 4 期，页 46。

却也从其狐朋狗友身上反映出来，他们同样自私、淫荡却善于伪装，甚至还拿附庸风雅的诗人姿态居高临下。虽然从中西文化角力的角度看，四铭们最终会被西方现代性超克[1]，但其虚伪性和晦暗的性心理流动却呈现出压抑和变异的特征。

同样类似的还有《高老夫子》。作为鲁迅善于反讽和熟谙并辛辣解剖的小知识分子阶层里面的个案之一，高老夫子的不学无术和装腔作势的画皮被精心设置后又被戳穿。高老夫子本来就是一个混混，他和牌友合谋骗人钱财，黄三是他的牌友，“一礼拜以前还一同打牌，看戏，喝酒，跟女人”，甚至他还跟老友说，“要谋一个教员做，去看看女学生”。而实际上，他腹中空空、迂腐至极，又没备课，一旦被赶鸭子上架，就成了悲剧，因为底气不足，往往疑神疑鬼，总觉得有人笑他，甚至他要看的女学生在他惊恐的眼里也如此幻化：“半屋子都是眼睛，还有许多小巧的等边三角形，三角形中都生着两个鼻孔，这些连成一气，宛然是流动而深邃的海，闪烁地汪洋地正冲着他的眼光。但当他瞥见时，却又骤然一闪，变了半屋子蓬蓬松松的头发了。”（页 82，卷 2）上课失败，最后只好不再伪装，又和狐朋狗友打牌骗钱去了。如人所论：“鲁迅‘拿来’弗氏的心理分析工具，无情地撕破了‘正人君子’的假面，表现了忧愤深广的社会内容，体现了作为革命家和思想家的鲁迅的战斗精神；抽丝剥茧式的层层深入，嘻笑怒骂的冷静描绘，与鲁迅杂文有异曲同工之妙，充分反映了鲁迅的喜剧天才。”[2]

相对有点文化、貌似清醒的知识分子阶层尚且如此，被愚昧而且奴役的下层民众更是不可理喻。《阿 Q 正传》中的阿 Q 其实更多拥有的只是朦胧的性意识：他欺负小尼姑时完全只是为了博得几声无聊人士的喝彩，却被小尼姑头上

---

① 具体可参拙文《“肥皂”隐喻的潜行与破解——鲁迅〈肥皂〉精读》，《名作欣赏》2008 年第 11 期。

② 黄忠来、杨迎平《性心理分析的不同话语——鲁迅与施蛰存心理分析小说的比较研究》，《济南大学学报（社会科学版）》2001 年第 5 期，页 46。

（和身体）的滑腻和“断子绝孙”的咒骂唤醒了要传宗接代的意识，于是他直接向寡妇吴妈“求爱”，“我要和你困觉”。这句话就让他的恋爱故事变成了恋爱事故。实际上，在阿Q的个人意识形态里，绝对是主流封建道德/价值观牢牢占据的堡垒，甚至他连性冲动都是源于“不孝有三、无后为大”（断子绝孙）等教诲的恐惧和提醒，而他宣称革命后的梦中对女人的渴望和安排方案却又显得反动守旧与肆意妄为并举，一方面，女人不过是另一种财产，想要谁就是谁，另一方面，假洋鬼子的老婆会和没有辫子的男人睡觉（纯粹是臆想），还有脚太大等理由，这都可以显示出阿Q根本缺乏有个性的审美眼光。

（二）自私/老迈

相对反面的角色人物自然体现出他们被压抑后的扭曲、伪善等劣根性，但即使转到相对新派、正面的角色上，男人们依旧有不堪的一面，由此角度可以部分理解为何“妻性”难以正常发挥。

对情感经历相对坎坷的鲁迅来说，他对婚恋有着非常清醒的认识，结婚之后，理想与现实，一定有冲突。1930年5月3日，他在给李秉中的信中提到：“爱与结婚，确亦天下大事，由此而定，但爱与结婚，则又有他种大事，由此开端，此种大事，则为结婚之前，所未尝想到或遇见者，然此亦人生所必经（倘要结婚），无可如何者也。未婚之前，说亦不解，既解之后，——无可如何。”（页234，卷12）作为鲁迅比较少见的婚恋小说之一，《伤逝》中子君和涓生的婚恋情仇云山雾绕，复杂之处的确也难以为外人所知晓。

小说中的涓生可谓一个清醒的现实主义者，他对子君显然是有爱的，但并不平等，他们可以一起携手冲出樊笼，追求美好，但由于社会环境的相对沉闷刻板，二人经济条件有限，子君又陷入了“母性”的琐屑中而失去了“妻性”，于是涓生的“夫性”就变成了清醒的自保乃至利己主义，并最终因为分手而导致了子君的死亡，从其“夫性”来说，他对子君享有俯视和凝视（gaze）的话语权力，他消费了单纯的子君，而现实要求他以更高的代价力挽狂澜时，他却不情愿牺牲自己，而宁愿分道扬镳自保，如人所论：“现实已经决定了即便是在新型的两性关系中，男性依然处于主导的甚至是主人的地位。鲁迅以他特有的观照方式，一方面真诚赞扬了子君的毫不妥协的反叛精神，与此同时也无情地粉碎了人们在妇女解放问题上普遍存在的乐观主义和理想主义。”①

或许用自私一词道德感偏强，但在社会文明落后、现代事物和观念相对羸弱的语境下，涓生过于务实地选择了自保、冷静的真实而非齐心协力同舟共济，因此子君的“妻性”泯灭，他亦有责。“二人的结合，在涓生，只是人生的部分；而在子君，却是人生的全部。”涓生“他是一个个性主义者，他的价值选择，是以自我的存在为前提的。与子君的结合，对子君的抛弃，都出自他对自我的坚持。他没有欺骗，只是过于真实而已”。②

或许同样耐人寻味的还有《奔月》。这个故事如果简化为一个背叛的故事的话，可以包含两种背叛：学生逢蒙背叛了师父羿，嫦娥私自偷食仙药飞升背叛了老公羿。前者是因了名利熏心，而要欺师灭祖，后者则原因相对复杂。从嫦娥的角度说，我们固然可以批评她欲望膨胀、沟壑难填，但事实的另外一面则是羿的英雄迟暮、不合时宜：不只是找不到美味的食品，同时亦无法应对貌似柔弱而狡猾柔韧的月亮了，而当年射杀封豕长蛇、九个太阳的丰功伟绩似乎相较起来更像是已经久远的颂扬式传说。毋庸讳言，相对老迈的“夫性”无法培育出丰润富腴的“妻性”，嫦娥的飞升其实何尝不是有其理性的合情色彩呢？

当然，如果把视野拓展开去，《明天》《祝福》中，男权制定的封建传统伦理制度对单四嫂子、祥林嫂何尝不是一场惨烈而无形的围剿？《离婚》中更不乏男权文化对体制内反抗的女性异议分子的公开猎杀，至少是收服。从此视角看，色厉内荏、虚伪阴险、老迈自私的“夫性”何以支撑得起“妻性”的仰

---

① 冯奇《服从与献身——鲁迅对中国女性身份的批判性考察》，《鲁迅研究月刊》1997 年第 10 期，页 32。

② 杨联芬《叙述的修辞性与鲁迅的女性观》，《鲁迅研究月刊》2005 年第 3 期，页 25。

视呢？

三、神性的混杂与世俗化

相当耐人寻味的是，鲁迅亦涉及到神性中“妻性”的演化与流动，甚至是某种变形。前述《奔月》中的嫦娥颇有从“妻性”流向“女儿性”的转型，既然为人妻的欲望难以真正满足，那就不如走向相对纯粹、冰清至凄清的女儿性/神性。当然，除此以外，鲁迅对神性等还有其他的丰富思考。

（一）《补天》：母性的悲歌

鲁迅自己在谈到《不周山》（后更名《补天》）时提及：“首先，是很认真的，虽然也不过取了茀罗特说来解释创造——人和文学的——的缘起。不记得怎么一来，中途停了笔，去看日报了，不幸正看见了谁——现在忘记了名字——的对于汪静之君的《蕙的风》的批评，他说要含泪哀求，请青年不要再写这样的文字。这可怜的阴险使我感到滑稽，当再写小说时，就无论如何，止不住有一个古衣冠的小丈夫，在女娲的两腿之间出现了。这就是从认真陷入了油滑的开端。油滑是创作的大敌，我对于自己很不满。”（页353，卷2）这也就是鲁迅小说创作和弗洛伊德的令人遗憾的残缺对话性和部分契合关系以及分手经历说明。毋庸讳言，鲁迅是把女娲的创造和本能欲望结合起来的，这符合弗洛伊德的某些精神分析理论，如人所论：“文明时代（在鲁迅那里就是封建礼教的时代）的物质文明与精神文明都源于‘无意识’的创造，即本能的欲望。”①

有论者指出，小说《补天》与弗洛伊德泛性论“半截子”关系问题，在学界似成定论。实际上，所谓“茀罗特说”，鲁迅贴着的只是“泛性论”的标签，传达的分明是游戏的观念：“《补天》明显体现了鲁迅的游戏观念，女娲‘游戏

① 周怡、王建周《精神分析理论与鲁迅的文学创作》，页53。

者’形象的塑造以及对她的充分肯定，客观上显示了鲁迅对于席勒式的‘完整的人’的人生理念的认同，特别是他的游戏创造观和历史的游戏观，可谓对社会历史极具穿透力的发现。”① 上述论断有其新颖之处，但同时似乎又低估了鲁迅自身的圆融性和繁复性。

在我看来，《补天》更呈现出母性的悲歌。我们不妨看看女娲人生经历的三个阶段：1. 因无聊而造人；2. 小东西们作孽，女娲补天；3. 女娲死后遭人利用。实际上这三个阶段呈现出女神女娲母性的演变。毫无疑问，如鲁迅自己所言，其矛头主要是指向不孝而伪善的小东西们的，他们变得异化古板、利欲熏心、童真泯灭等等，但若从女娲视角分析，亦有其独特的贯穿性。

女娲造人的动力之一就是因为其精力过剩，无聊而寂寞，鲁迅不惜采用了很罕见的暖色文字加以描述：“‘唉唉，我从来没有这样的无聊过！’伊想着，猛然间站立起来了，擎上那非常圆满而精力洋溢的臂膊，向天打一个欠伸，天空便突然失了色，化为神异的肉红，暂时再也辨不出伊所在的处所。”（页357，卷2）但因为她是创造人的始祖性女神，鲁迅似乎并未安排她成为妻子而施展“妻性”平复欲望，结果是她的创造，她起先是用心捏泥人：“不由的跪下一足，伸手掬起带水的软泥来，同时又揉捏几回，便有一个和自己差不多的小东西在两手里。”（页358，卷2）小东西们往往也很可爱，但后来因为焦躁而且疲倦，女娲因此随意宣泄，甚至用紫藤随意和着泥水造人：“伊接着一摆手，紫藤便在泥和水里一翻身，同时也溅出拌着水的泥土来，待到落在地上，就成了许多伊先前做过了一般的小东西，只是大半呆头呆脑，獐头鼠目的有些讨厌。然而伊不暇理会这等事了，单是有趣而且烦躁，夹着恶作剧的将手只是抡，愈抡愈飞速了，那藤便拖泥带水的在地上滚，像一条给沸水烫伤了的赤练蛇。泥点也就暴雨似的从藤身上飞溅开来，还在空中便成了哇哇地啼哭的

① 赵光亚《鲁迅“泛性论”之下的“游戏”书写》，《东岳论丛》2011年第11期，页29。

小东西，爬来爬去的撒得满地。”（页 359，卷 2）这样的过程让女娲从女神未经过“妻性”即直接变成了母亲，释放了其欲望和力比多冲动。

平心而论，正是女娲自己酿造的苦果，她的无聊与精力过剩以及恶作剧般的宣泄让小东西们四分五裂，引发了战争，甚至捅破了天，作为创造者，也是监护人，她当然有义务收拾残局、勠力补天。当然，在此过程中，小东西们或者伪善脑残，或存心阻挠，但都没有阻止女娲的不懈劳作，甚至最后以身殉职，她的神性丧失，而变成了可以疲惫和死亡的母亲。

女娲死后的被利用固然可以看出小东西们的功利、狡诈和毫无人性，但另一面何尝不呈现出女娲作为母亲的失职？她没有教养好她所创造的小东西们，也因为她的放任自流，这样的爱变成了溺爱，小东西们的恶才有了更大的发挥空间，从此意义上说，这就是女娲无聊之后的恶果，她必须喝下自酿的苦酒，从而谱下了一曲母性的悲歌。这似乎比游戏说更有说服力。

（二）《铸剑》：暧昧的性

作为《故事新编》中最少油滑性的文本，《铸剑》其实富含了暧昧性的色彩。说它暧昧，不仅仅是因为鲁迅的文字相对隐晦，性的隐喻需要仔细辨析，而且，惯用的“夫性”“妻性”在此界限模糊，甚至爱恨情仇都变成了一种“张力的狂欢”。①

青剑里的雄剑、雌剑之间隐隐然有种对话关系：拥有雄剑的眉间尺依旧优柔好玩，相对稚嫩；拥有雌剑的大王虽大权在握，但却垂垂老矣，而且无聊至极，而眉间尺和黑色人的相遇与互相信任亦有暧昧之处，尤其是交出青剑和自己头颅的眉间尺受到了这样的待遇，“提起眉间尺的头来，对着那热得死掉的嘴唇，接吻两次，并且冷冷地尖利地笑”。

---

① 具体可参拙著《张力的狂欢——论鲁迅及其来者之故事新编小说中的主体介入》（上海：上海三联书店，2006）。

受命进宫表演的黑色人和眉间尺头颅亦颇多蹊跷，唱歌的眉间尺不仅歌词中有猥亵小曲成分，而且神态妩媚，“头忽然升到水的尖端停住；翻了几个筋斗之后，上下升降起来，眼珠向着左右瞥视，十分秀媚，嘴里仍然唱着歌”（页446，卷2）。王趋近看时被黑色人斩断头颅，王头与眉间尺头颅鏖战，似乎不占上风，后黑色人自刎以头参战。相当暧昧的是，三人的战争却是靠头颅上的嘴巴互相咬啮，也难免亲吻，其中的狂欢性意味深长，不只是最后三人合葬，而是他们的斗争本身就暧昧不清，或多或少有一种爱恨并存的同志情结，如人所论，《铸剑》中的猥亵小曲：“猥亵是人们假装鄙视和诅咒而暗中追求、向来担心而时刻纪念的东西，其实正是‘堂哉皇哉’的存在的根基。而戕害了肉体的复仇者，在这触及灵魂的——爱和仇的交媾中咏唱猥亵，是为了超过，而又呼唤‘归来’，是为了在恐怖的大团圆中向着精神的家园（‘异处’）升华。”①

除了在小说中再现力比多冲动以外，鲁迅在《野草》中也不乏此类书写，《颓败线的颤动》写贫穷而饥饿的青年妇女只好通过卖身赚钱养活母女：“在光明中，在破榻上，在初不相识的披毛的强悍的肉块底下，有瘦弱渺小的身躯，为饥饿，苦痛，惊异，羞辱，欢欣而颤动。弛缓，然而尚且丰腴的皮肤光润了；青白的两颊泛出轻红，如铅上涂了胭脂水。”（页209，卷2）毋庸讳言，其中的主流基调是屈辱、痛苦，但同时亦有“欢欣”，这里的欢欣可能包括换取金钱解决饥饿问题的欣慰，也包括青春肉体被引发和点燃的冲动，其实也可谓一种被动的“妻性”宣泄，如人所论：“年轻身体的颤动混合着复杂的情绪，既有舍弃灵魂的屈辱和苦痛，也有敞开身体的惊异和欢欣。然而，无论这是一种怎样难以言说的体验，自然身体的光芒都无可阻挡地奔涌而出。”②

① 唐俟《鲁迅写作中的性》，《鲁迅研究月刊》2002年第6期，页36。

② 李蓉《“无词的言语——论〈野草〉的身体言说”》，《中国现代文学研究丛刊》2007年第3期，页209。

结语：以“妻性”和其中的力比多视角重新解读鲁迅的相关小说，不难发现鲁迅所言的“无妻性”的丰富内涵，其中既有灵光一闪而走向死灭的脆弱“妻性”，同时又有大多数中国妇女所仰视的“夫性”承载者的不堪、压抑、伪善、自私、老迈等缺陷，甚至在神性的混杂中，如果借助母性、妻性、女儿性视角，我们同样也可以读出另外的可能性。

但需要指出的是，毫无疑问，在“无妻性”的背后，鲁迅的哲学高度依旧是批判国民劣根性，女性解放自然是要区别对待、认真剖析的具体环节，但“夫性”乃至个人性/个体性的更新与创造却是更大更好环境的形塑必需与基础，这是每个中国人必须扪心自问、躬身自省的不变议题。

2 鲁迅作品中的“视听交融”

在《呐喊·自序》和《藤野先生》皆曾提及的幻灯片事件之于鲁迅先生的“弃医从文”抉择具有至关重要的意义，毫无疑问，这也是一个颇富张力的论述焦点：其中可以探索该事件的虚构与否、对应幻灯片的有无，也可以勾连此事件之于鲁迅弃医从文的具体功能（到底是导火索还是核心元素）。当然，也可以认真反思彼时新兴技术手段（幻灯）的物质性对身置历史现场的鲁迅的刺激性与杀伤力等等。①

换个角度思考，幻灯片事件中流动着一种“眼——耳——心”升华为精神实践“幻（视）→听→诛心书写”的深层关怀。相较而言，在视觉（产品）盛行的时代，尤其是今天，文字（纸质产品）似乎被相对边缘化，有些人可能会缅怀鲁迅时代文字的大获全胜，但实际上我们并不能过于想当然：从此角度

① 代表性的观点可参李欧梵、竹内好与周蕾的相关论述，节选可参罗岗等主编《视觉文化读本》（桂林：广西师范大学出版社，2003）。有关竹内好有关论点的辨析可参张明《对竹内好关于鲁迅文学成因及“幻灯事件”的解读》，《东岳论丛》2009年第12期。

看，鲁迅在后续的文艺救国和启蒙实践中，并未真正忽略和抛弃“幻-听”的冲击力强悍的效果，如夏济安就敏锐地发现，《墓碣文》的文字风格独特：“墓碣庄重的文言中点缀几句白话的命令（‘离开！’），便将过去与现在置于同一平面，视听交融，生动地暗示读者，这命令或许发自死者的口中……而其中想象出来的恐怖在这里却化为似幻还真的梦魇。”[①] 当然采用此种策略的文本远不止于此。

而特别需要指出的是，即使在幻灯片事件中，鲁迅的再现亦有多重关怀，既有批判麻木群体的国民劣根性的忧思，又有对自我在场的耻感与反省，同时又期冀借助文学进行启蒙与拯救，同时又是对自我看客角色压力的另一种释放，如李欧梵教授所言：“在观看幻灯片时，他变得更为群体，更受压抑。观看的过程就是和他的同胞这一整个群体建立起心理联系的过程……这里最重要的是对真正自我意识的需要……于是，文学成了鲁迅发现和理解他的同胞的一种方法。他曾想理解是什么形成了中国的国民性，这国民性缺少的又是什么。他现在已明白：病根并不在中国人的身体。”[②]

相当耐人寻味的是，“视听交融”书写在鲁迅的文学创作中绵延不绝，而不同的文体亦有相对不同的风格：小说中较强的是悲剧性回环，引人深思；散文中（尤其是《野草》）意绪繁复，既有抒情性的感染力，又有哲思效果；而杂文却往往一针见血，乃至一剑封喉，具有高新科技的即时性。比如在《送灶日漫笔》中鲁迅先生就写道：“坐听着远远近近的爆竹声，知道灶君先生们都在陆续上天，向玉皇大帝讲他的东家的坏话去了，但是他大概终于没有讲，否则，中国人一定比现在要更倒楣。灶君升天的那日，街上还卖着一种糖，有柑子那么大小，在我们那里也有这东西，然而扁的，像一个厚厚的小烙饼。那就

---

① 夏济安《黑暗的闸门：中国左翼文学运动研究》（香港：香港中文大学出版社，2016），页 134。

② 李欧梵著，尹慧珉译《铁屋中的呐喊》（杭州：浙江大学出版社，2016），页 19。

是所谓‘胶牙饧’了。本意是在请灶君吃了，粘住他的牙，使他不能调嘴学舌，对玉帝说坏话。我们中国人意中的神鬼，似乎比活人要老实些，所以对鬼神要用这样的强硬手段，而于活人却只好请吃饭。”（页 263，卷 3）在上述两段话中，自然不乏“视听交融”实践，如何送灶，如何对付灶神，的确是图、文、声并茂，同时借助对于人鬼态度的比较，又可以批判国民劣根性的伪饰、暧昧与复杂。限于篇幅，本文从狭义上界定鲁迅的文学创作，结合其创作重点，以其小说和《野草》为中心进行论述。

一、悲剧感和诛心

在夏济安看来，左联时期的鲁迅更显得孤独，同时他与同一战壕革命者的多数并不愉快的交往际调并未丰富其生活和化成新的创作动力或源泉：“他没有将他的愤怒、挫败与失望升华，没有将他压抑的情绪化为新的创作动力。这种紧张冲突，这种我方阵营里的敌意，这种必须‘瞻前顾后’而荒废精力的无奈，所有这一切本可以让他变得更加智慧，甚至孕育出伟大的作品，然而，他从中毫无得益。”[①] 这当然是一个后顾者着眼于文学性标尺的伟大与否的考量，而可能过滤或纯化了拖着病体于租界谋生的现实鲁迅的复杂性与艰难性。实际上，即使回到《彷徨》时期前后，鲁迅内心同样也密布了悲剧感，而这在他的“视听交融”书写中亦有所呈现。

耐人寻味的是，在《呐喊·自序》中鲁迅先生描述自己的无比寂寞中依然坚持了呐喊——聆听——诛心的理路：“在我自己，本以为现在是已经并非一个切迫而不能已于言的人了，但或者也还未能忘怀于当日自己的寂寞的悲哀罢，所以有时候仍不免呐喊几声，聊以慰藉那在寂寞里奔驰的猛士，使他不惮于前驱……但既然是呐喊，则当然须听将令的了，所以我往往不恤用了曲

① 夏济安《黑暗的闸门：中国左翼文学运动研究》（香港：香港中文大学出版社，2016），页 107。

笔……至于自己，却也并不愿将自以为苦的寂寞，再来传染给也如我那年青时候似的正做着好梦的青年。”（页441—442，卷1）某种意义上说，“曲笔”其实更反衬出鲁迅先生内心的无比寂寞乃至来源于现实打击和历史重压之下所累积的巨大阴暗面。而有关小说书写往往又是这种悲剧感的外化，又可表现为几个层面：

（一）批评国民劣根性

不必多说，这是鲁迅各种文体的焦点指向之一。[①]《狂人日记》中何先生（刽子手）扮演医生被看穿：“我忍不住，便放声大笑起来，十分快活。自己晓得这笑声里面，有的是义勇和正气。”（页448，卷1）这种快意与锐利有明显的画面感。又提及我家大哥：“我从前单听他讲道理，也糊涂过去；现在晓得他讲道理的时候，不但唇边还抹着人油，而且心里满装着吃人的意思。”（页449，卷1）对大哥的猜测则有一种心理横截面的外翻，同时又辅以对“听”的反思和怀疑，最终的结果却是诛心——直指其吃人的猥琐与卑劣。

《药》中老栓茶馆中的对话同样既有场面的即视感，如“康大叔见众人都耸起耳朵听他，便格外高兴，横肉块块饱绽，越发大声说”（页468，卷1）；但同时又写出听众的麻木与尴尬：“听着的人的眼光，忽然有些板滞；话也停顿了。小栓已经吃完饭，吃得满头流汗，头上都冒出蒸气来。”（页469，卷1）以幻（视）-聆听的方式呈现出的却是看客们的愚钝与可悲。《风波》中关于农家晚饭前的场景书写，鲁迅甚至营造了一种对话关系，比如文豪的农家乐臆想VS九斤老太太的牢骚满腹：“但文豪的话有些不合事实，就因为他们没有听到九斤老太的话。这时候，九斤老太正在大怒，拿破芭蕉扇敲着凳脚说：‘我活到七十九岁了，活够了，不愿意眼见这些败家相，——还是死的好。立刻就要

① 随手拈来，有关讨论就有：鲍晶编《鲁迅“国民性思想”讨论集》（天津：天津人民出版社，1982）；辛晓征《国民性的缔造者——鲁迅》（武汉：湖北教育出版社，2000）；谭德晶《鲁迅小说与国民性问题探索》（北京：中国社会科学出版社，2005）等值得一看。

吃饭了，还吃炒豆子，吃穷了一家子！’”（页491，卷1）以此描写鲁迅呈现出“超稳定结构”[①]底层单位的一潭死水：管理层的知识结构老化、平民的愚昧无知。

《肥皂》中的四铭向其太太缕述孝女场景时更像是一种幻设——既复原了当时的场景表面表扬孝女的孝心与善心，同时又借光棍们的堂皇淫秽心照不宣彰显出四铭内心的伪善与淫荡；《长明灯》中茶馆里对看客们的听说与声色描述既是对他们群体的批判，同时又反衬出疯子的积极与热烈应对（从“熄掉他”到“我放火”）。《野草》中也不乏此类书写与指向，《求乞者》就采用了视听交融的策略：“我顺着剥落的高墙走路，踏着松的灰土。另外有几个人，各自走路。微风起来，露在墙头的高树的枝条带着还未干枯的叶子在我头上摇动。

微风起来，四面都是灰土。

一个孩子向我求乞，也穿着夹衣，也不见得悲戚，而拦着磕头，追着哀呼。

我厌恶他的声调，态度。我憎恶他并不悲哀，近于儿戏；我烦厌他这追着哀呼。”（页171，卷2）既书写了周边环境，又状描求乞者沉默的求乞，但背后却呈现出“我”对乞丐及生成环境的厌恶与批判。[②]

耐人寻味的是，《故事新编》中亦有类似指向的书写：《补天》中鲁迅对女娲所造小人物的书写就采用了“视听交融”策略——他们之前的简单可爱和后来的狡诈（也有的愚昧）可恶形成鲜明对比，语言上亦然——前者是没有意义的语气词或声音，后者则是面目可憎、道德说教气扑鼻的文言，甚至女娲也感

① 有关论述可参孙隆基《中国文化的深层结构》（桂林：广西师范大学出版社，2006）；金观涛、刘青峰《中国现代思想的起源：超稳定结构与中国政治文化的演变（第一卷）》（北京：法律出版社，2011）等。

② 具体可参拙著《〈野草〉文本心诠》（北京：人民出版社，2016），页50—60。

觉到他们哭声的差异："忽而听到呜呜咽咽的声音了，可也是闻所未闻的玩艺，伊姑且向下再一瞟，却见方板底下的小眼睛里含着两粒比芥子还小的眼泪。因为这和伊先前听惯的'nga nga'的哭声大不同了，所以竟不知道这也是一种哭。"（页 364，卷 2）《采薇》中的指向却也是令人感慨，其中既指向了伯夷、叔齐遭遇周王军队时的惊险与困窘，尤其是姜子牙，但其中却也呈现出他们在仁义之师大旗背后的狡猾——不食周粟的二老是必死无疑的，放他们走，假手于人，不必自己动手："武将们立刻把刀收回，插在腰带上。一面是走上四个甲士来，恭敬的向伯夷和叔齐立正，举手，之后就两个挟一个，开正步向路旁走过去。民众们也赶紧让开道，放他们走到自己的背后去。到得背后，甲士们便又恭敬的立正，放了手，用力在他们俩的脊梁上一推。两人只叫得一声'阿呀'，跄跄踉踉的颠了周尺一丈路远近，这才扑通的倒在地面上。叔齐还好，用手支着，只印了一脸泥；伯夷究竟比较的有了年纪，脑袋又恰巧磕在石头上，便晕过去了。"（页 411—412，卷 2）但同时鲁迅更批判了鹦鹉学舌的阿金的奸诈、无聊与卑劣，不仅点破了二老精神坚守的虚妄，击溃了二老，同时在他们死后还编排谎言鞭尸，妖言惑众，[①] 诸如此类都采取了幻听交融的手法。

（二）揭示挫败结局

"视听交融"的策略既可以有批判性，同时又有预见性，它也指出了启蒙者、革命者或中坚力量往往挫败的结局，但背后的繁复含义却又相当精彩。

《药》的结尾夏瑜坟上的乌鸦终究飞走了呈现出鲁迅的关怀："他们走不上二三十步远，忽听得背后'哑——'的一声大叫；两个人都悚然的回过头，只见那乌鸦张开两翅，一挫身，直向着远处的天空，箭也似的飞去了。"（页 472，卷 1）这极具冲击性的执拗指向的不是夏大妈的善良而是愚昧，同时又反证了革命事业的不彻底不深入人心以及"同志仍需努力"。《故乡》中涉及到

① 具体可参拙文《论鲁迅小说中的流言话语》，《中山大学学报（社会科学版）》2011 年第 2 期。

“我”和闰土的终于相见便具有“视听交融”效果：“我接着便有许多话，想要连珠一般涌出：角鸡，跳鱼儿，贝壳，猹，……但又总觉得被什么挡着似的，单在脑里面回旋，吐不出口外去。他站住了，脸上现出欢喜和凄凉的神情；动着嘴唇，却没有作声。他的态度终于恭敬起来了，分明的叫道‘老爷！……’”（页 507，卷 1）鲁迅以特写镜头方式比较再现出人与人之间因际遇、等级等导致的深厚隔膜，同时也刻画出个体（如杨二嫂、闰土）内部的嬗变。《阿 Q 正传》中既有对阿 Q 爱赌恶习的批判，同时也有对他恋爱事故的“视听交融”细描，如何发生，如何被打，如何临时逃脱，如何又被处罚等等：他以存在的生物性粗暴的骚扰了寡妇吴妈，却又以旁观者的身份分身看戏，当然也受到严格处罚。但显而易见，游民阿 Q 的力比多（libido）出口严重受阻，而其失败的游魂性与无序性也别有深意，其实可能是更大寓言的组成部分，如张旭东教授所言，《阿 Q 正传》不仅是一个特定社会历史转型的寓言（即“启蒙”和国民性批判），也是一个有关中国文明整体意义和价值表述“系统失序”的寓言。①

《白光》中的陈士成又一次落第回到私塾之后的书写也是“视听交融”实践：“陈士成还看见许多小头夹着黑圆圈在眼前跳舞，有时杂乱，有时也摆成异样的阵图，然而渐渐的减少了，模胡了。

‘这回又完了！’

他大吃一惊，直跳起来，分明就在耳边的话，回过头去却并没有什么人，仿佛又听得嗡的敲了一声磬，自己的嘴也说道：‘这回又完了！’”（页 571，卷 1）经由此道，我们可以理解陈士成误入歧途寻找白光的心理挫败基础与层次——他的确是个彻头彻尾的悲剧，甚至连自己的私塾小弟子都纷纷看不起

① 具体可参张旭东《中国现代主义起源的“名”“言”之辩：重读〈阿 Q 正传〉》，《鲁迅研究月刊》2009 年第 1 期。

他。《在酒楼上》关于梅花的书写可谓热烈：“几株老梅竟斗雪开着满树的繁花，仿佛毫不以深冬为意；倒塌的亭子边还有一株山茶树，从晴绿的密叶里显出十几朵红花来，赫赫的在雪中明得如火，愤怒而且傲慢，如蔑视游人的甘心于远行。我这时又忽地想到这里积雪的滋润，著物不去，晶莹有光，不比朔雪的粉一般干，大风一吹，便飞得满空如烟雾。……”（页 25，卷 2）老梅的热烈怒放效果和主人公的沉重脚步形成静与动、画与声的鲜明对比，而这却衬托出吕纬甫的可能（或已然）失败。《奔月》中夷羿与老太太的遭遇更是一场闹剧，它既写出老太太的精神愚昧与物质精明，同时更反衬出夷羿的英雄迟暮的尴尬与落寞。

《野草》中也有此类书写，如《复仇（其二）》中写道：“看哪，他们打他的头，吐他，拜他……

他不肯喝那用没药调和的酒，要分明地玩味以色列人怎样对付他们的神之子，而且较永久地悲悯他们的前途，然而仇恨他们的现在。

四面都是敌意，可悲悯的，可咒诅的。

丁丁地响，钉尖从掌心穿透，他们要钉杀他们的神之子了；可悯的人们呵，使他痛得柔和。丁丁地响，钉尖从脚背穿透，钉碎了一块骨，痛楚也透到心髓中，然而他们钉杀着他们的神之子了，可咒诅的人们呵，这使他痛得舒服。

十字架竖起来了；他悬在虚空中。……

路人都辱骂他，祭司长和文士也戏弄他，和他同钉的两个强盗也讥诮他。”（页 178，卷 2）引文相对较长，但可以看出“视听交融”的多重交响：耶稣自己的切肤之痛、他人的有声辱骂、视觉介入（敌意与眼神等）多管齐下，借此惨状反过来彰显其复仇的多元指向：庸众及自己[①]，借此也呈现出“神之子”

---

① 具体可参拙文《现在式复仇的狂欢：重读〈复仇（其二）〉》，《创新》2016 年第 2 期。

可能的失败。《聪明人和傻子和奴才》中一直喜欢找人诉苦的奴才在看到傻子动手好心帮他时却将之视为强盗：“‘人来呀！强盗在毁咱们的屋子了！快来呀！迟一点可要打出窟窿来了！……’他哭嚷着，在地上团团地打滚。

一群奴才都出来，将傻子赶走。

听到了喊声，慢慢地最后出来的是主人。”（页222，卷2）其中固然有对奴才、主人奴性的嘲讽，但同时也有对傻子的挫败予以描述，易言之，启蒙理念及其践行中都难免理想化的高蹈或未顾及受众的弊端，需要认真省察。①

（三）擦肩而过的拯救/神迹

毋庸讳言，要看到在鲁迅以“视听交融”彰显悲剧感和结局为主流的书写之外的他度倾向，其中也有一些拯救意识/实践，乃至神迹。

《一件小事》中有明显的“视听交融”书写：“车夫听了这老女人的话，却毫不踌躇，搀着伊的臂膊，便一步一步的向前走。我有些诧异，忙看前面，是一所巡警分驻所，大风之后，外面也不见人。这车夫扶着那老女人，便正是向那大门走去。我这时突然感到一种异样的感觉，觉得他满身灰尘的后影，刹时高大了，而且愈走愈大，须仰视才见。”（页482，卷1）不必多言，在“劳工神圣”的大背景下，鲁迅先生其实也在诉说着朴素道理：行动比言语更响亮，而勇于担责、富有同情心乃至“纯白”之心比物质奖赏更高尚。《鸭的喜剧》中也有相关书写，貌似简单，但呈现出多重指向：一是对自然界可爱小动物与自然声响的喜爱与状摹，二是对爱罗先珂品性与追求的侧面反映（如热爱美好自然、不甘寂寞等），而第三种指向则是对友情的珍重与怀念。

《伤逝》中尽管子君与涓生的爱情以悲剧和忏悔录收场，但事情的开头却不乏让人温暖与振奋之处：“蓦然，她的鞋声近来了，一步响于一步，迎出去

---

① 具体可参拙著《〈野草〉文本心诠》（北京：人民出版社，2016），页282—292。

时，却已经走过紫藤棚下，脸上带着微笑的酒窝。她在她叔子的家里大约并未受气；我的心宁帖了，默默地相视片时之后，破屋里便渐渐充满了我的语声，谈家庭专制，谈打破旧习惯，谈男女平等，谈伊孛生，谈泰戈尔，谈雪莱……。她总是微笑点头，两眼里弥漫着稚气的好奇的光泽。”（页 114，卷 2）其中既有真诚而焦虑的思念，又有高尚的文化品位，除此以外，也有子君令人感奋的掷地有声的宣言（“我是我自己的，他们谁也没有干涉我的权利”），从此角度看，“视听交融”是对爱情美好开端的怀旧式声色并茂再现。

《离婚》中爱姑的反抗既有其谈话中的理论依据——大人们要讲公道话，同时又从各个层面展示出其泼辣性格：如“钩刀式的脚”（时尚装饰与小脚放大之后的产物），同时也有对不同男人们的各色蔑视，不只是自己的老公和公公：“爱姑瞪着眼看定篷顶，大半正在悬想将来怎样闹得他们家败人亡；‘老畜生’，‘小畜生’，全都走投无路。慰老爷她是不放在眼里的，见过两回，不过一个团头团脑的矮子：这种人本村里就很多，无非脸色比他紫黑些。”（页 151，卷 2）不必多说，这其中还有一种阿金[①]式妇女的蛮力在的。

《铸剑》中少年眉间尺在听闻母亲讲述父亲的大仇未报故事时亦相当有画面感：“他看见他的母亲坐在灰白色的月影中，仿佛身体都在颤动；低微的声音里，含着无限的悲哀，使他冷得毛骨悚然，而一转眼间，又觉得热血在全身中忽然腾沸。”（页 434，卷 2）其他还包括青剑的光芒四射、锐意十足，同时也隐藏着眉间尺的英雄潜力以及改过的必要性，这本身就是自我找寻和成熟的过程。《野草》中的独特篇什《好的故事》也有“视听交融”书写：“我在蒙胧中，看见一个好的故事。

这故事很美丽，幽雅，有趣。许多美的人和美的事，错综起来像一天云

① 具体可参拙文《女阿 Q 或错版异形？——鲁迅笔下阿金形象新论》，《山东师范大学学报（人文社会科学版）》2015 年第 1 期。

锦，而且万颗奔星似的飞动着，同时又展开去，以至于无穷。

我仿佛记得坐小船经过山阴道，两岸边的乌桕，新禾，野花，鸡，狗，丛树和枯树，茅屋，塔，伽蓝，农夫和村妇，村女，晒着的衣裳，和尚，蓑笠，天，云，竹，……都倒影在澄碧的小河中，随着每一打桨，各各夹带了闪烁的日光，并水里的萍藻游鱼，一同荡漾。"（页 190，卷 2）其中既有主观感觉，又有幻想，又有梦的实存。同时其中又可能关联了个体的春梦（力比多转向）①，但无论如何这是一种对美好的欲求。

整体而言，这些可能的美好或拯救往往都是一闪而过的，即使是最严肃的《铸剑》，其最后结局亦是同归于尽，颇有一丝狂欢色彩。② 某种意义上说，这其中依然是悲剧感浓厚的再现。不必多言，这是"视听交融"之后的重要指向——诛心的大部分结果——聚焦于悲剧性、悲剧感。当然亦有批判国民劣根性的各色书写，反映出即使从某一策略角度探勘亦可反映出鲁迅书写的多元视角与独特才华。

二、繁复意绪与自我

众所周知，鲁迅的现代小说并不特别强调中国传统小说擅长的叙事性，作为 1920—30 年代小说文体创新的领军人物，其锐意创新实践中既汲取了西方 19 世纪小说到 20 世纪初年的现代特质，同时作为《中国小说史略》的作者，其创作中也难免有意无意关涉/浸润了中国古代传奇/笔记体小说的风格，比如其间相对浓郁的抒情性乃至诗化倾向。③ 从此角度看，"视听交融"本身也是促成此类实践、方法与风格的重要策略。相较而言，这类书写当然还有除悲剧感之外的另类指向，那就是渲染繁复意绪，同时剑指多元或分裂的自我，这在

① 具体可参拙文《原乡的春梦：〈好的故事〉之一种解读》，《山东社会科学》2014 年第 11 期。

② 具体可参拙著《张力的狂欢》（上海：上海三联书店，2006），页 215。

③ 具体可参张箭飞《鲁迅诗化小说研究》（南宁：广西教育出版社，2003）。

《野草》的有关篇章中尤其明显。

（一）梦系列：强化与反省

令人惊讶的是，“视听交融”在鲁迅这里从来不是一种平面而简单重复的技巧，它也可以幻化成更繁复与宏大的表述方法。《野草》中想象奇绝、风格别致的“梦”系列书写从此角度看可谓是一种匠心独具的创制：鲁迅先生以“梦”的形式恰恰拓展了常规书写的空间，将诸多原本的不可能性和新的可能性以更晦涩、曲折也别致的方式折射出来，所以《死火》《死后》《失掉的好地狱》《立论》《颓败线的颤动》《墓碣文》《狗的驳诘》等名作各有千秋，既有指向常规的人伦书写，但也指向了兽与鬼，甚至是罕见的临界点设置，如《死火》。易言之，“梦”本身就是“视”的锐意变形与立体化，同样这种变形也取得了上佳的效果，《野草》能够成为不可复制的经典巨著，也和此特异性息息相关。

日本学者木山英雄认为：“在鲁迅的幻想里，有着透明澄清的和不透明乃至怪诞的两种方向，后一种几乎是欲以倾注了肉体性能量的感觉激情冲破个体之界限或合理观念之规矩似的。不过，能量本身不过是单纯的直接性的东西，因此，女人与空间颤动的思想、文学的意义，是始终要在与世界线之贯彻的关系中来探求的。”[①] 从此角度看，《补天》中的女娲可是一种论证案例，但最经典的个案则是来自《野草》中的《颓败线的颤动》。此文相当具有叙事节奏，气势磅礴，以老妇人青年时不得不卖身养家和老年遭受被养活家庭成员的各色嫌弃为对比，鲁迅将其剧烈反应内敛化、个体化进而拓展到天地间，具有极强的视觉效果和情感触动：“她在深夜中尽走，一直走到无边的荒野；四面都是荒野，头上只有高天，并无一个虫鸟飞过。她赤身露体地，石像似的站在荒野

---

① 【日】木山英雄著，赵京华编译《文学复古与文学革命——木山英雄中国现代文学思想论集》（北京：北京大学出版社，2004），页 59。

的中央，于一刹那间照见过往的一切……她于是举两手尽量向天，口唇间漏出人与兽的，非人间所有，所以无词的言语。

当她说出无词的言语时，她那伟大如石像，然而已经荒废的，颓败的身躯的全面都颤动了。这颤动点点如鱼鳞，仿佛暴风雨中的荒海的波涛。

她于是抬起眼睛向着天空，并无词的言语也沉默尽绝，惟有颤动，辐射若太陽光，使空中的波涛立刻回旋，如遭飓风，汹涌奔腾于无边的荒野。”（页210—211，卷2）不必多说，这段状写极具感染力和震撼力，日本学者丸尾常喜认为，这“展示出鲁迅内部世界的‘人道主义’与‘个人主义’（绥惠略夫式的‘个人主义’）激烈的纠葛。其纠葛化为呻吟从她的口唇间吐露出，她的全身发生的颤动与空中的颤动相撞，卷起铺天盖地的旋风。对立的两极各执己见，其纠葛产生的能量形成旋风，席卷天地”[①]。的确是很精彩的思辨。

另一篇别致的反思来自于《立论》，当然也是“视听交融”的策略展示：“‘说要死的必然，说富贵的许谎。但说谎的得好报，说必然的遭打。你……’

‘我愿意既不说谎，也不遭打。那么，老师，我得怎么说呢？’

‘那么，你得说：“啊呀！这孩子呵！您瞧！那么……。阿唷！哈哈！Hehe！he，he he he he！”’”（页212，卷2）其中可谓吊诡重重，既有“言志”的艰难性，批判“载道”与国民劣根性对“言志”的欺压，同时又强调对“真”的深刻反思：它既有杀伤力，又要曲线表达。[②]

当然还有《死后》，某种意义上说，这也是临界点设置的实践文本：可以让死后的个体意识自主活动，但又无法控制身体，于是在不影响深入思考的前提下却让身体缺乏行动性和实际影响力，的确是很好的设计。“听到脚步声，走路的罢。一辆独轮车从我的头边推过，大约是重载的，轧轧地叫得人心烦，

---

① 【日】丸尾常喜著，秦弓、孙丽华译《耻辱与恢复——〈呐喊〉与〈野草〉》（北京：北京大学出版社，2009），页294。

② 具体可参拙文《“言志”的吊诡：重读〈立论〉》，《临沂大学学报》2015年第6期。

还有些牙齿龌。很觉得满眼绯红，一定是太阳上来了。那么，我的脸是朝东的。但那都没有什么关系。切切嚓嚓的人声，看热闹的。他们踹起黄土来，飞进我的鼻孔，使我想打喷嚏了，但终于没有打，仅有想打的心。

陆陆续续地又是脚步声，都到近旁就停下，还有更多的低语声：看的人多起来了。我忽然很想听听他们的议论。但同时想，我生存时说的什么批评不值一笑的话，大概是违心之论罢：才死，就露了破绽了。然而还是听；然而毕竟得不到结论，归纳起来不过是这样——”（页214—215，卷2）以梦中的半死状态（有意识但无力操控尸体）来映照现实，其中既有对凡俗世界的素描，又有对匮乏自我的看客的状摹，借助于这种独特的状态幻设，以“视听交融”的方式鲁迅先生揭露了死后亦不得安生，国民劣根性依旧，当然其中也有对自我的解剖，若从更长线的书写来看亦然，在丸尾常喜看来，《死后》作为七篇梦系列的终篇是合适的：“在实际生活中，这时的鲁迅有时耽酒，也有一种健康上的危机感。鲁迅自身向‘生’的复归——‘诀别剧’，是从《墓碣文》的阴暗，经历《颓败线的颤动》的混沌与《死后》的谐谑，最终结晶为小说《孤独者》（1925年10月17日写完）。”①

（二）沉默与对话：声音的诗学

令人欣喜的是，“听”也有它的变形，从此角度看，我们可以将之理解为一种关于“声音的诗学”② 仔细聆听。不必多说，其中既有对自我的反省，同时又有对人生哲理的反思。

《秋夜》中不乏此类书写，从前面的夜空、枣树、月亮等场景书写突然转型：“哇的一声，夜游的恶鸟飞过了。

我忽而听到夜半笑声，吃吃地，似乎不愿意惊动睡着的人，然而四周的空

---

①【日】丸尾常喜著，秦弓、孙丽华译《耻辱与恢复——〈呐喊〉与〈野草〉》，页311。

② 有关论述可参张闳《声音的诗学》（桂林：广西师范大学出版社，2003）第一辑中的《〈野草〉：沉默的声音》。

气都应和着笑。夜半，没有别的人，我即刻听出这声音就在我嘴里，我也即刻被这笑声所驱逐，回进自己的房。灯火的带子也即刻被我旋高了。”（页 167，卷 2）其中有一种静与动的转换与对峙。丸尾常喜指出，这恶声该是猫头鹰的声音：“‘我’回应猫头鹰的叫声，发出了笑声。因为笑声发生在他沉浸于眼前的光景之时，所以未能觉出是自己的声音。然而，被其声音所唤醒，意识到是自己的声音时，‘我’知道了在自己的内部存在着迎合枣树和猫头鹰的行动的激烈的冲动，被这不可思议的冲动所惊吓，他像被驱逐似地回到了自己的房间。”[①] 这当然是精彩细致的论述，在我看来，这种笑声其实是进入一种“视听交融”状态时的自我对话，既可能是无意识的会心一笑或自我激励，又可能是蔑视天空等存在的自信一笑。这个笑具有一定的形而上意味，若从更宏阔的视角看，凸显了鲁迅可能的体系性思考。[②]

《过客》中特别耐人寻味的是对声音的书写：

“客——但是，那前面的声音叫我走。

翁——我知道。

客——你知道？你知道那声音么？

翁——是的。他似乎曾经也叫过我。

客——那也就是现在叫我的声音么？

翁——那我可不知道。他也就是叫过几声，我不理他，他也就不叫了，我也就记不清楚了。

客——唉唉，不理他……。（沉思，忽然吃惊，倾听着，）不行！我还是走的好。我息不下。可恨我的脚早经走破了。（准备走路。）”（页 196—197，卷 2）

在丸尾常喜看来：“如果说过客身上重叠着鲁迅自身，那么，给其作品带

---

① 【日】丸尾常喜著，秦弓、孙丽华译《耻辱与恢复——〈呐喊〉与〈野草〉》，页 146。

② 具体可参朱崇科、陈沁《论〈野草〉中的笑》，《首都师范大学学报（社会科学版）》2017 年第 1 期。

来影响的近代革命的烈士们——秋瑾、徐锡麟、陶成章、邹容等，还有范爱农那样的友人，他自身所塑造的阿Q与祥林嫂等人物的声音，即中国所谓‘鬼’的无词之声不断地召唤鲁迅那样，过客的耳边也听到许多死者的声音，就是这种声音催促他走向前方吧。”① 这是很有想象力和包容性的论述，在我看来，这个声音更是一种理想主义的召唤，一种在彷徨时期仍不得不毅然前行、勇于实践的精神，当然也是对抗现存世界的一种不错选择：小而言之，是过客一直在路上的惯性追求和内心的声音（inner voice），大而言之，是为国家、民族命运谋出路的坚定践行（虽然也不乏茫然）。②

如果说前面的声音诗学主要是靠主动自省，而到了《墓碣文》中则是另一种状态——既有来自墓穴主人的主动提醒，又有观者欲抽身离开却不能的被动惊吓式逼问。

“‘……离开！……’

我绕到碣后，才见孤坟，上无草木，且已颓坏。即从大阙口中，窥见死尸，胸腹俱破，中无心肝。而脸上却绝不显哀乐之状，但蒙蒙如烟然。”（页207，卷2）甚至最后，“我就要离开。而死尸已在坟中坐起，口唇不动，然而说——

‘待我成尘时，你将见我的微笑！’

我疾走，不敢反顾，生怕看见他的追随”（页207—208，卷2）。

在我看来，这种“视听交融”实践是一种正反内外的双重逼视：死尸本身的惨烈形状与现实执著③已经揭示出其自我拷问的剧烈程度与一种结果，而没

① 【日】丸尾常喜著，秦弓、孙丽华译《耻辱与恢复——〈呐喊〉与〈野草〉》，页239。

② 具体可参拙文《执著与暧昧：〈过客〉重读》，《鲁迅研究月刊》2012年第7期。

③ 在丸尾常喜看来，鲁迅一直在思考死的事情，《过客》中看见了坟，《墓碣文》中的惨死，甚至连这死亡都是“未完成之死”，可以看出鲁迅对现实社会深刻的执著。可参【日】丸尾常喜著，秦弓、孙丽华译《耻辱与恢复——〈呐喊〉与〈野草〉》，页283。

得到理想答案的他却还要追问靠近他的旁观者，某种程度上说，这一幕恰恰壮烈而诡异地再现了幻灯片事件中鲁迅观看/被看时的焦灼、耻辱感与分裂感。①

结语：经由“视听交融”实践，鲁迅成功的实现了“视——听——心”多管齐下的反思方法与哲学，简单而言，它主要有两大指向：1. 悲剧感，包含了对国民劣根性的批判、揭示挫败结局以及偶尔的拯救实验；2. 繁复意绪与自我，他以“梦”系列的方式实现了对“视”的变形与拓展，而声音诗学则是鲁迅先生对“听”的深入开掘，即使从一个小的视角切入，我们亦可以看出鲁迅先生文字创设的独特与别致。

3 鲁迅作品中的“兄弟失和”纠结及超克——以《伤逝》为中心

1923年7月19日，周作人突然把一封绝交信丢给鲁迅：“鲁迅先生：我昨天才知道，但过去的事不必再说了。我不是基督徒，却幸而尚能担受得起，也不想责谁，大家都是可怜的人间。我以前的蔷薇梦原来都是虚幻，现在所见的或者才是真的人生。我想订正我的思想，重新入新的生活。以后请不要再到后边院子里来，没有别的话。愿你安心，自重。七月十八日，作人。”鲁迅曾经派遣佣人要求见面解释被拒，甚至搬走后返回八道湾企图取回自己的图书亦曾遭到周作人夫妇詈骂和羞辱，直至最后老死不相往来。毋庸讳言，兄弟失和对鲁迅的身心有着相当沉重的打击：咳血、生病既是一种隐喻，同时又是一种内伤的切实外显。由于二人相对默契的对此事件的真相近乎闭口不提也着墨不多，更成为鲁迅研究中的一大谜团。②

---

① 更多论述可参拙文《互看的奇特与灵思：〈墓碣文〉重读》，《鲁迅研究月刊》2016年第1期。

② 具体可参葛涛主编《鲁迅的五大未解之谜——世纪之初的鲁迅论争》（北京：东方出版社，2003）中的第五个谜。

1925 年 10 月 12 日，周作人在《京报副刊》上发表了他翻译的罗马盲诗人喀都路斯（或卡图路斯 Gaius Valerius Catullus，84 B. C. —54 B. C. ）的一首诗，题目是《伤逝》，被译者视为悼念兄弟之情的作品："我走进迢递的长途，/渡过苍茫的大海，/兄弟呵，我来到你的墓前，/献给你一些祭品，/作最后的供献，/对你沉默的灰土，/作突然的话别，/因为她那运命的女神，/忽而给予又忽而收回，/已经把你带走了。/我照了古旧的遗风，/将这些悲哀的祭品，/来陈列在你的墓上：/兄弟，你收了这些东西吧，/都沁透了我的眼泪；/从此永隔冥明，兄弟，/只嘱咐你一声'珍重'！"[①] 某种意义上说，这是失和两年后的周作人的一次借故抒发情感，无论是有意还是随意。

无独有偶，1925 年 10 月 21 日，9 天后鲁迅完成了名作《伤逝》，但收入《彷徨》集子出版前却从未单篇发表过。耐人寻味的是，在绝大多数读者将之视为爱情小说的时候，多年以后周作人如此解读此篇小说："《伤逝》是鲁迅作品中最难解的一篇。大概写的全是空想，因为事实与人物我一点都找不出什么模型或根据。我深信：《伤逝》不是普通恋爱小说，乃是假借了男女的死亡来哀悼兄弟恩情的断绝的，我这样说，或者世人都要以我为妄吧，**但是我有我的感觉，深信这是不大会错的**。因为我以不知为不知，声明自己不懂文学，不敢插嘴来批评，**但对于鲁迅写作这些小说的动机，却是能够懂得**。我也痛惜这种断绝，可是有什么办法呢，人总只有人的力量。"[②]（下划线和黑体为笔者强调）毫无疑问，其中亦不乏争议：《伤逝》到底想要呈现一个怎样的内涵或指涉？某种意义上说，这种探寻可能亦有某种本质主义者（essentialist）的关怀。换言之，《伤逝》的指涉主题本身可能就是多元的，乃至是狂欢的。

不必多言，从"兄弟失和"开始的 1923 年到《伤逝》创作的 1925 年，期

---

① 具体诗作及失和评述可参陈漱渝《鲁迅评传》（北京：中国社会出版社，2006）第 11 章，页 66—77。
② 周作人《苦茶——周作人回想录》（兰州：敦煌文艺出版社，1995），页 332。

间有两年多的时间跨度，某种程度上说，“兄弟失和”事件已经成为名作家鲁迅的精神梦魇或心理阴影之一，为此，《伤逝》只是这种情结/纠结承载的核心篇章之一，因此实际上同时期的小说《孤独者》《弟兄》《离婚》等都与此主题有或多或少的关联。而从更长时间跨度来看，《野草》中也不乏深深浅浅的纠结再现，简单而言，随手拈来，《风筝》自然是关联了兄弟深情和自我忏悔，《秋夜》中的两棵枣树可能也有对兄弟情深的纪念，《影的告别》也有自我分裂和对兄弟之情的感慨。如人所论，《野草》深受“从八道湾出走后产生的幽怨情绪与悲悯情怀的深刻影响，那种把几乎所有其中所有篇章都归结为爱情因素的说法显然是站不住脚的。鲁迅借助《野草》的创作，缓解了长达数年的内心紧张，平复了心灵创痛；因而无论从创作层面还是从现实层面来看，鲁迅都实现了自己的目标”。①

但无论是限于论述篇幅，还是避免论述涉及文本的过度化和粗疏化，本节毋宁更选择以《伤逝》为中心，而以其他有直接/精神关联的小说/散文文本为辅进行探勘，而非面面俱到。本节的问题意识如下：1.《伤逝》如何呈现兄弟失和？2. 有关文本如何逸出这种纠结？3. 借助于《伤逝》，鲁迅如何超克这种情结？

一、“兄弟失和”的要素及其逸出

某种意义上说，周作人从《伤逝》中读出鲁迅对兄弟之情的哀悼主题有其合理的一面，毕竟文本中间富含了备受打击的当事人的情感宣泄及其各种沉淀寄托，甚至也关联了不少显而易见的失和要因、元素和鲁迅的态度。但同时另一方面，周作人的过于简略和自信的评价亦可能简单化了鲁迅，即使单就“兄弟失和”纠结来说，鲁迅亦有其复杂深邃的一面，甚至有其独特逸出，值得论

---

① 刘骥鹏《郁结与释放——从作者的人生困境与心理语境中把握〈野草〉意蕴》，《鲁迅研究月刊》2008 年第 5 期，页 31。

者仔细探究。

（一）情感创伤及其结构

某种意义上说，《伤逝》呈现出相对完整的“兄弟失和”之后的情感创伤表征，比如孤独失落感、忏悔情结，甚至是轻微的报复心理；但同时鲁迅更借助其他文体/文本呈现出对这种结构的完善与深化，比如繁复曲折幽微的复仇情感。当然其中的指涉也因此更丰富而有可能超出《伤逝》的涵盖了。

1. 孤独：自成风暴。毫无疑问，哪怕是普通读者都可以读出《伤逝》中洋溢着一种强烈的孤独感，而且还包含着不同的层次、程度与方面，如子君和涓生同居后的孤家寡人、众叛亲离：“和她的叔子，她早经闹开，至于使他气愤到不再认她做侄女；我也陆续和几个自以为忠告，其实是替我胆怯，或者竟是嫉妒的朋友绝了交。”（页117，卷2）而此后丢掉工作的涓生日益困顿，而二人之间有着更多真正的隔膜：比如子君的日益世俗化乃至物质化、平庸化。而涓生对子君的感觉也因此日益疏离，直至最后以“我已经不爱你了”戳破幻觉。这当然都有一种内外交困的孤独感。

毋庸讳言，描写鲁迅“兄弟失和”产生孤独感的小说不只是《伤逝》，也包括《孤独者》，如人所论：“只有充分认识到兄弟失和给鲁迅带来的创伤，才能理解鲁迅一生的愤激和敏感、偏执和痛苦、仇恨和报复、绝望和阴暗的心态，以及在这些心态之中体现出来的无以言表的愤怒和悲伤。周作人曾解读出《伤逝》里有鲁迅对兄弟失和的忏悔，意在表明‘兄对不住弟’，自己是无辜的，但他怎么就读不出《孤独者》里鲁迅遭受不公待遇时的悲愤与哀伤呢？恐怕不是无意的疏忽，而是有意的隐藏与隐瞒吧。”① 但在我看来，魏连殳（或背后的鲁迅影子）的孤独感投射至少包含了两大层面：一个是显而易见的新旧冲

① 王宗凡、徐续红《“当深夜在旷野中嗥叫”——从〈孤独者〉看“兄弟失和”对鲁迅的影响》，《西南民族大学学报（人文社会科学版）》2010年第3期，页80。

突所导致的主人公魏在“失败的成功”（坚守理想生活困顿但精神成功）VS“成功的失败”哲学（放弃理想物质成功但精神溃败）之间的流转、纠结与自我毁灭，这是旧制度、伦理体制及其文化政治对魏的围剿；而另一个少为人关注的孤独感则是来自同行/同道“我”的屡屡不理解、误读，乃至见死不救（或无力挽救?）。比如他们关于过继孩子话题的隔阂，明明是旧有的婚姻伦理制度借过继小孩收编魏连殳的精神、存在与物质财产，但“我”却质疑他道：“‘总而言之：关键就全在你没有孩子。你究竟为什么老不结婚的呢？’我忽而寻到了转舵的话，也是久已想问的话，觉得这时是最好的机会了。他诧异地看着我，过了一会，眼光便移到他自己的膝髁上去了，于是就吸烟，没有回答。”（页95，卷2）但魏连殳一直引我为同道，直至他自己为谋生背叛了理想，貌似成功实则失败，他在一封信中提及，自己已经无需同道挂念了：“但我想，我们大概究竟不是一路的；那么，请你忘记我罢。我从我的真心感谢你先前常替我筹划生计。但是现在忘记我罢；我现在已经‘好’了。”（页104，卷2）换言之，来自同道的无助、误解才是更令人倍觉痛楚的孤独体验和镌刻。

若从更宽泛的意义上说，写于同时期的《离婚》亦呈现出别致的孤独感：不太平凡具有“钩刀式的脚”的爱姑的折腾或许为了尊严而离婚，但骨子里依然呈现出对旧有伦理道德的依恋，甚至是对“小畜生”亦有一丝寄托（其中不乏对兄弟友谊的投射与唏嘘）；而同时，作为一个内心不够丰富深邃乃至强大的农村妇女，她同样亦有被不争气的懦弱的父兄们抛弃的孤独感。而有着直接关联的《弟兄》一文中，沛君在书桌边对病中的弟弟靖甫所做的昏昏的残梦（他要帮死去的靖甫处理丧事，同时也要安排琐屑的后事：“——他命令康儿和两个弟妹进学校去了；却还有两个孩子哭嚷着要跟去。他已经被哭嚷的声音缠得发烦，但同时也觉得自己有了最高的威权和极大的力。他看见自己的手掌比平常大了三四倍，铁铸似的，向荷生的脸上一掌批过去……。”）（页143，卷2）其实更像是借助潜意识断片对“兄弟怡怡”表面的洞穿与嘲讽——兄弟感情在面对现实责任分担与切割（比如帮助抚养小孩）时亦难免大打折扣，从此意义上说，孤独既是一种兄弟分裂之后的被动，更清醒反映出鲁迅对此经历的必然痛苦立场、命运与遭遇的深切体会与确认。

2. 忏悔：纷至沓来。作为一个自省能力上佳、自我批判意识极强的知识分子，鲁迅对“兄弟失和”事件中的自我责任和可能错误有着强烈的忏悔精神，《伤逝》当然是一个绝佳的承载。涓生对子君的死负有不可推卸的责任，为此他也痛心疾首进行忏悔，尽管偶有可疑之处，但涓生的真诚和悔恨浓度溢于言表，这或许也可视为作者鲁迅的一种自剖。但同时，若细读文本，其中亦有一些玄机：“我不应该将真实说给子君，我们相爱过，我应该永久奉献她我的说谎。如果真实可以宝贵，这在子君就不该是一个沉重的空虚。谎语当然也是一个空虚，然而临末，至多也不过这样地沉重。”（页130，卷2）这里对真实/不虚伪的慨叹自然有其深刻之处：一方面要坚守现代性的“诚与爱”哪怕真相残酷，但另一方面却又要注意现代性中的冷酷性和即席负面效果。当然如果结合周氏兄弟失和事件，这同时也可视为鲁迅对兄弟失和不明真相/不可深究的叹惋。

有论者指出：“鲁迅、周作人兄弟失和，不是人们以及鲁迅自己所谈的经济原因，而是时代使然，性格使然，是鲁迅长子意识所造成，是他那大家庭美梦的破灭。从鲁迅兄弟的日记中可见，他们都不是节省的人。不能将他们兄弟失和的原因归咎于羽太信子。祸兮福兮，兄弟失和造成了鲁迅生活的改变，性格的变化。没有兄弟失和，也就没有人们现在见到的鲁迅。”① 其实鲁迅自然没有放弃对自己性格缺陷乃至国民性的反省，比如《风筝》就是最具代表性的一篇。此文含义丰富，当然可以解读为最显而易见的对儿童本性的尊重，但同时其中也借批判一己的错误及无可挽回的深度忏悔来悼念逝去的“兄弟怡怡”之情。显然此事中他和周作人都有责任，风筝意象也喻示了兄弟之情的藕断丝

① 丁仕原《鲁迅、周作人兄弟失和原因新探》，《湖南商学院学报》2006年第2期，页93。

连，至少从鲁迅的层面看是如此。当然此文中的风筝有更繁复的内涵——风筝意象中其实也富含了多元角色，如作为心绪的风筝，并非爱情指涉，而更是不可排解的愁绪；作为意义的风筝，鲁迅在处理兄弟失和、天性本位时都与风筝勾连，而作为叙事的风筝层面，无论是回忆还是虚构都起到了较好的推进作用，但也不乏吊诡。[①]

作为长子长孙长兄的鲁迅其实是一个悖论性的存在：一方面，他有强烈的牺牲精神，希望通过自己的奋斗让大家庭其乐融融，“幸福的度日，合理的做人”，但另一方面却又因为习惯而难免一种长兄如父的大家长心态，他和周作人的可能张力乃至冲突会因为后者的日益强大而增强，如果加上羽太信子等人的可能挑拨离间则极可能造成悲剧事件。如孙郁所言：“深知人文主义和个性价值的鲁迅，对中国古老的家庭结构，备尝其苦。这大概也正是他特有的地方。一方面残存着东方人古老的积习，另一方面却又清醒地意识到其顽固性与陈腐性，但又无能为力。”[②] 而在小说《弟兄》中则反映出长兄内心处理家务的现实考量乃至私心，这又不能不说是鲁迅对此心态的另一种自剖乃至忏悔。

3. 繁复的复仇。如前所述，“兄弟失和”给鲁迅带来了极大的伤害，为此他孤独无依，同时也极其深切的反省与忏悔，然而在内心深处亦有一种浓郁的复仇情绪挥之不去，比如1924年9月24日，在一封给李秉中的信函中，鲁迅首次袒露“曾经想到自杀”的隐秘心迹：“我很憎恶我自己，因为有若干人，或则愿我有钱，有名，有势，或则愿我陨灭，死亡，而我偏偏无钱无名无势，又不灭不亡，对于各方面，都无以报答盛意，年纪已经如此，恐将遂以如此终。我也常常想到自杀，也常想杀人，然而都不实行，我大约不是一个勇士。”（页452—453，卷11）反映到创作中，这种心态纠结与释放可谓比比皆是：

① 具体可参拙文《自解的吊诡：重读〈风筝〉》，《南京师范大学文学院学报》2015年第1期。

② 孙郁《鲁迅与周作人》（北京：现代出版社，2013），页83。

“《风筝》显示的是兄弟失和后，鲁迅想宽恕而无法消除怨恨的沉重心情。《颓败线的颤动》是鲁迅为了摆脱这种沉重心情和巨大的精神压力，而不得不以自我圣化、自我伟大化的方式，拓展胸怀，加强力量，与天地同流，化解汹涌的怨恨。《弟兄》的写作意味着鲁迅从兄弟失和的巨大阴影中解脱出来，从人的本性层面，获得了对周作人的一定程度的谅解与宽恕。”①

无论是《伤逝》，还是同时期的《孤独者》中，鲁迅营造了一种压抑乃至自戕的氛围，一方面是深切的忏悔、自剖乃至自我折磨的魏连殳投降后的自毁心态，而另一方面他也将这种复仇指向了对方。《伤逝》中的涓生似乎很容易被女性读者道德化为冷酷无情乃至忘恩负义，这其中却有更繁复的指涉：一方面鲁迅借涓生之口指出了子君的逐步世俗平庸乃至堕落化倾向，这在相当险恶的旧环境中无异于自寻死路，但另一方面，涓生却又因此呈现出推卸责任的自私性，他也没有避免子君的平庸并帮助她不断自我提升，而是选择真实表述以及自保，这不能不说其中凝结了鲁迅幽微的复仇心理。换言之，如从“兄弟失和”角度阅读，当事人子君和涓生的指代是可以互换的，鲁迅的批判矛头同时双杀，这其实可以反映出鲁迅内心的纠结。

《颓败线的颤动》同样折射出这种心有不甘的复仇心理，一方面鲁迅呈现出老妇人年轻时维生的不易：耻辱、卖身但亦有隐秘的快感；另一方面，他又相当繁复地坚守了维生的真相与隐忍牺牲被指责和抛弃之后的反弹。这当然可以从宏阔角度解读为“展示出鲁迅内部世界的‘人道主义’与‘个人主义’（绥惠略夫式的‘个人主义’）激烈的纠葛”②，但也可以从微观上解读为鲁迅的一种复仇情结，其中既包含了对来自同一战壕忘恩负义者的斥责，又包含了

① 张永辉《劫波度尽，恩仇难泯——鲁迅作品中的兄弟关系探微》，《鲁迅研究月刊》2013 年第 5 期，页 17。

②【日】丸尾常喜著、秦弓　孙丽华编译《耻辱与恢复——〈呐喊〉与〈野草〉》（北京：北京大学出版社，2009），页 294。

对“颇昏”的周作人的不满——主动走出房子吐出无词的言语亦有对被周作人、羽太信子逐出八道湾大房子的影射。

当然更复杂的复仇情结还体现在他的两篇同名作《复仇》散文中，其中既有对看客（也包括兄弟失和看客们）的调戏、杀戮和报复，同时又有对自我牺牲的深切展示和细描（thick description）。其中当然可以做宏观/微观解读，但若关联“兄弟失和”事件，毋宁更是他的一种自虐、虐他（包括看客和昏聩的周作人）的复杂复仇心理投射。

（二）失和要因及其逸出

某种意义上说，周作人之所以确认《伤逝》是悼念兄弟感情之作亦有其理由和支撑，而细读《伤逝》其实亦不乏要因呈现。

1. 经济的压迫及反弹。如果单纯把《伤逝》看作是一篇爱情小说，显而易见破坏子君与涓生幸福的要素之一就是经济压力。用鲁迅的话说，“人必须生活着，爱情才有所附丽”。不少论者往往从此入手，甚至误入了唯物质主义的歧途。其实从此角度讨论婚恋往往也是片面的，即使回到文本本身，鲁迅又写道，“爱情必须时时更新，生长，创造”。精神内涵、气质兼容、积极对话等等都是重要组成部分。有论者指出：“鲁迅并非要仅仅讲一个关于爱情的故事，故事只是隐喻的躯壳和载体，他要表达的仍是一个关于身体和精神的隐喻，表面上与疾病无关，却是更整体的更深入的病的隐喻。生病时，身体就必然成为精神的羁绊，而精神又不能脱离身体，一旦脱离就只能是虚空。执着于日用日常的子君成为身体的隐喻，而憧憬于新生的涓生则进行着精神的高蹈，这种高蹈却又必须归于身体，首先要活着，然后才能开辟新路。涓生对子君的疗救由成功而失败，但子君的实有却无处不在地制约着涓生。”① 子君和涓生的关系变

---

① 安文军《病、爱、生计及其他——〈孤独者〉与〈伤逝〉的并置阅读》，《中国现代文学研究丛刊》2008年第6期，页55。

成了疾病隐喻视角之下被救治与纠缠的复杂关系。

在我看来，经济元素在《伤逝》中亦有复杂的对流与反转。子君的平庸、世俗、停滞不前乃至堕落是有一个过程的：她是以精神上的勇敢姿态开始（“我是我自己的，他们谁也没有干涉我的权利”），而后逐步卷入了日常物质的羁绊，从涓生失业后陷入了生计困顿到与隔壁的小官太太相互攀比、勾心斗角，再到让一日三餐占据了二人世界乃至她自己所有的生活内容，直至最后离开时却留下了全部物质作结：“只是盐和干辣椒，面粉，半株白菜，却聚集在一处了，旁边还有几十枚铜元。这是我们两人生活材料的全副，现在她就郑重地将这留给我一个人，在不言中，教我借此去维持较久的生活。”（页129，卷2）在我看来，这个离开时的细腻奉献颇具悖论，她因为物质日常而琐碎不堪，最后却得以善终，以物质/经济成全了精神，实现了临死前的温馨反弹：“视爱情胜于生活的子君最后的确以实际行动捍卫了她的尊严、立场，也以金钱等生活方式表达出浓浓的爱意。”①

如果结合“兄弟失和”议题来看，《伤逝》中对经济/物质呈现出既重视又轻视的吊诡态度。换言之，可以做个假设，若子君、涓生物质丰裕，他们是否就从此过着幸福的生活？我想结论或许是，他们可以延迟分手，但似乎也必然走向分离。某种意义上说，经济虽然重要，但显然不是分手或兄弟失和的第一元素。《伤逝》中部分呈现出鲁迅对此元素的态度——成长的重要基础但绝非全部。周建人曾经把两位哥哥的失和归结于经济原因，尤其是羽太信子的大手大脚，力图掌握财权肆意处理让八道湾入不敷出、经济紧张②，但坦白说，这依然只是一个重要元素或导火索，兄弟之间真正的精神隔膜或性格冲突才是主因。同样在其他文本中，如《颓败线的颤动》中，以出卖身体获得经济来源赡

---

① 拙著《鲁迅小说中的话语形构：“实人生”的枭鸣》（北京：人民出版社，2011），页188。

② 具体可参周建人《鲁迅和周作人》，《新文学史料》1983年第4期。

养全家被误读也投射了鲁迅对经济的态度——它既是临时救急救命的凭借，同时又该超越此物，更尊重和理解为此牺牲奉献背后的心灵与精神。

2. 暧昧的身体/性。某种意义上说，作为传言中最沸沸扬扬的性骚扰在周作人认可的《伤逝》中却是相对暧昧，似乎只有那么一句，“我也渐渐清醒地读遍了她的身体，她的灵魂”。我们可以抽离“兄弟失和”事件，将之解读为对男权权力话语的揭露：“毫无疑问，鲁迅对子君爱情悲剧的思想写意，是对男权启蒙话语的调侃与否定——它从一个侧面揭示了男权启蒙话语的虚伪本质——‘自由’是男性世界的专属权利，而女性只能是男性精神狂欢的欲望对象。”① 当然我们甚至可以借此批判鲁迅叙事中的男权视角或倾向，比如子君是一个被凝视（to be gazed）的对象，她的相对沉默、刻板化和鲁迅的刻画息息相关。

但若结合“兄弟失和”事件，我们不难发现《伤逝》中的裂缝——如果当作是爱情小说来读，其间的日常生活、精神状况尚可紧扣主题，而其间的性爱书写则显得仓促而粗糙——不仅分量很小，而且往往也无法呈现出年轻男女如何在内部激情结合以对抗外来压迫的可能性。从这个角度看，鲁迅有意淡化了性爱的元素，而周作人则心照不宣，更自信这是悼念兄弟之情之作。换言之，在《伤逝》中，鲁迅有意暗示适合与所谓的性爱元素关联不大。而在“兄弟失和”之后的实际的关系认知中，鲁迅对周作人除了“昏”的评价外，多数都是相当厚道的，兄弟之情和惺惺相惜依然存在，而将矛头更多指向了以性骚扰借口挑拨离间的羽太信子。

如果结合稍早创作的《颓败线的颤动》，其中的身体作为卖淫以谋生的主体恰恰也是繁复的、吊诡的：它既无奈（不得不出卖赚钱维生），又在被动中有一丝快感（毕竟它是年轻的，而侵入者孔武有力）。但若从更高的层面思考，

---

① 宋剑华、邹婧婧《〈伤逝〉：鲁迅对思想启蒙的困惑与反省》，《河北学刊》2010 年第 4 期，页 96。

即使有悖于伦理，但亦是无奈之下的举措，完全情有可原。鲁迅以老妇在广袤天地间发出无词言语的愤怒表达丰富情感：它既是一种宣示，又是一种复仇；既是一种悲怆，又是一种自怜。某种意义上说，这也是对“兄弟失和”中性猜测和质疑的一种顺带回应。

二、意绪的狂欢与自我救治

某种程度上说，想对《伤逝》的主题进行一蹴而就、一劳永逸哪怕是一锤定音的解读都相当困难，这不仅是说既有的爱情、悼念兄弟之情等主题多元并存、众声喧哗，而且从其作为小说文体的结构设置自身考察也不乏裂缝和其他可能性。换言之，它并不强求书写主题的单一性，甚至是统一性，但却同时具有强烈的抒情性。有论者指出：“因为鲁迅意在通过一对青年男女的爱情悲剧写出兄弟恩情断绝后内心难言的隐痛，叙事和抒情就是一体的，不可分的，叙事就是抒情，抒情也是叙事，这是事件本身的逻辑所决定的。如果我们硬要分出实写是事，虚写是情，那么我们就永远跳不出《伤逝》是写青年男女追求婚姻爱情自由和批判个性解放的思路，就永远要试图去寻找造成悲剧的真正原因，而这是徒劳无益的，因为鲁迅先生本意不在于此。”他还特别举例说明有关书写的刻意为之的断裂性：“以失业为契机，小说开始进入叙写兄弟恩情断绝后内心的真实境域中去，越来越不像一部恋爱小说，没有合理的原因，也没有详细交代，用一句‘然而觉得要来的事，却终于来到了。’来说明子君突然离去，并且反复强调说出真实是造成一切的原因。”①

毫无疑问，有关《伤逝》主题的探寻是一个开放性的世界，也欢迎更多自成一格、自圆其说的探勘，比如有论者就认为《伤逝》的主题内核是对生命终极意义的追求，并将其意蕴揭示过程分为终极意义的憧憬期、现实生活的品味

① 谢菊《〈伤逝〉解读》，《鲁迅研究月刊》2001 年第 11 期，页 59。

期、凡俗人生的彻悟期、生命追求的抉择期等四个阶段。[①] 而本文则从抒情性角度思考，更认为《伤逝》是鲁迅一种悲剧性意绪的狂欢抒发与自我救治/超克。因为更多是强调情绪的抒发，所以其中的抒情性大于叙事性，其情感的宣泄和包容性往往超越了严谨的中心结构营构，甚至因此焦点多元并存，而显示出全文的狂欢特征来，也因此会造成单一主题（即便很宏阔）观照下的狭隘性与可能的捉襟见肘。之前曾经有论者指出了鲁迅铺陈这种意绪的策略，比如语言的音乐性和结构的节奏感等等："《伤逝》语言的音乐性，除通过语言的修饰和陌生化造成鲜明的节奏、音律外，还体现在作品叙事与抒情的顺序即作品的整体结构上。"[②] 本文主要从空间转换与声音政治两个层面展开。

（一）空间转换及其隐喻

耐人寻味的是，《伤逝》中间存在着一种空间的转换，而其中亦有各自的隐喻，而实际上也因此可能造成普通读者和当事人周作人不同角度和立场的解读侧重及其差异性观点。

1. 会馆与家：虚空与死亡。小说中主人公私奔和回归的起点/终点不大相同：于子君而言，是家。一般读者往往容易将子君看作是鲁迅《娜拉走后怎样》的续篇及个案实践，但其中也有细微的差异：相较而言，从寄居地（她叔子的家）出走/私奔，到最后不得不回到父亲那里去，子君的死似乎是一种宿命，而有关其"家"的书写却是相当含混而冷漠，无论如何都无法和同居地点——吉兆胡同的简单租房相比，这种无奈回归和子君必死的命运息息相关。

而涓生的寄居地——会馆，既是其起点也是其终点，但自始至终又呈现出一种客居的孤独与空虚。当然，若仔细追究起来，似乎又有质的差异：作为起

---

① 刘起林、易瑛《〈伤逝〉主题内核：对生命终极意义的追求》，《湖南师范大学社会科学学报》1996 年第 4 期，页 106。

② 张忆《情无尽，长歌音不绝——〈伤逝〉语言的音乐特质》，《鲁迅研究月刊》1996 年第 5 期，页 27。

点，会馆之于涓生是“寂静和空虚”的所在，但却因了爱情拥有期待，而涓生对子君的期冀却恰恰是拯救他逃出虚空的外在借助；但作为回归终点的会馆既有交叉又有差异：“经过许多回的思量和比较，也还只有会馆是还能相容的地方。依然是这样的破屋，这样的板床，这样的半枯的槐树和紫藤，但那时使我希望，欢欣，爱，生活的，却全都逝去了，只有一个虚空，我用真实去换来的虚空存在。”（页 132，卷 2）虚空是其交集，但却很难有新的期待了。周作人却从会馆的具体描写和回归地角色读出了鲁迅的实指与寄托，所以才可能把它看作是悼念兄弟之情的证据之一，如人所论，“鲁迅一生最寂寞的光阴，是他于绍兴县馆独住的日子”，但他和周作人在失和之前的友谊和神交却因此更加浓烈：“鲁迅一定程度上借助了二弟广阔的知识背景，二弟也发挥了哥哥张扬人道个性的长处，两人相依为命、同舟共济之状，从文字中是可以清楚地看出来的。”[①]

但若比较会馆和家的巨大差别，我们不难看出男性和女性在勇敢对抗旧习俗和伦理之后的截然不同的命运：于男性涓生而言，回到会馆并未产生本质的改变，无非是经过了一场事故之后的平静，最多不过是调试；而于女性子君而言，回家等同于赴死，这种主人公角色之间以及叙事之间的分裂乃至危机甚至也可视为是鲁迅自身思想中的危机、分裂与焦灼：“这两种解读方式的结合试图揭示的一个事实是：也许《伤逝》本文的分裂正来自鲁迅主体的分裂，本文危机正反映了鲁迅潜意识中自我意识的危机。”[②]

2. 吉兆胡同：幸福与坟墓。吉兆胡同租房成为子君和涓生私奔之后的交集，但对于二人却也有差别：简单而言，对于子君来说，这往往意味着美好，但也可能变成了（金丝）笼子，她变成了忘记振翅高飞的囚鸟。但即使是到了分手的最后，这里依然是比家更温暖的所在，毕竟这里有爱人——其中既有子

---

① 孙郁《鲁迅与周作人》（北京：现代出版社，2013），页 80。

② 汪卫东《错综迷离的忏悔世界——〈伤逝〉重读》，《鲁迅研究月刊》199 年第 10 期，页 36。

君嫁鸡随鸡、嫁狗随狗的传统命定性，同时又有视爱高于一切的简单与纯粹。

于涓生而言，吉兆胡同却有更繁复的内涵。第一阶段与子君有类似的感受：这是一个温暖而“暂时可以敷衍的处所”，其中既有饮食男女的甜蜜，但也暗含危机，比如经济危机：“我们的家具很简单，但已经用去了我的筹来的款子的大半；子君还卖掉了她唯一的金戒指和耳环。我拦阻她，还是定要卖，我也就不再坚持下去了；我知道不给她加入一点股分去，她是住不舒服的。”（页117，卷2）第二阶段则是“家”。日益变成了背负，尤其是令子君停止了更新，比如瞎忙以及养宠物之间的内斗：“傍晚回来，常见她包藏着不快活的颜色，尤其使我不乐的是她要装作勉强的笑容。幸而探听出来了，也还是和那小官太太的暗斗，导火线便是两家的小油鸡。”（页118—119，卷2）第三阶段，这里变成了一种束缚，即使贫困交加，却也无力安心做事。“可惜的是我没有一间静室，子君又没有先前那么幽静，善于体帖了，屋子里总是散乱着碗碟，弥漫着煤烟，使人不能安心做事，但是这自然还只能怨我自己无力置一间书斋。然而又加以阿随，加以油鸡们。加以油鸡们又大起来了，更容易成为两家争吵的引线。”（页121，卷2）甚至变成了一直不敢直视的逃避，离开了通俗图书馆：“又须回到吉兆胡同，领略冰冷的颜色去了。”（页125，卷2）第四阶段，吉兆胡同已经变成了涓生的梦魇：“我要离开吉兆胡同，在这里是异样的空虚和寂寞。我想，只要离开这里，子君便如还在我的身边；至少，也如还在城中，有一天，将要出乎意表地访我，像住在会馆时候似的。”（页130，卷2）但其中也包含了一丝无法实现的悲戚幻想。

3. 周边及社会。《伤逝》中还有其他空间设置，比如工作环境、居住环境和社会环境等。它们其实往往就是扼杀子君涓生爱情的厚障壁。

第一个是涓生的工作地点——某局。正所谓人言可畏，而涓生失掉工作的核心原因就是局长儿子的赌友——雪花膏的告密：“那雪花膏便是局长的儿子的赌友，一定要去添些谣言，设法报告的。到现在才发生效验，已经要算是很晚的了。”（页 115，卷 2）这是断绝他们经济来源的黑手。

而第二个则是吉兆胡同租房中的主人房，尤其是和小官太太的明争暗斗。“人总该有一个独立的家庭。这样的处所，是不能居住的。”（页 119，卷 2）某种意义上说，这是扼杀子君活力、更新能力的世俗环境与黑手。

第三个地点则是通俗图书馆。类似于“我的天堂”：“那里无须买票；阅书室里又装着两个铁火炉。纵使不过是烧着不死不活的煤的火炉，但单是看见装着它，精神上也就总觉得有些温暖。”（页 124，卷 2）它既温暖了涓生的身体，又温暖和壮大了涓生的一颗逃避之心，“在通俗图书馆里往往瞥见一闪的光明，新的生路横在前面”。但同样这个分手的真相却也致子君于死地，从此角度看，作为涓生逃避天堂的通俗图书馆却是谋杀子君及其爱情的预演地。

当然，上述空间的转换往往是并置的，毕竟它们都是来自于涓生的回忆拼贴或营构。如果要丰富化“空间”包含，除了实际的地点以外，我们也可把主人公涓生的思维空间置入，如人所论：“作家还借助章节并置达到冲淡因果关系的目的。《伤逝》的全部章节是由涓生零乱、无序的记忆片断组成。这种记忆片断之间缺乏起承转合的必然联系，桩桩件件的难忘事件之间是可重复、可调换，因而也是并置的。”[①] 甚至还可以包含文本的叙事空间，但这些其实有另外的理论支撑，似乎不宜过于泛化。

（二）声音及其文化政治

另一个相对为人所忽略的视角就是《伤逝》中的声音书写及其文化政治内涵。[②] 按照时间发展顺序，可以做出如下总结阶段梳理：

---

① 马丽蓉《在空间维度上叙述——〈伤逝〉新解》，《鲁迅研究月刊》2001 年第 9 期，页 62。

② 法国学者贾克·阿达利（Jacques Attali）的著述《噪音——音乐的政治经济学》（宋素凤、翁桂堂翻译，上海人民出版社，2000）值得参考，虽然他更多是从噪音和音乐的视角加以论证，但声音在现代政治中的独特作用、私人领地和公共生活的交叠以及其中的意识形态元素值得认真关注。此处更偏重声音政治的性别内涵。

1. 期待与甜蜜。从声音的层面看，子君其实就是拯救涓生于“寂寞和空虚”的救赎者：“在久待的焦躁中，一听到皮鞋的高底尖触着砖路的清响，是怎样地使我骤然生动起来呵！”有时候，不仅是期待，而且也是精神的碰撞与激荡：“蓦然，她的鞋声近来了，一步响于一步，迎出去时，却已经走过紫藤棚下，脸上带着微笑的酒窝。她在她叔子的家里大约并未受气；我的心宁帖了，默默地相视片时之后，破屋里便渐渐充满了我的语声，谈家庭专制，谈打破旧习惯，谈男女平等，谈伊孛生，谈泰戈尔，谈雪莱……。她总是微笑点头，两眼里弥漫着稚气的好奇的光泽。”（页 114，卷 2）

而更令人感慨的是，在私奔伊始，子君所呈现出的勇敢与率性：“我是我自己的，他们谁也没有干涉我的权利！”“这是我们交际了半年，又谈起她在这里的胞叔和在家的父亲时，她默想了一会之后，分明地，坚决地，沉静地说了出来的话。”（页 115，卷 2）这个话语可谓掷地有声，变成了一个时代女性的强音。甚至他们爱情关系的确认亦有声音介入：“不但我自己的，便是子君的言语举动，我那时就没有看得分明；仅知道她已经允许我了。”“她却是什么都记得：我的言辞，竟至于读熟了的一般，能够滔滔背诵”。（页 116，卷 2）当然子君和涓生的关系中也难免男权的权力话语，甚至也呈现出这种话语的虚弱和单薄：“子君只不过是涓生自己的镜像，她的空虚如明镜一般，映照出涓生及其所代表的五四知识青年以新的知识与思想作为华丽装扮的表演，映照出徒具形骸而毫无‘生’之可能蕴含其中的困窘人生。”[①] 但无论如何，这种美好关系——甜蜜与交心也部分喻示了周氏兄弟之间的曾经浓情蜜意。

2. 重复与隔膜。某种意义上说，从子君涓生二人关系伊始就夹杂了不和谐音，甚至是难以避免的隔膜，即使在甜蜜结合期亦然：“不过三星期，我似

---

① 刘堃《写实主义的边界：重新解读〈伤逝〉中的性别问题》，《鲁迅研究月刊》2011 年第 9 期，页 29。

乎于她已经更加了解，揭去许多先前以为了解而现在看来却是隔膜，即所谓真的隔膜了。”（页 17—118，卷 2）而当涓生失业时，子君明显底气不足，甚至连涓生自己都觉得如此：“‘那算什么。哼，我们干新的。我们……。’她说。她的话没有说完；不知怎地，那声音在我听去却只是浮浮的；灯光也觉得格外黯淡。”（页 120，卷 2）声音的断裂可以反映出其色厉内荏。

而当他们关系出现明显裂痕时，声音也可告诉我们子君于恐惧之中的努力：“她从此又开始了往事的温习和新的考验，逼我做出许多虚伪的温存的答案来，将温存示给她，虚伪的草稿便写在自己的心上。我的心渐被这些草稿填满了，常觉得难于呼吸。”（页 125，卷 2）甚至这种重复性也显示出涓生的无奈、隔膜与无谓咀嚼：“也还是去年在会馆的破屋里讲过的那些话，但现在已经变成空虚，从我的嘴传入自己的耳中，时时疑心有一个隐形的坏孩子，在背后恶意地刻毒地学舌。”（页 126，卷 2）

若跳出兄弟失和的视角，其实也可看出鲁迅对五四新文化的反省，新话语和内涵的割裂以及内涵自身的可能脆弱与虚空：“《伤逝》就是这样的一篇小说。它的人物形象、主题内容、叙述方式甚至情感基调都成为鲁迅对‘五四’文化运动进行全面反省的表达方式。正是从这个意义上，我们说《伤逝》是个隐喻性的文本。”①

3. 沉默与懦弱。等到涓生发出真实的不爱说明后，子君的表现令人感伤：“我同时豫期着大的变故的到来，然而只有沉默。她脸色陡然变成灰黄，死了似的；瞬间便又苏生，眼里也发了稚气的闪闪的光泽。这眼光射向四处，正如孩子在饥渴中寻求着慈爱的母亲，但只在空中寻求，恐怖地回避着我的眼。”（页 127，卷 2）这沉默其实意味着绝望、惊恐与无助。某种意义上说，这是她

① 胡群慧《论〈伤逝〉文本对五四文化运动进行全面反省的隐喻性》，《松辽学刊》2002 年第 2 期，页 21。

必死的前奏。

然而鲁迅更是残忍，甚至剥夺了她说话的权利，如离开时的无话可说，别人转述说："没说什么。单是托我见你回来时告诉你，说她去了。"（页 129）可谓坐实和延续了她的绝望感。等到最后，连她的死也只有靠代言和传说才得以确认，但沉默之中却有如许的不甘和挣扎："四围是广大的空虚，还有死的寂静。死于无爱的人们的眼前的黑暗，我仿佛一一看见，还听得一切苦闷和绝望的挣扎的声音。"（页 131）但实际上，真正的人生何尝不残酷呢？沉默也可能是最好的表述。如孙郁所言："在人生苦海的面前，世俗的价值与理性是无力的。我于兄弟间由摯意到分手的故事，看到的更多是人性的脆弱和生命的残酷……当我们对己身与客体存在无法断言的时候，沉默或许是最好的表达罢，此外，还会有什么呢？"[①]

有论者指出，官太太指羽太信子，子君形象中有周作人的影子晃动："鲁迅的《伤逝》是一篇运用美人象征手法创作的小说，而且是一篇深藏不露唯有作人明白的绝妙作品。其借男女情爱喻兄弟关系，巧妙而又隐晦地向弟弟周作人的悼念文章作了相应的回答。"[②] 所论貌似有理，但同时又过于坐实。涓生和子君身上都凝聚着鲁迅的意绪——忏悔、抗议、牺牲、爱意等等不一而足。某种意义上说，政治这种情绪过于繁复、浓烈与多元，空间的不断转换与回归、声音到最后大音希声，都变成了一种对应的别致呈现。

结语："兄弟失和"事件对于鲁迅的人生和创作影响至深，实际上鲁迅在不少小说篇章和《野草》中都投射了相关纠结，《伤逝》也不例外。作为鲁迅少见的爱情小说，周作人却坚称它是悼念兄弟感情之作。在我看来，不无争议、不乏叙事裂缝颇有主题狂欢风格的《伤逝》包含了"兄弟失和"的元素、

---

① 孙郁《鲁迅与周作人》（北京：现代出版社，2013），，页 133。

② 庄小虎《从〈九歌〉到〈伤逝〉——试析中国文学的美人象征手法》，《常州工程职业技术学院学报》2004 年第 4 期，页 15—16。

要因（如经济、身体性等）与情感抒发（如孤独、忏悔、复仇等），但又有独特逸出，而这些若结合鲁迅的其他创作则更清晰可辨。

企图另起炉灶或对《伤逝》的主题一锤定音是困难的，但借助其空间转换策略并考察期间的声音发展及其文化政治，我们不难发现里面更是散布了鲁迅的诸多意绪、人生感悟以及借此自我疗治的苦心，从此意义上说，《伤逝》是一个狂欢的文本，其主题既不单一，又不统一，具有很强的流动性、逸出性与独特魅力。而在李长之先生（1910—1978）看来，“长于抒情”原本是鲁迅的特点之一：“在他的抒情的文字中，尤其是长于写寂寞的哀感，所以‘伤逝’这题材是再适合没有了，因而也就无怪乎是他的完整的艺术品之一了。”①

4 鲁迅作品中的“造物主”身份及悖论

在鲁迅著名的《呐喊·自序》（1922. 12. 3）里，寂寞的作者写道：“然而我虽然自有无端的悲哀，却也并不愤懑，因为这经验使我反省，看见自己了：就是我决不是一个振臂一呼应者云集的英雄。”（页439—440，卷1）鲁迅先生的文字往往千折百回，此句似乎并不例外。此处的“非英雄”身份确认恰恰是来自残酷现实对文学启蒙乃至救国的相对先锋性认知的伏击乃至围殴。但正话反说，我们恰恰也可读出鲁迅先生确有过文学救世的理想。这和鲁迅作品中不时出现的“造物主”意象/情结并不偶然的交叉。

“造物主”在鲁迅作品中的较早亮相是1906年的《文化偏至论》：“惟此自性，即造物主。”此句话出现在鲁迅对斯契纳尔（确通译斯蒂纳 M. Stirner 1806—1856）言论进行介绍和评价时得出的论断，借此鲁迅更加强调经由个性

---

① 李长之《鲁迅批判》（北京：生活·读书·新知三联书店，2013），页99。

主义的实现“立人”的内容实质与可行性实践。[①] 毫无疑问，其中闪烁着青年鲁迅的内在蓬勃激情与难以遏抑的救世情怀，他甚至把个体内部的“自性”[②]升格为“造物主”，甚至可能借此实现了人、超人、神的对话与共振。

回国后的十年沉寂（1909—1918），让鲁迅厚积薄发，终于因了《狂人日记》的横空出世而一发不可收，其中虽未出现“造物主”字眼，但狂人形象的复杂性（比如和“赤子”“超人”等东西方文化概念的密切关联）[③] 其实又和造物主精神一脉相承，虽然远未达至后者的相对圆满。毫无疑问，1920 年代的中国是现代和传统搏击并循环往复的激流时代：五四新文化运动激情澎湃，传统复辟，革命变色，帝国列强逞凶等等，此间有人高升、有人惨死，有人堕落，有人彷徨。这一段时期也恰恰是鲁迅对“造物主”的叩问及呈现最丰富的时期，小说《呐喊》《彷徨》中固然不可或缺，而散文集《朝花夕拾》《野草》中的篇什又以另类的文体加以阐发，当然反过来，我们又可以感知鲁迅反刍此议题的痛苦与丰富性。而到了 1930 年代，在《故事新编》中鲁迅同样对此进行了不同风格的思考，尽管其否定性思维贯彻始终，但反拨性实践亦令人瞩目。

相较而言，有关此议题的研究可谓凤毛麟角，而同时颇耐人寻味的是，和鲁迅对“造物主”认同态度变迁相吻合的是，他对造物主的处理对象按照时间

---

① 具体可参汪晖《鲁迅前期的思想、创作与阿尔志跋绥夫》，《中国社科院研究生院学报》1986 年第 5 期。或者可参汪晖《反抗绝望——鲁迅及其文学世界》（北京：生活 · 读书 · 新知三联书店，2008）相关论述等。

② 有关“自性”的发展轨迹和鲁迅视野中的含义论述可参孟庆澍《“自性”与“中迷”——理解青年鲁迅的两个关键词》，《鲁迅研究月刊》2005 年第 9 期，页 14—23。而有关鲁迅与斯蒂纳日本语境关系的考证可参张鑫、汪卫东《新发现鲁迅〈文化偏至论〉中有关施蒂纳的材源》，《中国现代文学研究丛刊》2008 年第 5 期。

③ 具体可参拙文《论鲁迅小说中的癫狂话语》，《中山大学学报（社会科学版）》2008 年第 4 期，页 41—47。

顺序大致亦可侧重为“兽→人→神”。毋庸讳言，人在其中，既是连接与沟通的“中间物”，同时又是重中之重。

一、造化的动物与进化论反思

毋庸讳言，个性主义是贯穿鲁迅思想始终的关键词，尽管他一生中各种思想跌宕起伏、冲撞融会，但对个性主义尤其是个体尊严和独立性的强调则始终如一。同样，进化论[①]也是其生命中相当重要的思想理路，虽然曾经有过不少修正，乃至在 1927 年“四·一五”大搜捕中被青年们互相告密、虐杀的事实冲击后自称“轰毁”，但实际上他对此亦有相当的坚守性，并未彻底抛弃，而是以更加理性的心态加以处理现实和历史，这也和鲁迅始终坚守“自性”原则息息相关，如人所论：“然而鲁迅的深刻之处正在于他的不盲从主潮，正在于他的不在‘随波逐流’中泯灭‘自性’。中国现代文学史上第一个也许是唯一的真正顽强坚守此在在此的现在，决不肯为了幻境中的‘黄金世界’牺牲个体肉身与精神自由的作家，就是鲁迅。”[②]

（一）造化的平和：《鸭的喜剧》

这篇小说的核心当然是用来怀念盲诗人爱罗先珂（B. R. Epomehk，1889—1952）的，但在刻画人物的过程中，鲁迅却借造物主创设世界的多元性及其发展呈现出对友人的款款深情。

首先是因了新居住地——北京的相对寂寞使得爱罗先珂怀念起旧游地——热带国家缅甸，并指出其间音乐和谐、昆虫鸣叫、蛇鸣嘶嘶、众声喧哗的奇妙，相较而言，北京却是连蛙鸣都相对缺乏的。而“我”则表示夏天的北京癞蛤蟆在雨后叫成一片的。

---

① 具体可参 James Reeve Pusey, *Lu Xun and Evolution* (New York: SUNY Press, 1998)。

② 刘保昌《道德·进化论·个人主义——鲁迅与道家文化片论之一》，《人文杂志》2004 年第 3 期，页 110。

接着，爱罗先珂居然顺利买到了十几个“科斗子”，在院子中央的荷池里饲养，进展顺利，而主张自食其力的爱罗先珂却又鼓励仲密等友人多养殖多种菜。而常来卖小鸡的乡下人有一次带来了惹人怜爱的小鸭，于是成为爱罗先珂的宠物。谁成想，四个小鸭进荷池洗澡，顺便吞食了成长中的“科斗”，爱罗先珂闻讯后也只有“唉唉”，待到小鸭褪了黄毛，他返回俄罗斯，最后小鸭们长大了，他却没有回来。

鲁迅通过这篇小说表达对盲人艺术家爱罗先珂的思念，其中造物主的角色却是一种隐性呈现，正是因为他的存在，才有缅甸和北京的差异，也才有“科斗子”与小鸭的直面遭遇，虽然“科斗”被无意吞食，但造化的平和与继续发展却是主流。而茁壮成长的鸭的叫声更是一种有活力的纪念和怀念。

（二）进化的悲剧：《兔和猫》

相较而言，在同期创作的《兔和猫》中，鲁迅更强化了造物主所创制的动物世界中食物链弱肉强食的悲剧性。三太太买了一对白兔，生了两只小兔，却被黑猫害死，为此三太太连大兔也不相信，为让新生的七只小兔顺利而平等生长，避免夭折和被伤害，她小心翼翼喂养，甚至捉住母兔将小兔一一摆在母兔的肚子上喝奶。为此，鲁迅先生生发出一些感慨说，生物史上一些小动物的死，往往“不着一些痕迹”，为此，他更进一步：“假使造物主也可以责备，那么，我以为他实在将生命造得太滥，毁得太滥了。”正是立足于这样的思考，鲁迅先生也以实际行动加以反抗：“那黑猫是不能久在矮墙上高视阔步的了，我决定的想，于是又不由的一瞥那藏在书箱里的一瓶青酸钾。”（页580—581，卷1）

某种意义上说，信奉进化论的鲁迅先生恰恰是从生物学上的“物竞天择、适者生存”感悟到中国人倘不改造国民性就可能被开除球籍的恐惧，而在真正回到造物主创设的动物世界中，他却又平添了不少人道主义情怀，因为弱势者的可爱和强者的霸道令人不满，他却又以人为干预提高弱者的安全系数和存活率，从此视角来看的确也是一种颇具矛盾性的反拨。如钱理群所言：“在爱的天性上鲁迅与动物界息息相通、对于幼雏的由衷喜爱，正是这天性的自然流露，也表示着鲁迅的童心未泯，他实在是一个有着赤子心肠的、敏感多情的艺术家。这与呼唤野性的战士的鲁迅是相辅相成的。”①

而结合本文议题，鲁迅在1926年发表的《狗·猫·鼠》中继续探讨造物主视野下他和猫的关系。鲁迅主要从两个层面探讨，如果从人和禽的关系来看，鲁迅认为，“假使真有一位一视同仁的造物主，高高在上，那么，对于人类的这些小聪明，也许倒以为多事”（页239—240，卷2），从此视角看，鲁迅仇猫的事件其实和他借此嘲讽批评名人教授“前辈”的企图息息相关，而造物主此时就变成了一个高贵而公正的评判。另一个层面，鲁迅对猫的仇恨却是因为自己十岁上下时喜爱的小隐鼠被猫吃掉（实则被长妈妈一脚踏死）后所产生的复仇恶念导致的。

而回到当时状况，当“我”有心驱除或责打作恶的猫（包括落水狗）时，人们便将憎恶转移到“我”身上了，易言之，以人道主义干预动物世界惩恶扬善的人却成为人间世界中同情弱者（其实也作恶）的同类批判的对象。而这种未能达致除恶务尽效果的实践既容易让好人受伤乃至被狡猾的反动者剿灭，却又吊诡的成为某些奸诈的人借此谋生和勒索的手段，而这恰恰都是清醒的鲁迅所要反对的。从此意义上说，鲁迅本身的清醒和深刻远胜于同时代的对手和同志。

二、人化的否定性：虚妄与悖谬

作为具有高度现实感的敏锐作家，鲁迅先生在涉及到“造物主”身份时却同样和现实人化有着不可切割的关联，而这种关联尤其是到了“彷徨”时期显得更为密切与多姿多彩，而其间对鲁迅影响较大的事件主要是：新文化运动的

---

① 钱理群《人与兽——鲁迅的艺术世界之一》，《甘肃社会科学》1987年第4期，页81。

受挫与分化、“三·一八”血案等等。这些事件所导致的深层灵魂冲突使得鲁迅笔下的造物主降下云端，而呈现出别样的悖谬性。

（一）画饼充饥：《幸福的家庭》

在这篇小说中，鲁迅先让造物主化为了可能的“真的艺术家”，而实际上他是一个衣食堪忧的作家。他在现实人生和文学虚构之间有一种巨大的张力。他企图在纸上建构出一个幸福的家庭来赚取稿费，但悖论的是，他的每一个处心积虑的美好设计也都只是纸上谈兵，而且往往为现实频频打断、纠正和嘲弄，不管是居住环境、生活品味、夫妻关系，还是孩子教养等等都是一塌糊涂，在小说结尾，他放弃了虚构，想定一定神：“他看见眼前浮出一朵扁圆的乌花，橙黄心，从左眼的左角漂到右，消失了；接着一朵明绿花，墨绿色的心；接着一座六株的白菜堆，屹然的向他叠成一个很大的A字。”（页42，卷2）

值得一提的是，这篇小说却是以模拟当时的青年作家许钦文《理想的伴侣》的创制之作，一个已经成名的小说家对一个后辈新手的提携与致敬，都颇耐人寻味[①]，这其中更呈现出鲁迅作为“真的艺术家”的独特形构，也是在作品之外的现实中对造物主人化的一次有趣实践。

（二）无地彷徨：《影的告别》

鲁迅的《影的告别》自然是一篇意义繁复、晦涩难解的散文诗，结合政治现实，或从哲学视角考量，或者考虑到鲁迅的婚姻恋爱实况，似乎都可以得出相对精深乃至令人啼笑皆非的解释。[②] 但如果从造物主视角思考，则别有一番

---

① 具体可参朱崇科、陈沁《“反激”的对流：〈幸福的家庭〉、〈理想的伴侣〉比较论》，《中国文学研究》2014年第2期。

② 前者有代表性的如孙玉石《现实的与哲学的：鲁迅〈野草〉重释》（北京：北京大学出版社，2010），李玉明《“人之子”的绝叫：〈野草〉与鲁迅意识特征研究》（北京：北京大学出版社，2012），而后者则有李天明《难以言说的苦衷：鲁迅〈野草〉探秘》（北京：人民文学出版社，2000），胡尹强《鲁迅：为爱情作证——破解〈野草〉世纪之迷》（北京：东方出版社，2004）等。

韵味。

影对人的告别其实是影子对人化的造物主告别的致辞与心声。毫无疑问，影与人之间是一种异常纠结的复杂关系。一方面，影原本是附属于“人”——造物主的产物，它有非常有限的主体性，一旦离开人，它将无地彷徨；另一方面，影却又相当坚定的要离开“人”，因为“人睡到不知道什么时候的时候”到来了，同时影又不愿意居住在所谓的天堂、地狱和黄金世界中。

更进一步，在明知不可为而为之后，影还想只是黑暗与虚空，不占“人”的白天和心地。不仅如此，它也要独享黑暗世界，有一种强大的承担感。毋庸讳言，这种角色分裂和主体宣扬本身呈现出鲁迅对“黑暗的闸门”独肩的牺牲精神，同时告别人化的造物主这种精神本身却又呈现出真正的造物主精神。

（三）诅咒看客:《淡淡的血痕中》

不难看出，在鲁迅有关造物主的作品中，《淡淡的血痕中》（4月8日）是情绪最激烈、冲突最明显的一篇。或许正因为是有感于1926年“三·一八”血案为代表的现实生活的残酷，统治者的凶残、苟活者的苟且、帮闲们的狡诈等等，鲁迅连续写下了几篇悲愤沉郁[①]的力作，最著名的则是《记念刘和珍君》（4月1日），《空谈》（4月2日），《如此“讨赤”》（4月6日）等等。惟其如此，鲁迅先生也从人间连接到造物主，直接展开了个性鲜明的批判，乃至诅咒。

之前，鲁迅对造物主的不满更多是他的不作为或冷漠，一任食物链规律主宰动物世界。而在此篇中，鲁迅先生的笔锋和态度都相当凌厉。造物主首先被界定为“还是一个怯懦者”。不仅如此，他还擅于为人类中他的同类懦弱者设想，制造“造物主的良民们”，而且，他还有“造化的把戏”，让怯懦的人类认

① 有关鲁迅对此事书写的风格分析可参拙著《鲁迅小说中的话语形构：“实人生”的枭鸣》（北京：人民出版社，2011），页343—350。

同命定和淡淡的日常，而难以真正独立思考、洞察、牢记大痛苦和正视血写的现实。

毋庸讳言，鲁迅对这样的造物主及其良民们是不满的，对于这样昏死的似人非人的世界，他更相信并呼唤“叛逆的猛士出于人间”，他洞悉造化的把戏：“他将要起来使人类苏生，或者使人类灭尽，这些造物主的良民们。”不管怎样操作和反抗，猛士必将使造物主变成孤家寡人，如人所论：“在统治者方面，它也还是一个怯懦者，‘没有灭绝人类的勇气’，他仍然使用种种阴谋诡计，使人们想活着，以便供它压迫剥削。”[①] 不难看出，造物主在此已经和人化的怯懦者沆瀣一气，甚至成为看客们的统领者、狡诈的剥削者，成为完全否定的对象。

三、神贤的自反：造物之殇

鲁迅或许未必真正意识到要从神贤的角度来检验造物主的角色转换及其复杂性，但实际上，他却的确呈现出相关的书写实践。这尤其体现在其《故事新编》中。耐人寻味的是，在这些角色中，鲁迅对造物主的态度又有新的微妙变化：他既不进行朴素的膜拜或礼敬，同时又不进行或尖刻或庄重的批判乃至诅咒，相反，和《故事新编》存有张力的狂欢精神特征[②]类似，他又呈现出戏弄、庄重、喟叹并存的狂欢态度。

（一）《补天》：创造的无聊及其后果

原名《不周山》的《补天》最终被纳入鲁迅最后一个小说集《故事新编》中，这个具有中国特色的创世纪神话在鲁迅那里更多是用弗洛伊德学说解释“创造——人和文学的——缘起”的。不难发现，中国版创世纪神话中的女主

① 李何林《鲁迅〈野草〉注解》（西安：陕西人民出版社，1977），页211。

② 具体可参拙著《张力的狂欢——论鲁迅及其来者之故事新编小说中的主体介入》（上海：上海三联书店，2006）中编。

角女娲其创造的首要原因就是因了无聊。无聊之后，开始照自己的样子捏泥人，这就是创造人类的开始，当然其中密布着喜悦，但长久的欢喜亦令人“疲乏”，于是休息。醒来后，依旧无聊的她拔起齐天的紫藤，却又因沾了泥水而变成了“呆头呆脑、獐头鼠目”的小东西，一种恶作剧的心理产生，于是她抡出了满地的小东西。

毋庸讳言，神贤级别的无聊亦会带来更加严重的后果，最终补天变成了女娲这个造物主为自身错误担责的报应——正是她无聊之下造出的小东西们之间的混战导致天崩地裂，而作为神圣母亲的女娲不得不因此善后。而令人遗憾的是，这个无聊的恶果过于巨大，甚至耗去了她的生命。如果故事到此为止，似乎也就是个简单的犯错——改错故事，造物主虽然不济，但毕竟是勇于承担的。

但是，阴险的现实却又让鲁迅感到滑稽，于是古衣冠小丈夫出现在女娲两腿之间，这就是“从认真陷入了油滑的开端”。不仅如此，对女娲造物主的利用和戏弄远未停止，女娲死后的尸体却又成为猥琐的利益争夺者建构合法性的工具或旗帜，“女娲氏之肠”的大纛标明的是他们的嫡系身份，而实际上他们却又是累死女娲的罪魁祸首。这篇作品凸显出鲁迅对造物主的平和态度，一如古希腊神话里面对神仙的敬仰、指责等并举的平视姿态，而此篇中鲁迅的矛头却指向了对不肖子孙的嘲讽。

（二）补充与反抗:《铸剑》

表面上看来，《铸剑》作为一篇复仇小说，和造物主似乎关系不大。实际上，仔细一想，作为复仇之神的黑色人其实本身就是对造物主创设的世界秩序的反抗者、破坏者，同时又是有力补充，他和造物主构成了颇富张力的并存关系。

一方面，他是一个反抗者。作为一个复仇之神，一个杀戮者，他是对造物主造化的反抗；同时，他又是一个颇具人道主义关怀的复仇之神，他帮助需要帮助的弱势群体或个体，为了帮眉间尺复仇，他甚至搭上了自己的性命，这种牺牲精神令人慨叹。另一方面，他却是造物主的有力补充，造物造得太滥，难免有照顾不周之处，其复仇原本就是一个优胜劣汰、匡扶正义的实践，从此视角看，他又是一个规范的改良者。如人所论："黑色人和眉间尺有效地破坏了现实的权力秩序，使得作为'礼'的祭祀无法完成对既定的权力关系的维护和再生产。"①

需要指出的是，这是鲁迅以相当严肃和认真的态度书写的小说之一，在《故事新编》中算是油滑程度最轻的一篇，借此可以一窥鲁迅对于积极复仇（不仅指向恶劣强权，而且也指向了自己身上的劣根性）的看重，某种意义上说，这也是"自性"的表现之一，是个体的造物主精神层次之一。

（三）"固""意"及其不满：《起死》

作为鲁迅先生的最后一篇小说制作，《起死》也是和造物主有关的代表作之一。不少论者往往喜欢过分强调鲁迅"取今复古"的一面，孰不知其最终目的却还是为了"别立新宗"。从此意义上说，《起死》借助庄子这个好事的自封"造物主"形象呈现出鲁迅对传统、"国粹"能否救中国、救人民的决绝否定姿态。

《起死》的故事情节相对简单，准备去楚国发财的庄子路上遇到一个骷髅，他准备请司命大神复其形、生其肉，和他聊天，然后让他返家团聚。这种想法遭到鬼魅们耻笑，但庄周依旧固执的请司命大神让其活转。结果醒来后的汉子和庄子冲突不断，差点老拳相向，无奈之下，他只好请司命大神还汉子一个死，未能如愿，最后只好借助现代巡士解围，而巡士亦未能说服汉子，只好继续报警。无疑这场闹剧和庄子息息相关。

一方面，庄子是个自负而固执的造物主，借助司命大神帮忙，他执意让汉子活转来，而实际上鬼魂们已经提醒过他，虽然是以嘲讽的方式。他相当坚定

---

① 吕新雨《鲁迅的复仇、"鬼"与地下的正义》，《现代中文学刊》2011 年第 4 期，页 77。

的固守己见，认为生与死差别不大，并自诩“达生命之源”的，但结果遇到危机时，想还汉子一个死，却法力失灵，这个结果当然是对他学说的嘲弄。另一方面，庄子却又是个臆想而狡猾的人，他罔顾了历史语境与个体在不同时空的差异和限定性[①]，企图“己所欲，施与人”。但结果是复活后的汉子更多生活在自己的认知框架和时代记忆里，对他的学说、恩义毫不领情，这种不满无疑对自封救世主的庄子不啻是当头一棒。鲁迅先生通过这种设问的方式，说明传统并不能救赎苦难中的现代中国人，他设立了一个许多人向往的乌托邦，却又让现实消解、嘲弄它，更指出其可能的“恶托邦”面目。

结论：考察“造物主”话语在鲁迅作品中的呈现，我们不难看到其间的变迁轨迹，也即从高度个性主义对造物主的致敬，到结合惨痛现实对人化造物主的高度否定性乃至大力消解，再到一种反思性的个性强调。而不无巧合的是，这对应阶段的侧重点也恰恰是从动物到人化再到神贤。但整体而言，鲁迅对造物主的身份更多是认同个体的，而考察其书写实践，大多集中在1922—1927年间，也恰恰是鲁迅先生的彷徨和进化论轰毁时期，可以想见，在国家设计和斗争策略上，他还是支持现代共和的，而且也主张借助党派及其相关武装力量取得革命的初步胜利，这当然也可解释他在上海的十年何以变成了中国共产党的同路人。但同时需要强调的是，作为个性主义的造物主始终未曾死亡，它是鲁迅先生毕生的精神支撑，同样也可以解释晚年鲁迅和党派及其执行者之间不乏龃龉的事实。[②]

---

① 具体可参拙文《历史重写中的主体介入——以鲁迅、刘以鬯、陶然的“故事新编”为个案进行比较》，《海南师范学院学报（人文社会科学版）》2000年第3期。

② 具体可参王宏志《鲁迅与左联》（北京：新星出版社，2006），曹清华《中国左翼文学史稿（1921—1936）》（北京：中国社会科学出版社，2008），【日】山田敬三著，秦刚译《鲁迅：无意识的存在主义》（北京：北京大学出版社，2012）第七至九章等。

第七章：文本精读

作为文体大师（stylist）的鲁迅，他的文学作品绝大多数值得一再精读，比如《风波》，比如不同作品中涉及到的阿金形象虽然学界皆有涉猎，但还可常读常新。有些时候，我们不要只阅读鲁迅，也要尝试把他放在时代或有关作家的影响氛围中加以探勘，比如鲁迅的《幸福的家庭》就是对许钦文的拟写，但具体差异如何似乎颇有趣味；同样沈从文的《月下小景》其实也可纳入故事新编体小说史的平台上讨论，而鲁迅作为此种次文类（sub-genre）的创始人，自然也有对话的可能性。

鲁迅作品中的阿金形象的确包含了相当丰富的内涵，她既和众所周知的阿Q形象有着精神本质的交叉，但同时又体现出鲁迅对阿Q形象的丰富、补充和发展：一方面，阿金具有相对旺盛却精神空虚的生命力，体现出进化的彪悍，而另一方面，阿金身上却又呈现出可怕的典型性，她既缺乏对传统的敬畏，又对现代性认知偏颇、扭曲利用，从而可能形成了一种新的劣根性传统，无疑鲁迅对此有着敏锐的认知和不无担忧的洞察。

《风波》是鲁迅先生相当精彩的一篇创制，其中呈现出对其村镇政治及其逻辑结构的揭示，既有以琐屑消解宏大的集体无意识，又有家庭单位的抵抗与再现。同时，鲁迅先生也深挖其间绵延的劣根性并以此凸显被延宕的现代性。相当精彩的是，鲁迅在其中亦实践了其深邃的乡土哲学，呈现出很独特的反讽式同情。

鲁迅《幸福的家庭》作为对许钦文的《理想的伴侣》的拟写给当时相当年青的许钦文是一个巨大的激励和提升。但平心而论，《理想的伴侣》中也确有其可观之处，从而形成了二者的“反激”的对流，这两篇小说中的对流、交叉、契合与差异，无论在叙事技艺上，还是在意义营造上都有值得重新探究之处。

如果以沈从文《月下小景》之“拟想读者”（张小五）的视角切入，探勘沈从文在其中独特的主体介入，我们不难发现他在小说技艺“类传统”的现代性：在场读者 VS 拟想读者，叙事性 VS 小说性，历史真实与叙述话语之间张力十足；同时，在意义的升腾操作中，沈从文也巧妙措置了化宗教与去宗教的辩证，甚至也可发现其微妙而开放的性别视野。同样，将《月下小景》置于故事新编体小说的谱系上来，我们也可发现他与鲁迅的神交、差异与对话性，甚至可以看出某些审美现代性的精神离合。

1 阿金：女阿 Q 或错版异形？

在鲁迅作品所塑造的普通人物形象中，阿金算是相当特殊的一位。说其独特，是因为一方面，她的形象定位相当复杂，并不完全吻合鲁迅先生常见的对日常人物角色的定位，无论是情感层面的普遍的“哀其不幸，怒其不争”，还是精神寄托层面的“民族的脊梁”的弘扬，同时，相关研究之间也是不乏抵牾，而显得张力十足；另一方面，这个人物角色给书写者（鲁迅）造成了相当的冲击，乃至震撼，以至于变成复杂多元的“讨厌”起来：“想到‘阿金’这两个字就讨厌；在邻近闹嚷一下当然不会成这么深仇重怨，我的讨厌她是因为不消几日，她就摇动了我三十年来的信念和主张。”①

①《阿金》，《鲁迅全集》第 6 卷，页 205—210。

相较于“鲁学”中汗牛充栋浩瀚无边的研究热点胶着，有关阿金的研究相对较少。主要可分为如下几个层面：第一，有关阿金人物形象的道德判断。如1941年孟超所言的“恶妇”形象①，文革后郑朝宗的“女妖精”② 判断等。相对集中的论述是夏明钊的《论阿金的形象系统》一文，在此中，阿金的形象摇身一变，“是势利小人，是谣言世家，是无耻娼妓：这就是阿金形象系统的独特印记”。③ 而黄媚则以同情的眼光加以论述并反驳郑朝宗，指出“阿金毕竟还是一个受剥削受压迫的‘里弄女工’”，是生活在底层的劳动者。④

第二，亦有论者结合阿Q的形象加以论述，指出阿金身上的“病态人格”，如黄乐琴就认为此类人格也是半殖民地半封建社会国民劣根性的汇聚。⑤ 第三，现实考据思路。这方面主要以日本学者最为擅长，比如，竹内实1968年发表过《阿金考》⑥，虽然其某些揣测的观点不无争议，但他认为阿金的形象可以概括为“中国特色”的“泼妇”。旅日学者李冬木在此基础上继续推进，认为“阿金这一人物创作基本处在自斯密斯的‘从仆’‘包依’到鲁迅自身的‘西崽’‘西崽相’这一发想的延长线上”。⑦ 当然，也有论者详细剖析阿金的形象，并且判断、分析鲁迅并不真正讨厌阿金，如陈迪强《重读鲁迅杂文〈阿金〉》⑧ 等。

---

① 孟超《谈“阿金”像——鲁迅作品研究外篇》，《野草》（桂林）第3卷第2期，1941年10月15日。

② 郑朝宗《读〈阿金〉》，《福建文艺》1979年第10期。

③ 夏明钊《论阿金的形象系统——鲁迅笔下的别一类妇女形象》，《绥化师专学报》1986年第3期，页12。

④ 黄楣《谈〈阿金〉》，《中国现代文学研究丛刊》1982年第3期，页113。

⑤ 黄乐琴《阿Q和阿金——病态人格的两面镜子》，《上海鲁迅研究》第4辑，1991年。

⑥ 此文收入竹内实著，程麻译《中国现代文学评说——竹内实文集二卷》（北京：中国文联出版社，2002）。

⑦ 李冬木《鲁迅怎样“看”到的“阿金”？——兼谈鲁迅与〈支那人气质〉关系的一项考察》，《鲁迅研究月刊》，2007年第7期，页12。

⑧ 陈迪强《重读鲁迅杂文〈阿金〉》，《上海鲁迅研究》2009年秋。

上述研究，或多或少对于阿金的形象诠释、厘定以及重要性进行了提升，令人获益匪浅，但同时，笔者亦有一种不满足感，因为多数研究虽然或多或少意识到了阿金形象的复杂性，但对其中的悖论性认知似乎还有提升空间。为此，本节主要从两个层面展开论述，既剖析阿金形象中富有生命力的层面，又对其劣根性进行细致挖掘，当然，这些思考都紧扣鲁迅自身的震撼感并为其找寻内在原因。

一、恶之花：生命力的绽放

从整体的譬喻意义上说，阿金就好比生长在 1920、30 年代半殖民地国际大都市——上海的一朵恶之花，她虽然平凡，却有其顽强生命力，而恰恰在与各色人等、各种势力周旋的过程中，活力四射的阿金亦闪耀着诡异的光芒。

（一）阿金复杂性略述

某种意义上说，阿金的复杂性甚至令鲁迅讶异。表面上看，阿金不仅相貌平凡，而且在精神存在上亦相当平凡乃至贫弱，但她却依靠自身能量呼风唤雨，以一个小保姆的身份搅起满天风雨，甚至是鸡犬不宁。她作风开放，公开赞同轧姘头，却又在深夜亦有所顾忌；她男友不少，却可以在享受欢愉后承担责任时袖手旁观。

当然，如果从个体与社会互动的视角来看，阿金既是社会的产物，同时又是社会问题的一面镜子，甚至可以部分消解这个社会的某些潜规则，如竹内实所言："阿金确实是一个社会中应该否定的人物。然而如果其社会也必须被否定的话，那阿金又可以称得上是足以否定社会的人物，即她既是一个被革命者，同时也是一个革命者。"①

如果换一个角度看，在《阿金》中，阿金和叙述人"我"之间亦有复杂张

---

①【日】竹内实著，程麻译《中国现代文学评说——竹内实文集二卷》，页 149。

力。无论是阿金的言行举止、做事风格，还是她在貌似平凡中上窜下跳的活跃性都令“我”对人事疑惑，甚至可以反衬出“我的满不行”，乃至于“近几时我最讨厌阿金”。

值得反思的是，鲁迅并未让阿金在《阿金》后销声匿迹，他还让她出现在故事新编小说《采薇》中，如人所论：“可以说，‘阿金姐’是由‘阿金’派生出来的形象，是后者的某个分支或某种引申，其根本还在于《阿金》。”① 在此文中，阿金依旧呈现出她相当辛辣的复杂性。简单而言，她主要做了两件事：第一，和伯夷、叔齐正面遭遇，驳斥了其“不食周粟”的不彻底性；第二，对伯夷、叔齐的死因添加八卦式的注脚。

整体而言，这两件事情依旧呈现出鲁迅对阿金的复杂态度。从第一件事情上可以看出阿金的杀伤力，一方面，她以鹦鹉学舌（从其主人小丙君）得来的“普天之下，莫非王土”的理论将历经患难坚忍不拔的伯夷叔齐二老逼上了“自已死”这条路，由此可以指涉出二老所坚守理论的迂腐性，但另一方面。这也可以看出阿金的刻薄与辛辣。

竹内实认为，鲁迅杂文《阿金》中的负面形象阿金，“到小说《采薇》里，已被赋予了正面的、反封建的意义”②，坦白说，这只是看到问题的一方面。实际上，在这篇小说中，鲁迅对阿金亦是不乏冷嘲热讽的。如果说将二老置于死地的质问更多是重复他人的话语，算不上纯粹的流言，那么到了小说结尾，阿金却以谣言和流言的方式彻底改写了伯夷叔齐的光荣历史，二老的虽不无迂腐意味但艰苦卓绝的贞节坚守被阿金置换成对贪婪之心的自然与神性惩罚，由此可见阿金所散布的流言话语③的巨大杀伤力，无疑鲁迅对此是大加挞伐的。

---

① 李冬木《鲁迅怎样“看”到的“阿金”？——兼谈鲁迅与〈支那人气质〉关系的一项考察》，页 7。

②【日】竹内实著，程麻译《中国现代文学评说——竹内实文集二卷》，页 146。

③ 有关分析可参拙文《论鲁迅小说中的流言话语》，《中山大学学报（社会科学版）》2011 年第 2 期，页 41。

（二）进化的彪悍：顽强的生命力

毫无疑问，作为小保姆的阿金其实有着和她身份并不完全相符的生存能力，一方面，按照一般认知，她应当是相对勤快的，而另一方面，她却明显呈现出精力过剩的张扬感。我们从一个细节可以看出，“我”必须从她家的晒台下进进出出，相对要小心翼翼，而她“大约是不喜欢走楼梯的，竹竿，木板，还有别的什么，常常从晒台上直摔下来”，这自然可以看出阿金做事的泼辣。

我们不妨从两方面考察其顽强的生存能力以及进化意义上的彪悍。

1. 飞扬的个体性。阿金作为个体表现出更多的是个体性而非个性，这是因为“个体性”一词更多可以从中性意义上呈现出她生命活力的个体表现，而非是具有相对清晰主体性、自我意识的“个性”。比如，她著名的轧姘头口号与实践，她可以在后门口公然宣布她的主张：“弗轧姘头，到上海来做啥呢？”而实际上，在她的西崽姘头受人追打欲逃往阿金处避难时，她却相当清醒的闭门自保，而非大家惯性认可的去庇护裙下之臣。当然，她也可以在深夜里与男人准备幽会，但一旦被人发现，却又让男人离开；但即使再和发现者相遇，却依旧可以若无其事，甚至嘻嘻哈哈。

这样的泼辣和生命活力状态应当说部分具有革命性的元素，如竹内实所言，“写在最底层的日常琐事中的阿金时，当不把她那些行为看作日常琐事而视为‘革命’的象征时，阿金是很耐人寻味的”。①

2. 粘腻的组织性。毋庸讳言，阿金亦有超强的组织能力，她有许多女朋友，常常形成以阿金为中心的玩乐团体；当然，她也有一帮男朋友，包括姘头。不仅如此，她们扎堆在一起，“四围的空气也变得扰动了”。她们对自己的扰民似乎心安理得，对一般人的警告置之不理，即使是洋人出来以洋话指责，也是不理，于是洋人只好出来，“用脚向各人乱踢，她们这才逃散，会议也收

① 【日】竹内实著，程麻译《中国现代文学评说——竹内实文集二卷》，页 149。

了场。这踢的效力，大约保存了五六夜”。从此事件看出，阿金具有相当旺盛的精力和极佳的人缘，在洋人拳打脚踢之后，她的女朋友们在经过短暂分离和休整后又卷土重来继续团结在阿金周围。

而阿金和老女人的“奋斗”事件更可以集中体现出阿金鲜活的个体性与超强组织能力的完美结合。一方面有一帮男人相助，另一方面，阿金则骄傲的亮出了自己轧姘头有魅力的口号：“你这老×没有人要！我可有人要呀！”不仅如此，在看似战胜后，她还和踱来的洋巡捕用洋话加以交涉，颇有“宜将剩勇追穷寇”的气势，惜乎洋巡捕只是动口而不动手。但不管怎样，阿金八面玲珑、激情洋溢的形象跃然纸上。

如果从此视角重新思考阿金与阿Q的内在关联，我们不难发现，阿金其实在个体性和组织能力上都有着阿Q所不及的主动性与生命活力。从个体生命本能视角考察，阿Q的本能冲动都是被封建伦理的“不孝有三，无后为大”所推动，所以才会将思绪集中向生殖本能①；而反观阿金，则明显是主动出击，姘头不少，颇有一种女皇帝或玩弄男性的伪女权主义者的痕迹。而到了群众关系上，阿Q则往往更多是笑料，上等人的欺压对象，同阶层人的欺负对象，而阿金则是呼风唤雨的人物，男女朋友紧紧相随，且可以和上等人（无论是主子还是洋巡捕）对话。因此，总而言之，从成为革命者、引领“乌合之众”的潜质来看，阿金比阿Q明显技高一筹，她可以主动利用自己的性别、身体，以及组织优势来灌输、宣扬自己简单有效的意识形态。

如果跳出此视角，反省阿金的劣根性，其实在本质上她和阿Q又共享了类似的劣根性，比如在主体与自我上的肤浅乃至空洞性，他们仅有的一点反抗其实也是徒劳的，没有出路，都带有悲剧色彩。更进一步，我们如果认真反省阿

① 具体可参拙文《为了反抗与也是反抗——鲁迅与阿尔志跋绥夫笔下人物性心理描写比较》，《鲁迅研究月刊》2000年第2期。

金的活动内容，其实更有让人震撼和沉思之处。

二、花之恶："立人"的错置

在《阿金》的结尾，鲁迅以他常见的文字风格写道："愿阿金也不能算是中国女性的标本。"显而易见，这句结论中呈现出鲁迅相当复杂的道德判断、价值理念与隐隐约约不乏忧心的前瞻性期待。而实际上，这其中也包括了鲁迅对阿金既存劣根性的担忧，归根结底，阿金身上却更多呈现出鲁迅"立人"思想的某种错置。套用花的譬喻，阿金这朵罂粟花上，也可能潜伏了罪恶与堕落的元素。

（一）身体政治学：力比多经济的弘扬

通读《阿金》中阿金的平凡又不平凡事迹，其不容忽略的核心则是她带给了我们相当彪悍的身体冲击。如前所述，如果从生命活力立场考察，阿金比阿Q更有相当的主动性，但若回到其生命力指数和方向上，我们不难发现，它却更多承载了阿金有关力比多经济的单一但颇具杀伤力的理念。易言之，阿金的生命活力焦点是其身体，但也往往到此为止。

从精神向度考察观照阿金，其实她和阿Q并没有本质的差别。如黄乐琴就认为，阿金的"病态人格"特征主要有：一，无信念，无理想；二，混同于动物的变态性爱心理；三，好斗好胜；四，精神胜利法；五，惧强凌弱。[①] 作为贱民的阿Q，在打散工以外，也无非和同阶层的贱民们比比谁咬寄生自己身上虱子的声音更响，或者用依旧瘦弱的身体搏斗，同时和小偷们同流合污，销赃换来的钱拿来赌博等等，归根结底，阿Q也只能卑微的处置和打发自己病态的身体。整体上看来，阿金也是。阿金的身体活力在本质上也是一种无聊的宣泄，她伙同女朋友夜晚开会、扰民，甚至和老女人骂架，其实也无非都是年轻的身体、多余精力和力比多的无聊挥洒，即使轧姘头，其实也和力比多出口寻

① 黄乐琴《阿Q和阿金——病态人格的两面镜子》，《上海鲁迅研究》第4辑，1991年。

找息息相关，而和爱情背道而驰。

当然，从操控身体的商业化程度和经济意识来看，阿金毕竟更沾染了海派的某些风格乃至恶习，比如其核心理念就是轧姘头及相关优势。有论者指出，鲁迅对此类性格有所警惕，即“立足于个人本位意识的、以‘精明’为核心特征、高度世俗化的‘上海人’性格”。[①] 阿金真正明白如何利用自己的身体赚取利益，也甚至把它上升为一种心理优势，归根结底，这是力比多经济化的功利性判断，也借此可以博取同样无聊的看客们的同情。

从历时性视角考察，阿金的角色和身体意识其实相当具有代表性。其中也可能包含了力比多经济逐步被导向革命的趋势和倾向，革命与恋爱从某类视角来看，其实具有相当的精神贯穿性和叠合之处。或许遥相呼应的则是 1990 年代以来，狭义意义上的“身体写作”热潮，从物质化日益严重的 1990 年代回溯的话，阿金无疑也是“身体意识形态”[②] 之多元面向的践行者之一，同时也是本能与看客经济操控的“前驱”之一。

同时需要指出的是，阿金急功近利活力四射，但却缺乏真正的激情与恋爱。比如，在她的姘头西崽遭人追打时，阿金闭门自保、冷眼旁观，鲁迅写道，“她无情，也没有魄力”。这说明了阿金身体活力的本质仍然是虚空或排遣寂寞——即使是西崽被逼进了绝路，阿金的举措甚至连追打者都有些惊讶，当然身体的巷战并未结束，阿金也变成了目击者。她相当聪明的舍弃了所谓的姘头而明哲保身，毕竟，力比多的身体宣泄可以找替代，眼前亏却是肯定不能吃的，而且无爱的身体其实更是行尸走肉。

（二）扭曲的现代性置入

在考察完阿金赖以生存的身体政治学与经济意识以外，我们更要考察一下

---

① 梁伟峰《文化巨匠鲁迅与上海文化》（上海：上海文化出版社，2012），页 80。

② 具体可参拙著《身体意识形态——论汉语长篇（1990—　）中的力比多实践及再现》（广州：中山大学出版社，2009）。

阿金的精神状态与现代性的关系。从此视角上看，阿金的头脑中更多是扭曲现代性的置入，作为彼时上海这个半殖民地社会的产物，其相对简单的大脑变成了庸俗现代性的跑马场。

1. 恋爱自由＝轧姘头？如前所述，阿金对其身体的经营其实是颇具商业意识的，同时也潜藏了革命的某些因素，比如她以身体的解放来对抗贞节，但其精神上却是无聊的、空虚的，作为一个未受过正式教育的女仆，她在身居上海时对现代性往往有着相对狭隘、扭曲甚至是令人啼笑皆非的理解，比如她著名的来上海就要轧姘头的宣言，其核心理念恰恰呈现出对现代性肤浅的误读。那些主张个人解放、恋爱自由的诱人原则到了阿金那里就被简化为生理性的轧姘头，而被抽离了恋爱、责任的精神内涵，所以其西崽姘头受到围攻时，她在权衡利弊后，可以轻而易举推卸责任自保。这种做法深具杀伤力，恰恰是对当时五四文化传统的一个曲解和解构，虽然表面上仍和现代性息息相关。

2. 上海现代性＝物质化/工具性？李欧梵在他著名的《上海摩登》[①] 里面从诸多层面重构和再现了上海的现代性，包括建筑空间、印刷文化、电影、期刊杂志、世界主义以及现代文学想象的先锋意识（含作家和文本）等等。虽然李的论述亦有其缺憾和不足[②]，但至少相当成功地为我们勾画了一个立体多元、姿彩绚烂的上海现代性。

耐人寻味的是，这些现代性到了里弄女仆阿金眼里则变得截然不同，它更多是物质化的、工具性的。都会的暧昧、世故、游荡等特征就变成了轧姘头，而这又变成了作为新势力的她对抗老一代女仆的杀手锏和利器。尤其令人关注的是，在阿金和老女人奋战后，洋巡捕赶来，驱散了看客，“阿金赶紧迎上去，

---

① 具体可参李欧梵著、毛尖译《上海摩登：一种新都市文化在中国 1930—1945》（上海：上海三联书店，2008）。

② 具体可参拙文《想象与重构：上海的现代性——评李欧梵〈上海摩登〉》，《浙江学刊》2003 年第 1 期。

对他讲了一连串的洋话”。作为一个小保姆，她相当机巧地善于运用上海世界主义的现代性层面，但仅仅是为了发挥和同阶层老妪内讧中赢得面子的工具性。从此视角来看，她和阿Q其实共享了无聊愚昧、无知与庸俗的劣根性特质。

（三）鲁迅式震撼：阿金的典型性

如前所言，阿金是给叙述人“我”和作者鲁迅相当震撼的角色，表面上看，她相貌平平、身份普通乃至卑微，但实际上却做出了令人错愕的事业，的确值得深入反思。在整篇作品中，“我”对阿金往往是敬而远之，多有一种“惹不起，还躲不起”的退让，但其中却也有两点精神层面的震撼引人注目。

1. 消解女人的双重压迫苦难。在《阿金》中，鲁迅写道：“我以为在男权社会里，女人是决不会有这种大力量的，兴亡的责任，都应该男的负。但向来的男性的作者，大抵将败亡的大罪，推在女性身上，这真是一钱不值的没有出息的男人。殊不料现在阿金却以一个貌不出众，才不惊人的娘姨，不用一个月，就在我眼前搅乱了四分之一里，假使她是一个女王，或者是皇后，皇太后，那么，其影响也就可以推见了：足够闹出大大的乱子来。”（页208，卷6）无疑，阿金的实际表现远远超出了鲁迅的惯常观察或者是刻板印象（stereotype）。

某种意义上说，鲁迅小说和杂文批判的焦点之一就是封建传统伦理，而对女性鲁迅更是多了一层同情，如《祝福》《明天》《离婚》中对女人的同情可谓溢于言表，同时鲁迅更反过来大力挞伐让女性悲惨死去、精神无望乃至再度屈从的罪恶制度以及执行者，同时也注意到让女人（包含女贱民）发声的必要性。[①] 但到了阿金这里，这种同情落了空。因为封建伦理到了阿金这里并未真

① 有关鲁迅对于女贱民的处理，可参拙文《论鲁迅小说中的贱民话语》，《中国文学研究》2011年第1期，页79—80。

正发挥作用，阿金作为无根的个体，反倒更多表现出一种“无知者无畏”的肤浅自信与莽撞实践。这是震撼“我”的第一个层面。

2. 新的劣根性传统介入。或者震撼鲁迅的第二个层面在于，阿金对现代性和启蒙思想的态度。如前所述，上海现代性到了阿金这里，往往就变成了物质化、工具性接受，而五四新文化运动者们苦苦传播的恋爱自由理念就变成了自由轧姘头。换言之，更令人惊悚的是，在对传统（包括可能的精华）缺乏敬畏和起码的了解的基础上，阿金们又断章取义和扭曲了现代性等新文化的内涵，而将之变成了国民劣根性发展的新源头和传统之一。毫无疑问，这种状况更显示出启蒙的复杂性，也更让鲁迅忧心忡忡：“我的讨厌她是因为不消几日，她就摇动了我三十年来的信念和主张。”

如果深入解析阿金的轧姘头理念，我们恰恰看到其内在思想的片面性，换言之，她根本就拒绝了相关理念之中的其他诸多可能性，如人所论，阿金虽然有着开放的爱情观，但却无法对自己的社会地位、阶级地位产生觉悟。所以，在阿金这个人物身上，体现了“人的启蒙”和“阶级的启蒙”的复杂变奏。①

毋庸讳言，在国民劣根性挖掘、剖析和对封建传统批判如火如荼展开时，新的启蒙工作亦同时按部就班进行，但阿金的令人讶异之处在于，在旧的孽障未除，新的再造未立之时，她却从新的宣扬和启蒙中找到了和旧劣根性沆瀣一气的元素，这种操作更具欺骗性和杀伤力，这才是鲁迅感到担忧的要害所在。而如果把阿金们视作是一个团体或系统，那么可能危害则更大：“以阿金为核心的这个女性形象系统，是家庭细胞中的溃疡，社会生活空气里的病菌，精神文明史的肌体上的一块梅毒。”②

而如果结合 1990 年代以来中国的现状，国民劣根性的丰富化和深入化恰

---

① 陈迪强《重读鲁迅杂文〈阿金〉》，《上海鲁迅研究》2009 年秋。

② 夏明钊《论阿金的形象系统——鲁迅笔下的别一类妇女形象》，页 15。

恰是重蹈阿金之路，一方面，他们缺乏对优秀传统的掌握、吸纳，甚至是起码的敬畏，另一方面，人们往往又肆意曲解现代性，并利用其问题与缺陷强化劣根性形塑的新传统。而1990年代以来“身体写作”的文学思潮与现象中，其实也涵盖了此类的精神危机，当然，其他来自意识形态、经济腐蚀、主体解放、民族主义、后殖民等元素也各自发挥了相关作用。

结论：鲁迅作品中的阿金形象的确包含了相当丰富的内涵：“《阿金》虽不足三千字，却熔铸着鲁迅自留学以来人生阅历的许多要素。”[①] 她既和众所周知的阿Q形象有着精神本质的交叉，但同时又体现出鲁迅对阿Q形象的丰富、补充和发展：一方面，阿金具有相对旺盛却精神空虚的生命力，体现出进化的彪悍，而另一方面，阿金身上却又呈现出可怕的典型性，她既缺乏对传统的敬畏，又对现代性认知偏颇、扭曲利用，从而可能形成了一种新的劣根性传统，无疑鲁迅对此有着敏锐的认知和不无担忧的洞察。

2　茶杯里的波澜:《风波》重读

创作于1920年8月发表于是年9月《新青年》第八卷1号的《风波》是鲁迅先生相当精彩的小说创制。相较而言，由于它面世较早，且曾经入选过语文教材，《风波》因此具有广泛的知名度和持续的影响力，同样可以理解的是，它也是获得各界盛赞的名篇之一，而有关解读，亦有其阅读和研究的历史阶段性，如论者指出，有关阅读史可分为：（1）1920—30年代：乡土文学的杰作；（2）1940年代以后：一个反封建的文本；（3）改革开放后：一个国民性批判的文本？[②]

---

① 李冬木《鲁迅怎样“看”到的“阿金”？——兼谈鲁迅与〈支那人气质〉关系的一项考察》，页12。

② 乔丽华《鲁迅小说〈风波〉阅读史——以民国时期为考察重点》，收入上海鲁迅纪念馆编《纪念〈新青年〉创刊100周年学术研讨会论文集》（上海：上海社会科学院出版社，2016）。

平心而论，《风波》的内涵并不算晦涩难懂，尤其是和《彷徨》中的《伤逝》《弟兄》等篇章相比的话，如王景山就认为：“辛亥革命‘革’掉了皇帝，但在一般民众有切肤之感的是‘革’掉了辫子，这在鲁迅的小说、杂文中多次表达了这种看法。《风波》中有最清楚的表现。”[①] 这是一条相当清晰的主线，述及辛亥革命（含张勋复辟逆流）在彼时中国乡村的波动及回响。耐人寻味的，据说1917年6月张勋复辟进京时鲁迅恰恰经历过这场闹剧，而到了1920年鲁迅却又开始回望此历史事件，而且采取了相当不同的视角，以小见大、居高临下，呈现出他作为乡土文学大家的独特策略。

在我看来，《风波》作为鲁迅先生巨匠级的小说精品，自有其独特性：从宏观角度来说，它内蕴了流言话语与村镇政治话语[②]，作为“超稳定结构”的载体再现，其存在自是别具一格又具有典型性，它是家国同构的产物。从叙述诗学角度看，鲁迅先生游刃有余地践行了“陌生化诗学”，借助反讽式同情的张力进行乡土小说架构。后来的作家乃至研究者或许很容易指责鲁迅不够接地气，不了解乡土，其细节描述不够准确详实，或者说鲁迅高高在上，或者批评他不够正面主攻等等，这些言论貌似有理，但往往也是对鲁迅乡土小说创作的误读或片面之词，鲁迅小说创作的优势在于凭借“陌生化诗学”彰显出其独特的乡土小说哲学，《风波》也不例外。

一、村镇政治及其逻辑结构

我曾经这样论述鲁迅小说中的村镇政治话语：“鲁迅在小说中相当深刻地揭露出隐喻乡土中国政治结构的运行实践层次：主要是上级对下级的钳制和操控；其次，还有同级之间的残杀与规训；第三，以经济、伦理、社会等层层捆

① 王景山《鲁迅五书心读》（北京：首都师范大学出版社，2013），页53。

② 具体可参拙文《论鲁迅小说中的流言话语》，《中山大学学报（社会科学版）》2011年第2期；《鲁迅小说中的村镇政治话语》，新加坡《新世纪学刊》总第11期，2011年10月。

绑、混淆政治，这样就使得民众在多重束缚下难以觉醒、翻身。同时，鲁迅也注意到其中的性别因素和反抗精神。”①《风波》未必能够完全呈现出上述论断中的各种形态，但作为一个可以彰显有关政治“超稳定结构”的精彩文本，它也有其典型性和独特结构。

（一）集体无意识：以琐屑日常消解宏大

不必多说，作为中国繁复政治阶层中最为底层的统治结构，村镇政治自有其风格和特色。相较而言，其文化含金量相对较低，作为物质生产资料的生产者和被剥削者（或纳税人），底层民众往往缺乏自我学习、提升和文化创造的余裕及相关能力，因此整个结构中往往呈现出集体无意识的指向，而其关注焦点往往是日常，汪晖对此早有察觉：“鲁迅的精神中有一种对于日常的、非戏剧化的生活的巨大关注，对于自身与他人的真实生存状态的真切凝视，任何超越常态的生活现象都难以进入他的艺术视野。”②

1. 统治者：业余而有效。《风波》中的赵七爷——乡村政治的执行者，是如此奇葩的形象：“赵七爷是邻村茂源酒店的主人，又是这三十里方圆以内的唯一的出色人物兼学问家；因为有学问，所以又有些遗老的臭味。他有十多本金圣叹批评的《三国志》，时常坐着一个字一个字的读；他不但能说出五虎将姓名，甚而至于还知道黄忠表字汉升和马超表字孟起。革命以后，他便将辫子盘在顶上，像道士一般；常常叹息说，倘若赵子龙在世，天下便不会乱到这地步了。”（页 494，卷 1）需要提醒的是，他首先是个商人，以强大的经济基础做后盾，才有统治的资格和可能余裕。其次，他有所谓的文化资本（cultural capital），但只是相对古板的《三国演义》，且掌握的只是起码的人尽皆知的常识，甚至他解释辛亥革命（包含处理日常事务）的理论依据也是此残缺而陈旧

① 具体可参拙著《鲁迅小说中的话语形构：“实人生”的枭鸣》（北京：人民出版社，2011），页 146。

② 汪晖《反抗绝望》（石家庄：河北教育出版社，2000），页 239。

的资源。

相当搞笑的是，赵七爷却是一个有效的统治者，他善于利用有限的文化资源装腔作势，比如批评七斤的剪辫："没有辫子，该当何罪，书上都一条一条明明白白写着的。不管他家里有些什么人。"（页 495，卷 1）以老百姓对知识和文化（书是物质载体）的诚惶诚恐心理进行恫吓；同样的闹剧还体现在赵七爷如何对付寡妇八一嫂上，正是因为她说了句，"衙门里的大老爷没有告示"，感觉受到了冒犯而又睚眦必报的赵七爷便用了张翼德比附张勋吓唬八一嫂，同时还绘声绘色、言行合一，鲁迅的书写颇有画面感："'你可知道，这回保驾的是张大帅，张大帅就是燕人张翼德的后代，他一支丈八蛇矛，就有万夫不当之勇，谁能抵挡他，'他两手同时捏起空拳，仿佛握着无形的蛇矛模样，向八一嫂抢进几步道，'你能抵挡他么！'"（页 497，卷 1）

作为一个底层乡绅统治者，赵七爷还善于表演、故弄玄虚，比如其竹布长衫的象征意义："轻易是不常穿的，三年以来，只穿过两次：一次是和他呕气的麻子阿四病了的时候，一次是曾经砸烂他酒店的鲁大爷死了的时候；现在是第三次了，这一定又是于他有庆，于他的仇家有殃了。"（页 494，卷 1）此种做作习气，倒是深谙政客操控各种符号的意义。但最令人啼笑皆非的是，赵七爷如此虚张声势的背后其实是公报私仇，如七斤嫂的印象："两年前七斤喝醉了酒，曾经骂过赵七爷是'贱胎'，所以这时便立刻直觉到七斤的危险，心坎里突突地发起跳来。"（页 494，卷 1）

2. 被统治者：沉默的顺从。之所以称愚鲁的赵七爷统治有效，是因为其统治的下层民众相当吃他这一套，比如在解释"皇帝坐龙庭"事件时，他追问道，"但是你家七斤的辫子呢，辫子？这倒是要紧的事。你们知道：长毛时候，留发不留头，留头不留发，……"，鲁迅相当传神地写出了没有文化的七斤夫妇的即席反应："七斤和他的女人没有读过书，不很懂得这古典的奥妙，但觉得有学问的七爷这么说，事情自然非常重大，无可挽回，便仿佛受了死刑宣告

似的，耳朵里嗡的一声，再也说不出一句话。”（页495，卷1）

接下来似乎就是一场闹剧了，包括家庭内外的互怼、指责等：最有资格回应的九斤老太说道：“现在的长毛，只是剪人家的辫子，僧不僧，道不道的。从前的长毛，这样的么？我活到七十九岁了，活够了。从前的长毛是——整匹的红缎子裹头，拖下去，拖下去，一直拖到脚跟；王爷是黄缎子，拖下去，黄缎子；红缎子，黄缎子，——我活够了，七十九岁了。”（页495，卷1）除了“一代不如一代”的慨叹外，她没有任何文化资本可以对抗赵七爷，无非只是琐屑的细节记忆。而“心肠最好”的八一嫂除了受到七斤嫂指桑骂槐的嘲讽外，还受到赵七爷的恐吓，甚至村民们除了不满意七斤以外，也无计可施，因为他们其实毫无个性只能人云亦云：“对七斤的犯法，也觉得有些畅快。他们也仿佛想发些议论，却又觉得没有什么议论可发。嗡嗡的一阵乱嚷，蚊子都撞过赤膊身子，闯到乌桕树下去做市；他们也就慢慢地走散回家，关上门去睡觉。七斤嫂咕哝着，也收了家伙和桌子矮凳回家，关上门睡觉了。”（页497，卷1）

易言之，这是一群苟活于世的底层存在，其脑中近乎空空如也，又缺乏独立思考能力，往往也就成为残缺不全的统治思想的跑马场，从而形成了肤浅无聊的集体无意识。

（二）家庭应对危机：辫子的悲剧

简单而言，《风波》还可以解读为一个普通农村家庭如何应对危机的故事。我们可以用图表进行说明：七斤一家在圆圈内，更大的矩形包裹的范围则表示村镇结构，箭头表示压力流向（见下页）。

不难看出，在危机应对过程中压力最大的是男主人公七斤，有四股力量进行逼迫：既有来自外在的赵七爷的公报私仇，又有太太推卸责任时的诅咒，甚至还有祖母九斤老太惯性重复的失望以及村民们被连累之后的愤怒与幸灾乐祸；其次则是六斤：既有来自母亲指桑骂槐的责骂，又有来自父亲迁怒于人的暴力打骂，当然还包括曾祖母的失望；当然受伤害的人物还有寡妇八一嫂，分

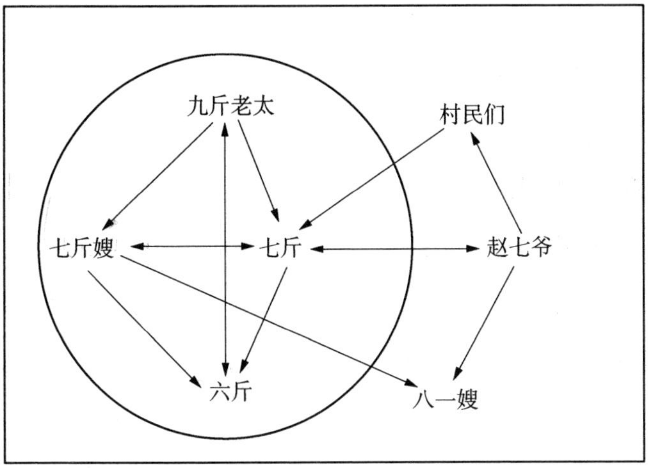

别来自同性（七斤嫂的道德）和异性（赵七爷的权势）的双重羞辱。这个结构示意图可以彰显出女儿六斤是负担最重的压力传导末端，实际上作为未来与希望[①]的她原本该万千宠爱于一身的。当然，六斤对曾祖母也有回应，就是她骂她老不死的。而七斤则是在酒醉时骂过赵七爷“贱胎”。

某种意义上说，依据“超稳定结构”中的家国同构模型，鲁迅对家庭生态及其结构的描述显然具有更大的野心——破旧立新：“鲁迅就是在这场‘小风波’中，发现了许多值得注视的大问号，以此为起点求索下去，才探寻到‘小风波’中泛起的积垢沉渣，是要靠‘大风波’的冲洗的；才懂得关键不在于国民肯不肯改造自己的坏根性，而是首先要洗刷这个‘民国’，只有在‘立国’的基础上，才能‘立人’。”[②]

二、绵延的劣根性与被延宕的现代性

换一个角度思考，在“超稳定结构”的形塑下，许多劣根性变成了国民劣

---

① 具体可参拙文《论鲁迅小说中的儿童话语及其认知转化》，《西南民族大学学报（人文社科版）》2008 年第 1 期。

② 范伯群、曾华鹏《风波中泛起的沉滓——论〈风波〉》，《齐鲁学刊》1986 年第 5 期，页 8。

根性，而且往往历史绵长。不必多说，这也是鲁迅先生一贯挞伐的重点对象。同时更进一步，往往是因为旧传统的过于强大才造成现代性演变或推进的延宕。

（一）以陈旧理解现代

简单而言，现代性[①]迥异于传统的特征之一就是它具有明确的时间意识，以及带来的认知结构、范式的更换：从宏观来看可能是制度（包含政治、经济、文化模式）的更新，从微观来看，就是现代术语的质变/替换。由于中国长期处于前现代社会，虽然相当长一段世界内曾经引领世界潮流，但近代以来由于未能及时更新，故多处于落后挨打挨打更落后的恶性循环状态，同时也强化了国民劣根性。

1.“一代不如一代”的再确认。在革故鼎新或纲常解纽之际，大家往往有厚古薄今之慨，远的如孔子，家国离乱之际“欲从周”，近的，如《风波》之中亦有类似的追慕或厌烦。最具有代表性的则是来自九斤老太的“一代不如一代”之感慨。当然严格来说，也是其源有自——宋代王君玉《国老谈苑》卷二：“陶谷以翰林学士奉使吴越，忠懿王宴之。因食蝤蛑询其名类，忠懿命自蝤蛑至蟛蜞，凡罗列十余种以进。谷视之，笑谓忠懿曰：‘此谓一代不如一代也。’”

九斤老太对一代不如一代的使用有不同的功能，首先就是一种惯性的宏观表态，也是口头禅。其次，它也有结合具体事务的表态，比如六斤的重量和其曾祖父相比；当然亦可以反衬出她倚老卖老的实质，比如天气炎热源于她的老迈难以承受，豆子硬的主观感觉可能是因为她牙口变弱了。其他还包括对长毛习惯以及钉破碗的小钉的类似慨叹：“一代不如一代，我是活够了。三文钱一个钉；从前的钉，这样的么？从前的钉是……我活了七十九岁了，——”但整

① 有关简单叙述可参汪民安《现代性》（南京：南京大学出版社，2012）。

体而言，都是一种琐屑而无真正意义的慨叹：无非今不如昔，再加上具体细节描述相佐证。

表面上看，九斤老太的说辞并无权威性，远远比不上赵七爷在权势挟裹之下的三国话语具有影响力和杀伤力，但悲剧的是，他们却基本上共享了类似的精神结构。比如赵七爷的慨叹——要是赵子龙再世就会天下太平了，而且在威吓八一嫂时亦有张大帅是张翼德后代之说，其实也就是“一代不如一代”的翻版。更加令人悲观的是，九斤老太的话语颇具传染性，到了她的孙子——七斤那里，已是一种文化基因遗传：“辫子呢辫子？丈八蛇矛。一代不如一代！皇帝坐龙庭。破的碗须得上城去钉好。谁能抵挡他？书上一条一条写着。入娘的！……”（页498，卷1）易言之，这种颇具负能量且有宿命论的格调在底层乡村颇有市场。即使从出生重量角度来看，也有其独特关怀，很可能彰显了国民劣根性的遗传乃至强化，如人所论：“鲁迅在重量人名之下隐含度量工具秤的标准变化，是借民俗现象之名寓社会批评之实，主要想突出的并不是人物的地方性特征，而是借乡村人物来表现国民的整体生存状态，欲从社会经济的角度充分揭示出辛亥革命并没有为民众的生活带来实际改善，更不用说民众意识的觉醒了。”①

2. 凝滞的时间观念。可以理解又可悲的是，辛亥革命作为具有划时代意义的重大历史事件在被习惯皇帝统治的村民看来其实就是一个剪辫子的“造反”事变，而当张勋复辟逆流来袭时，他们甚至将之前的剪辫视为不幸，如七斤嫂所言：“造反的时候，我本来说，不要撑船了，不要上城了。他偏要死进城去，滚进城去，进城便被人剪去了辫子。从前是绢光乌黑的辫子，现在弄得僧不僧道不道的。这囚徒自作自受，带累了我们又怎么说呢？这活死尸的囚

① 张江元《平淡出奇巧　简明蕴繁复——鲁迅〈风波〉重量人名巧用》，《重庆交通学院学报（社科版）》2004年第4期，页75。

徒……”（页 495—496，卷 1）某种意义上说，这就是前现代时间观念作祟的结果，有点像历史循环论，即使是新的革命也被视为朝代更换，如人所论：“《风波》有自然时间的存在，但是作为现代性历史事件的时间，在《风波》中却没有出场。也就是说，时间没有参与到事件进程中来，没能成为推动社会发展的动力因素。”①

实际上，能够保持剪辫的自由本身就是新制度的细节特征之一。《头发的故事》中鲁迅借助 N 的口缕述了辫子历史的曲折繁复，甚至包括流血牺牲的故事，尤其是借此彰显/铭记双十节——中华民国新纪元的重要性。从此角度看，这种互文书写指向的是同一个命题——形似而神异。《风波》中正是因为村民们无力面对/无法识别新制度及其事件，他们才采取了旧话语、旧规范、旧模式进行应对。

（二）无事的悲哀：个体及其关系网

论者指出，鲁迅“曾目睹过张勋复辟时北京的情景，为什么不去描绘这个热闹的场面呢？这是因为鲁迅并不单纯着眼于这个历史事件本身，而是透过它看到了生活中更为广阔和深刻的问题，张勋复辟不过是触发这些思想见解的契机，推动鲁迅去剖析这个历史背景前面广大人群的动态”。② 这的确是看出了鲁迅先生的思考深度与别致之处。

鲁迅先生在《二心集·上海文艺之一瞥》中犀利的指出：“其实革命是并非教人死而是教人活的。”辛亥革命与张勋复辟逆流作为中华民国历史上的重大事件之于乡民有何意义？理论上讲，新制度的确赋予了乡民更多权利和自由，他们应该欢呼鼓舞才对，而实际上远非如此。毕竟，习惯了奴役的乡民们

---

① 程世波《丢失的时间楔子——以〈风波〉为例谈鲁迅的时空体验》，《社会科学研究》2006 年第 4 期，页 192。

② 林非《鲁迅的〈风波〉和〈故乡〉对于农村题材小说的开拓》，《社会科学辑刊》1986 年第 5 期，页 77。

无力感受并享受自由，哪怕是剪辫，同时，遗老们的反动思想依然根深蒂固，逆流甚至不时卷土重来，所以这些重大事件到了村镇阶层后恍如一箭射入大海，鲁迅先生触角敏锐、见识犀利，长于刻画这种无事的悲哀。

历史的悖论总是令人压抑/讶异。七斤的剪辫的危机公关仿佛就是一场被动承受：张勋复辟时他被赵七爷威吓打压、公报私仇，而实际上十余天后就风平浪静："现在的七斤，是七斤嫂和村人又都早给他相当的尊敬，相当的待遇了。到夏天，他们仍旧在自家门口的土场上吃饭；大家见了，都笑嘻嘻的招呼。"（页499）无论如何狂风暴雨，我自依然闲庭信步，在有限的时空内过好自己的小日子。尤其令人感慨的是九斤老太和六斤的命运："九斤老太早已做过八十大寿，仍然不平而且健康。六斤的双丫角，已经变成一支大辫子了；伊虽然新近裹脚，却还能帮同七斤嫂做事，捧着十六个铜钉的饭碗，在土场上一瘸一拐的往来。"（页499，卷1）"不平家"老不死的九斤老太依然康健，而六斤却要继续承受旧传统的折磨——裹小脚，这也可以反衬出制度或国家的旗号更换容易，而文化革命则往往举步维艰，即使中华民国成立数年了，裹脚的恶习在乡村底层依然畅通无阻——如人所论，即使缠足到了中华民国新纪元时已经文化光环不再，但不少小脚母亲还是附着于传统思维的惯性，继续为女儿们缠脚，情愿相信小脚才是不变的主旋律。当然，有关缠足还可能包含了更复杂的隐喻与文化政治。①

即使回到各种社会关系中来，我们也不难发现其间的冷酷、功利与势利：如七斤夫妇的关系就令人侧目：泼辣的七斤嫂可以享受七斤在村子上的影响力，可以夸大为"夫贵妻荣"，危机时却不愿共同承担丈夫的责任与风险，所谓"大难临头各自飞"，剪辫危机发生后，不仅不珍惜老公，还要当众拆台、

① 具体可参【美】高彦姬著，苗延威译《缠足："金莲崇拜"盛极而衰的演变》（南京：江苏人民出版社，2009）。

辱骂表示自己的英明和无责。而父母与孩子之间的关系也是令人恶心，比如六斤依然是传统父权观念的牺牲品，他们不过是父母的财产，甚至赔钱货，当然也就必然成为父母的出气筒和泄欲工具。六斤在这种貌似无事的变态家庭中成长、耳濡目染，可以理解长大成人后的她如何实现对社会的报复态度与可能反击。唯其如此，这种强化了的代代相传的劣根性其实也是对现代性的延宕(belated modernity)，让鲁迅的“立人”思想难以真正落实却又必须尽快落实。

三、反讽式同情

如前所述，作为卓越的讽刺小说家，鲁迅的乡土文学创作自成一家，是因为其小说中贯穿了一种乡土哲学，而在叙述中亦然。安敏成（Marston Anderson 1952—1992）指出：“在讽刺性的展现中，现实主义小说的净化功能被自觉地揭示，以此方式，鲁迅在小说中对自己的写作及现实主义的整体方案进行了激烈的批判。他暗示现实主义，可能会使作家屈从于他们打算谴责的社会残暴，在形式上描写压迫者与被压迫者间关系的现实主义叙述，有可能会被压迫逻辑俘获，最终只成为压迫的复制。”[①] 相当耐人寻味的是，或许正是因为深谙其弊端，鲁迅的有关作品中并无此类风格。相较而言，后起的当代作家，如莫言，尤其是余华反倒有一种相对冷漠的“零度叙事”实践。在我看来，鲁迅的小说中往往呈现出一种反讽式同情，作为“陌生化诗学”的策略之一，自有其独特追求与品格。

（一）宏观嘲讽

《风波》中的叙述人是一个相当有意味的角色，它既相对细致客观的缕述场景、再现故事，同时又适度介入批判、反驳，的确值得仔细探索。

---

① 【美】安敏成著，姜涛译《现实主义的限制：革命时代的中国小说》(南京：江苏人民出版社，2001)，页95。

1. 谁的乡土?《风波》伊始鲁迅描绘了一幅村庄晚饭前的精彩场景，值得关注的是他的笔锋一转：“老人男人坐在矮凳上，摇着大芭蕉扇闲谈，孩子飞也似的跑，或者蹲在乌桕树下赌玩石子。女人端出乌黑的蒸干菜和松花黄的米饭，热蓬蓬冒烟。河里驶过文人的酒船，文豪见了，大发诗兴，说，‘无思无虑，这真是田家乐呵!’但文豪的话有些不合事实，就因为他们没有听到九斤老太的话。”（页 491，卷 1）易言之，诗兴大发的文豪并未真正理解乡下，他只是看到了他刻板印象中的表面风光，好比看见两个相互搀扶的老年夫妇就认为是夕阳红中的幸福和谐那样肤浅。从此角度看，鲁迅的《风波》的主题之一恰恰是再现一个他心目中的复杂乡土：既不乏愚昧无知，又有勾心斗角，既有贫贱夫妻百事哀，又有简单的快乐（苦中作乐），更为深刻的是，鲁迅先生要写出一个被长期封建传统操控下的人居的劣根性的荟萃与批判：“与其说鲁迅所关注的重心在于城市的政治变动及其乡村反应的外在表象，不如说是它们背后的社会心理——传统文化秩序所培育出的社会心理在乡村的顽固残留，以及传统言说方式对于当时乡村现实的误读、失语与扞格。”①

2. 辫子的闹剧。《风波》尾端中提及七斤夫妇关于张勋复辟结束的精彩对话，它们几乎就是没有什么信息量的机械重复，既显示出对话者的机械匮乏，同时又反衬出他们对此事件的冷漠与含混认知。

“你在城里可听到些什么?”“没有听到些什么。”

“皇帝坐了龙庭没有呢?”“他们没有说。”

“咸亨酒店里也没有人说么?”“也没人说。”

“我想皇帝一定是不坐龙庭了。我今天走过赵七爷的店前，看见他又坐着念书了，辫子又盘在顶上了，也没有穿长衫。”“…………”

---

① 范家近《掠过树梢的轻风——鲁迅〈风波〉细读》，《华东师范大学学报（哲学社会科学版)》1997 年第 6 期，页 74。

“你想，不坐龙庭了罢?”“我想，不坐了罢。”(页 498—499，卷 1)

在因为信息匮乏、愚民政策彪悍导致普遍理解力相对低下的乡间，重大的现代性事件也被简化乃至妖魔化，所以辛亥革命及张勋复辟都被理解成辫子的去留事件，鲁迅通过这种嘲讽呈现出辛亥革命等的某些弊端和限制，宛如茶杯里的波澜，无论如何翻滚，都是不可能壮阔的。

整体而言，鲁迅的这种宏观嘲讽起到了一个警醒和升华作用：经由此道，我们看到了两个层面：1. 作为超稳定结构的最小单位——乡村中的传统文化依然盘枝错节、根深蒂固，虽然同时肤浅不堪；2. 农民阶层中的奴性及阶级伤痕可谓显而易见，我们不该美化这种劣根性的生成及其逻辑、机制。

(二)细描众生

除了宏观反讽之外，鲁迅先生的如椽大笔又像是精准扫描仪，相当精彩的再现了个体存在的可笑之处，同时又抱以有限度的同情，如人所论：“《风波》可读性强，庄谐并出。它可以看作是 1911 年辛亥革命的终曲，甚或是 1919 年五四运动的终曲。在阅读过程中，这部小说所赋予读者的并非一种醒悟的欢欣——这种醒悟远远不同于在《彷徨》中骤变为怀疑的那种醒悟——，而是一种因作者对事件和人物的调侃和嘲讽而形成的超然。正是作者同事件及人物之间的这种反讽性间隔，使得这部小说语言老到严谨。”①

简单说来，鲁迅的反讽技艺几乎遍涉了《风波》的每个人物，但对某些人物的处理更显功力，不妨描述如下：

比如他批判九斤老太的昏庸老迈与自我喟叹：“九斤老太虽然高寿，耳朵却还不很聋，但也没有听到孩子的话，仍旧自己说，‘这真是一代不如一代!’”(页 491—492，卷 1)几度转折，“虽然”“却”“但”各种关联词连续

① 【德】W. 顾彬作，曹卫东译《少女与恶魔——论〈风波〉中反讽的功能》，《鲁迅研究月刊》1992 年第 2 期，页 63。

使用，是鲁迅常见的曲折风格，但他还是没有放过她。

同样，他也煞有介事的拔高了七斤，比如称其为一个人物，但依然未脱农民的心态与习惯，实际上鲁迅戳穿了其愚昧的本质，其所谓的身份不过是村民眼中的夸大仰视，更像是“纸老虎”：“他在村人里面，的确已经是一名出场人物了。但夏天吃饭不点灯，却还守着农家习惯，所以回家太迟，是该骂的。”（页492—492）最精彩的则是批判乡村统治者赵七爷，鲁迅极具反讽张力的描述涵容了这样的对抗力量：其遣词造句越宏大庄严，就越显示出赵七爷的猥琐愚昧、色厉内荏，但同时又可悲的反衬出乡村整体文化知识水平的愈发低下，比如他当众欺负最底层的寡妇八一嫂：“八一嫂正气得抱着孩子发抖，忽然见赵七爷满脸油汗，瞪着眼，准对伊冲过来，便十分害怕，不敢说完话，回身走了。赵七爷也跟着走去，众人一面怪八一嫂多事，一面让开路”。（页497，卷1）

类似的，鲁迅不仅写出了七斤嫂的泼辣势利，同时又写出其善于表演与自私无赖的一面，在被八一嫂重现当时对七斤剪辫的态度后：“七斤嫂没有听完，两个耳朵早通红了；便将筷子转过向来，指着八一嫂的鼻子，说，‘阿呀，这是什么话呵！八一嫂，我自己看来倒还是一个人，会说出这样昏诞胡涂话么？那时我是，整整哭了三天，谁都看见；连六斤这小鬼也都哭，……’”（页496，卷1）甚至拉出不通世故的六斤出来垫背，同时又借此辱骂八一嫂“偷汉子”，可谓阴险刻薄毒辣。而结尾中的反讽更是耐人寻味，七斤“官复原职”，九斤老太延年益寿，但作为希望和未来的六斤却不得不被裹小脚。这个惨淡的颇具张力的结局令人唏嘘不已：旧的恶蓬勃发展，新的建设却举步维艰。

由上可见，无论是宏观嘲讽还是微观细描，鲁迅先生都呈现出其独特的乡土文学风格：既深入其间，仔细描写其间的穷、丑、恶、悲惨，又能施以理解之同情；同时又能置身世外，犀利批判其劣根性，“引起疗救的注意”。后世的乡土文学书写在某一层面上可能有所推进和强化，或更接地气，但未必有鲁迅先生的哲学思辨高度，这是值得认真反思的问题。

结语：《风波》是鲁迅先生相当精彩的一篇创制，“麻雀虽小、五脏俱全”。经由对其审视，鲁迅呈现出其村镇政治及其逻辑结构，既有以琐屑消解宏大的集体无意识，又有家庭单位的抵抗与再现。同时，鲁迅先生也深挖其间绵延的劣根性与被延宕的现代性。相当精彩的是，鲁迅在其中亦实践了其乡土哲学，呈现出很独特的反讽式同情，既有宏观嘲讽，又有微观细描，的确显示出“中国现代小说之父”的风采。当然我们也可以持续挖掘鲁迅，即使是乡土文学书写，可以根据其精神进行可能的创造：“他不但是我们的传统，是我们一直要与之对话的存在，同时也是一个现实，我们要穿越他的目光，穿越他的思想，去建构一个新的敞开的乡村。一个好的作家，包括研究者，都是在发现、创造一个世界，也因为他们的存在，我们必须重新调整我们行动的姿态，调整我们面对世界的看法。”①

3 “反激”的对流：《幸福的家庭》《理想的伴侣》比较论

《幸福的家庭》一文作为鲁迅小说中的一篇，似乎引起的关注不多，也颇有继续研究的必要性，包括对鲁迅作品衍义颇有心得的周作人也写到：“《幸福的家庭》这一篇在篇首注明‘拟许钦文’，大概里边很有些诙谐分子，或者含有好些讽刺，但是我不明白，没有什么可以说的。”② 认真阅读过鲁迅《幸福的家庭》的人不会忽略过该小说的副题“拟许钦文”，更进一步，准确的说，我们知道其实是“拟”许钦文发表于1923年9月9日《晨报副刊》的《理想的伴侣》。耐人寻味的是，为何拟？如何拟？拟的后果如何？或者我们也可以继续探研，进而回答周作人的疑惑。

---

① 梁鸿《重新发现当代乡村的“生活实感”——穿越鲁迅的思想幽光》，《探索与争鸣》2016年第6期，页20。

② 周遐寿《鲁迅作品里的人物》（北京：人民文学出版社，1981），页112。

许钦文曾经对此有过相对详细的说明，“照鲁迅先生同我当面解释的话，所谓拟，就是也用了反激的方式……鲁迅先生用反激的地方一向很多，我的写小说，原有许多地方都是受他的影响的……由《理想的伴侣》等篇集成功的我的《故乡》，本来只能勉强算作‘学生文艺’，同《幸福的家庭》等篇一比，是只见其浅薄了的。不过拟，原也是通常的事情：固然，孩儿体的字是照着小孩子的笔法写起来的”。[①] 毋庸讳言，从二者的整体成就和影响力来看，鲁迅对许钦文的“拟”更多是一种提升，而由于鲁迅当时以及后世的无与伦比的文学/文化影响力，更是让人更多关注他对许钦文的影响因素。同时，许钦文的论述也一再强化了这一点，比如他一在提及，鲁迅先生的作品内容深厚，思想性尤其强。而他的作品肤浅、单薄，不可以比拟。鲁迅先生虽然看重他的《理想的伴侣》，但它只是引起了他写《幸福的家庭》的动机罢了。[②]

考察前人对于鲁迅和许钦文互涉文本《幸福的家庭》《理想的伴侣》的研究，有直接关联的集中论述论文不多，比如张铁荣的《从许钦文〈理想的伴侣〉到鲁迅〈幸福的家庭〉》（《文科教学》1981 年第 4 期），此文对该问题有发掘之功，论述中也不乏可取之处，但相对简略。[③]

可以理解的是，最常见的论述大多坚持从鲁迅对许钦文的提携和帮助基础立论。比如，钱英才就对鲁迅和许钦文的文学关系作了宏观而细致的论述，他指出，鲁迅给予许钦文的影响，第一是现实主义的创作方法；第二强调艺术的真实性，而在第二个层次里面涉及到讽刺时，他难能可贵的指出二者是彼此影响的。[④] 而王德林也指出了鲁迅和许钦文的密切的文学关系，尤其是鲁迅对许

① 许钦文《在老虎尾巴的鲁迅先生：许钦文忆鲁迅全编》（上海：上海文化出版社，2007），页 22—23。

② 具体可参许钦文《〈彷徨〉分析》（北京：中国青年出版社，1958）。

③ 后更名《鲁迅和许钦文小说比较》，收入张铁荣《比较文化研究中的鲁迅》（天津：南开大学出版社，2006 年 3 刷），页 53—59。多谢张教授惠赠笔者该书。

④ 钱英才《鲁迅与许钦文——“鲁迅与浙江乡土文学”之一》，《杭州师范学院学报（社会科学版）》1981 年第 1 期，页 30—41。

成长中的巨大支持和提携。[1] 持类似观点的还有杨剑龙[2]等。

当然，比较常见的论述也往往是在集中论述许钦文创作的时候兼及鲁迅的影响，比如，谢德铣就曾简述过许钦文的创作道路，[3] 刘一新则着力于对许钦文小说的整体特色进行综述。[4] 而曾华鹏、范伯群在集中考察鲁迅的《幸福的家庭》时也曾兼及许钦文，注重历史背景分析的他们从鲁迅写作的具体背景入手，深入分析了鲁迅小说的现实指向性以及略微涉及了和许钦文小说在此背景下的内在关联。[5]

相较而言，前人论述大多没有在论述上显出细读二人的互涉文本的痕迹，并在此基础上，仔细探究二人“反激”的契合与幽微差异。为此，需要指出的是，在鲁迅大力提携后进与青年的大语境下，我们更要注意彰显鲁迅所要着意凸显的青年才俊的自身魅力，正如鲁迅在小说最初发表时的《附记》中对“拟许钦文”就作过解释：“我于去年在《晨报副刊》上看见许钦文君的《理想的伴侣》的时候，就忽而想到这一篇的大意，且以为倘用了他的笔法来写，倒是很合式的……只是到末后，又似乎渐渐的出了轨，因为过于沉闷些。……但就大体而言，也仍然不能说不是‘拟’。”（页42注释［1］，卷2）从此角度说，我更看重二人间极易为人忽略的“反激”的对流。而本节的意义也恰恰是以小见大，力图重新比较二人的风格激荡，并点出二人的意义营构的神交与叙事的殊途同归。

---

① 王德林《“希望你以后出书，要比这一本更加厚实！”——鲁迅与许钦文的小说集〈故乡〉》，《绍兴文理学院学报》1985年第1期，页14—18。

② 杨剑龙《论鲁迅对许钦文创作的影响》，《上海师范大学学报（哲学社会科学版）》1995年第3期，页86—91。

③ 谢德铣《许钦文和他的小说》，《齐鲁学刊》1986年第5期，页41—44。

④ 刘一新《许钦文小说的特色》，《杭州大学学报（哲学社会科学版）》1982年第4期，页32—40。

⑤ 曾华鹏、范伯群《论〈幸福的家庭〉——鲁迅小说研究之一》，《扬州师院学报（社会科学版）》1986年第3期，页1—6。

一、对流中的交叉：反讽叙事与意义的铺张

毋庸讳言，在鲁迅拟许钦文的操作中其实蕴含着一种叙事的交叉，易言之，鲁、许在此类小说虚构上是真正有着精神的契合的。

（一）反讽共性

通读鲁迅、许钦文的相关文本，我们不难发现，反讽是二人不谋而合的叙事策略倚重。鲁迅固然是模拟了许钦文的小说，但反过来，许恰恰又是鲁迅小说的粉丝，“我从鲁迅先生学习了讽刺的笔法”。[①]

根据反讽与虚构（fiction）的叠加，我们可以把小说中的反讽大致分成三个层面：言语反讽、场景反讽与情节反讽。当然，这种分类只是一种权宜，因为在真正的，或者精彩的小说叙事中，它们往往是并存、交叉，甚至是浑然天成的。

1. 言语反讽。从笼统的意义上说，所有的反讽都属于言语反讽。但从狭义视角与实际情况出发，本节则更多侧重有关言语的实践操作。

《理想的伴侣》中，小说开头针对有读者（剑鱼君）问询作者写作此篇作品的目的何在，许钦文借用有关“黄泉”的步步反讽来消解了此问的无意义与肤浅性：“至于作者的目的‘果是何在’，却已难绝对的明了，因为乌牙根弯背脊的钱先生已是不及‘黄泉’难相见了。——如果这话专对着剑鱼君说，似乎还须加以蛇足的说明：到了黄泉未必能相见，能否到黄泉也是个问题，黄泉二字简直可以怀疑到否认——如果剑鱼君以为作者的目的就是近似的明白也好，那末不妨找个活着的钱先生的同志来问问，反正死了遗老还有遗少，我知道在活人中找个钱先生的同志，目下并不为难。”[②]

---

① 许钦文《在老虎尾巴的鲁迅先生：许钦文忆鲁迅全编》，页 323。

② 许钦文《许钦文代表作》（北京：华夏出版社，1999），页 43。本节中所涉及许钦文作品皆出自此书，引用只标页码。

不难看出，表面上看，许借对“黄泉”的步步否认来顺应剑鱼君的逻辑，而实际上他却是借此指出，其提问背后思维方式的悖谬，这既是回答，又是通过调侃加以消解。

而《幸福的家庭》中，鲁迅对言语反讽的操作更是游刃有余、炉火纯青。其中“二十五斤”关键词的出现更是令人忍俊不住而又耐人寻味。一方面，小说中他在不断构思“幸福”的具体细节乌托邦，但现实中买卖劈柴的寒碜与内在的饥饿却令有关文艺、午餐菜式等的画饼充饥的想象变得荒诞不经。我们可随便选一段：“什么‘二十五斤’？——他们是优美高尚，很爱文艺的。但因为都从小生长在幸福里，所以不爱俄国的小说……。俄国小说多描写下等人，实在和这样的家庭也不合。‘二十五斤’？不管他。那么，他们看看什么书呢？——裴伦的诗？”（页36—37，卷2）

2. 场景反讽。此类反讽更多指向小说对具体场景中反讽图像或逻辑结构的运作。《理想的伴侣》中小说提及理想伴侣的第一个条件就是会跳舞。然而，这个煞有介事的选择的背后原因却令人大跌眼镜，“跳舞并非专为好看”，“会跳舞的身体大概强健”，同时以K太太作为反例说明：“那天骑驴子，仿佛诗人探梅的踱着，还是‘咦！’‘咦！’的叫坐不稳，虽然老K以为他老婆的文弱无不非是超然的美，然而会跳舞的P女士挺着腰背驭着驴子锵锵的追过渠们的时候，总不由的使老K白着眼睛钉着她想，‘如果……不是更好！’所以须会跳舞。”（页45，许）此处跳舞显然不是一种时尚，品味乃至阶层的象征①，而只是一种简单的健康表征。

《幸福的家庭》中，场景反讽可谓比比皆是，处处可显出虚假想象与现实

---

① 毫无疑问，有关惯习表征阶层的论述在布迪厄那里颇多论述，经典的则如，*La Distinction. Critique Sociale du Jugement*（Paris：Minuit，1979），英文版（trans.）Richard Nice，*Distinction*：*A Social Critique of the Judgement of Taste*（Cambridge：Harvard University Press，1987）。同样通俗的读物，如【美】拉普曼著，尹鸿雁译《名流：上流社会交际圈潜规则》（重庆：重庆出版社，2007）等。

参差对照后的捉襟见肘。随手拈来："'幸福的家庭的房子要宽绰。有一间堆积房，白菜之类都到那边去。主人的书房另一间，靠壁满排着书架，那旁边自然决没有什么白菜堆；架上满是中国书，外国书，《理想之良人》自然也在内，——一共有两部。卧室又一间；黄铜床，或者质朴点，第一监狱工场做的榆木床也就够，床底下很干净，……'他当即一瞥自己的床下，劈柴已经用完了，只有一条稻草绳，却还死蛇似的懒懒的躺着。"（页39，卷2）不难看出，通过场景反讽，鲁迅可以更集中的呈现出反讽的火力以及悖论的张力。

3. 情节反讽。此处主要是指作者在大的情节营构中所呈现出的反讽张力。《理想的伴侣》中提及对伴侣的要求主要有三个，外加附则，但在最后却又提及："还有一点是很紧要的，就是结婚以后不过三年她就须死掉。"（页46）这个结局既辛辣的嘲讽了男性主体的喜新厌旧的劣根性，却又巧妙反讽了理想的不切实际。

《幸福的家庭》中，却也不乏类似的技巧。小说中，男主人公在经历了诸多空想与现实的冲突后，安顿好自己的小女儿："他想要定一定神，便又回转头，闭了眼睛，息了杂念，平心静气的坐着。他看见眼前浮出一朵扁圆的乌花，橙黄心，从左眼的左角漂到右，消失了；接着一朵明绿花，墨绿色的心；接着一座六株的白菜堆，屹然的向他叠成一个很大的A字。"（页42，卷2）这个有关植物的谱系变迁，从橙黄心的扁圆乌花，到墨绿心的明绿花，再到A字型的白菜堆（和所选择的A地相呼应，说明幸福的虚妄性），非常经典的呈现出情节反讽的独特魅力和浓缩式冲击力。

（二）意义铺陈

在叙事反讽的背后，无疑凝结着意义的铺陈。毋庸讳言，鲁迅和许钦文在有关小说中着力点和批评的丰富性自然别有洞天，但同时需要指出的是，在批判对象与批判精神上却又有异曲同工之处。

1. 婚恋话语批判。作为对理想/幸福的家庭/伴侣的刻画，鲁、许二人小说中的焦点自然是有关婚姻、恋爱及其运行机制的描述，而更进一步，我们却也不难窥探他们对婚恋中个体的劣根性的强力挞伐。

《理想的伴侣》中的男性呈现出相当自私的一面，细枝末节的，诸如学跳舞可以由伴侣教，而更明确的则如“讨老婆原是为娱乐，不会唱好听的歌，就是娱乐品的缺点”。（页 45）其中尤其可以彰显出“他”物化女人、自私自利的心态，亦可窥豹一斑，揭露出“赵元元恋爱观和婚姻观的虚伪与荒谬”。[①]

《幸福的家庭》中自然亦惊人的显出类似倾向性批判。在家庭中，生气的主妇打三岁的女儿，男主人开始安慰大哭的小女，通过扮鬼脸而让她破涕为笑：“他忽而觉得，她那可爱的天真的脸，正像五年前的她的母亲，通红的嘴唇尤其像，不过缩小了轮廓。那时也是晴朗的冬天，她听得他说决计反抗一切阻碍，为她牺牲的时候，也就这样笑迷迷的挂着眼泪对他看。他惘然的坐着，仿佛有些醉了……他向旁边一瞥，劈柴正在进来，‘……恐怕将来也就是五五二十五，九九八十一！……而且两只眼睛阴凄凄的……。’”（页 41，卷 2）鲁迅在这段描写中固然呈现出现实的残酷性一面，但同时却又指出曾经革命的女性婚后的逐渐粗糙、世俗乃至庸俗化。

2. 社会文化批判。在对婚恋话语进行形构并批判的背后，其实也勾勒了许、鲁对当时整体社会文化的批判态度。

《理想的伴侣》中不乏对男权中心传统伦理道德的鞭挞，比如，他理想伴侣的第三个条件是“须会弹钢琴”，但却最后可以修正为“须有钢琴之类”，其背后的说明是：“铃铃锒锒的总也能使它响几声，使人看了，听了，古代传下来的东西渠们绝不以为比外国运进来的差些。”（页 45，许）从中不难看出

① 王德林《“希望你以后出书，要比这一本更加厚实！”——鲁迅与许钦文的小说集〈故乡〉》，页 16。

"他"单纯为装点门面的肤浅性以及狭隘盲目民族主义心态的保守性，而相关的其他条件中，他也强调"女子无才便是德"的陈词滥调，但同时却又极其功利地要求她有钱，不仅如此，在附则中还要求是男人独揽经济大权，说到底，男人的理想归根结底是女人的噩梦。

《幸福的家庭》中也不乏对社会文化的批判。比如："'……他们两人正在用午餐，'他想，'桌上铺了雪白的布；厨子送上菜来，——中国菜。什么"二十五斤"？不管他。为什么倒是中国菜？西洋人说，中国菜最进步，最好吃，最合于卫生：所以他们采用中国菜。送来的是第一碗，但这第一碗是什么呢？……'"（页37，卷2）上述描写中在对中国菜的选择中呈现出保守主义倾向和崇洋媚外缺乏自我的怯懦心态，小说中弥漫着男主人公的对"中庸之道"的坚守等等，这种展示和批判其实和许钦文不无暗合之处。而许钦文本人在解读鲁迅此篇小说时也指出，它说明"在旧社会里根本谈不到幸福；所谓幸福的家庭，连地点都假设不好……青年们要过幸福的生活，得先起来谋改革"。①

二、《理想的伴侣》：轻快与清新

如前所述，《理想的伴侣》和《幸福的家庭》从影响角度分析，有一种对流关系，而我们既要看到二者的交叉与契合，但同时也要看到二者相对清晰的独特性。不容忽略的是，作为鲁迅"拟"的前文本（pre-text），《理想的伴侣》其实自有其可观之处。鲁迅曾对许钦文说，《幸福的家庭》"是拟你轻松的讽刺笔调，你没有听清楚'轻松的'这三个字。讽刺的笔法，自然，你还没有都学好，也算不得怎么老练；你年纪还轻，怎么能够老练呢。但你已经会灵活运用，我拟的就是你'轻松的讽刺笔调'。我也常常写讽刺文章，可是往往弄得

① 许钦文《在老虎尾巴的鲁迅先生：许钦文忆鲁迅全编》，页59。

很沉闷。我那《幸福的家庭》，写到后面，也就渐渐地沉闷起来，不是在那《附记》上已经说明了么”①？

（一）叙事技艺：复杂与简单的杂糅

相较而言，许钦文在《理想的伴侣》中呈现出反讽的轻快、清新特点，但在叙事策略上，却又表现出繁复和简单并列的特征。

1. 文本互涉和模拟后设（meta-fiction）。细读许的此篇小说，不难发现，许钦文其实在此间包含了不少令人眼前一亮的小说实验。

比如，文本互涉（intertextual）手法。小说的开端恰恰是回应转载其文章《遗言》的《黄报》读者剑鱼君的（该小说副题就是“——附答剑鱼君——”），通过此指引，我们通读其《遗言》，发现其风格颇似鲁迅，确切一点说，和《狂人日记》中前面文言文的楔子功用类似，借此他将小说变成了“楔子＋正文”的类似于CD唱片的“封套”结构，正文也是由一则则日记构成（页40—42，许），这反倒可以证明许钦文受鲁迅影响很深。

但反过来，通过如此的文本互涉，许钦文自然可以提高自身的知名度，但更重要的是，他想借此回应可能子虚乌有的读者问询和质疑，这又呈现出其相当敏锐的思考——如何处理“作者-读者”问题，他的实践操作虽然只是雏形，但意义不容小觑，因为它看部分吻合了后来流行的“读者反应说”。②

同样难能可贵的是，在小说前1/3的篇幅里，许钦文还采用一种模拟后设的书写方式。表面上看，他言之凿凿地说明自己不过是记录别人（赵元元）的观点，而实际上，我们知道这是一种虚构的技艺，是作者自身观点的一种隐晦

---

① 许钦文《在老虎尾巴的鲁迅先生：许钦文忆鲁迅全编》，页183—184。

② 具体可参【美】斯坦利·费什著，文楚安译《读者反应批评：理论与实践》（北京：中国社会科学出版社，1998）等。

表达，尽管和后现代小说中常见的后设[1]方式相比，这更多是一种雏形模拟，但在1923年的中国，这的确算得上别出心裁。

2. 单线直进与出人意表。耐人寻味的是，在小说的下半段，许钦文却又采用了和之前繁复的技巧截然不同的策略——朴素而简单的单线直进。接下来，他不过是叙述了新女子伴侣的三个条件、相关的才/财叙述、附则等，这些叙述其实都是平铺直叙的，甚至从风格上算作议论文也未尝不可。

出人意表的倒是小说的结尾，希望伴侣结婚三年后死掉："这是的确的，爱情的作用一如电流，当两极将接未接时，火花闪闪的爱力十分猛烈，及至接触既久，渐流渐平，一过两年，早已成为讨厌的东西，就是钢琴，也须更新了。……说得好：'三年不死老婆大晦气。'难道理想的伴侣可以使我挨晦么？"（页46，许）从结局看来，叙述者其实也颠覆了有关理想伴侣的表述，归根结底，它是以男权意志为中心的，这在小说结构上同时却又是对之前营构的一二三整齐逻辑次序的消解。

（二）意义的清新与简约

许钦文曾经这样看待革命文艺技巧与革命文艺的关系："革命文艺的目的虽然在革命，但终究是文艺的一种；如果没有文艺的最重原素的技巧，就是有着伟大的主义，正确的思想，也只是关于革命的普通文字，并不是革命文艺。在形式上说，技巧在革命文艺，虽然算不得最重原素，却是第一个的要素。"[2]不难看出，在功利主义的基调中，他并没有忽略文艺技巧的重要性。但回到其早期作品《理想的伴侣》上，我们却更多看到其意图追求的轻快性。

1. 在轻快与清新之间。考察《理想的伴侣》中的意义营构，不管是它对

---

① 具体可参 Patricia Waugh, *Metafiction: The Theory and Practice of Self-Conscious Fiction* (London & New York: Routledge, 1990)。中文版可参【美】帕特里莎·渥厄著，钱竞、刘雁滨译《后设小说：自我意识小说的理论与实践》（台湾：骆驼出版社，1995）。

② 许钦文《许钦文代表作》，页359。

读者的回应，还是对理想伴侣的条件以及原因说明其实都透露出轻快与清新的风格。

之于前者，它更多是调侃剑鱼君的过分较真与其对小说虚构的误读，语言上相当俏皮，但意义上其实是相对清浅的。即使回到其三个条件，也更多是侧重物质性的一面，如会跳舞和健康的关联；会唱歌和娱乐性相关，会弹钢琴或有钢琴更多是为装点门面。更进一步，即使涉及到社会、文化批评，他所聚焦的更多是个体的劣根性，比如男人的喜新厌旧、贪慕虚荣与及时行乐等等。

2. 单一理想与乌托邦戏谑。如果我们更集中于小说中对“理想”的诠释与探究，不难发现，小说中对理想的界定是相对单一的，不仅仅是理想要求的相对物质化的单一性，而且在涉及到“理想的伴侣”自身时，女性的声音更是沉默的，乃至是缺席的，而只是男性自己的喃喃自语与意淫。

同样，在意义的营构策略上，小说中更多是乌托邦式想象的戏谑，表面上看，有关理想的要求是物质化的，但实际上，其物质化后的世俗化深度仍然相对欠缺，反倒更多显出乌托邦假设式的澄明，和当时社会幽深、混乱而复杂的文化积淀联系并不紧密。

但或许恰恰是因此，鲁迅更能察觉出许钦文的轻快与清新的难能可贵，而在婚恋主题上，这恰恰是一贯抑郁、悲愤的鲁迅[①]难以展现的特点之一。

三、《幸福的家庭》：深邃与孤绝

有论者指出：“鲁迅的讽刺大多努力剥去上流社会人们的种种假面具，从而暴露出他们‘麒麟皮底下的马脚’，达到讽刺针砭的效果，许钦文的讽刺则大多着意讥刺青年男女婚恋中的自私病态心理，剖露人物种种可笑的情态，达

---

① 有关鲁迅小说婚恋话语的悲剧性机制论述可参拙文《论鲁迅小说婚姻话语中的悲剧性机制》，《汕头大学学报（人文社会科学版）》2010 年第 1 期，页 61—66。

到嘲讽讥刺的效果。鲁迅的讽刺冷峻沉郁鞭辟入里，许钦文的讽刺轻松诙谐平易冷静。”[①] 这自然是从整体上进行判断的结论，回到更具体的互涉文本上来，相较而言，鲁迅《幸福的家庭》呈现出深邃与孤绝的特征。鲁迅在这篇小说中表现出相对圆润和老练的叙事手法，无论是小说的结构比重权衡，还是情节铺陈的节奏感，整体而言，比例适当、文气繁盛，同时又意味深长，可谓浑然天成。

（一）细致的精制：双重对话

前苏联著名思想家巴赫金（Mikhail Bakhtin）曾对复调小说中的对话进行了深刻的洞察与精深总结，他主要把它分成两类，1．“大型对话”，意指小说内部和外部的各部分之间的一切关系，主要涵盖了各个层面的架构、人物与社会思想之间以及作者与主人公之间的对话关系[②]；2．“微型对话”，主要指向文本内部（比如人物心灵内部等）：“对话还向内部渗入，渗进小说的每种语言中，把它变成双声语，渗进人物的每一手势中，每一面部表情的变化中，使人物变得出语激动，若断若续。”[③]

《幸福的家庭》中的对话使用未必像巴赫金所叙述的那么复杂和全面，但亦有其别致可观之处。在大型对话层面上，鲁迅主要是和许钦文的《理想的伴侣》形成一种对话关系，甚至从标题上也可见一斑。当然，在小说中对“幸福”的建构中，小说中提及的一本所谓《理想之良人》，作为互涉文本，既参与了相关的建构，同时又是对话参照。当然，鲁迅相当精巧地把它浓缩到微型对话中。

---

① 杨剑龙《论鲁迅对许钦文创作的影响》，页 90。

② 董小英认为它包括了两层意思，一层意思是“作品中反映出的人类生活和人类基本思想本身的对话本质”；第二层意思是指作者与主人公的对话关系。参董小英《再登巴比伦塔——巴赫金与对话理论》（北京：生活·读书·新知三联书店，1994），页 32—33。

③【苏】巴赫金著，白春仁、顾亚铃译《巴赫金全集》第五卷（石家庄：河北教育出版社，1998），页 55—56。

在微型对话中，鲁迅采用了双线并进的对话体创造。一方面，是小说中“他”在创作中有关幸福的假想和当时社会语境中时尚、生活品位的角力，而另一方面，却是他的创作本身和自己所处的个体现实之间的对话关系。具体到小说中，我们不难发现，一条线索是他所创设的幸福的家庭的诸要素：1. 所居地；2. 留学地及时尚；3. 文艺品味；4. 午餐（中国菜等）；5. 具体饮食及餐桌文化；6. 房子及私人空间等；而另一条线索则是他所经历的个体现实：1. 劈柴买卖的斤数及讨价还价；2. 太太来索钱；3. 白菜堆在家中；4. 太太打女儿；5. 他逗弄女儿；6. 他企图平息杂念而不能。两条线齐头并进，夹杂交错，形成一种对话的张力。

整体而言，鲁迅对这种手法的运用远比许钦文《理想的伴侣》丰富多彩，而且在文体的平衡性与美感上也不可同日而语。如人所论，《幸福的家庭》中展现出一种比照的独特观感：“主要出于现实的悲惨和理想的不切实际的矛盾，人们在听到作者的笑声的同时也可以看到他的闪闪的泪光。而这又构成了《幸福的家庭》这篇小说独有的诙谐而又深沉的艺术风格。”①

需要指出的是，在鲁迅此篇小说中，其微型对话中的对话，含义也可切分，其实它既包含了他真正的语言交流，同时也包括了他的意识中的对话，同样，在他的举动中亦有一种对话关系：“他抽开书桌的抽屉，一把抓起所有的铜元，不下二三十，放在她摊开的手掌上，看她出了房，才又回过头来向书桌。他觉得头里面很胀满，似乎椏椏叉叉的全被木柴填满了，五五二十五，脑皮质上还印着许多散乱的亚剌伯数目字。他很深的吸一口气，又用力的呼出，仿佛要借此赶出脑里的劈柴，五五二十五和亚剌伯数字。”（页38，卷2）其行动的豪爽应对其实更多是来自于其空想和假设带来的虚假强大支撑——他被制造的“幸福”冲动激励着，同时却又为现实的阻隔而不满，因此，其举动中其

① 曾华鹏、范伯群《论〈幸福的家庭〉——鲁迅小说研究之一》，页6。

实是一种不耐烦的豪气，可以断定，清醒过后依旧是无奈。

（二）繁复的意义

众所周知，鲁迅的小说在意义形构上往往有其深不可测的功力与穿透性，《幸福的家庭》也不例外。和许钦文相比，鲁迅的长处如下：

1. 循环的悲剧性机制。相较于《理想的伴侣》中相对单一的角色刻画和性别话语权力流向，《幸福的家庭》不仅仅开辟了男性的想象空间，同时又给女性以话语权，但可悲的是，她们却更多呈现出一种悲剧性层面或结局。

小说中的主妇太太的形象更多是一个世俗不堪的黄脸婆，她的介入更多是柴米油盐符号的再现，比如，“二十五斤”劈柴、大声讨价还价等。这当然和幸福理念中的理想主妇差距甚远，因为后者时尚、和善、温文尔雅、谈吐不俗。而更进一步的描述则是太太对女儿的粗暴，“‘连你也来欺侮我！不会帮忙，只会捣乱，——连油灯也要翻了他。晚上点什么？……’”（页41，卷2）这种粗暴和戾气更显出其被粗糙生活磨砺出来的粗俗和缺乏爱心。

鲁迅的更深刻之处在于其贯彻了相当的痛打落水狗的彻底性。小说中还着力描述了男主人公他对女儿进行抚慰时的联想，她的通红的嘴唇，可爱程度不亚于五年前的她的母亲。然而结果是——曾经革命和美丽的女子在生活的磨砺中终究庸俗不堪。鲁迅不仅指出了个体劣根性的无处不在，而且更别具匠心地指出了在不合理家庭伦理道德体制下国民劣根性延续的必然性和悲剧性。当然，鲁迅在小说中的反讽立场和态度与许钦文的书写也有差异，鲁迅呈现出更多的同情心和介入感，如张铁荣所论：“《理想的伴侣》是讽刺一直贯穿到底；而《幸福的家庭》的结尾，则夹杂着很多的同情和‘沉闷’。”①

2. 理想/虚幻与多重现实的张力。和对话体的叙事结构相吻合，鲁迅在小说中更彰显出理想与现实的尖锐对立，借此来证明在彼时现实中幸福的不

---

① 张铁荣《比较文化研究中的鲁迅》，页57。

可得。

《理想的家庭》中同时也指出了个体劣根性的遗憾，但当时鲁迅的操作可能至少有如下含义：(1) 借此凸显出他对虚假的“黄金世界”进行的强烈批判，他 1921 年在开始翻译阿尔志跋绥夫时有这样的感受，而在 1925 年 3 月 18 日给许广平的一封信中他也重申一贯的对“黄金世界”的强力质疑：“我疑心将来的黄金世界里，也会有将叛徒处死刑，而大家尚以为是黄金世界的事，其大病根就在人们各各不同，不能像印书似的每本一律。要彻底毁坏这大势的，就容易变成‘个人的无政府主义者’”。[①] 而《理想的家庭》中间也承载了他类似的洞见。

(2) 同时，在小说中所描述的现实关怀其实也是多重的，他的个人现实，当时时局以及背后的运作机制。前两点是显而易见的，后一点则是隐晦的。通过这种方式，鲁迅的《幸福的家庭》无论是在批判的逻辑层面上，还是在深度上都技高一筹，这是无需置疑的。

小说中，“他”的有关《幸福的家庭》的小说草稿终于化作他帮小女儿擦鼻涕的垃圾纸而被丢进纸篓，但其中所包含的意义过程的进一步挖掘却并未结束，如有论者就指出：“他最后以‘正视的勇气’，战胜了自己‘聊以自欺，而且欺人’的‘瞒骗’企图。其结局，在精神上，他是胜利者；但在物质上，他却堕入了生存危机的泥淖之中。”[②] 所论或可商榷，但从此角度看，鲁迅的确是一个善于伏击的作家。

结语：毫无疑问，《幸福的家庭》作为对许钦文的《理想的伴侣》的拟写给当时相当年青的许钦文是一个巨大的激励和提升，对于许钦文以后的人生轨迹也不无影响（1949 年中共建国后，许生活相当不错）。

---

① 《鲁迅全集》第 11 卷，页 21。

② 张人权《媚俗欺世的企图被良知战胜的心理历程——为鲁迅小说〈幸福的家庭〉思想辩正》，《重庆师专学报》1995 年第 4 期，页 47。

但平心而论，《理想的伴侣》中也确有其可观之处，而相对轻快的笔触与反讽也并非毫无影响，在《幸福的家庭》中亦有风格类似的描写，比如，描写在不断遐想中他的饥饿难以抵抗："他觉得胃里有点空虚了，放下笔，用两只手支着头，教自己的头像地球仪似的在两个柱子间挂着。"（页 37，卷 2）描写愤怒的主妇太太："他抱了她回转身，看见门左边还站着主妇，也是腰骨笔直，然而两手插腰，怒气冲冲的似乎预备开始练体操。"（页 41，卷 2）从书写基调与风格来说，算得上是小说总体沉闷与压抑中的一点亮色或暖意。但无论如何，这两篇小说中的对流、交叉、契合与差异，无论在叙事技艺上，还是在意义营造上都有值得探究之处。

4　沈从文《月下小景》重读——兼及鲁迅《故事新编》

在《月下小景·题记》[①] 中，沈从文曾经提及此书的写作目的时，特别指出它对张小五的功用，"让他明白一二千年以前的人，说故事的已知道怎样去说故事"，而且"希望他能将各故事对照，明白死去了的故事，如何可以变成活的，简单的故事，又如何可以使它成为完全的"（页 43）。不难看出，沈氏对此书的期待至少有二：1. 展示如何讲故事、写故事；2. 化腐朽为神奇，把故事新编成"活的""完全的"创制。

简单考察前人对《月下小景》的研究，主要有如下几个层面：1. 考辨小说中的新编前后的资料变化，主要是以小岛久代《〈月下小景〉考》[②] 为代表。

① 本节采用《月下小景》版本是《沈从文文集》第五卷（广州花城出版社，三联书店香港分店，1982），页 41—190。如下引用只注页码。也可参考《沈从文全集》第 9 卷（太原：北岳文艺出版社，2002），页 213—364。

② 小岛九代《〈月下小景〉考》，《吉首大学学报》1991 年第 1—2 期。修订版收入刘洪涛、杨瑞仁编《沈从文研究资料》（天津：天津人民出版社，2006）。

2. 相对全面考证沈从文对“人生形式”的有意追求，认为他在现代小说结构和内涵方面皆有新的突破：比如李霞的硕士论文[①]就指出，《月下小景》外八篇的创作，渗透了沈从文对人生与重造人生的哲理性感悟，从而展现出小说更为繁复与深邃的“人生形式”。3 集中探研沈从文此类创作和文本形体结构与作者主体文化心理结构的两相契合，主要是以龚敏律《论沈从文〈月下小景〉集对佛经故事的重写》[②] 为代表。毋庸讳言，上述研究往往论述扎实充分，或者新意迭出，为后续的研究打下了良好的基础，增益我们对沈从文的认知。

但同时在笔者看来，多数研究并未真正意识到“十四岁”的张小五对《月下小景》的真正意义。一方面，据凌宇考察，张小五是对前去拜见张家的沈从文相当友善的人，这对于当时惴惴不安追求张兆和的沈无异于有“知遇之恩”，“其时，张兆和的父亲和继母正住在上海。她的五弟张寰和，从自己每月两元零用钱中拿出一份，买了一瓶汽水，打开了请沈从文。对此沈从文大为感动，当面许下诺言：‘我写些故事给你读。’后来果然写了以佛经故事为题材的小说《月下小景》里的诸篇章”。[③] 而另一方面，作为回馈，《月下小景》的风格、内容想必和十四岁少年的阅读趣味息息相关，而这一点往往为论者有意无意忽略。实际上，在小说操作中，不论是虚构的技艺的有意展现，还是小说内容的剪裁、适当处理都与此不无干系。当然，这一切也同时内化为沈从文自我对“理性”、偶然、感情等的复杂纠葛的思想历练和审度。

---

① 李霞《从佛经故事到现代小说——沈从文的短篇小说集《月下小景》外八篇研究》（北京大学中文系硕士论文，导师商金林教授，2003）。该文主要分为三章。第一章“《月下小景》外八篇的创作准备”；第二章“艺术形式的探索”，以具体例证分析沈从文对“文字形式”和“故事形式”的创新；第三章“人生形式的‘放大翻新’”，从“与佛经故事全然不同的现代内涵”“对‘女人’、‘爱欲’的重新审视”“人生向上的憧憬”三个层面展开。

② 龚敏律《论沈从文〈月下小景〉集对佛经故事的重写》，《中国现代文学研究丛刊》2004 年第 2 期，页 186—206。

③ 凌宇《沈从文传》（北京：十月文艺出版社，1988），页 262。

更进一步，如果把《月下小景》置于中国现代小说以来的故事新编小说谱系上来，其“新编”的追求无疑更引人注目和可能别有洞天，尤其是，将他和20世纪中国文学史上对故事新编小说的书写卓有成就的鲁迅相比，可能也会引起新的思辨与生长点。为此，本节以“主体介入”① 一词涵摄沈从文《月下小景》中对适合张小五吸纳的叙事技艺、意义升腾层面新编的创造，同时也把它和《故事新编》兼作比较，考察不同审美现代性的精神离合。

一、类传统的现代之美：叙事的技艺

若单纯从“张小五”的视角重读《月下小景》，我们不难感受到沈从文度身订造的苦心孤诣，即使聚焦于叙事的技艺，我们也不难看出其新编的复杂与深厚功力。耐人寻味的是，沈从文叙事技艺中呈现出一种多元的虚构实践，古今中外小说的某些精神含蕴其中，令人赞叹，从某种意义上说，他更像是一个魔术师，为张小五营造出一种令人眼花缭乱而又印象深刻的效果。

（一）“在场读者”与“拟想读者”的张力叙事

显而易见，《月下小景》中涵容了众多的叙事技艺，既有“十日谈”的风姿，又有“新十日谈”的修缮；若从叙事人的角度看，叙述人、隐含作者、作者等角色交相辉映，既有中国古典小说的全知视角，又有现代意味的锐意尝试。我们不妨缩小口径，考察其中引人注目的“在场读者”问题。

在《〈一个母亲〉序》中，沈从文指出：“看到一般人，对于章回体看来不费脑力的作品感到倾心，我不承认我的失败是不行的。”（《沈从文文集》第5卷，页3）其中不难看出沈从文对现代小说读者的期待以及对当时（1928年）读者阅读视野（horizons of reading）与习惯的一丝不满。而到了几年后的《月

① 更丰富的界定可参拙著《张力的狂欢——论鲁迅及其来者之故事新编小说中的主体介入》（上海：上海三联书店，2006）绪论，页11—13。

下小景》中，有心的读者看到沈从文的叙事尝试，对其中的“在场读者”或许满腹狐疑。某种意义上说，它有其类传统因素，说书人-听书人的关系似乎再现，而实际上，这却是呈现了“在场读者”与“拟想读者”（target reader）的张力设置。

1. 在场读者的民间性。在小说中，除了序曲的讲述者身份并不确定之外，其他故事的讲述人往往具有多元的民间性，比如，《寻觅》中的旅行者，《女人》中的一老一少，《扇陀》中的马贩子，《爱欲》中的卖朱砂水银的商人，《猎人故事》中的猎人，《一个农夫的故事》中的农人，《医生》中曾经做过兵士的商人等。

不难看出，在场读者的角色无非是贩夫走卒之类，有论者指出，这样的操作“不仅能有效传达自我的思想，还可以造成 种时空模糊的虚幻感”。[①] 也有论者对此不以为然：“不过作者存心模仿《十日谈》体裁，把每个美丽如诗的故事，放在骡马贩子，珠宝商人，市侩，农夫，猎人口中说出，我觉得很有些勉强。但这还可恕，最不该是故事中间往往插进作家自己的议论或安上毫无意义的头尾，将好好一篇文章弄成‘美中不足’。”[②] 在笔者看来，恰恰是通过讲故事人身份的流动性与民间性，沈从文强化了无论是在场读者还是普通读者的故事感。

2. “拟想读者”的介入性。《月下小景》中，沈从文同时也复杂化了讲述人的身份。简单而言，我们可以将之分为类似于王国维所言的“有我之境”“无我之境”的操作。可以看出的是，故事的讲述者往往都是“无我之境”的实践者。

其中的一类层次可谓相对普通，即讲述人和故事的内在发生历程没有直接

---

① 龚敏律《论沈从文〈月下小景〉集对佛经故事的重写》，页 203。

② 苏雪林《沈从文论》，见刘洪涛、杨瑞仁编《沈从文研究资料》（上）（天津：天津人民出版社，2006），页 188—189。

关联，故事也就真的变成了“道听途说”。真正可见沈从文功力的则是，讲述人本身即是参与者，尤其典型的则是《猎人的故事》——讲故事的其实就是故事中的雁鹅，而它居然神奇地化为叙述“人”的角色。需要指出的是，这样的设计无疑更凸显了沈从文对读者反应的考量，他强化了小说读者的参与感。某种意义上说，这已经有一丝读者反应批评①的意味。

当然，沈从文的此类操作其实和“拟想读者”密切相关。所谓“拟想读者”(target reader 或 target audience)，原意更多指涉和商业接受、军事打击等相关联的一个群体或个体；在文学中，它则将目标锁定在预设的理想阅读对象上。它和艾柯（Umberto Eco）所言的“模范读者”有异曲同工之妙——“一种理想状态的读者，他既是文本希望得到的合作方，又是文本在试图创造的读者”②。

在沈从文书写的语境中，“拟想读者”最少包含两个层次：张小五以及城市（“现代”“文明”）读者。单纯将其“拟想读者”等同于张小五或许是褊狭的，毕竟千千万万读者中不乏沈老的知音，但不容忽略的是，张小五却是其“拟想读者”中特别重要而且直观的层次，它引导并部分规范了沈从文丰富的想象力触角。

（二）叙事性与“小说性”的张力设置

如前所述，沈从文对在场读者的设定，诸多叙述人身份民间性的张扬往往都会增强小说的感染力，强化小说的叙事性也是其目的。当然，除此以外，沈从文在《月下小景》中也有其他独特设计，如人所论：“在故事编排上，作品做了各种不同的处理。在总体上，每一篇分成说故事人与故事本身两部分，把

---

① 有关介绍可参斯坦利·费什著，文楚安译《读者反应批评：理论与实践》（北京：中国社会科学出版社，1998）；陆梅林、程代熙主编《读者反应批评》（北京：文化艺术出版社，1989）等。

② 【意】安贝托·艾柯著，俞冰夏译，梁晓冬审校《悠游小说林》（北京：生活·读书·新知三联书店，2005），页10—11。

现实的说故事人（金狼旅店的旅客）与往古的故事勾连起来，虚虚实实，似真似假，造成一种戏剧效果。”① 具体说来：

1. 故事连环套。在故事创设中，沈从文显然吸纳了传统章回体小说的某些形式，在不同章节或故事间实现了有机串联。比如，《女人》与《寻觅》间就有一种显而易见的关联。《女人》开头就说：“因为在上次那个故事中，提到金像与银像，就有两个人同时说起，说他们也有个故事……但故事中人物虽多相同，故事内容可完全两样，想问在座众人，能不能让他们有个机会把故事说出来。”（页 72）当然，这种有意味的形式，我们也可理解西方文论所言的“文本互涉”（或互文性、文本互参，intertextuality）。

除了在整体架构上的纵向关联以外，回到故事内部，沈从文也注意强化故事的叙事性，这就往往以故事套故事的“封套”结构出现：也即采用“故事引子 + 另外的完整故事 + 故事结局”结构，这在《月下小景》中比比皆是。当然，在沈从文“乡下人”的自谓中也有一丝狡黠，比如《寻觅》作为真正系列故事的开篇，其实也有虚张声势的操作：小说开头：“在这故事前面那个故事，是一个成衣匠说的，他让人知道在他那种环境里，贫穷与死亡如何折磨到他的生活。”（页 58）实际上，这个故事不过是昙花一现的引子，因为成衣匠的故事引起众人心情抑郁，他才要求在场的胡子旅者解围——再讲一个故事。而阅读过此小说的人明白，成衣匠的故事无论情节还是效果都过于简略，只是沈从文设置的一个圈套，目的则在于引起后面的真正故事。

2. 叙述人的狂欢节。如前所述，故事连环套的设置使得小说中的叙述人变成了不同角色共处的众声喧哗（heteroglossia）：隐含作者、大故事中的叙述人、内故事中的叙述人等等多元并存，颇有巴赫金（M. M. Bakhtin，1895—1975）所言的“复调”意味。

---

① 贺兴安《楚天凤凰不死鸟：沈从文评论》（成都：成都出版社，1992），页 67—68。

而同样值得关注的是，故事中也有类似于“讲评人”的叙述人角色，他甚至可以点评故事里的人物、事件以及叙事能力，也呈现出对某类题材的判断。前者如《慷慨的王子》中的叙述人——珠宝商人就对之前的叙事颇有微词，心中不平，为此不惜亲自出马，献出自己“心中那个传说给众人听听”（页164）；后者，如《女人》中既夹杂了不同角色对女人的整体偏执评价，又有不同故事的主要叙述人对女人评判观点的不同反拨，着实令人兴味盎然。而这样的操作既形成了“叙述者与叙述者之间、叙述者与作者之间的不同视域和价值批判的对立互补和矛盾张力”，同时又将反思的功能指向了甚至是作者自身。[①]

同样需要关注的是，《月下小景》中不仅有对故事叙事性的强化，而且也有对“小说性”（novelness）的张扬。所谓小说性，依据巴赫金的判断，它首先被视为一种颠覆的意义与力量。小说与其他的文体不同，正统体裁或好或坏的适应了现成的东西，而小说与那些占统治地位的文学体裁很难融洽相处。其次，它还指向了体裁的革新和思想的狂欢。简而言之，小说的特性主要有：1. 现实性；2. 杂语性和多声性；3. 未完成性。[②] 而在《月下小景》中，其小说性主要表现在如下两个层面：

1. 文体互涉（inter-genre）。陈平原指出：“比起唐宋明清文人跨越文类的尝试，五四作家显得更加无所顾忌，而且这一回的‘小说散文化’与‘散文小说化’，往往有明确的理论表述。”[③] 而在“小说性”看来，小说和其他文类的融合，尤其是小说对其他文类的涵容与吸纳，往往是小说涵盖性增强、小说性凸显的标志之一。

沈从文尤其擅长抒情，某种意义上说，其小说往往更近乎抒情化散文，而

---

① 龚敏律《论沈从文〈月下小景〉集对佛经故事的重写》，页202—203。

② 具体论述可参拙文《“小说性”与鲁迅小说叙事模式的转变——从〈呐喊〉〈彷徨〉到〈故事新编〉》，新加坡《亚洲文化》总第28期，2004年6月，页121—137。

③ 陈平原《中国散文小说史》（上海：上海人民出版社，2004），页14。

《月下小景》中亦有类似风格。比如，《寻觅》中，他不吝笔墨，对白玉丹渊国进行了不厌其烦的细描，长达3000字，但在整体风格划分上，这其实更是诗化散文，当然，我们知道它是一篇小说。《慷慨的王子》中也不乏类似书写。恰恰是通过对文体的跨越，沈从文展现了其小说性的实践。

2. 后现代史学观与叙述话语。表面上来看，以后现代的理论话语去处理沈从文难免无稽之谈，实际上则不然。在《一个农夫的故事》中，小说结尾添上了一个貌似画蛇添足的论辩：农人对历史的叙述话语（narrative discourse）碰上了历史必言证据的传统史学者的质疑。

而实际上，在后现代史学家，尤其是海登·怀特（Hayden White，1928— ）那里，一方面，历史写作中是存在历史和文学、事实和虚构、正确和错误之间的差异和对立的，但另一方面，如果将历史也视为一种话语叙述的话，文学虚构与历史书写在精神上可以视为是同质的。[①] 从此角度看，小说结尾的论辩其实更像是草创的后现代史学叙述观念和传统史学书写观的交锋。

当然，在小说中，沈从文是大度的，一如在面临现代性大潮的冲击下，乡土传统人性的神庙亦有崩坏之虞，他不得不借助文本加以维护、建构和重现，[②] 在《月下小景》中，他却采取了和谐并置、兼容并蓄的策略：那个史学者在承认了民间叙述版本的前提下力图找寻新的叙述的史学客观性，某种意义上说，这也是沈从文对“小说性”包容性的有意实践策略之一。

二、意义的升腾：在宗教神性与世俗人性之间

1930年代初，中国文化界掀起了一股令人警惕的“保存国粹”“恢复固有

① 相关观点可参【美】海登·怀特（Hayden White）的代表作《元史学》（南京：译林出版社，2005，陈新译），《后现代历史叙事学》（陈永国等译，中国社会科学出版社，2003）以及相关评述与阐发，如王晴佳、古伟瀛《后现代与历史学：中西比较》（济南：山东大学出版社，2003）等。

② 具体可参刘洪涛《〈边城〉：牧歌与中国形象》（南宁：广西教育出版社，2003）中的精彩论述。

道德”的保守思潮，甚至有些人还提倡让孩子“读经”。沈从文对此加以反驳，“提倡读经救不了中国。至于虐待小孩子，强迫他们读经，想把历史倒回去，玩这一套老把戏，更不是救中国的方法”。[①] 毋庸讳言，在此时撰写《月下小景》给张小五阅读的沈从文同样也会坚持类似的理念，而且在处理当时的意义升腾与社会认知时，更会小心采取适合于小五或更人性与开放的尺度。

有论者把《月下小景》里的故事大致分四类：1. 揭示人生的哲理，如《寻觅》《医生》《慷慨的王子》；2. 描写女性心理，如《女人》《扇陀》《爱欲》；3. 为世人画像，如《猎人故事》；4. 完全是娱乐作用，如《一个农夫的故事》。[②]其实，把这些故事的主题稍微简化，则基本上和宗教神性与世俗人性相关。

（一）化宗教与去宗教的张力

需要指出的是，如果从人性提升与神性共振的角度思考，宗教和神话其实有着为人所忽视/误读的情感特征/逻辑：“神话的真正基质不是思维的基质而是情感的基质。神话和原始宗教绝不是完全无条理的，它们并不是没有道理或原因的。但是它们的条理性更多地依赖于情感的统一性而不是依赖于逻辑的法则。”[③]

1. 立足宗教，契合涵容。从更开阔的意义上说，沈从文与宗教的关系其实更是其对神性、“美”的观念形塑与张扬过程，如其所言，“即用一支笔，来好好的保留最后一个浪漫派在二十世纪生命挥霍的形式，也结束了这个时代这种情感发炎的症候……我还得在‘神’之解体的时代，重新给神作一番赞颂”。[④]

---

① 沈从文《论读经》，《沈从文全集》第 14 卷（太原：北岳文艺出版社，2002），页 78。
② 贺兴安《楚天凤凰不死鸟：沈从文评论》（成都：成都出版社，1992），页 64—68。
③【德】恩斯特·卡西尔著，甘阳译《人论》（上海：上海世纪出版集团，2003），页 127。
④ 沈从文《水云》，《沈从文全集》第 12 卷（太原：北岳文艺出版社，2002），页 127—128。

《月下小景》中，沈从文与佛教的关系也呈现出类似的诸多契合，呈现出他对“美”与德性的弘扬，对自我主体的有意建构，同时也是给张小五之类的拟想读者提供鲜活的成长范式。沈从文在《从文自传》中提及佛教因子（“大乘”“因明”）对他的影响，因此佛教中的某些优秀精神遗产也掺入其人格修养与文化思想的积淀中，当然，同时也是他有意选择的结果，如其所说：“我以为人生为追求抽象原则，应超越功利得失和贫富等级，去处理生命和生活。我以为人生至少还容许将来重新安排一次。就那么试来重作安排，因此写成一本《月下小景》。”①

而在小说中，佛教的某些思想内核却也星光灿烂。比如，《寻觅》中对知足的强调其实是对欲望的操控；《爱欲》中对真爱的弘扬；《一个农夫的故事》中对泽被苍生的肯定；《医生》中对牺牲精神的讴歌；《慷慨的王子》中对急人所急的慷慨大爱的赞颂等等，这些都是对佛教中美好品德的崇敬。

除了佛教以外，《月下小景》中也有类似于《圣经》主题及人生内涵的书写，比如，我们也可以把它所呈现的世界理解为爱与美的伊甸园，这尤其体现有关爱情系列的书写中，② 但在本文中，则更侧重其佛教关切。

2. 少陈腐气、破除弊害。有论者指出：“沈从文的人性诗学可以简单概括为：人性是‘魔性’与‘神性’的统一，‘神性’的核心是爱与美；现实世界的危机实质上是人性危机的显性表现。”③ 沈从文在对人性的庙宇进行修缮过程中，也包括对宗教和传统中的陈腐气与弊害进行消解乃至破除，这一点尤其呈现在对某些冰冷神性与世俗人性的校正上。

熟悉沈从文的读者、论者都知道，沈从文对人性以及性的态度自有其中和

---

① 转引自凌宇《从边城走向世界》（北京：生活·读书·新知三联书店，1985），页 281。

② 相关精彩论述可参吕沙东《寻找“伊甸园”——从〈月下小景〉看沈从文对莫泊桑的接受》，《法国研究》2007 年第 1 期，页 9—16。

③ 康长福《沈从文文学理想研究》（北京：人民出版社，2007），页 75。

平正之处，他既不像郁达夫、郭沫若那样的热烈奔放、汪洋恣肆，但又绝不冠冕堂皇、一本正经，宛如对“乡下人”的坚守，他的书写亦是不卑不亢、张弛有致。而对情爱的处理，他显然是和佛经中对色戒的强调分道扬镳。

《扇陀》一文对“前文本”《智度论》的内容改编则呈现出沈从文的类似取舍：虽然在主体结构上大体一致，但在结尾中对主题的置换却是暗度陈仓。前文本的结尾中，候补仙人被国王拜为大臣满足各种欲望，却由于“身转羸瘦，念禅定心乐厌世欲”，颇有一丝迷途知返之意，最后结果皆大欢喜，“即还，精进不久，还得五通佛”。而在《扇陀》中，沈从文却将候补仙人置于死地，甚至临死前还向上天祷告，希望将自己变成公鹿，以讨美人欢心。

相较而言，《扇陀》的改编更具人性的真实感，而前文本中的神性强调则显得近乎虚伪、不合常理。候补仙人对情欲的臣服与沉溺是因为之前生活中此物的过度匮乏，一旦得偿，过度补偿似更加可信；同时，这种欲求也“是一种率性而为的自然健康的情欲，体现了自然、不作伪的人性美，凸显了一种不受外界环境强行压制的爱欲”。[①] 仔细想来，沈从文的改写更符合人性的特点，对色欲的警惕和剔除单纯体现在口头上往往无济于事，尤其是，其中的正常人欲也时不时蠢蠢欲动，一旦有时机，则可能遽然爆发，可想而知，虚弱的警戒防线往往也会轰然坍塌。

但另一面，对情欲的认知也要有其限定性和超越性，而非单纯的讴歌和放任自流。《女人》一文中，更多还是借鉴了《杂比喻经》的结构和主题：在小说中，沈从文也鞭挞了女人的某些缺点——水性杨花等。比如年轻人的妻子与国王的妻子都有类似缺点，她们的情欲宣泄缺乏节制，和动物本能享有同质性。

而《弹筝者的爱》则舍弃了前文本《出曜经》中对不慎丧子的年轻寡妇的

---

① 龚敏律《论沈从文〈月下小景〉集对佛经故事的重写》，页 197。

忏悔描写“小儿即死，愁伤忧结，呼天堕泪”，在新编后的小说中则更强调了这位坚贞的寡妇对真知音追求的执着与淡然，她为弹筝人痴狂，月夜趁他弹筝时找他，“见到他时，同一堆絮一样，倒在他的身边”（页 117）。最后被弃，选择了自缢。她视真爱高于一切，真是人间奇女子！如人所论：“作品洋溢着反佛教、反儒教、反世俗陈规的精神，对女子那种炽热勇敢的爱毫无责备，为那个善良而又胆小害怕的弹筝人留下了遗憾。实际上，也是对国民性中某种庸懦方面的一个揭露，为爱的勇敢作一点支持和呼求。”①

（二）性别视角：拒绝与超脱

沈从文在《月下小景·题记》中谈及所抄佛经故事时指出：“主题所在，用今世眼光看来，与时代潮流未必相合。但故事取材，上自帝王，下及虫豸，故事布置，常常恣纵不可比方。”（页 42）沈对妇女题材的前文本的改造很大程度上有其大胆之处，但在今日读者看来，却可能更适合张小五的现代观念塑造。

1. 拒绝妖魔化/美化。即使不从性别视角出发，1930 年代初期在追求淑女张兆和的沈从文对女人的认知自有其五味杂陈之感，当然幸福感居主要位次。同时，在为未来小舅子展示讲故事技艺的过程中，也理当会正确引导他对女人的认知倾向。

不同阶段的女性主义思潮虽然侧重点可以各个不同，但彼此间却又藕断丝连，比如，揭示对女性命名、建构的权力话语过程，剔除其间的不公正、歧视偏见等。沈从文未必算得上是女性主义者，但他对女人的认知却又有其独特性和深刻性，而在《月下小景》中也是如此。

沈从文对女性的典型认知在《扇陀》中多有体现。小说伊始，众人们就开始争论如何对待女人，沈从文在此处俨然展示了传统对女人的极端偏见。其

① 贺兴安《楚天凤凰不死鸟：沈从文评论》（成都：成都出版社，1992），页 70。

中，以鞭子对待女人的肆虐中无疑也巧合了尼采的经典话语（“你到女人那里去？别忘带你的鞭子”，当然含义不同），此种观点博得不少男人的掌声，但亦有人进行无声抗议。于是，曾经沉默的马贩子开始讲述扇陀的故事，也以“行动比言语更响亮”来说服众人。而扇陀在国家事件中的聪颖、自信、美丽/魅力等等让众多男人汗颜，她的成功说明了，女人不是只属于下等社会，其优异同样令人钦敬。某种意义上说，沈从文借此又证明了性别话语建构的人为性和权力遍布。

2. 批判与树立。如前所述，沈从文在拒斥有关女人偏见的同时，也并未走向另一个极端，盲目美化。他更多立足于人性的真实，不虚伪、不矫饰，从而呈现出他心目中女性的性格发展、流变及其可爱、可恨、可叹、可敬之处。

《爱欲》书写了有关女人的三个故事，每每有动人之处。《一匹母鹿所生的女孩的爱》则是讲述了一个人鹿杂交所诞的女孩的奇特经历，小说当然缕述了其法力、特异与智慧，但同时也指出了其可爱兽性的遗存——她不愿自然的老丑破坏自己的“美”，而情愿设计死于爱人国王所赐的剑下。某种意义上说，这是她的弱点，却也真实地反映了某类女性对美的极端追求。《弹筝者的爱》更是展现出年轻寡妇对真爱与知音的痴迷乃至变态纯粹，对至美的纠结同样可以让之献出生命。《被刖刑者的爱》情节曲折动人，嫂嫂在珍爱自己的丈夫的时候是全心全意的，甚至可以为之献出生命；当她转而爱刖足者后，虽然因爱撒谎伪饰，但最后却仍然对刖足者选择不离不弃，坚守贫贱爱人，表明其爱非为物质和外界所统辖。

或许颇耐人寻味的是《新十日谈之序曲》中凄婉的爱情故事。小说中的寨主独生子傩佑与女孩子深深相爱，但由于和当地风俗不合，无奈之下选择凄美的吞毒殉情。在这样的故事中，沈从文更多强调情爱中男女权利的平等以及对责任分担的义无旁贷。而这一视角似乎更显示出沈从文对女人、男人角色的自然定位，在这样的一个世界中，沈从文想展示男女人性的理想生命形态：“有的是真诚、勇敢、燃烧的感情，雄强的生命力，鲜活的充满淋漓元气的生命。”①

显然，在《月下小景》中，对女人人性缺点的批判和鲜活生命力的树立是同时有机进行的。而且更进一步，我们也可发现此类系列主题书写对于建构独特生命形式的重要意义，如人所论：“《龙朱》《神巫之爱》《月下小景》《阿黑小史》等，作为一个系列，大多是以苗族和其它南方少数民族的生活习俗为根据加以想象的产物，通过这些故事完成着对生命原生态的考察。这种生命形式，是通过爱情、婚姻、两性关系的具体表现形态而获得它的定性的------沈从文特别强调了这种生命形式赖以生存的社会环境的原始封闭性。”②

三、对比鲁迅：审美现代性的离合

王德威在其构思巧妙的《从头谈起》中，以“砍头”书写作为考察主体，比较鲁迅、沈从文的有关虚构实践和现实经历，从而得出可能的两种审美现代性的路线差异，“可见两者为现代中国写实文学的美学及道德尺度，所形成的一场主要对话”，的确发人深思。③ 其实，如果我们将二者置于故事新编体小说史的谱系上来，同样可以探研审美现代性的不同进路与精神离合。

（一）故事新编体小说的共创

在20世纪故事新编体小说书写的谱系上，鲁迅无疑是集大成者，其《故事新编》争议不断却又活力四射。而沈从文的《月下小景》作为此谱系上的独特一环，亦有其可观性。

---

① 王继志《沈从文论》（南京：江苏教育出版社，1992），页185。

② 凌宇《沈从文传》（北京：十月文艺出版社，1988），页342。

③ 具体可参王德威《小说中国——晚清到当代的中文小说》（台北：麦田出版，1993）同名论文，引文见页16。

1. 内质的鲜活。毋庸讳言，鲁迅与沈从文最引人注目的文学交叉点在于对 20 世纪文学史上乡土小说赓续的新传统创造。后起的沈从文肯定了鲁迅乡土小说的开创性："以被都市物质文明毁灭的中国中部城镇乡村人物作模范，用略带嘲弄的悲悯的画笔，涂上鲜明正确的颜色，调子美丽悦目，而显出的人物姿态又不免有时使人发笑，是鲁迅先生的作品独造处。"[①] 而在他的其他很多作品，如《论中国创作小说》《论施蛰存与罗黑芷》《鲁迅的战斗》《从周作人鲁迅作品学习抒情》《由冰心到废名》《学鲁迅》等文章中，沈从文也坦陈自己的乡土文学书写受到了鲁迅的鼓舞，甚至他奉之为乡土文学的"领路者"。[②]

耐人寻味的是，回到故事新编体小说创作上来，他们亦有相通之处。无独有偶，他们在各自的代表作序言/题记中不约而同表明了自己新编的复活功能与目的，这尤其体现在对经典或传统的内核的精心改造上。

如前所述，沈从文对《月下小景》中意义的丰富和前文本自然有交叉之处，某种意义上说，他通过对宗教中精华的传承表达出他鲜活的情感与价值取向，但事情远非到此为止，他同时亦改造了其中的陈腐气与说教气，注入了鲜活、真实、繁复的人性关怀，而分别对冰冷神性和世俗人性进行改良，打造出既具有理想气息、升华特征又具体可感、活力十足的新的民族性气质。

类似的，鲁迅先生在《故事新编》中重新探析各类文化传统元典，更大的目的绝非复古，而是在有限吸纳的基础上呼吁创建新的现代性的可行性，在对传统劣根性进行了大刀阔斧破解的同时，他也指明了复古之路不通，却又复活

---

① 具体可参沈从文《论施蛰存与罗黑芷》，《沈从文全集》第 16 卷（太原：北岳文艺出版社，2002），页 171。

② 有关鲁迅和沈从文的更多文学关系论述可参王润华《沈从文小说理论与作品新论》（台北：文史哲出版社，2002），尤其是页 71—86；或吴浪平、刘海军《从鲁迅学习抒情》，《名作欣赏》（文学研究）2008 年第 4 期等。

了“民族的脊梁”精神，强调了创新的势不可挡。[①]

2. 叙事上的神通。同样，在主体介入的叙事策略上，二人亦有相似之处。虽然《月下小景》中有些篇章基本上遵循了前文本的架构，算是类似于“复写”的操作，但多数新编后的小说则更多是采取了鲁迅《故事新编》的基本策略，“只取一点因由，随意点染”。

前者如改写自《太子须大拿经》《慷慨的王子》。其重写和鲁迅颇受好评且争议较少的《铸剑》一样，对前文本都有着更多是复写式的操作。比如小说中，太子的许愿“愿令众生，皆得解脱，无生老病死之苦”。更是原封不动照搬自前文本。当然，在整体主题意义的宣扬上，也和佛经的相关基本要义契合。

沈从文同样亦有“点染”之法。比如《猎人故事》中，他对原文本《五分律》中故事结构的圆形模式进行消解。前文本的结构是：雁龟结友→池水干涸→雁救龟→龟死，而新编中则打破了这种结构。小说中青衣人讲述伊始就表明自己的原则，不要打断故事，结果沈从文添加了猎鸟人这一角色，在津津有味跟踪故事的进程中，他忘记了承诺，一句“然后呢”将故事的结局永恒搁置，变成了开放的结构。同样，鲁迅小说中的环形结构也值得关注，既有叙述结构上的环形叙事，又有“意义的环形”，后者则是指鲁迅小说叙述背后所呈现出的意义指向的环形结构特征，主要以《故事新编》作为典型。[②]

（二）存异的对话

不难看出的是，鲁迅和沈从文的故事新编创作更多的却是其差异性，这当然不是指它们内容的迥异；但同时，隐隐然间，二人在审美现代性上也存在一

---

① 具体可参拙文《认同形塑及其“陌生化”诗学——论鲁迅小说中的启蒙姿态与“自反”策略》，《福建论坛（人文社科版）》2008 年第 1 期，页 41—45。

② 具体可参拙文《论鲁迅小说中的环形营构》，《鲁迅世界》（广东鲁迅研究会）2007 年第 1 期，页 55—61。

种天然的对话关系。

当然，某种意义上说，我们可以把鲁、沈二人的小说实验看成是对“小说性”的弘扬，但侧重点确实不一样。对于鲁迅来说，“小说性”更多体现出在文学性层面上的狂欢性风格和小说隐喻时代时的“危机性”关联；而对于沈从文来说，则更强调“故事性”（小说序言中清晰表明这一点），以及对即将或已经败落的人性的哀悼与挽救，这更加像是本雅明《说故事的人》里所阐述的，说故事作为一项在现今社会中快要失传的经验传承方式，它简短扼要、流动开放的口述特质和人民性令人不可小觑。[①]

1. 指向的差异。我们当然也可把沈从文的《月下小景》视作是和他其他主要书写相一致的文学实践，有论者指出，《月下小景》“没有宗教的宣传”，“故事的魅力；文章的嘲讽的调子；对于爱欲的题材的喜爱；是和他一向创作的特色，完全没有两样”[②]。但是，比较鲁迅而言，我们却产生更多的对比参差之感。

首先，如果从小说创作主题上进行比较，我们可以发现相关的差异：狂欢/复杂 VS 素朴/精简。鲁迅的《故事新编》在主题上更多体现出一种诸多张力并存的狂欢状态，比如，其意义指向的三重乃至多重世界，甚至推而广之，在体裁诗学上，也有类似的狂欢特质：语言的混杂，体裁的交叉等等都显示出一种相对繁复的风格，这当然也是《故事新编》自诞生以来争议不断的要因之一。[③] 比较而言，沈从文的《月下小景》则在整体上显得素朴、精简，当然此

① 具体可参【德】华特·班雅明著，林志明译，《说故事的人》（台北：台湾摄影工作室，1998）。或参收入此文的本雅明著，张旭东、王斑译《启迪——本雅明文选》（北京：生活·读书，新知三联书店，2008）。

② 侍桁《故事的复制——评沈从文著〈月下小景〉》，见刘洪涛、杨瑞仁编《沈从文研究资料》（上）（天津：天津人民出版社，2006），页 174。

③ 具体分析可参前引拙《张力的狂欢》以及郑家建《被照亮的世界》（福州：福建教育出版社，2001）。

处要暂时剔除沈从文小说中有意强化的说明和描述性文字。

其次，在主题的隐喻意义上，也有差异：宏大魂灵 VS 具体人性。他们书写自然都有其民族性和内涵，但鲁迅作为第三世界书写的“国族寓言”(national allegory)[①] 意味似乎更加强烈，也更具有强烈的主体自觉，《故事新编》俨然也渗透了民族文化传统没落与重生的深层对话与取舍。而《月下小景》则更多呈现出对具体人性的改造和弘扬（无论是宗教问题，还是女性问题等），更多属于宏大叙事相对的“小叙事”风格。

2. 风格的差异。沈从文特别推崇鲁迅作品中的“冷静”与“客观”，指出“鲁迅使人忧郁，是客观的写到中国小都市的一切”。[②] 而颇富意味的是，《故事新编》在整体基调上却呈现出带有一丝热烈的“虚浮不实”，反倒是《月下小景》则表现出相当的淡定与冷静。

以《猎人的故事》为例，沈从文对雁鹅和乌龟的态度其实亦呈现出他对动物隐喻的中西两种文化观念的双重批判：他批判乌龟的迂阔狭隘，同时也批判雁鹅的过于灵活与物质主义；但细读该文后不难发现，沈从文对它们又有一种高度的理性观照，同时对它们各自的优点加以理解/同情之赞赏。而在整体上，沈从文的《月下小景》除了开篇以外，其它“那些以佛经为本的小说中，我们看到的是说书人般的淡定、冷静”[③]。

而在《故事新编》中，鲁迅对传统文化整体上采取冷嘲热讽的批判态度，同时在表面虚浮和热烈的背后却是侵入骨髓的悲凉——中华文化传统难以拯救国人于水火与大厦将倾之中，惟其如此，《故事新编》更显出作者主体介入的

---

① 此语出自詹明信（Fredric Jameson），相关分析可参拙文《谁的东南亚华文/华人文学？——命名的后殖民批判》，《学海》2006 年第 3 期。

② 可参沈从文《论中国创作小说》，《沈从文全集》第 16 卷，页 208。

③ 朱乐懿《沈从文〈月下小景〉对自然人性的反思》，《湖南第一师范学院学报》2007 年第 3 期，页 122。

强大张力操作。

结语：本节以《月下小景》之“拟想读者”张小五的视角切入，探勘沈从文在其中独特的主体介入，不难发现他在小说技艺类传统的现代性：在场读者VS拟想读者，叙事性VS小说性，历史真实与叙述话语之间张力十足；同时，在意义的升腾操作中，沈从文也巧妙措置了化宗教与去宗教的辩证，甚至也可发现其微妙而开放的性别视野。

同样，将《月下小景》置于故事新编体小说的谱系上来，我们也可发现他与鲁迅的神交、差异与对话性，甚至可以看出某些审美现代性的精神离合。

主要参考书目

中文

A

【法】贾克·阿达利（Jacques Attali）《噪音——音乐的政治经济学》（宋素凤、翁桂堂翻译，上海人民出版社，2000）。

【意】安贝托·艾柯著，俞冰夏译、梁晓冬审校《悠游小说林》（北京：生活·读书·新知三联书店，2005）。

【美】本尼迪克特·安德森（Benedict Anderson）著，吴叡人译《想象的共同体——民族主义的起源与散布（增订版）》（上海：上海人民出版社，2016）。

【美】安敏成著，姜涛译《现实主义的限制：革命时代的中国小说》（南京：江苏人民出版社，2001）。

B

【苏】巴赫金著《巴赫金全集》（石家庄：河北教育出版社，1998）。

鲍晶编《鲁迅“国民性思想”讨论集》（天津：天津人民出版社，1982）。

【英】齐格蒙特·鲍曼（Zygmunt Bauman 1925—2017）著，姚伟等译《怀旧的

乌托邦》（北京：中国人民大学出版社，2018）。
【德】华特·班雅明著（Walter Benjamin），林志明译《说故事的人》（台北：台湾摄影工作室，1998）。
【德】本雅明著，张旭东、王斑译《启迪——本雅明文选》（北京：生活·读书·新知三联书店，2008）。
【美】罗纳德·波特-埃夫隆（Ronald Potter-Efron），帕特丽夏·波特-埃夫隆（Patricia Potter-Efron）著，王正林译《羞耻感》（北京：机械工业出版社，2018）。

C

曹清华《中国左翼文学史稿（1921—1936）》（北京：中国社会科学出版社，2008）。
曹禧修《鲁迅与语文教学》（杭州：浙江大学出版社，2017）。
陈丹青《笑谈大先生》（桂林：广西师范大学出版社，2011）。
陈建华《“革命”的现代性：中国革命话语考》（上海：上海古籍出版社，2000）。
陈平原《中国散文小说史》（上海：上海人民出版社，2004）。
陈漱渝主编《教材中的鲁迅》（福州：福建教育出版社，2013）。
陈漱渝主编《一个都不宽恕：鲁迅和他的论敌》（北京：人民日报出版社，2010）。
陈漱渝《鲁迅评传》（北京：中国社会出版社，2006）。

D

丁帆《中国乡土小说史》（北京：北京大学出版社，2007）。
丁文《文学空间的重叠与蔓生：“百草园”研究》（北京：中国社会科学出版

社，2022）。
董小英《再登巴比伦塔——巴赫金与对话理论》（北京：生活·读书·新知三联书店，1994）。
【美】杜赞奇著，黄彦杰译《全球现代性的危机——亚洲传统和可持续的未来》（北京：商务印书馆，2018）。
段国超《鲁迅家世》（北京：教育科学出版社，1991）。

F

房向东《鲁迅：最受污蔑的人》（上海：上海书店出版社，2000）。
【美】斯坦利·费什（Stanley E. Fish）著，文楚安译《读者反应批评：理论与实践》（北京：中国社会科学出版社，1998）。
冯雪峰《一九二八至一九三六年的鲁迅·冯雪峰回忆鲁迅全编》（上海：上海文化出版社，2009）。

G

【美】高彦姬（Dorothy Ko）著，苗延威译《缠足："金莲崇拜"盛极而衰的演变》（南京：江苏人民出版社，2009）。
葛涛主编《鲁迅的五大未解之谜——世纪之初的鲁迅论争》（北京：东方出版社，2003）。

H

贺兴安《楚天凤凰不死鸟：沈从文评论》（成都：成都出版社，1992）。
胡尹强《鲁迅：为爱情作证——破解〈野草〉世纪之迷》（北京：东方出版社，2004）。
【美】怀特著，陈新译《元史学》（南京：译林出版社，2005）。

【美】怀特著，陈永国等译《后现代历史叙事学》（北京：中国社会科学出版社，2003）。

J

金观涛、刘青峰著《中国现代思想的起源：超稳定结构与中国政治文化的演变（第一卷）》（北京：法律出版社，2011）。
荆有麟《鲁迅回忆》（北京：中国文史出版社，2019）。

K

【德】恩斯特·卡西尔著，甘阳译《人论》（上海：上海世纪出版集团，2003）。
康长福《沈从文文学理想研究》（北京：人民出版社，2007）。
【英】梅兰妮·克莱因（Melanie Klein）著，段文静等译《嫉羡与感恩》（北京：九州出版社，2017）。

L

赖建珍、郑家建著《仰看流云：重读〈朝花夕拾〉》（福州：海峡文艺出版社，2011）。
李长之《鲁迅批判》（增订版）（北京：新世界出版社，2017）。
李何林《鲁迅〈野草〉注解》（西安：陕西人民出版社，1981 年 1 月第 3 版）。
李欧梵著，尹慧珉译《铁屋中的呐喊》（杭州：浙江大学出版社，2016）。
李天明《难以言说的苦衷：鲁迅〈野草〉探秘》（北京：人民文学出版社，2000）。
李玉明《“人之子”的绝叫：〈野草〉与鲁迅意识特征研究》（北京：北京大学出版社，2012）。
梁伟峰《文化巨匠鲁迅与上海文化》（上海：上海文化出版社，2012）。

廖久明《鲁迅〈藤野先生〉探疑》(北京：商务印书馆，2021)。
林毓生《中国传统的创造性转化》(北京：生活·读书·新知三联书店，2011)。
凌宇《沈从文传》(北京：十月文艺出版社，1988)。
刘春《光影中国的情感结构：中国大陆电影（1978年以来)》(上海：上海社会科学院出版社，2017)。
刘洪涛、杨瑞仁编《沈从文研究资料》(天津：天津人民出版社，2006)。
刘洪涛《〈边城〉：牧歌与中国形象》(南宁：广西教育出版社，2003)。
刘小枫《拯救与逍遥（修订本)》(上海：上海三联书店，2001)。
刘再复《鲁迅传》(北京：人民日报出版社，2009)。
《鲁迅全集》(北京：人民文学出版社，2005)。
鲁迅博物馆等编选《鲁迅回忆录（专著)》(上册） (北京：北京出版社，1999)。
罗岗等主编《视觉文化读本》(桂林：广西师范大学出版社，2003)。

M

【英】亨利·马西（Henry H. Massie)，内森·塞恩伯格（Nethan M. Szajnberg）著，武怡堃、陈昉、韩丹译《情感依附》(北京：世界图书出版公司北京公司，2018)。
【日】木山英雄著，赵京华编译《文学复古与文学革命——木山英雄中国现代文学思想论集》(北京：北京大学出版社，2004)。

N

倪墨炎《鲁迅与许广平》(上海：上海书店出版社，2001)。

O

【加】区应毓等著《中国文学名家与基督教》（北京：九州出版社，2010）。

P

潘瑞新、许泽红、潘建容著《蛇文化传奇》（广州：新世纪出版社，2004）。

Q

齐宏伟《鲁迅：幽暗意识与光明追求》（南昌：江西人民出版社，2010）。

钱理群《与鲁迅相遇：北大演讲录之二》（第2版。北京：生活·读书·新知三联书店，2018）。

乔丽华《我也是鲁迅的遗物：朱安传》（上海：上海社会科学院出版社，2009）。

S

【日】山田敬三著，秦刚译《鲁迅：无意识的存在主义》（北京：北京大学出版社，2012）。

商衍鎏《清代科举考试述录及有关著作》（天津：百花文艺出版社，2004）。

上海鲁迅纪念馆编《纪念〈新青年〉创刊100周年学术研讨会论文集》（上海：上海社会科学院出版社，2016）。

《沈从文全集》（太原：北岳文艺出版社，2002）。

孙隆基《中国文化的深层结构》（桂林：广西师范大学出版社，2011）。

孙绍振《名作细读——微观分析个案研究》（上海：上海教育出版社，2009）。

孙郁《鲁迅与周作人》（北京：现代出版社，2013）。

孙玉石《现实的与哲学的：鲁迅〈野草〉重释》（北京：北京大学出版社，2010）。

T

谭德晶《鲁迅小说与国民性问题探索》(北京：中国社会科学出版社，2005)。

W

【日】丸尾常喜著，秦弓译《“人”与“鬼”的纠葛：鲁迅小说论析》(北京：人民文学出版社，2006)。

【日】丸尾常喜著，秦弓、孙丽华译《耻辱与恢复——〈呐喊〉与〈野草〉》(北京：北京大学出版社，2009)。

汪晖《反抗绝望——鲁迅及其文学世界》(北京：生活·读书·新知三联书店，2008)。

汪民安《现代性》(南京：南京大学出版社，2012)。

王德威《当代小说二十家》(北京：生活·读书·新知三联书店，2000)。

王德威《小说中国——晚清到当代的中文小说》(台北：麦田出版，1993)。

王富仁《中国反封建思想革命的一面镜子：〈呐喊〉〈彷徨〉综论》(北京：北京师范大学出版社，1992)。

王宏志《鲁迅与左联》(北京：新星出版社，2006)。

王吉鹏、王鹤舒《鲁迅〈朝花夕拾〉论稿》(北京：中国窗口出版社，2008)。

王继志《沈从文论》(南京：江苏教育出版社，1992)。

王景山《鲁迅五书心读》(北京：首都师范大学出版社，2013)。

王晴佳、古伟瀛著《后现代与历史学：中西比较》(济南：山东大学出版社，2003)。

王润华《沈从文小说理论与作品新论》(台北：文史哲出版社，2002)。

【英】雷蒙德·威廉斯著，樊柯、王卫芬译《政治与文学》(开封：河南大学出版社，2010)。

魏洪丘《鲁迅〈朝花夕拾〉研究》(北京：中国言实出版社，2014)。

【美】帕特里莎·渥厄著，钱竞、刘雁滨译《后设小说：自我意识小说的理论与实践》（台湾：骆驼出版社，1995）。
吴海勇《时为公务员的鲁迅》（桂林：广西师范大学出版社，2005）。
吴俊《文学的个人史——鲁迅传述和〈朝花夕拾〉》（上海：华东师范大学出版社，2022）。

X

夏济安著，万芷均、陈琦等译《黑暗的闸门：中国左翼文学运动研究》（香港：香港中文大学出版社，2016）。
萧振鸣《鲁迅和他的北京》（北京：燕山出版社，2015）。
辛晓征《国民性的缔造者——鲁迅》（武汉：湖北教育出版社，2000）。
许钦文《在老虎尾巴的鲁迅先生：许钦文忆鲁迅全编》（上海：上海文化出版社，2007）。
许钦文《〈彷徨〉分析》（北京：中国青年出版社，1958）。
许寿裳《生存，并不是苟活：鲁迅传》（北京：新星出版社，2017）。
徐麟《鲁迅中期思想研究》（长沙：湖南师范大学出版社，1997）。

Y

杨义《中国现代小说史》（北京：人民文学出版社，1986）。

Z

曾智中《三人行：鲁迅与许广平、朱安》（北京：中国青年出版社，1990），
张闳《声音的诗学》（桂林：广西师范大学出版社，2003）。
张箭飞《鲁迅诗化小说研究》（南宁：广西教育出版社，2003）。
张铁荣《比较文化研究中的鲁迅》（天津：南开大学出版社，2006 年 3 刷）。

张效民主编《鲁迅作品赏析大辞典》(成都：四川辞书出版社，1992)。
张钊贻《鲁迅：中国“温和”的尼采》(北京：北京大学出版社，2011)。
中国社会科学院文学研究所鲁迅研究室编《鲁迅研究学术论著资料汇编(1913—1983)》(北京：中国文联出版公司，1985)。
周建人口述，周晔整理《鲁迅故家的败落》(福州：福建教育出版社，2017)。
周怡、王建周《精神分析理论与鲁迅的文学创作》(桂林：广西师范大学出版社，2005)。
周作人《鲁迅小说里的人物》(南京：江苏人民出版社，2018)。
周作人《鲁迅的故家》(南京：江苏人民出版社，2018)。
周作人《苦茶——周作人回想录》(兰州：敦煌文艺出版社，1995)。
朱崇科《张力的狂欢》(上海：上海三联书店，2006)。
朱崇科《身体意识形态》(广州：中山大学出版社，2009)。
朱崇科《“实人生”的枭鸣》(北京：人民出版社，2011)。
朱崇科《广州鲁迅》(北京：中国社会科学出版社，2014)。
朱崇科《〈野草〉文本心诠》(北京：人民出版社，2016)。
朱崇科《鲁迅小说中的话语形构》(广州：中山大学出版社，2017)。
朱崇科《论故事新编小说中的主体介入》(台北：秀威资讯，2018)。
朱崇科《鲁迅的广州转换》(上海：上海三联书店，2019)。
【日】竹内实著，程麻译《中国现代文学评说——竹内实文集二卷》(北京：中国文联出版社，2002)。

英文书目

Xiaoping Fang 方小平，*Barefoot Doctors and Western Medicine in China* (Rochester, NY: University of Rochester Press, 2012)。

Tsi-an Hsia 夏济安, *The Gate of Darkness: Studies on the Leftist Literary Movementin China* (Seattle and London: University of Washington Press, 1971)。

James Reeve Pusey, *Lu Xun and Evolution* (New York: State University of New York Press, 1998).

Patricia Waugh, *Metafiction: The Theory and Practice of Self-Conscious Fiction* (London & New York: Routledge, 1990).

Raymond Williams, *The Long Revolution* (London: Pelican Books, 1976).

Raymond Williams, *Marxism and Literature* (Oxford: Oxford University Press, 1977).

后记

理论上说，撰写一本书的后记应该是全书最轻松愉悦的环节了，然而作为一个知识分子，活在21世纪的当下却有一种深深的无力感。1928年，47周岁的鲁迅先生9月在北平未名社出版了初版《朝花夕拾》，10月在北新书局出版了《而已集》；如今47周岁的我在撰写《论〈朝花夕拾〉及其周边》的后记，感慨万千：或许只有到了一定的年纪才对先生作品中的不少氛围、情绪、心境和观点可以感同身受乃至有着切肤之痛。厕身于乱世（某些人大力鼓吹的盛世），读过了更多味同嚼蜡、“全面深刻”的烂书，见过了更多尔虞我诈、利欲熏心的烂人，听过了更多巧言令色、杀人诛心的谰言，不忍卒读了不少无耻肮脏的行径，越发深切地感觉到鲁迅先生的天真、诚恳与伟大。认真总结我们面对世界繁复阴暗的可能对策，似乎①冷漠麻木是最容易却也最无情的应对（但有人性的人无法做到），而②（满腔）愤怒（容易伤身）之中却夹杂着期冀好转的泛爱，实际上只有③坚韧反抗绝望、奔向希望才是成熟理性的对策，但在群狼环伺中又何其困难啊?！鲁迅先生以他的言论、文字和实践告诉我们——直面惨淡人生、往更好处努力才是真正艰难、韧性而高明的选择。从此角度看，一直崇尚思想启蒙与坚持文化革命的先生何尝不是我辈永远的灵魂导师?

从2000年开始发表研究鲁迅的单篇论文，迄今为止已逾22年，我先后出版关于鲁迅的专著四部，分别是：

1《张力的狂欢——论鲁迅及其来者之故事新编小说中的主体介入》(2006 上海三联书店，台湾秀威版 2018《论故事新编小说中的主体介入》。处理故事新编体小说)；2《鲁迅小说中的话语形构》(2011 人民出版社，2017 中山大学出版社。以关键词方式处理鲁迅小说)；3《广州鲁迅》(2014 中国社会科学出版社，2019 上海三联书店增订版《鲁迅的广州转换》。阶段性时空鲁迅)；4《〈野草〉文本心诠》(2016 人民出版社。单篇精读《野草》)。

鲁迅先生最得意的五书(《呐喊》《彷徨》《故事新编》《野草》《朝花夕拾》)于我而言看起来只剩下貌似简单易懂、实则精致暖人的《朝花夕拾》了。然而难度超出了我的想象，目前流行的借助各色理论把鲁迅当成注脚的宏阔研究实在令人不太感冒，但单纯漫谈的文本解读似乎也缺乏让人推进的冲动。我曾经写过一篇论文《〈朝花夕拾〉与鲁迅的情感结构》(刊发于《华南师范大学学报》2021 年第 1 期)，探讨这部诗学经典和书写主体之间的"情感结构"(structure of feelings) 关系。其实此文就是本书稿的结构大纲，本书的上编前三章的切入角度皆是如此，虽然貌似单篇解读实则连缀互动，既有对先生历时性的具体经历回望拼贴，又有不同板块和角度的情感梳理，同时更是别具特色的一代人的结构类型总结。拙著下编第四章继续申论《朝花夕拾》的周边，第五到七章则是本人 2014 年以来关于鲁迅研究论文的小结。整体看来，拉拉杂杂、乏善可陈，略作修订后一并求教于同行与方家，无他，只是作为活着的证明。当然，在非常内卷的时代，学术研究在表面繁盛之余同时也日益变得功利、狭隘与僵化，如果"活着"以图未来，也可谓一种保守的推进。如果有心人能从中找到适合自己的篇什，那就"功莫大焉"了。

严格意义上说，所有的著作后记首先应该是感谢词。非常感谢中山大学学科建设经费继续支持"文珠"学术丛书，非常荣幸学界前辈德高望重、睿智通达的黄子平先生(赐序时黄先生担任本系讲座教授近三年)慷慨赐序，非常感谢以下期刊及有关主编、责编、匿名评审在拙著出版前给与它们以单篇论文面世的机会，包括：《文艺理论研究》《文艺争鸣》《鲁迅研究月刊》《齐鲁学刊》《现代中文学刊》《中国文学研究》《南通大学学报》《南方文坛》《华南师范大学学报》《山东师范大学学报》《海南师范大学学报》《关东学刊》《绍兴文理学院学报》《中文学刊》（澳大利亚）《文化中国》（加拿大）等。

感谢闻名遐迩的上海三联书店又一次出版新的拙著，责编殷亚平老师疫情防控前后的细致耐心；感谢论文撰写过程中的各种助益，也感谢我的鲁迅研究方向的博士生们（尤其是王路、周楷棋、霍怡帆、薛晨鸣、刘平等）帮忙校对、提供建议；感谢各位师友、同行的爱护。其他的理由、层次和人员名单太长，纸短情长，一句话：感谢所有值得感谢的人们。正是你们的支持、关爱、提携与注视才让我踉跄至今，也有勇气继续“直面惨淡的人生”，且勠力创造性思考与生产。

当然，书中所有的错漏都由我一人担当。欢迎也感谢各种批评指正，方便日后的修订与完善。

朱崇科

2022年8月于依山望海的中山大学珠海校区

图书在版编目（CIP）数据

论《朝花夕拾》及其周边/朱崇科著. —上海：上海三联书店，2023.5

ISBN 978-7-5426-7885-0

Ⅰ.①论… Ⅱ.①朱… Ⅲ.①鲁迅散文—文学研究 Ⅳ.①I210.97

中国版本图书馆 CIP 数据核字（2022）第 187121 号

论《朝花夕拾》及其周边

著　　者 / 朱崇科

责任编辑 / 殷亚平
装帧设计 / 徐　徐
监　　制 / 姚　军
责任校对 / 王凌霄

出版发行 / 上海三联书店
　　　　　（200030）中国上海市漕溪北路 331 号 A 座 6 楼
邮　　箱 / sdxsanlian@sina.com
邮购电话 / 021-22895540
印　　刷 / 上海惠敦印务科技有限公司

版　　次 / 2023 年 5 月第 1 版
印　　次 / 2023 年 5 月第 1 次印刷
开　　本 / 710 mm × 1000 mm　1/16
字　　数 / 340 千字
印　　张 / 25.5
书　　号 / ISBN 978-7-5426-7885-0/I · 1793
定　　价 / 98.00 元

敬启读者，如发现本书有印装质量问题，请与印刷厂联系 021-63779028